Helen

Der le

Titel der Originalausgabe: The Last Samurai
Originalverlag: Hyperion/Talk Miramax Books

Umwelthinweis:
Dieses Buch und sein Schutzumschlag
wurden auf chlorfrei gebleichtem Papier gedruckt.
Die Einschrumpffolie (zum Schutz vor Verschmutzung)
ist aus umweltschonender recyclingfähiger PE-Folie.

Der Karl Blessing Verlag ist ein
Unternehmen der Verlagsgruppe Random House GmbH.

1. Auflage

Umschlaggestaltung: Groothuis & Consorten, Hamburg
Satz: Uhl + Massopust, Aalen
Druck und Bindung: GGP Media, Pößneck
Printed in Germany
ISBN 3-89667-155-3
www.blessing-verlag.de

Für Ann Cotton

Prolog

Der Vater meines Vaters war Methodistenprediger. Er war ein großer, gut aussehender, vornehm wirkender Mann; er hatte eine tiefe, schöne Stimme. Mein Vater war ein glühender Atheist und Bewunderer von Clarence Darrow. Er übersprang Klassen so häufig, wie andere mal eben blaumachten, er hielt der Gemeinde meines Großvaters Vorträge über das Radiokarbonverfahren und den Ursprung der Arten, und im Alter von 15 Jahren bekam er ein Vollstipendium für Harvard.

Er brachte das Anschreiben aus Harvard zu seinem Vater.

Etwas blickte aus den schönen Augen meines Großvaters. Etwas sprach mit seiner schönen Stimme, und es sagte: Es ist nur fair, auch der anderen Seite eine Chance zu geben.

Mein Vater sagte: Wie meinst du das?

Mein Großvater meinte, dass mein Vater Gott nicht zu Gunsten des Säkularismus ablehnen sollte, bloß weil er in Streitgesprächen mit ungebildeten Menschen den Sieg davontrug. Er solle auf ein theologisches College gehen und der anderen Seite eine faire Chance geben; wenn er hinterher noch immer derselben Meinung sei, wäre er gerade mal 19 Jahre alt, ein prima Alter, um mit dem Studium anzufangen.

Als Atheist und Darwinist hatte mein Vater ein höchst feines Ehrgefühl, und dieser Herausforderung konnte er nicht widerstehen. Also bewarb er sich an etlichen theologischen Seminaren, und alle bis auf drei lehnten ihn umgehend ab, weil er zu jung war.

Die verbliebenen drei luden ihn zu einem Vorstellungsgespräch ein.

Das erste war ein Seminar mit bester Reputation, und auf Grund seiner Jugend wurde mein Vater vom Direktor höchstpersönlich in Augenschein genommen.

Der Mann sagte: Sie sind sehr jung. Ist es möglich, dass Sie nur wegen Ihres Vaters Geistlicher werden möchten?

Mein Vater sagte, er wolle nicht Geistlicher werden, sondern der anderen Seite eine faire Chance geben, und er erklärte das Radiokarbonverfahren.

Der Mann sagte: Das geistliche Amt ist eine Berufung, und die Ausbildung, die wir anbieten, ist für Leute gedacht, die sich dazu berufen fühlen. Ich kann mir kaum vorstellen, dass Sie davon profitieren könnten.

Dann sagte er: Dieses Angebot aus Harvard ist eine hervorragende Gelegenheit. Könnten Sie der anderen Seite nicht eine Chance geben, indem Sie in Harvard eine theologische Vorlesung belegen? Schließlich war das College, soweit ich weiß, zu Anfang ein College für Theologie, und ich könnte mir vorstellen, dass das Fach nach wie vor gelehrt wird.

Der Mann lächelte meinen Vater milde an und gab ihm eine Liste von lesenswerten Büchern mit, falls er noch mehr in Richtung der fairen Chance für die andere Seite unternehmen wolle. Mein Vater fuhr nach Hause (damals wohnten sie in Sioux City), und während der gesamten Fahrt dachte er, dass das möglicherweise ausreichen würde, um der anderen Seite eine faire Chance zu geben.

Er sprach mit seinem Vater. Der wies darauf hin, dass eine einzige theologische Vorlesung in einer überaus weltlichen Umgebung wahrscheinlich keine sonderlich große Wirkung entfalten könne, aber das müsse mein Vater allein entscheiden.

Mein Vater fuhr zum zweiten Seminar, das einen guten Ruf besaß. Dort unterhielt sich der Dekan mit ihm.

Der Dekan fragte ihn, warum er Geistlicher werden wolle, und mein Vater erklärte, dass er nicht Geistlicher werden wolle, und er erklärte das Radiokarbonverfahren.

Der Dekan sagte, er respektiere zwar die Absichten meines Vaters, aber sie hätten dennoch etwas Wunderliches an sich, und er wies darauf hin, dass mein Vater sehr jung sei. Er empfahl ihm, zunächst nach Harvard zu gehen, und falls er der anderen Seite danach noch immer eine faire Chance geben wolle, würde er, der Dekan, seine Bewerbung ausgesprochen gerne in Erwägung ziehen.

Mein Vater kehrte zu seinem Vater zurück. Die schöne Stimme wies darauf hin, dass ein Mann mit einem Harvard-Examen in der Tasche wohl nur schwerlich der Versuchung widerstehen könne, sofort seine berufliche Karriere in Angriff zu nehmen, aber sie sagte, das müsse mein Vater natürlich ganz allein entscheiden.

Mein Vater fuhr zu dem dritten Seminar, das klein und völlig unbekannt war. Dort unterhielt sich der stellvertretende Dekan mit ihm. Es war ein heißer Tag, und obwohl ein kleiner Ventilator lief, war der stellvertretende Dekan, ein rotgesichtiger, dicker Mann, arg verschwitzt. Der stellvertretende Dekan fragte, warum mein Vater Geistlicher werden wolle, und mein Vater erklärte ihm das mit der fairen Chance und dem Radiokarbonverfahren.

Der stellvertretende Dekan sagte, für Seminaristen, die Geistliche werden wollten, übernehme die Kirche die Studiengebühren. Und er sagte, da mein Vater nicht Geistlicher werden wolle, müssten sie eine Gebühr von 1500 Dollar jährlich erheben.

Mein Vater kehrte zu seinem Vater zurück, der sagte, mein Vater könne im Sommer gut und gerne 750 Dollar an der Tankstelle verdienen, und den Rest würde er ihm dazugeben.

Und so ging mein Vater auf ein theologisches College. Wenn ich sage, er ging auf ein theologisches College, meine ich damit, dass er sich an einem theologischen College einschrieb und aus Interesse jeden Samstag in die Synagoge ging, weil es keine Vorschrift gab, die besagte, dass man das nicht dürfe, und die übrige Zeit meistens mit Billardspielen im Helene's verbrachte, der einzigen Kneipe im Ort, in der ein 16-Jähriger etwas zu trinken bekam.

Er wartete darauf, dass mein Großvater ihn fragte, wie er es finde, aber mein Großvater fragte nie.

In der Synagoge lernte mein Vater jemanden kennen, der zehn Jahre älter war, die Gottesdienste leitete und die meisten Lesungen machte. Er hatte große Ähnlichkeit mit Buddy Holly, und die Leute nannten ihn auch tatsächlich Buddy (was ihm lieber war als Werner). Zuerst dachte mein Vater, er sei der Rabbi, doch die Stadt war zu klein, um sich einen Rabbi leisten zu können: Die Gottesdienste wurden von Freiwilligen aus dem Ort geleitet. Buddy hatte eigentlich Opernsänger werden wollen, doch sein Vater hatte darauf bestanden, dass er Buchhalter wurde, und so war er aus Philadelphia hergekommen, um eine Stelle als Buchhalter anzutreten. Auch er war oft im Helene's.

Nach etwa drei Jahren war mein Vater ein sehr guter Billardspieler geworden. Er hatte sich von seinen Gewinnen etwa 500 Dollar zusammengespart, und er spielte nachlässig, um nicht zu viel oder zu oft zu gewinnen. Er konnte jeden in der Kneipe schlagen, doch eines Abends kam ein Fremder herein.

Zufällig spielte der Fremde zuerst gegen alle anderen. Er spielte mit geschmeidigen, sparsamen Bewegungen, und es war offensichtlich, dass er um Klassen besser war als alle, mit denen mein Vater bislang gespielt hatte. Mein Vater wollte gegen ihn spielen. Buddy warnte ihn mehrmals, die Finger davonzulassen. Er hatte den Verdacht, dass mit diesem Fremden irgendwas nicht stimmte. Entweder würde er mehr gewinnen, als mein Vater sich leisten konnte zu verlieren, oder er würde verlieren und dann eine Waffe ziehen. Mein Vater fand das lächerlich, aber die Jacke des Fremden rutschte hoch, als er sich vorbeugte, und da sahen sie, dass er eine Pistole umgeschnallt hatte.

Das Spiel war zu Ende, und mein Vater trat vor. Er sagte: Mein Freund hier meint, Sie wären gefährlich.

Der Fremde sagte: Schon möglich.

Mein Vater sagte mit einem breiten Grinsen: Er meint, Sie bringen mich um, wenn ich gewinne.

Der Fremde sagte: Bist du so sicher, dass du gewinnst?

Mein Vater sagte: Es gibt nur eine Möglichkeit, das rauszufinden.

Der Fremde sagte: Und was bist du für einer?

Mein Vater sagte, dass er auf das Seminar gehe.

Der Fremde äußerte seine Verwunderung darüber, einen Seminaristen in der Kneipe anzutreffen.

Mein Vater sagte: Wir sind alle Sünder, Bruder. In einem ziemlich sarkastischen Tonfall.

Der Fremde und mein Vater spielten eine Partie, und fünf Dollar wechselten den Besitzer.

Der Fremde fragte: Willst du Revanche?

Sie machten noch ein Spiel, das länger dauerte. Mein Vater spielte noch immer nachlässig; natürlich sprach er nicht, während der Fremde spielte, aber wenn er selbst an der Reihe war, antwortete er auf die Fragen des Fremden mit boshaften Anekdoten über das Seminar. Der Fremde war ein Mann weniger Worte, aber er schien amüsiert. Mein Vater gewann am Ende mit einem Glücksstoß, und fünf Dollar wechselten den Besitzer.

Der Fremde sagte: Jetzt wollen wir es mal interessant machen.

Mein Vater sagte: Wie interessant soll's denn sein?

Der Fremde fragte, wie viel Geld mein Vater auf der Welt besitze, und Buddy Holly gestikulierte hinter seinem Rücken NEIN NEIN, sag's ihm nicht, du Volltrottel, und mein Vater sagte: 500 Dollar.

Der Fremde sagte, er würde jeden Betrag gegen diese 500 Dollar setzen. Mein Vater war nicht sicher, ob es ihm ernst war.

Er sagte: Hundert Piepen. Wer als Erster dreimal gewonnen hat.

Der Fremde sagte, in dem Fall müsse er das Geld leider sehen, weil er eigentlich weitermüsse und nicht wegen 100 Dollar länger hier rumhängen wolle. Er sagte fünf zu eins.

Mein Vater hatte 25 Dollar dabei. Er lieh sich 25 Dollar von Buddy und den Rest in Zehnern und Fünfern von Leuten in der Kneipe, die wussten, dass sie es von ihm zurückbekommen würden.

Sie spielten zwei Partien, und der Fremde gewann beide mit Leichtigkeit. Sie fingen die dritte Partie an, und der Fremde schien wieder mit Leichtigkeit zu gewinnen, doch dann wendete sich das

Glück zu Gunsten meines Vaters, und er riss sich zusammen und gewann. Er gewann die vierte Partie, aber es war ein harter Kampf, und dann gewann er die fünfte Partie, und in der Kneipe wurde es mucksmäuschenstill. Auch andere Leute in der Kneipe hatten die Pistole gesehen.

Der Fremde griff in seine Jacke, und alle erstarrten. Dann zog er seine Brieftasche heraus. Er nahm fünf 100-Dollar-Scheine von einem dicken Packen.

Er sagte: Du hast wohl noch nie so viel Geld auf einmal gehabt.

Mein Vater wies darauf hin, dass er schon 500 Dollar besitze.

Der Fremde sagte: 1000 Dollar! Das ist viel Geld.

Er sagte: Es tut mir in der Seele weh, wenn ich einen Mann mit Geld sehe, der nicht weiß, was er damit anfangen soll.

Mein Vater sagte: Wie meinen Sie das?

Der Fremde sagte, wenn man gewisse Dinge wüsste, bevor andere Leute sie wissen, könnte man manchmal viel Geld verdienen, wenn man schon Geld hat.

Mein Vater sagte: Was wissen Sie denn zum Beispiel?

Der Fremde sagte, er würde sich nicht wundern, wenn der neue Highway hier entlangführen würde.

Mein Vater sagte: Wenn Sie das mit Sicherheit wissen, warum tun Sie dann nichts? Sie könnten Grundstücke kaufen.

Der Fremde sagte: Ich mag keinen Grundbesitz. Damit ist man zu gebunden. Aber wenn es mir nichts ausmachen würde, Grundbesitzer zu werden, und wenn ich 1000 Dollar hätte, dann wüsste ich, was ich mit dem Geld anstellen würde.

Die Kneipe schloss, und der Fremde fuhr davon. Zufällig wollte Mrs. Randolph, Buddys Vermieterin, ihr Haus verkaufen und nach Florida ziehen, aber keiner wollte es kaufen. Mein Vater bemerkte, wenn der Fremde Recht hätte, könnten sie das Haus kaufen, ein Motel daraus machen und viel Geld verdienen.

Falls, sagte Buddy.

Tatsache war: Sie glaubten beide fest daran, dass der Fremde wusste, wovon er sprach; die Pistole hatte seiner Geschichte eine unerklärliche Überzeugungskraft verliehen.

Mein Vater sagte, er würde aber keine Zeit dafür haben, weil er nämlich nach Harvard ginge, sobald das Seminar abgeschlossen war. Er hatte Harvard geschrieben, dass er das Angebot von damals annehmen wolle.

Einige Wochen vergingen. Ein Brief aus Harvard traf ein, in dem es hieß, dass sie gerne sehen würden, was er in den letzten Jahren gemacht habe, und er ihnen seine Noten und Referenzen zusenden solle. Mein Vater lieferte das Gewünschte, und zwei Monate vergingen. Eines Tages traf ein Brief ein, dessen Abfassung schwer gewesen sein musste. Darin stand, Harvard sei bereit, ihm auf Grundlage seiner früheren Zeugnisse einen Platz anzubieten, dass jedoch Stipendien nur auf Grund von Leistungen vergeben würden und es daher anderen Studenten gegenüber nicht fair wäre, jemandem ein Stipendium zu gewähren, der lediglich einen Durchschnitt von 4 habe. Weiter stand da, wenn er sich entschließen sollte, seinen Platz in Anspruch zu nehmen, müsse er die normalen Studiengebühren zahlen.

Mein Vater fuhr über Ostern nach Hause nach Sioux City. Buddy fuhr nach Hause nach Philadelphia, um Pessach zu feiern. Mein Vater zeigte seinem Vater den Brief.

Mein Großvater betrachtete den Brief von Harvard und sagte, er glaube, es sei Gottes Wille, dass mein Vater nicht nach Harvard gehen solle.

Vier Jahre zuvor hatte mein Vater eine glanzvolle Zukunft gehabt. Jetzt erwartete ihn ein Leben mit einem mittelmäßigen Abschluss an einem unbedeutenden theologischen College, eine völlig nutzlose Qualifikation für einen Mann, der kein geistliches Amt annehmen konnte.

Meinem Vater verschlug es vor Abscheu die Sprache. Er verließ wortlos das Haus. Er fuhr 1300 Meilen in einem Chevrolet.

In späteren Jahren spielte mein Vater manchmal ein Spiel. Er lernte beispielsweise einen Mann kennen, der unterwegs nach Mexiko war, und zu dem sagte er, Hier sind 50 Dollar, tun Sie mir einen Gefallen und kaufen Sie mir ein paar Lotteriescheine, und dann gab er dem Mann seine Karte. Angenommen, die Wahrscheinlichkeit, den Jackpot nicht zu gewinnen, war 20 Millionen zu 1 und die Wahrscheinlichkeit, dass der Mann meinem Vater den Lotterieschein nicht geben würde, noch mal 20 Millionen zu 1, dann konnte man nicht sagen, dass das Leben meines Vaters ruiniert war, weil immerhin eine Chance von 1 zu 400 Billionen bestand, dass es das nicht war.

Oder mein Vater lernte einen Mann kennen, der unterwegs nach Europa war, und zu dem sagte er, Hier sind 50 Dollar, falls Sie zufällig nach Monte Carlo kommen, tun Sie mir einen Gefallen, gehen Sie zum Roulettetisch und setzen Sie auf die 17, und das 17-mal hintereinander, der Mann sagte, er habe nicht vor, nach Monte Carlo zu fahren, und mein Vater sagte, Aber falls doch, und dann gab er ihm seine Karte. Denn wie hoch standen die Chancen, dass der Mann seine Pläne ändern und nach Monte Carlo fahren würde, wie hoch waren die Chancen, dass die 17 gleich 17-mal hintereinander käme, wie hoch waren die Chancen, dass der Mann, wenn das passieren sollte, meinem Vater das Geld schickte? Wie hoch sie auch immer waren, es war nicht absolut unmöglich, sondern nur höchst unwahrscheinlich, und es war nicht absolut sicher, dass mein Großvater ihn ruiniert hatte, weil es eine Chance von 1 zu 500 Billionen Billionen Billionen gab, dass er das nicht getan hatte.

Mein Vater spielte das Spiel lange Zeit, weil er das Gefühl hatte, dass er meinem Großvater eine sportliche Chance geben müsse. Ich weiß nicht, wann er es zum letzten Mal gespielt hat, aber das erste Mal war, als er wortlos das Haus verließ und 1300 Meilen fuhr, um Buddy in Philadelphia zu besuchen.

Mein Vater parkte vor Buddys Haus. Im vorderen Zimmer wurde lautstark und verbittert ein Stück auf dem Klavier gespielt. Türen wurden geknallt. Laute Stimmen ertönten. Jemand schrie. Das Klavier verstummte. Dann fing wieder jemand an, lautstark und verbittert auf dem Klavier zu spielen.

Mein Vater suchte Buddy, der ihm erklärte, was vor sich ging.

Buddy hatte Opernsänger werden wollen und war jetzt Buchhalter. Sein Bruder Danny hatte Klarinettist werden wollen und arbeitete jetzt im Juweliergeschäft seines Vaters. Seine Schwester Frieda hatte Geigerin werden wollen und dann als Sekretärin gearbeitet, bis sie heiratete und drei Kinder bekam. Seine Schwester Barbara hatte Geigerin werden wollen und als Sekretärin gearbeitet, bis sie heiratete und zwei Kinder bekam. Seine jüngste Schwester Linda wollte Sängerin werden und hatte sich soeben strikt geweigert, auf die Sekretärinnenschule zu gehen. Sein Vater hatte sich strikt geweigert, sie Musik studieren zu lassen. Linda hatte sich ans Klavier gesetzt und angefangen, Chopins Prélude Nr. 24 in d-Moll zu spielen, ein verbittertes Musikstück, das an tragischer Intensität gewinnt, wenn es 40-mal hintereinander gespielt wird.

Tatsächlich war ihr Vater Wiener und hatte sehr hohe Ansprüche. Alle seine Kinder konnten virtuos fünf oder sechs Instrumente spielen, aber sie übten nicht gern: Aus jedem Stück gingen sie entweder blutig, aber ungebeugt oder wundersam unversehrt hervor, und sie alle hatten angenommen, dass sie Musiker werden würden. Buddy war der Erste gewesen, der merkte, dass dem nicht so war. Mr. Konigsberg fand, dass man entweder Talent besaß oder nicht; keines seiner Kinder spielte wie ein Heifetz oder ein Casals oder ein Rubinstein, also besaßen sie nicht das Talent, Berufsmusiker zu werden; und folglich war es besser für sie, wenn sie einfach nur zum Spaß musizierten, und er erklärte Buddy, nachdem er die Highschool abgeschlossen hatte, er solle Buchhalter werden.

Buddy sagte zu meinem Vater: Weißt du, damals wollte ich meinen Vater nicht aufregen, ich wollte keine große Sache daraus machen, ich hab gedacht, wer bin ich denn, dass ich mir einbilde, Sänger zu werden, aber dann haben alle anderen ohne Widerspruch nachgegeben. Ich frag mich dauernd, was, wenn das meine Schuld ist? Wenn ich mich zur Wehr gesetzt hätte, hätte mein Vater sich vielleicht an den Gedanken gewöhnt, aber so haben sie alle gedacht, sie hätten keine andere Wahl, und ich frage mich dauernd, was, wenn das alles meine Schuld ist?

& er wartete hoffnungsvoll –

& mein Vater sagte: Natürlich ist es deine Schuld. Wieso hast du ihm nicht Paroli geboten? Du hast die ganze Mannschaft im Stich gelassen. Das Mindeste, was du tun kannst, ist dafür sorgen, dass es nicht noch mal passiert.

Mein Vater wusste, dass er sich selbst immer dafür hassen würde, die Wünsche seines eigenen Vaters respektiert zu haben, und jetzt dachte er, dass zumindest jemand anders diesen Fehler vermeiden könnte.

Hat sie schon was gefunden?, fragte er.

Nein, sagte Buddy.

Na, sie sollte irgendwo vorspielen, sagte mein Vater, und dann ging er, gefolgt von Buddy, in das vordere Zimmer, um sich dafür stark zu machen.

Im vorderen Zimmer saß ein 17-jähriges Mädchen mit tiefschwarzem Haar, tiefschwarzen Augen & grellrotem Lippenstift. Sie blickte nicht auf, weil sie mitten in ihrer 41. Interpretation von Chopins Prélude Nr. 24 in d-Moll war.

Mein Vater trat neben das Klavier, und plötzlich dachte er, Wie unwahrscheinlich wäre es wohl, auf ein Seminar zu gehen und zur Synagoge zu gehen und Billard spielen zu lernen, wenn er sich, nur mal angenommen, in ein jüdisches Mädchen in Philadelphia verliebte und mit Motels ein Vermögen machen und glücklich und zufrieden bis ans Ende seiner Tage leben würde, mal angenommen, die Chancen stünden eins zu einer Milliarde, dann war das immer noch nicht dasselbe wie unmöglich, also war es nicht völlig unmöglich, dass sein Vater ihn in Wahrheit doch nicht –

Linda stürzte sich hinunter in den Bass und hämmerte drei verbitterte tiefe Noten heraus. Doom. Doom. Doom.

Das Stück war zu Ende. Sie blickte auf, bevor sie erneut begann.

Wer sind Sie?, sagte sie.

Buddy stellte meinen Vater vor.

Ach, der Atheist, sagte meine Mutter.

I

– *Lasst uns Bambusspeere machen! Töten wir die Banditen!*
– *Das können wir nicht.*
– *Das ist unmöglich.*

Drei Bauern *(Die sieben Samurai)*

Ein kleines Dorf wird Jahr für Jahr von Banditen überfallen, und die Bauern verlieren ihre Ernte und manchmal ihr Leben. Dieses Jahr beschließen die Ältesten, etwas dagegen zu unternehmen. Sie haben von einem Dorf gehört, das arme Samurai angeworben hat und mit ihrer Hilfe gerettet wurde. Sie beschließen, es ebenso zu machen, und schicken einige von ihren Leuten los, nach bereitwilligen Samurai zu suchen. Da sie kein Geld bezahlen können, sondern nur Essen, einen Schlafplatz und Gelegenheit zum Kampf bieten, können die Bauern von Glück sagen, dass sie als Erstes Kambei (Takashi Shimura) treffen, einen starken und einsatzfreudigen Mann, der sich bereit erklärt, ihnen zu helfen. Ein junger *ronin* namens Katsushiro (Ko Kimura) schließt sich ihm an, und kurz darauf trifft Kambei zufällig einen alten Freund, Shichiroji (Daisuke Kato). Letzterer sucht Gorobei (Yoshio Inaba) aus, der wiederum Heihachi (Minoru Chiaki) gewinnen kann. Ein meisterlicher Schwertkämpfer Kyuzo (Seiji Miyaguchi) kommt hinzu und schließlich Kikuchiyo (Toshiro Mifune), der selbst Sohn eines Bauern ist und den anderen schon eine Weile folgt, weil er – wie sie alle – von Kambei fasziniert ist.

Im Dorf angekommen, bereiten sie sich auf den Kampf vor. Sie warten nicht erst auf den Angriff der Banditen, sondern stürmen ihr Lager, brennen es nieder und töten einige von ihnen – doch auch Heihachi verliert sein Leben. Die Banditen greifen das Dorf an und werden zurückgeschlagen, auch Gorobei wird dabei getötet. Dann schmieden die Samurai den Plan, ein paar von den Banditen ins Dorf zu lassen und sie mit Speeren zu töten. In der Entscheidungsschlacht kommen sowohl Kyuzo als auch Kikuchiyo um, doch von den Banditen überlebt keiner.

Es ist Frühling, und wieder wird der Reis ausgepflanzt. Von den ursprünglich sieben Samurai sind nur noch drei am Leben, und sie werden bald getrennte Wege gehen.

Donald Richie, *The Films of Akira Kurosawa*

1

Sprechen Samurai Hochjapanisch?

Großbritannien hat 60 Millionen Einwohner, Amerika 200 Millionen. (Kann das stimmen?) Wie viele Millionen Englisch sprechende Menschen es zusätzlich in anderen Ländern gibt, kann ich nicht mal annähernd schätzen. Ich möchte aber wetten, dass von all den hunderten von Millionen Menschen nicht mehr als höchstens 50 A. Roemers *Aristarchs Athetesen in der Homerkritik* (Leipzig, 1912) gelesen haben, ein Werk, das bisher nicht aus dem Deutschen in andere Sprachen übersetzt wurde, woran sich bis ans Ende aller Zeiten nichts mehr ändern wird.

Ich stieß 1985 zu der kleinen Minderheit. Ich war 23.

Der erste Satz des kaum bekannten Buches von Roemer lautet:

Es ist wirklich Brach- und Neuland, welches der Verfasser mit der Bearbeitung dieses Themas betreten und durchpflügt hat, so sonderbar auch diese Behauptung im ersten Augenblick klingen mag.

Ich hatte mir Deutsch mit Hilfe von *Deutsch im Selbststudium* selbst beigebracht, und ich erkannte einige Wörter in dem Satz auf Anhieb wieder:

Es ist wirklich etwas und etwas, welches der etwas mit der etwas dieses etwas etwas und etwas hat, so etwas auch diese etwas im ersten etwas etwas mag.

Den Rest des Satzes entschlüsselte ich, indem ich die Wörter Brachland, Neuland, Verfasser, Bearbeitung, Themas, betreten, durchpflügt, sonderbar, Behauptung, Augenblick und klingen in Langenscheidts Wörterbuch Deutsch-Englisch nachschlug.

Es wäre peinlich gewesen, wenn mich irgendwelche Bekannte dabei beobachtet hätten, da ich des Deutschen längst hätte mächtig sein müssen; ich hätte meine Zeit in Oxford nicht damit vergeuden sollen, heimlich Seminare über Akkadisch, Arabisch, Aramäisch, Hethitisch, Pali, Sanskrit und Dialekte des Jemen (ganz zu schweigen von höherer Papyrologie und Hieroglyphen für Fortgeschrittene) zu besuchen, sondern stattdessen die Grenzen menschlichen Wissens erweitern sollen. Doch wer in einem Ort aufgewachsen ist, der in helle Aufregung gerät, weil er sein erstes Motel bekommt, in einem Ort, der sich nur undeutlich (wenn überhaupt) der Tatsache bewusst ist, dass der Jemen überhaupt existiert, der will, wenn möglich, Dialekte des Jemen studieren, weil er meint, dass er eine solche Chance vielleicht kein zweites Mal bekommt. Um in Oxford studieren zu können, hatte ich das Blaue vom Himmel gelogen, nur bei meiner Größe und meinem Gewicht nicht (mein Vater war schließlich das beste Beispiel dafür, was passieren kann, wenn man sich auf die Referenzen und Noten anderer verlässt), und ich wollte meine Zeit nutzen, so gut es ging.

Dass ich den BA geschafft und ein Forschungsstipendium erhalten hatte, war doch der Beweis dafür, dass die Noten und Referenzen, die ich mir selbst gegeben hatte, sehr viel angemessener waren (glatte Einsen, *naturellement*; Zeilen wie: »Sibylla hat vielfältige Interessen und einen außergewöhnlich kreativen Verstand; es ist eine Freude, sie zu unterrichten«) als alles, was irgendwer sonst, den ich kannte, mir beschert hätte. Das einzige Problem war, dass ich auf die Bemerkung eines Mitglieds des Stipendienkomitees: »Sie sind natürlich des Deutschen mächtig« unbekümmert erwidert hatte: »Natürlich.« Es hätte die Wahrheit sein können.

Roemer jedenfalls war zu unbekannt, um einen Platz in den offenen Regalen des unteren Lesesaales mit den häufiger benutzten klassischen Texten einen Platz einzunehmen. Jahr für Jahr setzte das Buch im Dunkeln, tief unter der Erde, Staub an. Da man es aus dem Magazin bestellen musste, konnte man es sich in jeden Lesesaal der Bodleiana kommen lassen, und ich orderte es in den oberen Lesesaal der Radcliffe Camera, einer Bibliothek in einer steinernen Kuppel mitten auf einem Hof. Hier konnte ich unbeobachtet lesen.

Ich saß auf der Galerie und starrte geradeaus durch eine Glocke aus Luft oder auf die gebogenen Wände, voll gestopft mit ungemein interessant aussehenden Büchern mit nichtklassischen Themen, oder zum Fenster hinaus auf den blassen Stein von All Souls oder natürlich auf *Aristarchs Athetesen in der Homerkritik* (Leipzig, 1912). Weit und breit war kein Klassizist in Sicht.

Schließlich meinte ich alle Verständnislücken des ersten Roemer-Satzes geschlossen zu haben und las ihn erneut: Es ist wirklich Brach- und Neuland, welches der Verfasser mit der Bearbeitung dieses Themas betreten und durchpflügt hat, so sonderbar auch diese Behauptung im ersten Augenblick klingen mag.

Das schien mir eigentlich nicht die viele Mühe wert zu sein, die es mich gekostet hatte, ihn zu entziffern, aber ich musste weitermachen, was ich auch tat, das heißt gerade tun wollte, als ich aufschaute und auf einem Regal links von mir zufällig ein Buch über den Dreißigjährigen Krieg erblickte, das ungemein interessant aussah. Ich nahm es zur Hand, und es war wirklich ungemein interessant, und als ich gleich darauf wieder aufschaute, war es Zeit zum Mittagessen.

Ich ging zum Covered Market und verbrachte eine Stunde damit, mir Pullover anzusehen.

Es gibt Menschen, die halten Empfängnisverhütung für unmoralisch, weil Sinn und Zweck des Geschlechtsverkehrs die Fortpflanzung ist. Ganz ähnlich gibt es Menschen, für die der einzige Grund, ein Buch zu lesen, der ist, ein Buch zu schreiben; die Leute sollten Bücher im verstaubten, dunklen Magazin bestellen und tausende von Wörtern schreiben, die dann wieder im verstaubten, dunklen Magazin landen, damit andere Leute sie bestellen und weitere tausende von Wörtern schreiben können, um auch die wieder ins verstaubte, dunkle Magazin zu schicken. Gelegentlich kommt es vor, dass ein Buch aus dem verstaubten, dunklen Magazin geholt wird, um ein Buch entstehen zu lassen, das in Geschäften gekauft werden kann und vielleicht sogar interessant ist, doch die Leute, die es kaufen und lesen, weil es interessant ist, sind nicht seriös, denn wenn sie seriös wären, würden sie sich nicht darum scheren, ob es interessant ist, sie würden tausende von Wörtern schreiben, um sie dem verstaubten, dunklen Magazin zu überantworten.

Es gibt Menschen, die halten den Tod für ein schlimmeres Schicksal als Langeweile.

Ich sah etliche interessante Pullover in den Geschäften, aber ich fand sie ziemlich teuer.

Schließlich riss ich mich los und ging wieder ans Werk.

Es ist wirklich Brach- und Neuland, welches der Verfasser mit der Bearbeitung dieses Themas betreten und durchpflügt hat, so sonderbar auch diese Behauptung im ersten Augenblick klingen mag, rief ich mir in Erinnerung.

Es erschien mir außerordentlich uninteressant.

Ich arbeitete den zweiten Satz durch, mit der gleichen Erfolgsquote wie zuvor, und machte mich dann an den nächsten und übernächsten. Für einen Satz brauchte ich fünf bis zehn Minuten – eine Stunde pro Seite. Allmählich tauchten schemenhaft die Konturen einer These aus dem Nebel auf, wie Debussys versunkene Kathedrale *peu à peu sortant de la brume*.

In *La Cathédrale engloutie* brechen schließlich Akkorde von melancholischer Erhabenheit hervor, ff!!!! Doch als ich nach rund dreißig Stunden oder mehr so ganz allmählich verstand –

49 Menschen in der Englisch sprechenden Welt wissen, was da auf mich lauerte. Niemand sonst weiß es oder kümmert sich darum. Und doch, wie viel hängt von diesem Augenblick der Offenbarung ab! Nur wenn wir in der Lage sind, uns die Welt ohne Newton, ohne Einstein, ohne Mozart zu denken, können wir uns den Unterschied zwischen dieser Welt und der Welt vorstellen, in der ich *Aristarchs Athetesen* schließe und in kühler Missachtung der Bedingungen meines Stipendiums die *Schachnovelle* aus dem Re-

gal nehme. Hätte ich Roemer nicht gelesen, hätte ich nicht erkannt, dass ich mich nicht für die Wissenschaft eigne, ich hätte nie Liberace (nein, nicht den Klavierspieler) kennen gelernt, und die Welt wäre ärmer um ein –

Ich sage mehr, als ich weiß. Eins nach dem anderen. Ich las Roemer Tag für Tag, und nach etwa 30 Stunden kam die Erleuchtung nicht in einer Stunde aus Gold, sondern einer Stunde aus Blei.

Vor zirka 2300 Jahren brach Alexander der Große von Makedonien auf und eroberte alles, was auf seinem Weg lag. Er eroberte sich bis Ägypten durch und gründete die Stadt Alexandria, dann zog er weiter, um Richtung Osten weiter zu erobern und dort zu sterben, sodass seine Nachfolger um seine Eroberungen streiten konnten. Ptolemaios war bereits Statthalter von Ägypten und behielt es einfach. Er regierte das Land von Alexandria aus, und er war es auch, dem die Stadt eines ihrer vielen Prachtstücke verdankte: eine Bibliothek, die mit skrupellos zielstrebigen Anschaffungsmethoden aufgebaut wurde.

Die Erfindung der Druckerpresse lag für sie noch so weit in der Zukunft wie für uns die Wunder des 38. Jahrhunderts; sämtliche Bücher wurden per Hand kopiert. Fehler schlichen sich ein, vor allem beim Kopieren einer Kopie einer Kopie einer Kopie; manchmal hatte der Kopist einen schlauen Einfall und fügte Zeilen oder gar ganze Passagen hinzu, und alle nach ihm schrieben dann arglos den schlauen Einfall zusammen mit dem ganzen Rest ab. Eine Lösung war die, dem Original möglichst nahe zu kommen. Die Bibliothek zahlte dem Stadtarchiv von Athen gewaltige Summen Pfand dafür, die Originalmanuskripte der gesamten griechischen Tragödie (Aischylos, Sophokles, Euripides und wie sie alle heißen) ausleihen und kopieren zu dürfen. Dann sicherte sie sich die bestmögliche Version mit dem einfachen Trick, dass sie die Originale behielt, die Kopien zurückgab und auf das Pfandgeld verzichtete.

So weit, so nicht sonderlich spannend, und doch könnte so vieles, durchweg Faszinierendes über die Bibliothek und Alexandria und die verrückten Menschen, die dort lebten, gesagt werden, denn schon allein die Schriftsteller müssen die wunderlichsten und eigensinnigsten Typen gewesen sein, die die Welt je gesehen hat. Es gibt Leute, die, wenn sie einen Platz brauchen, wo sie ihren Schirm deponieren können, zu Ikea fahren und einen Schirmständer kaufen, der sich zu Hause leicht zusammenbauen lässt – und es gibt Leute, die fahren 100 Meilen zu einer Versteigerung im Herzen von Shropshire und entdecken in einem scheinbar unnützen Farmgerät aus dem 17. Jahrhundert das Potenzial zu einem Schirmständer. Die Alexandriner hätten sich auf der Versteigerung gegenseitig überboten. Sie durchforsteten für ihr Leben gern die Werke der Vergangenheit (die ihnen praktischerweise in einer durch skrupellose Anschaffungsmethoden aufgebauten Bibliothek zur Verfügung standen), machten seltene Wörter ausfindig, die niemand mehr verstand, geschweige denn benutzte, und brachten sie als interessantere Alternativen für Wörter in Umlauf, die von den Menschen vielleicht tatsächlich verstanden wurden. Sie hatten eine Vorliebe für Mythen, in denen Menschen irgendeinem Wahn verfielen oder Zaubertränke zu sich nahmen oder sich in kritischen Augenblicken in Felsen verwandelten; sie hatten eine Vorliebe für Szenen, in denen Menschen, die irgendeinem Wahn verfallen waren, seltsame, abgehackte Reden schwangen, in denen es von zu Unrecht vernachlässigten Wörtern nur so wimmelte; sie konzentrierten sich gern auf ein beliebiges triviales Element aus einem Mythos, um es dann auszuspinnen und den Mythos einfach unter den Teppich zu kehren – sie konnten aus jedem Hamlet einen Rosenkrantz und Guildenstern machen. Als Gelehrte, als Forscher, als Mathematiker, als Dichter, die die Elite der römischen Jugend auf Abwege führten, drängen sie sich zuhauf in Büchern, die nicht in erster Linie von ihnen handeln; widmet man ihnen allein ein Buch, ufern sie sogleich in einen ganzen Extraband mit Fußnoten aus – ich spreche natürlich von Frasers *Ptolemaic Alexandria*, einem Buch, für dessen Besitz ich sterben würde (ich habe einmal auf meinem Sterbebett darum gebeten und es nicht bekommen). Aber die Zeit wird knapp – der Wunderknabe guckt das Video, wer weiß, wie lange noch –, was also war Roemers Beitrag zu diesem wunderbaren Thema?

Roemer interessierte sich für die Homerkritik von Aristarchos, der kurz nach 180 v. Chr. die Bibliothek leitete (die unerfreuliche Sache mit den Tragödien war vor seiner Zeit). Aristarchos fehlte ein vollkommener Text von Homer; da ein Originalmanuskript nicht existierte, reichten Skrupellosigkeit und Bares nicht aus: Er musste Kopien vergleichen und Fehler ausfindig machen. Er markierte alle Zeilen, die seiner Ansicht nach nicht in den Text gehörten, zur Streichung (Athetese) und schrieb als Erster seine Begründungen in Kommentaren nieder. Von Aristarchos ist uns nichts erhalten. Bei einigen Randnotizen zur *Ilias* ohne Namensnennung handelte es sich vermutlich um Extrakte aus Aristarchos aus dritter Hand; es gab auch andere Notizen, die Namen nannten.

Roemer fand einige dieser Extrakte aus dritter Hand genial: Die stammten zweifellos von Aristarchos, der zweifellos ein Genie war. Andere Extrakte waren zu dumm für ein Genie: eindeutig von jemand anders. Jedes Mal, wenn irgendjemand anders angeblich irgendetwas Geniales von sich gegeben hatte, erkannte er sofort, dass es in Wirklichkeit von Aristarchos stammte, und wenn zufällig irgendwo irgendwelche genialen Kommentare standen, deren Autorenschaft niemand für sich beanspruchte, entdeckte er hinter ihnen sogleich den ungenannten überragenden Geist.

Nun ist das natürlich offenkundiger, krasser Schwachsinn. Wenn man vorhat, alle Namen so lange hin- und herzuschieben, bis immer ein und dieselbe Person das Genie ist, bedeutet das, dass man beschlossen hat, seiner Quelle immer dann nicht zu glauben, wenn aus ihr hervorgeht, dass jemand anders etwas Gutes gesagt hat oder dass das Genie etwas Schlechtes gesagt hat – aber die Quelle ist doch der einzige Grund, warum man das Genie überhaupt für ein Genie hält. Jeder, der auch nur zwei Sekunden nachgedacht hätte, hätte dieses Problem erkannt, aber Roemer hatte es fertig gebracht, eine ganze gelehrte Abhandlung zu verzapfen, ohne auch nur zwei Sekunden nachzudenken. Nachdem er festgelegt hatte, dass Dummheit das Kriterium für Unauthentizität ist, machte er sich daran, eine dumme Bemerkung nach der anderen als in Wirklichkeit von Zenodot oder Aristophanes (nein, nicht der) stammend oder als von Didymos falsch zitiert zu verwerfen, gespickt mit vielen sarkastischen & spöttischen Seitenhieben gegen die Unfähigkeit dieser Schwachköpfe.

Als ich dahinter kam, dass er genau das behauptete, konnte ich zuerst kaum glauben, dass er das wirklich behauptete. Also las ich noch 50 Seiten weiter (bei einem Tempo von 20 Minuten pro Seite, wodurch noch einmal 16,66 Stunden hinzukamen), und er behauptete wirklich genau das. Ich starrte auf die Seite. Ich schloss die Augen.

Nehmen wir an, Sie wachsen in einem Ort auf, wo man hellauf begeistert ist, weil das erste Motel des Ortes entsteht, und ziehen von Stadt zu Stadt, sobald wieder ein Motel fertig ist und das nächste in Angriff genommen wird. Klar, dass die Schule Sie nicht vom Hocker reißt, und Sie kriegen auf dem Abschlusszeugnis als Durchschnittsnote eine solide Zwei. Gleich darauf machen Sie die Eignungsprüfung fürs College und verblüffen alle mit einem so guten Ergebnis, dass die Durchschnittsnote Zwei in ein völlig anderes Licht getaucht wird. Ihre Lehrer fassen das Ergebnis als persönliche Beleidigung auf. Dann bewerben Sie sich an verschiedenen Colleges, die Referenzen sehen wollen, und Lehrer, von denen Sie in sprachlose Stumpfheit getrieben wurden, schreiben, Sie hätten eine beklagenswerte Apathie an den Tag gelegt. Das Vorstellungsgespräch findet auf der Grundlage Ihrer glänzenden College-Eignung statt, und Sie werden nach Ihren Interessen gefragt, und Sie haben keine Interessen. Sie haben auch nicht an Aktivitäten außerhalb des Unterrichts teilgenommen, weil die einzige Möglichkeit zu Aktivitäten außerhalb des Unterrichts der Donny-Osmond-Fanclub war. Ihre Bewerbung wird auf Grund von Apathie abgelehnt.

Eines Tages liegen Sie auf einem Bett in einem der Motelzimmer. Ihre Mutter hat einen schlechten Tag: Sie spielt zum 63. Mal Chopins Revolutionsetüde auf dem Klavier im Zimmer nebenan.

Ihr Vater hat einen guten Tag: Ein Mitglied der Gideon Society war da, um ihm für jedes Zimmer eine Bibel anzubieten, und er hat kategorisch klar gemacht, dass er so einen Müll in seinem Motel nicht haben will. In der obersten Schublade von jedem Nachttisch, so erklärt er, liegt eine Ausgabe von Darwins *Entstehung der Arten.* Und es ist sogar ein besonders guter Tag, weil just an diesem Morgen einer der Gäste *Die Entstehung der Arten* gestohlen hat und kein Handtuch. Sie starren apathisch auf den Fernseher. Da läuft gerade *A Yank at Oxford.*

Auf einmal haben Sie eine Idee.

Oxford, so denken Sie sich, würde es Ihnen bestimmt nicht ankreiden, dass Sie nicht im Donny-Osmond-Fanclub waren. Oxford würde bestimmt nicht verlangen, dass jemand sinnlose Begeisterung an den Tag legt, nur um zu beweisen, dass er sich für irgendetwas begeistern kann. Oxford würde bestimmt nicht Hörensagen als Beweis akzeptieren. Oxford würde bestimmt keine Referenz gegen Sie verwenden, ohne irgendetwas über den Verfasser zu wissen.

Wieso sich nicht in Oxford bewerben?

Ich dachte: Ich könnte Motel-Land verlassen und unter vernunftbegabten Wesen leben! Ich würde mich nie wieder langweilen!

Ich hatte meine Rechnung ohne Roemer gemacht. Nun dachte ich: Liegt es vielleicht an meinem Deutsch?

Aber er sagte es wirklich, und ich hatte 46,66 Stunden damit verbracht, ihn zu lesen. Ich starrte auf die Seite. Ich starrte durch den Kuppelraum. Er war angefüllt mit dem leisen Geräusch von Seiten, die umgeschlagen werden. Ich stützte den Kopf in die Hand.

Ich hatte 46+ Stunden auf diese abstruse Logik verwandt, zu einem Zeitpunkt, wo ich noch kein Wort von Musil oder Rilke oder Zweig gelesen hatte. Aber ich hatte kein Stipendium, um Sachen zu lesen, die einfach nur gut waren; ich hatte ein Stipendium, um das Wissen in der Welt zu mehren. Ich hatte 47 Stunden vergeudet, in einer Zeit, in der Menschen verhungerten &

Kinder in die Sklaverei verkauft wurden; doch um Dinge zu tun, die es einfach nur wert waren, getan zu werden, brauchte ich eine Arbeitserlaubnis, und die hatte ich nicht. Wenn ich die Arbeitserlaubnis nicht gebraucht hätte, wäre ich ohne das Stipendium ausgekommen, & wenn ich in die Staaten zurückgekehrt wäre, wäre ich ohne Arbeitserlaubnis ausgekommen, aber ich wollte nicht zurück in die Staaten.

In *Der Graf von Monte Christo* gibt es eine Figur, die sich jahrelang durch harten Stein gräbt und schließlich irgendwo ankommt: in einer anderen Zelle. So ein Augenblick war das.

Ich wünschte, ich hätte mich in den 47 Stunden mit Dialekten des Jemen beschäftigt.

Ich versuchte, mich aufzumuntern. Ich dachte: Ich bin in Großbritannien! Ich kann ins Kino gehen, und wenn ich Glück habe, zeigen sie eine Werbung für die Biersorte Carling Black Label! Denn die Werbespots in Großbritannien sind die besten der Welt, und die Spots für Carling Black Label britische Werbung vom Feinsten. Mir fiel kein Film ein, den ich unbedingt sehen wollte, aber die Werbung wäre toll. Aber plötzlich dachte ich, dass das genau das Problem war, das war das Diabolische an meinem Leben: zwei Stunden *Ghostbusters XXXV*, den man eigentlich gar nicht sehen wollte, für eine Minute Werbung für Carling Black Label. Also beschloss ich, nicht ins Kino zu gehen, und wenn ich doch nur –

Ich entschied mich gegen das Kino. Ich dachte: Wie wär's mit einem Fried Chicken.

Ein Amerikaner in Großbritannien hat so viele Möglichkeiten, sich zu trösten, wie sonst nirgendwo auf der Welt. Eines der wunderbaren Dinge an diesem Land ist das vielfältige Angebot an Fried-Chicken-Restaurants, die Fried Chicken aus amerikanischen Staaten anbieten, welche auf der anderen Seite des Atlantiks nicht gerade bekannt für Fried Chicken sind. Wenn man etwas deprimiert ist, kann man Zuflucht bei einem Tennessee Fried Chicken suchen, wenn man völlig verzweifelt ist, rückt ein Iowa Fried Chicken die Dinge wieder in die richtige Perspektive, wenn das Leben keinen Sinn mehr macht und der Tod in unerreichbarer Ferne ist, kann man gucken, ob es irgendwo auf der Insel ein Alaska Fried Chicken gibt, wo Hähnchen nach einem Rezept gebrutzelt werden, das bei den Inuit seit undenklichen Zeiten von Generation zu Generation weitergegeben wird.

Ich radelte die Cowley Road hinunter, vorbei an einem Maryland Fried Chicken, vorbei an einem Georgia Fried Chicken, und die ganze Zeit überlegte ich krampfhaft, was ich ohne Arbeitserlaubnis machen könnte. Schließlich kam ich zu einem Kansas Fried Chicken und stieg ab.

Ich schloss gerade mein Fahrrad ab, als ich plötzlich dachte: Rilke war der Privatsekretär von Rodin.

Was ich über Rilke wusste, war Folgendes: Er war Dichter, er ging nach Paris und bekam einen Job als Sekretär von Rodin, und er sah einige Bilder von Cézanne bei einer Ausstellung im Grand Palais und schaute sie sich danach Tag für Tag stundenlang an, weil er etwas Derartiges noch nie gesehen hatte.

Ich wusste nicht, wie Rilke an den Job gekommen war, und stellte mir daher vor, dass er einfach bei Rodin aufgetaucht war. Warum sollte ich nicht einfach bei jemandem auftauchen? Ich könnte nach London oder Paris oder Rom fahren und bei einem Maler oder Bildhauer auftauchen, bei der Sorte Mensch, der es wahrscheinlich egal wäre, ob ich eine Arbeitserlaubnis hatte. Ich könnte mir Sachen ansehen, die gerade erst geschaffen wurden, und stundenlang gucken.

Ich ging auf und ab und überlegte, welcher Künstler wohl eine Assistentin gebrauchen könnte.

Ich ging auf und ab und dachte, dass mir vielleicht eher ein Künstler einfallen würde, wenn ich schon in London oder Paris oder Rom wäre.

Ich hatte nicht viel Geld, also ging ich auf und ab und überlegte, wie ich nach London oder Paris oder Rom käme. Schließlich betrat ich das Kansas Fried Chicken.

Ich wollte gerade einen Kansas Chick'n Bucket bestellen, als mir einfiel, dass ich mich für das Dinner im College angemeldet hatte. Mein College war berühmt für seinen Koch, und dennoch war ich versucht zu bleiben, wo ich war, und wenn ich doch nur –

Das möchte ich nicht denken. Das meine ich auch nicht, aber wenn ich doch nur –

Was spielt das noch für eine Rolle? Geschehen ist geschehen.

Per Zufall hatte ich mich für den Abend zum Essen im College angemeldet; per Zufall saß ich neben einer Ehemaligen, die zu Besuch war; es war kein Zufall, dass ich über intellektuelle Monogamie & Arbeitsgenehmigungen sprach, denn mir fiel nichts anderes ein, aber per Zufall sagte die Ehemalige mitfühlend, dass Balthus der Sekretär von Rilke gewesen war, per Zufall war sie die Tochter eines Angestellten im öffentlichen Dienst & daher nicht von der britischen Bürokratie eingeschüchtert, & sie sagte, dass ich, wenn ich mir nicht zu schade wäre

Warum kämpfen sie?
WARUM KÄMPFEN SIE?
WARUM KÄMPFEN SIE?
Kannst du nicht lesen, was da steht?
NATÜRLICH kann ich es lesen, aber WARUM
Na ja, sie suchen Samurai, die das Dorf gegen Banditen verteidigen sollen
Das weiß ich
aber einige von ihnen halten das für sinnlos
DAS WEISS ich
weil die Samurai, die sie gefragt haben, sich durch das Angebot von drei Mahlzeiten am Tag beleidigt gefühlt haben
Das WEISS ICH
und jetzt sagen sie, ich hab's euch doch gesagt
DAS WEISS ICH, ABER WARUM KÄMPFEN SIE
ich glaube, das ist vielleicht noch zu schwer für dich
NEIN
Vielleicht sollten wir warten, bis du älter bist
NEIN

Nur bis du 6 bist
NEIN! NEIN! NEIN! NEIN! NEIN!
OKOKOKOKOK. OK. OK.

Ich denke, er ist wahrscheinlich zu jung, aber was kann ich machen? Heute habe ich folgende schreckliche Worte in der Zeitung gelesen:

> Auf Grund der fehlenden Unterstützung durch einen Mann ist die Erziehung eines Sohnes für eine allein erziehende Mutter ein mühevoller Kampf. Es ist ungemein wichtig, dass sie dem Jungen männliche Rollenmodelle bietet – Nachbarn oder Onkel oder Freunde der Familie, die gleiche Interessen oder Hobbys haben.

Das ist ja alles gut und schön, aber Ludo ist ein onkelloser Junge, und ich kenne nun mal keine gutmütigen Briefmarkensammler (falls ja, würde ich ihnen tunlichst aus dem Weg gehen). Es ist Besorgnis erregend. Ich habe mal gelesen, dass argentinische Soldaten Dissidenten gefesselt über dem Meer aus dem Flugzeug geworfen haben. Ich dachte: Nun, wenn L ein Rollenmodell braucht, soll er sich *Die sieben Samurai* angucken, dann hat er gleich 8.

Die Bauern sehen eine Menschenmenge. Ein Samurai ist zum Flussufer gegangen und lässt sich von einem Priester den Kopf kahl scheren.

Ein Mann mit Schnurrbart und einem Schwert drängt sich durch die Menge, hockt sich hin und kratzt sich das Kinn. (Es ist Toshiro Mifune.)

Ein gut aussehender aristokratischer junger Mann fragt jemanden, was los ist. Ein Dieb hat sich in einer Scheune versteckt. Er hat einen kleinen Jungen als Geisel genommen. Der Samurai hat um das Gewand eines Priesters und um zwei Reiskuchen gebeten.

Der Samurai legt seine Verkleidung an. Er spürt, dass Mifune ihn beobachtet, und dreht sich um. Seine Augen sind schwarz in einem weißen Gesicht vor einem schwarzen Hintergrund. Mifune starrt ihn ausdruckslos an. Die Augen des Samurai sind schwarz in einem weißen

Gesicht. Mifune kratzt sich. Der Samurai wendet sich ab. Er dreht sich erneut um und sieht Mifune an; seine Augen sind schwarz, sein Gesicht ist weiß. Er wendet sich ab und geht zur Scheune.

Mifune stößt dicht hinter ihm einen Holztrog um und setzt sich darauf, um zuzuschauen.

Der Samurai sagt zu dem Dieb, dass er etwas zu essen bringe, wirft die Reiskuchen durch die offene Tür und läuft in die Scheune.

Der Dieb rennt aus der Scheune und fällt tot um.

Der Samurai lässt das Schwert des Diebes in den Staub fallen.

Die Eltern des kleinen Jungen eilen herbei und nehmen das Kind.

Mifune läuft zu dem Leichnam und schwingt sein Schwert. Er springt auf und ab.

Der Samurai geht davon, ohne sich umzublicken.

zu tippen (ich hatte gesagt, ich würde 100 Wörter pro Minute schaffen), könnte ich eine Arbeitserlaubnis & einen Job haben.

Ich wollte vorhin sagen, wenn ich Roemer nicht am 30. April 1985 gelesen hätte, wäre die Welt ärmer um ein Genie; ich sagte, dass die Welt ohne das Enfant terrible wie die Welt ohne Newton & Mozart & Einstein wäre! Ich habe keine Ahnung, ob das stimmt; ich kann unmöglich wissen, ob das stimmt. Nicht jedes Genie ist ein Wunderkind, & nicht jedes Wunderkind ist ein Genie, & mit 5 ist es noch zu früh, um irgendwas sagen zu können. Sidis sprach 12 Sprachen mit 8, hielt mit 12 in Harvard Vorlesungen über Stereometrie, und außer ehrgeizigen Eltern von kindlichen Überfliegern kannte ihn am Ende niemand. Cézanne brachte sich mit über 20 das Malen bei. Aber Bernini war ein Wunderkind und ein Genie, und Mozart ebenso. Es ist nicht unmöglich. Es ist möglich.

Es ist möglich, aber ist es wahrscheinlich? Wenn L ein Mozart oder ein Newton ist, wird es die Menschen in 10 Generationen interessieren, dass es ihn beinahe

Warum hat er sich die Haare abschneiden lassen? Warum hat er sich was anderes angezogen?

WARUM HAT ER SICH DIE HAARE ABSCHNEIDEN LASSEN? WARUM HAT ER SICH WAS ANDERES ANGEZOGEN?

WARUM HAT ER

Er musste sich als Priester verkleiden, damit der Dieb keinen Verdacht schöpft und das Kind tötet.

Und warum ist der Priester nicht selbst zu dem Dieb gegangen?

Ich glaube, buddhistische Priester sind gegen Gewalt. Außerdem hätte der Priester den Dieb vielleicht nicht entwaffnen können. Jedenfalls, wichtig ist hier, dass er es umsonst tut, und er tut es, um das Kind zu retten, denn wie wir später erfahren, bedauert er ganz besonders –

Ich würde ihm gern sagen, er soll den Film für sich sprechen lassen. Ich will ihm das gerade sagen, in der Gewissheit, dass er damit nichts falsch machen kann, als ich an Mr. Richies Kommentare zur letzten Szene denken muss, in der Reis gepflanzt wird. Mr. Richie ist der Autor von *The Films of Akira Kurosawa*, und sosehr ich mich auf dieses Buch bei allem verlasse, was ich über die vielen Filme von Kurosawa weiß, die nicht auf Video erhältlich sind, ich wünschte, er hätte nicht gesagt, dass das Ende des Films die Undankbarkeit der Bauern zeigt und dass die Reispflanzszene ein Element der Hoffnung zum Ausdruck bringen soll. Wenn der Film nicht für sich selbst spricht, muss ich etwas über den Film sagen, das ich sehr viel lieber

Ich sage zu L, ich hätte irgendwo gelesen, dass es einem Nicht-Samurai in der Tokugawa-Zeit bei Todesstrafe verboten war, ein Schwert zu tragen. Ich sage, laut Mr. Richie war es für einen Samurai normalerweise eine Demütigung, den Kopf geschoren zu bekommen. Ich sage, dass der Schauspieler mit dem Schnurrbart Mifune Toshiro ist, weil ich nicht will, dass er meine schlechte Angewohnheit übernimmt, aus Faulheit die Namen in der westlichen Reihenfolge auszusprechen, und ich schreibe ihn auf einen Zettel, damit er ihn beim nächsten Mal weiß. Ich sage, der Name des Schauspielers, der den Samurai spielt, ist Shimura Takashi, und ich schreibe nach kurzem Nachdenken die Schriftzeichen für Shimura auf und nach längerem Nachdenken das Zeichen für Takashi. Ich sage, dass ich Kurosawas Namen in zwei Schreibweisen gesehen habe, die Zeichen für Kuro (schwarz) und Akira (weiß nicht) sind immer gleich, aber für Sawa habe ich schon mal zwei verschiedene Zeichen gesehen. Ich schreibe beide Versionen auf & sage, dass es wohl höflicher ist, die Form zu verwenden, die der Namensträger bevorzugt. Er fragt, wen Kurosawa spielt, und ich sage, er spielt nicht mit, er ist der Regisseur, und er sagt, was ist ein Regisseur, und ich sage, dass es einfacher zu erklären ist, wenn er den Film gesehen hat. Mir kommt der Gedanke, dass solche Informationen dürftige Verteidigungen gegen das sind, was immer es ist, das einen Mann dazu bringt, auf Befehl einen Menschen aus einem Flugzeug zu werfen, und das ist schlimm, denn L will gleich mehr wissen. Er bittet mich, die Namen von allen anderen Schauspielern aufzuschreiben, damit er sie sich später anschauen kann. Ich sage, ich werde versuchen, sie in der Autobiographie zu finden.

gar nicht gegeben hätte; Roemer wird für ihn genauso bedeutsam sein wie die Pest, die Newton veranlasste, von Cambridge nach Hause zu fliehen. Aber warum sollte es für ihn nicht schlecht ausgehen? Ein Baby aus dem Mutterleib auf die Welt zu bringen ist kein großes Geheimnis mehr. Es kommt raus, als sabbernder Schreihals. Schon bald treten seine Talente zu Tage; sie werden aufgespürt und in eine Schablone gepresst. Aber Mozart war einst ein hoch begabter, fingerfertiger kleiner Affe.

Mein Vater sagte immer mit einem spöttischen Lächeln, wenn etwas schief ging, was meistens der Fall war: Die traurigsten Worte, ob gesprochen, geschrieben, gelesen, sind diese fünf: Es wäre zu schön gewesen. Wenn aus L etwas Gutes wird, nicht durch irgendein Wunder, sondern dadurch, dass er das Richtige und nicht das Falsche tut, können andere vielleicht von seiner Rettung profitieren; wenn aus ihm etwas Schlechtes wird (was nicht ausgeschlossen ist), bleiben sie auf Grund seines warnenden Beispiels vielleicht verschont.

Die Bauern sehen einander an. Das ist der Mann, den sie brauchen. Sie folgen ihm zur Stadt hinaus.

Ebenso Mifune.

Ebenso der aristokratische junge Mann. Er läuft zu dem Samurai und fällt vor ihm auf die Knie.

L (liest die Untertitel): Ich heiße Katsushiro Okamoto. Ich bitte Euch, Herr, nehmt mich als Euren Schüler an

L: Ich heiße Kambei Shimada. Ich bin nur ein *ronin*. Was ist ein *ronin*?

Ich: Ein armer Samurai, der in niemandes Diensten steht.

L: Ich bin kein Samurai, und ich nehme keine Schüler

L: Bitte nehmt mich

L: Steh auf, so können wir doch nicht reden

L: Du machst mich ganz verlegen; ich habe keine besonderen Fähigkeiten
Hör zu, du kannst bei mir nichts lernen
Ich besitze nur viel Kampferfahrung
Gib den Plan auf, mir zu folgen
es ist zu deinem eigenen Besten

L: Ich bin entschlossen, Euch zu folgen, was Ihr auch sagt

L: Das tust du nicht
Ich kann mir keinen Schüler leisten

Mifune kommt dazu gelaufen und starrt den Samurai an. Kambei: Onushi – samurai ka? *Mifune (richtet sich auf): [ruft etwas Unverständliches]*

L: Bist du ein Samurai?

L: Gewiss!

Kambei und Katsushiro gehen davon. Ein Bauer läuft herbei und fällt auf die Knie.

Ich sage L, dass Kurosawa in der Autobiographie den wunderbaren Mifune in höchsten Tönen lobt, das Einzige, was er an ihm beanstandet, ist seine ziemlich harte Aussprache, die von den Mikrophonen nicht so gut aufgenommen werden konnte. Ich sage, dass die Art, wie die Übersetzer das Japanische in die Hochsprache übersetzt haben, ganz niedlich ist.

L: Was ist Hochsprache?

Ich: Das, in das die Übersetzer übersetzen. Besitze nur viel Kampferfahrung! Bin entschlossen, Euch zu folgen! Die meisten Menschen verstehen die Hochsprache, auch wenn sie im Alltag so nie sprechen würden, aber dennoch.

L: Sagen sie das denn nicht?

Ich: Es ist möglich, dass sie Hochjapanisch sprechen, aber das können wir nur mutmaßen. Kambei sagt: *Tada kassen ni wa zuibun deta ga, tada*, nur *kassen* bedeutet Schlacht oder Gefecht laut Halpern (aber ich frage mich, ob sich da nicht einfach Hochsprache eingeschlichen hat), *ni* in, *wa* ist topische Partikel, *zuibun* viel, *deta* geschehen, *ga* noch eine Partikel, auf die wir jetzt nicht näher eingehen wollen, die aber wohl ziemlich geläufig ist, es ist kaum vorstellbar, dass sie den Anflug von Hochsprachlichkeit vermittelt, den

L: Wann bringst du mir Japanisch bei?

Ich: Ich kann es nicht gut genug, um es dir beizubringen.

L: Du könntest mir das beibringen, was du kannst.

Ich: [NEIN NEIN NEIN NEIN] Na ja

L: Bitte

Ich: Na ja

L: Bitte

Stimme der Süßen Vernunft: Du hast mit so vielen anderen Sachen angefangen, ich denke, du solltest dich noch mehr damit beschäftigen, bevor du mit was Neuem anfängst.

L: Wie viel mehr noch?

Ich: Na ja

L: Wie viel mehr noch?

Das Letzte, was ich will, ist, einem Fünfjährigen eine Sprache beibringen, die ich mir selbst noch nicht habe beibringen können.

Ich: Ich überleg's mir.

Ich möchte gern einen Stil finden, der die Welt in Erstaunen versetzt. Ich werde wohl nicht Cézannes Pinselführung entdecken; wenn ich schon nichts anderes hinterlasse, dann möchte ich, dass es ein Wunder ist. Aber ich muss so schreiben, dass ich verstanden werde; wie lässt sich formale Perfektion bewahren? Ich sehe vor meinem geistigen Auge eine Seite, ich denke an Ciceros *De Natura Deorum*: ganz oben eine Zeile auf Lateinisch, der Rest Englisch (oder möglicherweise Deutsch), Identifizierung von unbekannten Personen nach 2000 Jahren. Genauso wird es aussehen, wenn ich Lesern des 45. Jahrhunderts jeden Verweis erkläre, Lesern, die, wie ich mir vorstellen kann, den Namen eines einzigen Genies im 21. Jahrhundert kennen (dasjenige, das jetzt fünf Jahre alt ist). Ich meine damit, dass ich vor meinem geistigen Auge eine Seite sehe, ganz oben eine Zeile mit den Worten Carling Black Label, der Rest eine dichte Masse aus kleiner Schrift; beschrieben werden Carling Black Label, das Bier, Carling-Black-Label-Werbespots, der Stolz britischer Werbung, Levi's, die Jeans, ein Werbespot für stonewashed Levi's, parodiert in einem klassischen Spot für Carling Black Label, der Text des klassischen Songs »I Heard It Through the Grapevine«, gesungen von Marvin Gaye in klassischen Jeans und einem klassischen Bierwerbespot, und natürlich die schreckliche Deprivation des damaligen amerikanischen Publikums, das zwar die Jeans exportieren und das Bier importieren konnte, aber nicht im Stande war, die Glanzpunkte der britischen Werbung zu goutieren, zu denen diese Produkte führten. Ich meine damit, dass ich Bücher gelesen habe, die vor 2000 oder sogar 2500 Jahren oder vor 20 Jahren geschrieben wurden, und in 2500 Jahren wird man ihnen alles, sogar Mozart, erklären müssen, und wenn man erst mal mit dem Erklären angefangen hat, ist kein Ende abzusehen.

WIE VIEL MEHR NOCH?

WIE VIEL MEHR NOCH?

WIE VIEL, MEHR, NOCH?

Ich: Nun, wenn du die *Odyssee* liest und die Bücher 1–8 der *Metamorphosen* und das ganze *Kalila wa-Dimna* und 30 von den Märchen aus *Tausendundeiner Nacht* und das erste Buch Samuel und das Buch von Jona und die Cantillation lernst und wenn du 10 Kapitel von *Algebra leicht gemacht* durcharbeitest, dann bringe ich dir so viel bei, wie ich kann.

L: Dann mache ich das.

Ich: Na schön.

L: Im Ernst.

Ich: Schön.

L: Du wirst schon sehen.

Ich: Ich weiß.

L: Bringst du mir das Alphabet bei, während ich an dem Rest arbeite?

Ich: Es gibt kein Alphabet. Es gibt zwei Silbentabellen mit je 46 Symbolen, 1945 Schriftzeichen, die aus dem Chinesischen stammen und seit dem Zweiten Weltkrieg allgemein in Gebrauch sind, und bis zu 50 000 Zeichen, die schon davor benutzt wurden. Ich kenne die Silbentabellen und 262 Schriftzeichen, die ich ständig wieder vergesse, weshalb ich eigentlich nicht geeignet bin, dir Japanisch beizubringen.

L: Dann besorg mir doch einen Japaner, der es mir beibringt.

Eine wunderbare Idee. Ich könnte einen wohlwollenden Japaner engagieren, der den Ersatzonkel für L abgibt! Einen wohlwollenden Mifune-Doppelgänger, der mit ihm über Briefmarkensammeln oder Football oder sein Auto in einer Sprache spricht, die die diabolische Langeweile des Themas verbirgt. Aber wahrscheinlich würde er Geld dafür verlangen.

Ich: Ich denke, das können wir uns nicht leisten.

Ich habe einmal ein Buch über ein australisches Mädchen gelesen, das eine englische Bulldogge geschenkt bekam; ein großer Pick-up wurde in die Stadt geschickt, um das (wie sie glaubten) große Tier abzuholen, und es kam eine ganz junge Bulldogge, die in eine Hand passte. Damals dachte ich, dass ich auch gern eine winzige Bulldogge hätte. Was wusste ich schon. L hat Ali Baba und Moses im Schilfkörbchen und Ciceros *De Amicitia* und die *Ilias* gelesen, worauf ich ihn per Zufall brachte, & er kann »Straight No Chaser« spielen, nachdem er sich das Band angehört & an die 500-mal versucht hat, es nachzuspielen – es ist wunderbar, dass er das geschafft hat, und dennoch, wenn man im selben Zimmer versucht, 62 Jahrgänge von *Sticken mit Crewelgarn* in den Computer zu tippen, ist es manchmal nicht leicht, ein entsprechendes

Denn wer war Mozart? Wolfgang Amadeus Mozart (1756–1791) war ein genialer österreichischer Komponist, der ab dem fünften Lebensjahr von seinem Vater Leopold Musikunterricht bekam und an den Höfen Europas vorgezeigt wurde, wo er mit verbundenen Augen Cembalo spielte und andere Kunststückchen vollführte. Er komponierte Streichquartette, Sinfonien, Klaviersonaten, Stücke für die Glasharmonika und mehrere Opern wie beispielsweise *Don Giovanni* und *Die Zauberflöte*. Seine Schwester Nannerl erhielt die gleiche Ausbildung und war kein Musikgenie. Jemand, und noch dazu ein kluger Mann, sieht darin den Beweis, dass Frauen nicht das Zeug zum Musikgenie haben. Wie kann jemand so etwas behaupten, sagen Sie, UND gleichzeitig doch wissen, dass ein Bruder und eine Schwester unter Umständen keine gemeinsamen Gene haben, ohne der unwahrscheinlichen Theorie anzuhängen, dass jeder Mann ein Mozart werden könnte, wenn er eine vergleichbare Ausbildung erhält? Sie sagen das, und ich habe das gedacht; aber Tatsache ist, dass ein kluger Mann so selten nachzudenken braucht

Was ist eine Silbentabelle?

Eine Silbentabelle ist eine Darstellung von phonetischen Symbolen, die jeweils eine Silbe repräsentieren dass er es sich abgewöhnt.

Was ist eine Silbe?

Du weißt, was eine Silbe ist.

Nein, weiß ich nicht

Eine Silbe ist ein phonetisches Element eines Wortes, das einen Vokal enthält, zum Beispiel das Wort »Silbe«, es lässt sich aufgliedern in »Sil-be«, und für jeden Teil könnte man ein Symbol nehmen. Im Chinesischen ist jedes Wort nur eine Silbe lang, es ist monosyllabisch. Was würde polysyllabisch bedeuten?

Mit vielen Silben?

Exactement.

Und oligosyllabisch wäre ein Wort mit einigen wenigen Silben.

Stimmt, aber das ist nicht sehr gebräuchlich, die Menschen denken anscheinend in gegensätzlichen Kategorien zwischen eins und vielen

Duosyllabisch

Aus euphonischen Gründen wäre es besser, von einem Wort mit zwei Silben zu sprechen. Im Allgemeinen solltest du, wenn du ein Wort erfindest, die adverbiale Form der Zahl benutzen, also in diesem Fall disyllabisch, nur man benutzt offenbar häufig bi nach mono, Monogamie Bigamie Monoplan Biplan. Lateinische Zahlen stehen meistens mit Wörtern lateinischen Ursprungs zusammen, also unilateral bilateral multilateral bilingual multinational, die griechischen Zahlen mit Wörtern griechischen Ursprungs, Tetraeder, Tetralogie, Pentagon

Trisyllabisch

Ja

Tetrasyllabisch

Ja

Pentasyllabisch hexasyllabisch heptasyllabisch oktasyllabisch enasyllabisch dekasyllabisch hendekasyllabisch dodekasyllabisch

Genau

Treiskaidekasyllabisch tessareskaidekasyllabisch pentekaidekasyllabisch hekkaidekasyllabisch heptakaidekasyllabisch

Und wer war Bernini? Gianlorenzo Bernini (1598–1680) war »das größte Genie des italienischen Barock«, der mit sieben Jahren nach Rom zog und bei seinem Vater

EIKOSASYLLABISCH

Pietro, einem Bildhauer, in die Lehre ging. Rudolf Wittkower (deutscher Kunsthistoriker, der vor den Nazis flüchtete [wo soll man anfangen?], Autor von *Art & Architecture in Italy 1600–1750*) vergleicht ihn mit Michelangelo ([1475–1564],

enneakaieikosasyllabisch
TRIAKONTASYLLABISCH

Maler, Dichter, genialer Bildhauer...) auf Grund seiner Fähigkeit zu übermenschlicher

oktokaitriakontasyllabisch enneakaitriakontasyllabisch
TESSARAKONTASYLLABISCH

Konzentration. »Doch im Gegensatz zu dem schrecklichen und einsamen Riesen des sechzehnten Jahrhunderts war er ein Mann mit grenzenlosem Charme, ein brillanter und geistreicher Redner, überschwenglicher Gastgeber, mit einem aristokratischen Auftreten, ein guter Ehemann und Vater, ein erstklassiger

enneakaitesserakontasyllabisch PENTEKONTASYLLABISCH
heiskaipentekontasyllabisch

Organisator, mit dem beispiellosen Talent, seine Arbeiten rasch und mühelos zu vollenden.«

Und Cézanne? Paul Cézanne (1839–1906) war ein genialer französischer Maler, der mit der Schule der

treiskaihexekontasyllabisch

impressionistischen Malerei verbunden war. Er war schweigsam. Man nannte ihn den »Bären«. Er arbeitete sehr langsam und

oktokaihexekontasyllabisch ennekaihexekontasyllabisch
HEBDOMEKONTASYLLABISCH

mühevoll. Er ist vor allem für seine Landschaften und Stillleben berühmt. Seine Technik war es, die Farbe sehr dick aufzutragen, häufig mit einem Palettenmesser statt mit dem Pinsel. Er arbeitete so

heptakaihebdomekontasyllabisch

langsam, dass selbst Obst nicht

OGDOEKONTASYLLABISCH

still genug stehen konnte: Es verfaulte,

Welches ist das längste Wort der Welt?

Ich weiß nicht. Ich kenne nicht alle Wörter auf der Welt.

Welches ist das längste Wort, das du kennst?

Ich weiß nicht.

Wieso weißt du das nicht?

Ich glaube, es ist der Name eines Polymers. Ich weiß nicht mehr, wie das heißt.

duokaiogdoekontasyllabisch

Moment. Ich weiß ein schönes. Di(2-äthylhexyl)hexahydrophthalat.

Ist das ein Polymer?

Nein.

Was bedeutet es?

Das hab ich mal gewusst.

Mein Dad wüsste das.

Nie im Leben (denke ich) – ich würde es gern sagen, aber ich WEISS nicht, dass er es nicht weiß, es besteht nur die (meiner Meinung nach) ungemein große Wahrscheinlichkeit, & ich denke, ich sollte ihn ohne stichhaltige Beweise nicht bei L schlecht machen.

MAG SEIN, dass er es weiß. Es ist in unserem Gespräch nicht vorgekommen.

Worüber habt ihr geredet?

Ich habe über den Stein von Rosette geredet. Er hat über sein Auto geredet und über einen Schriftsteller, den er toll fand.

Was für ein Auto hat er?

Hat er nicht gesagt. Diäthyl-dimethyl-Methan. Diäthyl-diäthyl-Malonate. Diäthyl-methyl-äthyl-Malonate.

treiskaiogdoekontasyllabisch

tessareskaiogdoekontasyllabisch pentekaiogdoekontasyllabisch

bevor er fertig war. Er nahm

oktokaiogdoekontasyllabisch ennekaiogdoekontasyllabisch

ENENEKONTASYLLABISCH

stattdessen Obst aus Wachs.

Und wer war Rilke, und wer war Zweig, und wer war Musil? Wer war Newton, und wer war Einstein? Rilke

Bring mir doch die Silbentabellen bei.

BRING MIR DOCH DIE SILBENTABELLEN BEI.

BRING MIR DOCH DIE SILBENTABELLEN BEI.

Na ja

Sind die schwer?

Nicht sehr

Bitte

Na ja

Bitte

Ich hab dir gesagt, unter welcher Bedingung

Heiskaienenekontasyllabisch duokaienenekontasyllabisch

Glenn Gould (Exzentriker, Mitte des 20. Jahrhunderts, brillanter kanadischer Pianist und Spezialist für die Werke von J. S. Bach [genialer deutscher Komponist

HEPTAKAIENENEKONTASYLLABISCH

im 18. Jahrhundert]) sagte einmal über das *Wohltemperierte Klavier* [vergiss es], die Präludien

OKTOKAIENENEKONTASYLLABISCH

seien lediglich eine Einleitung

ENNEAKAIENENEKONTASYLLABISCH

und musikalisch

HEKTAKONTASYLLABISCH

eigentlich uninteressant. Der

Du könntest mir EINE Silbentabelle beibringen
Ich hab dir gesagt, unter welcher Bedingung
Gibt es eine Sprache, die nur eine Silbentabelle hat?
Ich glaube, das Tamil kommt mit einer aus
Dann wäre Tamil also eine monosyllabarische Sprache
Ja
Und Japanisch ist eine disyllabarische Sprache, aber die meisten Leute würden bisyllabarisch sagen
Ja
trisyllabarisch tetrasyllabarisch pentasyllabarisch hexasyllabarisch

Leser

heptasyllabarisch

freut sich

oktasyllabarisch

vielleicht

enasyllabarisch

über ein schlichtes

dekasyllabarisch hendekasyllabarisch dodekasyllabarisch

Vorwort.

hekkaidekasyllabarisch

Ich hoffe, ich mache es nicht schlimmer, indem

heptakaidekasyllabarisch
OKTOKAIDEKASYLLABARISCH
ENNEAKAIDEKASYLLABARISCH
EIKOSASYLLABARISCH
heiskai

Du verpasst ein Meisterwerk des modernen Kinos. Lies die *Odyssee* zu Ende, und ich bringe dir Hiragana bei, ja?
Abgemacht.

Emma bot mir eine Arbeitserlaubnis & einen Job an.
Ich sagte: Abgemacht.

❖

Odyssee 1.

❖

Odyssee 2.

❖

Odyssee 3.

❖

Odyssee 4.

❖

Das habe ich nicht gewollt. (L liest gerade *Odyssee* 5. In vier Tagen hat er vier Gesänge gelesen. Ich würde gern da weitermachen, wo ich aufgehört habe, aber ich hab meine Notizen verlegt.) Eigentlich wollte ich dem Beispiel von Mr. Ma folgen (Vater des berühmten Cellisten), der, wie ich irgendwo gelesen habe, anfing, Yo-Yo zu unterrichten, als er zwei war.

Coupez la difficulté en quatre war sein Motto, was bedeutete, dass er ein Musikstück auf eine Abfolge sehr kleiner, kurzer Aufgaben reduzierte. Das Kind sollte eine Aufgabe pro Tag bewältigen. Das gleiche Verfahren setzte er bei den chinesischen Schriftzeichen ein, sodass das Kind ein Schriftzeichen pro Tag lernte – meiner Berechnung nach macht das zwei einfache Aufgaben, aber Sie verstehen, worauf ich hinauswill. Ich dachte, das wäre für L eine enorme Hilfe und sehr wenig Mühe für mich, & als er 2 war, fing ich mit Schaukarten an.

Ich glaube, die erste einfache Aufgabe sollte eine Katze sein. Kaum hatte er diese einfache Aufgabe bewältigt, da wollte er schon weitermachen, er wollte jedes einzelne Wort seines Sprachschatzes auf Karten sehen, er schluchzte LILA LILA LILA, als ich aufhören wollte, bis ich es aufschrieb. Am nächsten Tag fing er sein erstes Buch an, *Taps auf Paps* von Dr. Seuss, und kaum hatte er angefangen, fing er schon an zu weinen, weil er Paps nicht kannte und nicht wusste, wer auf ihn tapste. Blitzartig wurde mir klar, dass der Zeitaufwand, einen zweijährigen Workaholic mit der Sehen-und-Sagen-Methode zu unterrichten, mir täglich etwa sechs Minuten zum Schreiben lassen würde, & so (da ich bezweifelte, mit 55 Pence am Tag auskommen zu können) arbeitete ich hastig ein paar Prinzipien der Phonetik mit ihm durch. Er lernte *h* zu sagen, wenn er ein h sah, und *p*, wenn er ein p sah, und am Ende der Woche konnte er Folgendes lesen: Taps. Auf. Paps. Der. Kater. Mit. Hut.

Ich dachte: Es klappt! Es klappt!

Er saß meist auf dem Boden, und wenn er irgendwas Interessantes entdeckt hatte, schleppte er es an und zeigte es mir.

Das Donnern kleiner Füße. Er hatte einen Schatz ausgegraben. Ja? sagte ich dann

Und er pflückte von der Seite – Welche Wonne! – ein herrlich Ding

Der

Wunderbar!

Und da, noch eine Entdeckung! Was mochte das sein? Doch nicht etwa – Nein – Doch – JA – es war ein

Kater

Und so pflückte er ein Wunder nach dem anderen von der Seite, bis er zuletzt ganz lässig mal ein Kaninchen, mal eine Taube, mal eine Reihe bunter Tücher aus einem ganz gewöhnlichen, leeren, schwarzen Zylinder ziehen konnte.

Wunderbar herrlich, wunderbar herrlich cool

Ich bekam nicht so viel Arbeit geschafft, wie ich gehofft hatte.

Eines Tages fiel ihm auf, dass in den Regalen noch ziemlich viele andere Bücher standen.

Er suchte ein Buch mit Bildern aus und kam dann verstört zu mir.

> Das Gesicht auf dem Guttapercha-Tintenfass hat eine Geschichte zu erzählen

Ich erklärte Guttapercha, Tintenfass und Geschichte

> man vermutet, dass es Neptun darstellt und zum Gedenken an den erfolgreichen Einsatz dieses Materials zur Isolierung der ersten Unterwassertelegraphenleitung von England nach Frankreich im Jahre 1850 entstand.

& ich sagte, NEIN.

Ich sagte, Du kennst viele von diesen Wörtern, nicht wahr, und er sagte, Ja, und ich sagte, Dann üb doch die Wörter, die du kennst, und du darfst dir FÜNF WÖRTER aussuchen, die du nicht kennst, und die erklär ich dann.

Ich weiß nicht, inwieweit er die Abmachung verstand. Er wollte Neptun erklärt haben, Gedenken, erfolgreich, Material, Isolierung, Unterwassertelegraphenleitung und entstand. Meine Erklärungen überlasse ich Ihrer Phantasie. Er las ein paar Wörter, die er kannte, und legte das Buch auf den Boden. Dann ging er sich ein anderes Buch holen. Was für eine reizende Überraschung! In, Und, Zu und unser alter Bekannter Die in *Wahrheit und andere Rätsel*! Leider jedoch keine Spur von Guttapercha und Neptun.

Er legte das Buch auf den Boden und ging wieder zum Regal.

20 Bücher später dachte ich: Das klappt nicht.

Ich sagte: Stell das Buch zurück ins Regal

& er nahm es mit einem Entzückensschrei herunter

also stellte ich es zurück, und ich packte ihn in seinen Laufstall, und er fing an zu schluchzen.

Ich sagte: Hör mal, sieh dir doch einfach die vielen schönen Bilder in *Klassische Plastiken* an, und immer wenn du ein Wort kennst, kannst du es lesen, guck mal, so ein hübsches gelbes Radio

und er schluchzte NEIIIIIIIN

Ich sagte: Also pass auf, das ist *Wahrheit und andere Rätsel*, da sind viele, viele, viele Wörter drin, mal sehen, ob du ein Wort auf dieser Seite kennst

& er schluchzte NEIIIIIIIIN und riss die Seite aus dem Buch und warf das Buch weg.

Ich dachte: Ich muss mir eine andere einfache Aufgabe einfallen lassen. Eine einfache Aufgabe, die tagtäglich bewältigt werden kann und die nicht den Transfer von hunderten von Büchern auf den Boden zur Folge hat.

Also ging ich mit ihm zu Grant & Cutler, und ich kaufte ein kleines französisches Bilderbuch und *Yaourtu la Tortue* und *L'Histoire de Babar* (außerdem eine Ausgabe von Rilkes Briefen an Cézanne, die sie gerade auf Lager hatten). Ein paar Tage lang brachte ich ihm tagtäglich ein paar einfache Wörter bei, und er ließ die anderen Bücher in Ruhe.

Ich dachte: Es hat geklappt! Es hat geklappt!

Eines Tages entdeckte er einige französische Bücher auf einem Regal. Ich erklärte fünf Wörter in *Zadig*. Kurz darauf waren dem Buch 20 weitere französische Bücher auf den Boden gefolgt. Dann machte er sich wieder über die englischen Bücher her.

Ich dachte: Ich muss mir eine andere einfache Aufgabe einfallen lassen.

Ich dachte, Rechnen könnte eine einfache Aufgabe sein. Also brachte ich ihm bei, weiter als bis fünf zu zählen, und innerhalb von drei Tagen zählte er bis 5557 und brach dann heulend zusammen, weil er nicht bis ans Ende gekommen war, und ich sagte mit dem kreativen Mut der Verzweiflung, das Schöne an der Unendlichkeit wäre, dass man genau weiß, dass einem die Zahlen nie ausgehen. Ich brachte ihm bei, wie man 1 auf eine Zahl aufaddiert, was mir eine einfache Aufgabe schien, und er füllte 20 Bögen Rechenpapier mit Additionen: 1 + 1 = 2, 2 + 1 = 3, 3 + 1 = 4, bis er schluchzend ins Bett getragen wurde. Ich hab einmal ein Buch gelesen, in dem ein Junge, der in viel zu jungem Alter zu viel gelernt hatte, Hirnhautentzündung bekam und danach schwachsinnig wurde; mir ist noch nie ein Fall von Hirnhautentzündung außerhalb eines Buches untergekommen, aber ich war trotzdem in Sorge & hätte gerne aufgehört, aber er weinte, wenn ich aufhören wollte. Also brachte ich ihm bei, wie man 2 auf eine Zahl aufaddiert, und er füllte 20 Seiten mit 2 + 2 = 4, 3 + 2 = 5.

Wie alt war er, will ein Leser wissen. Ich glaube, er war ungefähr 3.

Dann beruhigte er sich, und solange er 20 Seiten mit einer bestimmten Kalkulation füllen konnte, musste er nicht mehr endlos weitermachen. Er musste die Bücher nicht mehr aus den Regalen holen. Ich brachte ihm bei, wie man einzelne Zahlen miteinander multipliziert, & er schrieb auf 20 Seiten das Einmaleins von 1–20 auf. Ich habe keine Ahnung, wie man einen Dreijährigen dazu bringen könnte, wenn er es nicht selbst will, genausowenig wie ich weiß, wie man ihn davon abhalten könnte, wenn er es will, aber als er das ein paar Monate lang gemacht hatte, war es leicht, ihm Variablen & Funktionen und Differenziale zu erklären. Und so konnte er mit vier Jahren Englisch lesen & ein bisschen Französisch & 20 Blätter mit den Kurven für x + 1, x + 2, x + 3, x + 4; $x^2 + 1$, $x^2 + 2$ & so weiter füllen.

Vor etwa einem Jahr nutzte ich einen freien Augenblick, um den 16. Gesang der *Ilias* zu lesen. Ich hatte *Melody Maker* 1976 eingetippt und war an die Stelle gekommen, wo der Schlagersänger John Denver in einem Interview sagte:

> Weißt du, Chris … ich hab eine Definition von Erfolg, und für mich ist Erfolg, wenn ein Mensch das findet, was ihn ausfüllt, wenn er das

findet, was ihn ganz macht, und wenn er dabei zugleich eine Möglichkeit findet, seinen Mitmenschen zu dienen. Wenn er das findet, ist er ein erfolgreicher Mensch.

Es spielt keine Rolle, ob du Straßenarbeiter oder Bibliothekar oder Tankwart oder Präsident der Vereinigten Staaten oder sonst was bist, wenn du das tust, was du tun willst, und das Leben anderer irgendwie bereicherst, dann bist du ein erfolgreiches Menschenkind.

In meinem Bereich, der Unterhaltungsbranche, bringt Erfolg zufälligerweise eine Menge anderer Dinge mit sich, aber all diese anderen Dinge, das Geld, der Ruhm, die Annehmlichkeiten, die Möglichkeit zu reisen und sich die Welt anzusehen, all das sind bloß die Sahnehäubchen auf dem Kuchen, und der Kuchen ist bei allen Menschen gleich.

So etwas hatte auch ein ehemaliger Präsident der Vereinigten Staaten (wie Denver ein richtig netter Kerl) gerne gesagt, und da es wenig Sinn hatte, über seine besondere Art nachzudenken, das Leben anderer zu bereichern, fand ich die Gelegenheit günstig, eine Pause zu machen und den 16. Gesang der *Ilias* zu lesen. Ich hatte schon fünf oder sechs Stunden getippt, also war es bislang ein guter Tag gewesen.

Ilias 16 ist der Gesang, in dem Patroklos getötet wird – er zieht in die Schlacht, angetan mit der Rüstung des Achilles, um den Griechen neuen Mut zu geben und die Trojaner zu verunsichern, da Achilles sich noch immer weigert, am Kampf teilzunehmen. Eine Weile ist er siegreich, doch er geht zu weit; Apollon macht ihn schwindelig & nimmt ihm die Rüstung weg, & er wird von Euphorbos verwundet, & dann tötet Hektor ihn. Mir war plötzlich wieder eingefallen, dass Homer den Patroklos im Vokativ anspricht und dass das seltsam bewegend ist. Leider konnte ich *Ilias* 13–24 nicht finden, ich konnte nur 1–12 finden, und so beschloss ich stattdessen, Hektor und Andromache im 6. Gesang zu lesen.

Sobald ich mich hingesetzt hatte, kam L zu mir, um sich das Buch anzusehen. Er starrte und starrte. Er sagte, dass er gar nichts davon lesen könne. Ich sagte, das liege daran, dass es auf Griechisch geschrieben sei, in einem anderen Alphabet, & er sagte, er wolle es lernen.

Einem Vierjährigen Griechisch beizubringen war nun wirklich das Letzte, was ich wollte.

Und jetzt sprach der Alien, & seine Stimme war weich wie Milch. Sie sagte: Er ist doch noch so klein. Er muss noch lange genug in die Schule – wäre es nicht besser für ihn, wenn er spielen würde?

Ich sagte: Er wird sich noch früh genug in der Klasse langweilen wie alle anderen.

Der Alien sagte: Das verwirrt ihn nur! Es wird sein Selbstvertrauen erschüttern! Es wäre netter, Nein zu sagen!

Der Alien hatte einen langen aalartigen Hals und kleine Reptilaugen. Ich legte ihm beide Hände um die Kehle, & ich sagte: Zur Hölle mit dir.

Er hustete & sagte zuckersüß: Tut mir Leid, dass ich mich eingemischt habe. Bewundernswerte Mutterschaft! Die ganze Zeit der Vervollkommnung des Kindes geopfert. Selbstlose Hingabe!

Ich sagte: Halt die Klappe.

Er sagte: Ssssssssssssssssssssssssss.

Ich sagte: Grrrrrrrrrrrrrrrrrrrrrrr.

– und ich malte ihm eine kleine Tabelle auf:

Α	Β	Γ	Δ	Ε	Ζ	Η	Θ	Ι	Κ	Λ	Μ
A	B	G	D	E	Z	Ē	TH	I	K	L	M
α	β	γ	δ	ε	ζ	η	θ	ι	κ	λ	μ
a	b	g	d	e	z	ē	th	i	k	l	m
Ν	Ξ	Ο	Π	Ρ	Σ	Τ	Υ	Φ	Χ	Ψ	Ω
N	X	O	P	R	S	T	U	PH	KH	PS	Ō
ν	ξ	ο	π	ρ	σ,ς	τ	υ	φ	χ	ψ	ω
n	x	o	p	r	s	t	y	ph	kh	ps	ō

& ich sagte: Das ist das Alphabet.

Er sah sich die Tabelle an, und er sah sich die Seite an.

Ich sagte: Es ist ganz einfach. Wie du siehst, sehen viele Buchstaben genauso aus wie die, die du schon kennst.

Er sah den Tisch an, und er sah die Seite an, und er sah den Tisch an.

Der Alien sagte: Er ist erst vier.

Mr. Ma sagte: *Coupez la difficulté en quatre.*

Ich sagte geduldig:

Ich sagte geduldig viele Dinge, die meine Geduld noch mehr strapazieren würden, wenn ich sie wiederholen wollte. Ich denke, dass ich wie jeder Mensch dazu bereit bin, zum Wohle anderer Leid auf mich zu nehmen, und wenn ich mit Sicherheit wüsste, dass auch nur 10 Menschen in diesem Jahr, im nächsten Jahr oder in 1000 Jahren von heute an gerechnet gern erfahren würden, wie man einem Vierjährigen Altgriechisch beibringt, so hätte ich hoffentlich den Anstand, es zu erklären. Da ich das aber nicht weiß, werde ich dieses Unterfangen vorläufig außer Acht lassen. L ist anscheinend gerade dabei, den 5. Gesang der *Odyssee* Wort für Wort auf rosafarbene Karteikarten zu übertragen.

❖

Odyssee 6.

❖

Odyssee 7.

❖

Emma hielt ihr Wort, und ich hielt mein Wort.

Im Sommer 1985 fing ich als Sekretärin in einem kleinen Verlag in London an, der sich auf Wörterbücher und populärwissenschaftliche Werke spezialisiert hatte. Er verlegte ein englisches Wörterbuch, das 1812 erstmals erschienen war, inzwischen neun oder zehn Neuauflagen erlebt hatte und sich immer noch gut verkaufte, und eine ganze Reihe von technischen Wörterbüchern für Muttersprachler unterschiedlicher anderer Sprachen, die sich einigermaßen gut verkauften, sowie ein großartiges Wörterbuch des literarischen Bengali, das eine Fülle von Illustrationsmaterial beinhaltete, konkurrenzlos war und sich so gut wie gar nicht verkaufte. Außerdem gab es eine zweibändige Geschichte des Zuckers und eine dreibändige Übersicht über Londoner Türklopfer (Supplementband in Vorbereitung) sowie diverse andere Bücher, die durch Mundpropaganda allmählich eine Anhängerschaft fanden. Ich hatte nicht vor, Sekretärin zu werden, & ich wollte nicht unbedingt ins Verlagswesen, aber in die Vereinigten Staaten wollte ich auch nicht zurück.

Nach den Staaten war Emma wirklich die zweitschlechteste Alternative. Sie liebte Amerika so, wie die Viktorianer Schottland und französische Impressionisten Japan liebten. Sie liebte alte Esso-Tankstellen in einem Lichtkreis an einem Highway mit einem runden roten Coca-Cola-Schild, das im Wind schaukelt, und einen Mann auf einem Pferd, der sich inmitten atemberaubend schöner Natur volkstümlichen Gedanken hingibt, und einen Mann in einem schnellen Wagen auf einem Freeway in L.A. Sie liebte all die Bücher, die man mich in der Schule gezwungen hatte zu lesen, und sie liebte die Bücher, die wir in der Schule nicht gelesen hatten, weil sie die Gefühle von Baptisten verletzen könnten, die Jesus Christus als ihren persönlichen Retter und Heiland gefunden hatten. Ich wusste nicht, was ich sagen sollte.

Im Geiste sah ich ein zaghaftes kleines Mezzotinto, in dem reichlich Diagonalschraffur und ein bisschen Handschattierung irgendeinen Ort darstellten, wo die ersten Europäer trunken von Farbe gewesen waren, doch weil die Regeln für die Illustration von Büchern damals verlangten, dass der Grand Canyon oder der Tafelberg oder die Südsee als Farbstich dargestellt wurden, wurde das, was leuchtend kobaltblau war, durch ein so blasses Blau wiedergegeben, dass es fast weiß war, und Purpur- und Scharlachrot durch ein so blasses Rosa, dass es fast weiß war, und es gab immer auch ein so blasses Grün, vielleicht so blasses Gelb, vielleicht so blasses blasses Mauve, dass der Leser in einem Glas Wasser einen echten Tropfen Whisky schmecken konnte. Ich dachte mit einem verächtlichen Lachen an Emmas Vorlieben, und doch war das dumm, denn man hätte ebenso gut an irgendein anderes Bild denken können, das nicht lächerlich wäre – der Schwarzweißfilm zeigt uns nicht die Welt, die wir um uns herum in Farbe sehen, aber er ist nicht lächerlich. Tatsache ist, dass es zwar besser war als damals, als ich Dinge las, für die Menschen noch 70 Jahre zuvor ihr Leben weggeworfen hatten, dass sich aber jeden Augenblick eine Leidenschaft auf die erstbeste Idee werfen und *ventre à terre* davongaloppieren konnte – wie manche Menschen still und leise behaupten.

Es machte mich nervös, dass diese Wutgefühle und dieses sardonische Gelächter nur darauf warteten, *ventre à terre* davonzugaloppieren, es war leichter, nichts zu sagen oder etwas Leises und Banales zu sagen. Aber wenn jemand sehr klug und charmant ist, möchte man lieber nichts Banales sagen, stattdessen beschließt man, irgendwas zu sagen und dabei völlig ruhig und beherrscht zu bleiben –

Ich sagte, es komme mir doch recht seltsam vor, dass Bücher in England auf Englisch waren & in Frankreich auf Französisch und dass das in 2000 Jahren so kurios wirken würde wie das Land der Mümmler & die Smaragdstadt, und bis dahin war es seltsam, dass Menschen aus der ganzen Welt zu einem bestimmten Ort gingen, um ein Volk von englischen Autoren hervorzubringen, und zu einem anderen, um Spanisch-Autoren hervorzubringen, es war deprimierend, in einer Literatur alle Sprachen zu Englisch verblassen zu sehen, das in Amerika die Sprache der Vergesslichkeit war. Ich führte an, dass das dem Vorhandenen gegenüber falsch war, auf eine Weise, wie eine europäische Sprache niemals einem europäischen Land gegenüber falsch sein kann, so wie man zwar Kansas in Schwarzweiß filmen kann, man aber für das *Zauberhafte Land Oz* Technicolor haben muss, & damit nicht genug (anscheinend preschte ich ungestümer vor, als ich geplant hatte, aber es war zu spät, um aufzuhören), es war grotesk, dass Menschen, die im Großen und Ganzen die interessantesten, die heldenmütigsten, die schurkischsten, die neuesten Einwanderer waren, in der Literatur des Landes nur als Charakterdarsteller vertreten waren, die schlechtes Englisch sprachen oder in Kursivschrift, & im Großen & Ganzen konnte ihre und ihrer Nachfahren Unkenntnis ihrer Sprache und Sitten überhaupt nicht in der neuen Sprache wiedergegeben werden, die vergessen hatte, dass es irgendwas zu vergessen gab.

Emma sagte: Du meinst, du denkst, sie sollten nicht bloß in Englisch sein.

Genau, sagte ich. Wenn man sich das mal klarmacht, fragt man sich, wieso man sich das nicht schon früher klargemacht hat.

Tja, sagte Emma, es wird ja behauptet, Desktop-Publishing ist die Methode der Zukunft –

Soll ich einen 100-Worte-Brief in einer Minute tippen?, sagte ich, weil Arbeit wartete. Einen 50-Worte-Brief in 30 Sekunden? Einen 5-Worte-Brief in 3?

Ich hoffe, du findest es nicht allzu langweilig, sagte Emma.

Ich sagte: Langweilig!

Ich weiß, es ist nicht sehr interessant, sagte Emma.

Ich hätte gerne gesagt: Aber es ist absolut faszinierend. Ich sagte ganz vernünftig: Das Wichtigste ist, dass ich so die Gelegenheit habe zu entscheiden, was ich tun will.

Das war genau die Art von banaler, langweiliger Äußerung, die ich in Anwesenheit einer sehr klugen und charmanten Person lieber nicht gemacht hätte, aber mir schien, dass Emma ziemlich erleichtert dreinblickte. Ich sagte: Es ist genau das, wonach ich gesucht habe. Es ist völlig in Ordnung.

Der Job war völlig in Ordnung, Emma war klug und charmant, und ich war in London. Ich versuchte, Rilkes Beispiel zu folgen, aber das war nicht so leicht. Es ging nicht einfach nur darum, von einem Werk überwältigt zu sein: Rilke war von Cézanne überwältigt, aber Cézanne hätte weder einen Sekretär gebrauchen noch einen bezahlen können. Mir gefiel die Vorstellung nicht, für Rodin zu arbeiten, um überwältigt Cézanne anzustarren; wenn man vor jemandes Tür auftaucht, sollte man doch wohl zumindest von dessen Arbeit überwältigt sein.

Manchmal saß ich in der Circle Line und las ein Buch über organische Chemie, und manchmal las ich P. G. Wodehouse's *Leave it to Psmith* zum 20. oder 21. Mal, und manchmal sah ich mir Jeremy Bretts wunderbar absurden *Sherlock Holmes* an oder natürlich *Die sieben Samurai*. Manchmal ging ich in einem Tennessee Fried Chicken essen.

Ein Tag folgte dem anderen. Ein Jahr verging.

❖

Odyssee 8.

❖

Odyssee 9, & er fragt einfach nach jedem Wort beim Lesen. Er schreibt die Wörter nicht mal mehr auf Karteikarten. Es ist schön, dass ihm die Geschichte gefällt.

❖

Eines Tages im Juni 1986 kam ich ins Büro und stellte fest, dass sich alle in einem Zustand nervöser Anspannung befanden. Jemand hatte die Firma aufgekauft und allen versichert, sie würde ein autonomes Imprint-Unternehmen bleiben. Diese düstere Ankündigung wurde so verstanden, dass bald alle überflüssig würden.

Der Käufer war ein großes amerikanisches Unternehmen, bei dem viele im Büro bewunderte Autoren erschienen. In wenigen Wochen sollte eine große Party stattfinden, um die Übernahme zu feiern.

Emma hatte mir meinen Job und meine Arbeitserlaubnis besorgt, & jetzt besorgte sie mir eine Einladung zu der Party.

Nun verlegte die neue Firma nicht bloß viele im Büro bewunderte amerikanische Autoren, sondern sie verlegte auch Liberace, und einer der Gründe, warum es eine nette Geste war, mir eine Einladung zu beschaffen, einer der Gründe, warum die Leute gespannt waren, einer der Gründe, warum ich nicht hinwollte, war der, dass man munkelte, Liberace würde da sein. Mit Liberace meine ich natürlich nicht den Schnulzenpianisten, der den Satz prägte »Ich habe auf dem ganzen Weg zur Bank geweint«, keine Frau, sondern seine Mutter liebte und Mitte der Achtzigerjahre an Aids starb. Ich meine den hoch gelobten britischen Autor und Weltreisenden, dessen Technik es mit der des viel geliebten Pianisten aufnehmen konnte.

Liberace der Musiker besaß eine schreckliche Leichtigkeit und eine schreckliche Aufrichtigkeit; was er spielte, spielte er mit Gefühl, ob es nun »Roll Out the Barrel« oder »I'll Be Seeing You« war, und bei traurigen Stücken quoll ihm oft eine Träne über die Mascara und tropfte auf die Silberpailletten seines Samtjacketts, während die Ringe an seiner Hand die Klaviatur hinauf- und hinunterblitzten, und in eintausend Spiegeln konnte er die Träne sehen, die Mascara, die Ringe, er sah sich selbst, wie er die Mascara sah, die Ringe, die Träne. All das konnte man auch bei Liberace (dem Autor) feststellen: die glatten, süßlichen Arpeggios, die selbstgefällige Virtuosität, wenn die raffiniert beringten Hände über die Tasten blitzten, die professionelle Aufrichtigkeit, die Ausdrucksformen für das Zynische & das Sentimentale fand, für das Pornographische, selbst für Entfremdung und Ungekünsteltheit. Und doch war er nicht wirklich genau wie der Klavierspieler, denn obwohl er tatsächlich die emotionale Leichtigkeit des Musikers hatte, besaß er nur den Anflug von technischer Leichtigkeit, denn um ein süßliches Arpeggio auszugleichen, ist nicht bloß der Lauf der Hände die Tasten hinauf und hinunter erforderlich, sondern

L will wissen, was βίηφιν heißt. Ich sage, er weiß genau, was es heißt, & er sagt, dass er es nicht weiß.

Zuerst (weil ich gerade erklärte, dass βίηφιν der alte Instrumentalis von βίη ist, was so viel heißt wie durch Kraft oder Gewalt) dachte ich, dass der Autor wie ein Mensch war, der beim Tippen eine Hand um eine Taste zu weit nach links oder rechts legt, sodass ein verständlicher Satz oklrtkuxg zbcwearöbkuxg ques iswe dasr, yua fi buy nwge süortdz (ψηλαφόων bedeutet, lässt du mich mal sehen? Es bedeutet, herumfühlend oder -tastend), und im Geiste sah ich die Hände von Liberace, die sich behände und zuversichtlich über die Tastatur bewegten und Tasten anschlugen, die jetzt schwarz und weiß waren. Heute denke ich (sofern man von einer Person, die die Funktion eines sprechenden Wörterbuchs ausübt, überhaupt noch sagen kann, sie denke), dass das nicht ganz stimmt, denn obwohl Liberace sein Werk tatsächlich mit Fehlern spickte, gehörten die nicht zu der Sorte (πετάσσας bedeutet verbreitend, es ist das Partizip Aorist von πετάννυμι), die man derart übersehen könnte, oder besser gesagt (du weißt ganz genau, was ὕφαινον bedeutet, Nein, weiß nicht, es bedeutet weben, und welche Form ist es hier, 1. Person Singular Imperfekt, okay), er übersah sie nicht (ἄρσενες heißt männlich), sondern betrachtete sie selbstzufrieden (einen Moment noch) Atemlos vor Bewunderung durchsetzte Liberace sein Werk mit gähnenden Leerstellen und schiefen Bildern, zurücktreten, Arme verschränken, Ed Wood rittlings auf umstürzenden Grabsteinen und zerknittertem Gras (nur noch einen Moment) Merkte er es nicht, oder machte es ihm nichts? Vermutlich gefiel ihm die Vorstellung von müheloser Brillanz, & da er nicht in der Lage war, beides miteinander zu verbinden, hatte er sich mit dem begnügt, dessen er sich gewiss sein konnte (δασύμαλλοι: dickwollig; ἰοδνεφὲς: dunkel; λύγοισι: Weiden, Weidenkorb; πέλωρ: Du weißt doch, was πέλωρ heißt Nein, weiß ich nicht Doch, weißt du wohl Nein Doch Nein Doch Nein Doch Nein Nein Nein Nein Es heißt Ungeheuer Ich hab *gedacht*, dass es das heißt – Kein Wunder, dass ich noch immer Stecknadeln in den Vater dieses Kindes ramme). Da war also ein Mann, der schreiben gelernt hatte, bevor er denken konnte, ein Mann, der logische Trugschlüsse ausstreute wie Reißnägel hinter einem Fluchtauto, und er entkam immer immer immer.

❖

Od. 10.

❖

Met. 1.

1. Sam. 1? [Seit Jahren nicht mehr gelesen.]

❖

1. Sam. 2–5? [Verdammt.]

❖

Es ist seltsam, wenn man sich überlegt, dass Schönbergs *Harmonielehre* 1911 erschien, ein Jahr bevor Roemer *Aristarchs Athetesen in der Homerkritik* veröffentlichte. Schönberg, der eine Frau und zwei Kinder hatte, schlug sich mühsam als Musiklehrer und Porträtmaler durch. Ich glaube, Roemer hatte eine Stelle an der Leipziger Universität. Roemers Kollegen hätten ihn auf die Unlogik seiner Gedankengänge hinweisen können; ich hätte fließend Deutsch sprechen & eine halbe Stunde daran verschwenden können; oder ich hätte eine Woche später 50 Stunden daran verschwenden können – und Ludoviticus würde jetzt nicht Mr. Ma ad absurdum führen, indem er 500 einfache Aufgaben pro Tag bewältigt. Die Atome, die gerade die Anwendung eines rosa Schwan-Stabilo-Textmarkers auf den 10. Gesang der *Odyssee* steuern, hätten jetzt anderes zu tun, ebenso wie ich, & die Welt wäre, so viel ich weiß, um einen Einstein ärmer. Und doch hätten taktvolle Kollegen, schlechtes Deutsch und grässliches Timing zusammengenommen mich aus einer akademischen Laufbahn schleudern können, ohne dass das irgendwelche Auswirkungen auf den Schwan Stabilo und *Odyssee* 10 gehabt hätte: Schönberg, niedergedrückt von finanziellen Sorgen, hätte ein dummes Buch schreiben können. Er hätte ein kluges Buch schreiben können; ich hätte mir am Tag der Party ein Kleid kaufen können.

Am Tag der Party ging ich in der Mittagszeit nach Covent Garden, um mir ein Kleid zu kaufen, auf meinem Weg zu Boules wollte ich eigentlich nur kurz bei Books etc. reinschauen. Zufällig geriet ich in die Musikabteilung, und zufällig bekam ich Schönbergs *Harmonielehre* in die Hand.

Mein Vater sagte immer, wenn irgendwas schief lief, dass der Mensch die Katzenpfote des Schicksals ist. Ich glaube, dabei hatte er so etwas im Sinn.

Kaum hatte ich das Buch aus dem Regal genommen, da musste ich es auch schon kaufen; kaum hatte ich es gekauft, begann ich auch schon zu lesen.

Schönberg formulierte Argumente für die Entwicklung einer Musik, der eine viel liberalere Vorstellung von Konsonanz zu Grunde liegt, und dann möglicherweise letztlich einer Musik, die eine viel größere Notenskala verwendet (sodass man beispielsweise zwischen C und Cis noch vier weitere Noten haben könnte). Er schrieb:

> Es ist klar, daß die Obertöne, wie sie zur 12-Teilung der einfachsten Konsonanz, der Oktav, geführt haben, einmal auch die weitere Differenzierung des Klanges hervorbringen werden. Unseren Nachkommen wird dann eine Musik wie die heutige, da sie das Wesen des Klanges nicht bis zu Ende ausgehört hat, so unvollkommen erscheinen, wie uns eine Musik erscheinen müßte, die noch nicht einmal innerhalb der Oktav differenziert; oder, um einen Vergleich zu gebrauchen, den man nur zu Ende denken muß, um zu sehen, wie sehr er zutrifft: wie eine Musik, deren Klänge keine Tiefe, keine Perspektive haben, wie sich beispielsweise die japanische Malerei primitiv ausnimmt gegen unsere, weil es ihr durch das Fehlen der Perspektive an Tiefe mangelt. Das wird einmal anders werden, wenn

auch nicht so bald, als manche meinen; und auf andere Art und nicht aus Gründen, sondern aus Ursachen: nicht von außen, sondern von innen wird es kommen; nicht durch Nachahmung irgendwelcher Vorbilder und als technische Errungenschaft. Denn weit weniger als eine Sache des Materials ist es eine geistige, und hiezu muß der Geist bereit sein.

Ich fand, dass das so ziemlich das Genialste war, was ich je in meinem Leben gelesen hatte. Die Betrachtung der japanischen Kunst war offensichtlich falsch – kaum hatte ich es gelesen, da sah ich im Geiste auch schon Lord Leightons »Griechische Mädchen beim Ballspiel« vor mir, mit seinem tadellosen, ja meisterlichen Einsatz der Perspektive bei der Gestaltung der Mädchen, der antiken Landschaft, der schwebenden Stoffe, und kaum sah ich das, da lachte ich auch schon los, so seicht und oberflächlich und sogar kunstlos erschien es mir im Vergleich zu (beispielsweise) einem Holzschnitt von Utamaro. Aber der Grundgedanke war absolut genial.

Bevor ich dieses geniale Buch las, hatte ich geglaubt, Bücher müssten eher wie der Film *Der Pate* sein, in dem Al Pacino irgendwann nach Sizilien reist und das Italienische plötzlich wirklich italienisch ist. Jetzt fand ich, dass das eine ziemlich einseitige Betrachtung der Frage war.

Wenn man fordert, dass die Italiener in einem Buch Italienisch sprechen müssten, weil sie in der realen Welt Italienisch sprechen, und die Chinesen müssten Chinesisch sprechen, weil Chinesen Chinesisch sprechen, dann ist das ein ziemlich naiver Zugang zu einem Kunstwerk, es ist, als würde man meinen, ein Gemälde müsste folgendermaßen gemalt werden: Der Himmel ist blau. Also male ich den Himmel blau. Die Sonne ist gelb. Also male ich die Sonne gelb. Ein Baum ist grün. Also male ich den Baum grün. Und welche Farbe hat der Stamm? Braun. Also welche Farbe nimmt man? Lächerlich. Selbst wenn man abstrakte Malerei einmal außer Acht lässt, kommt es der Wahrheit näher, dass ein Maler an die Oberfläche denken würde, die er in einem Gemälde haben will, und an das Licht und die Linienführung und das Verhältnis der Farben zueinander, und dass er dazu neigen würde, Objekte zu malen, die in einem Gemälde mit den gewünschten Eigenschaften dargestellt werden könnten. Ganz ähnlich denkt auch ein Komponist meist nicht daran, dass er gerne diesen oder jenen Klang imitieren würde – er denkt, dass er die Textur eines Klaviers mit einer Geige haben will, oder ein Klavier mit einem Cello, oder vier Streichinstrumente oder sechs, oder ein Sinfonieorchester; er denkt an das Verhältnis der Noten zueinander.

Für einen Maler oder Musiker waren das alles banale Binsenwahrheiten, und doch erschienen mir die Sprachen der Welt wie kleine Häufchen aus blauem und rotem und gelbem Pulver, das nicht gebraucht worden war – aber wenn ein Buch sie bloß brauchte, damit die Engländer Englisch & die Italiener Italienisch sprachen, dann war das so töricht wie die Anweisung, nimm Gelb für die Sonne, weil die Sonne gelb ist. Mir schien, während ich Schönberg las, dass die Schriftsteller der Zukunft nicht notwendigerweise sagen würden: Ich schreibe über einen armenischen Großvater, eine tschechische Großmutter, einen jungen Motorradfreak aus Kansas (mit tschechischen & armenischen Vorfahren), armenisch-tschechisches Englisch okay. Allmählich würden sie die Ebene der anderen Künste erreichen, die in ihrer Entwicklung schon so viel weiter sind. Vielleicht würde ein Schriftsteller an die Monosyllaba des Chinesischen denken und seine nicht vorhandenen grammatischen Flexionen, und wie schön das doch direkt neben einem langen finnischen Wort klingen würde, mit den vielen Doppelbuchstaben und langen Vokalen in 14 Fällen, oder einem hübschen ungarischen aus lauter Präfixen und Suffixen, & wenn er zuerst das gedacht hatte, würde ihm vielleicht irgendeine Geschichte über Ungarn oder Finnen mit Chinesen einfallen.

Eine Idee muss nur etwas sein, das dir noch nie zuvor eingefallen ist, und schon nimmt sie Raum in deinem Kopf ein, und den ganzen Nachmittag hörte ich immer wieder kurze Auszüge aus Büchern, die es vielleicht in drei- oder vierhundert Jahren geben würde. Da gab es eines mit den Figuren Hakkinen, Hintikka und

Yu, das vorläufig in Helsinki spielte – vor einem Hintergrund aus Schnee mit Unmengen schwarzer Föhren, einem schwarzen Himmel & glitzernden Sternen eine Erzählung oder vielleicht Dialog mit Nominativ Genitiv Partitiv Essiv Inessiv Adessiv Illativ Ablativ Allativ & Translativ, mit Menschen, die zur Begrüßung Hyvää päivää sagten, es könnte einen Verkehrsunfall geben, sodass das Wort tieliikenneonnettomuus vorkommen könnte, und dann in Yus Gedanken chinesische Schriftzeichen, beispielsweise Schwarze Föhre Weißer Schnee, das war absolut hinreißend.

Ich hatte nicht wirklich vorgehabt, zu der Party zu gehen, und in diesem geistesabwesenden Zustand wollte ich noch viel weniger hingehen – aber ich dachte, es wäre unhöflich, nicht hinzugehen, wo die Einladung doch so eine Gefälligkeit gewesen war, und deshalb dachte ich, ich würde nur 10 Minuten hingehen und dann wieder verschwinden.

Ich ging zu der Party. Wie so oft war es viel einfacher, mit dem Vorsatz zu kommen, nach 10 Minuten wieder zu gehen, als nach 10 Minuten wieder zu gehen, denn anstatt mich höflich zu entschuldigen und nach 10 Minuten wieder zu gehen, erklärte ich mal diesem mal jenem die geniale Theorie der *Harmonielehre*. Wo erschienen, fragten manche, bei Faber antwortete ich, und sie sagten Oh. Einige Leute schienen sich nicht dafür zu interessieren, und natürlich ließ ich das Thema dann fallen, aber andere schon, und ich ließ das Thema dann nicht fallen, und so blieb ich schließlich drei Stunden.

Schönberg sagte beispielsweise: Diese Tonreihe ist nicht das Letzte, das Ziel der Musik, sondern eine vorläufige Station. Die Obertonreihe, die das Ohr zu ihr geführt hat, enthält noch viele Probleme, die eine Auseinandersetzung nötig machen werden. Und wenn wir diesen Problemen augenblicklich noch entrinnen, so verdanken wir das fast ausschließlich einem Kompromiß zwischen den natürlichen Intervallen und unserer Unfähigkeit, sie zu verwenden. Jenem Kompromiß, der sich temperiertes System nennt, das einen auf eine unbestimmte Frist geschlossenen Waffenstillstand darstellt

& im Geiste hörte ich Sprachen, die miteinander verknüpft waren wie ein Quintenzirkel, ich sah Sprachen mit Schattierungen voneinander, wie die Farben von Cézanne, die häufig ein Grün haben mit etwas Rot, ein Rot mit etwas Grün, im Geiste sah ich ein leuchtendes Stillleben wie ein Bild aus Englisch mit französischen Worten, Französisch mit englischen Worten, Deutsch mit französischen Worten & englischen Worten, Japanisch mit französischen, englischen & deutschen Worten – ich wollte gerade gehen, als ich einen Mann kennen lernte, der anscheinend ziemlich viel über Schönberg wusste. Er hatte durch eine Übernahme seinen letzten Job verloren, und jetzt stand es wie mit Feuer geschrieben an der Wand, deshalb wirkte er ziemlich unkonzentriert, aber er fing trotzdem an, mir von der Oper *Moses und Aron* zu erzählen.

Er sagte, Natürlich wissen Sie, worum es geht

& ich sagte, Nun ja, vermutlich

& er sagte, Nein, musikalisch, musikalisch geht es um, & er hielt inne, & er sagte, in dieser Oper spreche Moses direkt mit Gott, und er singe nicht, sein Part sei Sprechgesang, es sei Sprache, raue Sprache über die Musik hinweg, und die Kinder Israels seien nicht fähig, ihn zu verstehen; er müsse durch Aron mit ihnen kommunizieren, ein Tenor, es sei eine schöne lyrische Rolle, aber natürlich ist Aron derjenige, der das Goldene Kalb gießen lässt, er selbst versteht nämlich nicht –

Ich sagte, was für eine wundervolle Idee für eine Oper, sonst seien Handlungen immer so abwegig und gekünstelt

& er sagte, das gefiele ihm eigentlich, aber ja, es war eine wundervolle Idee, und er fing an, mir in gedämpftem Englisch eine schreckliche Geschichte über die Oper zu erzählen, die er als eines der großen untergegangenen Werke des 20. Jahrhunderts bezeichnete. Schönberg hatte den größten Teil der ersten beiden Akte zwischen 1930 und 1932 komponiert; dann waren die Nazis an die Macht gekommen, und 1933 musste er emigrieren, und das war ein ziemlicher Bruch. Er ging nach Amerika und beantragte ständig Fördermittel, um weiter daran arbeiten zu können, aber die entsprechenden Stiftungen hielten nichts von atonaler Musik. Also musste er seine Familie mit Lehraufträgen über Wasser halten, und er fing wieder an, tonale Stücke zu komponieren, um seine Förderanträge stellen zu können, sodass seine Zeit von tonalen Kompositionen in Anspruch genommen wurde. Achtzehn Jahre später hatte er die Musik für den dritten Akt von *Moses und Aron* noch immer nicht geschrieben. Als der Tod nahte, sagte er, dass der Text ja vielleicht gesprochen werden könnte.

Er sagte: Natürlich konnte er ein ziemlich schwieriger Typ sein

& plötzlich sagte er – Würden Sie mich entschuldigen? Ich muss Peter unbedingt noch erwischen, bevor er geht.

Er marschierte von dannen, und erst als er weg war, fiel mir auf, dass ich die entscheidende Frage nicht gestellt hatte, die lautet Ist Gott irgendwann zu hören?

Ich zögerte und folgte ihm dann zögernd, aber da sagte er schon Peter!

& Peter sagte, Giles! Schön, dich zu sehen! Wie geht's dir so?

& Giles sagte, Spannende Zeiten.

Es war also kein guter Augenblick, um zu stören. Ich gesellte mich unauffällig zu einem Grüppchen in der Nähe.

Peter sagte etwas, und Giles sagte etwas, und Peter sagte etwas, und Giles sagte, Meine Güte Nein das nun wirklich nicht, und sie unterhielten sich eine ganze Weile. Sie unterhielten sich etwa eine halbe Stunde, und plötzlich verstummten sie, und Peter sagte, Tja das ist wohl kaum und Giles sagte, Stimmt, und sie verstummten erneut und verließen den Raum ohne ein weiteres Wort.

Ich hatte vorgehabt, nach 10 Minuten zu gehen; es war höchste Zeit zu gehen. Aber da wurde es an der Tür noch lauter, und Liberace erschien lächelnd und Frauen auf die Wange küssend und sich bei irgendwelchen Leuten dafür entschuldigend, dass er erst jetzt kam. Einige aus meiner Gruppe schienen ihn zu kennen und versuchten, seine Aufmerksamkeit auf sich zu lenken, und ich murmelte irgendwas von einem Drink und schlich mich davon. Ich traute mich nicht, zur Tür zu gehen, weil ich fürchtete, dass mich irgendwer aus Nettigkeit mit Liberace bekannt machen würde, aber in der Nähe des Büfetts fühlte ich mich sicher. Immer wieder gingen mir Sätze von Schönberg durch den Kopf. Damals hatte ich noch nichts von seiner Musik gehört, aber das Buch über Harmonielehre schien mir wirklich ein geniales Werk zu sein.

Ich stand am Büfett und aß Käsestangen und blickte hin und wieder zur Tür – aber obwohl sich Liberace allmählich in den Raum hinein bewegte, befand er sich noch immer zwischen mir und der Tür. Also blieb ich stehen und dachte über dieses geniale Buch nach, ich dachte, ich muss mir ein Klavier kaufen, & nach einer Weile kam, was kommen musste, Liberace trat zu mir.

Er sagte, Sind Sie so gelangweilt und frustriert, wie Sie aussehen?

Es war nicht leicht, sich eine Antwort einfallen zu lassen, die nicht unhöflich oder kokett oder beides war.

Ich sagte, Fangfragen beantworte ich nicht.

Er sagte, Das ist keine Fangfrage. Sie sehen total genervt aus.

Mir wurde klar, dass ich auf der Suche nach einer Antwort an die Frage und nicht an den Fragenden gedacht hatte. Manche Menschen würden einsehen, dass man, solange man nicht entschieden hat, wie gelangweilt und frustriert man aussieht, auch unmöglich wissen kann, ob die eigene Befindlichkeit dem Aussehen entspricht – doch Liberace hatte sich in seinem gesamten schriftstellerischen Werk so unbeleckt von jeder Logik erwiesen. War da anzunehmen, dass er für eine banale Plauderei auf einer Party größere analytische Fähigkeiten aufbringen würde? Nein.

Ich sagte, Ich habe gerade daran gedacht zu gehen.

Liberace sagte, Dann *waren* Sie also genervt. Kann ich verstehen. Solche Veranstaltungen sind grausam, nicht?

Ich sagte, dass ich noch nie auf so einer gewesen sei.

Er sagte, Hab ich mir doch gedacht, dass ich Sie noch nie gesehen hab. Arbeiten Sie bei Pearce?

Ich sagte, Ja.

Ich hatte einen genialen Einfall. Ich sagte, Ich arbeite für Emma Russell. Im Büro waren alle ganz aufgeregt, als sie hörten, dass Sie auch kommen würden. Ich möchte Sie gerne mit ihr bekannt machen.

Er fragte, Würde es Ihnen was ausmachen, das nicht zu tun?

Und er lächelte und sagte, Ich wollte gerade gehen, als ich Sie gesehen hab. Sie wissen ja, Geteiltes Leid ist halbes Leid.

Ich wusste nichts dergleichen, aber ich sagte, So sagt man.

Und ich sagte, Wenn wir gehen, haben wir kein Leid mehr zu teilen.

Er fragte, Wo wohnen Sie? Vielleicht kann ich Sie nach Hause bringen.

Ich sagte ihm, wo ich wohnte, und er meinte, es sei kein großer Umweg für ihn.

Ich begriff zu spät, dass ich sein Angebot hätte ablehnen sollen, das tat ich jetzt, und er sagte, Nein, ich bestehe darauf.

Ich sagte, Machen Sie sich keine Umstände, und er sagte, Sie müssen nicht alles glauben, was Sie hören.

Wir gingen die Park Lane entlang und dann verschiedene Straßen in Mayfair, während Liberace dies und das erzählte, und zwar auf eine Weise, die bewusst flirtig und unbewusst grob war.

Plötzlich wurde mir klar, dass ich, falls die chinesischen Schriftzeichen dieselben waren wie im Japanischen, die Schriftzeichen für Weißer Regen Schwarzer Baum kannte: 白雨黒木! Ich legte sie provisorisch in Yus Kopf und lachte laut auf, und Liberace sagte, Was ist so komisch. Ich sagte, Nichts, und er sagte Nein, verraten Sie's mir.

Schließlich sagte ich hilflos, Sie kennen den Stein von Rosette.

Was?, sagte Liberace.

Ich sagte, Den Stein von Rosette. Ich denke, wir brauchen mehr davon.

Er sagte, Einer reicht nicht?

Ich sagte, Ich meine damit, dass es zwar ursprünglich ziemlich wichtigtuerisch war, diesen Stein aufzustellen, dass er aber ein Geschenk an die Nachwelt darstellt. Er ist mit Hieroglyphenschrift, demotischer Schrift und griechischer Übersetzung versehen, und es musste nur eine Sprache überleben, damit er für alle verständlich blieb. Wahrscheinlich ist Englisch eines Tages eine viel studierte tote Sprache; wir sollten diesen Umstand nutzen, um andere Sprachen für die Nachwelt zu erhalten. Man könnte Homer mit Übersetzung und Randbemerkungen zu Vokabular und Grammatik nehmen, und wenn dann dieses einzelne Buch in etwa 2000 Jahren zufällig ausgegraben wird, könnten die Menschen dieser Zeit Homer lesen, oder noch besser, wir könnten den Text so weit verstreuen wie nur möglich, um die besten Überlebenschancen zu sichern.

Wir sollten Folgendes tun, sagte ich, wir sollten per Gesetz festlegen, dass jedes publizierte Buch eine Seite von, sagen wir, Sophokles oder Homer im Original mit den entsprechenden Marginalien mit eingebunden bekommt, sodass man, selbst wenn man sich am Flughafen bloß irgendeinen Roman kauft und das Flugzeug abstürzt, auf der verlassenen Insel etwas hätte, das man immer wieder lesen kann. Das Tolle ist, dass Leute, die sich auf der Schule von Griechisch abschrecken ließen, dann noch eine Chance bekämen, ich glaube, sie lassen sich von dem Alphabet abschrecken, aber wenn man schon mit sechs eins gelernt hat, wie schwierig kann es dann sein? Es ist keine sonderlich schwere Sprache.

Liberace sagte, Wenn Sie so richtig in Fahrt kommen, hören Sie gar nicht wieder auf, was? Zuerst sind Sie so schweigsam, dass ich kaum ein Wort aus Ihnen rauskriege, und dann gibt's auf einmal kein Halten mehr. Ich finde das reizend.

Ich wusste nicht, was ich sagen sollte, und nach einer Pause sagte er, Was ist daran lustig?

Nichts, sagte ich, und er sagte, Oh, verstehe.

Ich fragte nach einer Pause, wo sein Auto sei. Er sagte, dass es hier stehen müsste und dass es wohl abgeschleppt worden sei, und er fluchte. Die Scheißkerle! Die Scheißkerle! Und dann sagte er unvermittelt, wir müssten eben mit der U-Bahn fahren.

Ich ging mit ihm zur U-Bahn, und als er aussteigen musste, sagte er, ich solle mit zu ihm kommen, damit er nicht dauernd an seinen Wagen denken müsse. Er sagte, ich könne mir ja gar nicht vorstellen, wie furchtbar es sei, zu so einer Party zu gehen wie der, die wir gerade verlassen hatten, und dann zu entdecken, dass es dich rund fünfzig Pfund gekostet hat, plus das blanke Grauen, nach West Croydon zu müssen, oder wo immer sie die Wagen hinbrachten, um ihn zurückzukriegen. Ich sagte irgendwas Mitfühlendes. Ich war aus der Bahn ausgestiegen, um das Gespräch fortzusetzen, und jetzt merkte ich, dass ich die Station verließ und mit Liberace zu ihm nach Hause ging.

Wir gingen die Treppe hoch und oben hinein, und Liberace begann ein kleines Gesprächsmedley zum Thema Wagen und Abschleppen und Reifenkrallen. Er improvisierte über das Thema des Depots für abgeschleppte Wagen. Er improvisierte über das Thema der Beamten, die es einem erschwerten, einen Wagen zurückzubekommen.

Seine Art zu sprechen war ein wenig wie sein Schreibstil: schnell und nervös und bemüht, den Eindruck zu erwecken, als sei er bemüht zu gefallen, und dann und wann sagte er, O Gott, ich rede zu viel, ich langweile Sie, Sie werden gleich gehen und mich allein lassen mit meinen düsteren Gedanken an mein, verstehen Sie, ich persönlich betrachte meinen Wagen nicht, ich meine, wenn Sie ihn sehen könnten, würden Sie sehen, dass ich ihn unmöglich als phallisch betrachten könnte, aber die Bedeutung geistert so rum, oder, da steckt was potenziell schrecklich Symbolisches drin, nicht wahr, dass er abgeschleppt worden ist, wo ich Ihnen doch gerade angeboten hatte, Sie nach Haus zu, ich meine, Sie denken vielleicht, das ist zu offensichtlich, und ich bin da ganz Ihrer Meinung, aber Scheiße, und ich meine, sagen Sie mir, wenn ich Sie langweile. Keiner, der mich nicht langweilte, hatte mich je gefragt, ob er mich langweile, und ich wusste nie, was ich sagen sollte, oder besser gesagt, es kam mir immer so vor, als wäre die einzige mögliche Antwort, Nein, und deshalb sagte ich jetzt, Nein, überhaupt nicht. Ich dachte, es wäre besser, das Thema zu wechseln, und so bat ich um was zu trinken.

Er holte was aus der Küche und sprach über dieses und jenes, zeigte mir Souvenirs von seinen Reisen und gab mal zynische mal sentimentale Kommentare ab. Er hatte einen neuen Computer, einen Amstrad 1512 mit zwei 5,25-Zoll-Diskettenlaufwerken und

512 KB RAM. Er sagte, er hätte Norton Utilities installiert, um seine Dateien zu ordnen, und er schaltete das Gerät an, um zu demonstrieren, wie Norton Utilities funktionierte.

Ich fragte, ob der Computer auch Griechisch könne. Er sagte, er glaube nicht, deshalb fragte ich nicht, ob er noch irgendwas anderes könne.

Wir setzten uns, und zu meinem Entsetzen sah ich auf einem Tischchen in der Nähe ein neues Buch von Lord Leighton.

Mit Lord Leighton meine ich natürlich nicht den hellenisierenden spätviktorianischen Maler von »Eine syrakusische Braut führt eine Prozession wilder Tiere« und »Griechische Mädchen beim Ballspiel«, sondern den bildgewaltigen amerikanischen Autor, den geistigen Erben des Malers. Lord Leighton (der Maler) spezialisierte sich auf Szenen der Antike, in denen ergötzlich verwirrende Stoffe über die Leinwand wallen und nur gelegentlich im Fluge innehalten, um auf die Keuschheit eines Neulings von der Tyrone-Power-Schauspielschule Rücksicht zu nehmen. Sein Fehler war nicht mangelndes Geschick: Es ist gerade die Fehlerlosigkeit seines Geschicks, die die Gemälde für den Betrachter peinlich macht, so nackt und bloß bieten sie die geistige Welt ihres Schöpfers dar. Nur die Feder von Lord Leighton dem Schriftsteller konnte dem Pinsel von Lord Leighton dem Maler Gerechtigkeit widerfahren lassen, denn gerade so verwandelte Lord Leighton (der Schriftsteller) die aufgewühltesten Emotionen in ein Luftleer, ein Ruhig, ein Gelassen, während jedes Wort den Schmelz annahm, denn schließlich war ja alle Zeit der Welt da, sodass jedes Wort den Schmelz annehmen konnte, den nur ein großer Meister einem Wort verleihen kann, indem er seine Zeit nutzt, um aller unziemlichen Energie Gelegenheit zu geben, sich ihrer Nacktheit bewusst zu werden und das bereitgehaltene Feigenblatt zu ergreifen, bis alle Leidenschaft in der Luftleere, in der Ruhe, in der Abwesenheit von Eile sittsam hinabsank in den langsamen Tod von Bewegung hin zu immer währender Stagnation: Eine Figur konnte nicht blicken, schreiten oder sprechen, ohne dass eine prächtige Schleppe aus Sätzen ihre armen, törichten Gedanken umhüllte und sich in schönster Lauheit in der stillen und atemlosen Luft entfaltete.

Liberace bemerkte meinen Blick und fragte, Sind Sie ein Fan, und ich sagte, Nein, und er sagte, Aber er ist großartig.

Er nahm das Buch und begann, einen hübschen Satz nach dem anderen zu lesen

& ich sagte verzweifelt, Wie schön, so, wie man sagen würde, Sieh dir die Feder an! Sieh dir den Samt an! Sieh dir den Pelz an!

Natürlich habe ich oft gedacht, dass es nett wäre, von Liberace etwas Geld für Ludo zu bekommen, und manchmal habe ich gedacht, dass ich es ihm, mal abgesehen von dem Geld, sagen sollte. Aber immer wenn ich das denke, denke ich an diese Unterhaltung und kann es einfach nicht.

Ich sagte zum Beispiel, Aber er ist wie einer, der »Yesterday« mit Brahmsscher Fülle & Kraft auf dem Klavier spielt und so ganz nebenbei das mit Füßen tritt, was den Song ausmacht, als ob das Percy Faith Orchestra »Satisfaction« spielen würde

und er sagte dann, Hören Sie sich das an

und las einen Satz vor, der wie »Yesterday« mit Brahmsschen Harmonien war oder das Percy Faith Orchestra, das auf besonderen Wunsch »Satisfaction« spielt

und ich sagte dann, Er ist wie einer, der den ersten Satz der Mondscheinsonate so langsam spielt, dass er Fehler macht, diese logischen Trugschlüsse sind umso krasser, weil er auch noch so unverschämt ist, sich Zeit zu lassen

und Liberace sagte, Aber hören Sie sich das an

und er las einen hübschen Satz voller logischer Fehler vor

und ich sagte, Oder eher wie einer, der den dritten Satz der Mondscheinsonate mit verwirrender Virtuosität und völliger Ignoranz der Musik spielt, Schnabels Lehrer erklärte ihm einmal, dass er Musiker sei, aber niemals ein Pianist werden würde, & bei diesem Autor ist es genau umgekehrt

und Liberace sagte, Ja, aber hören Sie sich das an

und er las einen Satz, der das Werk eines dummen Virtuosen war und er schien nie zu kapieren, was ich meinte. Lord Leighton war dieses und jenes und das eine und das andere, & er war wie ein Mann, der Matratzen auf einen Kieselstein häuft, & ich war wie die Prinzessin & die Erbse, ich war nicht bereit, etwas über den englischen und amerikanischen Roman zu sagen, um mir dann anhören zu müssen, ich sei reizend, also trank ich meinen Drink, und als Liberace endlich fertig war mit Lesen, sprach er eine Weile über Lord Leighton.

Nun bin ich sicher, oder besser gesagt, ich habe keinen Grund, daran zu zweifeln, dass Liberace sich, wenn ich ihm von Ludo erzählt hätte, anständig verhalten hätte. Und doch: Es ist eine Tatsache, dass 99 von 100 Erwachsenen sich zu 99% ihrer Zeit die Mühe rationalen Denkens ersparen (das ist nicht durch Untersuchungen belegt, die statistischen Werte habe ich mir gerade ausgedacht, also sollte ich wohl nicht sagen, Es ist eine Tatsache, aber ich würde mich wundern, wenn die richtigen Zahlen wesentlich anders ausfielen). In einer weniger barbarischen Gesellschaft wären Kinder nicht in völliger ökonomischer Abhängigkeit von den irrationalen Wesen, in deren Obhut das Schicksal sie gegeben hat: Sie bekämen einen anständigen Stundenlohn für die Teilnahme am Schulunterricht. Da wir aber nicht in einer derart aufgeklärten Gesellschaft leben, besitzt jeder Erwachsene, und vor allem jeder Elternteil, eine fürchterliche Macht über ein Kind – wie könnte ich diese Macht einem Mann zusprechen, der – manchmal hab ich gedacht, ich könnte es, und einmal hatte ich sogar schon den Hörer in der Hand, aber als ich darüber nachdachte, konnte ich es einfach nicht. Immer wieder hörte ich seine atemlose jungenhafte Bewunderung für gefällige Dummheit, seine unverbrüchliche Treue gegenüber dem Prinzip, dass gutes Benehmen leeres Gewäsch impliziert, und ich konnte es einfach nicht.

Liberace redete weiter und weiter und weiter. Allmählich tranken wir immer mehr, und Liberace redete mehr und mehr und mehr und fragte mehr und mehr, ob er mich langweile, und folglich erschien es mir immer weniger und weniger möglich zu gehen, denn wenn er mich nicht langweilte, wieso sollte ich dann gehen wollen?

Dann dachte ich, es muss irgendeine andere Möglichkeit geben, nicht zuhören zu müssen, und natürlich gab es eine. Gewiss hatte Liberace mich mit hierher genommen, um mich anzumachen. Es wäre unhöflich, meine Hand auf seinen Mund zu legen, aber wenn ich meinen Mund auf seinen Mund legte, brächte ihn das genauso gut zum Schweigen, ohne unhöflich zu sein. Seine Augen waren groß, ein klares Flaschengrün, mit einem schwarzen Ring wie die Augen eines nachtaktiven Tieres; mir schien, wenn ich ihn bloß küsste, würde ich ihm nicht nur nicht länger zuhören müssen, sondern auch diesem Tier mit den schönen Augen näher kommen.

Er sagte irgendwas und hielt inne, und bevor er noch etwas sagen konnte, küsste ich ihn, und plötzlich entstand eine wunderbare Stille. Es war still, bis auf das alberne leise Lachen von Liberace, aber sobald er gelacht hatte, war es vorbei, während sein Gespräch endlos gewesen war.

Ich war noch betrunken, und noch immer suchte ich in Gedanken nach Dingen, die ich tun konnte, ohne unverzeihlich unhöflich zu sein. Nun ja, dachte ich, ich könnte mit ihm schlafen, ohne unhöflich zu sein, und so reagierte ich in angemessener Weise, als er die Knöpfe meines Kleides aufknöpfte.

Das war ein schrecklicher Fehler.

❖

Der Wind pfeift. Kalter Regen fällt. Die Fensterscheibe aus Packpapier schlägt im heftigen Regen und Wind hin und her.

Wir sitzen im Bett und schauen uns ein Meisterwerk des modernen Kinos an. Heute Morgen habe ich drei Stunden am Computer gesessen & abzüglich Unterbrechungen etwa anderthalb Stunden getippt. Schließlich habe ich gesagt, dass ich nach oben gehen und *Die sieben Samurai* gucken wolle, und L sagte, er auch. L hat *Odyssee* 1–10 gelesen; die Geschichte von dem Kyklopen hat er sechsmal gelesen. Außerdem hat er, irgendeinem System folgend, das ich nicht verstehe, die »Reise von Sindbad dem Seefahrer« gelesen, drei Kapitel von *Algebra leicht gemacht* und jeweils einige Seiten aus den *Metamorphosen*, dem *Kalila wa-Dimna* und I. Samuel, und jede einzelne Lektüre zieht einen beständigen Strom von Fragen nach sich.

Ich weiß oder rede mir zumindest ein, dass das besser ist als Japanisch (da ich wenigstens die Antworten auf 80% der Fragen weiß), & ich weiß, dass ich ihn dazu ermuntert habe. Er hat ein Jahr gebraucht, um die *Ilias* zu lesen, daher weiß ich nicht, wie ich hätte wissen sollen, dass er 10 Gesänge der *Odyssee* in drei Wochen lesen würde.

Mir kommt der Gedanke, dass das Buch Jona nur vier Seiten lang ist. Fragen zum Hebräischen müssen besser sein als Fragen zum Japanischen. Überlege, ob es zu spät ist zu sagen, dass ich eigentlich Jeremia meinte.

Ich sollte eigentlich *Angeln für Fortgeschrittene* tippen, weil sie es bis Ende der Woche haben wollen, aber es erscheint mir wichtig, meine geistige Gesundheit zu erhalten. Es wäre unökonomisch, mühsam weiterzutippen, bis mich ein unschuldiges Kind in den Wahnsinn getrieben hat.

Ebenfalls im Interesse geistiger Gesundheit habe ich seit mehreren Tagen nichts mehr für die Nachwelt geschrieben. Ich habe festgestellt, dass es ziemlich deprimierend ist, das zu schreiben –

während ich über Mozart schrieb, musste ich plötzlich daran denken, wie meine Mutter sich mit meinem Onkel Buddy stümperhaft durch die Begleitung von Schubert-Liedern wurstelte, Himmel, Buddy, sagte meine Mutter, was ist bloß los, du singst wie ein gottverdammter Buchhalter, und knallte den Deckel zu und stürmte aus dem neuesten halbfertigen Motel meines Vaters & ab durch die Mitte den Highway hinunter, während mein Onkel Buddy leise eine kleine Melodie pfiff & nicht viel sagte. Was nützt es, sich an so was zu erinnern?

Dann dachte ich an die unbezahlbare Zeile, die ich mal irgendwo gelesen hatte: Als Mutter ist es meine Pflicht, fröhlich zu sein. Als Mutter ist es meine Pflicht, fröhlich zu sein, & somit ist es ganz offensichtlich meine Pflicht, mir das Werk eines Genies anzusehen & *Angeln für Fortgeschrittene* & Dichtung fallen zu lassen.

Kambei ist Samurai 1. Er fängt an, die Übrigen zu rekrutieren.

Er erwählt einen Samurai auf der Straße. Er sagt dem Bauern Rikichi, er soll ihn zu einem Kampf bringen. Er sagt Katsushiro, er soll sich mit einem Stock neben die Tür stellen und damit zuschlagen. Er setzt sich hin und wartet.

Der Samurai kommt durch die Tür, packt den Stock und schleudert Katsushiro zu Boden. Kambei sagt ihm, worum es geht; er hat kein Interesse.

Kambei sucht einen anderen Samurai aus.

Katsushiro steht wieder mit dem Stock neben der Tür. Kambei sitzt da und wartet.

Nr. 2 nähert sich der Tür. Er durchschaut den Trick; er bleibt auf der Straße stehen und lacht.

Gorobei weiß, dass es den Bauern schlecht geht, aber das ist nicht der Grund, warum er einwilligt. Er willigt wegen Kambei ein.

Ich sage zu L: Kurosawa hat einen Preis für einen Film gewonnen, den er vor diesem hier gemacht hat, *Rashomon*, über eine Frau, die von einem Banditen vergewaltigt wird; die Geschichte wird viermal erzählt, & sie ist jedes Mal anders, wenn ein anderer sie erzählt, aber bei dem hier hat er etwas Komplizierteres gemacht, er erzählt die Geschichte nur einmal, aber du siehst sie aus acht unterschiedlichen Blickwinkeln, du musst die ganze Zeit aufpassen, ob etwas wahr erscheint oder bloß etwas ist, von dem jemand behauptet, es sei wahr.

Er sagt: Mhm. Er murmelt halblaut japanische Sprachfetzen vor sich hin, & er liest die Untertitel laut mit.

3 muss den Test nicht bestehen. Shichiroji ist ein alter Freund von Kambei. Er hatte ihn für tot gehalten.

Gorobei findet 4, der Holz hackt, um eine Mahlzeit zu bezahlen. Heihachi ist ein zweitklassiger Kämpfer, aber wird die anderen bei Laune halten.

Kambei und Katsushiro sehen zufällig zwei Samurai, die die Blätter von Bambusstäben reißen, mit denen sie ihre Kräfte messen wollen.

Der Kampf beginnt. A hebt seinen Stab und wartet. B hebt seinen Stab über den Kopf und schreit.

A nimmt seinen Stab mit einer wunderbar fließenden Bewegung zurück und wartet. B stürzt vor.

A hebt plötzlich seinen Stab und schlägt zu.

B sagt, es sei unentschieden.

A sagt, er habe gewonnen. Mit einem richtigen Schwert hätte er ihn getötet. Er geht weg.

B will mit Schwertern kämpfen.

A sagt, das sei dumm, er werde ihn töten.

B beharrt darauf und zieht sein Schwert.

A zieht sein Schwert.

Er hebt es und wartet.

B hebt sein Schwert über den Kopf und schreit.

A nimmt sein Schwert mit einer wunderbar fließenden Bewegung zurück und wartet. B stürzt vor.

A hebt plötzlich sein Schwert und schlägt zu. B fällt tot zu Boden.

Ich würde gern den Rest des Films sehen, aber ich muss auch an *Angeln für Fortgeschrittene* denken. Ich sage L, dass ich nach unten gehen & den Ofen anmachen muss, um zu tippen, & dass er im Bett bleiben und das Video gucken soll. Natürlich bettelt er augenblicklich darum, mitkommen zu dürfen. Ich sage, Du verstehst das nicht, wir brauchen £ 150 für die Miete und £ 60 für die Nebenkosten, das macht schon £ 210, und wie du weißt, kriege ich £ 5,50 brutto die Stunde, 210 geteilt durch 5,50 macht ungefähr 40 –

38,1818

38,1818, gut,

18181818181818

was ich damit sagen will

1818181818181818181818181818

ist, wenn ich die nächsten vier Tage zehn Stunden am Tag arbeite, kann ich die Disketten Montag abgeben, wir kriegen den Scheck am Freitag, und wir können zwei Rechnungen bezahlen, und wenn wir die £ 22,62, die wir jetzt noch im Haus haben, ein bisschen strecken, können wir auch was zu essen kaufen.

Der Meister im Schwertkampf ist nicht daran interessiert, Menschen zu töten. Er will nur seine Kunst vervollkommnen.

Ich kann nicht arbeiten, wenn du unten bist. Ich weiß, du willst mich nicht stören, aber du tust es.

Ich will bloß arbeiten.

Ja, aber du stellst dauernd Fragen.

Ich verspreche, ich stelle keine Fragen.

Das sagst du immer. Du bleibst hier und guckst *Die sieben Samurai*, und ich geh nach unten und arbeite ein bisschen

NEIIIIIIIIIIIIIIIIIIIIIN

Kambei will Katsushiro nicht mitnehmen. Sie können kein Kind mitnehmen. Rikichi möchte ihn mitnehmen. Gorobei sagt, das ist Kinderkram. Heihachi sagt, wenn sie ihn wie einen Erwachsenen behandeln, wird er sich auch wie ein Erwachsener verhalten.

Es tut mir Leid, aber es muss getan werden. Du musst dir ja nicht *Die sieben Samurai* angucken, wenn du lieber einfach nur im Bett sitzen willst, darfst du das. Soll ich ausmachen?

NEIIIIIIIIIIIIIIIIIIIIIIN

Kambei gibt nach. 5 hat noch nie gekämpft.

Also dann, bis später.
BITTE lass mich mitkommen
Tut mir Leid
NEIIIIIIIIIIIIIIIIIIIIIIN
NEIIIIIIIIIIIIIIIIIIIIIIN

6 steht in der Tür. Der Meister im Schwertkampf hat beschlossen mitzukommen. Man erfährt nie, warum Kyuzo seine Meinung geändert hat.

BITTE lass mich mitkommen BITTE BITTE BITTE ICH VERSPRECHE ICH stelle keine Fragen VERSPROCHEN

Nein.

Ich ging nach unten, machte den Computer an und tippte eine Passage über Angeln im Schilf und noch eine über Köder. Die ganze Stunde lang konnte ich ihn oben heulen hören, über die Hintergrundmusik des Samurai-Themas hinweg. Schließlich hielt ich es nicht mehr aus.

Ich ging nach oben und sagte, Also schön, du darfst runterkommen.

Er weinte weiter ins Kissen.

Ich nahm die Fernbedienung und schaltete den Videorecorder ab. Ich hob ihn hoch und küsste ihn, und ich sagte, Bitte weine nicht, und ich trug ihn nach unten in das wärmere Zimmer mit dem Gasofen. Ich sagte, Möchtest du was Warmes trinken, wie wär's mit einer Tasse Tee? Oder Kakao, möchtest du einen Kakao?

Er sagte, Kakao.

Ich machte ihm einen Kakao, und ich sagte, Woran willst du denn arbeiten?

Er sagte sehr leise, Samuel.

Ich sagte, Gut. Er nahm das Wörterbuch und das Tenach und Wilhelm Gesenius' *Hebräische Grammatik* heraus und setzte sich dicht ans Feuer, um zu lesen.

Ich ging wieder zum Computer, um zu tippen, und hinter mir konnte ich das Rascheln von Seiten hören, während er Wort um Wort um Wort nachschlug, ohne Fragen zu stellen.

Eine Stunde verging. Ich stand auf, um eine Tasse Tee zu trinken, und er sagte, Darf ich dich jetzt was fragen?

Ich sagte, Klar.

Er stellte eine Frage, und er stellte noch eine Frage, und er stellte noch eine Frage, und im Zusammenhang mit einer der Fragen schlug ich Gesenius auf, um mir die Hithpa'el-Verben anzusehen, und nachdem ich das getan und die Frage beantwortet hatte, fing ich an, in dem Buch zu blättern. Ich hätte gerne selbst in ein Kissen geweint, und mit wundem Herzen fing ich an, folgende Worte des Trostes zu lesen:

§ 49. Perfekt und Imperfekt mit Wāw consecutivum

1. Der Gebrauch der beiden Tempusformen ist, wie die Syntax des Weiteren lehrt (§ 106, 107, vgl. oben § 47, Note zu *litt.* a), keineswegs auf den Ausdruck der Vergangenheit oder Zukunft beschränkt. Zu den auffallendsten Eigentümlichkeiten der hebräischen *consecutio temporum* gehört aber die Erscheinung, daß bei der Darstellung einer Reihe von vergangenen Ereignissen nur das erste Verbum im Perfekt steht und sodann in Imperfekten fortgefahren wird, umgekehrt aber bei der Darstellung einer Reihe von zukünftigen Ereignissen mit dem Impf. begonnen und in Perfekten fortgefahren wird.

Der Autor der Grammatik erläuterte dieses wunderbare grammatische Charakteristikum mit steifem Gelehrtencharme, sodass er (beispielsweise) in einer kleinen Fußnote erklärte: »Die übrigen semitischen Sprachen zeigen diese Eigentümlichkeit nicht, ausgenommen das dem Hebräischen nächstverwandte Phönizische und selbstverständlich auch das mit dem Althebräischen so gut wie identische Moabitische der Mêšaʿ-Inschrift.« Schon allein die Worte »ausgenommen das dem Hebräischen nächstverwandte Phönizische« waren besser als stundenlange Hilfe von der Art, wie man sie bei der Telefonseelsorge bekommt.

> Dieser Fortschritt in der Zeitfolge wird herrschend durch ein bedeutsames *und*, das sog. *wāw consecutivum*,[1] bezeichnet, welches an sich zwar nur eine Abart des gewöhnl. *wāw copulativum* bildet, zum Teil aber (im Impf.) mit einer sonst ungewöhnlichen Vokalisation erscheint.

Allmählich fühlte ich mich fast gar nicht mehr so schlecht.

> [1] Dieser Name drückt am besten das obwaltende syntaktische Verhältnis aus, denn durch *wāw consec.* wird stets eine Handlung als direkte oder wenigstens zeitliche *Folge* einer vorangegangenen Handlung dargestellt. Übrigens ergibt sich aus obigen Beispielen, daß von einem *wāw consec.* immer nur bei unmittelbarer Verbindung des *wāw* mit dem Verbum die Rede sein kann. Sobald jedoch *wāw* durch einen Einschub (z. B. eine Negation) vom Verb getrennt wird, so folgt statt *Perf. consec.* das *Impf.*, statt *Impf. consec.* das *Perfekt.* (Wenn ganze Bücher [Lv, Nu, Jos, Richt, Sam, 2 Kön, Ez, Ruth, Esth, Neh, 2 Chr] mit Imperf. consec., andere [Ex, 1 Kön, Ezra] mit *Wāw copul.* beginnen, so soll damit eben eine enge Verbindung mit den [jetzt oder ursprünglich] vorangehenden Geschichtsbüchern hergestellt werden; vgl. dagegen den selbständigen Anfang des Hiob und Dan). Rein äußerlich ist die früher übliche Bezeichnung des wāw consec. als *wāw conversivum*, weil es die Bedeutung des betr. Tempus jedesmal in die entgegengesetzte verwandle (*sc.* nach früherer Auffassung das Futur. ins Praeter. und umgekehrt).

Ich las das Kapitel zu Ende, & dann widmete ich mich den Querverweisen zur Syntax, & dann las ich dies und das, & als ich aufblickte, waren zwei Stunden vergangen. L saß am Feuer & las die

Geschichte von David und Jonathan und summte ein Liedchen dabei.

Ich machte ihm Mittagessen, und dann war noch eine halbe Stunde vorüber. Ich kehrte zum Computer zurück & tippte drei Stunden lang mit nur gelegentlichen Fragen von L. Ich machte eine kurze Pause und tippte eine halbe Stunde; ich machte Pause, und wir aßen zu Abend, und ich tippte zwei Stunden; ich brachte L um 21:00 ins Bett und ging um 21:30 wieder runter und tippte drei Stunden, und dann ging ich wieder hoch.

Es kam mir ziemlich kalt vor.

Ich sah keine Möglichkeit, wie ich ihn morgens oben lassen könnte, und ich sah auch keine Möglichkeit, wie ich ihn mit runternehmen könnte.

Der Alien flüsterte, Es ist nur fair, der anderen Seite eine Chance zu geben.

Der Alien flüsterte, Er ist kein schlechter Mann.

Ich wollte nicht wirklich ins Bett in dem Wissen, dass ich doch bloß am nächsten Tag aufwachen würde. Ich zog drei Pullover an und ließ das Video zurücklaufen. PLAY.

Eine auffällige Besonderheit des Films ist, dass er zwar *Die sieben Samurai* heißt, aber nicht wirklich von sieben Samurai handelt. Banditen wollen ein Dorf überfallen, und nur ein Bauer ist bereit zu kämpfen; ohne ihn gäbe es gar keine Geschichte. Rikichi starrte mit brennenden Augen vom Bildschirm; sein Gesicht glühte in dem kalten dunklen Raum.

Interludium

Der Vater meiner Mutter war Juwelier. Er war ein attraktiver, klug aussehender Mann und ein sehr guter Amateurmusiker. Er sprach ausgezeichnet Englisch, konnte aber seinen eigenen Akzent hören, und er wusste, dass er ein bisschen komisch klang.

Buddy sagte, er wolle nicht Buchhalter werden, und sein Vater erwiderte, er habe ja keine Ahnung, wie viel Arbeit es erfordere, Berufsmusiker zu werden. Fünf Jahre lang hattest du Geigenunterricht, sagte sein Vater, und hast du auch nur fünf Minuten geübt? Fünf Jahre Klavier.

Irgendetwas schaute aus den Augen meines Großvaters, und es sagte auf Deutsch »Werner« und »du« und »mein Kind« in einem zugleich zärtlichen und gebieterischen Ton. Buddy konnte im Großen und Ganzen verstehen, was gesagt wurde, aber er hatte keine Gegenargumente, er versuchte, sich an irgendetwas aus Schubert-Liedern oder Wagner zu erinnern, aber das kam ihm alles zu melodramatisch vor. Irgendetwas schaute aus den Augen meines Großvaters. Es sagte, Buchhalter zu sein ist kein Weltuntergang.

Irgendetwas schaute meinen Onkel Danny an. Irgendetwas schaute meine Tanten an, und es sagte, Sekretärin, ist das so schrecklich?

Linda hatte zugesehen, wie vor ihr vier etwas machten, das nicht so schrecklich war, und man merkte es ihnen irgendwie an, ihr ganzes Leben vor sich und das Beste verloren, als wäre etwas, das ein Heifetz hätte werden können, in einem Buchhalter eingemauert und zum Sterben verurteilt worden.

Doom. Doom. Doom.

Mein Vater kam direkt zur Sache. Er argumentierte hitzig, dass Linda es sich nie verzeihen würde, wenn sie es nicht wenigstens versuchte.

Unser Leben ist schon ruiniert, sagte mein Vater, willst du, dass dir das Gleiche widerfährt? Er argumentierte leidenschaftlich und benutzte Ausdrücke wie »zum Teufel« und »verdammt noch mal«, was damals ungeheure Kraftausdrücke waren, und das hatte etwas Maskulines und Eindringliches an sich.

Was denkst du?, sagte Linda, und sie blickte Buddy an.

Buddy sagte: Ich denke, du solltest hinfahren.

– denn natürlich würde sie, wenn sie es überhaupt irgendwo versuchte, es an der Juilliard School versuchen.

Mein Vater sagte: Natürlich sollte sie fahren. Gegen Mittag kann sie in New York sein. Linda sagte, sie könnte so tun, als wollte sie in die Stadt, um sich einen Pullover zu kaufen, weil sie eben erst gesagt hätte, sie bräuchte einen neuen Pullover.

Mein Vater sagte, er würde sie zum Bahnhof fahren.

Buddy sagte, er würde auch mitkommen, falls jemand Fragen stellte.

Linda: Wenn jemand dich fragt, sagst du einfach, ich bin in die Stadt, einen Pullover kaufen.

Buddy: Das ist gut, wenn jemand mich fragt, sage ich ganz einfach, du hättest gerade gedroht, dich umzubringen, und dann ist dir plötzlich eingefallen, dass du einen Pullover brauchst. Ich denke, ich fahre mit zum Bahnhof.

Linda sagte, vielleicht sollte er sogar mit nach New York kommen, er könnte das Cello tragen.

Buddy: Wieso willst du das Cello mitnehmen?

Linda: Fürs Vorspielen.

Buddy: Wenn sie dich nicht fürs Klavier nehmen, dann nehmen sie dich erst recht nicht fürs Cello.

Linda: Sag mir nicht, was ich tun soll

& sie gerieten in einen heftigen Streit, während mein Vater untätig dabeistand. Meine Mutter war überzeugt, dass die Juilliard School sie verschmähen würde, wenn sie bloß Klavier spielen konnte, aber wenn sie eine Auswahl an Instrumenten mitbrächte, würden sie sehen, dass sie eine richtige Musikerin war.

Alle Konigsbergs verachteten das Klavier, da waren die Noten schön praktisch auf eine Klaviatur verteilt, wenn man wegging, und wenn man wiederkam, lagen alle Noten noch immer auf den Tasten, wo man sie zurückgelassen hatte, wie langweilig, ein vierjähriges Kind konnte es spielen (sie alle hatten das). Sie hassten auch das Vom-Blatt-Spielen, & es ist ein lästiges Charakteristikum des Klavierspielens, dass man (da 10 oder mehr Noten gleichzeitig gespielt werden können) bis zu 10-mal so oft aufs Blatt schauen muss wie bei jedem anderen Instrument. Es war ein Instrument, das kein Konigsberg spielen wollte, wenn man es stattdessen von jemand Jüngerem spielen lassen konnte, & da meine Mutter die Kleinste war, hatte sie nie die Möglichkeit, es jemand anderem zu überlassen. Es mag seltsam erscheinen, dass ausgerechnet die Jüngste den Part hatte, bei dem man am meisten vom Blatt spielen musste, doch wie vier Geschwister, ein Vater und eine Mutter klarmachten, könnte sie, wenn sie Probleme kriegte, ja immer noch nach Gehör spielen. Es war jedenfalls nicht so, dass sie nicht Geige, Bratsche und Cello (ganz zu schweigen von Flöte, Gitarre, Mandoline und Ukulele) spielen konnte – sie bekam einfach nie die Möglichkeit dazu.

Buddy gab zu bedenken, dass sie seiner Meinung nach bei keinem der Saiteninstrumente technisch den Ansprüchen der Juilliard School genügen würde, & Linda sagte, woher er das wissen wolle, wann hast du mich das letzte Mal gehört.

Zunächst wollte sie alles mitnehmen, um zu zeigen, was sie konnte, aber schließlich willigte sie ein, nur eine Geige mitzunehmen, weil sie darauf ein paar schwere Stücke spielen konnte, eine Bratsche, weil sie aus irgendeinem Grund damit einen besseren Ton hinkriegte, eine Mandoline, weil es ziemlich außergewöhnlich war, wenn jemand das Instrument spielen konnte, und eine

Flöte, weil es nie schadet, wenn die Leute wissen, dass man Flöte spielen kann.

Buddy: Und sag ihnen, du willst auf dem Klavier vorspielen.

Linda: Sag mir nicht, was ich tun soll.

Mein Vater: Soll das heißen, dass du nicht vorhast, Klavier zu spielen? Du bist ungeheuer talentiert, und du willst nicht Klavier spielen? Was ist mit dem Stück, das du eben gespielt hast, willst du ihnen das etwa nicht vorspielen?

Linda: Verstehst du irgendwas von Musik?

Mein Vater: Eigentlich nicht.

Linda: Dann kümmere dich um deinen eigenen Kram.

Mein Vater sagte: So, wir müssen los, wenn du den Zug noch kriegen willst.

Buddy sagte noch einmal dass er mitkommen würde & Linda sagte er könne doch sagen sie wäre in die Stadt um nach einem Pullover zu gucken warum machte er um alles immer so ein Theater & Buddy sagte ja sie wäre in die Stadt gefahren um nach einem Pullover zu gucken & hätte eine Geige eine Bratsche & eine Mandoline mitgenommen nur für alle Fälle und er fand dass er mitfahren sollte.

Mein Vater sagte, er müsse sowieso mit ihm reden, also fuhren alle drei zusammen zum Bahnhof.

Linda stieg in den Zug. Sie hatte den Geigenkasten & den Bratschenkasten in einer Hand, den Mandolinenkasten und ihre Handtasche in der anderen und die Flöte unter dem Arm.

Der Zug fuhr los, & mein Vater sagte zu Buddy: Ihr seid schon was Besonderes. Ich habe immer gedacht, Musiker würden Notenblätter oder so mit zum Vorspielen nehmen.

Buddy sagte: Oh. Mein. Gott.

Es war aber zu spät, um noch irgendwas daran zu ändern, und sie konnte sich ja noch Notenblätter in New York kaufen, also gingen sie in die nächste Kneipe, und mein Vater sagte: Kaufen wir das Motel.

Buddy sagte: Und wenn der Typ sich geirrt hat?

Mein Vater sagte: Wenn er sich geirrt hat, haben wir eine wertlose Immobilie. Andererseits wird die alte Mrs. Randolph ihre verwitwete Tochter wieder sehen und ihren Lebensabend unter dem sonnigen Himmel Floridas verbringen, also wird zumindest jemand glücklich sein.

Auf den sonnigen Himmel Floridas, sagte Buddy.

Auf den sonnigen Himmel Floridas, sagte mein Vater.

Mein Vater und Buddy beschlossen, auf der Stelle loszufahren, um das Geschäft unter Dach und Fach zu bringen. Sie fuhren mit dem Wagen meines Vaters, Buddy am Steuer, mein Vater schlafend auf der Rückbank.

Derweil traf meine Mutter an der Juilliard School ein. Sie ging ins Sekretariat und bat, vorspielen zu dürfen. Das ging natürlich nicht so ohne weiteres, und man sagte ihr mehrmals, sie müsse einen Antrag stellen und Formulare ausfüllen und würde dann einen Termin bekommen; aber sie blieb hartnäckig. Sie sagte, sie sei extra aus Philadelphia gekommen. Sie war sehr nervös, aber zuversichtlich, dass sie sich schon fangen würde, wenn sie erst mal angefangen hätte, irgendwem vorzuspielen.

Schließlich kam ein unscheinbarer Mann, der eine Fliege trug, aus einem Büro, stellte sich vor und sagte, er würde einen freien Raum suchen. Die Juilliard School hatte zwar ihre Antragsformulare und Formalitäten, aber die Leute dort waren nicht anders als überall: Sie hatten was übrig für eine gute Geschichte, ihnen gefiel die Vorstellung, dass eine geniale junge Musikerin in Philadelphia in den Zug stieg und nach New York fuhr und einfach so hereingeschneit kam. Und so folgte ihm meine Mutter (mitsamt Geige Bratsche Mandoline Handtasche & Flöte) zu einem Raum mit einem Flügel, und der unscheinbare Mann setzte sich auf einen Stuhl ein Stück entfernt, schlug die Beine übereinander und wartete.

Erst in dem Moment merkte meine Mutter, dass sie etwas vergessen hatte.

Weil mein Vater so gedrängt hatte, war sie einfach zur Tür hinausmarschiert. In ihrer Begeisterung über den Gedanken, einfach zur Tür hinauszumarschieren, war sie hinausmarschiert, ohne noch einmal zu üben, und sogar ohne ihre Notenblätter, und jetzt hatte sie nichts, wonach sie spielen konnte, und nichts war vorbereitet.

Manche Leute hätten die Nerven verloren. Die Konigsbergs hatten jeden Tag mit musikalischen Katastrophen zu tun, & ihr Motto war: Niemals aufgeben.

Was wollen Sie mir vorspielen?, fragte der unscheinbare Mann.

Linda nahm die Geige aus dem Kasten. Sie erklärte, sie habe ihre Notenblätter im Zug liegen lassen, aber sie wolle eine Bach-Partita spielen.

Sie spielte eine Bach-Partita, und der unscheinbare Mann blickte kommentarlos auf sein Knie, und dann schaffte sie eine Beethoven-Sonate mit nur zwei holprigen Stellen, und der Mann blickte ruhig auf sein Knie.

Und was spielen Sie jetzt?, sagte der unscheinbare Mann kommentarlos.

Linda fragte: Möchten Sie mich auf der Bratsche spielen hören?

Mann: Wenn Sie mir etwas auf der Bratsche vorspielen möchten, würde ich mich freuen, es zu hören.

Linda verstaute die Geige wieder in ihrem Kasten und nahm die Bratsche heraus. Sie spielte eine unbekannte Sonate für Solobratsche, die sie zwei Jahre zuvor gelernt hatte. Schon damals schien es völlig unmöglich, sich das Stück einzuprägen, eine Komposition, wie sie Komponisten aus unerfindlichen Gründen gern der Bratsche aufhalsen. Einen Moment lang fragte sie sich, ob sie sich würde erinnern können, doch sobald sie angefangen hatte, fiel es ihr nach und nach wieder ein. Sie wusste nicht mehr, wie es nach der ersten Wiederholung weiterging, & musste daher die Passage zweimal spielen, um Zeit zu schinden, & sie musste ein neues Andante erfinden, weil das alte ihr vorübergehend entfallen war (aber zum Glück war das Stück so unbekannt, dass der Mann es wahrscheinlich nicht merken würde), doch abgesehen davon, fand sie, dass sie sich ganz gut geschlagen hatte.

Der unscheinbare Mann blickte weiter auf sein Knie.

Sie sagte: Das sollte Ihnen nur einen ungefähren Eindruck vermitteln. Soll ich noch ein Stück spielen?

Ich denke, ich habe schon einen ungefähren Eindruck.

Soll ich noch was auf der Mandoline spielen?

Wenn Sie möchten.

Sie spielte ein paar kurze Stücke von Beethoven und Hummel, nur um ihm einen ungefähren Eindruck zu vermitteln, und dann spielte sie ein paar Stücke auf der Flöte, damit er sah, dass sie Flöte spielen konnte.

Er lauschte kommentarlos, und dann sah er auf seine Uhr und fragte: Möchten Sie mir noch irgendetwas vorspielen?

Sie sagte: Ich kann auch Cello, Gitarre und Ukulele spielen, aber die habe ich zu Hause gelassen.

Würden Sie sagen, dass eins von denen Ihr bestes Instrument ist?

Ich würde nicht sagen, bestes Instrument. Mein Cellolehrer sagt, ich sei recht viel versprechend, und natürlich kann jeder Idiot Gitarre spielen, und wer Gitarre spielen kann, muss nicht gerade ein Genie sein, um Ukulele zu spielen, aber ich weiß nicht, was ich als bestes Instrument bezeichnen würde.

Ein Musiker kann einen sechsten Sinn für die Stimmung seines Publikums entwickeln. Meine Mutter spürte, dass das Vorspielen nicht gut lief.

Der Mann mit der Fliege sah wieder auf die Uhr, und er stand auf und ging hin und her und sagte: Ich habe leider einen Termin, daher –

Ich spiele auch Klavier, sagte sie widerstrebend, & lebhaft sagte sie: Wenn ich schon mal da bin!

Ich stehe ein wenig unter Zeitdruck, sagte der Mann, aber er nahm wieder Platz & schlug die Beine übereinander & blickte auf sein Knie.

Meine Mutter ging zum Klavier und setzte sich. Sie hatte nicht geübt, aber in der Woche hatte sie Chopins Prélude Nr. 24 in d-Moll 217-mal gespielt. Sie fing an, Chopins Prélude Nr. 24 in d-Moll zum 218. Mal in der Woche zu spielen, und zum ersten Mal blickte der unscheinbare Mann von seinem Knie auf.

Er sagte: Ich würde gern noch etwas anderes hören.

Er sagte: Soll ich Ihnen ein paar Noten besorgen? Wenn Sie etwas brauchen, haben wir es bestimmt in der Bibliothek.

Sie schüttelte den Kopf. Sie musste etwas spielen. Sie fing an, die Mondscheinsonate zu spielen. Irgendetwas war seltsam daran; es war seltsam, nicht Chopins Prélude Nr. 24 in d-Moll zum 219. Mal zu spielen.

Und was spielen Sie mir jetzt vor?, fragte der Mann.

Sie fing an, ein Intermezzo von Brahms zu spielen. Diesmal wartete sie nicht, bis der Mann fragte, sondern spielte gleich ein weiteres Stück und dann noch eins und noch eins, improvisierte mehr und mehr, während ihre Hände über die Tasten jagten.

Mitten im Stück stand der Mann auf und sagte, Das genügt.

Er kam rasch über die knarrenden Dielen auf sie zu; er sagte, Nein, nein, nein, nein, nein. Sie dachte zuerst, er würde beanstanden, dass sie improvisierte, wenn ihr eine Passage nicht einfiel.

Nein nein nein nein, sagte er und blieb neben ihr stehen.

So können Sie nicht Klavier spielen.

Er sagte: Sie legen kein Gewicht in die Hände.

Linda nahm die Hände von den Tasten. Sie verstand nicht, was er meinte. Und er sagte: SPÜREN Sie denn nicht, wie angespannt Ihre Handgelenke sind? Sie müssen mit dem ganzen Arm spielen. Spielen Sie aus dem Handgelenk. Sie müssen locker werden, sonst kriegen Sie das nie in den Griff.

Er bat sie, eine C-Dur-Tonleiter zu spielen, und bevor sie drei Noten gespielt hatte, sagte er, Nein. Er sagte, sie solle mit dem ganzen Gewicht ihres Armes auf jeder Note spielen. Er sagte, sie solle sich nicht daran stören, wenn sie Fehler machte.

Jemand klopfte an die Tür und schaute herein, & der Mann sagte, Nicht jetzt.

Er blieb eine Stunde neben ihr stehen, während sich ihre kluge Hand stumpfsinnig über die weißen Tasten bewegte.

Schließlich sagte er, es sei genug. Er beschrieb ihr eine einfache Übung & sagte: Ich möchte, dass Sie das zwei Monate lang vier

Stunden am Tag so spielen, wie ich es Ihnen gezeigt habe. Danach können Sie sich wieder an eins Ihrer Stücke machen, aber Sie müssen mit lockerem Handgelenk spielen. Wenn Sie nicht mit lockerem Handgelenk spielen können, spielen Sie es gar nicht. Und Sie sollten zwei Stunden die Übung spielen, bevor sie irgendetwas anderes spielen.

Er sagte: Fangen Sie von vorne an, und in einem Jahr haben Sie vielleicht etwas, das Sie mir zeigen können. Ich verspreche Ihnen nicht, dass wir Sie nehmen, aber ich verspreche Ihnen, dass wir Sie uns anhören.

Er sagte: Sie denken vielleicht, das Versprechen ist nicht ein Jahr Ihres Lebens wert.

Und er sagte: Vielleicht haben Sie Recht, aber mehr kann ich nicht für Sie tun.

Meine Mutter gab ihm die Hand und bedankte sich höflich.

Sie fragte: Was ist mit der Geige? Soll ich Ihnen etwas auf der Geige vorspielen?

Der unscheinbare Mann lachte auf & sagte, Nein, ich denke nicht. Er sagte, er könne ihr auch keinen Rat zu der Bratsche, der Mandoline oder der Flöte geben.

Er sagte: Aber Rubinstein hat auch nicht Flöte gespielt, und es scheint ihm nicht geschadet zu haben.

Er sagte: Ich weiß nicht, wer Ihr Lehrer ist, aber – Wo kommen Sie noch mal her, Philadelphia? Rufen Sie diesen Mann hier an, Sie können sich auf mich berufen. Rufen Sie ihn nicht an, wenn Sie nicht arbeiten wollen, er würde kein Wort mehr mit mir reden, aber wenn es Ihnen ernst ist – Rufen Sie ihn am besten in den nächsten zwei Monaten nicht an, bis Sie wissen, dass Sie wirklich bereit sind, Zeit zu investieren, und wenn Sie sicher sind, rufen Sie ihn an.

Er schrieb einen Namen & eine Telefonnummer auf einen Zettel und gab ihn ihr, und sie steckte ihn in ihre Handtasche. Sie fragte, ob sie die Übung auch ruhig in B-Dur spielen könne, und er lachte und sagte, sie könne sie 50% der Zeit in B-Dur spielen, solange sie sie mit lockerem Handgelenk spielte. Dann dankte sie ihm und nahm die Geige Bratsche Mandoline Handtasche und Flöte und ging aus dem Raum.

Eine Minute später war sie draußen auf der Straße und blickte an den Häusern hoch. Es war früher Nachmittag.

Wenn die Juilliard School sie aufgenommen hätte, wäre sie aufs Dach des Empire State Building gefahren und hätte auf die Stadt hinuntergeschaut, die sie erobert hatte: New York hätte ihr zu Füßen gelegen.

Sie wollte nicht zum Empire State Building und ging stattdessen zum Plaza Hotel, um sich den Brunnen anzusehen, wo Fitzgerald und Zelda nackt getanzt hatten. Später sagte sie, sie habe an dem Brunnen gestanden, weinend und zitternd, & dennoch gedacht, dass es der glücklichste Tag ihres Lebens war, weil man als die Jüngste von fünf Geschwistern nie ernst genommen wurde, & jetzt hatte jemand sie als Musikerin so ernst genommen, dass er ihr gesagt hatte, sie solle vier Stunden täglich eine einzige Übung machen. Wenn die Juilliard School so etwas sagte, dann würde selbst ihr Vater sie ernst nehmen müssen, & wie durch ein Wunder würde von der ganzen Familie ausgerechnet sie eine richtige Musikerin werden.

Zugegeben, eigentlich wollte sie ja Sängerin werden, aber das war zumindest ein Anfang.

Es fing an zu nieseln, und so ging sie zu Saks auf der Fifth Avenue, um nach Pullovern zu gucken, und dann ging sie zurück zum Bahnhof und stieg in den Zug nach Philadelphia.

Zu Hause angekommen, erzählte sie, was sie erlebt hatte, und niemand schien zu verstehen, dass jemand sie ernst genommen hatte.

Was weiß der schon?, sagte mein Großvater. Wer ist das überhaupt? Wenn er so ein Genie ist, wieso haben wir dann noch nie was von ihm gehört, hä?

Ich muss üben, sagte meine Mutter, und sie ging zum Klavier. Die Erinnerung an ihren schweren Arm, mit der belasteten Hand, die über die Tasten stolperte, war noch ganz frisch. Sie legte die Hände auf die Tasten, und eine Stunde lang drang aus dem vorderen Zimmer ein entsetzliches, holpriges Geräusch. Alle Kinder hatten vom vierten Lebensjahr an hübsch Klavier gespielt; seit Menschengedenken hatte kein Konigsberg mehr eine Tonleiter geübt; so etwas Grausiges hatten meine Großeltern in ihrem ganzen Leben nicht gehört.

Davor hatten meine Großeltern gedacht, nichts könnte schlimmer sein, als 30-mal am Tag Chopins Prélude Nr. 24 in d-Moll zu hören. Jetzt dachten sie, was für ein Glück sie doch gehabt hatten, ohne es zu wissen. Meine Großmutter ging sogar so weit zu sagen, Spiel doch das hübsche Stück, das du neulich gespielt hast, Linda.

Meine Mutter sagte, sie dürfe zwei Monate lang nichts anderes spielen als diese Übung.

Inzwischen fragten sich alle, wo Buddy wohl war, der mit seinem Freund im Auto weggefahren war, ohne zu sagen, wohin.

Meine Mutter sagte, er sei vielleicht in die Stadt gefahren, um nach einem Pullover zu gucken.

Meine Mutter übte jeden Tag mehrere Stunden, Stunden, die ebenso qualvoll anzuhören wie zu spielen waren. Zu Anfang dachten alle, sie würde aufgeben. Die Tage vergingen, und die entsetzlichen, holprigen Klänge dauerten an, Stunde um Stunde.

Sie wusste nicht, was sie sonst machen sollte.

Im Nachhinein war ihr das Vorspielen fast in jeder Beziehung sehr viel peinlicher, als sie es in der Situation selbst empfunden hatte, besonders die Bratschensonate mit den drei Wiederholungen und dem neuen Andante verfolgte sie regelrecht. Das einzig Gute daran war, dass sie wenigstens nicht den Mund aufgemacht hatte, um zu singen. Doch schon nach nur drei durchübten Wochen dachte sie, sie könne nie wieder unbefangen in einen Raum gehen, um zu zeigen, was sie konnte.

Onkel Buddy und meine Mutter hatten Sänger werden wollen, weil sie die Oper liebten, aber sie wussten eigentlich nicht, was man machen musste, um Sänger zu werden.

Ihrer Meinung nach konnte eine Musikschule selbstverständlich nicht jeden x-Beliebigen aufnehmen, sondern musste die

Leute auf Grund ihrer Instrumente beurteilen, und sobald man dann aufgenommen war, konnte man anfangen zu singen. Doch nach dem Vorspielen dachte meine Mutter, dass es vielleicht doch irgendwie anders lief. Wenn man diese Wüste aus technischer Arbeit durchqueren musste, bevor man Klavier spielen konnte, dann war vielleicht jedes andere Instrument und vielleicht die Stimme ebenfalls von einer Wüste umgeben.

Meine Mutter behielt die Übung bei. Sie war nicht im Schulchor, weil der sich fast ausschließlich auf die christlichen Höhepunkte des Jahres vorbereitete. Wer wusste, was man machen musste, um Sänger zu werden?

Meine Mutter machte weiter die Übung, weil die Juilliard School gesagt hatte, das Klavier sei ihr Instrument.

Eines Tages kam meine Großmutter ins Zimmer. Sie sagte, Du weißt, dein Vater will nur das Beste für dich. Sie sagte, Du treibst ihn in den Wahnsinn, was meinst du, wie es für so einen Mann ist, sich das Tag für Tag anzuhören? Sie sagte, Hör zu. Entscheide nicht heute. Du hast schon zwei Stunden geübt, das reicht für einen Tag, komm, fahr mit mir in die Stadt und hilf mir, für deine Schwester eine Bluse auszusuchen.

Sie machten einen Einkaufsbummel, und ihre Mutter kaufte ihr ein Kleid für 200 Dollar und noch eins für 250 Dollar und einen Hut und noch einen Hut, der besser aussah, und ein Paar Schuhe, die zu einem der Hüte passten. Sie fuhren nach Hause, und ihr Vater bot ihr eine Reise nach Florida an, die sie ablehnte. Sie machten noch einen Einkaufsbummel, und ihre Mutter kaufte ihr sechs Kaschmirpullover in Pastelltönen.

Meine Großmutter kam jedes Mal herein, wenn meine Mutter üben wollte, und meine Mutter wurde immer wütender. Folgendes war passiert:

Mein Großvater hatte Wien 1922 verlassen und sich in Philadelphia niedergelassen und war recht erfolgreich geworden. Die Musik dort war qualitativ zwar nicht ganz mit dem vergleichbar, was er gewohnt war, aber schlecht war sie auch nicht. Er heiratete und überstand die Weltwirtschaftskrise einigermaßen, und vom geschäftlichen Standpunkt her war der Krieg eine gute Sache, weil der Absatz von Eheringen in die Höhe schoss. In anderer Hinsicht veränderte der Krieg seine Ansichten.

Der Großteil seiner Familie war noch in Österreich. Wenn man Juwelier ist, denken die Leute, man würde in Geld schwimmen, und früher oder später kam der ein oder andere Brief, häufig von jemandem, den er noch nie gemocht hatte, er solle mehrere tausend Dollar für eine Bürgschaft lockermachen, und dann wurde er stets in eine langwierige Korrespondenz verwickelt. Sagen wir, da ist ein Mann, der Ingenieur ist und ein Jahr an einer Uni unterrichtet hat, sagen wir, er musste seine Stellung zum Jahresende aufgeben, weil Studenten arischer Rasse nicht dadurch verdorben werden sollten, dass sie von jemandem mit unreinem Blut unterrichtet werden, sagen wir, er hat eine Zeit lang in der Industrie gearbeitet, aber nicht in einer Position, die Sie auf Grund seiner Qualifikation erwarten würden, sagen wir, er hat das Angebot bekommen, an einem amerikanischen College zu unterrichten, Sie schreiben an das US-Außenministerium, und das US-Außenministerium erklärt, dass leider mindestens zwei Jahre Lehrerfahrung für eine erfolgreiche Bewerbung vorausgesetzt werden. Sie werden in eine langwierige Korrespondenz verwickelt, und irgendwann schreiben Sie dem Bewerber, um ihm zu erklären, wie die Sache steht, und bekommen keine Antwort.

Mr. Konigsberg sprach nicht viel darüber, und als seine Kinder verkündeten, sie wollten Musiker werden, nahm er das nicht auf die leichte Schulter, sondern sagte, dass man nie wissen kann, was passieren wird. Er sagte, Buchhalter zu sein sei kein Weltuntergang. Er sagte, Sekretärin zu sein sei so schrecklich auch wieder nicht.

Es schien, als wären die Dinge, die er nicht sagte, so schrecklich, dass sie nicht gesagt werden konnten, und natürlich ist es so schrecklich auch wieder nicht, Sekretärin oder Buchhalter zu sein. Aber Linda hatte erlebt, wie vor ihr vier etwas machten, das so schrecklich auch wieder nicht war. Jetzt stellte sich heraus, dass es absolut nichts damit zu tun hatte, ob der McCarthyismus Antisemitismus war, verpackt als Attacke auf die Kommunisten, und auch nichts mit ihren Chancen, sich falls nötig in Kanada oder Brasilien niederzulassen. Im Grunde ging es darum, dass ihr Vater es nicht ertragen konnte, jemanden um sich zu haben, der nach den Maßstäben übte, die vom angesehensten Konservatorium des Landes aufgestellt worden waren. Gut, wenn du Menschen das Leben zur Hölle machen willst, meinetwegen. Du willst dieses gottverdammte *Sound of Music* zu Hause nachspielen, schön. Aber du musst es nicht Hitler ankreiden.

Dann kamen Buddy und der Atheist zurück, und der Atheist sagte, sie könnten doch einfach ein Klavier für das Motel kaufen und Linda könnte dort üben. Linda sagte, würde es denn nicht die Gäste stören, und der Atheist erklärte, die Gäste würden abends nach einem langen Tag im Auto eintreffen und am nächsten Morgen in aller Früh weiterfahren, das wäre das Schöne an einem Motel. Er sagte grinsend, er würde sie außerdem mit ins Helene's nehmen und ihr Poolbillard beibringen, sodass sie was hätte, worauf sie jederzeit zurückgreifen könne.

Manchmal übte meine Mutter tatsächlich, aber eins kam zum anderen, und manchmal übte sie nicht. Der Rat des unscheinbaren Mannes war zu einer Art Fluch geworden. Sie wollte überhaupt nicht üben, wenn sie nicht richtig üben konnte, sodass sie immer weniger spielte und manchmal gar nicht.

Ich habe immer gedacht, es hätte auch anders kommen können. Gieseking spielte nie eine Tonleiter, und Glenn Gould übte so gut wie nie, sie schauten bloß auf die Partitur und dachten nach und dachten nach und dachten nach. Wenn der unscheinbare Mann gesagt hätte, sie sollte nach Hause gehen und nachdenken, wäre das ein genauso revolutionäres Konzept für eine Konigsberg gewesen. Vielleicht dachte er sogar, dass man nachdenken musste. Aber man kann jemandem nicht in einer Stunde zeigen, wie man nachdenkt; man kann jemandem eine Übung mit nach Hause geben. Mein Großvater hätte stilles Nachdenken nicht als Störung empfunden; er hätte meiner Mutter nicht freundlich befohlen, ihre Musik zu genießen, & sie so aus dem Haus getrieben; und alles wäre vielleicht anders gekommen.

II

Ein Samurai trinkt nie mehr, als er vertragen kann. Wenn er so gut ist, wie du sagst, wird er den Schlag abwehren.

Anführer der Samurai, als ein Hochstapler sich den sechs anderen anschließen will

Es überrascht nicht, dass *Die sieben Samurai* von Hollywood neu verfilmt wurde, denn mit seiner Elitegruppe tapferer Krieger erinnert er stark an das Western-Genre.

David Thomson,
A Biographical Dictionary of Film

1

Nie steigen wir mal am Sloane Square aus und essen bei Nebraska Fried Chicken

Soeben sind wir im Motel Del Mar eingerollt, auch bekannt als Aldgate: Wir fahren mit der Circle Line gegen den Uhrzeigersinn. Die Säulen sind blasstürkis gekachelt, verziert mit lila Rauten auf einem einsamen cremefarbenen Streifen – eine Farbzusammenstellung, die ich mit in Papier eingepackten Miniaturseifen & kleinen Handtüchern mit aufgestickten Ankern assoziiere. Was für eine Kindheit ist das für ein Kind? Er war noch nicht mal in Daytona.

Ich fahre jeden Tag mit ihm in der Circle Line, um aus der Kälte rauszukommen: Ich kann abends tippen, wenn er im Bett ist, aber wir können die Heizung nicht zwanzig Stunden am Tag anhaben. Er mag das überhaupt nicht, weil ich nicht will, dass er den Cunliffe mitnimmt. Pech.

Ich weiß noch, wie ich vor etwa 10 Jahren, genauer gesagt 8, die *Nikomachische Ethik* Buch X in einem Zug der Circle Line las, der in der Station Baker Street angehalten hatte. Das angenehme, weichkörnige Sepialicht drang in den Wagen; es war um 23:00 herum und sehr still. Ich dachte: Ja, das Leben des Geistes zu führen ist die wahrste Form von Glück. Aristoteles zu lesen war nicht einmal damals meine Vorstellung von intellektueller Glückseligkeit, aber schließlich ist es ja möglich, das Leben des Geistes zu führen, ohne Aristoteles zu lesen. Wenn ich lesen könnte, was ich wollte, würde ich *The Semantic Tradition from Kant to Carnap* lesen.

Daran ist heute absolut nicht zu denken, da L mich so etwa jede

Minute unterbricht, um nach einem Wort zu fragen. Er ist schlecht gelaunt, weil er es nicht mag, fragen zu müssen; ich glaube, er denkt, wenn er nur genug fragt, darf er morgen das Homer-Wörterbuch mitnehmen. James Mill schrieb eine ganze historische Abhandlung über Indien in der Zeit, wenn er dem kleinen John nicht gerade lexikalische Hilfe zukommen ließ – aber er musste ja auch nicht einen Zwillingsbuggy mit einer kleinen Bibliothek, einem kleinen Kind, Repulsive, Junior Birdman & Bit beladen –, und obwohl er noch sämtliche Vorzüge einer Ehefrau, Bediensteter & eines Kamins im Zimmer genoss, war er ungehalten und leicht reizbar. Repulsive ist ein fast ein Meter großer Stoffgorilla; der Birdman ist eine über einen halben Meter große Kampfschildkröte, die von ihrem Schöpfer auf den unpassenden Namen Donatello getauft worden ist, & Bit ist eine knapp drei Zentimeter große Gummimaus, deren Los es ist, 30- oder 40-mal am Tag verloren zu gehen.

Auch wenn er mich nicht unterbricht, kommen dauernd irgendwelche Leute zu uns. Manchmal schelten sie ihn zum Spaß, dass er in einem Buch herummalt, und manchmal machen sie Glotzaugen, wenn sie merken, dass er es liest. Sie begreifen offenbar nicht, wie unangenehm das für ihn ist. Heute kam ein Mann und sagte zum Spaß: Du darfst doch nicht in einem Buch herummalen.

L: Warum nicht?

Spaßvogel: Es ist nicht schön, wenn jemand es lesen will.

L: Aber ich lese es doch.

Idiot zwinkert mir idiotisch zu: Ach ja? Wovon handelt es denn?

L: Ich bin an der Stelle, wo sie ins Land der Toten kommen, und das hier ist die Stelle, wo sie sie in Schweine verwandelt, und das hier ist die Stelle, wo sie zum König der Winde gehen, und das hier ist die Stelle, wo sie einen Stock im Feuer schärfen und dem Kyklopen das Auge ausstechen, weil der nur ein Auge hat, und wenn sie es ihm ausstechen, kann er nicht mehr sehen.

Verstand verließ die Schule mit sechs, während Körper den Rest der Zeit absaß: Na, das war aber nicht sehr nett, was?

L: Wenn jemand dich essen will, musst du nicht nett sein. Es ist akzeptabel, in Notwehr zu töten.

Schwer von Kapee (glotzäugig): Donnerwetter.

L (zum fünfhundertsten Mal an dem Tag): Was bedeutet das?

Lange Leitung: Es bedeutet, das ist absolut erstaunlich. (Zu mir): Machen Sie sich keine Sorgen, was wird, wenn er in die Schule kommt?

Ich: Entsetzliche.

Nur helfen wollend: Werden Sie doch nicht gleich so sarkastisch.

L: Es ist keine besonders schwere Sprache. Das Alphabet ist ein Vorläufer von dem, in dem unsere Sprache geschrieben wird, und ihm sehr ähnlich.

Jetzt staunt und glotzt Nur nicht bloß wegen des homerolexikalen Kindes; er glotzt, wie nur ein Mann glotzen kann, der Silben sein Leben lang mit dem Ockhamschen Rasiermesser zu Leibe gerückt ist. Er blickt mich an und fragt, ob er sich setzen darf.

Der Zug fährt in die Station Embankment ein. Ich rufe »Kein Ausgang!« und sause auf den Bahnsteig, den Buggy tragend.

L tut es mir gleich, flitzt dann die Treppe hinunter, über der »Kein Ausgang« steht. Ich folge meinem Kind, eine Mutter, die ihrem Kind folgt. Wir lauern hinter einer Ecke, bis der Zug abfährt, gehen dann wieder auf den Bahnsteig und kaufen uns zwei Tüten Erdnüsse.

Natürlich liest L nicht die ganze Zeit die *Odyssee*. Im Buggy liegen außerdem *Wolfsblut*, *VIKING!*, *Tar-Kutu: Der Hund des eiskalten Nordens*, *Marduk: Der Hund der mongolischen Steppen*, *Pete: Der schwarze Hund von Dakota*, *RAUBTIERE, RAUBVÖGEL, RAUBKATZEN* und *Pu baut ein Haus*. Seit einigen Tagen liest er *Wolfsblut* zum dritten Mal. Manchmal steigen wir aus dem Zug, und er läuft den Bahnsteig rauf und runter. Manchmal zählt er in einer oder mehr Sprachen bis 100, während im ganzen Wagen Augen glasig werden. Doch er hat von der *Odyssee* so viel gelesen, dass es für eine Meinungsumfrage auf der Circle Line zum Thema kleine Kinder & Griechisch ausreicht.

Erstaunlich: 7

Viel zu jung: 10

Gibt nur vor, sie zu lesen: 6

Ausgezeichnete Idee, da Etymologie so nützlich für Rechtschreibung: 19

Ausgezeichnete Idee, da flektierende Sprachen so nützlich für Computerprogrammierung: 8

Ausgezeichnete Idee, da Klassiker unabdingbar zum Verständnis englischer Literatur: 7

Ausgezeichnete Idee, da Griechisch so hilfreich beim Lesen des Neuen Testamentes, Kamel durch Nadelöhr zum Beispiel falsche Übersetzung eines sehr ähnlichen Wortes für Schnur: 3

Entsetzliche Idee, da klassische Sprachen in der Schule gesellschaftlicher Spaltung Vorschub leisten: 5

Entsetzliche Idee, da Übergewicht toter Sprachen in der Schule direkt verantwortlich für Vernachlässigung von Naturwissenschaften und für Wirtschaftsschwund und mangelnde Konkurrenzfähigkeit von Großbritannien: 10

Blöde Idee, da er lieber Fußball spielen sollte: 1

Blöde Idee, da er lieber Hebräisch lernen & und von seinem jüdischen Erbe erfahren sollte: 1

Wunderbare Idee, da Rechtschreibung und Grammatik in Schulen nicht gelehrt werden: 24

(Abgegebene Stimmen: 35; Enthaltungen: 1000?)

Ach & fast vergessen:

Wunderbare Idee, da Homer einfach wunderbar auf Griechisch: 0
Wunderbare Idee, da Griechisch eine wunderbare Sprache: 0

Ach & auch:

Wunderbare Idee, aber wie haben Sie das einem so kleinen Kind bloß beigebracht: 8

Ich habe mal irgendwo gelesen, dass Sean Connery mit 13 die Schule geschmissen und trotzdem später Proust und *Finnegans Wake* gelesen hat, und ich hoffe weiter darauf, mal einem begeisterten Schulabbrecher im Zug zu begegnen, so jemandem, der überhaupt nur etwas liest, weil es wunderbar ist (und deshalb die Schule gehasst hat). Leider Gottes kümmern sich alle begeisterten Schulabbrecher um ihren eigenen Kram.

Angesichts der beflissenen Ratschläge ist es für mich eine fast unwiderstehliche Versuchung zu sagen:

Wissen Sie, das war für mich ein schreckliches Dilemma, ich habe mir wochenlang das Hirn zermartert, ob es richtig von mir ist, und heute Morgen habe ich gedacht – ich hab's, ich fahre mit der U-Bahn, irgendjemand in der U-Bahn wird mir einen guten Rat geben können, & tatsächlich, Sie konnten mir sagen, was ich tun soll. Vielen, vielen Dank, ich weiß nicht, was ich gemacht hätte, wenn ich Ihnen nicht begegnet wäre –

Bislang konnte ich der Versuchung von 35 Malen 34-mal widerstehen. *Pas mal.*

Wenn ich der Versuchung widerstehen kann, sage ich (und das ist die reine Wahrheit), dass ich das nicht gewollt habe.

TEMPLE EMBANKMENT WESTMINSTER ST. JAMES'S PARK

Etymologie so nützlich für Rechtschreibung: 2
Wie haben Sie das einem so kleinen Kind bloß beigebracht: 1

VICTORIA SLOANE SQUARE SOUTH KENSINGTON

Etymologie so nützlich für Rechtschreibung

GLOUCESTER ROAD HIGH STREET KENSINGTON NOTTING HILL GATE

Wunderbar
Wunderbar
Wunderbar
Etymologie so nützlich

PADDINGTON EDGWARE ROAD BAKER STREET und immer rundherum und herum und herum

Ein Mann stieg in der Great Portland Street zu & äußerte Verblüffung & Beifall.

Er sagte, sein Jüngster sei etwa im selben Alter, aber natürlich kein Genie –

Ich sagte, meiner Ansicht nach hätten kleine Kinder ein Talent für Sprachen

Er sagte, War es sehr schwer, ihm das beizubringen

& ich sagte, Nein nicht sehr

& er sagte, Na, Hut ab vor euch beiden, es wird ihm bestimmt eine große Hilfe sein, wenn man an all die Wörter denkt, die für den Durchschnittsjungen knifflig sind, für diesen kleinen Burschen im wahrsten Sinne des Wortes ein Kinderspiel. Hydrophobie! Hämophilie!

Der Zug hielt am Euston Square, aber kein Halten mehr für Hut-Ab – Mikroskopisch! Makrobiotisch! Paläontologisch ornithologisch anthropologisch archäologisch!

King's Cross, aber von wegen

Hut: Photographie! Telepathie! [OKAY] Psychopath! Polygraph! [OKAY OKAY] Demokratie! Hypokrisie! Ekstase! Epitome! [OKAY OKAY OKAY] Trilogie Tetralogie Pentalogie! [O NEIN] Pentagon Hexagon! [STOPP] Oktagon Oktopus [STOPP]

Enapus

Was Denkt Er Sich Wohl Als Nächstes Aus [leise lachend]: Das habe ich noch nie gehört

Dekapus

Was Denkt [noch immer lachend]: Das ist meine Station. [Steigt in Farringdon aus – typisch Mann]

Hendekapus

[NEIN]
Dodekapus
[NEIN]
Treiskaidekapus
[Ach Gott]
Tessareskaidekapus
[Wie gewonnen so zerronnen]
pentekaidekapus hekkaidekapus heptakaidekapus OKTOKAI-DEKAPUS enneakaidekapus eikosapus

Das habe ich nicht gewollt.

Ich wollte dem Beispiel von Mr. Ma (Vater des berühmten Cellisten) folgen, und ich weiß immer noch nicht, wo ich was falsch gemacht habe. Ich sagte allerdings, wenn ich genau wüsste, dass auch nur 10 Leute gerne wüssten, wie man einem Vierjährigen Griechisch beibringt, würde ich es erklären. 11 Fahrgäste der Circle Line haben inzwischen gesagt, sie würden es gerne wissen. Ich wünschte jetzt, ich hätte gesagt, 10 Leute, aber die Leute nicht mitgerechnet, die es für eine wunderbare Idee halten, weil Grammatik & Rechtschreibung an Schulen nicht gelehrt werden, aber es war ein bedingungsloses Angebot, & wenn ich sage, dass ich etwas tun werde, dann versuche ich auch, es zu tun.

Das letzte Mal, dass ich mich dem Thema angenähert habe, war, glaube ich, als ich erläuterte, dass ich beim Abtippen eines Interviews mit John Denver eine Pause machte & die *Ilias* 16 las, als L mich unterbrach. Das Letzte, was ich wollte, war, einem Vierjährigen Griechisch beibringen, und jetzt sprach der Alien, & seine Stimme war weich wie Milch.

Was ist der Alien, fragt ein Leser.

Alien ist die beliebige Bezeichnung für das Etwas, das Scheingründe für Gemeinheiten findet, aber wie soll ich zum Ende kommen, wenn ich ständig unterbrochen werde.

Und jetzt sprach der Alien, & seine Stimme war weich wie Milch, und er sagte: Er ist doch noch ein Baby.

Und J. S. Mill sagte:

> Der im Laufe der Unterweisung, die ich zum Teil dargestellt habe, vordergründig offensichtlichste Aspekt ist das große Bemühen, in den Jahren der Kindheit ein großes Maß an Wissen im Bereich der so genannten höheren Bildung zu vermitteln, das nur selten vor dem Mannesalter erlangt wird (wenn es überhaupt erlangt wird).

Und ich sagte: NEIN NEIN NEIN NEIN NEIN

Und Mr. Mill sagte:

Das Ergebnis des Experimentes beweist die Leichtigkeit, mit der dies geschehen kann,

Und ich sagte: LEICHTIGKEIT

& er fuhr unnachgiebig fort:

> und bringt deutlich die beklagenswerte Verschwendung so vieler kostbarer Jahre ans Licht, die für die Aneignung des Quäntchens Latein und Griechisch aufgewendet werden, das den Schülern gemeinhin beigebracht wird; eine Verschwendung, die dazu geführt hat, daß so viele Bildungsreformer auf den unklugen Vorschlag verfallen sind, diese Sprachen gänzlich aus dem Kanon der allgemein bildenden Fächer zu entfernen. Wenn ich von Natur aus eine äußerst rasche Auffassungsgabe gehabt oder ein sehr genaues und gutes Gedächtnis besessen hätte oder ein bemerkenswert aktiver und tatkräftiger Charakter wäre, dann wäre der Versuch nicht überzeugend; doch bei all diesen natürlichen Begabungen liege ich eher unter als über dem Durchschnitt; was ich vermocht habe, könnte mit Sicherheit jeder Junge und jedes Mädchen mit durchschnittlicher Intelligenz und gesunder körperlicher Konstitution leisten.

Der Alien sagte, es wäre netter, nein zu sagen, & ich hätte es liebend gern geglaubt, denn die Leichtigkeit, mit der ein kleines Kind vielleicht in die Bereiche der so genannten höheren Bildung eingeführt werden kann, sind nichts im Vergleich zu der Leichtigkeit, mit der dies möglicherweise nicht gelingt. Ich dachte: Na ja, vielleicht klappt es ja. Ich dachte: Na ja.

Also lieferte ich L eine kleine Tabelle mit dem Alphabet & sagte, das ist das Alphabet, & er blickte verdutzt. Als ich die Sprache lernte, bekamen wir als Erstes eine Liste mit Wörtern wie φιλοσοφία θεολογία ἀνθρωπολογία & so weiter, und wir konnten die Ähnlichkeit zu Philosophie Theologie Anthropologie erkennen und waren ganz begeistert, aber solche Wörter tauchen normalerweise nicht bei *Taps auf Paps* auf & sind daher nicht sehr hilfreich, um einen Vierjährigen zu unterrichten. Also sagte ich, viele von den Buchstaben seien gleich, und als er immer noch verdutzt dreinblickte, erklärte ich geduldig –

Viele griechische Buchstaben haben Ähnlichkeit mit unseren Buchstaben. Versuch mal, Folgendes zu lesen, und ich schrieb auf ein Blatt Papier:

τατ

Und er sagte tat

Und schrieb βατ, und er sagte bat.

Und ich schrieb τεε, und er sagte Tee.

αβ. ab. κιττ. Kitt. τοτ. tot. βοοτ. Boot. αυτο. Auto.

Und ich sagte, Sehr gut.

Und ich sagte, Dann gibt es Buchstaben, die anders sind, und ich schrieb γ = g, δ = d, λ = l, μ = m, ν = n, π = p, ρ = r, & σ = s, & ich sagte, versuch mal, Folgendes zu lesen.

Ich schrieb γαβε, und er sagte Gabe!

Und ich schrieb δαδα, und er sagte Dada!

Und ich schrieb λαττε, und er sagte Latte!

ματτε. Matte! ραττε. Ratte! λοττο Lotto μοττο Motto νεττ nett ποττ Pott τασσε Tasse!!!!!!

Der Alien sagte, das sei genug für heute.

Mr. Mill sagte, sein Vater habe ihm im Alter von drei Jahren Griechisch mit Hilfe von Vokabelkarten beigebracht und dass man diese Methode mit Sicherheit bei jedem Jungen und jedem Mädchen mit durchschnittlicher Intelligenz und gesunder körperlicher Konstitution anwenden könne.

Mr. Ma sagte, das sei viel zu viel für einen Tag & dass zu viel Stoff mit einem oberflächlichen Verfahren durchgenommen worden sei, ohne einen zufrieden stellenden Lernerfolg erzielt zu haben.

Ich sagte, ich denke, das ist genug für einen Tag,

& er sagte NEIN! NEIN NEIN NEIN NEIN

Also schrieb ich ξ = x. ζ = z.

βοξ. Box! νιξ. Nix! τριξ. Trix – ach Tricks! ζερο Zero!

Ich sagte, So, du weißt doch, wie ein H klingt, und er sagte, H.

Ich sagte, Richtig. Ich sagte, Also, im Griechischen gibt es für den Laut keinen Buchstaben, sondern ein Häkchen über dem ersten Buchstaben des Wortes, und das sieht dann so aus: ʽ. Man nennt das auch rauer Hauch. Wenn ein Wort mit einem Vokal anfängt & keinen H-Laut hat, kriegt es einen weichen Hauch, ein Häkchen, das in die andere Richtung zeigt: ʼ. Also, wie würdest du das hier aussprechen:

ἑλλ.

Er überlegte eine Weile & sagte dann, Hell?

Ich sagte, Gut. Und das hier? ὁππ

Und er sagte, Hopp.

ἱτ. Hit! ἱν. Hin! ἰν. In? ἁλτ. Halt! ἀλτ. Alt! ὁρτ Hort! ὀρτ Ort!

Und ich sagte, Brillant!

Und er sagte, Das ist einfach!

Und der Alien machte ein rasselndes Geräusch in der Kehle. *Coupez la difficulté en quatre*, sagte er, mit einem abscheulichen Grinsen.

Mr. Ma sagte, Sie kennen meine Methoden.

Ich dachte: Nur noch fünf Minuten. Fünf Minuten schaffe ich noch.

Ich sagte, Sehr gut, denn jetzt wird es etwas schwerer. Es gibt vier Buchstaben, die für Laute stehen, die wir mit zwei Buchstaben schreiben. Der Buchstabe θ steht für th, aber nicht für das th, das du aus dem Englischen kennst, sondern er spricht sich etwa so, als würde man sagen HAT HUNGER. Und φ ist ph wie in SCHLAPP-HUT. Und dann gibt es χ für kh wie in RÜCK-HALT. Und dann noch ψ für ps wie in SCHNAPS. Möchtest du es probieren oder lieber für heute aufhören? Und er sagte, er würde es gern probieren.

Also schrieb ich κομμθιν,

und er schaute sehr lange darauf, & schließlich sagte ich, Kommt hin.

Und ich schrieb κομμθερ,

und er sagte, Kommt her.

Und ich schrieb ρεννθιν, & er sagte, Rennt hin, und ich schrieb ρεννθερ, & er sagte, Rennt her, & ich sagte, Toll.

βαχερδ Backherd? βλοχυττε Blockhütte.

παφυλλε Papphülle. κιφιν Kipp hin. γιψ Gips! τιψ Tipps! διψ Dips!

Und ich sagte, Brillant.

Dann nahm er das Buch und schaute hinein, und er sagte, er könne nichts davon lesen.

Ich sagte geduldig, Das kommt daher, weil es eine andere Sprache ist und daher alle Wörter anders sind. Wenn du die Wörter lesen könntest, wäre es wie unsere Sprache mit anderen Buchstaben.

Ich sagte:

Hör mal, ich such dir ein paar Seiten raus, die aus diesem Buch sind und die ich schon durchgearbeitet habe, und du kannst dich mit ihnen beschäftigen.

Er sagte:

OK.

Also suchte ich die vier Seiten, die ich geschafft hatte. Vier Jahre zuvor hatte ich angefangen, eine Art *Ilias* für Autodidakten zu erarbeiten, mit Vokabeln unten auf der Seite, Übersetzung auf der Seite gegenüber. Ich hatte vier Seiten geschafft, und die steckten nun seit vier Jahren hinten im Homer-Wörterbuch, & ich war noch immer nicht über *Ilias* 1,68 hinausgekommen. Das war zwar deprimierend, aber zumindest hatte ich so ein paar Seiten Arbeitsmaterial für ihn, mit Vokabeln unten auf der Seite.

Ich sagte, Damit kannst du schon mal üben, die Wörter zu lesen, ja? Ich gebe dir ein paar Wörter, und du kannst einen von meinen Schwan-Stabilo-Markern haben, die ich für mein Arabisch benutze. Welche Farbe hättest du gern?

Und er sagte, Grün.

Also gab ich ihm Schwan Stabilo 33, & ich suchte Wörter aus, die häufig vorkamen, aber weil ich an Roemer denken musste und an das etwas, in dem etwas mit dem etwas, achtete ich darauf, dass es nicht nur Präpositionen & Artikel & Konjunktionen waren.

Dann merkte ich, dass ich vergessen hatte, die langen Vokale & Diphthonge zu behandeln.

Ich wollte die langen Vokale & Diphthonge nicht behandeln. Ich will sie auch jetzt nicht behandeln. Aber ich wusste natürlich, wenn ich es nicht tat, würde L mich in der nächsten Stunde weiter unterbrechen & keine Ruhe geben, bis ich sie ihm erklärte, und ich weiß auch, was passiert, wenn ich sie nicht erkläre: Der Dichter Keats wird mich in meinen Träumen verfolgen. In einer Hand Chapmans Homer, in der anderen den klassischen Text in der Oxford-Ausgabe, wird er mich mit einem Ausdruck unbeschreiblichen Kummers fixieren, bevor er den Chapman mit einem herzzerreißenden Seufzer aufschlägt. Ein Connery-Doppelgänger wird durch den Nebel schreiten, mit stiller Empörung aufblicken und ohne ein Wort wieder gehen. Na schön – das lange E hat einen eigenen Buchstaben, η, wie das E in Beet; das lange O hat einen eigenen Buchstaben, ω, wie das O in Boot; μαι klingt wie Mai, λαυ lau νοι neu κου Kuh – wie ich das erklärte, behalte ich lieber für mich, & dann ging ich wieder zu den Wörtern über.

Wie würdest du das lesen? πολλὰς. Pollas? Toll. Das bedeutet viele.

Und das? ψυχὰς. Psykhas. JA! Das bedeutet so was wie Seele oder Geist.

Und die hier? ἡρώων θεῶν ἀνδρῶν. Heeroooon theoon androon. Richtig. Das bedeutet, von Helden, von Göttern, von Menschen. Jetzt möchte ich, dass du, so viel du kannst, durchgehst und alle Stellen mit dem Marker anstreichst, wo du diese Wörter siehst. Um die Grammatik kümmern wir uns später. Okay?

Und er sagte, Okay.

Also gab ich ihm die Seiten und sagte, Dann leg mal los.

Inzwischen sind wir in Blackfriars. L ist beim Pentekaipentekontapus angelangt, unter den bewundernden & nachsichtigen Blicken von Leuten, die einsteigen und nach ein paar Stationen wieder aussteigen können.

Er blickte auf die Seiten, und er blickte mich an.

Ich sagte, Es ist nicht so schwer, wie es aussieht. Sieh's dir genau an und zeig mir eins von deinen Wörtern.

& er blickte auf die Seite, und er fand πολλὰς in Zeile 3, & ich sagte, Das ist richtig, jetzt markier es grün & such die anderen, okay?

& er sagte, Okay.

OKTOkaipentekontapus ENNEAkaipentekontapus HEXEKONTApus

[Was soll's]

Ich nahm mir wieder *Ilias* 16 vor, und zwei Minuten später war Baby Driver wieder da. Er sagte, er würde nicht sehr viele Wörter zum Markieren finden & würde auch noch die Namen von Leuten markieren. Ich sagte, das sei eine sehr gute Idee, & er ging wieder, & ich richtete meine Aufmerksamkeit auf Hektor & Andromache, & er war wieder da. Er sagte, θεοῖς sehe aus wie θεῶν und ob er es dazuzählen könnte, weil er nicht viele Wörter zum Markieren fand.

Ich verspürte keine große Lust, für einen Vierjährigen selbst die einfachsten Grammatikfragen zu vereinfachen und sie ihm zu erklären, & ich kann nicht behaupten, dass ich jetzt große Lust darauf verspüre, das Ganze noch einmal durchzukauen, aber ich sagte, ich würde es tun, also tue ich

HEKkaiHEXeKONtapus HEPtakaiHEXeKONtapus OKTOkaiHEXeKONtapus

es.

Es fällt mir jedoch ziemlich schwer, mich zu konzentrieren, daher beruhigt es vielleicht das Gewissen, einfach nur Höhepunkte zu streifen wie *The Sound of Music* und direkt von »Doe A Deer«

zur siebenstimmigen Harmonie oder Heptaphonie überzugehen, wie manche Leute (ohne Namen zu nennen) sie wahrscheinlich bezeichnen würden.

Ich sagte, Ja, kannst du, und ich sagte, Weißt du noch, was θεῶν bedeutet, und er sagte, Von Göttern, ich sagte, Richtig, also, θεοῖς bedeutet für Götter oder von Göttern, wobei »von« diesmal das handelnde Subjekt im Passiv nennt, & weißt du auch noch, was ἡρώων und ἀνδρῶν bedeuten, & er sagte, Von Helden und von Menschen, & ich sagte, Aber da ist kein eigenes Wort für »von«, nicht wahr, es steckt alles in dem Wort selbst, deshalb muss ein Teil des Wortes »von« bedeuten, & was meinst du wohl, welcher Teil das sein könnte, & ich weiß nicht, wie es Ihnen geht, aber ich bin fast schon bereit für »The hills are alive« (A-a-a-ah).

Heptakaihebdomekontapus
[Ach. Vergessen Sie's]

❖

Wieder ein Tag in der Circle Line, Wohnung zu kalt, um zu Hause zu bleiben. Ein eisiger Regen fegt durch die Stadt, in der U-Bahn ist es warm und trocken.

LIVERPOOL STREET ALDGATE TOWER HILL MONUMENT

Viel zu jung

CANNON STREET MANSION HOUSE BLACKFRIARS

Etymologie so nützlich

TEMPLE EMBANKMENT WESTMINSTER und rundherum und herum

Am St. James's Park steigt eine Frau ein und sieht den kleinen Kopf, der über ein Buch gebeugt ist, rundliche Finger, die einen blauen Schwan-Stabilo-Marker über die Seite ziehen. Zwinkernde Augen vermitteln, wie lustig sie das findet, sie sehnt sich nach Komplizenschaft unter Erwachsenen. Er blickt auf & schenkt ihr ein betörendes Lächeln, nichts als Pausbäckchen und strahlende schwarze Augen & winzige Milchzähne. Er sagt: Ich habe schon fast Buch 15 durch!

Sie sagt: Das SEHE ich! Du musst ja sehr hart gearbeitet haben.

Noch eine Shirley-Temple-Zugabe für die nette Lady. L: Ich hab gestern erst damit angefangen!

Wie goldig er ist! Wirklich?

Goldig: Heute habe ich das und das und das und das gelesen und gestern das und das und das und das und das und das! [niedliche Fingerchen blättern die Seiten zurück, die mit Neonpink und -orange und -blau und -grün bedeckt sind]

Wie: Wie wunderbar!

Wunderbar: Ich habe die *Ilias* gelesen und *De Amicitia* und drei Geschichten aus *Kalila wa-Dimna* & ein Märchen aus *Tausendundeiner Nacht* und Moses & das Binsenkörbchen und Joseph und sein bunter Rock, und jetzt muss ich die *Odyssee* und die *Metamorphosen* 1–8 lesen und das ganze *Kalila wa-Dimna* und 30 *Märchen aus Tausendundeiner Nacht* und Samuel I und das Buch Jona und muss die Cantillation lernen und 10 Kapitel in *Algebra leicht gemacht* durcharbeiten.

Ein Wenig Bestürzt: Wieso musst du das denn?

Unschuld In Person: Weil Sibylla das gesagt hat.

Entsetzt: Ist er nicht noch etwas zu klein Etymologie selbstverständlich so nützlich für Rechtschreibung flektierende Sprache selbstverständlich so nützlich für Grammatik wird an Schulen nicht gelehrt aber Klassiker schließlich A & O des alten elitären Bildungssystems wäre es nicht besser für ihn Fußball zu spielen ich glaube Sie machen einen schrecklichen Fehler.

Standardantwort.

SLOANE SQUARE SOUTH KENSINGTON

Vier Stunden sind vergangen. Wir sind viermal mit der Circle Line rumgefahren. Wir waren zweimal auf dem Klo; L ist an der Station Mansion House den ganzen Bahnsteig auf einem Fuß hoch- und runtergehüpft; wir sind jedes Mal am Tower Hill ausgestiegen und haben vor der Videokamera Grimassen geschnitten & in der Reihe Fernseher gesehen, wie wir Grimassen schnitten. Genauer gesagt – man sieht sich in einem einzigen Fernseher. In den anderen ist man nicht zu sehen – sie zeigen manchmal einen leeren Bahnsteig, manchmal einen Bahnsteig mit ein paar Leuten, manchmal einen Bahnsteig mit einem Zug, der um eine Biegung kommt. Ich glaube, das sind Bilder von Kameras ein Stückchen weiter den Bahnsteig hinunter, aber sie wirken wie kurze Einblicke in andere Welten, Welten, wo die Sonne aufgeht und die Züge ohne dich fahren. Da sind Buggys, die geschoben werden müssen, aber nicht von dir, schlechte Erinnerungen, die verdrängt werden müssen, aber nicht von dir.

2

99, 98, 97, 96

12. Dezember 1992

Ich heiße Ludo. Ich bin 5 Jahre und 267 Tage alt. In 99 Tagen ist mein sechster Geburtstag. Sibylla hat mir heute dieses Buch gegeben und gesagt, ich soll da reinschreiben, weil ich schreiben üben soll, weil ich eine scheußliche Schrift habe und sie mich in der Schule nie am Computer schreiben lassen werden. Ich habe gesagt, ich wüsste nicht, was ich schreiben soll, und Sibylla hat gesagt, ich könnte über Sachen schreiben, die ich mag, damit ich in späteren Jahren sehen könnte, was ich als Kind gemocht habe. Ich könnte auch über interessante Sachen schreiben, die passiert sind, damit ich mich in späteren Jahren erinnern kann, was alles passiert ist.

Eine Sache, die ich sehr mag, sind Polynome, aber das Wort Binom mag ich nicht, weil es falsch ist. Ich habe beschlossen, es nie zu benutzen. Ich benutze immer nur das richtige Wort für ein Polynom, egal, was alle anderen sagen. Mein Lieblingswort im Griechischen ist γαγγλίον, und das ist alles, was ich heute mag.

13. Dezember 1992

Noch 98 Tage bis zu meinem Geburtstag. Eine interessante Sache, die heute passiert ist, war, dass ich auch *Kalila wa-Dimna* mit auf die Circle Line genommen habe und jemand gefragt hat, ob mein Vater Araber wäre. Sibylla hat gesagt, Wie kommen Sie denn darauf. Die Person hat gesagt, Ist das nicht Arabisch. Sibylla hat gesagt, Ja.

Dann hat sie gesagt, aber mein Vater wäre kein Araber. Ich wollte sie fragen, was er denn ist, aber ich habe es lieber nicht getan.

Ich glaube, Griechisch und Arabisch und Hebräisch sind meine Lieblingssprachen, weil sie einen Dual haben. Griechisch hat bessere Modi und Tempi, aber Arabisch und Hebräisch haben bessere Duale, weil sie einen Dual Femininum und einen Dual Maskulinum haben, aber Griechisch hat nur einen. Ich habe Sibylla gefragt, ob es eine Sprache mit einem Trial gibt, und sie sagte, nicht, dass sie wüsste, aber sie würde ja nicht alle Sprachen der Welt kennen. Ich fände es gut, es gäbe eine Sprache mit einem Dual Trial Quadral Quinkal, Sextal Septal Oktal Nonal und Dekal, das wäre dann meine Lieblingssprache.

Es ist langweilig in der Circle Line, aber ich bin jetzt bei *Odyssee* 15, 305. Noch 9 Gesänge.

14. Dezember 1992

Noch 97 Tage bis zu meinem Geburtstag.

Das Interessante, das heute passiert ist, ist, dass wir mit der U-Bahn in eine Richtung gefahren sind, und dann sind wir wieder in die andere Richtung gefahren, und eine Frau hat mit Sibylla diskutiert. Sibylla hat gesagt, nehmen wir folgendes Beispiel: Zwei Männer sollen auf dem Scheiterhaufen verbrannt werden. A stirbt zum Zeitpunkt t an Herzversagen, während B zum Zeitpunkt t + n durch das Feuer umkommt. Ich denke, wir sind uns wohl darin einig, dass B ein besseres Leben gehabt hätte, wenn es n Minuten kürzer gewesen wäre. Die Frau hat gesagt, sie fände, das sei ja wohl was anderes, und Sibylla hat gesagt, sie fände, es wäre genau das Gleiche, und die Frau hat gesagt, es gäbe keinen Grund zu schreien. Sibylla hat gesagt, sie würde nicht schreien, sie wäre bloß der Meinung, es wäre barbarisch, Menschen zu zwingen, zum Zeitpunkt t + n zu sterben, und sie hat »barbarisch« so laut gesagt, dass alle im Zug geguckt haben!

Barbarisch kommt von dem griechischen Wort βάρβαρος; was Nicht-Grieche bedeutet, aber in unserer Sprache bedeutet es etwas ganz anderes.

15. Dezember 1992

96 Tage bis zu meinem Geburtstag.

Heute hab ich in der U-Bahn die *Odyssee* gelesen, und ein Mann ist eingestiegen und hat gesagt, es wäre gut, dass ich schon in meinem Alter damit anfangen würde. Er hat gesagt, er hätte mit drei Jahren angefangen, Hebräisch zu lernen, und ich habe gesagt, ich könnte Hebräisch, und er hat gesagt, was hast du auf Hebräisch gelesen. Ich habe gesagt, ich habe Moses im Binsenkörbchen gelesen, und er hat mir dieses Lied beigebracht:

Der Pharao hat eine Tochter, die lächelt gar schön und viel.
Sie findet den kleinen Moses im Körbchen auf dem Nil.
Sie zeigt ihn ihrem Vater: Den hab ich im Schilf gefunden.
Der Pharao schmunzelt und sagt: Das halte ich für erfunden.

Ich sang es dreimal, und er sagte, großartig, und er sagte, man könnte nie früh genug mit der religiösen Erziehung anfangen. Er fragte Sibylla, ob mein Vater mich unterrichten würde oder ob ich es in der Schule lernen würde oder bei einem Rabbi, und Sibylla sagte, sie würde mich unterrichten. Er sagte, es wäre ein Jammer, dass nicht alle jüdischen Mütter die religiöse Erziehung so ernst nehmen würden. Sibylla sagte, sie würde mir wirklich nur die Sprache beibringen, und er sagte, selbstverständlich, selbstverständlich. Ich hatte gehofft, er würde fragen, ob mein Vater Jude ist, aber er tat es nicht. Als er ausstieg, fragte ich Sibylla, und sie sagte, sie wüsste es nicht, es wäre in der Unterhaltung nicht zur Sprache gekommen, aber sie glaubte, Nein.

16. Dezember 1992

95 Tage bis zu meinem Geburtstag.

Komisch ist, dass ich, obwohl ich schon die ganze Zeit in der U-Bahn die *Odyssee* lese, noch von keinem gefragt worden bin, ob mein Vater Grieche ist. Heute las ich *Babar*, aber keiner hat gefragt, ob er Franzose ist.

Bei Franzose fällt mir was Komisches ein, das heute in der U-Bahn passiert ist. Eine Frau kam mit Sibylla ins Gespräch, und

Sibylla sagte, nehmen wir folgendes Beispiel: Zwei Männer sollen rituell ausgeweidet werden. A stirbt zum Zeitpunkt t an Herzversagen, und B stirbt zum Zeitpunkt t + n, nachdem ihm jemand ein Steinmesser in die Brust gerammt und das schlagende Herz mit bloßen Händen rausgerissen hat. Ich denke, wir sind uns wohl einig, dass Bs Leben nicht durch die zusätzlichen Minuten besser geworden ist, in denen ihm das Steinmesser in die, und die Frau sagte, *pas devant les enfants*. Ich sagte, *parlez-vous français?* Die Frau guckte total verblüfft. Sibylla sagte, wäre es Ihnen angenehmer, wir würden die Diskussion auf Bengalisch weiterführen? Die Frau sagte, pardon? Sibylla sagte, oder vielleicht in einer anderen Sprache, die er nicht kann? Sie sagte, ihr Russisch, Ungarisch, Finnisch, Baskisch und Isländisch wäre nicht berauschend, aber sie glaubte, sie könnte sich mit Spanisch, Portugiesisch, Italienisch, Deutsch, Schwedisch, Dänisch oder Bengalisch ganz gut behelfen. Ich war überrascht, weil ich nicht wusste, dass Sibylla diese Sprachen kann. Ich glaube, die Frau auch nicht. Ich fragte, wann ich die anderen Sprachen lernen könnte, und Sibylla sagte, wenn ich Japanisch gelernt hätte. Ich fragte, ob mein Vater Franzose ist, und Sibylla sagte, Nein.

17. Dezember 1992

Heute sind wir wieder mit der U-Bahn gefahren. Es war langweilig. Ich hab eine Weile *Odyssee* 17 gelesen und den Rest der Zeit *Wolfsblut*. Auf dem Weg nach Hause habe ich Sibylla gefragt, ob mein Vater Russe, Ungar, Finne, Baske, Isländer, Spanier, Portugiese, Italiener, Deutscher, Schwede, Däne oder Bengale ist. Sie sagte, Nein.

94 Tage bis zu meinem Geburtstag.

3

Wir steigen nie am Embankment aus, um zu McDonald's zu gehen

und rundherum und herum und herum und her

L ist bei *Odyssee* 17. Er hat es wirklich nicht leicht. Hunderte von Leuten sagen wunderbar sagenhaft noch viel zu klein was für ein Genie. Ich finde nicht, dass man wundersame Intelligenz braucht, um das simple Faktum zu beherrschen, dass 'Οδυσσεύς Odysseus ist, und wer nach einer Weile 5000 ähnliche simple Fakten gelernt hat, beweist damit nur, dass er ein Wunder an Hartnäckigkeit ist.

Jedenfalls gucke ich einmal pro Woche mit L *Die sieben Samurai*, um dem bedauernswerten Einfluss der Circle Line entgegenzuwirken. Aber heute ist etwas Schreckliches passiert.

Eine Frau, die mir gegenübersaß, sah das *Übungsbuch für handgeschriebenes Japanisch* ungeöffnet bei mir auf dem Schoß liegen und fragte, Lernen Sie Japanisch, & ich sagte, Kann man sagen.

Neun grüne Flaschen hängen an der Wand

Ich sagte, ich würde die Sprache vor allem deshalb lernen, damit ich Kurosawas *Die sieben Samurai* verstehen könnte und auch (falls er je auf Video rauskäme) Mizoguchis *Utamaro und seine fünf Frauen*, den ich mir fünf Tage hintereinander angesehen hatte, als er im Phoenix lief, und dass ich außerdem an einem Text mit dem Titel *Tsurezuregusa* interessiert sei, der von einem buddhistischen Mönch aus dem 14. Jahrhundert stammt.

NEUN GRÜNE FLASCHEN HÄNGEN AN DER WAND

Sie sagte, Oh, und sie sagte, sie hätte *Die sieben Samurai* gesehen, aber nicht den anderen, und was für ein wunderbarer Film

Ich sagte, Ja

und sie sagte, Er ist ein bisschen langatmig, aber was für ein wunderbarer Film, natürlich ist er ziemlich einfach gestrickt, nicht wahr, das macht wohl seinen Reiz aus, ähnlich wie *Die drei Musketiere*, eine Elitetruppe –

und ich sagte, WAS?

Und sie sagte, WIE BITTE?

ELITETRUPPE! sagte ich mit entgeistertem Blick,

und sie sagte, ich müsse ja nicht gleich laut werden.

Fällt EINE GRÜNE FLASCHE durch unglückliche Hand

Dann hängen nur noch ACHT GRÜNE FLASCHEN an der Wand

Ich fing an, mir auszumalen, dass L alle möglichen Dinge in dem Film sah, die nicht unvereinbar damit wären, eine Person auf Befehl eines Dritten aus dem Flugzeug zu werfen

ACHT GRÜNE FLASCHEN HÄNGEN AN DER WAND

Ich sagte höflich, aber bestimmt, ich denke, wenn Sie sich den Film noch einmal ansehen, werden Sie feststellen, dass die Samurai in Wirklichkeit keine Elitetruppe sind. Zweitrangigere Regisseure sind natürlich dem Glanz erlegen, der mit der Elitenhaftigkeit einer Truppe einhergeht, mit den zu erwartenden Ergebnissen; nicht so Kurosawa.

Sie sagte, ich müsse ja nicht gleich so einen Ton anschlagen

ACHT GRÜNE FLASCHEN HÄNGEN AN DER WAND

& ich sagte höflich, Im Wesentlichen handelt der Film von der Bedeutung rationalen Denkens. Wir sollten aus zur Verfügung stehenden Beweisen und nicht auf Grund von Hörensagen unsere Schlüsse ziehen und uns dabei möglichst nicht von unseren vorgefassten Meinungen beeinflussen lassen. Wir sollten uns bemühen, das zu sehen, was wir mit eigenen Augen sehen können, und nicht das, was wir gern sehen würden.

Sie sagte, WAS?

Fällt eine grüne Flasche durch unglückliche Hand

Ich sagte, Außerdem sollten wir immer daran denken, dass der Schein trügen kann. Es ist möglich, dass wir nicht alle relevanten Beweise haben. Die bloße Tatsache, dass jemand lächelt, bedeutet noch nicht, dass er tot nicht besser dran wäre.

Sie sagte, Ich glaube wirklich nicht

SIEBEN GRÜNE FLASCHEN HÄNGEN AN DER WAND

Ich sagte, Sagen wir, A sieht, wie seine Frau, B, zu einem Zeitpunkt t bei lebendigem Leibe verbrennt. A überlebt. Später sehen wir, wie A auf einer Feier singt. C sieht A singen und denkt, A geht es gut. Wir schließen daraus, dass C nicht im Besitz sämtlicher Fakten ist & von seinen vorgefassten Meinungen beeinflusst wurde, da

Sie sagte, Das erscheint mir ziemlich nüchtern

Ich sagte, Nüchtern!

DANN HÄNGEN NUR NOCH SECHS GRÜNE FLASCHEN AN DER WAND

Sie sagte & ist es nicht ziemlich morbide –

Ich entgegnete, wenn sie in ein Becken mit Menschen fressenden Haien geworfen würde, würde sie es nicht für morbide halten, über die Möglichkeit nachzudenken, das Becken zu verlassen.

Jedenfalls, im Grunde genommen sind wir doch beide der Meinung, dass es ein wunderbarer Film ist, sagte sie freundlich.

Ich fürchtete schon, sie würde noch ein Beispiel bringen, doch zum Glück fuhr der Zug in die Station Moorgate, und sie musste aussteigen.

SECHS GRÜNE FLASCHEN HÄNGEN AN DER WAND
SECHS GRÜNE FLASCHEN

[Könnte schlimmer sein. Er könnte die amerikanische Variante von den 100 Flaschen Bier an der Wand singen statt dieses Lied, das bei 10 anfängt und rückwärts zählt.]

❖

277 Grad über dem absoluten Nullpunkt.

Ich sagte, Also gut, wir fahren wieder mit der Circle Line, und wir hatten wieder eine Diskussion über den Cunliffe.

Ich: Hör mal, es bringt nichts, ein Wörterbuch mitzunehmen, wenn du keinen Platz hast, wo du es hinlegen kannst. Du kannst es nicht benutzen, wenn es auf deinem Schoß liegt und das Buch oben drauf. Das haben wir doch schon probiert, und es hat nicht funktioniert.

L: Bitte

Ich: Nein

L: Bitte

Ich: Nein

L: Bitte

Ich: Nein

L: Bitte

Ich: Nein

Am besten wäre es, irgendwohin zu gehen, wo Tische sind, zum Beispiel ins Barbican oder South Bank Centre – aber bei beiden trifft man unweigerlich an jeder Ecke auf Imbissbuden und Cafés und Restaurants und Eisdielen, die alle teures verlockendes Essen anbieten, das L möchte & wir uns nicht leisten können.

Bitte Nein Bitte Nein Bitte

Ich stellte mir einen weiteren Tag vor wie die letzten 17,10 Stunden voll mit wunderbar wundervoll noch viel zu klein was für ein Genie; ich stellte mir einen weiteren Tag vor wie gestern, noch mehr wunderbar wundervoll noch viel zu klein was für ein Genie plus Unsinn über Elitetruppen ganz zu schweigen von 10 Stunden jedes einzelne Wort erklären/auf Toiletten gehen, in die man mit einem Buggy nicht reinkommt/freundlich lächeln bei 273 Strophen (10 + 0 + – 262) von dem Grüne-Flaschen-Lied. Konnte ich sicher sein, dass er bei –263 nicht wieder hochzählt, oder würde irgendjemand, der das Kind gut kennt, darauf wetten, dass er es nicht tut? Nein.

Also sagte ich, Na schön, vergiss die Circle Line. Wir nehmen Cunliffe mit, und wir gehen in die National Gallery, aber wehe, du sagst EIN WORT. Und kein Gerenne durch Türen, auf denen KEIN ZUTRITT oder NUR FÜR PERSONAL steht. Wir müssen uns unauffällig verhalten. Wir müssen aussehen, als wären wir da, um uns die Bilder anzusehen. Wir haben uns die Bilder angesehen, und unsere Füße sind müde, und wir haben uns hingesetzt, um unsere Füße auszuruhen. Wir sitzen bloß da, um unsere Füße auszuruhen, damit wir wieder aufstehen und uns noch mehr Bilder ansehen können.

Naturellement, sagte das Phänomen.

Das hör ich nicht zum ersten Mal, sagte ich, aber ich tat Cunliffe unter den Buggysitz, zusammen mit *Odyssee* 13–24, *Fergus: Der Hund der schottischen Bergschluchten, Tar-kutu, Marduk, Pete, WOLF!, Im Reich des Oktopus, KRAKE!, Pu baut ein Haus, Wolfsblut, Kanji-ABC, Kanji für Anfänger, Übungsbuch für handgeschriebenes Japanisch*, dieses Notizbuch und ein paar Erdnussbutter-Marmelade-Sandwiches. Ich packte L zusammen mit *Les Inséparables* in den Buggy, und wir zogen los.

Im Augenblick sitzen wir vor Bellinis Porträt des Dogen Leonardo Loredan. L liest *Odyssee* 18 und schlägt in unregelmäßigen Abständen im Cunliffe nach – in großen Abständen. Ich schaue mir das Dogenporträt an – einer muss es ja tun.

Ich selbst habe auch etwas zum Lesen dabei, aber der Raum ist so warm, dass ich immer wieder einnicke und dann ruckartig wach werde und stiere.

Im Halbschlaf sehe ich den monströsen Heiskaihekakontapus im tiefen, tiefen Ozean auf Raubzug, Pentekaipentekontapods fliegen ihm voran, Komm zurück & kämpfe wie ein Mann, ruft er höhnisch lachend, ich kann dich besiegen, mit einer Hand auf den Rücken gebunden (hä hä hä). Kaum zu glauben, dass Maggie Thatcher mit nur drei Stunden Schlaf arbeiten konnte, fünf Stunden, & ich bin zu keinem vernünftigen Gedanken fähig. Hätte nie

nie nie sagen sollen, dass er das alles lesen soll – aber zu spät für einen Rückzieher.

Ich glaube, der Wärter guckt misstrauisch.

Tue so, als würde ich mir Notizen machen.

❖

Kaum waren Liberace und ich ohne unsere Klamotten in seinem Bett gelandet, begriff ich, wie dumm ich gewesen war. Es ist so lange her, dass ich mich natürlich nicht mehr an jede Einzelheit erinnern kann, aber es gibt eine musikalische Form, die ich am allerwenigsten ausstehen kann, und das ist das Medley. Da spielt der Musiker, besser gesagt, die betagte Kapelle, zunächst eine übertrieben orchestrierte Version von »The Impossible Dream«, ganz plötzlich, mittendrin, gibt es dann einen jähen Schwindel erregenden Schwenk in eine andere Tonart, und man ist mitten in »Over the Rainbow«, Schwenk, »Climb Every Mountain«, Schwenk, »Ain't No Mountain High Enough«, Schwenk, Schwenk, Schwenk. So, nun müssen Sie sich bloß Liberace vorstellen, Hände, Mund, Penis mal hier, mal dort, kaum hier, schon wieder dort, kaum dort, schon wieder hier, fängt etwas an, um gleich wieder aufzuhören und mit was anderem anzufangen, und Sie können sich ein recht genaues Bild von dem Trunkenen Medley machen.

Schließlich fand das Medley ein Ende, und Liberace fiel in einen tiefen Schlaf.

Ich wollte einen klaren Kopf bekommen. Ich wollte Fremdheit und Kälte und Präzision.

Ich hörte mir eine kurze Weile Glenn Gould mit Stücken aus dem Wohltemperierten Klavier an. Bei Plattenaufnahmen spielte Gould häufig neun oder zehn verschiedene Versionen eines Stückes, jede Note vollkommen, jede vom Ausdruck her vollkommen verschieden von den anderen, und jede gespielte Note trägt den Stempel all der anderen, denen sie bevorzugt wurde. Ich bin nicht wirklich im Stande, im Kopf eine Fuge nachzuspielen, also lauschte ich seiner skurrilen Interpretation des Präludiums in c-Moll, Buch 1, bei der zu Anfang jeder Ton staccato gespielt wird, und nach etwa zwei Dritteln der ersten Seite werden die Töne dann plötzlich sehr sanft und weich, und dann lauschte ich dem

Präludium Nr. 22 in b-Moll, das ich nie ohne Pedal spielen konnte. Ich glaube, dass es vielleicht nicht unbedingt mit Pedal, aber zumindest legato gespielt werden sollte, und doch, dieses hart Abgehackte, mit dem Gould das Stück spielt, ersetzte durch seine Kühle, seine fehlende Leichtigkeit jene aufgesetzte Expressivität, mit der Liberace das Herz ermüdet.

Liberace schlief noch. Sein Kopf lag auf dem Kissen, das Gesicht, wie ich es gesehen hatte, der Schädel ein schlafendes Hirn umhüllend; wie grausam, dass wir bei jedem Aufwachen auf denselben Namen antworten müssen, dieselben Erinnerungen wieder beleben, mit denselben Gewohnheiten und Dummheiten fortfahren, die wir tags zuvor auf uns luden und zur Ruhe betteten. Ich wollte ihn nicht aufwachen sehen, um so weiterzumachen, wie er begonnen hatte.

Ich wollte nicht da sein, wenn er aufwachte, aber es wäre unhöflich gewesen, ohne ein Wort zu gehen. Andererseits wusste ich wirklich nicht, was ich schreiben sollte. Ich konnte mich nicht für einen schönen Abend bedanken, weil das nicht geht. Ich konnte nicht sagen, hoffentlich sehen wir uns mal wieder, denn was wäre, wenn er das als Ermunterung auffasste, mich wieder zu sehen? Ich konnte nicht sagen, es war fürchterlich mit dir, und ich hoffe, ich sehe dich nie wieder, weil das einfach nicht geht. Wenn ich versucht hätte, ein paar Zeilen zu schreiben, die etwas aussagten, ohne irgendetwas von diesen Dingen zu sagen, wäre ich fünf oder sechs Stunden später noch da gewesen, wenn er aufwachte.

Da hatte ich eine Idee.

Ich musste, dachte ich, irgendwie implizieren, dass wir eine interessante Unterhaltung gehabt hatten, die einfach dadurch unterbrochen wurde, dass ich gehen musste (zum Beispiel, weil ich irgendeinen Termin hatte). Statt das endgültige Ende der Begegnung zu markieren, sollten die Zeilen wie ein weiteres Element der Unterhaltung wirken, die noch im Gange & nur vorübergehend ausgesetzt war. Die Zeilen sollten scheinbar unterstellen, dass Liberace sich für Dinge wie den Stein von Rosette interessierte, & auf eine von mir vermeintlich wahrgenommene Skepsis eingehen, nämlich die Skepsis im Hinblick auf die Möglichkeit, etwas so darzustellen, dass es allgemein verständlich ist, wodurch diese Zeilen sich als Teil einer noch anhaltenden Diskussion präsentierten, die zu einem nicht spezifizierten späteren Zeitpunkt fortgesetzt werden sollte. Ich musste lediglich eine kurze Passage auf Griechisch aufschreiben, wie geschaffen für diesen interessierten Skeptiker, mit Übersetzung, Transkription, Vokabeln und grammatischen Kommentaren – wobei ich natürlich darauf achten musste, Letztere so zu formulieren, als wären sie für jemanden bestimmt, der gar nicht genug bekommen kann von solchen Dingen wie Medium, Dual, Aorist und Tmesis. Normalerweise kann ich mit sozialen Dilemmas nicht besonders gut umgehen, aber das erschien mir wie ein Geniestreich. Ich würde etwa eine Stunde dafür brauchen (ein guter Schnitt im Vergleich zu den fünf Stunden, die ich für den unschreibbaren Brief gebraucht hätte), und das daraus resultierende Gespinst falscher Implikationen würde praktisch garantieren (unter Vermeidung grundloser Grausamkeiten und ohne dabei auch nur eine Sekunde von der Wahrheit abzuweichen), dass Liberace mich niemals wieder sehen wollte.

Ich stand auf und zog mich an und ging ins Nebenzimmer und besorgte mir ein Blatt Papier von seinem Schreibtisch. Dann nahm ich meinen Edding-Stift 0.1 aus meiner Handtasche, denn ich wollte möglichst alles auf eine Seite bekommen, und ich setzte mich hin und machte mich an die Arbeit. Es war etwa 3:00 nachts.

Du scheinst zu bezweifeln, dass ein Stein von Rosette möglich wäre (begann ich locker). Was hältst du hiervon?

Ilias 17, Zeus hat Mitleid mit den Pferden des Achilles, die den Tod des Patroklos beweinen

Μυρομένω δ'ἄρα τώ γε ἰδὼν ἐλέησε Κρονίων,
myromeno d' ara to ge idon eleese Kronion
Als er die beiden Weinenden sah, erbarmte Kronion sich

κινήσας δὲ κάρη προτὶ ὃν μυθήσατο θυμόν·
kinesas de kare proti hon mythesato thymon
er schüttelte da sein Haupt und sprach zu sich selber:

ἆ δειλώ, τι σφῶϊ δόμεν Πηλῆϊ ἄνακτι
a deilo, ti sphoi domen Pelei anakti
»Oh, ihr Armen, was schenkten wir euch an Peleus, den Herrscher?

θνητῷ, ὑμεῖς δ' ἐστὸν ἀγήρω τ' ἀθανάτω τε;
thnetoi, hymeis d'eston agero t' athanato te
Er ist sterblich, doch ihr seid alterslos und unsterblich.

ἦ ἵνα δυστήνοισι μετ' ἀνδράσιν ἄλγε' ἔχητον;
e hina dystenoisi met' andrasin alge' ekheton
Dass ihr die Leiden teilt mit den unglückseligen Menschen?

οὐ μὲν γάρ τί πού ἐστιν ὀϊζυρώτερον ἀνδρὸς
u men gar ti pou estin oizyroteron andros
Wahrlich, es ist kein anderes Wesen mehr zu bejammern als der Mensch

πάντων ὅσσα τε γαῖαν ἔπι πνείει τε καὶ ἕρπει.
panton hossa te gaian epi pneiei te kai herpei
von allem, was atmet und kriecht auf der Erde.

ἀλλ' οὐ μὰν ὑμῖν γε καὶ ἅρμασι δαιδαλέοισιν
all' u man hymin ge kai harmasi daidaleoisin
Aber wahrlich, es soll mit euch und dem prächtigen Wagen

Ἕκτωρ Πριαμίδης ἐποχήσεται· οὐ γὰρ ἐάσω.
Hektor Priamides epokhesetai u gar easo.
Hektor, Priamos' Sohn, nicht fahren; das lasse ich nicht zu.«

So weit, so gut. Es war erst 3:15, und der Entzifferer hatte jetzt schon mehr Hilfe, als Champollion vom Stein von Rosette je bekommen hatte. Ja, ich musste unwillkürlich denken, wie viel einfacher das Leben doch wäre, wenn ich nun ohne weitere Umstände ein unverbindliches Ciao anhängen würde, statt mich, verkatert und übermüdet, wie ich war, mit grammatikalischen Details abzuplagen. Und doch sah der Text, wie er dastand, ein wenig kläglich aus. Abgesehen von der Transkription, bot er rein gar nichts, was nicht auch leicht auf den Seiten der Loeb Classical Library zu finden wäre. Als Flaschenpost war er absolut nicht überzeugend, und außerdem wäre es nur allzu offensichtlich, dass ich dafür nicht mehr als 15 Minuten gebraucht haben konnte. Dann müsste ich doch noch ein paar Zeilen schreiben, außer natürlich, ich würde der Nachwelt eine überzeugendere Kostprobe der Gabe hinterlassen, und so schrieb ich

Μυρομένω trauernd [Maskulinum/Femininum Akkusativ Dual des Partizip Medium] δ' ἄρα und dann, und so [konnektive Partikeln] τώ sie [Pronomen M/F Akkusativ Dual] γε emphatische Partikel ἰδὼν sehend [M. Nominativ Singular Partizip Aorist] ἐλέησε (er) erbarmte sich [3. Person Singular Aorist Indikativ] Κρονίων Kronos' Sohn (Zeus)

und hatte noch immer nichts auf dem Blatt stehen, das mit einem locker-flockigen Ciao enden konnte.

Der Text war auch insofern als Flaschenpost ungeeignet, weil er jede Menge nicht erklärter Grammatiktermini enthielt, die ich auf jeden Fall erklären oder herausnehmen müsste. Aber ich konnte sie nicht herausnehmen, ohne alles neu zu schreiben, und wenn ich sie erklärte, würde ich noch mehr Blätter brauchen. Aber was, wenn ich mich hatte mitreißen lassen, als ich die Passage Wort für Wort durchging, und das Problem erst später bemerkte?

κινήσας bewegend [Maskulinum Nominativ Singular des Partizip Aorist] δὲ und [konnektive Partikel] κάρη Kopf προτὶ... μυθήσατο (sprach) [3. Person Singular Aorist Medium Indikativ] ὂν sein θυμόν Seele/Geist/Verstand/Herz [Maskulinum Akkusativ Singular] ἆ Ah/Oh δειλώ ihr Armen [Maskulinum/Femininum Vokativ Dual] τί warum σφῶϊ euch [2. Person Akkusativ Dual] δόμεν schenkten wir [1. Person Plural Aorist Indikativ] Πηλῆϊ Peleus (Vater von Achilles) ἄνακτι König [Maskulinum Dativ Singular 3. Deklination]

θνητῷ Sterblicher [Maskulinum Dativ Sing. 2. Deklination] ὑμεῖς ihr [2. Person Nominativ Plural] δ' [konnektive Partikel] aber, doch ἐστόν ihr seid [2. Person Dual Indikativ] ἀγήρω alterslos [M/F Nominativ Dual] τ'… τε sowohl … als auch ἀθανάτω unsterblich [M/F Nom. Dual]

ἦ »wahrlich« [exklamative Partikel] ἵνα sodass δυστήνοισι den unglückseligen [M. Dativ Plural] μετ' mit ἀνδράσιν Menschen [M. Dativ Plural] ἄλγε' [= algea] Schmerzen/Leiden [Neutrum Akkusativ Plural] ἔχητον ihr solltet haben [2. Person Dual Konjunktiv]

οὐ nicht μὲν einführende Partikel γάρ denn τί irgendetwas [Neutrum Nominativ Singular] πού irgendwo ἐστιν (es) ist [3. Person Singular Präsens Indikativ] ὀϊζυρώτερον elender/ bedauernswerter [Neutrum Nom. Sing. Komparativ] ἀνδρὸς als der Mensch [M. Genitiv Singular nach einem Komparativ]

πάντων von allen Dingen [Neutrum Genitiv Plural] ὅσσα (wie viele Dinge) [Neutrum Nominativ Plural] τε Partikel als Ausdruck von Generalisierung γαῖαν Erde [Fem. Akkusativ Singular] ἔπι auf [hier nachgestellt] πνείει atmen (atmet) [3. Person Singular Präsens Indikativ eines Subjekts im Neutrum Plural] τε καὶ (sowohl als auch/und auch) ἕρπει kriechen (kriecht) [3. Person Sing. Präs. Indikativ]

ἀλλ' aber οὐ nicht μὰν emphatische Partikel ὑμῖν mit euch [2. P. Dativ Plural] γε emphatische Partikel καὶ und ἅρμασι Streitwagen [Neutrum Dativ Plural] δαιδαλέοισιν prächtig, (geschickt gemacht) [Neutrum Dativ Plural]

Ἕκτωρ Hektor Πριαμίδης Priamos' Sohn ἐποχήσεται wird darauf fahren [3. P. Singular Indikativ Futur Medium] οὐ nicht γὰρ denn ἐάσω ich werde erlauben [1. P. Singular Indikativ Futur Aktiv]

Es fiel doch deutlich länger aus, als ich gedacht hatte.

Außerdem hatte ich zum Aufschreiben etwas länger gebraucht, als ich erwartet hatte (zwei Stunden). Aber im Vergleich mit einem fünfstündigen unschreibbaren Brief noch immer ein guter Schnitt. In einem Schlussabsatz schrieb ich, dass man für einen richtigen Stein von Rosette wahrscheinlich auch eine dritte Spalte mit Chinesisch gebrauchen könnte, dass ich aber leider die Schriftzeichen nicht kannte, und dann bemerkte ich, dass er, falls er je mal das Gedicht von Keats »Beim ersten Hineinschaun in Chapmans Homer« gelesen hatte, vermutlich fasziniert und überrascht wäre, wenn er sah, dass Chapman etwa Folgendes geschrieben hatte:

Tadam tadam tadam tadam Trauernden Zeus Kronion;
Ernst bewegt' er das Haupt und sprach in der Tiefe des Herzens:
»Arme, warum doch schenkten wir Euch dem Könige Peleus,
Ihm, dem Sterblichen, Euch, tadam tadam tadam?
Tadam tadam tadam tadam tadam tadam tadam?
Denn nichts anderes ist jammervoller auf Erden
Als der Mensch, von allem, was Leben haucht und sich reget.
Aber umsonst hofft Euch vor dem kunstreich prangenden
Wagen
Hektor, Priamos' Sohn, zu bändigen; tadam tadam tadam.

und dann schrieb ich bloß noch, du siehst, wie einfach es wäre, ich hoffe, es gefällt Dir, muss los – S, und nach dem S kritzelte ich etwas Eiliges, Unleserliches, weil ich dachte, dass er meinen Namen am Abend zuvor aller Wahrscheinlichkeit nach gar nicht mitbekommen hatte.

Dann legte ich das Blatt auf einen Tisch, wo er es sehen musste. Im Bett war mir die Idee ganz plausibel und geschickt erschienen, doch jetzt fragte ich mich, ob Liberace begreifen würde, dass ich höflich zu verstehen geben wollte etc. etc., oder ob es einfach nur überspannt wirkte. Zu spät, und deshalb leb wohl.

Zu Hause angekommen, dachte ich, ich sollte aufhören, eine so ziellose Existenz zu führen. Es ist schwerer, als man vielleicht meint, mit dem Führen einer Existenz aufzuhören, & wenn man das nicht kann, so bleibt einem nur, sich um eine gewisse Zielstrebigkeit zu bemühen.

Ob Liberace die Pferde des Achilles mochte, weiß ich nicht (seinen sonstigen Bemerkungen nach zu urteilen, würde es mich nicht überraschen, wenn er sich beim Lesen von Chapman wie Cortez beim starren Blick auf den Pazifik fühlte). Jedenfalls hatte es mir Spaß gemacht, die Passage aufzuschreiben, & ich dachte, ich könnte das jetzt mit der ganzen *Ilias* und der ganzen *Odyssee* machen, mit Zwischenblättern, auf denen ich die verschiedenen Besonderheiten von Grammatik und Dialekt und formaler Struktur erklärte. Ich könnte sie für ein paar tausend Pfund drucken lassen und auf dem Markt verkaufen, und die Leute könnten sie lesen, egal, ob sie Französisch oder Latein gelernt oder irgendein anderes belangloses Fach an der Schule gehabt hatten. Dann könnte ich etwas Ähnliches mit anderen Sprachen machen, die an der Schule noch schwieriger zu lernen sind als Griechisch, und auch wenn ich vielleicht noch 30 oder 40 Jahre warten musste, bis mein Körper sich zu den empfindungslosen Dingen auf der Welt gesellte, wäre es bis dahin zumindest ein weniger absolut sinnloses Empfindungsvermögen. Okay.

Eines Tages bat Emma mich in ihr Büro zu einem Gespräch. Sie erklärte, sie würde die Firma verlassen. Was ich vorhätte? Wenn ihr Job wegfiel, würde auch meiner wegfallen. Ich war noch nicht lange genug in der Firma, um Anspruch auf Mutterschaftsschutz zu haben. Wollte ich zurück in die Staaten, um das Baby dort zu bekommen?

Ich wusste nicht, was ich sagen sollte.

Ich sagte nichts, und Emma machte praktische Vorschläge. Sie sagte, der Verlag habe ein Projekt über die Sprache des 20. Jahrhunderts vor, und dazu müssten Zeitschriftentexte computermäßig erfasst und archiviert werden; sie habe sich erkundigt, und sie dachte, sie könne mich mit meiner Arbeitserlaubnis in das Projekt einschleusen. Es wäre kein Problem, den Computer mit nach

Hause zu nehmen und dort zu arbeiten, da das Büro schon fast aufgelöst worden war. Und sie wisse von einem Haus, dessen Besitzerin kein Geld habe, um es in Stand zu setzen, und die Angst habe, es würden sich Hausbesetzer einnisten, wenn sie es nicht vermietete; die Besitzerin würde es mir für £150 im Monat vermieten, wenn ich keine Instandsetzung verlangte. Ich wusste nicht, was ich sagen sollte. Sie sagte, sie würde verstehen, wenn ich zurück in die Staaten zu meiner Familie wollte. Ich wusste, was ich nicht sagen sollte: Ich sagte nicht, dass das keiner verstehen könnte, denn ich hätte verrückt sein müssen, das zu tun. Ich sagte: Vielen Dank.

❖

Ich blickte auf, um zu sehen, wie L vorankam. *Odyssee* 13–24 lag aufgeklappt mit den Seiten nach unten auf der Bank; L war nirgends zu sehen. Ich wusste nicht mehr, wann ich ihn zuletzt gesehen hatte. Zuerst überlegte ich, ob ich ihn suchen gehen sollte, doch dann hätte ich die einzige Stelle verlassen müssen, an der er nach mir suchen konnte.

Ich sah in der *Odyssee* nach, wie weit er gekommen war. Meine Chancen, ihm nicht Japanisch beizubringen, standen nicht gut. Ich fing an, beiläufig in *Wolfsblut* zu blättern.

Nach einer Weile hörte ich eine Stimme, die ich kannte.

Soll ich mal auf Arabisch bis tausend zählen?, sagte die Stimme.

Hast du nicht gesagt, deine Mum wäre in Raum 61?

Ist sie auch.

Dann müssen wir das auf ein anderes Mal verschieben.

Auf wann?

Irgendein anderes Mal. Gehört der Kleine zu Ihnen?

Ein Mann vom Sicherheitsdienst stand vor mir, L auch.

Ich sagte: Ja.

L sagte: Ich bin ganz allein aufs Klo gegangen.

Ich sagte: Schön für dich.

Sicherheitsmann: Sie erraten niemals, wo ich ihn gefunden habe.

Ich: Wo haben Sie ihn gefunden?

Sicherheitsmann: Das erraten Sie nie, nicht in einer Million Jahre.

Ich: Wo?

Sicherheitsmann: Ganz unten im Keller, in einem der Restaurierungsräume. Er muss sich nach unten geschlichen haben und dann durch eine der Personaltüren gegangen sein.

Ich: Oh.

Sicherheitsmann: Ist ja nichts passiert, aber Sie sollten ihn besser im Auge behalten.

Ich: Na, ist ja nichts passiert.

Sicherheitsmann: Nein, aber Sie sollten ihn besser im Auge behalten.

Ich: Ich werd's mir merken.

Sicherheitsmann: Wie heißt er?

Ich wünschte, die Leute würden diese Frage nicht stellen.

Als ich schwanger war, habe ich ständig an so hübsche Namen gedacht wie Hasdrubal und Isambard Kingdom und Thelonious und Rabindranath und Darius Xerxes (Darius X.) und Amédée und Fabius Cunctator. Hasdrubal war der Bruder von Hannibal, dem karthagischen Feldherrn, der im 3. Jahrhundert v. Chr. mit Elefanten die Alpen überquerte und gegen Rom zog; Isambard Kingdom Brunel war ein genialer britischer Ingenieur im 19. Jahrhundert; Thelonious Monk war ein genialer Jazzpianist; Rabindranath Tagore war ein bengalischer Universalgelehrter; Darius war ein persischer König, ebenso wie Xerxes; Amédée ist der Vorname des Großvaters des Erzählers in *A la recherche du temps perdu*, und Fabius Cunctator war der römische Feldherr, der durch seine Hinhaltetaktik den römischen Staat vor Hannibal rettete. Sie alle hatten Namen, die man einem Kind wirklich nicht geben sollte, und nachdem er dann geboren war, musste ich mir schnell was überlegen.

Ich dachte, ideal wäre ein Name, der passen würde, ganz gleich, ob er nun ernst und zurückhaltend oder machohaft wäre, ein Name wie Stephen, aus dem man Steve, oder David, aus dem man Dave machen konnte. Das Problem war, dass mir David besser gefiel als Stephen, und Steve besser als Dave, und ich es nicht dadurch umgehen konnte, dass ich ihn Stephen David oder David Stephen nannte, weil eine Abfolge von zwei Trochäen mit dem Laut w in der Mitte lächerlich klingen würde. Ich konnte ihn nicht David und Steve nennen; das wäre kurios. Dauernd kamen irgendwelche Leute an mein Bett und fragten, wie heißt er denn, und ich sagte: Nun, ich habe an Stephen gedacht, oder, Ich habe an David gedacht, und einmal war es eine Krankenschwester, die ans Bett kam, und sie hatte ein Formular dabei, und sie schrieb den Namen auf, an den ich gerade dachte, und sie nahm es mit, und das war's dann.

Ich bekam eine Geburtsurkunde, als ich ging, und da stand dann einer dieser Namen. Als ich nach Hause kam, war klar, dass sein Name eigentlich Ludovic war, also nannte ich ihn so, weil ich in dieser Angelegenheit wirklich keine Wahl hatte.

Jetzt erwiderte ich ausweichend: Ich nenne ihn Ludo.

Sicherheitsmann: Also, behalten Sie Ludo in Zukunft im Auge.

Ich: Gut, danke für Ihre Hilfe. Ich denke, wir gehen jetzt mal weiter zu Raum 34 und sehen uns die Turners an. Noch mal danke für Ihre Hilfe.

Es war um einiges leichter, als er klein war. Ich hatte so ein Tragetuch; bei warmem Wetter tippte ich zu Hause mit Ludo vor mir, und bei kaltem Wetter ging ich ins British Museum, saß in der ägyptischen Galerie nicht weit von der Garderobe und las in *Al Hayah*, um in Übung zu bleiben. Abends ging ich dann nach Hause und tippte das *Monatsblatt für Schweinezüchter* oder die *Zeitschrift für Wieselfreunde*. Inzwischen sind vier Jahre vergangen.

4

19, 18, 17

1. März 1993

Noch 19 Tage bis zu meinem Geburtstag.

Ich lese mal wieder *Ruf der Wildnis*. Es gefällt mir nicht so gut wie *Wolfsblut*, aber ich hab *Wolfsblut* gerade ausgelesen.

Ich bin bei *Odyssee* 19,322 angelangt. Ich habe aufgehört, Karten für alle Wörter anzulegen, weil es so viele wären, dass man sie gar nicht mehr tragen könnte, sondern mache mir nur noch Karten für Wörter, die mir nützlich vorkommen. Heute sind wir ins Museum gegangen, und da gibt es ein Bild aus der *Odyssee*, das angeblich den Kyklopen zeigt, aber man kann ihn nicht wirklich sehen. Es heißt »Ulysses verhöhnt Polyphem«. Ulysses ist der lateinische Name für Odysseus. An der Wand hing ein Schild, auf dem stand, dass man Polyphem auf dem Berg sehen kann, aber das stimmt nicht. Ich hab dem Wärter gesagt, sie sollten das ändern, und er hat gesagt, er könnte das nicht entscheiden. Ich hab ihn gefragt, wer das entscheiden könnte, und er hat gesagt, vielleicht der Leiter der Galerie. Ich hab versucht, Sibylla dazu zu überreden, mit mir zu dem Leiter zu gehen, aber sie hat gesagt, der wäre zu beschäftigt und es wäre höflicher, ihm einen Brief zu schreiben, sie hat gesagt, ich könnte ihm einen Brief schreiben und dabei meine Schreibschrift üben. Ich hab gefragt, wieso schreibst du ihm keinen Brief. Sie meinte, dass er wahrscheinlich noch nie einen Brief von einem Fünfjährigen bekommen hat, und wenn ich ihm einen Brief schicken und mit »Ludo, fünf Jahre alt« unterschreiben würde, würde er ihn zur Kenntnis nehmen. Ich halte das für blödsinnig, weil jeder einen Brief mit »fünf Jahre alt« unterschreiben könnte. Sibylla hat gesagt, das stimmt, ein Blick auf deine Handschrift, und der hält dich für keinen Tag älter als zwei. Sie schien das zum Schreien komisch zu finden.

2. März 1993

Noch 18 Tage bis zu meinem Geburtstag. Ich bin seit fünf Jahren und 348 Tagen auf diesem Planeten.

3. März 1993

Noch 17 Tage bis zu meinem Geburtstag. Heute sind wir mit der Circle Line gefahren, weil wir uns nicht schon wieder Museen ansehen konnten. Es war unheimlich langweilig. Ganz lustig war, dass eine Lady Streit mit Sibylla anfing. Es ging um zwei Männer, denen bei lebendigem Leib die Haut vom Körper gezogen wird. Sibylla erklärte, dass der eine zum Zeitpunkt t an Herzversagen stirbt und der andere zum Zeitpunkt t + n, nachdem ihm einer n Sekunden lang die Haut mit einem Messer abgezogen hat, und die Lady sagte pas dev, und Sibylla sagte, ich muss Sie darauf hinweisen, dass er Französisch spricht. Dann sagte die Lady, non äh non awanti il ragatzo, und Sibylla sagte nicht vorwärts der Junge. Nicht vorwärts der Junge. Nicht. Vorwärts. Der Junge. Hmmm. Ich fürchte, ich versteh das nicht so ganz, ihre Beherrschung der italienischen Sprache ist offensichtlich der meinen weit überlegen, und die Lady sagte, sie fände, das Thema sei nicht geeignet, um es in Anwesenheit eines kleinen Kindes zu erörtern, und Sibylla sagte, ach, ich verstehe, und so sagt man das auf Italienisch. Non awanti il ragatzo. Das muss ich mir merken. Die Lady meinte, was glauben Sie denn, was Sie ihm für ein Beispiel geben, und Sibylla sagte, würde es Ihnen was ausmachen, wenn wir diese Diskussion auf Italienisch fortsetzen würden, ich habe das Gefühl, das Thema ist nicht dazu geeignet, in Anwesenheit eines kleinen Kindes erörtert zu werden, oder, wie es so schön auf Italienisch heißt, non awanti il ragatzo. Nachdem sie ausgestiegen war, sagte Sibylla, sie hätte wirklich nicht so grob sein dürfen, weil man immer höflich sein soll, ganz gleich, wie sehr manche

Menschen einen auch provozieren, und ich sollte mir an ihr kein Beispiel nehmen, sondern lernen, meine unvermeidlichen Reflexionen für mich zu behalten. Sie sagte, es hätte nur daran gelegen, dass sie ein bisschen müde war, sie hätte in letzter Zeit nicht genug geschlafen, sonst wäre sie niemals so grob gewesen. Ich bin mir da nicht so sicher, aber ich hab meine unvermeidlichen Reflexionen für mich behalten.

5

Wir gehen nie wohin

Anfang März, der Winter ist fast vorbei. Ludo hält sich noch immer an ein Schema, das ich nicht verstehe: Neulich las er die *Metamorphosen*, obwohl er erst beim 22. Gesang der *Odyssee* ist. Anscheinend liest er die *Odyssee* jetzt langsamer, in den letzten Wochen immer nur rund 100 Zeilen pro Tag. Zu müde, um mir neue Sachen zu überlegen, wo wir hingehen könnten, was gibt es noch außer National Gallery National Portrait Gallery Tate Whitechapel British Museum Wallace Collection, das umsonst ist? Finanziell in einer einigermaßen guten Position, da ich *Angeln für Fortgeschrittene* 1969 bis heute getippt habe sowie *Mutter und Kind* 1952 bis heute, *Du und dein Garten* 1932–1989, *Das schöne Heim* 1961 bis heute, *Horn & Hund* 1920–1976, und im Augenblick komme ich gut mit *Der Pudelzüchter* 1924–1982 voran. Mit Japanisch bin ich praktisch überhaupt nicht vorangekommen.

Wieder Streit wegen Cunliffe. L: Wieso können wir nicht wieder in die National Gallery gehen?

Ich: Du hast versprochen, du würdest nicht durch Türen gehen, auf denen NUR FÜR ANGESTELLTE steht.

L: Da stand nicht NUR FÜR ANGESTELLTE. Da stand PERSONAL.

Ich: Genau. Anders ausgedrückt, Leute, die da arbeiten, weil die Leute, die da arbeiten, ihre Arbeit machen wollen, ohne von Leuten gestört zu werden, die nicht da arbeiten. Wenn du irgendwann einmal beschließt, die Theorie eines Ludozentrischen Universums aufzugeben, lass es mich wissen.

Wir gehen zum Tower Hill, um in eine Bahn der Circle Line zu steigen. Die Circle Line leidet derzeit an Verspätungen, also setzen wir uns, & ich stelle fest, dass Ludo *Kalila wa-Dimna* in den Buggy geschmuggelt hat. Er nimmt es raus und fängt an zu lesen, blättert die Seiten rasch um – das Vokabular ist ziemlich einfach und wiederholt sich oft, hätte wirklich was Schwereres nehmen sollen, aber dafür ist es jetzt zu spät.

Eine Frau tritt heran & glotzt & staunt & meint, Wie um alles in der Welt haben Sie so einem kleinen Kind das beigebracht?

Sie sagt, sie habe selbst ein fünfjähriges Kind, & will unbedingt meine Methoden erfahren, und ich erkläre sie ihr, soweit vorhanden, & sie sagt, da muss doch noch mehr dahinter stecken.

L: Ich kann Französisch und Griechisch und Arabisch und Hebräisch und Latein, und ich fange mit Japanisch an, sobald ich dieses Buch durchhabe und die *Odyssee*.

[Was?]

L: Ich musste 8 Bücher von den *Metamorphosen* lesen und 30 Geschichten aus *Tausendundeiner Nacht* und I. Samuel und das Buch Jona und die Cantillation lernen und 10 Kapitel von *Algebra leicht gemacht* durcharbeiten, und jetzt muss ich nur noch dieses Buch zu Ende lesen und einen Gesang von der *Odyssee*.

[Was!!!!?]

Meine Bewunderin sagt, das ist wunderbar & dass es für kleine Kinder so wichtig ist, ein Gefühl für die eigene Leistung zu bekommen, & dann zieht sie mich kurz beiseite und sagt, dass es trotzdem wichtig ist, einen Sinn für die Proportionen zu behalten, man muss eine gewisse Balance wahren, gefährlich, die Dinge ins Extrem zu treiben, Mäßigung in allen Dingen, nicht, dass sie sich einmischen will.

Wie es aussieht, habe ich eine Gnadenfrist von drei Tagen, bevor ich anfange, einem Kind Japanisch beizubringen, das absolut keinen Sinn für Proportionen hat.

Meine Bewunderin ist noch immer da & zögert, und nachdem

sie eine Lanze für Mäßigung gebrochen hat, sagt sie irgendwas über ihre Tochter, die kein Genie ist.

Ich sage, Wie wär's mit Französisch, vielleicht würde sie gern Französisch lernen

& sie sagt, Ich weiß, das klingt furchtbar, aber ich habe einfach nicht die Zeit.

Ich sage, dass sie wahrscheinlich zu hohe Erwartungen hat, sie solle der Kleinen einfach nur ein Wort pro Tag beibringen & es von ihr in einem Buch bunt markieren lassen, wenn sie es da entdeckt, das Geheimnis des Erfolges liegt darin, eine einzige einfache Aufgabe pro Tag zu bewältigen.

Haben Sie das so gemacht?, fragt sie und betrachtet ehrfürchtig das *Kalila wa-Dimna* (was völlig lächerlich ist, da es ein sehr leichter Text ist, meiner Meinung nach viel zu einfach).

Nein, sage ich. Aber es ist trotzdem die beste Methode.

Zwei Bahnen der Circle Line kamen und fuhren davon, und eine Bahn der District Line rollte herein und wieder davon Richtung Upminster. Sie sagte, Aber wie haben Sie ihn dazu gebracht, so viel zu arbeiten, und ich erklärte das mit den fünf Wörtern und dem Schwan-Stabilo-Textmarker, & sie sagte, Ja, aber da muss noch mehr dahinter stecken, da muss noch mehr dahinter stecken –

sodass ich unwillkürlich an Dinge denken musste, an die ich lieber nicht denken würde, zum Beispiel, wie schwer es ist, nett zu sein, und wie schwer es erst sein wird, nett zu sein.

Sie schien wirklich sehr interessiert zu sein, denn jetzt kam ein Zug nach Barking und fuhr wieder ab, und sie war immer noch da. Sie sagte, sie meine zum Beispiel damit, sie habe selbst Latein gelernt, nun, und wenn man einem Kind Französisch beibringe, könne die einfache Aufgabe ein Wort sein, wohingegen die Grammatik einer flektierenden Sprache so schrecklich kompliziert sei und sicherlich die Auffassungsgabe eines vierjährigen Kindes übersteige.

Ich sagte, ich hätte die Beobachtung gemacht, dass kleine Kinder gerne Sachen zusammensetzen, es sei gar keine Riesensache, ich hatte einfach erklärt, dass die Wörter zusammenpassen mussten, und er konnte sehen, dass sie zusammenpassten, obwohl es natürlich bestimmt mehr Sinn ergab, als er sich an den Gedanken gewöhnt hatte.

Sie lächelte mitfühlend. Wie schön, das einem vierjährigen Kind zu erklären.

Ich hatte nicht vorgehabt, ihm am ersten Tag eine ganze Deklination zu geben, weil ich sehr wohl wusste, was Mr. Ma davon halten würde. Aber L schien es so viel Spaß zu machen, Wörter mit dem Textmarker anzumalen, und es ist immer eine solche Wohltat, wenn ein kleines Kind eine Beschäftigung entdeckt, die ihm Spaß macht, dass ich ihm einige Tabellen aufschrieb (einschließlich des Duals) und mich mit dem Gedanken tröstete, dass Mr. Ma ja nichts davon mitbekam.

Ich musste im Wörterbuch nachschlagen, um alle Dialektformen rauszusuchen, und am Ende hatte er jede Menge Wörter, die er bunt markieren konnte, und das war nett.

Ich erklärte ihm, er könne jedes Wort markieren, das er fand, und dann wandte ich mich wieder John Denver zu und ließ *Ilias* 1–12 auf dem Sessel liegen.

Vier oder fünf Stunden vergingen. Nach einer Weile sah ich auf, und er machte irgendwas auf dem Boden. Ich ging zu ihm, und er lächelte zu mir hoch. Er hatte den Anfang von *Ilias* 1 in meiner Oxford-Ausgabe aufgeschlagen, und er hatte alle seine fünf Wörter und alle bestimmten Artikel bis zum Ende von *Ilias* 12 markiert, sodass jede Seite mit grünen Balken übersät war.

Er sagte, Wo ist Band II? Den muss ich noch durcharbeiten.

Nach einer kurzen Pause sagte ich geduldig, ich weiß nicht, wo er ist, ich hab vorhin schon danach gesucht, und ich fügte geduldig hinzu, Vielleicht solltest du lieber ein paar neue Wörter lernen und Band I noch einmal durchgehen. Du könntest eine andere Farbe nehmen. Wenn du dann mehr Übung brauchst, kannst du dir Band II vornehmen.

Er sagte, In Ordnung. Kann ich diesmal zehn Wörter haben?

Ich sagte, *Naturellement*. Du kannst so viele haben, wie du willst.

Das hier ist richtig toll. Ich hab gedacht, es wäre zu schwer für dich.

Er sagte, Natürlich ist das nicht zu schwer für mich.

& ich sah mir die markierte Seite noch einmal an, und ich sagte Und UNTERSTEH DICH, IRGENDWELCHE ANDEREN BÜCHER zu markieren, OHNE MICH VORHER ZU FRAGEN.

Mehr sagte ich nicht, & es war zu viel. Ein zwitschernder Alien bricht aus deiner Brust hervor, um dein Kind vor deinen Augen zu verschlingen. Er blickte nach unten auf das Blatt,

& ich machte mich wieder an meine Arbeit, und er machte sich wieder an seine Arbeit.

Ich hatte versucht, geduldig und nett zu sein, aber das war nicht sehr nett gewesen.

Eine Woche verging. Ich habe gehört, dass kleine Kinder sich angeblich nicht konzentrieren können. Was in Gottes Namen soll ein kleines Kind davon abhalten, sich auf etwas zu konzentrieren? L jedenfalls war ein Monomane. Er sprang schon morgens um 5:00 aus dem Bett, zog sich vier bis fünf Pullover über, ging nach unten, nahm seine acht Schwan-Stabilo-Textmarker und machte sich an die Arbeit. Etwa gegen 6:30 kam er nach oben gestürmt, um seine Fortschritte zu melden und mit einem fluoreszierenden Blatt vor meinem Gesicht rumzuwedeln, und ich, die ich die Sorte Eltern ablehne, die ein Kind mit Ganz toll, Ganz toll abwimmeln, murmelte, Ganz toll, und dann, entwaffnet von einem Gesicht wie ein frisch geputzter Penny, stellte ich Fragen. Zwei Stunden lang Elefantengepolter die Treppe rauf und runter & Zeit aufzustehen.

Wie gesagt, eine Woche verging. Eines Tages stahl ich mir einige Augenblicke, hörte auf zu tippen und las Ibn Battuta, & L kam dazu und guckte nur. Er sagte nichts. Ich wusste, was das bedeutete: Es bedeutete, dass ich trotz all meiner guten Vorsätze nicht sehr nett gewesen war. Also sagte ich: Möchtest du das gerne lernen? Und natürlich sagte er Ja, also absolvierte ich die ganze Prozedur von vorne, und ich gab ihm eine kleine Tierfabel aus dem *Kalila wa-Dimna* zu lesen. Und von da an schlug ich jeden Abend die nächsten zwanzig Wörter in jedem Buch nach und schrieb sie ihm auf, damit es um 5:00 am nächsten Morgen nicht so langweilig für ihn war.

Vier Tage vergingen. Ich versuchte, vorsichtig zu sein, aber man kann nicht immer vorsichtig sein, und eines Tages wollte ich irgendwas in Jesaja nachschlagen. Ich holte mein Tenach, und er kam dazu und guckte nur, und das war's.

❖

Ich lese gerade *Kana lernen – LEICHT gemacht!!!!* L liest *Jock vom Buschveld*.

	あ a	い i	う u	え e	お o
k	か ka	き ki	く ku	け ke	こ ko
g	が ga	ぎ gi	ぐ gu	げ ge	ご go
s	さ sa	し shi	す su	せ se	そ so
z	ざ za	じ ji	ず zu	ぜ ze	ぞ zo
t	た ta	ち chi	つ tsu	て te	と to
d	だ da	ぢ ji	づ zu	で de	ど do
n	な na	に ni	ぬ nu	ね ne	の no
h	は ha	ひ hi	ふ fu	へ he	ほ ho
b	ば ba	び bi	ぶ bu	べ be	ぼ bo
p	ぱ pa	ぴ pi	ぷ pu	ぺ pe	ぽ po
m	ま ma	み mi	む mu	め me	も mo
y	や ya		ゆ yu		よ yo
r	ら ra	り ri	る ru	れ re	ろ ro
	わ wa				を o
	ん -n				

Ich stelle mir vor, wie ich das einem kleinen Kind vermitteln soll.

で あ　　か ー た　　み つ と　　ふ ー と
De a　　ka ta　　mi tto　　fu tto

た ぷ す　　あ う ふ　　ぱ ぷ す
Ta pu su　　a u f　　Pa pu su

So klappt das nicht.

6

Wir machen nie was

Eine Woche verging, und es war ein klarer, windiger Tag. An den kahlen, schwarzen Ästen der Bäume zeigten sich blassgrüne Knospen. Ich fand, wir sollten ein wenig frische Luft schnappen, doch der Wind war zu schneidend.

Wir nahmen die Circle Line in Richtung gegen den Uhrzeigersinn. Ich versuchte noch immer verzweifelt, ein System zu ersinnen, mit dem ich Kana erklären konnte (ganz zu schweigen von den arg verkümmerten Überresten der 262 Kanji-Zeichen, die ich einst gekannt habe, ganz zu schweigen von den 1945 Kanji-Zeichen, die in Japan allgemein gebräuchlich sind, ganz zu schweigen von den aus *Anfänge in Kanji* und dem *Lesebuch für handschriftliches Japanisch* zusammengesuchten Grammatikfragmenten). L las gerade *Odyssee* 24. Das Problem war weniger ein Vokabelproblem als vielmehr die Tatsache, dass L von der Circle Line die Nase gestrichen voll hatte.

Nach zwei Stunden fing ich an, eine der Zeitungen durchzusehen. Es gab ein Interview mit dem Pianisten Kenzo Yamamoto, der gerade eine Tournee durch England machte.

Ob man Yamamoto eine einfache Aufgabe pro Tag gestellt hatte, weiß ich nicht, aber er war einst als Wunderkind berühmt gewesen. Jetzt war er älter, und seit zwei Jahren war er eigentlich nur noch berüchtigt.

Yamamoto hatte schon mit ungefähr 14 erste Preise gewonnen

und Konzerte gegeben; mit 19 war er in den Tschad gegangen. Danach hatte er erneut Konzerte gegeben und in der Wigmore Hall für eine Sensation gesorgt. Natürlich waren die Menschen in die Wigmore Hall gegangen, weil sie eine Sensation erwarteten, aber sie hatten nicht erwartet, dass er nach jeder der sechs Mazurkas seines Chopin-Vortrags ungefähr 20 Minuten lang Trommelmusik spielen würde. Dann folgte der Rest des angekündigten Programms (gleichfalls durch die unerwartete Wiederholung der sechs Mazurkas leicht verlängert), mit dem Ergebnis, dass das Konzert morgens um 2:30 endete & Leute ihre Bahnen verpassten & unzufrieden waren.

Nach der Episode in der Wigmore Hall wurde sein Agent mit der Bemerkung zitiert, auf einer rein persönlichen Ebene betrachte er Yamamoto wie einen Sohn, doch auf einer rein geschäftlichen Ebene gebe es vielerlei zu erwägen, selbstverständlich seien sie beide Profis, & er würde ihm keinen Gefallen tun, wenn er ihn weiter aus rein persönlicher Gefälligkeit vertrat.

Yamamoto gab inzwischen kaum noch Konzerte, & niemand wusste, ob das seine eigene Entscheidung war oder ob es ihm von umsichtigen Managern aufgezwungen wurde. Der Interviewer der *Sunday Times* wollte ihn zu diesem und anderen heißen Themen befragen, während Yamamoto ihm das Wesen der Percussion & andere musikalische Probleme erläutern wollte.

ST: Ich glaube, niemand kann sich so recht erklären, warum Sie in den Tschad gegangen sind –

Yamamoto: Nun, meine Lehrerin hat immer betont, das Klavier sollte niemals wie ein Schlaginstrument klingen – Sie wissen wahrscheinlich, dass Chopin versucht hat, die Wirkung einer Gesangsstimme auf dem Klavier zu erzeugen –, und ich habe jahrelang gedacht: Aber wenn es doch ein Schlaginstrument ist, warum soll es dann nicht auch wie eins klingen?

Er sagte, damals habe er die Vorstellung gehabt, dass das Trommeln Percussion in ihrer reinsten Form sei. Später habe er eingesehen, dass das in vielerlei Hinsicht eine Überreaktion war und dass jeder Klang, den das Instrument hervorbringen kann, offensichtlich ein Klang war, den es hervorbringen kann, und dass es daher stark simplifizierend sei, ein Klavier nicht in dem Maße wie eine Stimme oder ein Cello klingen zu lassen, wie es das konnte, doch damals sei er auf Trommeln & Percussion fixiert gewesen.

ST: Interessant.

Yamamoto sagte, das andere, das seine Lehrerin stets betont habe, sei das gewesen, was sie als das Rückgrat des Stückes bezeichnete. Es reichte nicht aus, eine schöne Oberfläche zur Vollendung zu bringen, die sich anhörte wie die menschliche Stimme oder ein Cello oder irgendwelche anderen Nicht-Schlaginstrumente, weil die Aufmerksamkeit letzten Endes nicht an der Oberfläche verharren, sondern sich auf die musikalische Struktur richten sollte.

Er sagte, als er klein war, habe er mitunter Tag und Nacht gearbeitet, um eine bestimmte Passage so hinzukriegen, wie sie es wollte, und am Ende dachte er dann, Ja, das klingt gut, & sie sagte bloß, Ja, das ist sehr hübsch, aber wo ist die Musik? Und über den einen oder anderen internationalen Star sagte sie, Oh, Soundso, das ist bloß ein Virtuose, mit äußerster Verachtung, denn wenn jemand kein Musiker war, dann war er ein Scharlatan.

ST: Interessant.

Er sagte: Wichtig dabei ist natürlich, dass ich verstehen konnte, was sie meinte, aber später dachte ich dann, Ja, aber warum haben wir vor allem so viel Angst, und wovor haben wir Angst? Wir haben Angst vor der Oberfläche, wir haben Angst davor, dass sie so klingt wie das, was sie ist, und was wird Schreckliches passieren, wenn wir aufhören, davor wegzulaufen?

Als ich 16 war, fiel mir ein Buch in die Hände, das *Drums over Africa* hieß.

Drums over Africa war von einem Australier namens Peter McPherson geschrieben worden, der Anfang der Zwanzigerjahre Afrika bereist hatte. Er nahm ein aufziehbares Grammophon und einige Mozart-Aufnahmen mit auf die Reise, und das Buch steckte voller amüsanter Episoden, wie er die Eingeborenen mit dem Gerät verblüffte oder wie er auf Draht sein musste, damit sie es ihm nicht klauten.

Die meiste Zeit bewunderten die Menschen nur den Apparat an sich, ohne irgendwas zur Musik zu sagen, aber in einem Dorf lernte er einen Kritiker kennen. Dieser Mann sagte, die Musik erscheine ihm dünn und uninteressant, und nachdem er das gesagt hatte, stimmten ihm einige andere Leute zu, aber sie konnten nicht erklären, wieso. Schließlich holten sie unterschiedliche Trommeln hervor und fingen an, darauf zu spielen – in der afrikanischen Musik ist es üblich, dass zwei miteinander konkurrierende Rhythmen gleichzeitig gespielt werden, aber hier legten die Musiker gleich mit sechs oder sieben los. McPherson schrieb, dass er einige Zeit gebraucht habe, um sich daran zu gewöhnen, aber da keiner auch nur das geringste Interesse daran zeigte, sich das Grammophon anzueignen, blieb er eine Weile. Zwei Monate lang sah er nichts anderes als die kleinen bis mittelgroßen Trommeln, die am ersten Tag hervorgeholt worden waren, doch eines Tages erlebte er eine außergewöhnliche Zeremonie.

Das Dorf lag, so beschrieb McPherson, zwanzig Tagesmärsche von St. Pierre entfernt, in einer Art Wüstengebiet, am Rande eines kleinen Wüstensees, mit einer schroffen Felsenklippe auf der anderen Seite, und obwohl die ersten Vorgebirge rund 20 Meilen entfernt waren, schien das dieselbe Art von Gestein zu sein. Schon öfter war ihm eine kleine Hütte aufgefallen, die etwas abseits von den anderen stand, aber jedes Mal, wenn er sich ihr genähert hatte, war er zurückgehalten worden, und er hatte nie einen Menschen hineingehen oder herauskommen sehen.

Eines Tages sah er am frühen Abend sieben Männer in die Hütte gehen. Als sie wieder herauskamen, trug jeder von ihnen eine Trommel, die größer war als ein Mensch, und sie brachten die Trommeln schweigend zum Seeufer, wo sie sie in einer Reihe aufstellten. Dann trat eine Gruppe Frauen aus einem anderen Haus. Sie trugen einen Jungen auf einer Pritsche; er schien fieberkrank zu sein, denn er wirkte geschwächt und zitterte, während sie ihn trugen. Sie sangen ein Lied, und zwar so, dass eine Frau eine Zeile vorsang und die anderen leise antworteten. Sie setzten die Pritsche am Ufer ab, hörten auf zu singen und traten zurück.

Die Sonne stand dicht über dem Horizont; jeden Augenblick würde es dunkel werden, was in den Tropen sehr schnell geht. Der Himmel war von einem tiefen Dunkelblau. Die Männer lehnten die Trommeln gegen Holzstützen; sie begannen die Trommeln ganz sacht mit Stöcken zu schlagen, und der Klang schien über dem See zu zerschmelzen. Dann hörten sie auf, und auf eine Geste des Anführers hin schlugen sie einen einzigen lauteren Schlag. Sie hielten inne. Noch ein Schlag. Noch ein Schlag. Noch ein Schlag. Als sie die Trommeln sechsmal so geschlagen hatten, verschwand die Sonne, und sie schlugen die Trommeln einmal, sehr laut, und hielten inne. Einige Sekunden verstrichen, bis endlich, von jenseits des dunklen Wassers, der Klang der Trommeln zurückkam. Wieder schlugen sie die Trommeln, und wieder kam der Klang zurück, und nachdem das sechsmal geschehen war, legten sie ihre Stöcke nieder und gingen weg, und die Frauen hoben die Pritsche hoch und gingen weg, und McPherson sah, dass der Junge tot war. Am Morgen waren die Trommeln verschwunden.

Yamamoto sagte: Das hatte was, die Vorstellung von Percussion in ihrer reinsten Form, die durch die Luft kommt & gleichzeitig über Wasser hinweg, und endlich auf Stein trifft & wieder zurückkommt, verstehen Sie, durch dieses ganz dünne Medium kommt & zugleich über ein dichteres hinweg & gegen ein sehr festes – & ich dachte, das muss ich einfach hören. Ich weiß nicht wie, aber ich muss einfach.

In den Jahren danach erzählte Yamamoto immer, wenn er jemandem aus Afrika begegnete, diese Episode aus *Drums over Africa*, aber niemand schien etwas über Percussion in ihrer reinsten Form und den Fels und Wasser und die Luft zu wissen.

Als er 19 war, wurde für ihn ein sechsmonatiger Studienaufenthalt in Paris arrangiert. Einer der anderen Studenten kam aus dem Tschad, und Yamamoto erkundigte sich erneut nach Percussion in ihrer reinsten Form, und der Student war ziemlich aufgebracht, weil die Menschen, wenn sie an afrikanische Musik dachten, immer nur an Trommeln dachten.

Trommeln, Trommeln, Trommeln, sagte dieser Freund, wenn

überhaupt, sei das wichtigste Element in der afrikanischen Musik (sofern es Sinn machte, von afrikanischer Musik im Allgemeinen zu sprechen, was nicht der Fall war) die menschliche Stimme.

Erzähl mir nichts von der Stimme, sagte ich, ich interessiere mich nicht für die Stimme, sondern für Percussion in ihrer reinsten Form, & ich erzählte ihm von den Trommeln & dem See, & ich sagte, dass er zwanzig Tagesmärsche von einem Ort entfernt sei, der früher St. Pierre hieß

& er sagte, er kenne einen Ort, der so geheißen habe, aber der könne es nicht sein, weil die Menschen in diesem Gebiet eine völlig andere Art von Musik hätten, sie hätten diese Berufsmusiker, diese *griots*, die Balladen singen, und so was wie das, was ich geschildert hatte, könne sich dort nicht abspielen

& ich sagte, Aber ist da eine Wüste und ist da ein See

& er sagte, Ja, aber es kann unmöglich da sein

& dann sagte er, Vergiss Afrika, du weißt nicht, was du willst, ich such gerade ein paar Leute zusammen, um Boulez' *Eclat/Multiples* zu spielen, bleib hier, & übernimm das Klavier

ST: Also sind Sie in den Tschad gegangen.

Yamamoto: Richtig.

Yamamoto sagte, als er den Ort endlich fand, hatte er beinahe etwas Magisches an sich – der See war da, und der Berg, und die etwas abseits stehende Hütte, und die Leute, die ein Musikstück mit sechs oder sieben Rhythmen gleichzeitig spielten. Die Dinge, die sie spielten, während er da war, schienen über dem See zu zerschmelzen, doch die anderen Trommeln bekam er nie zu hören.

Yamamoto: Es war mir gelungen, zwei Monate freizumachen, was praktisch noch nie da gewesen war, und ich kam in den Tschad, und es war unglaublich anstrengend, in das Dorf zu gelangen. Gibt's nicht irgendeinen Film über so einen Kerl, der Caruso an den Amazonas holen will?

ST: Ja?

Yamamoto: Mit Klaus Kinski?

ST: Ja?

Yamamoto: Also, so ungefähr war das, und dann als Krönung

des Ganzen war ich nur zwei Wochen, höchstens, in dem Dorf mit den Trommeln, und dann Peng! ist es futsch.

ST: Das ist der Teil, den manche nur schwer glauben können.

Yamamoto: Ich weiß, ich weiß, wie konnte ich nur auf die Idee kommen, zwei Monate nicht zu üben? Manchmal kann ich es selbst kaum glauben.

Yamamoto war in dem Dorf, und eines Tages war er mit dem Fahrrad zu den Bergen gefahren, um sich Felsmalereien anzusehen, und hatte einen Jungen aus dem Dorf als Führer mitgenommen. Ihm war aufgefallen, dass viele Soldaten in der Gegend waren, aber er hatte gar keine Zeit, sich für Politik zu interessieren. Als sie zurück zum Dorf kamen, waren alle dort tot. Der Junge sagte, man würde ihn töten, wenn er entdeckt würde, und Yamamoto müsse ihm helfen zu fliehen. Zuerst sagte Yamamoto, er könne nichts tun, aber der Junge sagte, Sie müssen mir helfen.

Sie waren allein in einem Dorf voller Leichen. Yamamoto fragte, Musst du nicht die Trommel für sie schlagen? Oder macht man das nur für Sterbende?

Der Junge sagte, Ich bin zu jung, und dann sagte er, Nein, Sie haben Recht.

Er ging in die Hütte. Yamamoto folgte ihm. Drinnen befanden sich sieben Trommeln, aber fünf waren von Termiten zerfressen und eine weitere sehr übel zugerichtet, nur eine stand noch aufrecht. Der Junge trug sie aus der Hütte und stellte sie am Ufer des Sees auf. Sie schien aus dem Stamm eines Laubbaumes gemacht, obwohl Yamamoto in der Gegend nie irgendwas anderes gesehen hatte als niedrige, krumm gewachsene Büsche.

Der Junge lehnte die Trommel gegen eine Stütze, und am späten Nachmittag fing er an, die Trommel ganz sacht mit einem Stock zu schlagen. Als die Sonne knapp über dem Horizont stand, schlug er sie achtmal kräftiger, und dann, als die Sonne versank, schlug er den Stock mit aller Kraft auf das Trommelfell. Dann ließ er den Stock sinken und wartete einige Sekunden, aber kein Klang kam über das Wasser zurück. Wieder schlug er die Trommel, und wieder verhallte der Klang über dem Wasser und kehrte nicht wieder. Dann schlug er sie ein drittes Mal, diesmal so fest, dass die Trommel bebte und zitterte, aber kein Klang kam zurück, und er ließ den Stock in den Sand fallen.

Nein, sagte er, er wird nicht zurückkommen, weil es nichts mehr gibt, wohin er zurückkommen kann –

Und dann sagte er, dass sie die Trommel aufschneiden müssten, und er würde sich darin verstecken, und Yamamoto müsste die Trommel mitnehmen, wenn er das Dorf verließ.

Yamamoto sagte, das sei ein dummer Plan, der Junge wäre sicherer, wenn er bloß –

Aber ihm fiel keine andere Möglichkeit ein, bei der der Junge sicherer gewesen wäre.

Der Junge war 16, genauso alt wie Yamamoto gewesen war, als er zum ersten Mal in der Carnegie Hall spielte. Er sagte, Also gut, wir werden sehen, was wir tun können.

Der Junge nahm das Oberteil ab und stieg hinein, und Yamamoto befestigte den Deckel wieder. Dann fuhr er mit dem Fahrrad zu einem anderen Dorf, und er sagte, er brauche eine Transportmöglichkeit zurück nach N'Djamena. Es gelang ihm schließlich, einen kleinen Lastwagen aufzutreiben, der die Trommel mitnehmen konnte, und sie fuhren zurück zu dem Dorf. Die Trommel stand am Ufer. Der Junge war drin. Der Besitzer des Lastwagens hob die Trommel auf den Wagen, und sie fuhren davon.

Fünfzig Meilen weiter wurde der Lastwagen von Soldaten angehalten. Sie zwangen den Fahrer, die Trommel vom Wagen zu holen, und sie fragten, was ist da drin. Nichts, sagte Yamamoto, das ist bloß eine Trommel, die ich mit nach Japan nehme. Na schön, dann spiel was drauf, sagte einer der Soldaten, und Yamamoto schlug sie leicht mit einem Stock.

Ein Soldat nahm den Deckel ab, aber sie hatten direkt darunter einen zweiten Deckel eingepasst, sodass es aussah, als wäre die Trommel innen massiv.

Yamamoto sagte: Sehen Sie, da ist nichts drin.

Ein Soldat hob seine Maschinenpistole, zielte auf die Trommel und feuerte eine Salve ab. Ein Schrei ertönte, und dann ein Wimmern, und dann feuerten alle Soldaten auf die Trommel, und Splitter flogen, und Blut sickerte auf die Erde, und als sie keine Lust mehr hatten zu schießen, hörten sie auf, und es herrschte Stille.

Der Soldat sagte: Du hast Recht, da ist nichts drin.

Yamamoto dachte, er wäre als Nächster an der Reihe. Ein Soldat packte seine Waffe am Lauf und schlug ihn einmal mit dem Kolben gegen den Kopf. Er fiel zu Boden. Später sagte er, dass er zu Anfang keine Angst hatte, weil er glaubte, er würde sterben. Dann merkte er, dass seine Hände gleich neben den Stiefeln des Soldaten auf der Erde lagen. Er dachte, sie würden seine Hände brechen, und vor lauter Panik konnte er sich nicht bewegen. Dann traten ihn drei von ihnen in die Rippen, und er wurde ohnmächtig.

Als er wieder zu sich kam, waren die Soldaten und der Lastwagen verschwunden. Zurückgeblieben war nur die von Kugeln durchsiebte Trommel, um die herum die Erde blutgetränkt war. Seine Papiere und Geld waren verschwunden. Seine Hände waren unversehrt.

Er sah nach, ob der Junge tot war, und er war tot. Er hatte nichts, womit er ihn hätte beerdigen können, also ging er los. Er ging zwei Tage lang ohne Nahrung und Wasser. Zweimal fuhren Lastwagen an ihm vorbei und hielten nicht an. Schließlich hielt einer an, und sehr viel später traf er wieder in Paris ein.

Alle wollten ihr Mitgefühl bekunden, doch er stieß sie vor den Kopf, indem er sagte, Nun ja, meine Reise hat offensichtlich nicht das gewünschte Ergebnis gebracht, aber ein Gutes hat die Sache, nämlich, dass ich rechtzeitig wieder da bin, um an einer Produktion von Boulez' *Eclat/Multiples* mitzumachen.

Oder die Leute sagten, dass es schwer sein müsse, das zu verarbeiten, und Yamamoto sagte, Nun ja, als ich zurückkam, sagte Claude, es sei dumm gewesen, die Reise zu machen, er sagte, wieso bist du so auf Trommeln fixiert, Trommeln sind nebensächlich, hör dir Messiaens *Mode de valeurs et d'intensités* an –

– also hörte ich mir als Erstes nach meiner Rückkehr den Messiaen an, bei dem es um, nun ja, im Grunde geht es um den ersterbenden Klang. Das bringt ein Klavier hervor, einen ersterbenden Klang. Wissen Sie, der Hammer schlägt die Saite an und prallt wieder ab, und es bleibt nur die Saite, die vibriert, bis sie aufhört, und man kann das einfach geschehen lassen, oder man kann es durch das Pedal verlängern, und an dem Punkt wird es interessant, es ist nämlich so, dass andere Saiten bei bestimmten Frequenzen mitschwingen, & man kann das einfach geschehen lassen, oder man kann an der einen oder anderen Stelle mit dem Pedal eingreifen, während der Ton erstirbt –

Oder die Leute fragten, Meinen Sie, dass Sie je wieder nach Afrika fahren werden

und ich sagte dann, Nun ja, ich würde gerne irgendwann wieder hinfahren, weil meine Reise unter musikalischen Gesichtspunkten nicht so viel gebracht hat, wie ich gehofft hatte.

ST: Was hat das alles mit dem zu tun, was auch als das Wigmore-Hall-Debakel bezeichnet wird?

Yamamoto: Nun ja, mein Agent hatte dieses Konzert schon lange vorher festgemacht. Damals dachte ich, dass es bei Musik nicht um Klang geht, sondern um die Wahrnehmung von Klang, was bedeutet, dass man, um wahrzunehmen, was sie ist, in gewisser Weise auch ein Gespür dafür braucht, was sie sein könnte, aber nicht ist, und das schließt andere Arten von Klängen ebenso ein wie Stille.

ST: Die Wigmore Hall?

Yamamoto: Um es anders auszudrücken, nehmen wir einfach mal eine kleine Phrase auf dem Klavier, die klingt auf eine bestimmte Weise, wenn man gerade eine große Trommel gehört hat, und auf eine andere Weise, wenn man eine Kalebasse gehört hat, und wieder auf eine andere Weise, wenn man die Phrase auf einem anderen Instrument gehört hat, und noch mal auf eine andere Weise, wenn man gerade gar nichts gehört hat – es gibt zahllose Möglichkeiten, wie man denselben Klang hören kann. Und wenn man übt, hört man eine Phrase unterschiedlich, je nachdem, wie man sie gerade gespielt hat, man kann sie auf zwanzig oder dreißig verschiedene Weisen spielen, und was sie zu einem bestimmten Zeitpunkt ist, hängt von den vielen Dingen ab, die sie sein könnte –

ST: Das hört sich ein bisschen nach Goulds Entscheidung an, kein Konzert mehr zu geben, weil er im Aufnahmestudio bessere Musik machen könne.

Yamamoto: Nein, überhaupt nicht, Gould hat dasselbe Stück neun- oder zehnmal gespielt, und wahrscheinlich war es jedes Mal perfekt und anders, und dann hat er unter Einsatz der Technik eine einzige Version produziert, die eine oder mehrere der vorherigen verband, anders ausgedrückt, dahinter steckt der Gedanke, dass Vielfalt und die Möglichkeit des Scheiterns und die Wahrnehmung des Entscheidungsprozesses allein beim Musiker liegen und dass man dem Publikum nur eine einzige Sache liefert. Was mich betrifft, so spielt es keine Rolle, ob man den Leuten diese eine Sache in einem Konzertsaal oder als Aufnahme liefert, bei der sie an den Knöpfen ihrer Stereoanlagen rumspielen können.

ST: Die Wigmore Hall?

Yamamoto fing an, über die Idee eines Fragments zu sprechen, er sagte, wenn man zum Beispiel an einem Stück arbeite, nehme man sich einen Teil in einer bestimmten Richtung vor, sagen wir mal, man spiele ihn runter und runter, bis er kaum noch vorhanden sei, & dann könne es vorkommen, dass so ein kaum noch vorhandener Teil bezaubernd schön sei, aber wenn man ihn dann mit dem nächsten Teil verknüpfen wolle, merke man, dass man von da zum nächsten Teil nur mittels irgendetwas Schroffem und Dummem gelangte, irgendeines blöden, heftigen Crescendos, das nicht passte, oder sogar eines jähen Übergangs, der nicht passte, oder es konnte sein, dass man zwar von dem einen zum anderen kam, dass man sich aber den nächsten Teil trotzdem hart und strahlend wünschte und man sich vorher etwas nicht ganz so Nacktes gewünscht hatte. Nun ja, jedermann wusste, dass es unvollendete Stücke gab, Schuberts unvollendete Sinfonie das Mozart-Requiem Mahlers Zehnte Moses und Aron, & was sie unvollendet machte, sei die schlichte Tatsache, dass der Komponist ihnen kein Ende gegeben hatte, aber wenn man an einem Teil arbeitete & eine bezaubernd schöne Version erhielt, die nicht verwendet werden konnte, dann hatte man im Grunde ein Fragment, ein Ding, das nicht zum vollendeten Werk gehörte. Wenn man das erst einmal erkannt hatte, erkannte man auch, dass man potenziell Dutzende von Fragmenten haben konnte, die nicht Teil des vollendeten Werkes waren, und damit erkannte man, dass die Wahrnehmung dieser Fragmente als Fragmente eine wahre Vorstellung dessen ermöglichte, was Ganzheit in einem Werk sein konnte – und sobald man das erkannte, wollte man natürlich, dass ein Publikum das auch erkannte, denn sonst –

ST: Aber es gibt doch schon jetzt Klagen darüber, dass die Menschen sich Musik viel zu fragmentiert anhören. Schon jetzt gibt es die Tendenz, einzelne Sätze zu spielen. Führt das dahin, nicht mehr bloß einzelne Sätze, sondern sogar nur einzelne Teile aus einem Stück zu spielen? Wo bleibt der Komponist dabei?

Yamamoto sagte, seiner Meinung nach müsse man in der Lage sein, hören zu können, wenn etwas *nicht* als Teil von etwas Größerem funktionierte, damit man hören konnte, *wenn* es das tat, und gerade weil die Menschen das nicht hören konnten, waren sie bereit, einzelne Sätze aus einem Stück herausnehmen zu lassen.

Er sagte: Um noch mal auf Gould zurückzukommen, ich denke, er hatte – vielleicht ist Horror das falsche Wort, aber so etwas wie Verachtung für das, was Sie die Oberfläche eines Stückes nennen würden, für den Aspekt eines Musikstückes, der irgendwie mit dem Instrument verbunden ist, den Ort, wo man publikumswirksame Virtuosität erleben kann. Das Komische ist, dass ich irgendwie das Gefühl habe, stärker als jeder andere mit ihm übereinzustimmen, obwohl ich in gewisser Weise ganz und gar nicht mit ihm übereinstimme, weil ich der Auffassung bin, dass das, was man physisch machen kann, nicht das wirklich Interessante ist. Ich meine, angenommen, man spielt ein paar Doppeloktaven, und vielleicht sitzt im Publikum jemand, der das auch könnte, oder vielleicht sitzt an diesem Tag keiner im Publikum, der das auch könnte, das ist total uninteressant, aber wenn man an einem Stück gearbeitet und darüber nachgedacht hat, dann spielt man es natürlich nicht einfach nur (so hofft man) intelligenter, man hört es intelligenter, und wenn du der einzige Mensch im Saal bist, der das wirklich hören kann, dann ist das furchtbar. Aber ich denke, das kann man umgehen, indem man den Menschen so viel wie möglich von der Oberfläche zeigt

ST: Um noch mal auf die Wigmore Hall zurückzukommen

Yamamoto sagte: Sicher, nun, ich sagte zu meinem Agenten, dass ich wirklich gerne ein und dasselbe Stück zwanzigmal spielen würde, um den Leuten eine Idee davon zu vermitteln, und er sagte, dass die Wigmore Hall dann selbst mit meinem Namen keine Eintrittskarten verkaufen könnte.

Sein Agent hatte ihn an verschiedene Klauseln seines Vertrages erinnert und ihn an seine Pflichten als Profimusiker erinnert.

Yamamoto sagte: Mein Agent hat immer den Standpunkt vertreten, man könne sich darauf verlassen, dass ein Japaner sich wie ein echter Profi verhält. Er sagte immer wieder, das Engagement sei fest, und die Eintrittskarten verkauften sich so gut, dass es einem echten Profi offensichtlich schmeicheln müsste. Ich dachte: Was bedeutet das, ein echter Profi zu sein? Was ist daran so japanisch?

Nun, wie Sie vermutlich wissen, sind Geschenke in Japan sehr wichtig, und dazu gehört auch, dass das Geschenk richtig eingepackt sein muss. Menschen kommen nach Japan und schätzen das falsch ein. Sie denken, das Einzige, worüber die Japaner sich wirklich Gedanken machen, ist die richtige Verpackung, und dass es keine Rolle spielt, wenn das, was drin ist, Scheiße ist. Ich dachte: Das erwartet man von mir, sie haben schon das Geschenkpapier gekauft, und jetzt soll ich ihnen die Scheiße liefern, die ins Papier passt, ich soll ein echter Profi sein und mich deshalb gut fühlen, weil ich ihnen was geliefert hab, was ins Papier passte. Ich dachte: Es hat keinen Sinn, darüber zu reden.

Nun, der große Abend kam, und die Leute hatten ihre Eintrittskarten gekauft, um sich, wenn ich mich recht erinnere, sechs Chopin-Mazurkas, die Barkarole, drei Nocturnes und eine Sonate anzuhören. Ich dachte: Nun, solange ich die Mazurkas Barkarole Nocturnes und Sonate spiele, ist es egal, was ich sonst noch spiele. Ich will damit nicht sagen, dass ich das gesamte Paket so ausgesucht hätte, aber ich wollte den Klang des Klaviers vor dem Kontrast von Percussion in ihrer reinsten Form, und der Chopin-Part war bereits vereinbart. Also habe ich, ich glaube, es waren sechs Stunden Trommeln und noch sechs Mazurkas eine Barkarole drei Nocturnes eine Sonate und sechs Mazurkas geliefert.

ST: Mit der Folge, dass viele Leute den 23:52 ab Paddington verpassten und nicht sehr zufrieden waren.

Yamamoto: Mit der Folge, dass die Leute den 23:52 ab Paddington verpassten.

ST: Und inzwischen haben Sie seit gut zwei Jahren kein Konzert mehr gegeben?

Yamamoto: Das ist richtig.

ST: Aber Sie haben der Royal Festival Hall versprochen, dass diesmal keiner seinen Zug verpassen wird.

Yamamoto: Keiner wird um zwei Uhr morgens zu Fuß durch die Londoner Straßen gehen.

ST: War das schwer für Sie?

Yamamoto: Ich hab ein ganz gutes Gefühl dabei.

Zum Schluss stand da, dass Yamamoto am Abend in der Royal Festival Hall auftreten würde.

L quengelte zwar nicht, sah aber kreuzunglücklich aus. Ich musste immer weiter an die bezaubernd schönen Fragmente denken, die nicht Teil eines vollendeten Ganzen sein konnten. Ich musste an die Mazurkas vor dem Hintergrund von Percussion in ihrer reinsten Form denken. Und dann dachte ich, dass ich den Bedürfnissen meines Kindes Aufmerksamkeit schenken sollte, das zutiefst kreuzunglücklich aussah.

Ich sagte: Hättest du Lust zum South Bank Centre zu fahren?

L blickte überrascht.

Ich sagte: Wir könnten uns einen Tisch zum Arbeiten suchen und hinterher in ein Konzert gehen.

Er: Ich will in kein Konzert.

Ich: Du kannst einen Tisch ganz für dich allein haben.

Er: Krieg ich ein Eis?

Ich: Ja.

Er: Krieg ich ein Häagen-Dazs?

Ich: Ja, wenn die das haben.

Er: Abgemacht.

Ich: Okay. Versuch, dich wie ein vernunftbegabtes menschliches Wesen zu benehmen.

Wir fuhren zur Royal Festival Hall, und ich suchte uns einen Tisch aus, der möglichst weit von den Ständen entfernt war, wo Essen verkauft wurde. Ludo verteilte *Ruf der Wildnis, Wolfsblut, Fergus, Pete, Tar-Kutu, Marduk, KRAKE!, HAI!, WOLF!, KILLERWAL!* und *Wahre Abenteuer auf Leben und Tod* auf einem Extratisch. Ab und zu rannte er los, um die Treppen rauf- und runterzurennen, kam dann wieder, rannte wieder weg, kam dann wieder, um an *Odyssee* 24 zu arbeiten. Ach je.

Am Embankment hatte ich Ludo schon eine Minitaschenlampe gekauft. Jetzt kaufte ich zwei Eintrittskarten für das Konzert zum niedrigsten Preis. Um 20:00 gab ich den Buggy, minus *Ruf der Wildnis*, an der Garderobe ab, trotz des frostigen Widerstandes eines wenig hilfsbereiten Aufsehers, und ich erklärte Ludo, wenn es ihm zu langweilig würde, könne er *Ruf der Wildnis* lesen. Ich ging mit ihm zur Toilette, und er sagte, er müsse nicht. Ich wies darauf hin, dass er jetzt wusste, wo die Toiletten sind, & ich sagte, wenn er mitten während des Konzertes müsste, könnte er gehen, weil wir Plätze direkt am Gang hatten.

Ich kaufte ein Programm, weil ich dachte, es könnte noch mehr interessante Bemerkungen von Yamamoto enthalten. Das Programm für den Abend war: Beethoven – 15 Variationen in Es-Dur und Fuge über ein Thema aus *Prometheus*, op. 35 *(Eroica-Variationen)*; Brahms – Variationen über ein Thema von Robert Schumann, op. 9; Webern – Klaviervariationen, op. 27. Pause. Brahms-

Balladen, op. 10: Nr. 1 in d-Moll, nach der alten schottischen Ballade »Edward«; Nr. 2 in D-Dur; Nr. 3 in b-Moll; Nr. 4 in B-Dur.

Es herrschte eine gewisse Anspannung (zumindest meinte ich das), als die Konzertbesucher durch die Türen traten, weil die Leute schon halb damit rechneten, eine Ansammlung von Trommeln zu sehen. Stattdessen stand da nur ein Flügel. Yamamoto kam auf die Bühne, und Applaus brandete auf. Er setzte sich und begann, die *Eroica-Variationen* zu spielen.

Die *Eroica-Variationen* waren zu Ende, und Applaus brandete auf. Yamamoto ging von der Bühne und kam zurück und setzte sich. Er begann, die Variationen über ein Thema von Robert Schumann zu spielen.

Die Variationen über ein Thema von Robert Schumann waren zu Ende, und Applaus brandete auf. Yamamoto ging von der Bühne und kam zurück und setzte sich. Er begann, Weberns Klaviervariationen op. 27 zu spielen.

Die Klaviervariationen waren in genau sechs Minuten zu Ende, und Applaus brandete auf. Yamamoto ging von der Bühne, und es war Zeit für die Pause.

Ich kaufte Ludo ein Eis, und ich las die schottische Ballade »Edward«, die im Programm abgedruckt war.

Die Pause war zu Ende. Es war kurz vor 21:00.

Wir gingen zurück in den Saal, und es entstand eine gewisse Unruhe, weil acht von zehn Leuten im Publikum kurz nacheinander anfingen, leise zu lachen. Es befanden sich viele Dinge auf der Bühne, die vorher nicht da gewesen waren. Da waren viele Trommeln und ein Satz Handglocken und zwei Gläser Wasser auf einem Ständer – man konnte nicht alles auf einmal erfassen. Yamamoto kam wieder auf die Bühne, Applaus brandete auf, und er setzte sich und begann zu spielen.

Zuerst dachte ich, er hätte angefangen, op. 10 Nr. 1 nach der alten schottischen Ballade »Edward« zu spielen, ein Stück, das ich noch nie gehört hatte. Nach einer Weile wurde mir klar, dass er das nicht tat. Er spielte ein paar Takte – vielleicht sechs oder sieben Akkorde – immer und immer wieder. Ich hatte keine Ahnung, ob die in op. 10 Nr. 1 vorkamen oder nicht. Manchmal sieht man ein Gemälde, wo der Maler Farbe auf die Leinwand aufgetragen und dann fast alles wieder abgeschabt hat; zuerst schien er den Klang abzuschaben, bis fast nichts mehr da war, aber selbst der leiseste Klang auf dem Klavier erstirbt, & 9- oder 10-mal schien er in unterschiedlichen Phasen dieses Ersterbens ein Pedal einzusetzen, sodass man die anderen Akkorde über unterschiedliche Formen des ersten hinweg hörte, oder er verwendete das Forte-Pedal oder gar kein Pedal. Schwer zu sagen, was da vor sich ging – ich dachte, dass diese Phrase vielleicht aus op. 10 Nr. 1 stammte und dass man merken sollte, dass das Variationen waren, aber obwohl es in gewisser Weise Variationen waren, waren sie kein Stück. Das dauerte rund 20 Minuten oder eine halbe Stunde. Wieder war kurz Stille, und dann fing er an, dasselbe mit einer anderen Phrase zu machen. Das dauerte rund 20 Minuten oder eine halbe Stunde. Dann war kurz Stille, und dann fing er an, ein Stück zu spielen, bei dem es sich anscheinend um op. 10 Nr. 1 nach der alten schottischen Ballade »Edward« handelte und das die beiden Phrasen enthielt, die er die ganze letzte Stunde über gespielt hatte. Das dauerte sieben Minuten. Er hörte auf, und Applaus brandete auf.

Yamamoto stand auf & ging über die Bühne zu einer Trommel und schlug die Trommel, und im Nachhall des leisen Dröhnens kehrte er zum Klavier zurück und begann, op. 10 Nr. 1 in d-Moll zu spielen. Das dauerte fünf Minuten. Er hörte auf, Applaus brandete auf, und viele Leute gingen.

Es war etwa 22:15. Ludo sagte, Hat er das nicht schon mal gespielt, und ich sagte, Ja, und er sagte, Wieso hat er es noch mal gespielt, und ich sagte, Das erklär ich dir später, und jemand lachte und sagte, dabei würde er gern Mäuschen spielen. Ludo vertiefte sich wieder in *Ruf der Wildnis*.

Die nächsten siebeneinhalb Stunden spielte Yamamoto op. 10 Nr. 1 in d-Moll, & manchmal schien er es fünfmal hintereinander genau gleich zu spielen, aber zum Klang einer Glocke oder eines

Elektrobohrers oder einmal sogar eines Dudelsacks, und manchmal spielte er es auf eine Weise zu dem einen Geräusch und auf andere Weise zu dem anderen. Einige dieser Geräusche wurden in dem Moment gemacht, und andere kamen vom Band. Nach sechseinhalb Stunden hörte er auf, sein Spiel zu unterbrechen, um die anderen Klänge zu machen: Ein Band begann zu laufen, & er spielte weiter. Auf dem Band waren Verkehrslärm und Schritte & Menschen, die sich unterhielten, und er spielte op. 10 Nr. 1 neunmal, während es lief, und natürlich merkte man, dass man nicht wirklich hören konnte, wie er spielte, oder auch nur, wie er die beiden Phrasen behandelte. Um 5:45 war das Band zu Ende, und das Stück war zu Ende, und etwa 20 Sekunden lang herrschte Stille, und dann spielte er das Stück, sodass man es nach und über der Stille hörte. Das dauerte sechs Minuten, und dann hörte er auf, einen Moment herrschte Stille, und er legte die Hände auf die Tasten.

Man erwartete, op. 10 Nr. 1 in d-Moll zum 60. Mal zu hören, doch stattdessen hörten wir verblüfft in rascher Abfolge op. 10 Nr. 2 in D-Dur, op. 10 Nr. 3 in b-Moll und op. 10 Nr. 4 in B-Dur, und man hörte sie jeweils nur einmal. Nach der Illusion, dass man etwas auf 500 Arten haben könnte, ohne eine aufzugeben, war es, als sagte er, Nein, man hat nur eine Chance auf das Leben, wenn es vorbei ist, ist es endgültig vorbei, man muss den Augenblick auskosten, bevor er vergeht. Tränen strömten mir übers Gesicht, als ich diese drei Stücke hörte, jedes mit nur dieser einen Chance, gehört zu werden, wenn es einen Fehler gab, dann wurde das Stück nur einmal mit einem Fehler gespielt, wenn es eine andere Art gab, das Stück zu spielen, dann hörtest du das, was du hörtest, und es war Zeit, nach Hause zu gehen.

Die drei Stücke waren nach etwa 20 Minuten zu Ende. Er nahm die Hände von den Tasten, und der Saal war absolut still.

Schließlich stand er auf und verbeugte sich, und Applaus brandete auf von den 25 Menschen, die noch im Saal waren. Er ging zur Mitte der Bühne und nahm ein Mikrophon in die Hand und er sagte:

Ich denke, die Bahnen fahren mittlerweile wieder. Ich hoffe, Sie kommen alle gut nach Hause. Danke, dass Sie geblieben sind.

Er legte das Mikrophon hin & und ging zu dem Ständer mit den zwei Gläsern Wasser & trank einen Schluck aus einem und stellte es zurück und ging von der Bühne.

Ich dachte: Wie kann er je wieder öffentlich spielen?

Ich fing an, über die beste Möglichkeit nachzudenken, wie ich nach Hause kam. Sollte ich den Fluss überqueren & die District Line nehmen, oder vielleicht wäre es doch einfacher, bis zur Tottenham Court Road zu gehen & den Bus Nummer 8 zu nehmen, & dann fiel mir ein, dass ich umgezogen war, seit ich das letzte Mal ein Konzert besucht hatte, & dass ich jetzt einen Sohn hatte. Der Grund, warum mir das entfallen war, war der, dass der Platz neben mir leer war.

Ich bewegte mich ruhig auf den nächsten Ausgang zu, wo zwei Türsteher sich mit leisen zornigen Stimmen unterhielten. Ich fragte, ob sie einen kleinen Jungen gesehen hätten. Sie sagten, das hätten sie nicht. Ich fragte höflich, ob er ausgerufen werden könne, und der eine sagte, nicht um diese frühe Uhrzeit. Ich wollte gerade hysterisch darauf bestehen, dass er ausgerufen wird, als mein Blick auf mein Programmheft fiel, auf dem folgende beruhigende Nachricht stand:

Liebe Sibylla, ich bin müde, deshalb gehe ich jetzt nach Hause.

Ich dachte: Versuche, logisch darüber nachzudenken. Es hat keinen Sinn, sich Sorgen zu machen oder sich aufzuregen, wenn er durchaus sicher zu Hause sein könnte. Zuerst hole ich jetzt den Buggy & fahre nach Hause, und wenn er dann nicht da ist, kann ich mir überlegen, ob ich mir Sorgen machen soll.

Ich holte den Buggy von der Garderobe ab & nahm ein Taxi nach Hause, um möglichst schnell zu wissen, ob ich mir Sorgen machen sollte. Das Haus war noch verschlossen, & er hatte keinen Schlüssel. Ich öffnete die Tür und ging hinein. Ich dachte: Nun, wenn er irgendwie reingekommen ist, wird er natürlich oben im

Bett sein, also ging ich nach oben. Er lag schlafend im Bett und hatte noch seine Sachen an. Sein Fenster war offen. Er hatte sich die Haut an einer Wange abgeschürft.

Ich ging wieder nach unten, und ich dachte: Versuche, logisch darüber nachzudenken. Es hat mir Angst eingejagt, aber sollte ich ihm sagen, er solle so was nie wieder tun, bloß weil ich Angst um ihn hatte? Welche Risiken bestanden denn wirklich?

Verkehr: um diese Uhrzeit nicht der Rede wert. Raubüberfall: möglich, aber sicherlich weniger wahrscheinlich bei einem kleinen Kind als (beispielsweise) bei einem Mann, der vermutlich Bargeld bei sich hat oder eine teure Uhr trägt. Vergewaltigung: möglich, aber sicherlich weniger wahrscheinlich bei einem kleinen Kind als (beispielsweise) bei mir, & ich wäre nicht davon ausgegangen, dass ich ein großes Risiko eingehe, wenn ich zu Fuß nach Hause gegangen wäre. Entführung: möglich, aber eher unwahrscheinlich. Satanisten: möglich, aber eher unwahrscheinlich. Menschen, die es genießen, Wehrlosen Schmerzen zuzufügen: möglich, aber eher unwahrscheinlich.

Dann dachte ich: Überhaupt, das ist albern. Wann gehe ich schon mal in ein Konzert? Warum soll ich ihm also mit Sachen Angst machen, die hätten passieren können? Ich sage einfach, wenn das noch mal vorkommt, soll er mich um Geld für ein Taxi bitten, weil es ein langer Weg bis nach Hause ist. Und bei dem Gedanken an Taxis fiel mir ein, dass ich rund £ 35 ausgegeben hatte, was ich mir nicht leisten konnte. Ich schaltete den Computer ein und schlug Seite 27 von *Der Pudelzüchter*, 1972 (Bd. 48, Nr. 3), auf: »Das Scheren des Landpudels – Einfache Wege zum Erfolg«.

❖

Ludo ist um 11:00 aufgestanden. Ich hab bis 14:00 weitergetippt. Das machte ungefähr sieben Stunden, was ein guter Schnitt für den Tag war und das Konzert, das Taxi und das Eis wieder reinholte. Ich dachte: 1. Wenn ich das jeden Tag machen könnte, hätte ich noch Stunden übrig, und 2. Wenn ich ein Stück in sieben Stunden 60-mal spielen könnte, würde ich wahrscheinlich lernen, das Stück zu spielen. Ich sehnte mich danach, Brahms' Ballade op. 10 Nr. 2 wieder zu hören, die ich in dem Konzert am Vorabend nur einmal gehört hatte.

Ich nahm Ludo mit zum Barbican, & ich lieh *Brahms Klavierwerke Bd. 1* aus und nahm es mit nach Hause. Da ich an diesem Tag schon so viel getippt hatte & da ich nicht geschlafen hatte, dachte ich mir, ich könnte versuchen, das Stück zu spielen, und ich fing an, bloß eine kleine Phrase immer wieder zu spielen. Ich versuchte, sie mal so & mal so zu variieren, aber sie klang immer ziemlich gleich, nur manchmal mit ein paar Fehlern und manchmal mit etlichen und dann und wann mit gar keinem. Ich spielte die Phrase immer wieder und wieder, und als ich sie zum zehnten Mal hintereinander mit vielen Fehlern gespielt hatte, fing Ludo an zu lachen.

Ich drehte mich auf dem Hocker um und sah ihn an. Er lachte noch immer.

Ich dachte, dass ich ihn vermutlich schlagen würde, wenn ich im Zimmer bliebe, also ging ich nach oben ins Badezimmer und schloss die Tür. Es war bitterkalt. Ich klappte den Toilettendeckel runter und setzte mich drauf.

Ich habe mal irgendwo was über ein wissenschaftliches Experiment mit Affenbabys gelesen, denen man Ersatzmütter aus Stoff gab, die zu Monstern mutierten: Eine stieß zischend Luft aus, in einer steckte eine Drahtvorrichtung, die raussprang und das Baby zu Boden schleuderte, und wieder eine andere ließ auf Kommando scharfe Messingspitzen vorschnellen. Die Reaktion der

Affenbabys war immer die gleiche: Sie klammerten sich nur umso heftiger an das Monster, oder wenn sie abgeworfen worden waren, warteten sie, bis die Messingspitzen verschwanden, & klammerten sich erneut an ihre Mutter. Manchmal denke ich zwar, dass ich das Monster aus Messingspitzen & Draht & zischender Luft bin, das im Grunde aber gar nicht so schlecht ist, denn die Forscher waren nicht in der Lage, mit dieser Methode bei den kleinen Affen eine Psychopathologie auszulösen, aber vielleicht

Die Forscher hörten auf, mit den Stoffmüttern zu arbeiten, und gingen dazu über, monströse Mütter aus Fleisch und Blut zu produzieren, sie zogen weibliche Affen in völliger Isolation auf & ließen sie befruchten, & wenn die Babys geboren wurden, waren manche Mütter gleichgültig, & andere waren brutal oder mörderisch, sie zermalmten den Schädel des Neugeborenen mit den Zähnen oder schlugen es mit dem Gesicht auf den Boden & schleiften es vor & zurück und was, wenn

Ich dachte: Versuche, logisch darüber nachzudenken oder lieber gar nicht darüber nachzudenken. Ich dachte: Ich hab lange nicht geschlafen, ich gehe ins Bett, und wenn ich aufwache, sieht alles anders aus.

Ich dachte: Dieses wissenschaftliche Experiment wirft mehr Fragen auf, als es beantwortet, das wirklich Interessante wäre ein psychologisches Profil von der Sorte Mensch, die, anstatt sich mit Aristarch und Zenodot und Didymos zu beschäftigen, danach trachtet, bei neugeborenen Affen Psychopathologien auszulösen. Ich versuchte mir einzureden, dass der leitende Forscher wahrscheinlich ein Prä-Spock-Baby war, und stellte mir vor, dass es einen Doktor Prä-Spock gab, der eine Zeit lang die einflussreiche Theorie vertrat, dass ein Baby nach einem Zeitplan versorgt & nach einem Zeitplan gefüttert werden sollte, ungeachtet von Weinen, Schreien etc., aber ich hätte es gern mit Sicherheit gewusst. Was sollte Ludo daran hindern, von Affen zu lesen, die 45 Tage lang in eine Kammer mit senkrechten, rostfreien Stahlwänden gesteckt wurden, wodurch schweres und andauerndes psychopathologisches Verhalten depressiver Art ausgelöst wurde, das neun

Monate oder länger anhielt, & zu lesen, dass noch viel zu tun blieb, um die relative Bedeutung von Kammergröße, Kammerform, Dauer der Isolation, Alter zum Zeitpunkt der Isolation & sonstiger Faktoren zu bestimmen, & wie konnte ich sicher sein, dass er nach Erreichen des Erwachsenenalters nicht ständig nach einem Ersatzaffen als Mutter suchen würde.

Ich schlief lange, und als ich aufwachte, fühlte ich mich besser.

Ich dachte: Im Sommer kommt er in die Schule.

Ich dachte, wenn ich nach unten ginge, würde ich ihm vermutlich nicht den Kopf abbeißen, also ging ich nach unten.

Ludo saß auf dem Fußboden.

Er rief, Ich hab *Odyssee* 24 aus!

Ich sagte aufrichtig, Das ist ja TOLL

und weil ich mein Versprechen immer halte, fragte ich, Na, soll ich dir Hiragana beibringen?

Und er sagte: Ist schon gut, das kann ich schon.

Was?

Er sagte, ich hab's selbst gelernt. Aus dem *Japanischen Lesebuch*.

Ich fragte, Na, soll ich dir dann Katakana beibringen?

Das kann ich auch schon. War nicht allzu schwer.

Wann hast du das gemacht?

Er sagte, Vor ein paar Wochen. Ich dachte, ich erspar dir die Mühe.

Ich sagte, das sei toll. Ich sagte, Schreib's mir jetzt mal auf, damit ich sehen kann, ob du es richtig verstanden hast,

und er malte das kleine Hiragana-Gitter und das kleine Katakana-Gitter auf ein Stück Rechenpapier, und er sagte, Siehst du? Es ist leicht.

Ich sah es mir an, und es sah richtig aus, also sagte ich, Das ist phantastisch. Ich küsste ihn vier- oder fünftausendmal, & ich sagte, Was bist du für ein schlaues Kerlchen. Ich fragte, Was kannst du sonst noch? Kannst du viele Wörter?

Er sagte, er kenne ein paar Wörter. Er kenne *tadaima* und *ohaiyogozaimasu* und *konnichiwa* und *sayonara* und *tada kassen ni wa zuibun deta ga*.

Ich sagte, das sei schon sehr gut. Ich fragte, Na, soll ich dir ein bisschen Kanji zeigen?

Er sagte, ich denke, das kann ich wahrscheinlich selbst machen.

Ich wusste, was das bedeutete, es bedeutete, dass ich trotz all meiner guten Vorsätze ein Monster gewesen war. Ich sagte, Ich bin sicher, dass du das selbst machen kannst. Ich fragte, Na, möchtest du vielleicht, dass ich dir das System erkläre?

Er sagte, Okay.

Ich erklärte ihm das System.

7

Ende der Fahnenstange

Ich ging nach unten, um seinen Geburtstag vorzubereiten.

Ich räumte drei Stunden lang auf und fand etliche Notizen, die ich für die Nachwelt gemacht hatte. Ich bin nicht sicher, wie hilfreich sie für die Nachwelt sein werden – aber bei genauerer Überlegung denke ich, das Beste wird sein, sich dem Thema systematisch anzunähern, sobald er in der Schule ist. Er fängt in ein paar Monaten an; Tatsache ist, dass ich innerhalb von fünf Stunden hintereinander alles sagen könnte, das gesagt werden muss. Ich habe die Notizen abgeheftet.

Ludo schläft noch – er ist gestern Nacht bis 3:00 aufgeblieben, weil es die Nacht vor seinem Geburtstag war und ich gesagt habe, er könnte so lange aufbleiben, wie er wollte. Ich werde mir ein Video anschauen, bis er aufsteht.

40 Banditen halten auf einem Berg oberhalb eines Dorfes in Japan. Sie beschließen, das Dorf nach der Gerstenernte zu überfallen. Ein Bauer hört alles mit an.

Eine Dorfversammlung wird abgehalten. Die Bauern sind verzweifelt.

1 springt mit brennenden Augen auf.

Lasst uns Bambusspeere machen! Töten wir die Banditen!

Das können wir nicht, sagt 2.

Das ist unmöglich, sagt 3.

Ein sanfter Regen fällt. Die Fensterscheibe aus Packpapier flattert im Luftzug.

Die Bauern fragen den Dorfältesten um Rat.
Er sagt ihnen, sie sollen hungrige Samurai suchen.

4 Bauern machen sich auf die Suche nach Samurai: Rikichi mit den brennenden Augen, Yohei (das können wir nicht), Manzo (das ist unmöglich) und Namenlos.

Ich glaube, der Frühling ist da.

Die Bauern sehen eine Menschenansammlung. Ein Samurai ist zum Flussufer gegangen, um sich von einem Mönch den Kopf scheren zu lassen.

Ein Mann mit einem Schnurrbart und einem Schwert drängt sich durch die Menge, geht in die Hocke und kratzt sich am Kinn. (Es ist Toshiro Mifune.)

Das ist wirklich schockierend. Ich bin nach 10 Minuten eines Meisterwerkes des modernen Kinos eingeschlafen, und als ich aufwachte, war die ganze Rekrutierung schon vorbei.

STOP. REWIND.

Lebenszeichen aus dem Nebenzimmer.

STOP. PLAY.

Der Meister im Schwertkampf hat seine Meinung geändert, man weiß nicht, wieso. 6 Samurai machen sich bereit, um am nächsten Morgen in die Berge aufzubrechen.

Ein Spieler kommt herein und sagt, er habe einen richtig starken Samurai gefunden.

Katsushiro nimmt einen Stock und geht zur Tür: ein letzter Test.

Spieler: Das ist gemein

Kambei: Wenn er ein guter Samurai ist, wird er den Schlag abwehren.

Spieler: Aber das kann er nicht. Der Mann ist betrunken

Kambei: Ein Samurai trinkt nie mehr, als er vertragen kann

Ein Mann kommt durch die Tür gelaufen; Katsushiro schlägt ihm fest auf den Kopf. Es ist Toshiro Mifune, der zu Boden fällt.

Mifune sieht die Samurai an. Er erkennt Kambei.

Ihr habt geglaubt, ich sei kein echter Samurai

Nun gut, ich zeige es Euch

Ich habe Euch schon tagelang gesucht. Ich will Euch etwas zeigen [holt Schriftrolle hervor]

Meine Ahnenrolle. Die lange Reihe meiner Ahnen

Mifune macht ein seltsames Gesicht und komische Geräusche, die jetzt in Miniatur neben mir nachgeahmt werden. Kurosawa hat Recht, man kriegt ihn nicht zu packen, & während ich sie sehe, den windigen Mifune strengen Shimura feurigen Kimura, begreife ich plötzlich, dass alles gut werden wird, ich liefere meinem vaterlosen onkellosen Jungen nicht acht männliche Rollenmodelle (6 Samurai 1 ungehobelter Bauernsohn 1 furchtloser Bauer), sondern 16 (8 Charaktere 8 Schauspieler) 17 einschließlich Kurosawa, der nicht auftritt. Nur einer der Charaktere ist ein Perfektionist in seiner Kunst, aber alle 8 Schauspieler & der Regisseur, der nicht auftritt, lassen diesen schrecklichen Perfektionismus erkennen, was insgesamt 17 männliche Rollenmodelle ergibt.

[Kambei, liest] Aha, Kikuchiyo, so heißt du also?

Geboren am 16. Februar im zweiten Jahr des Tensho … [lacht laut los]

Ich dachte, du wärst aus dem Knabenalter heraus

Wenn du wirklich der Kikuchiyo wärst, für den du dich ausgibst, dann wärst du jetzt gerade 13 Jahre alt geworden

[Alle Samurai lachen laut los]

L: Wo hast du die Rolle gestohlen?

L: Was? Ich gestohlen? Wollt Ihr mich beleidigen?

Jetzt sind wir sechs.

III

Nach diesem großartigen Kampf … würde man erwarten, dass der Film mit irgendeiner Aussage endet, dass er endlich erwachsen, dass er angekommen, dass er etwas *geworden* ist – der große Judomeister.

Donald Richie, »Sugata Sanshiro«
The Films of Akira Kurosawa

1

1, 2, 3

20. März 1993

Heute ist mein sechster Geburtstag.

Ich hab ein Oxford-Duden-Japanisches-Bildwörterbuch bekommen und ein kleines japanisches Buch über einen Kater, das ganz in Kana geschrieben ist, und ein Buch, von dem ich nicht wusste, was es ist, weil es ganz auf Japanisch ist, aber Sibylla hat gesagt, es wäre *Sugata Sanshiro* von Tomita Tsuneo. Sie hat gesagt, wir müssten uns ihr Kanji-Wörterbuch und ihr transkribiertes Kodansha-Wörterbuch und ihre Grammatik teilen, und sie sagte, leider gebe es *Sugata Sanshiro* nicht auf Englisch, deshalb könnte es sein, dass mir das Lesen schwer fällt, aber dass es eine herrliche Geschichte zu sein schien, nach dem, was Mr. Richie über den Film schrieb, und sie holte das Buch von Mr. Richie hervor und sagte, sieh dir das an, kannst du das lesen? Ich hab gefragt, ob es auf Englisch sei, und sie sagte Ja, also konnte ich es selbstverständlich lesen. Anscheinend kommt in dem Buch eine ziemlich dramatische Szene vor, wenn Sugatas Judolehrer ihm befiehlt, Selbstmord zu begehen. Mr. Richie schreibt dazu Folgendes:

> Er setzt die korrekten Judo-Griffe ein und sticht einen Gegner nach dem anderen aus. Das Ganze wird mit überaus suggestiven raschen Schnitten gezeigt. Es ist eine mitreißende Szene. Wie aus den üblichen japanischen Action-Filmen, nur viel geschickter gemacht. Wir – die wir noch nicht darauf gekommen sind, um was es in dem Film wirklich geht – denken: Dieser Sugata ist ein

richtiger Mann, ein wahrer Held. Die Menge denkt das Gleiche. Rufe ertönen, wie wunderbar er ist, wie fabelhaft. Sugata lässt sich mitreißen, greift einen Mann nach dem anderen an und gewinnt immer.

Dann erfolgt ein Schnitt zum Zimmer des Judolehrers. Alles ist still. Er bewegt sich nicht, es gibt keinerlei Bewegung auf der Leinwand, und nach der wilden Action der Sequenz unmittelbar davor ist das wie eine Ermahnung. Er sitzt da, als warte er, die Sekunden vergehen. Dann kommt Sugata mit zerrissenem Kimono herein.

Lehrer: Na, du musst dich gut fühlen, nachdem du so viele Leute herumgeworfen hast.

Sugata: Es tut mir Leid.

Lehrer: Ich wollte dich gern im Kampf sehen. Du bist sehr stark, wirklich sehr stark. Vielleicht bist du sogar stärker, als ich es jetzt bin. Aber, weißt du, es gibt nur sehr wenig Ähnlichkeit zwischen deiner Art von Judo und meiner Art von Judo. Verstehst du, was ich meine? Du weißt nicht, wie man es einsetzen sollte, du kennst den Weg des Lebens nicht. Und jemanden Judo zu lehren, der den Weg nicht kennt, das ist so, als würde man einem Wahnsinnigen ein Messer reichen.

Sugata: Aber ich kenne ihn.

Lehrer: Das ist eine Lüge. So zu handeln, wie du es tust, ohne Sinn und Zweck, zu hassen und anzugreifen – ist das der Weg des Lebens? Nein – der richtige Weg ist Treue und Liebe. Das ist die natürliche Wahrheit von Himmel und Erde. Es ist die höchste Wahrheit, und nur durch sie kann ein Mensch sich dem Tod stellen.

Sugata: Ich kann mich dem Tod stellen. Ich habe keine Angst, jetzt und hier zu sterben, wenn Ihr es befehlt.

Lehrer: Sei still, du bist bloß ein gewöhnlicher Straßenkämpfer.

Sugata: Ich habe keine Angst zu sterben.

Lehrer: Dann geh und stirb.

Dann tut Sugata etwas ganz Außergewöhnliches. Er öffnet das Shoji und springt, ohne einen Blick nach hinten oder nach unten zu werfen.

Ich freue mich schon darauf, das Buch zu lesen.

Das Bildwörterbuch hatte vorne auf dem Umschlag ein Bild von einem Samurai, also habe ich zuerst danach gesucht. Es war ziemlich schwer zu finden, weil es unter Ethnologie steht, und als ich es gefunden hatte, waren nur die Wörter für Samurai und für Rüstung angegeben, und es war noch nicht mal das Kanji-Schriftzeichen für Samurai angegeben, sondern es stand bloß in Hiragana da.

Ich hätte Sibylla nichts gesagt, weil ich ihre Gefühle nicht verletzen wollte, aber ich glaube, sie hat was gemerkt, weil sie mich gefragt hat, was los ist. Ich hab gesagt, Nichts, und sie hat gesagt, Doh ka na?, ganz misstrauisch. *Doh ka na?* heißt Wirklich? auf Japanisch. Ich hab ihr den Samurai gezeigt, und sie hat gesagt, es wäre absolut empörend, dass das Kanji-Zeichen nicht angegeben war, und dass das wahrscheinlich daran liege, dass sie meinten, es wäre zu schwer für die Leute, und deshalb sollte ich einen Brief an den Herausgeber schreiben und ihn mit »Ludo, sechs Jahre alt« unterschreiben. Ich hab gefragt, ob ich den Brief auf dem Computer schreiben dürfte, und sie hat gesagt, wie soll er dann wissen, dass du wirklich sechs bist? Sie hat gesagt, ich sollte unbedingt das Schriftzeichen in meinen Brief mit hineinschreiben, also tue ich das.

侍

Sibylla guckt mal wieder *Die sieben Samurai*. Ich hab den Film schon so oft gesehen, dass ich lieber angefangen habe, *Sugata Sanshiro* zu lesen. Ab morgen wollen wir uns jeden Tag ein Schriftzeichen aussuchen und es gründlich lernen. Heute habe ich bloß zwei Wörter gelernt, die Sibylla mir erklärt hat und die im Buch vorkommen.

柔術 Jujutsu 柔道 Judo

Ju bedeutet sanft, und *jutsu* bedeutet Kunst oder Fähigkeit, und *do* bedeutet Weg, und offensichtlich tauchen die Zeichen in unterschiedlichen Zusammensetzungen auf. Ich hab schon alle Hiragana und Katakana gelernt.

Schließlich hab ich mir die erste Seite in dem Buch angesehen. Japanisch ist die schwierigste Sprache der Welt.

Ich wollte die Schriftzeichen, die ich schon kannte, nicht markieren, weil es das einzige japanische Buch ist, das wir haben, abgesehen von den zweien, die Sibylla gehören. Also hab ich versucht, noch ein anderes Zeichen im Wörterbuch zu finden, und dafür habe ich ungefähr eine Stunde gebraucht. Die Zeichen sehen alle ziemlich ähnlich aus, deshalb ist es schwierig, sich was zu merken, wenn man sie nicht farbig markiert. Nach einer Weile sah Sibylla zu mir rüber. Sie stoppte das Video und sagte, was ist los. Ich sagte: Nichts. Sie kam rüber und sah sich die Buchseite an und fragte, wie willst du das je lernen, wenn du die Schriftzeichen nicht farbig markierst? Sie sagte, diese kleinen japanischen Bücher sind ganz billig, es hat bloß einen Fünfer gekostet, wir können uns jederzeit ein anderes kaufen. Sie sagte, sie wollte, dass ich meinen Geburtstag genieße, und sie sagte, wenn mich irgendwas stören würde, sollte ich es ihr sagen.

Sie sagte, ich könnte so viele Fragen stellen, wie ich wollte, weil es mein Geburtstag war. Ich fragte, wer ist mein Vater? Sibylla sagte, es täte ihr Leid, aber das könnte sie mir nicht sagen. Sie sagte, er wäre ein Reisebuchautor, und sie wäre ihm nur einmal begegnet.

Ich denke, dass er vielleicht jemand Berühmtes ist.

21. März 1993

Heute haben wir uns jeder ein Schriftzeichen ausgesucht. Das machen wir von jetzt an jeden Tag, bis wir sie alle kennen. Es gibt 1945, und ich kenne schon drei, wenn wir also zwei pro Tag machen, haben wir in 971 Tagen alle durch. Ich wollte eigentlich 20 am Tag machen, weil wir dann in drei Monaten fertig wären, aber Sibylla sagte Nein, es wäre schrecklich, mit dem Gedanken aufzuwachen, dass wir 20 machen müssen, wohingegen wir ja mehr machen können, wann immer uns danach ist.

Sibylla nahm 人 JIN Person/*hito* Person. JIN ist ein exogenes chinesisches Lexem und *hito* ein endogenes japanisches Lexem.

Ich nahm 龠 *yaku* Flöte, ein Radikal für Musikinstrumente, das die Strichzahl 17 hat. Leider gibt es im Halpern anscheinend keine Schriftzeichen, die das Radikal verwenden.

Nachdem wir unsere Schriftzeichen gründlich gelernt hatten, fragte ich Sibylla, wo sie meinen Vater kennen gelernt hat. Wie es scheint, hat Sibylla meinen Vater auf einer Party kennen gelernt. Alle auf der Party wollten mit ihm reden, aber er hat lieber mit Sibylla gesprochen, und als sie beschloss, die Party zu verlassen, beschloss er, auch zu gehen.

22. März 1993

Sibylla hat 大 DAI TAI (groß)/*ō*/(groß) genommen, und sie wollte, dass ich 太 TAI riesig/*futo(i)* (dick) nehme, weil das leicht zu merken wäre.

Ich habe 璽 JI (kaiserliches Siegel) genommen. Ich habe gesagt, wenn ich 爾 JI (dies) nehmen könnte, dürfte sie 太 nehmen, aber sie hat gesagt, die könnten wir morgen machen.

Nach dem Frühstück hab ich angefangen, *Sugata Sanshiro* durchzugehen. Ich habe *Sugata Sanshiro* überall markiert, wo es auftauchte, und auch die Schriftzeichen für Judo und Jujutsu in der zweiten Hälfte des Buches. Die, die ich mir ausgesucht habe, sind noch nicht vorgekommen.

Heute habe ich Sibylla nach meinem Vater gefragt, aber sie hat gesagt, sie wollte nicht darüber reden. Ich habe gesagt, dann sag mir wenigstens seinen Vornamen, aber sie hat gesagt, Nein. Ich habe gesagt, sie könnte mir bloß den Anfangsbuchstaben verraten, aber sie hat gesagt, Nein.

23. März 1993

太 TAI riesig/*futo(i)* (dick)

爾 JI (dies)

24. März 1993

Heute hat Sibylla 水 SUI (Wasser)/*mizu* (Wasser) genommen. Diesmal wollte sie, dass ich 氷 HYŌ (Eis)/*kōri* (Eis)/*hi* (Eis)/*kō(ru)* (frieren)(!) nehme. Ich habe gesagt, dass ich das langweilig finde, weil es fast genauso aussieht wie mizu, und Sibylla hat gesagt, dass wäre ja gerade der Sinn der Sache. Ich habe gesagt, wenn sie unbedingt langweilige Schriftzeichen nehmen will, sollte sie ruhig, aber ich habe

藻 SŌ (Algen, Seegras; eleganter Ausdruck, rhetorischer Schnörkel)/*mo* (Algen, Wasserlinsen, Seegras) genommen.

Ich habe gesagt, ich würde 氷 lernen, wenn wir auch

繭 KEN (Kokon)/*mayu* (Kokon) lernen könnten.

25. März 1993

氷 HYŌ (Eis)/*kōri* (Eis)/*hi* (Eis)/*kō(ru)* (frieren)

繭 KEN (Kokon)/*mayu* (Kokon)

26. März 1993

木 BOKU MOKU (Baum, Wald)/*ki* (Baum, Wald)

大木 *taiboku* (riesiger Baum)

翠 SUI (jadegrün, smaragdgrün, frisches Grün; Eisvogel)

27. März 1993

森 SHIN (dichter Wald)/*mori* (dichter Wald)

森森 *shinshin* dicht bewaldet

亀 KI (Schildkröte)/*kame* (Schildkröte)

Nachdem wir unsere Schriftzeichen gründlich gelernt hatten, sind wir in die Bibliothek gegangen. Die ganze Woche über habe ich versucht, den Namen meines Vaters herauszufinden, aber Sibylla will mir noch nicht mal den Anfangsbuchstaben sagen. Ich habe beschlossen, mir *Kon-Tiki* auszuleihen.

28. März 1993

Sibylla und ich haben uns mal wieder wegen der Schriftzeichen gestritten. Sibylla hat gesagt, wenn sie 火 KA (Feuer)/*hi* (Feuer) nehmen würde und ich 炎 EN (Flamme, Lohe)/*honō* (Flamme, Lohe), und wenn wir im Hinterkopf behalten würden, dass 巛 das Radikal *magarigawa* für Fluss ist, könnten wir auf intuitive Weise verstehen, warum 災 SAI/*wazawa(i)* so viel bedeutete wie Naturkatastrophe/Desaster, und dann würde uns einleuchten, warum 人災 *jinsai* eine von Menschen verursachte Katastrophe sei und 火災 *kasai* für Feuer oder Brand stand. Ich fragte, ist Thor Heyerdahl mein Vater? Sibylla sagte, ganz sicher nicht. Ich sagte, also, wenn du die ganzen Schriftzeichen nehmen willst, von mir aus, willst du sie? Sibylla sagte, du nicht? Ich sagte, wenn sie vier plus das Radikal für Fluss nimmt, dann wollte ich:

翳 EI (Schatten, Trübsinn)/*kage(ri)* (Schatten, Trübsinn)

鼎 *kanae* (ritueller Kessel, dreifüßiges Gefäß)/TEI (dreieckig)

黽 BŌ (Kröte, Frosch) und

虎 KO (Tiger)/*tora* (Tiger)

Ich sagte, dann nimmst du also vier, und Sibylla sagte, Ja, weil sie nicht mehr vier Tage auf den Ausdruck *jinsai* warten könne, was offensichtlich ein unverzichtbarer Euphemismus für kleines Kind ist. Ich sagte, in dem Fall wollte ich

虐 GYAKU (grausam, wild, tyrannisch, unterdrückend)/*shiita(geru)* (unterdrücken, verfolgen, tyrannisieren, schinden)

statt

黽 BŌ (Kröte, Frosch).

Sibylla sagte, *Dozo, jinsai*. Offensichtlich fand sie das überaus spaßig.

29. März. Heute habe ich *Kon-Tiki* ausgelesen. Ich habe mir vorgenommen, dass ich lernen will, wie man einen Fisch ausnimmt.

30. März. Heute haben Sibylla und ich geübt, einen Fisch auszunehmen. Sibylla war ziemlich verärgert, weil ich nichts davon essen wollte.

31. März. Ich hab mit *Im Herzen Borneos* angefangen. Ich wollte üben, ein Hühnchen auszunehmen, aber Sibylla meinte, sie wäre nicht in der Stimmung dazu.

1. April. Sibylla hatte heute immer noch keine Lust, ein Hühnchen auszunehmen. Ich hab gefragt, ob mein Vater Ludo heißt, und sie hat Nein gesagt. Ich habe gefragt, ob er David heißt, und sie hat Nein gesagt. Ich habe gefragt, ob er Stephen heißt, und sie hat Nein gesagt. Ich habe gesagt, na, wie heißt er denn dann, und sie hat gesagt, Rumpelstilzchen. Dann hat sie vorgeschlagen, zu Ohio Fried Chicken zu gehen. Ich habe gefragt, ob er wirklich Rumpelstilzchen heißt, und sie hat gesagt, Nein.

2. April. Heute habe ich *Im Herzen Borneos* ausgelesen. Ich habe mir vorgenommen, demnächst auf dem Boden zu schlafen. Ich habe mit *Der Sand Arabiens* angefangen.

3. April. Heute habe ich immer noch *Der Sand Arabiens* gelesen. Es war interessant. Die Bedus tragen keine Schuhe. Weil sie ihre Füße abhärten wollen. Ich habe Sibylla gefragt, ob wir heute ein Hühnchen ausnehmen würden, und sie hat gesagt, Nein.

25. April

Ich habe *Kon-Tiki, Im Herzen Borneos, Der Sand Arabiens, Gefahrvolle Reise!, Die Abenteuersucher!, Der Schneeleopard, In Patagonien, Nächte am Amazonas, In den Kaukasus, Zelte auf der Steppe, Iglu-Winter, Mit Kamel und Kompass, Unter Pygmäen* und *Nach Alexander* gelesen. Heute habe ich Sibylla gefragt, ob sie auch mal was davon gelesen hat. Sie sah sich gerade *Die sieben Samurai* an, und ich dachte, sie würde sich vielleicht verplappern, während sie abgelenkt ist. Es war die Stelle, wo Kyuzo mit dem anderen Samurai kämpft. Sie sagte, sie hätte *In Patagonien* gelesen. Nachdem Kyuzo den anderen Samurai getötet hatte, lachte sie laut los. Sie sagte, sie hätte Bruce Chatwin nie kennen gelernt. Ich fragte, ob sie irgendeinem von den anderen schon mal begegnet wäre. Sie drehte sich um und guckte mich wortlos an, und dann sah sie wieder zum Fernseher.

Ich habe ein bisschen die Nase voll von diesen japanischen Schriftzeichen, weil keines davon in *Sugata Sanshiro* vorkommt. Bis jetzt haben wir 98 gelernt. Ein paar von Sibyllas Schriftzeichen sind aufgetaucht, aber keins von meinen. Außerdem habe ich fast alle Schriftzeichen nachgeschlagen, die im Buch vorkommen, und manche davon sind nicht mal im Wörterbuch! Es ist wirklich frustrierend.

26. April

Heute waren wir in der Bibliothek. Ich habe mir *Wege quer durch Alaska, Fahrkarte nach Lettland, Nachtzug nach Turkestan, Träge Tage in Patagonien, Auf den Spuren von Stanley, Auf der Suche nach Dschingis Khan* und *Danzigers Reisen* geholt.

12. Mai

Ich habe *Sugata Sanshiro* ausgelesen. Ein paar Sachen habe ich nicht verstanden, weil Sibylla viele von meinen Fragen nicht beantworten konnte. Sibylla hat gesagt, ich wäre in letzter Zeit sehr still gewesen, und sie hätte einen Riesenberg Arbeit geschafft, und wir würden zu Books Nippon gehen und mir noch ein Buch auf Japanisch kaufen. Ich hab gesagt, ich hätte gerne ein Buch über einen Kraken. Wir haben eine Verkäuferin gefragt, und sie hat gesagt, sie würde nachsehen, ob sie was dahaben. Schließlich hat sie uns ein paar Bücher gezeigt. Wir glauben, dass wir ein Buch über einen Kraken gekauft haben, aber ganz sicher sind wir nicht.

13. Mai

Heute habe ich *Wege quer durch Alaska* ausgelesen. Ich hab beschlossen, jetzt mit *Fahrkarte nach Lettland* anzufangen. Sibylla hat viel getippt, und dann hat sie sich eine Weile *Die sieben Samurai* angeguckt. Als die Stelle kam, wo sie in dem Dorf eintreffen, habe ich sie gefragt, ob sie überhaupt schon mal was von meinem Vater gelesen hat. Sie hat gesagt, nicht, wenn sie es vermeiden konnte. Ich habe gesagt, wie meinst du das? Sie hat gesagt, jemand im Büro hätte ihr eins von seinen Büchern gegeben, deshalb hätte sie was davon lesen müssen. Und sie hätte zu dieser Person gesagt, dass da anscheinend viele logische Fehler drin wären, und diese Person hat gesagt, was spielt das schon für eine Rolle. Ich habe ganz beiläufig gefragt, hast du es noch? Sie hat sich umgedreht und mich angesehen. Dann hat sie gesagt, Nein, sie hätte es nicht behalten, und hat wieder Richtung Fernsehen geschaut. Ich habe gesagt, wer war denn diese Person? Sie hat weiter das Fernsehen angesehen. Schließlich hat sie gesagt, sie könnte sich nicht erinnern, sie wären alle ganz verrückt nach ihm gewesen.

Ich muss also nur jemanden finden, der in dem Büro war, und fragen, auf wen sie damals alle verrückt waren. Das einzige Problem ist, dass sie, glaube ich, alle gefeuert worden sind. Wenn ich etwas älter bin, kann ich ein bisschen Detektivarbeit machen und sie aufspüren.

14. Mai

Heute war richtig falscher Alarm. Ich war dabei, meine japanischen Schriftzeichen zu üben, als ich plötzlich bemerkte, dass Sibylla sich meine Bücher aus der Bücherei ansah! Ich hab die Luft angehalten und sie beobachtet. Nach einer Weile hat sie *Danzigers Reisen* in die Hand genommen und angefangen, darin rumzublättern, und dann ist sie rübergegangen und hat sich hingesetzt! Sie hat es sich mit einem richtig traurigen Gesichtsausdruck angesehen und hier und da eine Seite gelesen und von Zeit zu Zeit geseufzt. Einmal hat sie halblaut Isfahan gesagt! Und dann, ohne aufzusehen, hat sie ironisch gesagt, zieh keine voreiligen Schlüsse.

Ich habe gefragt, Wieso willst du mir nicht sagen, wer er ist?

Sie hat gesagt, Weil er nichts von dir weiß.

Ich habe gefragt, Wieso hast du es ihm nicht gesagt?

Sie hat gesagt, Weil ich ihn nicht wieder sehen wollte.

Ich habe gefragt, Wieso wolltest du ihn nicht wieder sehen?

Sie hat gesagt, Ich will nicht darüber reden.

Vielleicht wollte er gerade zu einer Expedition aufbrechen, als sie sich kennen lernten. Er hatte das ganze Geld für die Expedition aufgetrieben, und wenn sie ihm von mir erzählt hätte, hätte er ihr das Geld geben müssen. Aber sie wusste, dass er sich von ganzem Herzen auf diese Expedition freute, und deshalb hat sie es ihm nicht gesagt.

15. Mai

Heute ist Sibylla wütend geworden, weil ich nach meinem Vater gefragt habe. Dabei wollte ich bloß wissen, ob er irgendwelche Sprachen konnte. Sie hat mich angesehen und gesagt, sie wollte, dass ich mir was anhöre. Sie hatte getippt und stand nun auf und sagte, wir müssten in die Bibliothek, obwohl wir doch erst gestern da waren.

Wir sind den weiten Weg zum Barbican gefahren und in die Musikbibliothek gegangen, und sie hat gefragt, ob sie irgendwas von Liberace dahätten. Sie haben gesagt, hätten sie nicht. Sibylla hat gesagt, das könnte nicht warten, deshalb sind wir mit der Circle Line nach King's Cross und von da aus mit der Piccadilly Line zum Piccadilly Circus und zu Tower Records. Die sagten uns, Liberace wäre in der Abteilung Easy Listening, also sind wir nach oben zu Easy Listening.

Sie hatten vieles von Liberace, aber das Billigste war eine Kassette für £ 9,99.

£ 9,99!, rief Sibylla und nahm sie in die Hand. Es bricht mir das Herz, aber es geht nicht anders.

Sie hat die Kassette gekauft, und wir sind nach Hause gefahren.

Zu Hause angekommen, hat Sibylla die Kassette eingelegt. Es war ziemlich altmodische Musik, und vor jedem Stück hat der Musiker dem Publikum ein paar Witzchen erzählt. Die ganze Zeit, während die Kassette lief, hat Sibylla mich beobachtet. Als sie zu Ende war, hat sie gefragt, Was hältst du davon?

Ich habe gesagt, es wäre ziemlich altmodisch, aber dass er ziemlich gut Klavier spielt.

Sibylla hat nichts gesagt. Sie ist zu einer Schublade gegangen und hat eine Ansichtskarte rausgeholt. Es war ein Bild von griechischen Mädchen, das Lord Leighton gemalt hat.

Was hältst du davon?, hat sie gesagt.

Ich habe gesagt, es wäre ein Bild aus dem alten Griechenland, und dass sie Ball spielten.

Sonst noch was?, hat sie gefragt.

Ich habe gesagt, es wäre ziemlich gut, weil man an der Art, wie er ihre Togas gemalt hat, sehen konnte, wie der Wind weht.

Dann hat sie eine alte Zeitschrift aus der Schublade genommen. Sie hat eine bestimmte Seite aufgeschlagen und gesagt, Lies das. Also habe ich angefangen zu lesen. Zuerst habe ich gedacht, es wäre vielleicht was, was mein Vater geschrieben hat, aber es ging nicht um Reisen.

Was hältst du davon?, hat sie gesagt.

Ich habe gesagt, es wäre ziemlich langweilig, aber wohl ziemlich gut geschrieben.

Sibylla hat die Zeitschrift auf den Boden gelegt. Sie hat gesagt, Du bist erst dann so weit, etwas über deinen Vater zu erfahren, wenn du erkennen kannst, was mit diesen Sachen nicht stimmt.

Ich habe gesagt, Wann wird das sein?

Sie hat gesagt, Ich weiß nicht, Millionen von Menschen haben sie bis zum Tode bewundert.

Ich habe gesagt, Na, dann sag mir doch einfach, was nicht stimmt.

Sie hat gesagt, Das werde ich nicht tun, es ist besser für dich, wenn du das selbst herausfindest, *la formule est banale*. Und selbst wenn du erkennst, was da nicht stimmt, bist du noch immer nicht so weit. Du solltest nicht erfahren, wer dein Vater ist, wenn du nur gelernt hast, die Menschen zu verachten, die diese Dinge gemacht haben. Vielleicht wäre es okay, wenn du gelernt hast, sie zu bemitleiden, oder, falls es irgendeinen Zustand der Gnade jenseits von Mitleid gibt, wenn du diesen Zustand erreicht hast.

Ich habe gesagt, Zeig mir noch mal die Zeitschrift.

Dann habe ich den ganzen Artikel gelesen, aber ich fand nicht, dass da irgendwas nicht stimmte, nur dass er langweilig war. Ich habe mir das Bild noch mal angeschaut, aber ich konnte nicht sehen, was da nicht stimmte. Ich wollte mir die Kassette noch mal anhören, aber Sibylla hat gesagt, sie würde es nicht ertragen, sich das an einem Tag noch mal anzuhören.

Ich habe gesagt, Das ist nicht fair, niemand sonst muss warten, bis er alt genug ist, um zu erfahren, wer sein Vater ist.

Sie hat gesagt, Wir sollten das Zufällige nicht zum Wünschenswerten aufwerten.

Ich hab gesagt, Woher willst du wissen, dass ich alt genug bin, um DICH zu kennen?

Sie hat gesagt, Wie kommst du darauf, dass ich das denke?

28. Mai

Sibylla hat aufgehört, japanische Schriftzeichen zu lernen, weil sie zu viel arbeiten muss. Ich habe 243 gründlich gelernt. Heute hat sie angefangen zu tippen, und dann hat sie mir zugesehen, wie ich meine Schriftzeichen übte, und dann hat sie geseufzt und sich ein Buch genommen. Als sie es später weglegte, habe ich gesehen, dass es die Autobiographie von J. S. Mill war. Es war ziemlich überraschend, dass sie, nachdem sie es weggelegt hatte, das Buch von Mr. Richie zur Hand nahm und sagte, Kannst du das lesen? Mr. Richies Buch ist in Englisch, also kann ich es natürlich lesen. Sie hat gesagt, Gut, dann lies mir das mal vor. Also habe ich einen Absatz gelesen. Es ging um einen Schurken in *Sugata Sanshiro*.

> Er ist weltgewandt – was Sugata eindeutig nicht ist. Er ist gut gekleidet, trägt einen Schnurrbart, ist sogar leicht kokett. Außerdem weiß er offensichtlich, was er will. Er ist so gut, dass er seine Kräfte niemals vorführen muss. Er würde sich nie, das ahnt man, dazu herablassen, Leute durch die Gegend zu werfen, wie Sugata das getan hat. Und doch fehlt ihm etwas. Sugata mag ja den »Weg des Lebens« nicht kennen, aber zumindest ist er lernbegierig. Dieser Mann wird ihn nie erkennen. Er zeigt das in kleinen Gesten. Einmal, als er eine Zigarette raucht – das Erkennungszeichen des Dandy im Meiji-Japan –, macht er sich nicht die Mühe, nach einem Aschenbecher zu suchen. Stattdessen schnippt er die Asche in eine geöffnete Blüte, die zu einem Arrangement auf einem Tisch in der Nähe gehört.

Sibylla fragte, Was glaubst du, was das bedeutet?

Ich sagte, Ich glaube, es bedeutet, dass wir die Natur achten sollten.

Sibylla fragte, Wieso?

Ich sagte, Der Schurke schnippt Asche in eine Blume, während der Held von der natürlichen Schönheit der Welt um uns herum beseelt ist.

Sibylla sagte, Hmmm.

Mir fiel nichts anderes ein, was es noch bedeuten könnte, und Sibylla sagte es mir nicht. Nach einer Weile ging sie in die Küche, um sich eine Tasse Kaffee zu machen, und ich sah mir in der Zeit das Buch von J. S. Mill an. Es war beängstigend!

J. S. Mill hat mit zwei Jahren angefangen, lesen zu lernen, genau wie ich, aber Griechisch hat er mit drei angefangen. Ich habe erst mit vier angefangen. Als er sieben war, hatte er schon den ganzen Herodot gelesen, Xenophons *Kyrupädie* und *Erinnerungen an Sokrates*, ein paar von den Büchern über Leben und Meinungen der Philosophen von Diogenes Laertios, Teile von Lukian und Isokrates' *Ad Demonicum* und *Ad Nicoclem*, außerdem die ersten sechs Dialoge von Platon, vom *Eutyphron* bis zum *Theaitet*!!!! Zudem hatte er jede Menge Historiker gelesen, von denen ich nie gehört habe. Mit *Ilias* und *Odyssee* hat er erst später angefangen, wohingegen ich schon beide gelesen habe, aber sie sind auch das Einzige, was ich gelesen habe. Ich glaube nicht, dass er irgendwas Arabisches oder Hebräisches gemacht hat, aber die Sachen, die ich in den Sprachen gelesen habe, sind ziemlich einfach, und überhaupt, viele waren es nicht.

Wirklich zu denken gibt mir, dass Mr. Mill ziemlich dumm war und ein schlechtes Gedächtnis hatte und vor 180 Jahren aufgewachsen ist. Ich habe gedacht, es wäre ziemlich ungewöhnlich, dass ein Junge in meinem Alter Griechisch liest, weil viele Leute in der Circle Line darüber gestaunt haben, aber jetzt denke ich, dass das wahrscheinlich ein Trugschluss war. Die meisten Leute in der Circle Line haben gar nichts gesagt, aber ich habe gedacht, sie wären erstaunt, weil diejenigen, die was gesagt haben, erstaunt waren. Das ist blöd, denn wenn sie nicht erstaunt waren, wieso hätten sie dann was sagen sollen? Und jetzt soll ich in drei Monaten mit der Schule anfangen.

2

a, b, c

6. September 1993

Heute sind wir in die Schule gegangen, um mit meiner Lehrerin zu reden. Sibylla war ganz nervös. Ich glaube, sie hat sich Sorgen gemacht, weil sie wusste, dass ich hinterherhinke. Jedes Mal, wenn ich sie gefragt habe, hat sie gesagt, ich sollte mir darüber keine Gedanken machen. Sie hat ein altes Buch mit dem Titel *Sechs Theorien zur kindlichen Entwicklung*, aber das ist nicht sehr präzise.

Als wir in der Schule ankamen, erlebten wir eine unangenehme Überraschung.

Wir gingen in den Klassenraum der ersten Klasse, und Sibylla stellte sich vor. »Ich bin Sibylla Newman, und das ist Stephen«, erklärte sie der Lehrerin, obwohl sie in Wahrheit die Geburtsurkunde nicht hatte finden können, um sich zu vergewissern, bevor wir von zu Hause losgingen.

»Ich nehme an, Sie sind in diesem Jahr seine Lehrerin«, fügte sie hinzu. »Ich dachte, ich sollte mit Ihnen reden.«

Der Name der Lehrerin war Linda Thompson. »Ich seh mal in der Liste nach«, erwiderte sie.

Sie nahm eine Liste zur Hand und las sie durch.

»Ich finde hier keinen Stephen«, vermeldete sie schließlich.

»Wen?«, erkundigte sich Sibylla.

»Stephen? Sagten Sie nicht, sein Name sei Stephen?«, fragte Ms. Thompson nach.

»O ja, ja, richtig«, bestätigte Sibylla. »Stephen. Oder Steve. Ist noch zu früh, um das genau sagen zu können.«

»Wie bitte?«

»Er ist noch ein bisschen zu jung, um das endgültig zu entscheiden.«

»Sind Sie sicher, dass Sie in der richtigen Schule sind?«, fragte Ms. Thompson.

»Nun ja, wir wohnen hier ganz in der Nähe«, erwiderte Sibylla.

»Sie hätten ihn letztes Jahr anmelden müssen«, erklärte Ms. Thompson ihr.

»Meine Güte«, rief Sibylla. »Ich hatte ja keine Ahnung. Aber was soll ich denn jetzt machen?«

Ms. Thompson sagte, soweit sie wüsste, sei kein Platz mehr frei.

»Heißt das, wir sollen noch ein Jahr länger warten?«, wollte Sibylla wissen.

»O nein. Er ist gesetzlich zum Schulbesuch verpflichtet. Außerdem wollen Sie doch nicht, dass er hinterherhinkt. Es ist sehr wichtig für Kinder, dass sie auf derselben Stufe bleiben wie ihre Altersgenossen.«

»Darüber wollte ich gerade mit Ihnen reden«, bemerkte Sibylla. »Er war nie in einem Kindergarten oder so. Ich hab mich einfach zu Hause mit ihm beschäftigt, und ich bin ein wenig in Sorge ...«

»Oh, das holt er ganz schnell wieder auf«, beruhigte Ms. Thompson sie. »Aber er darf wirklich kein Jahr verpassen. Wie alt ist Stephen jetzt?«

»Sechs«, teilte Sibylla ihr mit.

»SECHS«, stieß Ms. Thompson hervor. Sie warf mir einen bestürzten Blick zu. »Stephen«, sagte sie freundlich, »schau dir doch mal die Bauklötze hinten in der Klasse an.«

»Sie wollen seine Ausbildung doch nicht in seiner Abwesenheit besprechen«, gab Sibylla zu bedenken.

Ms. Thompson schien aufgebracht. Sie rief: »Er hätte schon mit fünf eingeschult werden müssen!!!«

Sibylla erwiderte: »Fünf! Ich bin mir sicher, dass ich mit sechs in die Schule gekommen bin.«

Ms. Thompson bemerkte, dass in Großbritannien alle Kinder im Alter von fünf Jahren in die Schule kämen und dass ein oder zwei Jahre Vorschule empfohlen würden.

»Sie meinen also, er hätte letztes Jahr schon mit der Schule anfangen können?«

»Nicht nur können, sondern müssen«, versicherte Ms. Thompson.

»Es ist äußerst wichtig für ein Kind, mit Gleichaltrigen Lernerfahrungen zu machen.«

Genau das stand auch in dem Buch. »Während der entscheidenden Prägejahre der Kindheit fungiert die Schule als primärer Bezugsrahmen für die Kultivierung und soziale Validierung kognitiver Kompetenz«, bestätigte ich.

»Wie war das?«, fragte Ms. Thompson.

»Ich werde einfach mal mit dem Schulleiter sprechen«, warf Sibylla ein. »Lu- Stephen, du wartest hier.«

Ich wollte Sibylla kein schlechtes Gewissen machen, weil ich ein Schuljahr verpasst hatte, deshalb dachte ich, es wäre eine gute Gelegenheit herauszufinden, was ich denn verpasst hatte.

Ich bat Ms. Thompson: »Könnten Sie mir vielleicht einen groben Überblick über den Stoff geben, der im ersten Jahr behandelt wurde, denn ich fürchte, dass ich hinter den anderen weit hinterherhänge.«

»Ich bin sicher, du wirst dich wunderbar einfinden«, beruhigte mich Ms. Thompson mit einem warmen Lächeln.

Ich beharrte: »Haben sie schon Isokrates' *Ad Demonicum* gelesen?«

Ms. Thompson sagte, das hätten sie nicht. Ich war froh, weil es schwierig klingt. Ich forschte weiter: »Was ist mit der *Kyrupädie*?«

Ms. Thompson fragte, was das sei. Ich erklärte, es sei von Xenophon und dass ich eigentlich nicht wüsste, worum es da ging. Ms. Thompson sagte, sie hätte noch nie gehört, dass irgendwer das im ersten Jahr gelesen hätte.

Ich erkundigte mich: »Aber *was* lesen sie denn dann?«

Ms. Thompson sagte, dass die Fähigkeiten und Interessen sehr unterschiedlich seien und demnach auch unterschiedliche Dinge gelesen würden.

Ich sagte: »Also, ich hab nur die *Ilias* und *Odyssee* auf Griechisch gelesen und *De Amicitia* und die Metamorphosen 1–8 auf Lateinisch und Moses im Binsenkörbchen und Joseph und sein bunter Rock und Jona und I. Samuel auf Hebräisch und *Kalila wa-Dimna* und 31 Geschichten aus *Tausendundeiner Nacht* auf Arabisch und bloß *Yaourtu la Tortue* und *Babar* und *Tintin* auf Französisch, und mit Japanisch habe ich gerade erst angefangen.«

Ms. Thompson lächelte mich an. Sie ist sehr hübsch und hat welliges blondes Haar und blaue Augen. Sie sagte, meistens würden die Leute Arabisch oder Hebräisch oder Japanisch überhaupt nicht in der Schule lernen, und meistens würden sie erst mit zwölf Jahren oder so anfangen, Französisch oder Griechisch oder Latein zu lernen!

Ich war völlig verblüfft!!!! Ich sagte, dass J. S. Mill schon mit drei Jahren angefangen hatte, Griechisch zu lernen.

Ms. Thompson fragte, wer J. S. Mill sei!!!!!!!!

Ich erklärte ihr, dass Mr. Mill ein Utilitarist war, der vor 120 Jahren gestorben ist.

»Ach so, ein Viktorianer«, bemerkte Ms. Thompson. »Tja, weißt du, Stephen, die Viktorianer legten sehr viel größeren Wert auf Fakten um der Fakten willen, als wir das tun. Heutzutage interessieren wir uns mehr dafür, was jemand mit dem, was er weiß, anfangen kann. Einer der wichtigsten Aspekte von Schule ist es zu lernen, wie man als Mitglied einer Gruppe arbeitet.«

»Ja«, entgegnete ich, »aber Mr. Mill hat gesagt, dass er seinen Kopf niemals nur mit unüberprüften Fakten füllen durfte. Er wurde immer gezwungen, die Argumente zu überprüfen und seine Position zu rechtfertigen.«

Ms. Thompson bemerkte: »Nun ja, dafür spricht natürlich vieles, aber dennoch hat sich seit der Zeit des Viktorianismus viel getan. Die Menschen haben einfach nicht mehr die Zeit, Jahre damit zuzubringen, tote Sprachen zu lernen.«

»Deshalb meinte Mr. Mill ja auch, die Menschen sollten schon mit drei Jahren anfangen«, erklärte ich.

Ms. Thompson erwiderte: »Tja, es ist aber eine Tatsache, dass Kinder unterschiedliche Entwicklungsphasen haben, Stephen, und viele Kinder würden diese Themen ziemlich unangenehm finden. Jedes Schulsystem muss Prioritäten setzen, daher konzentrieren wir uns auf die Dinge, die für jeden nützlich sein werden. Wir können nicht davon ausgehen, dass jeder ein Genie ist.«

Ich erläuterte, dass Mr. Mill sich nicht für ein Genie gehalten habe, dass er jedoch viel erreicht hätte, weil er so früh angefangen hatte. Ich hätte nicht einmal so viel gemacht wie Mr. Mill, und jeder, der das Buch las, könnte sagen, was drinstand, und dass ich deshalb nicht glaubte, dass ich ein Genie sein könnte.

Ms. Thompson antwortete: »Tatsache ist, Stephen, deine Ausdrucksfähigkeit wäre bei einem gebildeten Menschen nicht so verblüffend, und zwar weil der gebildete Durchschnittsmensch seinen Geist im Verlauf seiner Ausbildung entwickelt hat. Bei einem Jungen in deinem Alter ist sie nicht so verbreitet.«

Ich dachte, dass das wahrscheinlich ein unlogisches Argument war. Es war ziemlich schwierig, Ms. Thompson Sachen zu erklären. Ich sagte: »Meiner Meinung nach ist dieses Argument völlig unlogisch. Wie können Sie zuerst sagen, dass Sie einen dummen Menschen frühestens mit 12 irgendwas anfangen lassen würden, und dann behaupten, dass der Grund, warum Sie wissen, dass dieser Mensch dumm ist, der ist, dass er etwas nicht weiß, das ein anderer Mensch weiß, weil er schon mit 3 Jahren angefangen hat? Meiner Meinung nach ist das völlig absurd.«

Ms. Thompson erwiderte: »Wie dem auch sei.«

In diesem Moment kam Sibylla zurück in den Raum.

»Alles geregelt!«, rief sie. »Ich habe mit dem Schulleiter gesprochen, und er hat gesagt, sie könnten wahrscheinlich noch ein Kind mehr aufnehmen und dass die Schule jedes Kind als Individuum behandelt.«

»Selbstverständlich tun wir unser Möglichstes«, fing Ms. Thompson an.

»Aber es sieht so aus, als käme er nicht in Ihre Klasse.«

»Wie schade«, bedauerte Ms. Thompson.

»Jedenfalls wollen wir Sie nicht länger aufhalten. Komm, David, wir gehen. Wird schon werden.«

Meine erste Schulwoche

13. September 1993

Heute war mein erster Schultag. Ich hatte gedacht, dass Sibylla mir jetzt, wo ich alt genug bin, um zur Schule zu gehen, vielleicht was über meinen Vater erzählen würde, aber das hat sie nicht. Sibylla ist mit mir zur Schule gegangen, und ich war sehr nervös, denn wenn man da erst mit 12 Sprachen lernte, dann musste man irgendwas anderes lernen, und ich hing ein ganzes Jahr hinterher.

Ich dachte, dass andere Leute vielleicht mehr Mathematik und Naturwissenschaften lernten, und ich war noch nicht mal mit *Algebra leicht gemacht* durch.

Als wir zur Schule kamen, erklärte Miss Lewis, dass die Schule letzten Donnerstag begonnen hatte. Sibylla sagte, sie sei sicher, dass sie als Kind an einem Montag zum ersten Mal zur Schule gegangen war.

Wir hatten heute keine Naturwissenschaft, deshalb konnte ich nicht feststellen, was die anderen gemacht hatten.

Als ich nach Hause kam, fing ich an, *Die Reise auf der Beagle* zu lesen. Das ist ein großartiges Buch. Ich habe schon ausgerechnet, dass Charles Darwin nicht mein Vater sein kann, weil er 1882 gestorben ist, aber ich werde das Buch trotzdem zu Ende lesen.

14. September 1993

Heute war mein zweiter Schultag.

Am Anfang sollten wir alle ein Tier malen. Ich habe ein Bild von einer Tarantel mit 88 Beinen gemalt. Miss Lewis fragte, was das ist, und ich erklärte ihr, dass es eine oktokaiogdoekontapodale Tarantel ist. Ich weiß nicht, ob es die wirklich gibt, ich glaube, das habe ich bloß erfunden. Dann habe ich ein anderes Bild gemalt. Diesmal von einer heptakaiogdoekontapodalen Tarantel, weil die erste in einen Kampf geraten war und ein Bein verloren hatte. Dann habe ich ein Bild von zwei kämpfenden Monstertaranteln gemalt, jede hatte 55 Beine, und es hat lange gedauert, alle Beine zu malen. Bevor ich fertig war, sagte Miss Lewis, wir sollten unsere Bilder wegpacken, weil es nun Zeit wäre, ein bisschen zu rechnen. Wir sollten auf die Additionspositionen gehen und nach unserem eigenen Tempo arbeiten. Auf Additionsposition 1 macht man ein Arbeitsblatt, wo man 1 zu einer Zahl hinzuzählt, und auf Additionsposition 2 zählt man 2 zu einer Zahl hinzu.

Als ich alle Arbeitsblätter fertig hatte, war ich der Einzige auf Position 9, also beschloss ich, ein bisschen zu multiplizieren. Bei der Addition braucht man eine Weile, um was zusammenzubekommen, es sei denn, man addiert große Zahlen, und alle Zahlen auf den Positionen waren ziemlich klein. Ich habe geübt, 99×99 zu multiplizieren und 199×199, und dann noch ein paar andere interessante Zahlen. Ich mag Zahlen, die fast schon andere Zahlen sind.

Heute abend habe ich drei weitere Kapitel von *Die Reise auf der Beagle* gelesen. Ich war zu müde, noch Japanisch zu üben.

15. September

Heute war mein dritter Schultag. Ich war noch immer auf Additionsposition 9. Ich beschloss, den Einsatz des distributiven Prinzips der Multiplikation zu üben. Das distributive Prinzip der Multiplikation steht in Kapitel 1 von *Algebra leicht gemacht*, aber es war meine eigene Idee, es mit 9 zu probieren, weil das fast schon 10 ist.

$$9 \times 9 = [(10 - 1) \times 9] = (10 \times 9) - (1 \times 9) = 90 - 9 = 81$$

$$\begin{aligned} 99 \times 99 &= [(100 - 1) \times 99] \\ &= (100 \times 99) - (1 \times 99) \\ &= 9900 - 99 \\ &= 9801 \end{aligned}$$

9	99	999	9999	99999
× 9	× 99	× 999	× 9999	× 99999
90	9900	999000	99990000	9999900000
– 9	– 99	– 999	– 9999	– 99999
81	9801	998001	99980001	9999800001

999999 × 999999 = 999998000001
9999999 × 9999999 = 99999980000001
99999999 × 99999999 = 9999999800000001
999999999 × 999999999 = 999999998000000001
9999999999 × 9999999999 = 99999999980000000001
99999999999 × 99999999999 = 9999999999800000000001
999999999999 × 999999999999 = 999999999998000000000001
9999999999999 × 9999999999999 = 99999999999980000000000001

16. September

Heute war mein vierter Schultag.

17. September

Heute war mein fünfter Schultag. Es war langweilig.

18. September

Heute ist Samstag. Ich habe 20 Schriftzeichen im Halpern gelernt. Bleiben noch 417. Ich habe Sibylla gesagt, dass ich finde, ich sollte noch mehr Französisch und Griechisch und Latein und Hebräisch und Arabisch lernen, obwohl ich zurzeit Japanisch mache, weil ich die Sprachen in der Schule anscheinend erst mit 12 anfangen kann und ich Angst habe, dass ich sie bis dahin vergesse. Ich dachte, Sibylla würde geschockt sein, aber sie hat bloß gesagt, in Ordnung. Ich habe auch darauf hingewiesen, dass sie mir Deutsch wahrscheinlich auch erst beibringen werden, wenn ich 12 bin, und dass es deshalb nicht schlecht wäre, wenn sie mir das stattdessen beibringen würde. Ich dachte, sie würde bloß sagen, dass ich vorher noch viel Japanisch machen müsste, aber stattdessen meinte sie, sie würde mir ein kleines Gedicht zeigen, weil ich die ganze Woche über so brav gewesen bin. Das Gedicht hieß »Erlkönig« von Goethe, über einen Jungen, der auf einem Pferd mit seinem Vater reitet, und der Erlkönig ruft den Jungen dauernd, und der Vater hört nichts, und dann stirbt der Junge.

19. September

Heute war Sonntag, deshalb musste ich nicht zur Schule. Ich habe Amundsen und Scott gelesen. Ich habe 30 japanische Schriftzeichen gründlich gelernt, und Sibylla hat gemeint: »Na ja, zumindest wird Mr. Ma das nie erfahren, mir graut bei dem Gedanken, was der davon halten würde.« Ich habe gefragt: »Wer ist Mr. Ma?« Sibylla hat gesagt, der Vater eines berühmten Cellisten. Ich habe gefragt: »Ist er ein Reisebuchautor?« Sibylla hat gesagt: »Soweit ich weiß nicht, *jinsai.*«

Meine zweite Schulwoche

20. September

Als ich heute aus der Schule nach Hause kam, war Sibylla ganz aufgelöst. Sie sagte, Red Devlin sei in Aserbaidschan als Geisel genommen worden. Ich fragte, wer Red Devlin ist. Sie sagte, ein Journalist. Sie sagte, jeder meinte, dieser Devlin könnte jeden zu allem überreden. Er würde Red genannt, weil er kein rotes Haar hätte und weil er mutig bis zur Tollkühnheit sei. Er sei im Libanon gewesen, und dann sei er nach Aserbaidschan gegangen und nach drei Tagen entführt worden.

Ich fragte: »War er ein guter Schriftsteller?«

»O nein«, sagte Sibylla. »Er ist ein mieser Schriftsteller, er bereist abgelegene Gegenden und sieht sich baufällige Hütten an und zerlumpte Bengel und Mädchen mit fohlenhafter Anmut. Aber dass das passieren musste, ist schrecklich.«

Plötzlich hatte ich eine Idee.

Kommt Zeit, kommt Rat.

21. September

$1 \times 11 = 11$
$11 \times 11 = (10 \times 11) + (1 \times 11) = 121$
$111 \times 111 = (100 \times 111) + (10 \times 111) + (1 \times 111) = 12321$
$1111 \times 1111 = (1000 \times 1111) + (100 \times 1111) + (10 \times 1111) + (1 \times 1111) = 1234321$

$11111 \times 11111 = 123454321$
$111111 \times 111111 = 12345654321$
$1111111 \times 1111111 = 1234567654321$
$11111111 \times 11111111 = 123456787654321$
$111111111 \times 111111111 = 12345678987654321$

22. September

$$11 \times 11 = 121$$
$$11 \times 111 = 1221$$
$$11 \times 1111 = 12221$$
$$11 \times 11111 = 122221$$

23. September

$$111 \times 111 = 12321$$
$$111 \times 1111 = 123321$$
$$111 \times 11111 = 1233321$$
$$111 \times 111111 = 12333321$$

$$1111 \times 1111 = 1234321$$
$$1111 \times 11111 = 12344321$$

$$11111 \times 111111 = 1234554321$$
$$111111 \times 1111111 = 123456654321$$
$$1111111 \times 11111111 = 12345677654321$$

24. September

$$111111111 \times 11 = 1222222221$$
$$111111111 \times 111 = 12333333321$$
$$111111111 \times 1111 = 123444444321$$
$$111111111 \times 11111 = 1234555554321$$
$$111111111 \times 111111 = 12345666654321$$
$$111111111 \times 1111111 = 123456777654321$$
$$111111111 \times 11111111 = 1234567887654321$$
$$111111111 \times 111111111 = 12345678987654321$$

Meine dritte Schulwoche

27. September

Als ich heute in die Klasse kam, nahm Miss Lewis mich gleich beiseite und sagte: »Stephen, ich möchte, dass du dich richtig anstrengst, ein kooperatives Mitglied der Klasse zu werden.«

Ich sagte, es wäre gar nicht nötig, mich daran zu erinnern, da Dr. Bandura die Wichtigkeit von kooperativem Verhalten klargemacht habe. Miss Lewis sagte: »Gut.«

28. September

Als ich heute zur Schule kam, sagte Miss Lewis, es sei wichtig, dass jeder seine eigene Arbeit macht, und was sie denn davon halten sollte, wenn fünf andere Kinder 111 × 111 und 1111 × 1111 und 11111 × 11111 auf ihren Additionsblättern haben. Ich sagte, allem Anschein nach hätten sie das distributive Prinzip der Multiplikation angewendet. Miss Lewis sagte, ich müsse verstehen, wie wichtig es sei, dass Menschen nach ihrem eigenen Tempo arbeiten. Ich sagte, dass ich das verstehen würde. Miss Lewis sagte: »Gut.«

Ich habe ausgerechnet, dass ich 12 Tage in der Schule verbracht habe, was 84 Stunden ergibt, also hätte ich 8400 Verse der *Odyssee* lesen können. Ich hätte Herodot oder *Ad Nicoclem* oder *Kyrupädie* oder *Erinnerungen an Sokrates* lesen können. Ich *hätte Algebra leicht gemacht* zu Ende lesen können. Ich hätte mit *Analysis leicht gemacht* anfangen können. Ich hätte alle japanischen Schriftzeichen gründlich lernen können.

Was mir Sorgen bereitet, ist, dass J. S. Mill nicht zur Schule gegangen ist. Er wurde von seinem Vater unterrichtet, und deshalb war er allen anderen 25 Jahre voraus.

Ich habe beschlossen, die *Argonautika* mit zur Schule zu nehmen.

29. September

Heute habe ich die *Argonautika* mit zur Schule genommen. Miss Lewis hat sie mir weggenommen und mich bei Schulschluss gezwungen, sie wieder mit nach Hause zu nehmen.

30. September

Heute hätte ich Buch 2 der *Argonautika* lesen können.

1. Oktober

Heute hätte ich Buch 3 der *Argonautika* lesen können.

2. Oktober

Heute war Samstag. Ich habe Buch 1 der *Argonautika* gelesen. Es ist länger, als ich dachte. Ich habe bis Vers 558 gelesen, und ich habe 30 japanische Schriftzeichen gründlich gelernt, und die übrige Zeit habe ich geübt, Knoten zu knüpfen.

3. Oktober

Heute war Sonntag. Ich habe Buch 1 der *Argonautika* bis Vers 1011 gelesen und 30 weitere japanische Schriftzeichen gründlich gelernt, und ich habe noch ein paar Knoten mehr geübt, und ich habe *923 Meter unter dem Meeresspiegel* gelesen.

Meine vierte Schulwoche

4. Oktober

Heute hätte ich die *Argonautika* zu Ende lesen können.

$$9 \times 9 \times 9 = (10 - 1) \times (9 \times 9)$$
$$= (10 \times 9 \times 9) - (1 \times 9 \times 9) = 810 - 81 = 729$$
$$99 \times 99 \times 99 = (100 \times 9801) - 9801$$
$$= 980100 - 9801 = 970299$$
$$999 \times 999 \times 999 = 997002999$$
$$9999 \times 9999 \times 9999 = 999700029999$$
$$99999 \times 99999 \times 99999 = 999970000299999$$
$$999999 \times 999999 \times 999999 = 999997000002999999$$
$$9999999 \times 9999999 \times 9999999 = 999999700000029999999$$
$$99999999 \times 99999999 \times 99999999 = 999999970000000299999999$$

$$99 \times 99 \times 99 \times 99 = [(99 \times 99 \times 99) \times 100] - (99 \times 99 \times 99)$$
$$= 97029900 - 970299 = 96059601$$
$$999 \times 999 \times 999 \times 999 = 996005996001$$
$$9999 \times 9999 \times 9999 \times 9999 = 9996000599960001$$
$$99999 \times 99999 \times 99999 \times 99999 = 99996000059999600001$$
$$999999^4 = 999996000005999996000001$$
$$9999999^4 = 9999996000000599999960000001$$

$$99^5 = (99^4 \times 100) - 99^4$$
$$= 9605960100 - 96059601 = 9509900499$$
$$999^5 = 995009990004999$$
$$9999^5 = 99950009999000049999$$
$$99999^5 = 9999500009999900000499999$$

$$99^6 = 950990049900 - 9509900499 = 941480149401$$
$$999^6 = 994014980014994001$$
$$9999^6 = 999400149980001499940001$$
$$99999^6 = 999940001499980000149999400001$$

3

999999^7

$=999993000020999965000034999979000006999999$

11. Oktober 1993

Heute hat mir Miss Lewis einen Brief für Sibylla mitgegeben. Sie hat gesagt, so könnte das nicht weitergehen.

Ich gab Sibylla den Brief, und ich weiß nicht, was drinstand, aber ich glaube nicht, dass Miss Lewis erzählt hat, was wirklich passiert ist. Sibylla hat den Brief gelesen, und sie hat gesagt »Was!«, und dann hat sie mich angesehen und gesagt: »Na, du musst dich ja verdammt gut fühlen, nachdem du es denen so richtig gezeigt hast.«

Ich habe gesagt: »Na, soll ich mich vielleicht hinlegen und sterben? Soll ich aus dem Fenster springen?«

Sibylla sagte, jetzt, wo ich 6 sei, sei ich auch alt genug, mich wie ein vernunftbegabtes menschliches Wesen zu verhalten.

Ich sagte, Miss Lewis hätte mich gebeten, ein kooperatives Mitglied der Klasse zu sein, aber wenn ich dann versuchte, den anderen zu helfen, sagte sie, sie sollten ihre Arbeit selbst machen, und wenn ich versuchte, meine Arbeit zu machen und *Algebra leicht gemacht* mit in die Klasse zu nehmen, sagte sie, ich sollte mich mehr einbringen und ein kooperatives Mitglied der Klasse sein. »Jeder von uns soll in seinem eigenen Tempo arbeiten«, sagte ich, »aber immer, wenn ich das versuche, sagt sie, ich soll aufhören, und immer wenn ich eine Frage stelle, weiß sie die Antwort nicht. Sie weiß nichts, was ich nicht schon weiß, deshalb glaube ich nicht, dass es irgendeinen Sinn hat, zur Schule zu gehen.«

Sibylla sagte: »Aber du gehst doch erst seit einem Monat zur Schule. Woher willst du wissen, dass Miss Lewis nichts weiß, was du nicht schon weißt? Mit so wenig Beweisen kannst du dir unmöglich eine Meinung bilden.«

Ich fragte: »Na, wie viele Beweise brauchst du denn noch?«

»Was?«

»Wie viele Beweise? Soll ich noch eine Woche hingehen oder noch zwei Wochen oder wie lange?«

»Ich glaube, du bist gesetzlich verpflichtet hinzugehen, bis du 16 bist.«

Sibylla sagte: »Bitte wein nicht«, aber zuerst konnte ich gar nicht aufhören. Kein Wunder, dass Miss Lewis von nichts was weiß, weil wir nämlich hingehen müssen, ob sie was weiß oder nicht.

Ich sagte: »Nehmen wir mal an, zwei Leute haben 10 Jahre schrecklicher grausamer Langeweile in der Schule vor sich. A stirbt im Alter von 6 durch einen Sturz aus einem Fenster, und B stirbt im Alter von 6 + n, wobei n eine Zahl unter 10 ist, dann wären wir doch wohl alle einer Meinung, dass Bs Leben sich durch die zusätzlichen n Jahre nicht verbessert hat.«

Sibylla fing an, auf und ab zu gehen.

Ich sagte: »Ich könnte doch einfach jeden Tag ein paar Bücher nehmen und mich allein in die Circle Line setzen oder in ein Museum gehen. Oder ich könnte den Bus bis zur Royal Festival Hall nehmen und da arbeiten, und ich könnte meine Fragen sammeln, und du könntest mir einfach eine Stunde am Tag Sachen erklären.«

»Es tut mir Leid, aber du bist noch zu klein, um alleine loszuziehen.«

Ich sagte, ich könnte hier arbeiten, und ich wäre ihr auch nicht im Weg. Ich sagte: »Wie wär's, wenn ich versprechen würde, nur 10 Fragen am Tag zu stellen, und nur zu einer bestimmten Zeit, dann würde das kaum Zeit kosten.«

»Nein.«

Ich sagte, 5 Fragen, was noch immer mehr war, als Miss Lewis je beantwortete, und Sibylla schüttelte den Kopf, und ich sagte: »Gut, dann stelle ich überhaupt nie wieder irgendwelche Fragen. Wenn ich jemals eine Frage stelle, kannst du mich zurück zur Schule schicken, aber ich verspreche, ich tu's nicht.«

Sibylla sagte bloß, es täte ihr Leid.

»Was ist denn das für ein Argument?«

»Es gibt ein Argument, aber das kann ich mit dir nicht erörtern. Du musst weiter zur Schule gehen und das Beste draus machen.«

Sie sagte, sie würde am Montag nach der Schule mit Miss Lewis reden.

12. Oktober 1993

Heute ist Sibylla nach der Schule gekommen, um mit Miss Lewis zu reden. Miss Lewis sagte, ich sollte ans andere Ende des Klassenzimmers gehen, aber Sibylla sagte: »Nein.«

Miss Lewis sagte: »Dann meinetwegen.« Sie sagte, ich sei ein Störfaktor in der Klasse. Sie sagte, es gebe noch andere Dinge im Leben außer akademische Leistungen, und dass Kinder, die im frühen Alter zu sehr mit Wissen voll gestopft würden, häufig Schwierigkeiten hätten, sich ihren Altersgenossen anzupassen, und häufig ihr ganzes Leben lang sozial unangepasst blieben.

»La formule est banale«, sagte ich.

Miss Lewis sagte: »Das reicht, Stephen.« Sie sagte, sie sei bereit, den Lehrplan so anzugleichen, dass ein begabtes Kind gefördert werde, mir müsse aber klargemacht werden, dass meine noch so guten Leistungen mir nicht das Recht gäben, den Unterricht zu stören und in den Lernprozess der anderen Kinder einzugreifen. Sie sagte, immer wenn ich in einer Gruppe mit anderen Kindern sei, so hätte sie festgestellt, könnten die anderen Kinder sich nicht auf ihre Aufgabe konzentrieren. Sie sagte, sie würde sich alle Mühe geben, mich in die Klasse zu integrieren, dass ihr das aber nicht gelingen könne, wenn alles, was sie tagsüber zu erreichen versuchte, unterlaufen würde, sobald ich nach Hause käme, und dass das nur funktionieren würde, wenn es eine echte Partnerschaft zwischen Elternhaus und Schule gebe.

Ich fragte: »Heißt das, dass ich nicht mehr zur Schule gehen muss?«

Sibylla sagte: »Lu- Stephen. Es geht nicht, das heißt, selbst wenn ich wollte, dass du aufhörst, bei Miss Lewis zu lernen, was ich nicht will, können wir es uns nicht leisten, Leute zu engagieren, die sich mit Quantenmechanik auskennen, und vor allem können wir es uns nicht bei £ 5,50 die Stunde leisten.«

Ich sagte: »Obwohl die Fähigkeit zu denken die menschlichen Fähigkeiten ungemein erweitert, kann sie, wenn sie falsch eingesetzt wird, ein Quell großen persönlichen Unglücks sein. Viele menschliche Dysfunktionen und Qualen erwachsen aus dem Problem des Denkens. Das liegt daran, dass Menschen sich gedanklich oft mit einer schmerzhaften Vergangenheit oder einer beängstigenden Zukunft beschäftigen, die allein ihrer eigenen Phantasie entspringt. Sie belasten sich selbst mit negativen Erregungszuständen durch Ängste auslösendes Grübeln. Sie unterminieren ihre eigenen Anstrengungen durch Selbstzweifel und andere sinnlose Ideenbildung. Durch phobisches Denken engen sie ihr Leben ein und berauben es seiner Möglichkeiten.«

Sibylla sagte, ich sollte nicht einfach unkritisch Sachen zitieren, der Autor scheine anzunehmen, dass es so etwas wie eine unaufgeforderte Erinnerung nicht gebe, eine Annahme, für die es anscheinend keinerlei Beweise gebe.

Ich sagte, das sei genau der Grund, warum es besser für mich wäre, nicht zur Schule zu gehen, ich müsste lernen, so zu argumentieren wie J. S. Mill.

Miss Lewis sagte, sie wolle Sibyllas Leistungen weiß Gott nicht schmälern, aber es bestünde wirklich die Gefahr, den Kontakt zur Realität zu verlieren.

Sibylla sagte, Miss Lewis wisse nicht, wie es sei, in einem Ort zur Schule zu gehen, der ganz aus dem Häuschen war, weil er sein erstes Motel bekam.

Miss Lewis fragte: »Was?«

Sibylla sagte, als sie im Schulalter war, sei sie nur einmal auf eine Schule gegangen, die überhaupt Griechisch unterrichtete, und dazu hätte man drei Jahre Französisch oder Spanisch und zwei Jahre Latein gehabt haben müssen, wo sie doch nur ein Jahr Französisch vorweisen konnte, deshalb hätte sie sagen müssen, sie hätte zwei Jahre Französisch- und Lateinunterricht bei einem ehemaligen Jesuitenpater aus Quebec gehabt, und einen Brief von dem Pater fälschen, und die meisten Leute könnten gar kein Arabisch oder Hebräisch oder Japanisch lernen, selbst *wenn sie* einen ehemaligen Jesuitenpater erfanden.

Miss Lewis sagte: »Ich denke, wir kommen jetzt ein bisschen vom Thema ab. Was meinen Sie, wie es sich auf ein Kind auswirkt, dessen Leistungen sehr zufrieden stellend und meistens sogar überdurchschnittlich im Vergleich zu seiner Altersgruppe sind, was meinen Sie, wie es sich auf so ein Kind auswirkt, wie gesagt, auf ein Kind, ein Mädchen, das allen Grund hat, stolz auf seine Leistungen zu sein und ein gutes Selbstvertrauen zu entwickeln, wenn Stephen mit einem Blatt ankommt, auf dem Rechenaufgaben mit sieben- und achtstelligen Zahlen stehen, und ihr erklärt, es hätte keinen Sinn, eine Rechenaufgabe zu lösen, solange das Resultat noch auf die Anzeige des Taschenrechners passt? Ganz zu schweigen von den Auswirkungen auf Kinder, die ohnehin schon Probleme mit dem Lehrmaterial haben. Ich habe einen Jungen, der sich langsam durchs Alphabet gearbeitet hat, immer nur einen Buchstaben, und der gerade letzte Woche endlich so weit war, dass er alle Buchstaben sicher erkennen konnte, nun, ich will nicht behaupten, dass Stephen direkt unfreundlich sein will, aber was meinen Sie, wie sich das auswirkt, wenn Stephen anfängt, sämtliche Namen von Dinosauriern auf Griechisch aufzuschreiben, und erklärt, dass viele Buchstaben gleich sind? Wenn Sie meine Meinung wissen wollen – ich denke, der Junge, von dem ich sprach, hat mit dem einzigen Alphabet mehr geleistet, worauf er ehrlich stolz sein kann, als Stephen mit dutzenden, aber er war absolut niedergeschlagen. Wochenlange Arbeit mit einem Schlag zunichte gemacht. Das muss ein Ende haben. Stephen muss begreifen, dass das Leben nicht nur aus Wissen besteht.«

Ich fragte: »Heißt das, dass ich nicht mehr zur Schule muss?«

Sibylla sagte: »Da gebe ich Ihnen vollkommen Recht, wir schauen uns schon seit einem Jahr jede Woche *Die sieben Samurai* an.«

Miss Lewis sagte: »Wie bitte?«

Sibylla sagte: »Nun, wie Sie bestimmt wissen, ist bei Kurosawa das Wesentliche einer Fähigkeit höchst – aber sieh an, Sie haben ja ein kleines Buch über Samurai in der Klasse, wie wunderbar!«

Sie nahm *Samurai-Krieger* von meinem Tisch und begann es durchzublättern.

Miss Lewis sagte: »Ich denke, wir sollten ...«

Plötzlich rief Sibylla schreckensstarr: »WAS?«

»Was ist denn?«, fragte Miss Lewis.

»EXPERTE IN EINER JEWEILS ANDEREN KAMPFTECHNIK!«, klagte Sibylla.

»Was?«, rief Miss Lewis erneut.

»Wie können die denn NACHTS SCHLAFEN«, sagte Sibylla, »wo sie arglosen SCHULKINDERN dieses MACHWERK untergejubelt haben! Hier steht, jeder Samurai sei Experte in einer jeweils anderen Kampftechnik. Kampftechnik, von wegen. Was ist denn Katsushiros

Kampftechnik, der STOCK? Oder Heihachis – die AXT? Ein JAMMER, dass er sie bei ihrem Besitzer zurücklassen musste, sodass er sie nicht wirklich gegen den FEIND einsetzen konnte.«

Miss Lewis sagte: »Ich denke wirklich …«

Sibylla sagte: »Was für ein GLÜCK, dass uns zufällig der wahre Sachverhalt bekannt ist, denn soweit wir sagen können, ist die Schule voll gestopft bis unters Dach mit Büchern voller Fehler zu Themen, zu denen mein Sohn gehofft hatte, er würde etwas LERNEN, das er noch nicht WUSSTE, was, wie ich ANGENOMMEN hatte, das Ziel SCHULISCHER AUSBILDUNG sein sollte. Ach, was soll ich bloß machen?«

Miss Lewis sagte: »Ich denke wirklich nicht …«

Sibylla sagte: »Da könnten Sie das Buch genauso gut *Das Shakespearesche Genie* nennen und dann einem japanischen Schulkind erklären, Laertes sei die INTERESSANTERE FIGUR und daher der Held von HAMLET. Ach, was soll ich nur machen?«

Miss Lewis sagte: »Ich denke, für heute haben wir genug beredet. Stephen, ich möchte, dass du dir das, was hier gesagt wurde, sehr gründlich durch den Kopf gehen lässt.«

Ich sagte, ich würde es mir sehr gründlich durch den Kopf gehen lassen.

Wenn ich später mal einen Sohn habe und er von der Schule abgehen will, dann werde ich ihn lassen, weil ich mich daran erinnern werde, wie die Schule ist.

Wir gingen nach Hause, und Sibylla tigerte auf und ab.

»Was soll ich machen?«, fragte sie. »Was soll ich machen?«

Ich sagte: »Vielleicht sollte ich einfach zu Hause lernen.«

Sibylla machte. »Hmm.« Sie sagte: »Lass uns mal Mr. Richie um Rat fragen«, und sie gab mir eine weitere Seite zu *Sugata Sanshiro* zu lesen.

> Der Held ist ein Mann, der sich tatkräftig bemüht, er selbst zu werden – niemals ein sehr beruhigender Anblick. Der Schurke ist hingegen bereits etwas geworden. Alles an Tsukigata deutet darauf hin, dass er angekommen ist. Es gibt keine überflüssige Geste, keine Geste, die nicht genau kalkuliert wäre. Er hat das gefunden, was zu seinem Vorteil ist, und er handelt entsprechend. Im Vergleich dazu hat Sugata zwei linke Hände.
>
> Kurosawas Vorliebe entspricht unser aller Vorliebe für den ge-

bildeten Menschen. Im herkömmlichen Film wäre dieser Mann der Held. Aber er ist es nicht, und trotz seiner Bewunderung erzählt uns Kurosawa, warum er das nicht ist. Eines der Kennzeichen all seiner Helden, angefangen mit Sugata, ist, dass sie alle auf ebendiese Weise ungebildet sind. Aus diesem Grund handeln alle seine Filme von Erziehung – der Erziehung des Helden.

Nach diesem großartigen Kampf ... würde man erwarten, dass der Film mit irgendeiner Aussage endet, dass er endlich erwachsen, dass er angekommen, dass er etwas geworden ist – der große Judomeister. Das wäre der logische westliche Schluss eines Filmes über die Erziehung eines Helden.

Kurosawa jedoch hat erkannt, dass das nicht stimmen kann. Ein Held, der tatsächlich wird, ist gleichbedeutend mit einem Schurken – denn das war der einzige greifbare Aspekt der Schurkenhaftigkeit des Schurken. Die Botschaft, dass Friede, Zufriedenheit, Glück auf einen einzigen Kampf folgen, wie bedeutend er auch ist, wäre buchstäblich unwahr – und es würde Sugata limitieren, gerade wegen der Limitationen, die mit solchen Wörtern wie »Glück« oder »Judomeister« suggeriert werden.

Ich fragte: »Reicht das?«

Sibylla sagte: »Das reicht. Was glaubst du, was das alles bedeutet?«

Ich dachte, wenn ich das richtig mache, muss ich nicht mehr zur Schule gehen. Ich muss das richtig machen. Ich betrachtete die Seite, um Zeit zu schinden.

Ich sagte: »Es bedeutet, dass es buchstäblich unwahr ist, die Botschaft zu vermitteln, dass Friede, Zufriedenheit, Glück auf einen einzigen Kampf folgen, wie bedeutend er auch ist, und dass ein Held, der tatsächlich wird, gleichbedeutend ist mit einem Schurken.«

Sibylla: »Ein Held, der tatsächlich was wird?«

Ich: »Ein Schurke wird?«

Sibylla: »Ach, was soll ich machen?«

Ich: »Er selbst wird?«

Sibylla: »Was soll ich MACHEN?«

Ich: »Ein großer Judomeister wird?«

Sibylla: »Was soll ich MACHEN?«

Ich: »Glücklich wird!! Zufrieden wird! Ein Held wird! Etwas wird!!!!«

Sibylla: »WAS soll ich MACHEN?«

Ich dachte an 10 Jahre Schule, und ich sagte: »Ich glaube, in Wahrheit soll das heißen, dass man etwas nicht wirklich erfassen kann, bevor man es nicht erlebt hat. Man denkt, man wüsste, worum es bei etwas geht, und deshalb macht man's, aber wenn man es macht, merkt man, dass es um etwas ganz anderes geht. Es soll heißen, dass es deshalb so wichtig ist, Judo zu lernen.«

Sibylla sagte: »JUDO! Mensch, es gibt doch einen Judoclub hier ganz in der Nähe! Dann KÖNNTEST du doch Judo lernen, NICHT WAHR?«

Eigentlich dachte ich, ich würde liebe Taekwondo lernen, aber ich antwortete: »Ja.«

Sibylla sagte: »Damit ist nicht alles gelöst, aber zumindest ist eine Sache gelöst. Du wirst gleichaltrige Kinder in einem geordneten und anständigen Umfeld kennen lernen und dich um *satori* bemühen. Es wäre eigentlich nicht falsch, wenn ich dich zu Hause unterrichten würde.«

Sie tigerte auf und ab. Ich konnte sehen, dass sie irgendwas beunruhigte.

Ich sagte: »Ich verspreche, dass ich keine Fragen stelle.«

Sibylla tigerte weiter auf und ab.

Ich sagte: »Ich denke, damit ist alles gelöst.«

IV

Ein Kampf mit Schwertern wäre Euer Tod

1

Versuch, mit Lord Leighton Mitleid zu haben

Der Mann war fast tot.

Er hätte nach dem Unfall nicht bewegt werden dürfen, aber die Vorräte waren knapp geworden. Sie waren nun seit zehn Tagen unterwegs, hatten nur Halt gemacht, um den Hunden eine Verschnaufpause zu gönnen und rasch einen Happen Pemmikan zu essen.

Jetzt hatten sie nur noch einen Hund. Wolf hatten sie zwei Tage zuvor verzehrt. Bald war Dixie an der Reihe. Aber ohne einen Hund …

Der Junge verdrängte den Gedanken. Damit würden sie sich beschäftigen, wenn es so weit war. Zumindest hatte der Wind sich gelegt. Die einzigen Geräusche waren das Knirschen der Kufen im Schnee, das laute Hecheln von Dixie, die sich mit der ungewohnten Last abmühte, sein eigener, rascher Atem und das Stöhnen des Verwundeten.

Die Luft war kristallklar. War das da in der Ferne ein Iglu? Es musste ein Inuit-Lager sein. Nur die Inuit hielten sich so spät im Jahr noch so weit nördlich auf.

Zwei Stunden später schleppten sie sich in die Siedlung.

»Wo sind wir?«, flüsterte der Mann.

»In einem Inuit-Lager«, erwiderte der Junge.

»Sprechen sie Englisch?«

»Ich spreche Inuit«, sagte der Junge.

»Gut, dass ich dich mitgenommen habe«, sagte der Mann mit einem gespenstischen Grinsen.

Zwei pelzbekleidete Gestalten kamen näher. Der Junge versuchte krampfhaft, sich an ein paar Brocken zu erinnern, die er Monate zuvor im Eskimo-Buch des Wissens *gelesen hatte.*

Taimaimat ĸanimajut âniasiortauningine maligaksat sivorlerpângat imaipoĸ: ANIASIORTIB PERKOJANGIT NALETSIARLUGIT.

Die beiden Männer drehten sich wortlos um und gingen zu ihren Iglus zurück. Das einzige Geräusch kam von dem feinen Schnee, der durch das Lager trieb.

Der Junge versuchte es erneut:

Ilapse ilangat killerpat aggangminik âniasiortib mangipserpâ ajoĸertorpâselo killeĸ mangipsertautsainartuksaungmat. Ilanganele killertub mangiptaĸ pêjarpâ, kingornganelo tataminiarpoĸ killeĸ âĸivalialugane piungilivaliatuinarmat. Nerriukkisê âniasiortib mangiptaĸ najumitsainarniarmago uvlut magguk pingasullônêt nâvlugit killeĸ mamitsiarĸârtinagô?

Stille war die einzige Antwort.

Verzweifelt kramte er aus der vagen Erinnerung an das Buch ein paar Begrüßungsworte hervor:

Sorlo inôĸatigêksoaĸarjmat unuktunik adsigêngitunik taimaktauĸ ataneĸarpoĸ unuktunik adsigêngitunik, anginerpaujorle tamainit, idluartomik ataniortoĸ inungnik ĸaĸortanik ĸernângajuniglo ĸernertaniglo, tagva ataneĸ Georg, ataniojoĸ Britishit ataniovikosoanganut. Tâmna atanerivase.

Plötzlich fiel ein Schuss, und der Junge sank leblos in den Schnee.

Soweit ich sehen kann, ist das *Eskimo-Buch des Wissens* völlig nutzlos. »Die erste Regel bei der Behandlung einer Krankheit oder Verletzung lautet: DIE ANWEISUNGEN DES WEISSEN MANNES BEFOLGEN.« Wann werde ich das jemals nutzen? Der Titel *Einhunderteins Dinge, die man nicht sagen sollten, wenn Inuit in Hörweite sind* wäre passender gewesen.

Wenn einer von euren Leuten sich die Hand verletzt, verbindet der Händler die Wunde mit einer Bandage und schärft dem Mann ein, die Wunde bedeckt zu halten. Häufig wirft der Mann den Verband fort und fragt sich, warum die Wunde schlimmer statt besser wird.

Erwartet ihr denn etwa, dass der Händler den Verband an der Hand des Mannes zwei oder drei Tage festhält, bis die Wunde verheilt ist?

Das wird uns richtig beliebt machen.

Ebenso, wie es viele verschiedene Rassen gibt, so gibt es viele verschiedene Herrscher, doch der größte Herrscher von allen, der mit großer Gerechtigkeit Weiße Menschen, Braune Menschen und Schwarze Menschen in sehr vielen Ländern regiert, ist König Georg, der Herrscher des Britischen Empire. Er ist euer König.

Noch so ein Volltreffer. Leider war es das Einzige, was ich über Inuit finden konnte. Natürlich reist er vielleicht nie dahin, wo Inuit gesprochen wird. Ich könnte mir immer noch ein paar von den Wörtern und etwas Grammatik erarbeiten, wenn ich wüsste, dass ich es brauchen würde, aber Sibylla will nach wie vor nichts sagen. Es wäre schon eine Hilfe, wenn sie mir nur irgendetwas über ihn erzählen würde. Unglaublich, dass ich fast 11 bin und bloß weiß, dass er nicht Thor Heyerdahl ist.

König Georg ist nicht nur ein äußerst besonnener und hart arbeitender Mann, er ist auch ein großer Jäger. Ob bei der Jagd auf wilde Tiere wie den Bären oder bei der listigen Pirsch auf Rotwild oder beim Schießen auf fliegende Rebhühner, niemand im Britischen Empire zielt sicherer als unserer König.

Atanerk Georg silatudlartuinalungilaĸ angijomiglo suliaĸarpaklune, ômajoĸsiorteogivorletauĸ –

Okay, das ist übertrieben. Das ist nicht das Einzige, was ich weiß. Ich weiß ebenfalls, dass er nicht Egon Larsen ist. Er ist nicht Chatwin. Sie mag Thubron, also ist der draußen. Ich glaube, ich habe es auf 8 oder 9 eingegrenzt. Eine Weile habe ich gedacht, es wäre Red Devlin: Sie muss immer über die zahnlückigen Bengel lachen, und seit er vor fünf Jahren geschnappt wurde, versucht seine Frau, mit einer Kampagne seine Freilassung zu erwirken, also wäre denkbar, dass Sibylla es für besser gehalten hat, mir nichts zu erzählen. Aber letzte Woche dann kehrte James Hatton vom nördlichen Polarkreis zurück und schrieb einen Artikel für das *Independent Magazine*, in dem der Ausdruck »wahrhafte Kathedrale aus Eis« vorkam. WAHRHAFTE KATHEDRALE AUS EIS, rief Sibylla, und sie ging auf und ab und sagte »wahrhafte Kathedrale aus Eis« und las noch andere unbezahlbare Ausdrücke vor, und plötzlich hatte ich den Verdacht, dass es Hatton war. Also habe ich mir *Das Eskimo-Buch des Wissens* besorgt und angefangen, mich mit Inuit zu beschäftigen.

Bevor er nach London zurückkehrte, um zur Feder zu greifen, war Hatton allein zum Nordpol gewandert und wieder zurück, ohne irgendwem zu sagen, wohin er wollte. Einmal wurde er von einem Walross angegriffen. Es war so kalt, dass seine Pistole klemmte, und ihm blieb nichts anderes übrig, als mit dem Messer zu werfen. Er traf das Tier in einem Auge (Hatton: »Voll ins Schwarze!«) und konnte es dann mit der Harpune erlegen. Er musste das Fleisch zum Teil roh essen und dann 15 Meilen weiter marschieren, obwohl er schon 20 Stunden unterwegs gewesen war, weil er wusste, dass der Geruch des Blutes andere Raubtiere anlocken würde. Einmal wurde eine Frostbeule an einer Zehe so schlimm, dass er sie abschneiden musste.

Wenn es wirklich Hatton ist, habe ich jahrelang ganz umsonst Xhosa, Swahili, Zulu, Haussa, Quechua, Faroese und Mongolisch gelernt. Wenn er es nicht ist, vergeude ich meine Zeit mit dem *Eskimo-Buch des Wissens*. Ich denke, es mag sein, dass ich meine Zeit so oder so vergeude.

> Wenn ihr Jäger nur halb so viel SORGFALT an den Tag legen würdet wie die Weißen und eure Fallen fachgerecht aufstellen und eure Pelze schmutzfrei halten würdet, dann würde jede Inuit-Familie mehr Reichtümer von den Händlern der Company bekommen.

Wenn ich uns beiden einbrocke, dass wir gelyncht werden, wird mein lange verschollener Vater wahrscheinlich seinem lange verschollenen Sohn sagen, er soll Leine ziehen und bleiben, wo der Pfeffer wächst.

Sibylla müsste eigentlich tippen und liest Zeitung. Ich habe das Kanji-Wörterbuch auf einer Armlehne meines Sessels liegen und das kleine transkribierte Kodansha auf der anderen. Wenn sie fragt, was ich lese, sag ich es ihr, aber sie wird vermutlich nicht fragen, wenn sie die Japanisch-Wörterbücher sieht; sie weiß, dass ich ein neues Buch über Judo habe. Ich will nichts davon hören, dass eine Bezahlung für Schüler, das Recht zu sterben, die homosexuelle Ehe und all die anderen Grundvoraussetzungen einer Kultur, die nicht rettungslos in die Barbarei versunken ist, im Jahre 2065 gang und gäbe sein werden.

> Kein Wunder, dass eure schönen jungen Damen lieber einen guten Jäger heiraten wollen, einen Mann, der seinem Lager Ehre macht und dafür sorgen kann, dass seine Familie ein behagliches Leben hat und neue Reichtümer gewinnt! In allen Teilen der Welt werden solche Männer von holden jungen Damen bevorzugt –

O MEIN GOTT!, rief Sibylla. Er ist DRAUSSEN! Er ist GEFLOHEN! Das ist ja WUNDERBAR!

Und während sie auf und ab schritt, sagte sie, dass Red Devlin vor drei Monaten geflohen und soeben in die britische Botschaft in Tbilissi reinmarschiert ist. Sie sagte: Ich habe die zahnlückigen Bengel mit ihren Kalaschnikows irgendwie richtig VERMISST. Sie hüpfte herum, als wäre die Schwerkraft des Planeten plötzlich um ein Drittel geringer.

Ich dachte: Es muss Devlin sein.

Vor langer Zeit habe ich eins seiner Bücher gelesen. Es hieß *Verschwinde, bevor ich dich rausschmeiße*. Er war kein großer Schriftsteller; sein Talent bestand darin, unverschämte Forderungen zu stellen, die einfach niemand ablehnen konnte. Zum Beispiel hat er mal darum gebeten, mit einigen Fallschirmjägern über ein Kriegsgebiet geflogen zu werden, woraufhin ihm gesagt wurde, dass das gegen alle Vorschriften sei.

Ach, kommen Sie schon, sagte Red Devlin.

X: Also schön, aber es darf niemand wissen, das muss absolut unter uns bleiben.

Red Devlin bekam einen Fallschirm als reine Sicherheitsmaßnahme, und als dann die Fallschirmjäger absprangen, sprang er auch, bevor jemand ihn aufhalten konnte, und er bekam eine Story, die niemand bekommen hätte, der nicht mit den Fallschirmjägern geflogen wäre. Eine Zeitung engagierte ihn wegen dieser Story und feuerte ihn dann, weil er sich weigerte, eine andere Story einzureichen, und dann engagierte ihn eine andere Zeitung, weil er in ein Guerillaversteck reingekommen war, nachdem er in eine Kneipe in der Gegend gegangen war und gesagt hatte: »Ich möchte gern in dieses Guerillaversteck.«

Kneipenwirt: Niemand weiß, wo das ist. Es ist ein Geheimnis.

Red Devlin: Ach, kommen Sie schon, mir können Sie das doch verraten.

Kneipenwirt: Na, also gut, Sie biegen die erste rechts ab – ich sag Ihnen was, wir fahren mit meinem Wagen hin.

Skeptiker hatten zu bedenken gegeben, dass es dafür nur Red Devlins Aussage gab, aber da die meisten der Leute, mit denen er sprach, mit niemandem sonst sprechen wollten, konnte man entweder argumentieren, dass er sicher die Wahrheit sagte, oder, dass es keine Möglichkeit gab, das Gegenteil zu beweisen.

Red Devlin hatte mal einem Paar geholfen, ein Waisenkind aus Rumänien zu adoptieren. Das Paar war in Rumänien gewesen und hatte ein Waisenhaus besucht, und als es wieder in Großbritannien war, beschloss es, ein kleines Mädchen zu adoptieren. Die beiden hatten extra Rumänisch gelernt, und sie hatten mit Leuten gesprochen, die rumänische Kinder adoptiert hatten, und als sie die Adoption in die Wege leiten wollten, wurde ihnen gesagt, dass sie keine Chance hätten. Sie waren beide Frauen, und damit nun mal ein Mann zu wenig und eine Frau zu viel. Das Paar machte leidenschaftlich seinen Standpunkt klar und schilderte drastisch den Zustand des Waisenhauses, aber Vorschriften waren Vorschriften, und es war nichts zu machen.

Das Paar ging nach draußen und saß schlotternd in der Sonne. Und da kam durch einen glücklichen Zufall Red Devlin des Wegs. Er hatte wieder mal einen Job verloren, sodass er reichlich Zeit hatte.

Was ist denn los?, fragte Red Devlin.

Die Frauen erzählten es ihm, und er sagte, er würde ihnen helfen.

Die beiden waren so überzeugt davon, dass Vorschriften nun mal Vorschriften waren, dass sie zuerst dachten, er wollte den Vorschlag machen, eine von ihnen zu heiraten. Red Devlin lachte. Nein, sagte er, er sei bereits verheiratet. Aber er werde nach Rumänien fahren und das Kind holen. Das Paar erklärte geduldig, dass man das Kind ohne Adoptionspapiere weder aus Rumänien raus- noch nach Großbritannien reinbringen könne.

Ist das eine Tatsache?, fragte Red Devlin.

Red Devlin sprach, wenn es hochkam, vielleicht vier Worte Rumänisch. Und auch die bedeuteten womöglich von Anfang an so viel wie »Ach, kommen Sie schon«; falls nicht, dann taten sie es, nachdem Red Devlin sie benutzt hatte. Er fuhr zum Waisenhaus und verlangte das Mädchen, und jedes Mal, wenn jemand ihm einen Stein in den Weg legte, brachte er seine vier Worte Rumänisch an, und, langer Rede kurzer Sinn, als er nach drei Tagen schließlich aus Bukarest rausfuhr, saß das Mädchen neben ihm.

Manche Leute schmuggeln Kinder im Kofferraum über Grenzen. Manche Leute verkleiden sie als riesige Puppen oder stecken sie in Koffer. Manche Leute legen sie unter eine Decke und hoffen, dass alles gut geht. Red Devlin fuhr mit dem Mädchen auf dem Beifahrersitz zur Grenze.

Grenzbeamter: Wo sind die Papiere?

Red Devlin: Sie hat keine Papiere.

Red Devlin erklärte die Situation.

Tut mir Leid, aber sie muss zurück.

Red Devlin erklärte die Situation noch einmal.

Glauben Sie mir, ich habe vollstes Verständnis, aber ich kann da nichts machen.

Klar können Sie, sagte Red Devlin. Jeder kann das sagen, aber Red Devlin war wirklich davon überzeugt, und jedes Mal, wenn er es sagte, hörten Leute, die nur ihren Job machten, damit auf, nur ihren Job zu machen. Er kam mit dem Mädchen zurück nach Großbritannien und besprach die Angelegenheit mit einer Frau vom Jugendamt.

Das war kein Kinderspiel. Die Frau sagte, sie mache nur ihren Job, und Red Devlin sagte, Ach, kommen Sie schon, und statt »Also schön« zu sagen, erwiderte die Frau, Vorschriften seien nun mal Vorschriften. Red Devlin sagte noch einmal, Ach, kommen Sie schon, und diesmal erwiderte die Frau, sie könne da gar nichts machen. Red Devlin sagte, Klar können Sie, und die Frau sagte, Mir sind die Hände gebunden. Sie sprachen eine ganze Stunde miteinander, und die ganze Zeit argumentierte Red Devlin kein einziges Mal leidenschaftlich oder sagte, Aber SICHERLICH, oder: Aber VERSTEHEN Sie denn nicht, oder: Was würden Sie machen, wenn es IHR Kind wäre. Sie redeten und redeten und redeten und redeten und redeten und redeten, und selbst nach einer Stunde Red Devlin sagte die Frau nicht, Also schön, aber sie sagte, sie wolle sehen, was sie machen könne. Langer Rede kurzer Sinn, das Mädchen durfte bleiben. Episoden wie diese gab es hunderte, doch dann war er gefangen genommen und als Geisel festgehalten worden.

Sibylla sagte, wahrscheinlich sei Folgendes passiert: Er war fünf Jahre lang geknebelt gewesen, und dann hatte ihm jemand aus Versehen den Knebel abgenommen, und Red Devlin hatte gesagt, Ich möchte nach Hause, und sie hatten gesagt, Also schön.

Ich wartete, dass sie weitererzählte, aber sie ging bloß auf und ab, und während sie ging, sah sie *Das Eskimo-Buch des Wissens*.

Was ist das?, fragte sie und nahm das Buch und sah hinein und las laut: … *sobald es jungen Weißen Damen gefiel, sich Hals und Schultern mit dem weichen Pelz des Fuchses zu zieren, waren viele junge Männer darauf erpicht, die Herzen (und die Eitelkeit) ihrer Damen zu erfreuen, indem sie ihnen weiße Fuchsfelle schenkten; und die Männer erkannten, dass sie ihre Frauen, wenn diese traurig waren, wieder froh machen konnten, indem sie ihnen weiße Fuchsfelle schenkten,* und sie sagte, Das ist ja erstaunlich, und, Wann ist das erschienen?

1931 sagte ich

1931 sagte Sibylla, und wir haben, Moment

1998

1998 das macht 67 Jahre, und in 67 Jahren haben wir

2065

2065. Genau. Denk doch bloß mal, Ludo, 2065 wird man es für absolut BARBARISCH halten, dass Kinder dazu verdammt sein sollen, 12 Jahre lang ohne Bezahlung in absoluter Abhängigkeit von den Erwachsenen zu arbeiten, in deren Obhut das Schicksal sie gegeben hat, und BARBARISCH, dass Menschen auf die Welt und in Lebensumstände gebracht werden, die sie sich nicht ausgesucht haben, und dann GEZWUNGEN sind, DENNOCH in diesen Lebensumständen zu verbleiben, und man wird nicht wissen, was verwunderlicher ist: das absolute SCHWEIGEN zu diesen Themen zum gegenwärtigen Zeitpunkt oder der absolute SCHWACHSINN, der regelmäßig zum Thema Ehe zwischen Angehörigen desselben Geschlechts in Zeitungen veröffentlicht wird, die ANGEBLICH

Ist Red Devlin mein Vater?, fragte ich.

Sie sagte: Darüber möchte ich nicht reden.

Sie kam nicht mehr auf den Boden der Realität zurück. Meine Mutter befand sich jetzt auf einem Planeten mit einer tödlichen Atmosphäre und einer Schwerkraft von 17. Auf den Sessel gestützt und auf *Das Eskimo-Buch des Wissens* blickend, sagte sie nach einer Pause mit deutlicher Anstrengung:

Aber was für eine wunderbare Sprache, mal sehen, *kakortarsu* ist offenbar der weiße Fuchs, damit haben wir *kakortarsu kakortarsuk kakortarsungnik kakortarsuit*, und dann haben wir *puije* und *puijit* für »Robbe« weiter oben auf der Seite, und wie's aussieht, ist *puije* der Akkusativ, *puijit* der Nominativ, dann wäre *kakortarsuit* Nominativ, *piojornininingillo* ist »Eitelkeit« auf der Seite davor, *puijevinit* heißt dann wohl Robbenfleisch, *puievinekarnersaularposelo* »ihr werdet außerdem einen größeren Vorrat Robbenfleisch bekommen«, ach, ich wollte schon immer eine agglutinierende Sprache lernen.

Ich: Sind drei nicht genug?

Sie: Ich habe Lust, noch eine zu lernen, ich finde die Vorstellung wundervoll, so eine Sprache TÄGLICH ZU BENUTZEN. Sie sagte: Was »wahrhafte Kathedrale aus Eis« wohl auf Inuit heißt?

Ich sagte nichts.

Sie sagte: OH SIEH MAL, hier steht »God Save the King« auf Inuit!

Der Planet Saturn hat eine Schwerkraft von nur 1,07, und sie fing an zu singen

Gûdib saimarliuk
Adanterijavut
Nâlengnartoĸ.
Piloridlarlune
Nertornadlarlune
Ataniotile
Uvaptingnut.

Ich fragte: Ist es James Hatton?

JAMES HATTON!, sagte Sibylla. Junge, der Mann ist ein wahrhafter Koloss!

Sie sagte: Ich muss arbeiten.

Ich hatte das Gefühl, mit dem *Eskimo-Buch des Wissens* meine Zeit zu verschwenden. Ich dachte: Na, vielleicht bestehe ich den Test ja dieses Jahr, und ich sah mir erneut die Postkarte mit »Griechische Mädchen beim Ballspiel« von Lord Leighton an, die Sibylla mir Jahre zuvor gezeigt hatte. Abstrakter Expressionismus ist das nicht, aber ich konnte noch immer nicht sehen, was ich sehen sollte. Dann las ich den Zeitschriftenartikel zum 500. Mal, aber ich konnte nicht sehen, was ich sehen sollte. Dann hörte ich mir das Band von Liberace an, das offensichtlich absoluter Mist ist.

Sibylla sagte: Würdest du das bitte nicht spielen? Ich versuche zu arbeiten.

Ich sagte: Mir ist klar, dass das Band Mist ist. Reicht das nicht?

Sie sah mich an.

Ich fragte: Woher weißt du, dass du dich bei den anderen beiden nicht täuschst?

Sie sah mich an.

Ich fragte: Warum sagst du mir nicht, was deiner Meinung nach nicht stimmt, damit ich selbst eine Entscheidung treffen kann?

Sie sah mich mit glühenden Augen an.

Ich fragte: Warum sagst du mir nicht, wer es ist? Soll ich dir versprechen, dass ich ihm nichts sage? Ich habe ein Recht, es zu erfahren.

Sie sagte: Und ich habe ein Recht, die Aussage zu verweigern.

Sie sagte: Wenn du mich jetzt nicht für irgendwas brauchst, gucke ich ein bisschen *Die sieben Samurai*.

Sie schaltete den Computer ab. Es war 11:30. Bisher hatte sie 8 Minuten getippt, was bedeutete, dass sie bei £ 6,25 die Stunde etwa 83 Pence verdient hatte.

Sie nahm die Fernbedienung und drückte auf ON und PLAY.

40 Banditen halten auf einem Berg oberhalb eines japanischen Dorfes. Sie beschließen, es nach der Gerstenernte zu plündern. Ein Bauer belauscht sie.

Eine Dorfversammlung wird abgehalten. Die Bauern sind verzweifelt.

Rikichi springt auf mit brennenden Augen.

Lasst uns Bambusspeere machen! Spießen wir sie alle auf!

Ich nicht, sagt Yohei.

Das ist unmöglich, sagt Manzo.

Ich habe ihr immer aufs Wort geglaubt. Aber was, wenn sie sich irrt? Von dem Verfasser des Zeitschriftenartikels ist letzten Monat ein Buch erschienen. Den Kritiken nach ist er einer der größten Schriftsteller unserer Zeit.

Die Bauern fragen den alten Giseku um Rat.

Ich sagte: Den Kritiken nach ist der Verfasser des Zeitschriftenartikels einer der größten Schriftsteller unserer Zeit.

Sibylla sagte, Ja, und Alma-Tadema brachte eine Zeit lang mehr ein als Michelangelo.

Er befiehlt ihnen, sie sollen Samurai suchen, die Hunger haben.

Ich sagte: Laut einer Kritik ist dieser Schriftsteller, den ich von einem Zustand der Gnade jenseits des Mitleids aus betrachten soll, der größte englischsprachige Schriftsteller in der heutigen Welt. Eine weitere bezeichnete ihn als Amerikas Antwort auf Flaubert. Neun von zehn Kritiken beurteilten ihn als »großartig« oder besser. Fünf benutzten das Wort »Genie«.

Sie sagte: Das alles ergibt sich aus einer falschen Voraussetzung. Wenn man der Meinung ist, dass amerikanische Romane auf Englisch geschrieben sein sollten, dann folgt daraus ebenfalls, dass der Papst Jude ist.

Ich sagte: Na, in dem Fall kann *Die sieben Samurai* ja gar nicht gut sein, weil er in Schwarzweiß und auf Japanisch ist. Du bist völlig unlogisch. Ich dachte: Das ist Wahnsinn. Wieso reden wir nicht einfach über den Untergang der traditionellen Zulu-Regentänze oder die Mutationen der Binnengewässeralgen im Ural oder über irgendein anderes beliebiges, völlig irrelevantes Thema? Ich habe ein Recht darauf zu erfahren, wer er ist, egal, wer er ist.

Sie sagte: Ich wünschte, du würdest nicht immer das sagen, was dir als Erstes in den Kopf kommt, Ludo. Es besteht ein offensichtlicher Unterschied zwischen jemandem, der innerhalb der technischen Grenzen seiner Zeit arbeitet, die sich seinem Einfluss entziehen, und jemandem, der, ohne nachzudenken, Grenzen akzeptiert, die außer Acht zu lassen gänzlich in seiner Macht liegt.

Sie sagte: Es mag ja deiner Aufmerksamkeit entgangen sein, aber ich versuche gerade, mir ein Meisterwerk des modernen Kinos anzuschauen.

Die Bauern sehen einen Menschenauflauf. Ein Samurai ist zum Flussufer gegangen und lässt sich von einem Priester den Kopf rasieren.

Mifune drängt sich durch die Menge, hockt sich hin und kratzt sich am Kinn.

Katsushiro fragt den Mann neben sich, was los ist.

Ich sagte, Dann denkst du also, Proust wäre besser gewesen, wenn er zusätzlich etwas Englisch und Deutsch benutzt hätte, & sie sah mich mit brennenden Augen an, & ich sagte, Wieso sprechen wir nicht über die Auswirkungen des Tourismus auf den traditionellen Zulu-Regentanz, wieso testest du mich nicht auf 50 wichtige Hauptstädte der Welt, das hier ist völlig irrelevant, ich habe ein Recht, es zu wissen.

Sie sah mich mit brennenden Augen an.

Ich: Gut, dann sag mir nur eins. Er hat dich nicht vergewaltigt, oder? (Alles, was ich über Taktgefühl weiß, hat mir meine Mutter beigebracht.) Einen entsetzlichen Augenblick lange dachte ich, er hätte es wirklich getan: Erhöhe Rikichi-Faktor um das 10fache.

Sie: Nein.

Ich: Dann musst du doch irgendwas an ihm gemocht haben. Er muss IRGENDEINE versöhnende Eigenschaft gehabt haben.

Sie: So kann man es auch sehen.

Ich: Wie kann man es denn noch sehen?

Sie: In unserer Gesellschaft ist eine der am höchsten bewerteten Tugenden, wenn nicht *die* am höchsten bewertete Tugend, die, kostenlos mit jemandem zu schlafen, den man nicht begehrt, und wenn das schon bei Leuten hoch bewertet wird, die es machen müssen, dann müsste es doch bei jemandem, der nicht mal verheiratet ist, eine noch höhere Tugend sein.

Ich: Und das hast du gemacht?

Sie: Na ja, ich wollte höflich sein.

Ich würde mir jetzt nicht die Sprache verschlagen lassen. Ich sagte: Welches Wort ist dem Gehege deiner Zähne entwichen?

Sie: In unserer Gesellschaft ist es seltsamerweise verpönt, etwas zu beenden, bloß weil es nicht angenehm ist – das Leben, die

Liebe, ein Gespräch, egal was, die Etikette verlangt, dass du in Unwissenheit beginnst & trotz des Wissens fortfährst, & obwohl ich das natürlich für völlig falsch halte, ist es nicht nett, ständig irgendwelche Leute zu kränken.

Das hatte ich schon eine Million Male gehört. Ich fragte: Heißt das, du hast NICHTS an ihm gemocht?

Sie: Wie kannst du dir so sicher sein, dass etwas, das du nicht weißt, etwas ist, das du wissen willst? Denk an Ödipus.

Ich: Wovor hast du Angst, dass ich ihn umbringe oder dass ich mit ihm schlafe?

Sie sagte, besser gesagt, konterte: Na, ich würde nicht mit ihm schlafen, wenn ich du wäre, und sie sagte: Teiresias hat gesprochen.

In unserer Gesellschaft ist Muttermord seltsamerweise verpönt.

Sie spulte das Video demonstrativ zu der Stelle zurück, wo ich sie unterbrochen hatte.

Der Dieb kommt aus der Scheune gestolpert und fällt tot um.

Die Eltern des Kindes laufen herbei und nehmen es.

Mifune eilt vor und schwingt sein Schwert. Er springt neben dem Leichnam auf und ab.

Der Samurai geht, ohne sich noch einmal umzublicken.

Seit Jahren erzähle ich ihr schon von Dervla Murphy, die mit ihrer achtjährigen Tochter auf einem Maultier über die Anden geritten ist. Mein Vater macht wahrscheinlich die ganze Zeit auch so etwas in der Art, um sich seinen Lebensunterhalt zu verdienen. Sibylla und ich sind bisher gerade mal durch Frankreich getrampt. Mein Vater würde sich vielleicht darüber freuen, etwas Zeit mit seinem Sohn zu verbringen, von dessen Existenz er keine Ahnung hat. Wir könnten mit dem Kanu zur Quelle des Amazonas fahren oder zu Fuß eine Reise zum nördlichen Polarkreis machen oder sechs Monate bei den Massai leben (mein Massai ist ziemlich gut). Ich kenne 54 essbare Pflanzen, 23 essbare Pilze und 8 Insekten, die man bei sich behalten kann, wenn man nicht darüber nachdenkt, was man isst; ich glaube, ich könnte auf jedem Kontinent von dem leben, was die Natur beschert. Seit zwei Jahren schlafe ich sogar im Winter draußen auf der Erde, ich gehe jeden Tag eine Stunde ohne Schuhe spazieren, um meine Füße abzuhärten, und ich übe, auf Bäume und Häuser und Telefonmasten zu klettern. Wenn sie mir nur sagen würde, wer er ist, dann bräuchte ich keine Zeit mehr mit Dingen zu vergeuden, die sich vielleicht mal als nützlich erweisen könnten, und könnte mich auf die Dinge konzentrieren, die ich wirklich wissen muss. Ich habe nur für alle Fälle fünf wichtige Verkehrssprachen und acht nomadische Sprachen gelernt. Es ist Wahnsinn.

Ich heiße Katsushiro Okamoto. Bitte, bitte, nehmt mich als Euren Schüler an.

Schüler? Ich heiße Kambei Shimada. Ich bin nur ein ronin. *Ich nehme keine Schüler an.*

Ich dachte an Liberace und Lord Leighton und den Verfasser des Zeitschriftenartikels. Selbst wenn sie Recht hat – das Schlimme an diesen Leuten ist, dass sie schlechte Künstler sind. Vielleicht war mein Vater ein schlechter Schriftsteller – aber vielleicht nur deshalb, weil er an wichtigere Dinge denken musste. Wenn man mit einem Husky-Gespann durch Sibirien fährt, hat man nicht unbedingt die Zeit, an jedem Wort herumzufeilen. Sibylla nimmt Kunst einfach viel zu ernst.

Nach einer Weile ging ich rauf auf mein Zimmer. Seit zehn Jahren guckt sie sich schon *Die sieben Samurai* an, und noch immer hat sie Probleme mit dem Japanischen. Ich konnte es unten hören. Ich wusste, sie würde mindestens noch eine Stunde weitergucken.

Einmal hatte ich in ihrem Zimmer einen Umschlag mit der Aufschrift »Im Falle meines Todes zu öffnen« gesehen. Nun ja, dachte ich, wenn sie denken würde, dass sie bald stirbt, würde sie mir doch bestimmt sagen, wer mein Vater ist. Ich dachte – ich habe versucht, mich an die Regeln zu halten, aber das ist lächerlich. Ich konnte mich schon selbst sehen, wie ich noch in 10 Jahren das Bild von Lord Leighton anstarrte und nichts Falsches darin entdeckte oder versuchte, bei einem der größten Schriftsteller unserer Zeit irgendeinen Makel zu finden.

Ich hatte gelernt, leise zu gehen. Ich ging leise über den Flur in ihr Zimmer. In einer Schublade bewahrt sie ihren Pass auf. Vielleicht war der Umschlag dort. Ich ging durch das Zimmer und öffnete die Schublade.

Darin lag eine Mappe mit einem dicken Stapel Blätter.

2

Ich kenne alle Wörter

Ich las die Blätter rasch durch.

Da stand ziemlich viel über meinen Vater, aber sie hatte sich einen Spitznamen ausgedacht, den sie ausschließlich benutzte. Ich dachte dauernd, sie würde sagen, wer »Liberace« war, oder zumindest den Titel eines seiner Bücher erwähnen, aber nichts da. Bevor ich dazu kam, nach dem Umschlag zu suchen, rief Sibylla von unten

LUDO! BIST DU OBEN?

Ich sagte

JA

und sie sagte

BIST DU SO LIEB UND BRINGST MIR DIE BETTDECKE?

Ich legte die Mappe mit den Blättern zurück in die Schublade und brachte die Bettdecke nach unten. Ich weiß nicht, was ich dachte. Ich glaube, ich dachte, Es ist nicht zu spät, es nicht zu wissen, und, Aber ich muss es wissen.

Der erste Teil der Rekrutierung war vorüber, der Teil, wo Katsushiro mit einem Stock neben der Tür steht. Als ich ganz klein war, übte ich mit den Untertiteln, möglichst schnell zu lesen, und Sibylla sagte dann, was meinst du, warum hat er dies gemacht, und was meinst du, warum hat er das gemacht, und warum muss Shichiroji den Test nicht machen, und warum nimmt Gorobei Heihachi, wenn er doch sagt, der läuft immer weg? Und dann sagte ich irgendetwas, und sie musste lachen und sagte, Daran habe ich noch gar nicht gedacht.

Kambei und Katsushiro sehen, wie zwei Samurai von Bambusstangen die Blätter abstreifen, um gegeneinander zu kämpfen.

Der Kampf beginnt. Kyozo hebt seine Stange. X hält seine Stange über den Kopf und ruft etwas.

Kyozo nimmt seine Stange nach hinten. X greift an.

Kyozo hebt seine Stange und schlägt zu.

X: Leider nur unentschieden

Nein, ich habe gewonnen

Unsinn

Hätten wir mit Schwertern gekämpft, wärt Ihr jetzt tot.

Sibylla legte sich die Bettdecke um die Schultern. Sie sagte, sie würde gleich mit dem Tippen anfangen.

Ich wollte fragen: War er wirklich so schlimm wie Liberace?

Liberace war das einzige Beispiel, das sie mir gezeigt hatte, bei dem ich erkennen konnte, dass es schlecht war. Konnte mein Vater wirklich so schlimm sein? Konnte er schlimmer sein? Ich wollte fragen: Wie schlimm ist schlimm? Ist es schlimmer als zahnlückige Bengel und fohlenhafte Anmut? Schlimmer als menschlicher Abschaum? Schlimmer als wahrhafte Kathedrale aus Eis? Ich wollte sagen: Aber wenigstens hat er die Welt gesehen.

Ich dachte daran, zu Sibylla zu sagen: Wenn ich so ein Genie bin, wieso lässt du mich dann nicht selbst entscheiden? Und dass ich dachte, sie hätte was gegen Menschen, die allein deshalb, weil sie zufällig ein paar Jahre früher auf den Planeten gekommen sind, andere Leute, die zufällig ein paar Jahre später auf den Planeten gekommen sind, zwingen, ihnen zu gehorchen, ohne sie von der Rechtmäßigkeit ihrer Position zu überzeugen. Und dass sie Entrechtung aus Altersgründen für das Kennzeichen einer BARBARISCHEN GESELLSCHAFT hielte. Ich dachte daran zu sagen: Woher willst du wissen, dass etwas, das ich nicht weiß, etwas ist, das ich nicht wissen will?

Der Glücksspieler kommt hereingerannt und sagt, sie hätten einen wirklich starken Samurai gefunden.

Katsushiro stellt sich rasch mit einem Stock neben die Tür.

Spieler: Ihr niederträchtiger Schwindler!

Kambei: Wenn er ein richtig guter Samurai ist, wird er nicht getroffen werden.

Spieler: Aber er ist betrunken.

Kambei: Ein Samurai trinkt nie so viel, dass er nicht mehr klar bei Verstand ist.

Ein Mann läuft durch die Tür; Katsushiro schlägt fest zu. Der Samurai wehrt den Schlag nicht ab. Er fällt stöhnend zu Boden.

Das war die erste Szene, die ich verstand. Denn wegen der Schriftrolle begriff ich, dass ich die Wörter sehen konnte. Etwas hören ist offenbar einfach rückwärts lesen, ich meine damit, wenn man liest, hört man das Wort im Kopf, und wenn man spricht oder jemanden etwas sagen hört, sieht man ein Bild von dem Wort im Kopf: Wenn jemand *jemand* sagt, sieht man ein Wort in lateinischen Buchstaben, und wenn jemand *philosophia* sagt, sieht man φιλοσοφία, und wenn jemand *kataba* sagt, sieht man كتب, man sieht richtiggehend ein Bild von etwas, das man von rechts nach links liest. Aber lange Zeit war mir nicht klar, dass das bei Japanisch funktionierte. Ich hörte zum Beispiel *nihon* im Kopf, wenn ich 日本 auf der Seite sah, aber mir war nicht klar, dass ich etwas im Kopf sehen konnte, wenn ich etwas hörte. Jedenfalls nimmt Kambei das Ende der Rolle und liest – was er genau sagt, ist: »Tenshō zweites Jahr zweiter Monat geboren«, er sagt die Laute *Tenshō ninen nigatsu jūshichinichi umare*, und plötzlich begriff ich, dass ich einige der Wörter sehen konnte, er sah sie auf der Rolle und sagte sie, und als er *ninen nigatsu jūshichinichi* sagte, sah ich im Kopf 二年二月十七日. Zweites Jahr zweiter Monat siebzehnter Tag. Wahrscheinlich weil ich zu der Zeit japanische Zahlen faszinierend fand.

Den Rest des Films über nahmen Laute hier und da um ein Bild herum konkrete Formen an, und dann spulte ich zurück und versuchte, die anderen herauszubekommen, und als ich acht war, kamen mittlerweile fast im ganzen Film die Bilder in meinen Kopf, und ich konnte beinahe alles verstehen.

Mifune erkennt Kambei.

He Ihr! Ihr habt mich doch gefragt: »Bist du ein Samurai?« – lacht nicht über mich.

Ich sehe vielleicht nicht so aus, aber ich bin ein echter Samurai.

He – ich habe Euch seitdem die ganze Zeit gesucht... ich will Euch nämlich das hier zeigen [holt eine Schriftrolle hervor]

Seht her

Meine Ahnenrolle

Die lange Reihe meiner Ahnen

(Du Hund, du willst mich zum Narren halten)

Seht da (Ihr wollt mich zum Narren halten)

Das da bin ich.

[Kambei liest] Dieser Kikuchiyo da, bist du das?

[Mifune] Ja, das bin ich

[Kambei] Geboren am siebzehnten Tag des zweiten Monats des zweiten Jahres des Tenshō ... [lacht laut los]

[Mifune] Was gibt's denn da zu lachen?

[Kambei] Du siehst nicht aus wie dreizehn

Hör zu, wenn du wirklich der Kikuchiyo bist, für den du dich ausgibst, dann wärst du dieses Jahr dreizehn geworden.

[Alle Samurai brechen in Lachen aus]

Wo hast du die Rolle gestohlen?

[Mifune] Was! Das ist eine Lüge! Verdammt! Was sagt Ihr da?

Sibylla fragte: Kannst du das wirklich verstehen?

Ich sagte: Natürlich kann ich das verstehen.

Sibylla fragte: Na, was sagt er denn?

Und sie spulte das Video zu der Stelle zurück, wo Mifune sich wieder aufrappelt.

Ich sagte, Also, er sagt *Yai! Kisama! Yoku mo ore no koto o samurai ka nante nukashiyagatte... fuzakeruna!*

Und Sib sagte, eigentlich müsste sie die Wörter kennen, aber sie habe nie ein Wort erkannt, wenn sie es hörte

also schrieb ich auf ein Blatt Papier und erklärte

dabei, er sagt やい *yai* he 貴様！*kisama* du (im Kodansha Romaji steht, es ist GROB und sehr beleidigend) よく *yoku* nun も *mo* verstärkende Partikel 俺の *ore no* mich besitzanzeigende Partikel 事を *koto o*, Ding Objektpartikel, d.h. Periphrase für mich 侍 *samurai* か *ka* Fragepartikel なんて *nante* UMGANGSSPRACHL. für *nan-to* was, wie, wie in: »Wie kalt es ist« ぬかしやがって *nukashiyagatte* Gerundium von *nukasu*, sagen, wie in: »Ihr habt mich gefragt: ›Bist du ein Samurai?‹«, ふざけるな！ *fuzakeruna* verneinter Imperativ von *fuzakeru*, scherzen, wie in: »Lacht nicht über mich«.

Ich erklärte, dass laut dem *Wörterbuch des japanischen Straßenjargons shiyagatte* das Gerundium von *shiyagaru* sei, die verbreitete Zusammenziehung von *shite agaru*, was die beleidigende Form des Verbs *suru*, tun, ist. Wenn also *nukasu* sagen bedeutet, wäre *nukashiyagatte* die beleidigende Gerundiumform.

Was für eine wunderbare Sprache, sagte Sib, anscheinend haben sie sie für die Untertitel etwas eingängiger gemacht. Ich hab doch gewusst, dass das *Wörterbuch des japanischen Straßenjargons* zu £ 6,88 ein Schnäppchen war.

Mit anderen Worten, Ihr habt mich doch gefragt: »Bist du ein Samurai«, was fällt Euch ein!

Also schön, sagte Sib, & wie geht's weiter

俺はなこう見えてもちゃんとした侍だ

俺はな *ore wa na* ich topische Partikel emphatische Partikel こう *kō*, auf diese Weise 見えて *miete*, Partizip Präsens von *mieru*, aussehend も *mo*, wie in: »obwohl so aussehend«.

Sib sagte, sie könne ja vielleicht nicht viel Japanisch, aber sie glaube nicht für eine Nanosekunde, dass Mifune sagen würde, Obwohl so aussehend.

Ich sagte, meiner Ansicht nach sei das Bewusstsein nicht in der Lage, in Einheiten von Nanosekunden zu arbeiten.

Sib meinte, sie würde es nicht für die kleinste Einheit, in der das

Bewusstsein in der Lage sei zu arbeiten, halten, und wie weiter?

ちゃんとした *chanto shita*, genau, richtig, standardgemäß

Standardgemäß!, sagte Sib

侍 *samurai* だ *da*, ich bin, wie in: »Ich sehe vielleicht nicht so aus, aber ich bin ein echter Samurai.«

Welcher Untertitel ist das, sagte Sib, ich erkenne nichts davon wieder.

Ich sagte, es sei im Großen und Ganzen das, wo er sagt, ich bin wirklich ein Samurai.

Hmm, sagte Sib.

やい俺はなあれから□お前の事をずっと捜してたんだぞ

やい *yai* he 俺はな *ore wa na*

ich topische Partikel emphatische Partikel, sagte Sib

あれから *arekara* seit der Zeit お前の *omae no* von Euch 事を *koto o* Ding Objektpartikel, d.h. Periphrase für Euch ずっと *zutto* die ganze (Zeit), sagte ich schnell redend

捜してたんだ *sagashitetanda* Zusammenziehung von *sagashite ita*, ich habe gesucht, Zusammenziehung von *no da* es ist eine Tatsache, dass, *no* Substantivierungspartikel *da* Verb sein ぞ *zo* satzabschließende Partikel, starke Interjektion, im Allgemeinen nur von männlichen Sprechern gebraucht, sagte ich noch schneller

これを *kore o* dies Objektpartikel 見せよう *miseyo* einfach wollend »ich will Euch zeigen« と *to*, anführende Partikel, Bezug nehmend auf frühere Äußerung, 思ってな *omotte na* Partizip Präsens von *omou* denken plus *na* emphatische Partikel, wie in »denkend«, im Sinne von nämlich, »also, ich will euch nämlich das hier zeigen« –

Ich kenne die ganzen Wörter, sagte Sib.

Also, soll ich es einfach für dich aufschreiben?, fragte ich. Ich schrieb ein paar Zeilen, und Sib sagte, es sei mir vielleicht nicht klar, aber Schreiben gelte gemeinhin als Mittel der Kommunikation, & meine Handschrift im Japanischen sei noch rätselhafter als die Handschriften, die ich im Englischen, Griechischen, Arabischen, Hebräischen, Bengalischen, Russischen, Armenischen und anderen Sprachen, die zu zahlreich seien, um sie aufzuzählen, an den Tag gelegt hätte.

これを見ろ, sagte ich, *kore o miro*

Das weiß ich, sagte Sib, Seht her

この系図はな *kono keizu*, diese Ahnentafel, also Ahnenrolle, *wa na*

topische Partikel Partikel, sagte Sib

俺様の *ore sama no*

meine, sagte Sib

先祖 *senzo*, Ahnen 代々 *daidai* Anzahl der Generationen, also lange Reihe von Ahnen の *no* besitzanzeigende Partikel, sagte Sib

系図よ *keizu yo*

Ahnentafel bzw. -rolle Interjektionspartikel, sagte Sib

このやろうばかにしやがってなんでい *kono yarō baka ni shiyagatte nandei*

この *kono*, dies, das, やろう *yaro* ungehobelter Mensch, »Bauer«, *kono yaro* du Schwein, laut Sanseido, ばか *baka* Idiot, sehr verbreitetes japanisches Schimpfwort laut *Wörterbuch des japanischen Straßenjargons*, *baka ni suru* bedeutet wörtlich »du hältst mich zum Narren«, ist aber im Japanischen derber, »verarsch mich nicht« laut *Wörterbuch des japanischen Straßenjargons*, wenn also しやがって *shiyagatte* die beleidigende Form von *suru* ist, dann ist es wahrscheinlich noch derber, なんでい *nandei* was auch immer.

Die Untertitel scheinen den Ton nicht richtig wiederzugeben, sagte Sib.

Jedenfalls hast du so einen ungefähren Eindruck, sagte ich, und Sib sagte, Aber du hast doch erst zwei Zeilen erklärt, wie kannst du schon nach zwei Zeilen von einer der ZENTRALEN SZENEN des FILMS Schluss machen?

oKay, oKay, oKay, sagte ich. Das Tolle, wenn man zwei Elternteile hat, ist, dass jeder dich vor dem anderen schützt. Wenn ich einen Vater hätte, würde er merken, dass ich die Nase voll habe, und sagen: Lass den Jungen in Frieden, Sibylla. Oder er würde taktvoll sagen, ich gehe in den Park ein bisschen Fußball spielen, bevor es dunkel wird, und er würde sich anbieten, Sib die Szene später selbst zu erklären.

An welcher Stelle sind wir?, fragte Sib.

Wir sind da, wo Kambei sich die Rolle ansieht, sagte ich.

Sib spulte bis zu der Szene zurück und ließ sie noch einmal laufen, und sie sagte, sie könne noch immer kein Wort verstehen. Ich glaube, du denkst dir das alles nur aus, sagte Sib

ich sagte, wahrscheinlich hast du mit Mifunes Sprechweise Schwierigkeiten

& Sib sagte, sie wolle kein Wort gegen Mifune hören

ich sagte, Kurosawa hat selbst gesagt

& Sib sagte, ja, aber das gehört zu der Figur, die er spielt, und mach jetzt bitte weiter.

Ich sagte, ist es dir recht, wenn ich es einfach schön säuberlich für dich aufschreibe

Sib sagte, es sei ihr recht, also schrieb ich es auf, wobei ich anfing mit, »Du bist dieser Kikuchiyo, der im zweiten Jahr des Tensho geboren wurde«, und ich transkribierte alles, weil Sib dazu neigt, das Kana gelegentlich zu vergessen. Ich hatte das Gefühl, dass die Erklärung ziemlich kompliziert werden könnte, und sagte deshalb, ich würde den Rest lieber später machen, und Sib sagte, Okay. Sie ließ den Film ganz an den Anfang der Szene zurückspulen, wo Katsushiro bittet, mitgehen zu dürfen, wir können kein Kind mitnehmen, sagt Kambei, schließlich habe ich keine Eltern, keine Familie – ich bin allein auf der Welt, & Heihachi blickt auf und sieht Kyuzo still an der Tür stehen.

Wusstest du, dass E. V. Rieu Odysseus seine Gefährten mit Kumpel anreden lässt?, fragte Sib.

Kann sein, dass du das mal erwähnt hast, sagte ich.

Diese Untertitel, sagte Sib, scheinen in einer ähnlich respektvollen Entfernung von dem zu stehen, was die Figuren tatsächlich sagen. Ich werde versuchen, nicht darüber nachzudenken. Eine gute Seite hat das aber, es zieht die besten Aspekte des Films kaum in Mitleidenschaft, sieh nur, wie Miyoguchi schweigend in der Tür steht, er ist wie ein großer Schauspieler des Stummfilms, ich habe keine Ahnung, wie viel TEXT Kyuzo hat, aber der Text ist völlig unwesentlich. Wie lang hast du gebraucht, um zu verstehen, was alle sagen?

Ich sagte, ich wüsste es nicht. Einmal habe ich für eine einzige Szene einen ganzen Tag gebraucht, und danach ging es leichter.

Und wie oft hast du dir diese Szene angeschaut, fragte Sib

& ich sagte, ich wüsste es nicht, nicht so oft, vielleicht 50.

Der Film war jetzt an der Stelle, wo Manzo zurück ins Dorf kommt, um Shino die Haare abzuschneiden, damit sie aussieht wie ein Junge und kein Samurai sich für sie interessiert. Die Verkleidung ist nicht sehr gelungen. Sibylla findet Shino langweilig; sie stoppte das Video und sagte, sie müsse arbeiten.

Sie schaltete den Computer ein und fing an, aus *Praktisches Reisen mit Caravan* 1982 Text einzutippen. Rikichi-Faktor 5. Sie sah ungefähr so aus, wie man es von jemandem erwarten würde, der einmal einen schrecklichen Fehler gemacht hat.

Vielleicht wartete sie auf meinen Geburtstag, bis zu dem es nur noch ein Tag war. Oder vielleicht könnte ich so tun, als wären mir plötzlich die Schwächen von Lord Leighton und Lord Leighton klar geworden – der Schriftsteller war offensichtlich der Autor des Zeitschriftenartikels, den sie mir mal gezeigt hat.

Wenn ich etwas über die Mondscheinsonate oder »Yesterday« oder den Faltenwurf sagte, würde ich mich glatt verraten, aber mal angenommen, ich würde sagen: Das Problem ist, dass sie eher klassizistisch sind als klassisch, dass sie nach Wahrheit und Schönheit nicht um ihrer selbst willen streben, sondern weil sie in diesen Formen in den großen Werken der Vergangenheit zum Ausdruck kommen. Es wäre natürlich schwerer, den Eindruck zu erwecken, als würde ich diese Mängel von einem Zustand der Gnade aus sehen, aber vielleicht würde sie das übersehen.

Ich nahm die Postkarte und betrachtete sie mit durchdringendem Blick, als wäre mir plötzlich etwas aufgefallen. Es war tatsächlich jede Menge Stoff in der Luft. Ich musste jetzt nur einen beiläufigen Kommentar über diesen Überfluss an luftigem Material abgeben, und zwar in einer Weise, die nicht nur Mitleid für den, der das verbrochen hatte, zum Ausdruck brachte, sondern eine Gnade jenseits von Mitleid.

PRAKTISCHES REISEN MIT CARAVAN, sagte Sibylla. Was in Gottes Namen ist an Reisen mit dem Caravan praktisch, und wieso in Gottes Namen sollte jemand meinen, das Wort »praktisch« lässt die Aktivität reizvoller erscheinen, bin ich denn schon wieder eine Ein-Personen-Zielgruppe? *Unpraktisches Caravanreisen. Unpraktisches Bootfahren. Unpraktisches Stricken.* Ich würde das alles kaufen, und ich interessiere mich nicht die Bohne für Stricken, Bootfahren oder, Gott steh mir bei, Caravanreisen.

Ich entfaltete den Zeitschriftenartikel noch einmal. Diesmal war es um einiges schwerer. Mondscheinsonate, sagte ich zu mir. Yesterday. Ich las ihn durch, versuchte zu sehen, was sie gesehen hatte.

Das Grauen! Das Grauen!, sagte Sibylla.

Sie tippte jetzt seit gut fünf Minuten. Tagesverdienst bislang: knapp £ 1,35.

Wenn ich sie unterbrach, würde sie höchstwahrscheinlich nicht ihre Meinung ändern, sondern sich wieder *Die sieben Samurai* angucken.

Ich ging wieder nach oben. Sie blickte nicht auf.

Ich sah überall in ihrem Zimmer nach, konnte aber den Umschlag nicht finden.

❖

Heute ist mein Geburtstag. Sibylla hat nichts gesagt. Ich dachte, sie würde, als ich meine Geschenke auspackte, aber sie hat nicht.

Ich sagte: Ich glaube, was bei Lord Leighton nicht stimmt, ist, dass er eher klassizistisch ist als klassisch, und dass er nach Wahrheit und Schönheit nicht um ihrer selbst willen strebt, sondern weil sie in diesen Formen in den großen Werken der Vergangenheit zum Ausdruck kommen. Mit dem Verfasser des Zeitschriftenartikels scheint etwas Ähnliches nicht zu stimmen.

Hmm, sagte Sibylla.

Ich fürchtete, sie würde sagen, etwas Ähnliches in welcher Hinsicht, also fügte ich rasch hinzu:

Tut mir Leid, dass ich gesagt habe, dass das Band Mist ist. Er verdient unser Mitleid.

Sibylla sah aus, als versuchte sie, nicht zu lachen.

Ich: Was muss ich sagen?

Sie: Du suchst nach etwas am falschen Ort.

Ich: Ich will bloß wissen, wer er ist.

Sie: Willst du mir erzählen, es ist dir egal, wie er ist? Du hast hunderte von Reisebüchern gelesen. Wer ist der schlechteste Schriftsteller, der dir einfällt?

Ich musste nicht lange überlegen.

Val Peters, sagte ich.

Er hatte eine Affäre mit einer jungen Kambodschanerin, die ein Bein verloren hatte, und schrieb ein Buch über Kambodscha und die junge Frau und den Stumpf, mit poetischen Beschwörungen dessen, was von der Landschaft und dem Bein übrig geblieben war. Das war das schlechteste Buch, das ich je gelesen hatte. Es lag nicht wirklich daran, dass er nicht gut schreiben konnte – obwohl ich damals erst acht war, sah ich durchaus, dass er ziemlich gut schreiben konnte.

Sibylla sagte: Wenn er es wäre, würdest du es immer noch wissen wollen?

Ich: Ist er es denn?

Sie: VAL PETERS! Mannomann, wahrhaft ein echter Don Swan.

Ich: Na, wer ist es dann?

Sie: Du willst es nicht wissen. Wieso zweifelst du an meinen Worten?

Ich: Weil du eine Ein-Personen-Zielgruppe bist.

Sibylla: Na, vielleicht hast du Recht. Darf ich mal einen Blick in das Buch über Aerodynamik werfen, das ich dir zum Geburtstag geschenkt habe?

Und ohne eine Antwort abzuwarten, nahm sie das Buch vom Tisch, schlug es auf und fing beim Lesen an zu lächeln.

Das Geschenk war keine große Überraschung gewesen. Sib hatte es zufällig bei Dillon's auf der Gower Street gesehen, und nachdem sie etwa drei Seiten gelesen hatte, fing sie an zu lachen und auf und ab zu gehen, und sie wiederholte die Worte DICHTES FEDERKLEID, und drei andere Leute im Raum gingen ihr aus dem Weg. WIR NÄHERN DEN KÖRPER DES VOGELS DURCH EINE KUGEL MIT RADIUS r = 5 CM, sagte Sib, ich hatte keine Ahnung, dass Aerodynamik so unterhaltsam ist, und in der Annahme, dass alle bei Dillon's gerne wüssten, was so lustig war, sagte sie, Hör dir bloß mal dieses Beispiel an:

> Seetaucher (ein Beispiel ist der gemeine »Lappentaucher«) zählen zu den Vögeln, die ihre Beute unter Wasser jagen. Im Gegensatz zu Enten und anderen Wasservögeln, deren Gefieder gänzlich wasserabstoßend ist, können die äußeren zwei Drittel des Lappentauchergefieders nass werden. Ebenso wie die Enten benötigen sie jedoch den hydrostatischen Auftrieb sowie die Wärmeisolation der Luft, die in einer dicken Deckschicht aus Federn eingeschlossen ist, wenn sie sich auf der Wasseroberfläche befinden. Um die für den Beutefang unter Wasser erforderliche Wendigkeit zu ermöglichen, erhöht der Lappentaucher sein spezifisches Gewicht und nähert es dem des Wassers an, indem er das Gefieder dicht an den Körper anlegt (jede Feder verfügt über acht Muskeln); auf Grund der Tatsache, dass das Gefieder teilweise nass werden kann, ist es dem Lappentaucher mög-

lich, einen Großteil der Luft herauszudrücken, sodass nur eine dünne Schicht direkt an der Hautoberfläche als Wärmeisolation zurückbleibt.

Wir nähern den Körper des Vogels durch eine Kugel mit Radius r = 5 cm und nehmen an, dass er ein spezifisches Gewicht von 1,1 hat, und erhalten so die Dicke Δr der Luftschicht, bezogen auf Normalbedingungen, die nötig ist, um das spezifische Gewicht des zusammengesetzten Systems nahe an eins zu bringen.

Wusstest du, dass jede Feder des Seetauchers acht Muskeln hat?, fragte Sib.

Nein, sagte ich.

Wusstest du, dass zwei Drittel seines äußeren Körpergefieders nass werden können?

Nein, sagte ich.

Ich machte sie nicht darauf aufmerksam, dass das inzwischen jeder im Umkreis von 10 Metern wusste. Ich sagte, ich wäre wohl noch nicht so weit, mich mit Aerodynamik zu befassen, nicht, weil ich glaubte, noch nicht so weit zu sein, sondern weil die preiswertesten Bücher in dieser Abteilung £ 20 kosteten.

Natürlich bist du so weit, sagte Sib, während sie das Buch durchblätterte. Das kann man allein schon an den Namen der Mathematiker sehen. Bernoullis Gleichung – Eulers Gleichung – Gaußscher Divergenzsatz – ich habe keine Ahnung, was das eigentlich SEIN soll, aber im Wesentlichen scheint es dabei um postnewtonsche Entwicklungen der mathematischen Berechnungen zu gehen, Zeug aus dem 18., 19. Jahrhundert. Wie schwer kann das schon sein? Und sieh mal, da ist ein Anhang über Naturprototypen mit einer Diskussion über den Kolibri und die Aerodynamik des Insektenfluges.

Ich fragte: Wann ist es erschienen?

1986, antwortete Sibylla.

Ich sagte, in dem Fall könnten wir es vielleicht gebraucht bei Skoob kriegen.

Gute Idee, sagte Sib. Hättest du gern etwas über die Laplace-Transformation?

Nein.

Wie wär's mit der Fourier-Analyse? Nicht zu deinem Geburtstag, Schaum's Outlines sind ja wohl nicht das Richtige für deinen Geburtstag, aber nur, damit du es hast? Es soll ein wichtiges mathematisches Hilfsmittel für das moderne Ingenieurswesen sein.

Nein.

Wir sehen mal nach, ob wir das bei Skoob finden, sagte Sibylla, und als ich meine Geschenke auspackte, waren es natürlich Bücher über Aerodynamik, die Fourier-Analyse und Laplace-Tranformation, aber auch Gordons *Einführung ins Altnordische*, die *Geschichte vom weisen Njal* auf Isländisch & in Übersetzung, verschiedene andere Schnäppchen und ein neues Skateboard.

Ich hätte am liebsten alles vom Tisch auf den Boden geschmissen und geschrien. Ich wollte doch nur etwas, das für jeden auf der Welt selbstverständlich ist, und stattdessen kriegte ich Laplace-Transformation und die Aerodynamik des Insektenfluges. Ich wollte das gerade sagen, als ich sah, dass Sib nicht mehr lächelte und den Kopf in die Hand gestützt hatte, nicht einmal ein dichtes Federkleid hatte das abhalten können, woran sie nicht denken wollte, was immer es auch war. Ich dachte, dass ich vielleicht trotzdem etwas sagen würde, wenn ich bliebe, also ging ich nach draußen Skateboard fahren.

3

Trauerspiele

Tja, jetzt weiß ich es.

Als ich nach Hause zurückkam, sagte Sib, sie würde ausgehen. Ich hatte diesen Ausdruck in ihrem Gesicht schon mal gesehen. Bei Skoob hatten wir eine Secondhand-Ausgabe von der *Geschichte des jüdischen Volkes im Zeitalter Jesu Christi* entdeckt, der wunderbaren vierbändigen überarbeiteten Fassung, die in den frühen 80ern herausgekommen war, für nur £ 100, ein absolutes Schnäppchen. Wir hatten eine lange Diskussion, in der Sibylla gesagt hatte, dass ich die Ausgabe haben sollte, und ich gesagt hatte, dass wir uns das nicht leisten konnten, und Sibylla gesagt hatte, es sei ein herausragendes Werk der Forschung, das in keinem Haushalt fehlen sollte, und ich gesagt hatte, wir könnten es uns nicht leisten.

Ich sagte: Du weißt, dass wir uns *Die Geschichte des jüdischen Volkes im Zeitalter Jesu Christi* nicht leisten können. Sibylla sagte, sie wolle zu Grant & Cutler. Ich sagte, wir könnten es uns nicht leisten, zu Grant & Cutler zu gehen, und Sibylla sagte, ich müsse ja nicht mitkommen. Das letzte Mal, als Sibylla allein zu Grant & Cutler gegangen ist – nein, eigentlich will ich nicht an das letzte Mal denken, als Sibylla allein zu Grant & Cutler gegangen ist. Ich sagte, ich würde wohl doch mitkommen.

Du hast Recht, sagte sie. Wir können es uns nicht leisten

und sie schaltete den Computer ein und saß dann zusammengekauert in einem Sessel und tat gar nichts.

Ich dachte: Das ist irre. Ich dachte: Wen interessiert es schon, was mit Lord Leighton nicht stimmt? Wir müssen hier raus. Aber ich wusste noch immer nicht, wo sie den Umschlag aufbewahrte.

Ich musste irgendwas tun, also bin ich mit meinem Fahrrad zu Blockbuster Video gefahren, um zu sehen, was ich finden konnte. Und schließlich fand ich auch was.

Ich fuhr zurück nach Hause. Sibylla saß noch immer in dem Sessel. Ich sagte: Ich hab dir ein Video mitgebracht.

Eine Copyright-Warnung erschien und verschwand.

Sib setzte sich auf.

OHHHH, sagte Sib, große Männer in engen Jeans!

Was?, fragte ich.

Das hab ich seit JAHREN nicht mehr gesehen, sagte Sib.

Auf dem Cover steht, dass es ein Western ist, der auf der Geschichte von *Die sieben Samurai* basiert, deshalb hab ich gedacht, das würde dir gefallen.

GEFALLEN!, sagte Sib. Ich LIEBE es. Du WEISST doch, wie sehr ich die Tyrone-Power-Schauspielschule mag.

Soll ich es zurückbringen?, fragte ich.

Aber es war zu spät. Sib saß hellwach auf der Lehne ihres Sessels, wie ein Terrier, der die Augen auf den Ball gerichtet hat. Ball fliegt durch die Luft, Terrier schnellt hoch; Terrier fängt Ball, Terrier bellt wie verrückt, Terrier knurrt noch die nächsten Stunden, wenn einer ihm den Ball wegnehmen will, & jault, wenn sich keiner dafür interessiert. Der Film hatte kaum begonnen, da stürzte sich die schadenfrohe Sib auch schon auf irgendeinen Punkt, in dem er den *Sieben Samurai* unterlegen war, und im Verlauf der nächsten Stunde strömten die Kommentare nahezu unablässig, nur unterbrochen durch brüllendes Gelächter bei jedem Auftauchen einer neuen Verstärkung aus der Tyrone-Power-Schauspielschule & durch gelegentliches Schweigen, in dem ich ihr widersprechen sollte, damit sie sich noch mehr ereifern konnte. Mag sein, dass es irgendwelche Dialoge gab – falls ja, so konnte ich sie nicht hören.

Brynner fing an, Männer für den Job anzuwerben.

Keine leichte Aufgabe, sagte Sibylla. Wird schwer werden, so viele große Männer in engen Jeans zu finden.

Würdest du bitte den Mund halten?, sagte ich.

Tut mir Leid, sagte Sib und hielt den Mund.

Gibt's denn GAR NICHTS, was dir daran gefällt?, fragte ich.

Wie kannst du das fragen?, sagte Sib. Nicht bloß EINER, sondern SIEBEN große Männer in engen Jeans – es ist einfach GROSSARTIG.

Schon gut, sagte ich.

Und man kommt so leicht mit, man weiß gleich, wer der Söldner ist, weil er einen Bauch hat.

Schon gut, sagte ich.

Der Schurke ist der Kleine, sagte Sib. Die hungernden Bauern sind fett. Wenn sie groß und schlank wären, wäre das zu verwirrend.

Ich blickte auf den Bildschirm, ohne etwas zu sagen.

James Coburn, sagte Sib. James Coburn hab ich immer gern gesehen. Und Eli Wallach ist genial. Und dann, eins der Probleme bei den *Sieben Samurai* ist, dass keiner der Schauspieler auch nur die blasseste Ahnung hat, wie man asiatische Unergründlichkeit darstellt. Mifune ist ein HOFFNUNGSLOSER Fall, und sind die übrigen vielleicht besser? Shimura, Kimura, Miyaguchi, Chiaki, Inaba, Kato, Tsuchima – lachhaft. Erst wenn man große Männer in engen Jeans sieht, wird einem klar, was für ein Handicap es für Kurosawa war, nicht auf das Genie eines Charles Bronson zurückgreifen zu können. Hätte er einen Schauspieler mit einem Gesicht wie ein japanischer Holzschnitt gehabt, wer weiß, was er hätte erreichen können –

Ich versuche, mir den Film anzusehen, sagte ich.

Ich sage kein Wort mehr, erwiderte Sib. Ich werde schweigen wie ein Grab.

Und plötzlich wusste ich, wo sie den Umschlag aufbewahrte.

Solange ich zurückdenken kann, träumt Sib von Frasers *Ptolemaic Alexandria* (ein herausragendes Werk der Forschung, das in keinem Haushalt fehlen sollte). Man bekommt es nicht in öffentlichen Bibliotheken (oder zumindest in keiner, die wir kennen), aber mitunter stießen wir auf eine Secondhand-Ausgabe in einem Buchladen, den wir dann täglich aufsuchten. Sib machte mich auf großartige Fußnoten zu Eratosthenes (der den Erdumfang berechnete) aufmerksam oder zu *Alexandra* von Lykophron, einem ganzen Gedicht, das Kassandra im prophetischen Wahn erzählte und so wenig Sinn machte, dass kein Gelehrter sagen konnte, ob eine Verfälschung des Textes oder der Wahnsinn Kassandras für ihre Schwierigkeiten verantwortlich zu machen war, oder zu *Theriaca* von Nikander, einem langen Gedicht in Hexametern über Schlangen. Es war immer zu teuer, und früher oder später wurde es von jemandem, der reicher war, gekauft.

Vor vier Monaten stieß Sib wieder mal auf eine Ausgabe, und diesmal kaufte sie sie. Ich weiß nicht, wo oder was sie dafür bezahlt hat – sie wollte es mir nicht sagen. Sie sagte, am liebsten hätte sie, dass man sie später damit beerdigte, aber es wäre grausam, der Nachwelt eines der wenigen existierenden Exemplare zu rauben, sie wäre bereit zu wetten, wenn sie in 50 Jahren stürbe, würde die Oxford University Press noch immer behaupten, es sei eine Neuauflage geplant, und sie sagte, falls es für sie eine Beerdigung gäbe, könnte ich das Buch herumreichen, und die Gäste könnten interessante Passagen daraus vorlesen. Ich versprach ihr, wenn ich in dieser Angelegenheit irgendwas zu sagen hätte, würde auf ihrer Beerdigung daraus vorgelesen.

Das letzte Mal, dass ich den Umschlag in der Schublade gesehen hatte, war vor sechs Monaten gewesen; und jetzt war er nicht mehr da, weil sie inzwischen das Buch gekauft hatte.

Ich musste mir noch den Rest des Filmes ansehen, aber ich konnte mich nicht konzentrieren. Ich weiß nicht, ob er was taugte; ich konnte nur noch an den Umschlag und das Buch denken.

Endlich war er zu Ende. Sib sagte, Danke. Und jetzt müsste sie wirklich was arbeiten.

Ptolemaic Alexandria stand in einem Bücherregal hinter ihr. Ich nahm Band II heraus und schlug die Schilderung der tragischen

Ereignisse des Exodus auf (Fraser zitiert einen Wortwechsel zwischen Gott und Moses in sechsfüßigen Jamben). Und da war er. Nur im Falle meines Todes zu öffnen.

Ich dachte (mit *Macbeth*): »Wär's abgetan, so wie's getan ist, dann wär's gut, man tät es eilig.« Und ich dachte: Was ist ein versiegelter Umschlag? Eine Tür, auf der »Kein Zutritt« steht oder »Nur für Angestellte«. Etwas, über das man sich hinwegsetzen kann, wenn die Umstände es rechtfertigen.

Ich schob ihn in mein Hemd und ging nach oben. Als ich in meinem Zimmer war, öffnete ich den Umschlag.

Es war nicht Red Devlin. Es war niemand dieser Kategorie.

Ich erinnerte mich an eines seiner Bücher, das ich nicht bis zu Ende gelesen hatte, weil es mir nicht gefiel. Er war nach Bali gereist. Die Männer dort liefen barfuß über das Lavafeld eines aktiven Vulkans. Er nicht. Er stand da und sah ihnen zu, wie sie über die Lava liefen, und dann ging er zurück in sein Hotel und schrieb darüber, wie er ihnen zugesehen hatte. Er konnte kein Balinesisch. Er vögelte eine Frau in dem Hotel, auf der Grundlage von drei Wörtern Balinesisch. Vielleicht mochte sie nachtaktive Tiere.

4

Stephen, 11 Jahre alt

Drei Tage nachdem ich seinen Namen erfahren hatte, merkte ich, dass ich voreilig gewesen war. In der Reiseliteratur ist der Erzähler ziemlich häufig zuerst naiv oder unwissend oder feige und tut später dann etwas sehr Mutiges. Es war dumm, mit so wenigen Informationen ein Urteil über ihn zu fällen. Also ging ich in die Bibliothek, um mir die übrigen Bücher anzusehen. Sibylla hat Recht, er ist sehr populär – sie haben alles, was er geschrieben hat, aber nur zwei Bücher waren da.

Direkt neben ihnen auf dem Regal stand *Gefahrvolle Reise!* Das hatte ich bestimmt 20-mal gelesen. Na ja, Pech.

Ich nahm *Die Lotusesser* in die Hand. Auf der Rückseite war ein Bild von meinem Vater, das den ganzen rückwärtigen Umschlag einnahm. Er starrte mit gerunzelter Stirn in die Ferne. Er sah nicht so gut aus, wie ich mir vorgestellt hatte, aber vielleicht war es ja ein schlechtes Foto.

Land der Antike hatte ein anderes Foto auf der Rückseite. Noch eine Probeaufnahme für die Tyrone-Power-Schauspielschule.

Wenn die Bücher Romane gewesen wären, hätte die Bibliothekarin sie wahrscheinlich nicht an einen Elfjährigen ausgeliehen, aber weil es Reisebücher waren, kam ihr gar nicht in den Sinn, dass irgendwas dagegen sprechen könnte. Sie war daran gewöhnt, dass ich Bücher aus der Erwachsenenabteilung auslieh, vor allem Reiseliteratur; wahrscheinlich merkte sie gar nicht, dass sie auf dem Index standen.

Ich las die beiden Bücher, die ich gefunden hatte, dann holte ich mir drei weitere im Barbican, und das neueste las ich in der Marylebone Library, weil ich keinen Leseausweis hatte. Als die Woche zu Ende war, hatte ich alle Bücher meines Vaters gelesen.

Nun ja. Ich muss zugeben, ich hatte gehofft, einen Funken Genialität oder Heldenmut zu entdecken, der Sibylla entgangen war. Ich wollte eine Seite aufschlagen und denken, Aber das ist ja hervorragend! Das passierte nicht. Ich las trotzdem weiter. Ich weiß nicht, was ich zu finden hoffte.

❖

Als ich in den Büchern nichts entdecken konnte, dachte ich, dass er als Mensch vielleicht anders war.

Er war mit seiner ersten Frau verheiratet gewesen, als er meiner Mutter begegnete, die Ehe war vorbei, und er hatte noch einmal geheiratet und war in ein anderes Haus gezogen. Selbst wenn es mir also gelang, den Schauplatz des Medleys zu finden, würde dort nur noch seine Exfrau wohnen.

Dann dachte ich, dass er vielleicht mal irgendwo einen Vortrag hielt und ich ihm nach Hause folgen könnte. Aber dann fiel mir ein, dass es anschließend wahrscheinlich einen Umtrunk geben und es dann schwierig für mich werden würde, ihm zu folgen. Ich konnte das Buckliger-Zwerg-Kostüm ausprobieren, das ich tragen musste, als wir uns *The Crying Game* angesehen haben – aber vermutlich würde ich selbst als Zwerg, der Komplexe wegen seiner Größe hat, Probleme haben, in eine Bar gelassen zu werden.

Dann hatte ich eine Idee. Mein Vater schrieb viel für Zeitungen, und er verstand vieles falsch. Die Naturwissenschaft übte eine fatale Faszination auf ihn aus. Den Unterschied zwischen der speziellen und der allgemeinen Relativitätstheorie hatte er nie wirklich begriffen, aber aus unerfindlichen Gründen konnte er sich nicht zurückhalten, bei jeder sich bietenden Möglichkeit beide in seine Artikel einzubauen. Manchmal wählte er ein Wort, das sowohl eine fachspezifische als auch eine allgemeine Bedeutung hatte (Chaos, String, Relativität, positiv/negativ, Halbwert, Sie verstehen, was ich meine), und nahm dann Aussagen hinzu, die auf dieses Wort in seinem fachspezifischen Sinne anwendbar waren, um Verallgemeinerungen über dieses Wort in seinem landläufigen Sinne zu untermauern. Manchmal war die fachspezifische Bedeutung etwas, das nur in mathematischen Kategorien formuliert werden konnte, sodass es keine wirkliche Entsprechung in der gewöhnlichen Sprache hatte – aber das war für ihn nie ein Hindernis. Ich brauchte eigentlich nur abzuwarten, bis sein nächster Artikel erschien, & ihn dann schriftlich auf seine Fehler hinweisen, auf gewinnende, arglose, kindliche Weise, und den Brief mit »Stephen, 11 Jahre alt« unterschreiben – darauf musste einfach eine Antwort kommen, und mit etwas Glück würde er seine Adresse auf den Brief schreiben.

Der nächste Tag war Montag. Ich ging wieder in die Bibliothek und durchsuchte sämtliche Sonntagszeitungen, aber es war nichts von meinem Vater darin. Ich sah sämtliche Samstagszeitungen durch, aber auch da war nichts. Dann sah ich die Zeitungen für Montag, den 30. März durch. Fehlanzeige. Ich wusste seit 10 Tagen, wer er war.

Von da an ging ich jeden Tag in die Bibliothek, um die Zeitungen durchzusehen. Es war nichts von meinem Vater dabei. Ich stand am Tisch, blätterte die Seiten um, und manchmal sah ich einen interessanten Beitrag und wurde ganz aufgeregt, und plötzlich erinnerte ich mich wieder. Ich wusste, wer er war.

Am Samstag ging ich wieder in die Bibliothek, und diesmal war ein Artikel im *Independent* über die Galapagosinseln. Es ging um Aussterben und Selektion. Es wimmelte nur so von logischen Trugschlüssen, und es gab auch einige sachliche Fehler über Dinosaurier. Außerdem hatte er anscheinend die Theorie des egoistischen Gens missverstanden. Das war meine Chance!

Ich hatte nicht vor, ihn auf die logischen Fehler hinzuweisen, weil ihn das ärgern könnte, und beschloss, nichts über den Teil zu sagen, in dem er DNA und RNA verwechselte, weil ich fand, das wäre vielleicht zu peinlich, aber ich konnte ihn guten Gewissens auf abstrusere sachliche Irrtümer hinweisen, und das wäre dann etwas, das ich mit »Stephen, 11 Jahre alt« unterschreiben konnte. Es war schwierig abzuschätzen, wie einfach ich die Theorie des egoistischen Gens darstellen sollte: Da er sie nicht verstanden hatte, wollte ich die Erläuterung nicht zu kompliziert machen, aber ich dachte, es wäre taktlos, wenn ich mich zu einfach ausdrückte.

Ich schrieb den Brief zehnmal, bis er schließlich klug, aber nicht taktlos klang. Ich hätte ihn auf dem Computer ausdrucken können, aber vielleicht wirkte meine grässliche Handschrift sympathischer, also schrieb ich die endgültige Version mit der Hand.

Ich brauchte zwei Tage. Ich hätte in 15 Minuten fertig sein können, wenn ich nicht Sorge gehabt hätte, zu taktlos zu klingen. Schließlich ist es nicht nett, seine Mitmenschen ständig vor den Kopf zu stoßen (wie Sibylla sagen würde).

❖

Eine Woche verging, und ich dachte, der *Independent* hätte den Brief vielleicht nicht direkt weitergeleitet.

Eine Woche verging.

Noch eine Woche verging, und ich dachte, mittlerweile musste er ihn haben.

Drei Tage vergingen, und der April war vorüber. Vielleicht war er ja wieder auf Reisen. Ein Tag verging, und ich dachte, möglicherweise hatte er eine Sekretärin, die sich um die Post kümmerte. Vier Tage vergingen. Die Sekretärin könnte Anweisung haben, keine Briefe ohne frankierten Rückumschlag zu beantworten.

Am nächsten Tag kam sein Brief.

Ich nahm ihn mit auf mein Zimmer, um ihn zu lesen.

Die Adresse war mit der Hand geschrieben; ich fand, das sah viel versprechend aus. Der Umschlag war einer von diesen selbstklebenden Umschlägen; er hatte mit schwarzem Kugelschreiber geschrieben. Ich öffnete ihn langsam; drinnen war ein DIN-A5-Blatt, einmal gefaltet. Ich faltete es auf. Da stand:

6. Mai 1998

Lieber Stephen,

vielen Dank für Deinen Brief. Wie Du vermutlich weißt, gibt es viele unterschiedliche Theorien dazu, wieso die Dinosaurier ausgestorben sind. Ich gebe zu, dass ich diejenige verwendet habe, die für meine Argumentation am praktischsten war. Der Einwand hinsichtlich der Theorie des egoistischen Gens wäre berechtigt, wenn ich mich tatsächlich darauf gestützt hätte, tatsächlich jedoch hat Dawkins' Theorie einige Konkurrenz.

Ich hoffe, Du bist nicht enttäuscht, wenn ich auf meinem Standpunkt beharre. Ich finde es großartig, dass Du ein solches Verständnis für die Bedeutung der Theorie an den Tag legst, und ich bin entzückt, dass Dir meine Arbeit gefällt.

Herzlichst Val Peters

Ich hatte mich selbst beschworen, nichts zu erwarten, aber irgendwas musste ich wohl doch erwartet haben. Trotz des Artikels, trotz all der Bücher hatte ich wohl doch auf irgendetwas so Brillantes gehofft, auf das ich nicht von allein gekommen wäre. Ich blickte nach unten auf das Blatt Papier in meiner Hand, mit der anmaßenden, nachlässigen Unterschrift, und wünschte mir mehr als alles in der Welt, dass der Brief nicht von meinem Vater geschrieben worden wäre.

Hätte jemand anders ihn geschrieben, so hätte ich zurückgeschrieben und darauf hingewiesen, dass der ganze Artikel so tat, als wäre Selektion auf der Ebene der Gene, Individuen und Spezies ein und dasselbe, und dass er diese Konfusion klären müsste, selbst wenn er gegen Dawkins argumentierte, wie der Artikel behauptete, und ich hätte darauf hingewiesen, dass er keinen meiner Einwände entkräftet hatte. Aber ich wollte noch immer niemanden verärgern, also beließ ich es dabei. Das Entscheidende war, dass er seine Anschrift oben auf die Seite geschrieben hatte. Ich suchte die Straße im Stadtplan heraus, und sie war nicht weit von der Circle Line entfernt.

5

Für David, mit den besten Wünschen

Ich nahm die Circle Line, und ich fuhr zum Haus meines Vaters und blieb davor stehen.

Ich wusste, dass ich zwei Halbbrüder und eine Halbschwester hatte, aber ich war ziemlich sicher, dass sie bei ihrer Mutter lebten. Gegen 10:30 kam eine Frau aus dem Haus. Sie stieg in ein Auto und fuhr davon.

Ich war mir unsicher, ob ich zur Haustür gehen sollte oder nicht. Was sollte ich sagen – sicher würde mir irgendwas Dummes rausrutschen. Ich überquerte die Straße und betrachtete die Fenster. Ich konnte keinerlei Bewegung erkennen. Gegen 11:00 sah ich ein Gesicht.

Um 11:30 öffnete sich die Tür erneut, und ein Mann kam heraus und die Treppe herunter. Er sah älter aus, als ich ihn mir vorgestellt hatte; die Bilder, die ich gesehen hatte, mussten vor Jahren aufgenommen worden sein. Er sah auch nicht so gut aus, wie ich ihn mir vorgestellt hatte, selbst nach den Fotos; ich hatte vergessen, dass sie schon ziemlich betrunken gewesen war, als sie ihn küsste.

Er trat auf die Straße und wandte sich nach rechts. An der nächsten Ecke wandte er sich wieder nach rechts.

Am nächsten Tag ging ich wieder hin. Im Rucksack hatte ich die *Einführung in die Aerodynamik*, ein Buch über Analysis für Ingenieure, die Übersetzung der *Geschichte vom weisen Njal, Brennu-*

njalssaga, Gordons *Einführung ins Altnordische* und *Der Graf von Monte Christo* für den Fall, dass mir langweilig wurde, sowie vier Sandwiches mit Erdnussbutter und Marmelade und eine Mandarine. Gegenüber von seinem Haus war eine Bushaltestelle mit einem niedrigen Mäuerchen daneben. Ich saß da, beobachtete das Haus, las die *Njal-Saga* und blätterte zwischen Übersetzung und Isländisch hin und her.

Njal und seine Söhne standen vor einem Gericht namens Allding. Skarphedin, einer von Njals Söhnen, hatte einen Priester getötet. Ich verstand nicht so richtig, wie dieses Gericht funktionierte. Njals Schwiegersohn Asgrim und die Njalssons gingen von Zelt zu Zelt und baten um Unterstützung. Zuerst gingen sie zu Gizurs Zelt und dann zum Zelt der Ölfusleute, um Skapti Thoroddssohn zu sprechen.

»Lát heyra þat,« segir Skapti.

»Laß hören!« sagte Skapti.

»Ek vil biðja þik liðsinnis,« segir Ásgrímr, »at þú
veitir mér lið ok mágum mínum.«

»Ich möchte dich um Unterstützung bitten, daß du
mir und meinen Verschwägerten Hilfe leistest.«

Ich hatte mich seit drei Wochen mit Isländisch beschäftigt, deshalb ging es einigermaßen gut. Manches verstand ich nicht ohne Wörterbuch. Im Haus tat sich nichts.

»Hitt hafða ek ætlat,« segir Skapti, »at ekki skyldi
koma vandræði yður í híbýli mín.«

»Ich hatte vielmehr gedacht«, sagte Skapti,
»dass eure Ungelegenheiten mir nicht ins Haus
kommen sollten.«

Ásgrímr segir: »Illa er slíkt mælt, at verða mǫnnum þá sízt at liði, er mest liggr við.«

Asgrim sagte: »Das sind schlechte Worte, den andern grade dann nicht zu helfen, wenn es am meisten darauf ankommt!«

Der Postbote kam. Die Frau trat an die Tür, um sich die Post geben zu lassen; allem Anschein nach jede Menge Briefe. Ich aß ein Erdnussbuttersandwich.

»Hverr er sá maðr,« segir Skapti, »er fjórir menn ganga fyrir, mikill maðr ok fǫlleitr, ógæfusamligr, harðligr ok trǫllsligr?«

»Wer ist der Mann«, fragte Skapti, »dem viere vorangehn?: ein großer Mann mit fahlem Gesicht, sieht unheilmäßig aus, barsch und trollenhaft.«

Im Haus tat sich nichts.

Hann segir: »Skarpheðinn heiti ek, ok hefir þú sét mik jafnan á þingi, en vera mun ek því vitrari en þú, at ek þarf eigi at spyrja, hvat þú heitir. Þú heitir Skapti Þóroddsson, en fyrr kallaðir þú þik Burstakoll, þá er þú hafðir drepit Ketil ór Eldu; gerðir þú þér þá koll ok bart tjǫru í hǫfuð þér. Siðan keyptir þú at prælum, at rísta upp jarðarmen, ok skreitt þú þar undir um nóttina. Síðan fórt þú til Þórólfs Loptssonar á Eyrum, ok tók hann við þér ok bar þik út í mjǫlsekkum sínum.«

Er sagte: »Skarphedin heiße ich, und du hast mich immer schon auf dem Ding gesehen; aber ich bin darin wohl klüger als du, daß ich nicht zu fragen brauche, wie du heißt. Du heißt Skapti Thoroddssohn, aber früher nanntest du dich Borstenglatze, als du den Ketil aus Elda erschlagen hattest: Da machtest du dir eine Glatze und strichst dir Teer auf'n Kopf; dann bezahltest du Knechte dafür, einen Rasenstreifen auszuschneiden, und krochst darunter für die Nacht. Dann gingst du zu Thorolf Loptssohn aus Sanden, und er nahm dich auf und trug dich in seinen Mehlsäcken aufs Schiff.«

Eptir þat gengu þeir Ásgrímr út.

Danach ging Asgrim mit ihnen hinaus.

Im Haus tat sich nichts.

Skarpheðinn mælti: »Hvert skulu vér nú ganga?«

Skarphedin fragte: »Wohin wollen wir jetzt gehen?«

»Til búðar Snorra goða,« segir Ásgrímr.

»Zum Zelt des Goden Snorri.«

An manchen Stellen war die *Njal-Saga* ganz schön schwierig, aber nicht zu schwierig. Die Aerodynamik war ein echter Brocken. Ich las ein paar Seiten, aber ich war nicht in der richtigen Stimmung. Im Haus tat sich nichts.

Ich nahm mir wieder die *Njal-Saga* vor. Snorri sagte, dass ihre eigenen Gerichtsverfahren schlecht liefen, aber er versprach, sich nicht gegen die Njalssons zu stellen oder ihre Feinde zu unterstützen. Er sagte:

»Hverr er sá maðr, er fjórir ganga fyrir, fǫlleitr ok skarpleitr ok glottir við tǫnn ok hefir øxi reidda um ǫxl?«

»Wer ist der Mann, dem viere vorangehn?: mit fahlem Gesicht und scharfen Zügen und zeigt die Zähne und hat eine Axt geschultert.«

»Heðinn heiti ek,« segir hann, »en sumir kalla mik Skarpheðinn ǫllu nafni, eða hvat vilt þú fleira til mín tala?«

»Hedin heiße ich«, sagte er, »aber manche nennen mich Scharf-Hedin mit vollem Namen. Was willst du etwa sonst noch über mich reden?«

Snorri maelti: »Þat at mér, þykki maðr harðligr ok mikilfengligr, en þó get ek, at þrotin sé nú þín en mesta gæfa, ok skamt get ek eptir þinnar æfi.«

Snorri sagte: »Dies, daß du mir barsch und gebieterisch aussiehst; und doch meine ich, daß dein bester Glücksstern jetzt im Schwinden ist, und ich geb dir kein langes Leben mehr.«

Die Asgrimssons gingen von Zelt zu Zelt, jeweils mit unterschiedlichem Erfolg, und jedes Mal sagte irgendwer, ich möchte nur eines wissen, wer ist der Mann, dem viere vorangehn, der unheilmäßig aussieht, und jedes Mal sagte Skarphedin irgendwas Beleidigendes mit dem zu erwartenden Ergebnis. Es war ganz anders als Homer oder Malory, weil es sehr schlicht war, aber es gefiel mir trotzdem ganz gut. In dem Gordon gab es ein Glossar und einige Tipps zur Grammatik, deshalb war es alles in allem gar nicht so schlecht.

Ich las noch ein paar Seiten, und dann las ich ein paar Stunden lang *Der Graf von Monte Christo* und fuhr nach Hause.

Am nächsten Tag fuhr ich wieder hin, und ich las drei Seiten in der Aerodynamik, aber ich war nicht in der richtigen Stimmung. Dann las ich weiter in der *Njal-Saga*.

Gegen 12:30 ging er an einem Fenster im Erdgeschoss vorbei, ein Sandwich in der Hand. Ich hatte vier Sandwiches mit Erdnussbutter und Marmelade, zwei Sandwiches mit Bananen und Gemüseaufstrich und eine Tüte Chips in meinem Rucksack. Ich aß eins von den Sandwiches und las dann *Der Graf von Monte Christo*. Sonst tat sich nichts im Haus.

Ich ließ zwei Tage verstreichen. Es regnete stark, und es war kalt. Dann besserte sich das Wetter. Ich fuhr wieder hin und setzte mich auf das Mäuerchen. Ich hatte drei Sandwiches mit Erdnussbutter und Marmelade, ein Sandwich mit Erdnussbutter und Honig und eine Flasche schwarzen Johannisbeersaft dabei.

Es fing an zu regnen, deshalb ging ich zurück zur Circle Line und las den Rest des Tages *Der Graf von Monte Christo*. Ich hätte mich mit Aerodynamik beschäftigen können, aber ich war nicht in der Stimmung.

Dritte Maiwoche, typisch englischer Kälteeinbruch. 283 Grad über dem absoluten Nullpunkt. Ich fuhr hin, nur um das Haus zu beobachten. Ich sah, wie er sich in einem der oberen Zimmer mit der Frau unterhielt, aber ich konnte nicht hören, was sie sagten. Ich zwang mich, mich auf das Mäuerchen zu setzen, nur für den Fall, dass ich irgendwann mal zum Nordpol müsste.

Meine Zähne begannen zu klappern. Magnusson hatte anscheinend einen anderen Text benutzt als den, den Sibylla mir geschenkt hatte; ich dachte, ich könnte die unübersetzten Stellen schon rauskriegen. Dann fiel mir ein, dass ich nicht zum Nordpol musste. Im Haus war keine Bewegung zu sehen. Ich ging zurück zur Circle Line und aß meine Sandwiches.

Ich ließ vier Tage verstreichen, und dann musste ich wieder hin. Ich setzte mich auf das Mäuerchen und zwang mich, ein ganzes Kapitel über Aerodynamik zu lesen, nur um zu beweisen, dass ich das noch konnte. Ich aß ein Erdnussbuttersandwich. Ich las noch immer in der *Njal-Saga*. Ich hatte nicht viel daran gearbeitet. Es war blöd, hier rumzusitzen. Ich konnte nicht richtig arbeiten, ich sollte entweder was unternehmen oder woanders hingehen, wo ich arbeiten konnte. Es wäre blöd, einfach wegzugehen, nachdem ich eine Woche neben einer Bushaltestelle gesessen hatte.

Dann wusste ich, was ich tun würde.

Ich würde meinen Vater um ein Autogramm bitten.

❖

Am nächsten Tag kam ich wieder und brachte eine Taschenbuchausgabe von *Wackerer Cortez* (das Buch mit der balinesischen Hure) mit, das ich in einem Secondhand-Laden für 50 Pence gekauft hatte. Ich hatte auch *Brennu-njalssaga* mit, Magnusson, Gordon, das Buch über die Laplace-Transformation und ein Buch über essbare Insekten, das die Bibliothek für 10 Pence abgestoßen hatte. Den Rest des Tages konnte ich in der Circle Line verbringen. Ich rechnete nicht damit, dass das lange dauern würde; ich musste es nur einfach tun.

Um 10:00 traf ich vor dem Haus ein. Ein Fenster im Erdgeschoss stand offen; Leute unterhielten sich leise. Ich stand an dem Mäuerchen und lauschte.

Bist du sicher, dass du nicht mitkommen willst? Du kriegst sie doch so gut wie nie zu sehen.

Das ist wirklich nichts für mich. Es bringt nichts, wenn ich mich zu Tode langweile, und wenn wir was anderes machen, werden sie mich hassen. Die einzige Frage ist, bist du sicher, dass es dir nichts ausmacht?

Darum geht es nicht, ich hab bloß gedacht, du würdest gerne mal ein bisschen mit ihnen zusammen sein.

Natürlich würde ich das, aber sie haben die ganze Woche Schule. Sie haben ihre eigenen Vorstellungen, wie sie das Wochenende verbringen wollen. Das ist kein Weltuntergang.

Ein Wagen hielt vor dem Haus, und drei Kinder stiegen aus.

Der Wagen fuhr davon.

Die Kinder blickten zum Haus hoch.

Also dann mal los, sagte eines.

Sie gingen durch den Vorgarten. Die Tür öffnete sich. Direkt dahinter fand eine kurze Debatte statt. Die Kinder kamen die Treppe wieder herunter, zusammen mit der Frau, die ich vorher schon gesehen hatte. Der Mann stand in der Tür. Wenn ihr wieder da seid, gehen wir ins Planet Hollywood, sagte er.

Sie stiegen in ein Auto und fuhren davon. Er schloss die Tür.

Ich hatte es satt, die Straße auf und ab zu gehen und diese Tür zu beobachten. Ich wollte nicht wieder weggehen. Ich hatte es satt, darüber nachzudenken, ob der Zeitpunkt vielleicht ungünstig war. Ich hatte es satt, darüber nachzudenken, ob es besser wäre, ihn zu stören, bevor er anfangen konnte zu arbeiten.

Ich ging zur Tür und klingelte. Ich wartete eine Minute. Dann zählte ich eine Minute ab, und dann zählte ich zwei Minuten ab. Dann klopfte ich an die Tür und zählte noch eine Minute ab. Wenn er nicht kam, würde ich wieder gehen. Ich dachte, ich würde ihn verärgern, wenn ich weiter klopfte und klingelte. Zwei Minuten verstrichen. Ich drehte mich um und ging die Treppe hinunter.

Ein Fenster im zweiten Stock öffnete sich.

Momentchen, ich komme sofort, rief er.

Ich ging zurück zur Tür.

Ein paar Minuten verstrichen, und die Tür öffnete sich.

Was kann ich für dich tun?, fragte er.

Sein Haar war mittelbraun, mit einem bisschen Grau; seine Stirn war ziemlich tief zerfurcht; in den Augenbrauen hatte er graue Haare, und die Augen darunter waren groß und hell, ein bisschen wie bei einem nachtaktiven Tier. Seine Stimme war ziemlich hell und sanft.

Worum geht's?, fragte er.

Ich sammle für »Brot für die Welt«, hörte ich mich selbst sagen.

Tut mir Leid, wir sind nicht in der Kirche, sagte er.

Das macht nichts, sagte ich. Ich bin selber ein jüdischer Atheist.

Also gut, ich will's wissen, sagte er jetzt mit einem Lächeln. Wenn du ein jüdischer Atheist bist, wieso sammelst du dann für »Brot für die Welt«?

Weil meine Mutter das will, sagte ich.

Aber wenn du Jude bist, muss deine Mutter dann nicht auch Jüdin sein?, fragte er.

Ist sie auch, sagte ich. Deshalb darf ich auch bei jüdischen Wohltätigkeitsveranstaltungen nichts klauen.

Es war wie eine Zauberformel. Er lachte haltlos und sagte: Du bist ja ein richtiger Clown, fehlt nur noch die rote Pappnase.

Rote Pappnasen find ich unkomisch.

Wieso habe ich bloß das Gefühl, dass du nicht von »Brot für die Welt« bist?

Ich wollte ein Autogramm haben, aber bei so was muss man behutsam vorgehen.

Du willst ein Autogramm? Wirklich? Wie alt bist du?

Wieso, ist Ihre Unterschrift nicht jugendfrei?

Nun ja, es mag da ein paar Leute geben, die meinen Namen für ein Schimpfwort halten, aber nein. Trotzdem, du kommst mir ein bisschen jung vor. Oder ist das wieder eine Masche von dir? Willst du es verscherbeln?

Ich fragte: Könnte ich denn viel Geld dafür kriegen?

Und er sagte recht überzeugt: Ich glaube, da musst du noch eine Weile warten.

Tja, das macht mir nichts. Ich habe ein Buch dabei.

Ich nahm meinen Rucksack ab.

Er sagte: Ist das eine Erstausgabe?

Das glaube ich nicht. Es ist ein Taschenbuch.

Dann wird es nicht viel Geld bringen.

Tja, dann muss ich es wohl behalten.

Das wirst du wohl. Komm rein, und ich signiere es für dich.

Ich folgte ihm einen Flur entlang in eine Küche im rückwärtigen Teil des Hauses. Er fragte, ob ich was trinken wollte. Ich sagte, einen Orangensaft.

Er goss zwei ein und reichte mir einen. Ich reichte ihm das Buch.

Er sagte: Es ist immer seltsam, wenn sie zu einem zurückkehren. Es ist, als würde man seine Kinder hinaus in die Welt schicken, ohne die leiseste Ahnung zu haben, wo sie mal landen. Sieh mal hier. Dritte Auflage, 1986. 1986! Könnte gut sein, dass es schon einmal rund um die Welt gereist ist. Irgendein Althippie in Kathmandu könnte es auf einer Trekking-Tour dabeigehabt haben; hat es dann einem Kumpel gegeben, der unterwegs nach

Australien war; ein Tourist hat es an einem Flughafen aufgelesen, bevor er es mit auf eins von diesen Kreuzfahrtschiffen nahm, die in die Antarktis fahren. Was soll ich reinschreiben?

Mir war kalt. Ich könnte sagen: Für Ludo, in Liebe von Dad. In zehn Sekunden wäre nicht ein Gegenstand in diesem Raum, der nicht schon jetzt da war, und doch wäre alles anders.

Er hielt einen Stift in der Hand und hatte das alles schon oft erlebt.

Die Hand, die mal hier, mal dort gewesen war, hielt den Stift. Seine Lippen waren leicht gespitzt. Er trug ein blaues Hemd und eine braune Kordhose.

Er fragte: Wie heißt du?

David.

Ist »Für David mit den besten Wünschen« in Ordnung?, fragte er.

Ich nickte.

Er kritzelte irgendwas in das Buch und gab es mir zurück.

Ich überlegte, ob ich kotzen müsste.

Er stellte irgendeine Frage zur Schule.

Ich sagte, dass ich nicht zur Schule ging.

Er stellte dazu eine Frage.

Ich sagte irgendwas dazu.

Er sagte irgendwas anderes. Er versuchte, nett zu sein. Mir schien, dass viel Grau in seinem Haar war; zu der Zeit des Medleys konnte das noch nicht da gewesen sein.

Ich fragte: Darf ich mal sehen, wo Sie arbeiten?

Er sagte: Klar. Er klang verblüfft und erfreut.

Ich folgte ihm nach oben. Es war nicht dasselbe Haus, aber für das Medley waren sie in sein Arbeitszimmer gegangen, also waren vermutlich ein paar von den Büchern und Sachen da. Ich weiß nicht, warum ich das sehen musste, aber ich musste es sehen.

Er hatte das ganze Obergeschoss des Hauses als Arbeitszimmer. Er zeigte mir seinen Computer. Er sagte, früher hätte er viele Spiele da drauf gehabt, aber er hätte sie runternehmen müssen, weil er zu viel Zeit mit Spielen vertan hatte. Er bedachte mich mit einem gewinnenden, jungenhaften Grinsen. Er zeigte mir seine Datensammlungen zu verschiedenen Ländern. Er zeigte mir Kästen mit Karteikarten für verschiedene Bücher.

Auf einem Bücherregal sah ich 10 Bücher von dem Autor des Zeitschriftenartikels, den Sibylla mit gezeigt hatte. Ich ging hinüber und nahm eines aus dem Regal. Es war signiert. Ich sagte: Sind die alle signiert?

Er sagte: Ich bin ein großer Fan.

Er sagte: Ich halte ihn für einen der größten Schriftsteller englischer Sprache in diesem Jahrhundert.

Ich lachte nicht hysterisch los. Ich sagte: Meine Mutter meint, ich werde ihn richtig würdigen können, wenn ich älter bin.

Er fragte: Was für andere Bücher magst du sonst noch?

Ich wollte sagen: Andere?

Ich sagte: Meinen Sie in Englisch?

Er sagte: In egal was.

Kon-Tiki hat mir gefallen.

Gut so.

Ich sagte: *Amundsen und Scott* hat mir gefallen, und *König Salomons Schatzkammer* hat mir gefallen, und alles von Dumas hat mir gefallen, und *Die böse Saat* hat mir gefallen und *Der Hund von Baskerville*, und *Der Name der Rose* hat mir gefallen, aber das Italienisch war ziemlich schwierig.

Ich sagte: Malory gefällt mir sehr. Die *Odyssee* gefällt mir. Die *Ilias* hab ich vor langer Zeit gelesen, aber da war ich zu jung, um sie wirklich würdigen zu können. Im Augenblick lese ich *Die Geschichte vom weisen Njal*. Am besten finde ich den Teil, wo sie von Zelt zu Zelt gehen und um Hilfe bitten und Skarphedin alle beleidigt.

Er hatte betont große Augen gemacht und den Mund aufgesperrt. Er sagte amüsiert: Ich glaube, die ist mir noch nicht untergekommen.

Ich sagte: Möchten Sie die Übersetzung sehen, die ich habe? Ich hab sie dabei.

Klar.

Ich öffnete meinen Rucksack und nahm die Übersetzung von Magnus Magnusson heraus. Das Isländisch-Wörterbuch kostet rund £ 140, & ich hatte Sibylla gesagt, dass wir uns das nicht leisten könnten.

Ich schlug die Seite auf. Ich sagte: Es sind nur ein paar Seiten, und ich reichte sie ihm.

Er blätterte die Seiten um und lachte leise beim Lesen vor sich hin. Schließlich gab er sie mir zurück.

Du hast Recht, das ist zum Schreien, sagte er. Ich werde mir ein Exemplar besorgen. Danke.

Ich sagte: Die Übersetzung ist aber nicht sehr nahe am Isländischen. Man kann sich nicht gut vorstellen, dass ein Wikinger sagt: Ich möchte dich nun bitten, Skarphedin, daß du dich nicht bemerklich machst bei unserm Gespräch. Im Isländischen heißt es: *Vil ek nú biðja þik, Skarpheðinn! at þú létir ekki til þín taka um mál várt.* Wenngleich die isländischen Wörter natürlich nicht dasselbe Register haben wie englische Wörter angelsächsischer Ableitung, weil sie nicht in Opposition zu einem Register mit Wörtern lateinischer Herkunft stehen.

Du kannst Isländisch?

Nein, ich habe gerade erst damit angefangen. Deshalb brauche ich auch die Übersetzung.

Ist das nicht gemogelt?

Das ist schwerer, als wenn man ein Wörterbuch benutzt.

Warum benutzt du denn kein Wörterbuch?

Das kostet £ 140.

£ 140!

Ich sagte: Nun ja, man kann sich vorstellen, dass es keine große Nachfrage dafür gibt. Es wird nur an Universitäten gelernt, wenn überhaupt; die einzige Möglichkeit, irgendwas in Isländisch zu bekommen, ist, es direkt aus Island zu bestellen; wer soll da das Wörterbuch kaufen? Wenn es in der Gesamtbevölkerung ein wachsendes Interesse gäbe, würde der Preis vielleicht sinken, oder zumindest würden sich wohl die Bibliotheken mit Exemplaren ausstatten, aber selbstverständlich werden die Menschen kein Interesse an irgendwas entwickeln, von dem sie nie gehört haben.

Er sagte: Und wieso hast du Interesse dafür entwickelt?

Ich sagte: Ich habe ein paar einschlägige Übersetzungen gelesen, als ich jünger war. Interessant ist, dass sich laut Hainsworths klassischem Artikel zu Homer und dem epischen Zyklus Homers Überlegenheit über den Zyklus in sprachlichem Reichtum und Weitläufigkeit niederschlägt, wohingegen es bei den isländischen Sagen den Anschein hat, als wäre das Gute daran gerade ihre Kargheit. Man könnte sagen, nun ja, Schönberg hat offensichtlich Unrecht, wenn er die japanische Malerei als primitiv und vordergründig abtut, wieso hat er Unrecht?

Er bedachte mich erneut mit einem amüsiert großäugigen Blick. Er sagte: Jetzt glaube ich, dass du mein Buch gelesen hast.

Ich wusste nicht, was ich sagen sollte.

Ich sagte: Ich habe alle Ihre Bücher gelesen.

Und er sagte: Danke.

Er sagte: Im Ernst. So etwas Nettes habe ich schon lange nicht mehr gesagt bekommen.

Ich dachte: Das halte ich nicht aus.

Ich dachte an die drei Gefangenen des Schicksals. Ich konnte jederzeit gehen. Ich wollte gehen, und ich wollte Andeutungen fallen lassen. Ich wollte den Stein von Rosette erwähnen und zusehen, wie die Erkenntnis in ihm heraufdämmerte. Ich weiß nicht, was ich sagen wollte.

Ich wollte gerade etwas sagen, als ich Frasers *Ptolemaic Alexandria* auf einem Regal entdeckte. Ich rief spontan: Oh, Sie haben *Ptolemaic Alexandria*!

Er sagte: Ich hätte es eigentlich nicht kaufen sollen, aber ich konnte nicht widerstehen.

Ich fragte nicht, wo er davon gehört hatte. Offensichtlich hatte ihm jemand erzählt, dass es ein herausragendes Werk der Forschung war, das in keinem Haushalt fehlen sollte.

Ich sagte: Tja, das ist ein großartiges Werk.

Er sagte: Nicht, dass es mir viel nützen würde. Wusstest du, dass es eine griechische Tragödie über Gott und Moses gibt? Die ist hinten drin, aber nur in Griechisch.

Ich fragte: Soll ich Ihnen ein bisschen daraus vorlesen?

Er sagte:

Oh –

und er sagte:

Na ja, warum nicht?

Ich nahm Band II aus dem Regal und fing an der Stelle an, wo Gott in sechsfüßigen Jamben sagt: Strecke deinen Stab aus, und ich übersetzte immer wieder zwischendurch, und nach etwa drei Zeilen merkte ich, dass er gelangweilt und verwundert dreinschaute.

Ich: Na ja, so in etwa.

Er: Wie alt bist du?

Ich sagte, ich wäre 11. Ich sagte, die Passage sei nicht sehr schwierig, und jeder, der die Sprache ein paar Monate lang gelernt hätte, könnte das lesen, und dass ich sie schon seit Jahren beherrschte.

Meine Güte.

Ich sagte, das sei nichts Besonderes, und dass J. S. Mill schon im Alter von 3 Jahren mit Griechisch angefangen hatte.

Wie alt warst du, als du angefangen hast?

4.

Meine Güte.

Dann sagte er: Es tut mir Leid, ich will dich nicht verlegen machen, es ist bloß, ich habe selber Kinder.

Ich sah nach unten auf *Ptolemaic Alexandria* und dachte, ich muss was sagen. Ich fragte, was er versucht hätte, ihnen beizubringen, und er sagte, nichts Methodisches, aber dass sie eben *Sesamstraße* geguckt hätten und dass das ungefähr der richtige Schwierigkeitsgrad war. Vorne in dem Buch war ein Blatt Papier. Ich sagte: Was ist das?

Er sagte: Erkennst du es nicht wieder?

und ich dachte: Dann weiß er es also

und ich dachte: Woher wusste er es?

Ich fragte: Wieder erkennen?

Das ist aus der *Ilias*. Ich dachte, du würdest es wieder erkennen. Hat mir mal jemand gegeben.

Ach ja, natürlich.

Dann haben Sie sie also gelesen?

Er sagte: Ich nehm's mir immer wieder vor.

Er sagte: Ich glaube, unterbewusst erinnert sie mich an Latein.

An Latein?

Ich hatte es ein Jahr in der Schule, und die meiste Zeit davon hab ich mit Rauchen hinter dem Fahrradschuppen verbracht.

Ich sagte, ich hätte gehört, alles auf Latein, was sich wirklich lohnen würde zu lesen, könnte man erst richtig würdigen, wenn man 15 ist, also hätte es vielleicht an den Texten gelegen.

Er sagte: Ich glaube, zu Texten sind wir gar nicht gekommen, ich weiß bloß noch, dass der Lehrer am ersten Tag ein Nomen an die Tafel geschrieben hat, mit Nominativ, Genitiv blablabla. Es kam mir alles so verdammt sinnlos vor. Ich meine, sieh dir doch mal die romanischen Sprachen an. Soweit ich weiß, haben sie allesamt die Kasusendungen abgeschafft, weil die Leute, die die Sprache wirklich sprachen, sie für absolute Zeitverschwendung hielten. Ich hab immer nur gedacht, wieso muss ich hier hocken und diese Fehlentwicklung der sprachlichen Evolution lernen?

Er grinste breit, als er das sagte, und er sagte, er glaube, dass dasjenige, was ihn dazu veranlasst hatte, aus der Klasse zu flüchten und hinter dem Fahrradschuppen zu rauchen, anstatt in der Klasse zu hocken und Kasusendungen zu lernen, vermutlich dasjenige war, das ihm am meisten dabei geholfen hatte, erfolgreich zu werden, falls man das Erfolg nennen konnte.

Ich blickte auf das Blatt Papier, das mit »ich hoffe es gefällt dir muss los S[unleserliches Gekritzel]« endete.

Ich dachte: Mein Vater ist Val Peters.

Er sagte: Aber ich sollte die *Ilias* wirklich mal lesen, sie hat sich offensichtlich viel Mühe gegeben.

Er sagte: Eigentlich bin ich doch froh, dass meine keinen Druck hatten, früh anzufangen, sie wachsen so schnell heran, und sie verbringen sowieso schon so viel Zeit in der Schule, aber ich finde das ganz erstaunlich, was du gemacht hast, ehrlich, und es bedeutet mir wirklich viel, dass du meine Bücher magst, ich hab das nicht einfach bloß so gesagt, schließlich kommt es letzten Endes nicht bloß drauf an, wie viele Leute sie kaufen.

Er sagte: Weißt du was, ich möchte dir was schenken, das eines Tages was wert sein wird. Ich meine, ich weiß nicht, was du denkst, aber vielleicht möchtest du eins von denen hier, ich werde die sowieso nie lesen, sie werden in etwa 17 Sprachen übersetzt, und man macht nicht jedes Mal Signierstunden, wenn ich also eins signieren würde, wäre das ein Unikat,

und er ging zu einem anderen Regal voller Bücher, und er sagte, ich sollte mir doch eines von seinen Büchern auf Tschechisch oder Finnisch oder sonst was nehmen, und er würde es signieren, und dann wäre es ein Unikat.

Ich sagte, Das müssen Sie nicht tun, und er sagte, Nein, ich bestehe darauf, und er fragte mich, welche Sprache mir gefallen würde, und ich sagte, Na ja, wie wär's mit Finnisch?

Er sagte, Erzähl mir nicht, du kannst Finnisch, und ich sagte, Soll ich bei so was lügen, und er sagte, Gordon Bennett.

Er sagte, Aus reiner Neugier, ist hier irgendeine Sprache dabei, die du nicht kannst? Ich sah die Bücher durch und sagte, Nein, aber es gibt viele, die ich nicht sehr gut kann, und er sagte, Tut mir Leid, dass ich gefragt habe, und bedachte mich erneut mit einem amüsierten Blick.

Er sagte: Das hier könnte ich doch etwas persönlicher machen, möchtest du, dass ich was Bestimmtes reinschreibe?

Ich dachte: Ich muss etwas sagen. Ich dachte: Gehe ich jetzt einfach wieder, ohne irgendwas zu sagen? Ich sagte: An was hatten Sie gedacht?

Er sagte: Wie wär's mit: »Für David, ich verspreche, den Marktwert dieses Buches nicht zu mindern, indem ich ein weiteres finnisches Exemplar signiere, Dein Freund Mammon Val Peters«? Er grinste mich an und hielt einen Stift in der Hand.

Ich sagte: Was immer Sie möchten.

Er sagte: Ich würde gern etwas Persönlicheres reinschreiben, aber alles, was einem so einfällt, klingt gleich so kitschig.

Ich sagte, ich würde es wahrscheinlich sowieso nicht verkaufen, deshalb müsste es kein Unikat sein.

Er sagte: Schön, in dem Fall schreibe ich vielleicht einfach »Für David mit den besten Wünschen von Val«, aber du wirst wissen, dass es von Herzen kommt. Das sagte er nicht wirklich mit einem weiteren amüsierten Lächeln, weil er die ganze Zeit über amüsiert gelächelt hatte. Ich sagte, Gut, danke, und er kritzelte etwas in das Buch und gab es mir.

Es war nicht schwer, sich eine Welt vorzustellen, in der mein Körper in diesem Raum stand mit etwas anderem darin. Wenn ich etwas sagte, würde er diese andere Welt sehen. Ich dachte: So, gehe ich jetzt?

Ich sagte: Vergraben Sie Ihre Bücher schon mal?

Was?

Ich sagte: Sie könnten Ihre Bücher in Plastikbeuteln ein paar Meter tief vergraben, eins auf jedem Kontinent. Wenn es dann eine Katastrophe gibt, würden sie der Nachwelt erhalten bleiben. Man könnte sie wieder ausgraben.

Er meinte, das hätte er noch nicht ausprobiert.

Ich sagte: Eigentlich müsste man in den Grundmauern von jedem Haus ein Buch vergraben. In Plastik versiegelt. Das würde den Archäologen in einem Jahrtausend oder so sehr helfen.

Er lächelte. Er sagte: Ich werfe dich nur ungern raus, aber ich muss dich jetzt rauswerfen. Ich habe zu arbeiten.

Ich dachte wieder, dass ich etwas sagen könnte, und alles wäre anders, und als ich seinen gleichgültigen, leicht geschmeichelten Gesichtsausdruck sah, wollte ich es sagen.

Dann dachte ich: Wenn wir mit echten Schwertern kämpfen würden, würde ich ihn töten.

Ich dachte: Ich kann ihm nicht sagen, dass ich sein Sohn bin, weil es wahr ist.

V

Er hält sich anscheinend für einen Samurai

1

Ein guter Samurai wird den Schlag abwehren

An dem Abend, nachdem ich ihn kennen gelernt hatte, ging ich nach draußen, um auf der Erde zu schlafen. Das war dumm, denn ich war ja gar nicht unterwegs. Ich rollte meinen Schlafsack wieder zusammen und trug ihn ins Haus. Ich ging nach oben und schlief auf der Matratze, zugedeckt.

Ich konnte immer noch draußen schlafen, wenn ich musste.

Ich las die *Njal-Saga* zu Ende. Eigentlich hatte ich vorgehabt, mich danach wieder mit Inuit zu beschäftigen, doch jetzt schien mir das keinen unmittelbaren Sinn mehr zu machen, also beschloss ich, mit Aerodynamik weiterzumachen.

Ich packte das Buch über Aerodynamik in meinen Rucksack, ebenso wie zwei *Schaum's Outlines*, für den Fall, dass ich die Laplace-Transformationen oder Fourier-Analyse brauchte. Damit fuhr ich zur National Gallery und setzte mich auf eine Bank vor der »Thronenden Madonna & Kind« zwischen einem Soldatenheiligen und dem hl. Johannes dem Täufer.

4.9 Gebundener Wirbel

Im letzten Abschnitt wurde gezeigt, dass die Kraft auf einen Körper vollständig durch die Zirkulation um den Körper und die Anströmgeschwindigkeit bestimmt ist.

Jetzt glaube ich, dass du mein Buch gelesen hast, sagte mein Vater.

Ebenso kann gezeigt werden, dass die Kraft auf einen Wirbel, der bezüglich einer gleichförmigen Strömung stationär ist, durch die Kutta-Joukowskische Auftriebsformel gegeben ist.

Danke, sagte mein Vater. Im Ernst. So etwas Nettes habe ich schon lange nicht mehr gesagt bekommen.

Der Wirbel, der die Zirkulation um den Körper repräsentiert,

Danke, sagte mein Vater. Im Ernst.

weicht in seinen Eigenschaften von denen eines Wirbels in der umgebenden Strömung dadurch ab,

Danke, sagte mein Vater.

dass er nicht an die gleiche Materie des Fluids gebunden bleibt

Im Ernst, sagte mein Vater. So etwas Nettes

Ich stand auf, ging in den Haupttrakt und setzte mich vor »Jüngling mit Totenschädel« von Frans Hals. Mein Vater sagte nichts. Ich schlug Seite 85 der *Foundations of Aerodynamics* von Kuethe & Chow auf.

4.10 Kutta-Bedingung

Der Satz von Kutta-Joukowski besagt, dass die auf einen Körper in einer gleichförmigen Strömung wirkende Kraft gleich dem Produkt aus der Dichte des Fluids, der Strömungsgeschwindigkeit und der Zirkulation ist und dass sie senkrecht zur Strömungsgeschwindigkeit gerichtet ist.

Ich glaube, da musst du noch eine Weile warten, sagte mein Vater.

Der Satz von Kutta-Joukowski besagt, dass die auf einen Körper in einer gleichförmigen Strömung wirkende Kraft gleich dem Produkt aus der Dichte des Fluids, der Strömungsgeschwindigkeit und der Zirkulation ist und dass sie senkrecht zur Strömungsgeschwindigkeit gerichtet ist.

Ich halte ihn für einen der größten Schriftsteller in diesem Jahrhundert, sagte mein Vater.

Der Satz von Kutta-Joukowski besagt, dass die auf einen Körper in einer gleichförmigen Strömung wirkende Kraft

Danke, sagte mein Vater.

Ich stand auf und ging aus dem Raum. Ich ging in Raum 34, und ich nahm den Eckplatz vor »Ulysses verhöhnt Polyphem« ein. Noch immer nichts von Polyphem zu sehen. Ich hatte mir den Satz von Kutta-Joukowski nicht wirklich gemerkt, aber ich wollte ihn auch nicht noch einmal nachschlagen. Ich öffnete das Buch auf S. 86 und fing an, die Seite sehr schnell runterzulesen

Die obige Diskussion ist auf reibungsfreie Strömungen anwendbar, in einer viskosen Flüssigkeit (auch bei beliebig kleiner Viskosität) ist die Zirkulation jedoch gebunden, wie empirische Beobachtungen nahe legen. Experimente zeigen, dass, wenn sich ein Körper mit einer scharfen Hinterkante in Bewegung setzt, die Wirkung der Viskosität des Fluids die Strömung um die obere und untere Oberfläche veranlasst, an der Hinterkante störungsfrei wieder zusammenzulaufen; diesen Umstand, der die Stärke der Zirkulation um den Körper festlegt, nennt man die Kutta-Bedingung, die folgendermaßen ausgedrückt werden kann: Ein sich durch ein Fluid bewegender Körper mit einer scharfen Hinterkante entwickelt um sich eine Zirkulation genügender Stärke, um den hinteren Staupunkt an der Hinterkante zu halten.

Die Strömung um einen Tragflügel mit einem Anstellwinkel in einer reibungsfreien Strömung entwickelt keine Zirkulation, und der hintere Staupunkt erscheint

Danke Klar Jetzt glaube ich, dass du mein Buch gelesen hast. Ist das nicht gemogelt? Warum benutzt du denn kein Wörterbuch?

Es war ohnehin schon nicht ganz leicht, das Buch zu verstehen, und mit den ständigen Unterbrechungen durch meinen Vater war es praktisch unmöglich; was, wenn er nie mehr aufhörte? Wie wäre das, ihn 80 Jahre lang zu hören? Ich dachte daran, aufzugeben und nach Hause zu gehen. Dann dachte ich an Sibylla, wie sie aufsprang und sich hinsetzte, aufsprang, um hin und her zu gehen, aufsprang, um dieses oder jenes Buch zu lesen, jeweils einen Absatz einen Satz ein Wort.

Ich stand wieder auf, und ich ging rasch durch die Galerie, vorbei an den Fragonards, vorbei an den Caravaggios, vorbei an einem Raum mit Rembrandts und einem Raum der Schule von Rembrandt, suchte nach einem von jenen langweiligen, kleinen Nebenräumen, die nie jemand betritt, um mich dort vor ihm zu verstecken. Wie wär's damit? »Stillleben mit Trinkhorn der Bogenschützengilde von St. Sebastian, Hummer und Gläsern«, ganz zu schweigen von der halb geschälten Zitrone – doch daneben war eine Vanitas von Jan Jansz Tech, ein Totenschädel, eine Sanduhr, ein Seidenschal, eine Zeichnung & andere Kostbarkeiten, die der Bildunterschrift zufolge dazu gedacht waren, den Betrachter an die Absurdität allen menschlichen Strebens zu gemahnen. Dergleichen gehörte zu den Dingen, über die mein Vater in philosophischen Augenblicken gerne sinnierte, meistens angesichts eines zerfallenden Tempels oder einer Grabstätte, was war mit dem nächsten Raum? Hier hing van Cuyps großes Gemälde »Ansicht von Dordrecht mit Milchmagd und vier Kühen« und sein kleineres Gemälde »Ansicht von Dordrecht mit schlafendem Hirten und fünf Kühen« – hier würde keiner nach mir suchen.

Ich zwang mich, das Kapitel zu Ende zu lesen. Ich musste jeden Absatz etwa achtmal lesen, aber schließlich war ich durch. Ich las den Kutta-Joukowskischen Satz fünf- oder sechsmal. Ich dachte daran, noch ein Kapitel zu lesen, aber ich sagte andauernd, Danke & fing stattdessen an, das Buch rasch durchzublättern, gelegentlich bei einer Seite Halt machend, immer auf der Suche nach etwas so Faszinierendem, dass ich ihn nicht mehr hören würde. Mach-Wellen – nicht komprimierbare Strömungen – Tollmien-Schlichting-Instabilität – Flugverhalten kleiner Insekten – Flugkontrolle und -manöver von Vögeln –

> »Meine Beobachtung des Flugverhaltens von Bussarden lässt mich vermuten, dass sie, wenn sie durch einen jähen Windstoß aus dem Gleichgewicht gebracht wurden, ihre Seitenbalance durch ein Verwinden der Flügelspitzen zurückgewinnen ...« Diese Passage stammt aus dem ersten Brief von Wilbur Wright an Octave Chanute vom 13. Mai 1900. Sie beschreibt die entscheidende Beobachtung, die die Gebrüder Wright zur Erfindung des Querruders führte und somit das Erreichen der Seitenkontrolle und letztlich den ersten motorisierten Flug ermöglichte.

Jetzt glaube ich, dass du mein Buch gelesen hast, sagte mein Vater. Im Ernst, sagte mein Vater. Es bedeutet mir wirklich viel, dass du meine Bücher magst, ich hab das nicht einfach bloß so gesagt, schließlich kommt es letzten Endes nicht bloß drauf an, wie viele Leute sie kaufen. Ich habe selber Kinder, sagte mein Vater, *Sesamstraße* wäre so ungefähr der richtige Schwierigkeitsgrad, sagte mein Vater, Jetzt glaube ich, dass du mein Buch gelesen hast, sagte mein Vater, Jetzt glaube ich, dass du mein Buch gelesen hast.

Es war sinnlos, noch zu bleiben, also ging ich. Über der Haupttreppe ist ein Gemälde von Lord Leighton: »Cimabues berühmtes Madonnenbild wird auf einer Prozession getragen«; jahrelang hatte ich es mir jedes Mal beim Hinausgehen angesehen und mich gefragt, was damit nicht stimmte.

Als ich nach Hause kam, guckte Sibylla *Die sieben Samurai*. Sie konnte noch nicht lange geguckt haben; die Bauern waren gerade erst aus dem Dorf aufgebrochen. Stark aussehende Samurai stolzierten durch die Straßen einer großen Stadt; man müsste schon ziemlich unverfroren sein, um einen von ihnen darum zu bitten, für nur drei Mahlzeiten am Tag zu kämpfen.

Ich setzte mich neben sie auf das Sofa. Gut so, sagte mein Vater.

Kambei reichte dem Priester gerade mit einer Verbeugung ein Rasiermesser. Er setzte sich an den Fluss und spritzte sich Wasser auf den Kopf; der Priester fing an, ihm die Haare zu scheren.

Gut so, sagte mein Vater.

Kambei zog die Sachen an, die der Priester mitgebracht hatte. Sein Blick traf den des reglosen Mifune mit versteinertem Gesicht. Ich glaube, da musst du noch eine Weile warten, sagte mein Vater.

Kambei nahm die zwei Reiskuchen und ging zu der Scheune. Der Dieb drinnen schrie etwas. Ich bin nur ein Priester, sagte Kambei. Ich tu dir nichts. Ich komme nicht rein. Ich habe Essen für das Kind gebracht. Danke, sagte mein Vater. Im Ernst. So etwas Nettes habe ich schon lange nicht mehr gesagt bekommen.

Ich stand auf und begann, im Zimmer herumzugehen, suchte nach etwas, das ich eine Stunde oder auch nur zehn Minuten lang tun konnte, ohne seine Stimme zu hören. Ich nahm mir mein Buch über Judo vor, aber nach zwei Zeilen sah ich sein Gesicht, und ich fing an, Ibn Khaldun zu lesen, und er sagte, Jetzt glaube ich, dass du mein Buch gelesen hast.

Hast du ihn schon gesehen?, fragte Sibylla. Das war ihre Vorstellung von Zartgefühl, die Sache einfach anzusprechen, anstatt mich darüber nachgrübeln zu lassen, was sie wusste & ob ich was sagen sollte.

Ich habe ihn gesehen, sagte ich. Ich weiß nicht, was du in ihm gesehen hast.

Du weißt so viel, wie ich weiß, sagte Sib, womit sie zart andeutete, dass sie mit Sicherheit wusste, dass ich ihre Aufzeichnungen gelesen hatte.

Ich habe es ihm nicht gesagt, sagte ich.

Naturellement, sagte Sib. Ich hab's einfach nicht gekonnt. Ich hab oft gedacht, ich sollte, aber ich konnte einfach nicht. Ich hab manchmal Sachen von ihm gelesen, weil ich dachte, er könnte sich verändert haben, und er veränderte sich auch wirklich, aber nur so, wie jemand aus der Tyrone-Power-Schauspielschule Reife darstellen würde: fester Mund, gerunzelte Stirn, das ist jemand, der harte Gedanken denkt. Er wachte als Junge auf, und als er zu Bett ging, war er – ein Mann. Tut mir Leid, dass ich schlecht von dem Samenspender rede. Ich sollte lieber aufhören.

Ist schon gut, sagte ich.

Nein, es ist nicht gut, sagte Sib. Sie schaltete das Video ab. Es ist ein Unding, mittendrin aufzuhören, aber zumindest wird Kurosawa es nie erfahren.

Es ist egal, sagte ich.

Also gut, sagte Sib. Vergiss nur nie, dass du wunderbar bist, ganz gleich, wie dein Vater sein mag. Könnte gut sein, dass andere Menschen dringender einen vernünftigen Vater brauchen.

Wir reden hier nicht von einem versiegbaren Rohstoff, sagte ich.

Wir reden von Glück, sagte Sib. Wieso solltest du es gepachtet haben?

Hab ich mich beschwert?, fragte ich.

Sieh es doch mal so, sagte Sib. Es ist schwer für einen Mann, von seinem Sohn in den Schatten gestellt zu werden.

Ich habe mich nicht beschwert, sagte ich.

Selbstverständlich nicht, erwiderte Sib.

Er hat gesagt, er hätte eigene Kinder, sagte ich. Er hat gesagt, sie würden *Sesamstraße* gucken und dass das so ungefähr der richtige Schwierigkeitsgrad wäre.

In welchem Alter?, fragte Sib.

Hat er nicht gesagt.

Hmmm, machte Sib.

Sie stand auf und schaltete den Computer an und nahm den *Independent* und setzte sich hin, um ihn zu lesen.

Habe ich dir erzählt, dass ich *Die Zeit* gelesen habe?, sagte Sib. Ich habe *Die Zeit* gelesen und bin auf eine so nette Formulierung gestoßen: Es regnete ununterbrochen. Ohne jede störende Unterbrechung. Das klang irgendwie so nett. Es regnete ununterbrochen. Es regnete ununterbrochen. Daran werde ich jetzt immer denken, wenn es regnet.

Hast du je an Abtreibung gedacht?, fragte ich.

Das habe ich, sagte Sib, aber ich war schon sehr weit und musste zu einer Beratung, sie haben für Adoption plädiert, & ich habe gesagt, Ja, aber wie könnte ich sicher sein, dass deine Adoptiveltern dich lehren würden, wie du dieses Leben verlassen kannst, wenn es dir nicht gefällt, & sie sagten, Was, und ich sagte – na ja, ich sagte eben, was jeder vernünftige Mensch sagen würde, und wir hatten ein unergiebiges Streitgespräch, & ich sagte

Oh, sieh nur! Hugh Carey ist wieder in England.

Ich sagte: Wer?

Sibylla sagte: Er war der beste Freund von Raymond Decker.

Ich sagte: Wem?

Sibylla: Du hast noch nie von Raymond Decker gehört?

Und dann: Aber wer hat das schon?

Sie sagte, Carey sei ein Entdecker, und Decker – sie wüsste nicht, was Decker inzwischen machte, aber in den frühen Sechzigern seien sie legendäre Altertumswissenschaftler in Oxford gewesen. Ein Raubdruck von Careys Übersetzung von Burns' *An eine Maus* ins Griechische für das *Verse Paper* in Irland ging von Hand zu Hand, & Decker hatte den Chancellor's Latin mit einer verblüffenden Übersetzung von Johnson über Pope gewonnen, und zwar, wie Sibylla sagte, nicht mit dem Stück, wo er sagt, Es ist ein hinreißendes Gedicht, Mr. Pope, aber es ist nicht Homer, was in Wahrheit sowieso Bentley war, wie mir jetzt einfällt, sondern mit einem Stück, das so geht

> … gemeinhin ist der Abstand zwischen tatsächlicher Leistung und spekulativer Möglichkeit sehr groß. Die Vermutung liegt nahe, dass ebenso viel, wie heute getan worden ist, auch morgen getan werden kann; doch schon bald ergibt sich irgendeine Schwierigkeit, oder ein äußeres Hindernis versperrt den Weg. Trägheit, Störung, Arbeit und Vergnügen; all dies trägt abwechselnd zur Verlangsamung bei; und

> jede langwierige Arbeit wird durch tausenderlei Ursachen verlängert, die aufgezählt werden können, und durch zehntausend, die nicht aufgezählt werden können. Vielleicht wurde noch nie ein umfangreiches und vielseitiges Werk innerhalb der Zeitspanne vollendet, die der Urheber ursprünglich im Sinne hatte. Wer gegen die Zeit anrennt, hat eine Widersacherin, die keine Verluste kennt.

Sib erklärte, dass dieses Stück, obwohl in gelehrter Sprache, verteufelt schwer ins Lateinische zu übersetzen war, weil sämtliche abstrakten Nomina in Nebensätze umgewandelt werden mussten, dann schweifte sie ab und erklärte, dass Lytton Stracheys Bemerkungen zu Johnsons Bemerkungen über die Dichter dagegen zu den Dingen gehörte, die sehr leicht ins Lateinische zu übersetzen waren, so sagte Strachey beispielsweise

> Johnsons ästhetische Urteile sind fast immer subtil oder gediegen oder kühn; sie haben immer eine gute Qualität, mit der sie sich empfehlen – bis auf eine: Sie sind nie richtig. Das ist ein bedauernswerter Mangel, doch niemand kann bezweifeln, dass Johnson ihn wettmachte und dass sein Esprit alle gerettet hat

das Lateinische, sagte sie, schrieb sich praktisch von selbst, sie schien kurz davor, auf einen anderen interessanten Punkt abzugleiten, deshalb sagte ich rasch, bevor sie jemand anderen zu Strachey zu Johnson erörtern konnte und wie der mit Leichtigkeit ins Phönizische oder Linear B oder Hethitische übersetzt werden konnte

Aber wer SIND diese Leute?

❖

Hugh Carey und Raymond Decker lernten sich kennen, als HC 15 war und RD 19. HC stammte aus Edinburgh. Er hatte seinem Lehrer gesagt, dass er sich in Oxford bewerben wolle, und der Lehrer hatte ihm empfohlen zu warten, & HC dachte – aber das ist dumm, wenn ich mit 15 aufgenommen werde, werden die Leute immer sagen, Er ist mit 15 in Oxford aufgenommen worden. Also schrieb er aus eigenem Antrieb ans Merton College in Oxford und bewarb sich um die Zulassung zur Aufnahmeprüfung & fuhr hin, um die Aufnahmeprüfung abzulegen.

RD war überwiegend Autodidakt.

RD hatte Platons *Gorgias* gelesen, noch bevor er sein Studium begann, und da er zu der Sorte Mensch gehörte, die sich Dinge zu Herzen nehmen, hatte er es sich zu Herzen genommen. Im *Phaidros* heißt es, der Rhetoriker Gorgias rühme sich, auf jede Frage eine lange oder eine kurze Antwort geben zu können, und im *Gorgias* sagt er, wenn es darum gehe, kurze Antworten zu geben, sei er unübertroffen. Sokrates kennt dagegen nur eine Art, auf eine Frage zu antworten, manche Fragen könnten mit einem Wort beantwortet werden, und andere benötigten vielleicht fünftausend, und der Philosoph werde sich, anders als der Rhetoriker oder Politiker, so viel Zeit lassen, wie er braucht. Das brachte RD in ein entsetzliches Dilemma. Er hatte sich Exemplare der letzten Veröffentlichungen der University Press gekauft, & nun tigerte er auf und ab und ereiferte sich HC gegenüber: Für alle interessanten Fragen ist ein Minimum von drei Stunden erforderlich, um sie zu beantworten, und die übrigen sind so dumm, dass es unmöglich ist, irgendwas Intelligentes darauf zu erwidern, wie kann man also auf eine dumme Frage eine intelligente Antwort geben? Und er raufte sich die Haare und sagte: Was soll ich tun?

HC war überrascht. Er hatte sich für den Abschluss der Mittelstufe in 13 Fächern prüfen lassen, weil er gehört hatte, das Höchste, was bislang jemand erreicht hatte, seien 12 gewesen, und er hatte die Prüfung im Alter von 12 gemacht, weil er mit 9 gehört hatte, dass der Jüngste, der je mehr als 5 hatte, 13 war, als er die Prüfung machte, & er hatte auf der Stelle beschlossen, den Rekord zu brechen.

Er sagte: Und, wie viele Fächer hattest du im Abitur?

RD: Ich will nicht darüber reden.

HC: Und was ist mit der Mittelstufe?

RD: Ich will nicht darüber reden.

HC: Aber du musst doch irgendeine Prüfung gemacht haben.

RD: Natürlich habe ich eine Prüfung gemacht. Es war schrecklich. Voller Fragen zur ungekürzten Division. Ich will nicht darüber reden.

Ungekürzte Division?, fragte HC.

RD. Ich will nicht darüber REDEN. Und er tigerte im Gemeinschaftsraum auf und ab, gab weitere gequälte Verweise auf den *Gorgias* von sich und rief, Was soll ich tun?

HC sagte: Spielst du Schach?

Was?, fragte RD.

Und HC sagte: Spielst du Schach?

Und RD sagte: Selbstverständlich.

Und HC sagte, Machen wir ein Spiel. Er holte aus einer Tasche ein Taschenschachspiel, und aus der anderen Tasche holte er eine Schachuhr, die er immer bei sich trug. Es war der Abend vor der ersten Prüfung, und er hatte vorgehabt, den Chor zu Zeus in Aischylos' *Agamemnon* noch einmal durchzugehen. Er stellte die Figuren auf. RD hatte Weiß.

HC stellte die Zeit ein, & er sagte: 20-Minuten-Spiel.

Und RD sagte: So spiele ich nicht.

HC sagte: 10 Minuten für jeden.

Und RD sagte: Aber das ist dumm.

HC: Ich habe nicht die Zeit, länger zu spielen. Ich muss mir noch den Chor zu Zeus ansehen.

RD: Be2-e4.

HC: Bc7-c5.

RD kannte vielerlei Reaktionen auf die Sizilianische Verteidigung, aber die Frage war, was in der zur Verfügung stehenden Zeit entwickelt werden konnte, und über diese Frage grübelte er nach, sodass er seinen Springer noch nicht mal auf f3 gezogen hatte, als die Zeit abgelaufen war. Daraufhin rückte er seinen Springer auf f3, und HC sagte: Tut mir Leid. Das Spiel ist aus.

RD war wütend, & er fing an zu argumentieren, doch in der Zwischenzeit hatte HC alle Figuren wieder aufgebaut, die Uhr neu gestellt, & dieses Mal war HC Weiß.

HC: e2-e4.

RD mochte die Sizilianische Verteidigung selber, aber insgeheim erwog er, welche Vorteile das Najdorf-System, das Scheveninger System (das er meist bevorzugte), das Nymzowitsch-System und andere, die man gar nicht alle aufzählen kann, in der zur Verfügung stehenden Zeit hatten, sodass er fast wieder denselben Fehler gemacht hätte. Doch plötzlich riss er sich zusammen (c7-c5), und es gelang ihm, 10 Züge zu machen, bevor er erneut in tiefes Grübeln versank, das erst durch die Uhr unterbrochen wurde.

Er kam zum 10. Zug, & die Uhr lief ab, bevor er eine Figur bewegt hatte, & HC sagte, Das Spiel ist aus, baute die Figuren neu auf und stellte die Uhr neu.

Inzwischen war RD richtig wütend. HC war erst 15 und sah noch dazu jünger aus. RD machte seinen ersten Zug und HC seinen, und diesmal zog RD sofort, als er an der Reihe war, und HC gewann in 25 Zügen.

RD baute die Figuren neu auf. HC sagte, er müsse *Agamemnon* lesen. RD sagte, Das dauert nicht lange. Er war Schwarz. Diesmal spielte er die Partie, die er am besten konnte, und er spielte eine Version des Mittelspiels, die er bei Keres & Kotov gelesen hatte, und der Schluss spielte sich wie von selbst.

Er sagte: Schachmatt. Und er sagte: Ich weiß, was du damit bezweckst, aber das ist dumm. Es ist nicht dasselbe.

Und HC sagte: Es ist ein Spiel. Es ist ein dummes Spiel. Eröffnung, Mittelspiel, Endspiel, Eröffnung, Mittelspiel, Endspiel, Eröffnung, Mittelspiel, Endspiel. Lass uns die Uhr auf fünf Minuten stellen.

RD sagte: Es ist nicht dasselbe.

HC sagte: 10-Minuten-Spiel.

HC baute die Figuren auf, und er startete die Uhr. Sie spielten 5 Partien, und RD gewann 4 davon.

RD sagte: Es ist nicht dasselbe.

Sie spielten bis 2:00 morgens. RD sagte immer wieder, Es ist nicht dasselbe, aber mittlerweile lachte er, weil er die meiste Zeit gewann. Wahrscheinlich denkst du, dass HC ihn gewinnen ließ, aber das tat er nicht. HC litt nicht unter den sokratischen Skrupeln, die RD plagten, aber er schätzte das Prinzip des sportlichen Wettkampfs so sehr, dass es fast auf dasselbe hinauslief. Er wusste, dass er keine ernsthafte Konkurrenz haben würde, wenn RD nicht da wäre, & wenn man ihn sich selbst überließ & er sich sokratische Antworten auf Gorgiassche Fragen ausdachte, wäre RD bald nicht mehr da. Obwohl er kaum noch die Augen offen halten konnte, sagte er also zu RD: Denk nicht über Argumente nach. Sieh dir eine Frage an und sage: Damenindisch. Sizilianische Verteidigung.

RD fand das lächerlich, aber kaum hatte er es als lächerlich abgetan, da erschien es ihm plötzlich doch denkbar, dass man tatsächlich eine Diskussion über den Einfluss von Homer auf Vergil unter Verwendung der Sizilianischen Verteidigung anfangen könnte.

Ruy Lopez, sagte HC, seinen Vorteil nutzend.

RD: Ruy LOPEZ! Wie soll ich denn JEMALS die LOPEZ-Eröffnung verwenden?

HC zögerte –

RD: Wenn sie diese Frage stellen, sind sie NATÜRLICH IMMER Weiß.

& er stürzte kurzfristig erneut in Verzweiflung.

HC: Schwarz gewinnt in 4 Zügen. Zwei Springer & ein Turm, Schachmatt in sechs.

Nein, sagte RD, und er stand auf und schlang die Arme brezelförmig um den Kopf. Er ging auf und ab, & schließlich sagte er: Ja. JETZT verstehe ich. Er sagte: Du ARGUMENTIERST nicht wirklich ganz bis zum ENDE, du beschließt, welches Endspiel du spielen willst, du gestaltest eine Eröffnung, die per VERWEIS dorthin führen kann, zum Beispiel wenn Schwarz eine ungewöhnliche Variante des Damenindisch spielt, gestaltest du das Mittelspiel größtenteils per VERWEIS –

Ob dem nun wirklich so ist oder nicht, RD bestand in dem Gefühl, dass es so war, und erhielt ein Stipendium auf Grund von [Eröffnung] [Mittelspiel] Endspiel, und er und HC waren Freunde und Rivalen. HC brachte ihn dazu, sich um Auszeichnungen zu bewerben, denn wenn HC eine Auszeichnung gewann, um die RD sich nicht beworben hatte, zählte sie nicht wirklich, & immer wieder musste er mit RD Schach spielen, um der Macht entgegenzuwirken, die Sokrates derweil wieder über seinen Geist erlangt hatte. Er musste Schach spielen, um dem Einfluss von Fraenkel entgegenzuwirken.

Fraenkel war Jude und vor den Nazis geflüchtet, und als er nach England kam, machte man ihn zum Professor für Latein am Corpus Christi College, und er hielt Griechisch-Seminare ab. Diese wurden von nur sehr wenigen Studenten besucht, und die wenigen, die sie besuchten, taten das nur mit Einverständnis ihrer Tutoren, denn Fraenkel war äußerst schwierig. Irgendwie erfuhr HC von diesen Seminaren und beschloss sofort, daran teilzunehmen. Er fragte seinen Tutor, und sein Tutor sagte, er fände es besser, wenn er noch warten würde, und HC dachte: Aber das ist dumm, wenn ich jetzt gehe, werden die Leute immer sagen, Er ging schon im ersten Semester, als er gerade erst 15 war, in Fraenkels Seminar. Sein Geburtstag war Mitte Oktober, wenn er also noch ein Semester wartete, würde es zu spät sein.

Wenn aber nun HC ging, musste RD auch gehen, weil HC sonst das Gefühl gehabt hätte, einen ungerechten Vorteil zu haben. RD war naturgemäß zögerlich und sagte, er fände, dass er bis zu seinem zweiten oder sogar dritten Jahr warten sollte; ein Schachbrett war in einer solchen Situation nicht von Nutzen, doch HC sagte mit dem Genie der Verzweiflung, Das ist lächerlich, und Sokrates schamlos plagiierend fügte er hinzu, Unwissenheit sei keine Schande, sie sei nur die Weigerung zu lernen. Er sagte, er habe gehört, dass Fraenkel den Mangel an Exaktheit in der englischen Geisteswissenschaft beklagt habe; und es sei doch gewiss von äußerster Wichtigkeit, dass sie sich nicht schon zu BEGINN ihrer Karriere als Geisteswissenschaftler methodische Schlampereien angewöhnten. RD sagte, Ja, aber er wird uns wahrscheinlich gar nicht in sein Seminar aufnehmen, und HC sagte, Überlass das nur ruhig mir.

HC war 15 und sah aus wie 12. Er ging vor dem Frühstück zum Corpus Christi und wartete vor Fraenkels Zimmer, und als der große Mann erschien, brachte er die Formulierungen »methodische Schlampereien« und »Beginn der Karriere als Geisteswissenschaftler« vor. Er wurde in das Zimmer gebeten und bekam etwas Griechisch vorgelegt, das er noch nie gesehen hatte und zu dem er einen Kommentar abgeben musste, und als er sich nicht völlig blamierte, wurde ihm gesagt, er und sein Freund dürften probeweise am Seminar teilnehmen.

Nun hatte Fraenkel einmal in einem Seminar gesagt, dass ein guter Geisteswissenschaftler in der Lage sein sollte, beim ersten Blick auf ein beliebiges Wort in einer bestimmten Passage an eine andere Passage zu denken, in der dieses Wort gleichfalls auftauchte. HC ließ diese Bemerkung kalt, aber RD nahm sie sich zu Herzen, und je länger er arbeitete, desto mehr wurde jeder Text wie eine Masse von Eisbergen, jedes Wort ein schneeiger Gipfel mit einer gewaltigen eisigen Masse von Querverweisen unter der Oberfläche. Sodass nun zu den sokratischen Bedenken hinsichtlich der Beantwortung von Fragen auch noch die Überzeugung trat, dass jeder wahre Geisteswissenschaftler bei der linguistischen Analyse den gesamten Eisberg hochhieven würde. Indessen fand HC das Seminar fürchterlich langweilig. Es ödete ihn an, eine Zeile mit Erläuterungen und Anmerkungen zu befrachten. Das Einzige, was ihn aufmunterte, war die Erinnerung daran, dass er gerade erst 16 geworden war.

Fünf Semester vergingen, und es war Zeit für die Bachelor-Prüfungen.

Am Abend vor der ersten Prüfung repetierten andere Kandidaten die Argumente für und wider einen einzigen Autor von *Ilias* und *Odyssee*, während HC und RD über einem Schachbrett saßen und HC sagte, Eröffnung, Mittelspiel, Endspiel, und RD sagte, Das ist nicht dasselbe, und HC sagte, 5 Minuten.

HC und RD waren inzwischen an dem Teil der Seminarreihe angelangt, der sich auf Geschichte und Philosophie konzentrierte. HC wollte gerne wechseln & Arabisch studieren & den Fachbereich für Orientalistik verblüffen, aber RD hatte sich nicht nur die Worte von Fraenkel und Sokrates zu Herzen genommen, er hatte sich auch die Worte von Wilamowitz zu Herzen genommen, und er sagte gequält, Wilamowitz habe gesagt, das Studium von Geschichte und Philosophie sei ein wesentlicher Teil der Altertumswissenschaften, und was sollte er bloß tun? HC meinte, sie sollten Arabisch studieren und den Fachbereich für Orientalistik verblüffen, doch RD sagte, der Kern ihres Fachgebietes sei die Entwicklung gültiger Argumentationsweisen über das Fachgebiet. Ob dies bei HC Eindruck machte, ist nicht bekannt. Er war keiner, der sich Dinge zu Herzen nahm, aber er war ein Sportsmann, und er brachte es nicht über sich, ein Seminar zu besuchen, in dem er keine ernsthafte Konkurrenz hatte.

Sieben Semester vergingen, und es war Zeit für die Abschlussprüfungen. RD kam in HCs Zimmer. RD hatte das Gefühl, dass es, nachdem man zweieinhalb Jahre lang gültige Argumentationsmethoden gelernt hatte, schändlich wäre, sie einfach abzutun, als wäre er ein 19-jähriger Aufnahmekandidat ohne richtige Ausbildung in Philosophie, und andererseits dachte er, dass ihm wohl etwas entgangen war, denn schließlich setzten Philosophen und Historiker die Prüfungen an und erwarteten, dass die Kandidaten sie absolvierten. Er ging auf und ab und sprach von Sokrates & Wilamowitz & Mommsen, während er darauf wartete, dass HC das Schachbrett rausholte, & tatsächlich packte HC sein Schachbrett aus.

Sie begannen wortlos zu spielen. Die Zeit war abgelaufen, bevor RD seinen fünften Zug gemacht hatte. HC stellte die Uhr neu

& fing an, die Figuren wieder aufzubauen. RD stützte den Kopf in die Hand.

Er sagte: Es ist nicht dasselbe.

Er sagte: Hat das denn nie ein ENDE?

HC sagte: Du musst nie wieder eine Prüfung machen.

HC sagte: Na ja, vielleicht nur noch eine.

Welche?, fragte RD.

Am All Souls!, rief HC, der darauf hoffte, der jüngste Dozent seit hundert Jahren zu werden.

RD sagte: Ich kann das nicht mehr. Ich kann das der PHILOSOPHIE nicht mehr antun. Ich kann nicht in einer halben Stunde irgendeinen Mist hinschreiben und sagen, sie haben mich dazu GEZWUNGEN.

HC sagte: Eröffnung, Mittelspiel, Endspiel.

RD sagte: Ich kann das nicht mehr. Er sagte gequält: Was soll ich tun?

HC baute die Schachfiguren auf. Er stellte die Uhr. RD hob den Kopf. Er hörte auf zu sagen, Was soll ich tun. Er spielte rasch und selbstsicher.

Er gewann in 23 Zügen, und er sagte: Aber das ist nicht dasselbe.

Sie spielten, und RD gewann 10 Partien von 10.

Er sagte: Aber das ist nicht dasselbe.

5 Minuten, sagte HC.

RD gewann 10 Partien von 10. Er sagte nicht, Aber das ist nicht dasselbe. Er sagte nicht, Was soll ich tun?

Der erste Teil der Prüfung war die Platon- und Aristoteles-Klausur.

RD zog einen schwarzen Anzug mit weißer Krawatte an. Er zog seinen Talar über. Die Eisberge lasteten schwer auf ihm. Sokrates stand schweigend neben ihm. Er blickte schweigend nach unten auf sein Blatt.

Als er aufblickte, sah er, dass JH die Aufsicht führte, ein Mann, der seit 20 Jahren an einem Buch über *Politeia X* arbeitete. In jener Zeit war es möglich, dass ein Mann der herausragende Platonist seiner Generation war und 20 Jahre lang nichts veröffentlichte. Eine Frage betraf *Politeia X*. Und da erkannte RD, was er zu tun hatte.

Er schrieb: Ich maße mir nicht an, innerhalb von 40 Minuten etwas zu versuchen, das Mr. JH in 20 Jahren nicht gelungen ist. Das dauerte eine Minute. Dieser Satz implizierte jedoch, dass es falsch von Mr. JH gewesen war, diese Aufgabe zu stellen, & er brauchte 2 Stunden und 57 Minuten, um zu der Entscheidung zu gelangen, dass es beleidigender wäre, einem Philosophen das zu ersparen, was er für die Wahrheit hielt, als die Klausur mit diesem Satz abzugeben.

Den Rest der Woche verbrachte er mit Bootfahren auf dem Cherwell.

HC machte in diesem Jahr das beste Examen, und RD machte gar kein Examen.

Sobald HC die Liste mit den Ergebnissen der mündlichen Prüfungen sah, wusste er, dass er sehr gut abgeschnitten hatte und RD nicht, weil RDs Name nicht auf der Liste stand. Nach HCs Prüfung gab es noch drei Tage lang mündliche Prüfungen; er hatte drei Tage, um seinen Sieg zu genießen.

Dann wurden die endgültigen Listen ausgehängt, und er stellte fest, dass RDs Name nicht darauf stand. Mit seinem ganzen Gerede von Wilamowitz hatte RD ihn dazu gebracht, das Seminar weiter zu besuchen, und dann hatte er gemogelt. Jetzt erschienen ihm die Glückwünsche der Prüfer hohl und dumm. HC stolzierte auf und ab und schrie, dass niemand RD einen Job geben, niemand ihn lehren lassen würde, dass er am Ende an irgendeinem Wörterbuch oder einem Oxford Companion mitarbeiten würde, dass er wegen verpasster Abgabetermine rausfliegen würde, dass er am Ende Abiturklausuren korrigieren und aus der Prüfungskommission fliegen würde, dass er am Ende Englisch als Fremdsprache unterrichten würde. RD war ziemlich müde. Jeder kann sich vorstellen, einen Augenblick der Feigheit ein ganzes Leben lang zu bereuen, aber man konnte genauso gut einen Augenblick des Mutes bereuen; RD dachte, dass alles, was HC sagte, durchaus wahr sein mochte (das war es tatsächlich) und dass die Jahre nach diesem Augenblick des Mutes ihn dazu bringen könnten, ihn zu bereuen. Dennoch, was geschehen war, war geschehen.

HC stolzierte aus dem Zimmer. Er bekam mit 19 Jahren eine Dozentur am All Souls, aber das machte alles keinen Spaß mehr.

RD bekam einen Job in einem Paukstudio.

Ich sagte, soweit ich wüsste, sei ein Paukstudio eine Einrichtung, wo Leuten geholfen wurde, Prüfungen zu bestehen.

Sibylla sagte: Ja.

Ich: War das kein Problem?

Sib: Nun ja, es war kein Problem in der Hinsicht, dass RD es für durchaus sinnvoll hielt, eine Prüfung abzulegen, um irgendwo AUFGENOMMEN zu werden, wo man seine logischen Fähigkeiten verbessern konnte, er war bloß der Ansicht, dass man, sobald man seine logischen Fähigkeiten verbessert hatte, das Gelernte nicht mit Füßen treten und sich auch noch dafür auszeichnen lassen sollte. Es war jedoch insofern ein Problem, als es den Studenten schwer fiel, dem Schach aufmerksam zu folgen. RD fing beispielsweise an, über die Lukrez'schen Elemente in der *Aeneis* zu sprechen & trat dann ans Brett & sprach über die Entwicklung eines Angriffs auf dem Damenflügel, immer in der Annahme, den Studenten Examenstechniken näher zu bringen, oder er sagte beispielsweise, Jetzt wollen wir uns mal einige klassische Stellungen ansehen, die zum Schachmatt führen, & bekam prompt vorgeworfen, er untergrabe die Disziplin. Deshalb verlor er den Job und suchte sich einen anderen.

HC & RD besuchten noch immer Fraenkels Lehrveranstaltungen. Im Anschluss an das Seminar traten sie immer in den vorderen Hof des Corpus Christi College, in dessen Mitte die Statue eines Pelikans auf einer Säule steht, und RD schritt oft gehetzt um den Pelikan herum. HC wurde immer deprimierter. Jeden Tag ging er um 9:00 in die Bodleiana. Um 13:00 ging er zum Mittagessen zurück ins College, und um 14:14 war er wieder in der Bodleiana. Um 18:15 kehrte er wieder zurück in sein College, außer natürlich an Tagen, an denen das Seminar stattfand. Manchmal arbeitete er im Unteren Lesesaal, und manchmal ließ er sich eine Handschrift in den Duke-Humfrey-Saal schicken. Nie wieder würde es jemanden geben, mit dem er sich messen konnte.

Er war der Philosophie müde, war es müde, in ihren schriftlichen Zeugnissen der Zersetzung von Klängen nachzuspüren. Er wollte dorthin, wo eine Sprache nicht schriftlich fixiert war. Er wollte dorthin, wo alle Äußerungen mit dem Atem erstarben.

Dann hörte er, dass es in der Kyzylkum-Wüste einen seltsamen, schweigenden Stamm gab. Die Angehörigen weigerten sich, jemanden, der nicht zum Stamm gehörte, ihre Sprache zu lehren, und jeder von ihnen, der in Anwesenheit eines Fremden ein Wort wiederholte, wurde mit dem Tode bestraft.

HC stellte Nachforschungen an und kam schließlich zu dem aufregenden Schluss, dass die Erwähnung eines unbekannten schweigenden Stammes in vier oder fünf unabhängigen alten Überlieferungen möglicherweise auf ein und denselben Stamm verwies, der als Nomadenstamm über tausende von Jahren hinweg tausende von Meilen gewandert war. Er beschloss, ihn zu finden.

Sieben Jahre lang lernte er chinesische und uralische und altaische und slawische und semitische Sprachen, und am Ende seiner Dozentur machte er sich auf in die Wüste.

Es war nicht leicht, in die Kyzylkum zu gelangen. Er versuchte, nach Moskau zu fliegen, aber er bekam kein Visum. Er versuchte, vom Iran aus über die Grenze nach Turkmenistan zu kommen, & wurde abgewiesen. Er reiste nach Afghanistan & versuchte, die Grenze nach Usbekistan zu überqueren, & wurde abgewiesen. Dann überlegte er sich, dass er nach Pakistan reisen und den Pamir nach Tadschikistan überqueren und dann weiter in die Kyzylkum wandern könnte, aber er wurde erneut abgewiesen.

Schließlich entschied er sich, seine Suche am anderen Ende zu beginnen. Seiner Theorie nach erstreckte sich der Stamm von der mongolischen Hochebene bis in die Kyzylkum-Wüste, und so beschloss er, in die Mongolei zu fahren.

Er reiste nach China und gab vor, ein einfacher Tourist zu sein.

HC buchte eine Rundreise, um keinen Verdacht zu erregen.

Die Reise umfasste einen Abstecher nach Xinjiang, eine Provinz im äußersten Nordwesten des Landes; er hatte vor, die Gruppe in Ürümqi zu verlassen und die Grenze zur Mongolei zu überqueren. Am zweiten Tag der Reise wurde bekannt, dass die Xinjiang-Etappe gestrichen worden war, damit die Gruppe mehr Zeit für die berühmten Landschaften von Kunst und Dichtung hatte.

Die Gruppe fuhr mit dem Zug in einen Ort im Süden. An den Häusern hingen Plakate mit dem Vorsitzenden Mao. Niemand in dem Ort hatte ein Exemplar von *Der Traum der Roten Kammer.* Es gab auch keine Bücher, oder falls doch, so wollte niemand es HC verraten. Es gab keine Jade, es gab keine Bilder. Es war ein seltsamer Ort, sagte er, denn die Kinder schienen alle Jungen zu sein. Offenbar arbeiteten die Menschen sehr schwer, aber auf einem Feld außerhalb des Ortes pflegten sich die Eltern und die kleinen Jungen zu versammeln, um Drachen steigen zu lassen, und es waren die schönsten Drachen, die er je gesehen hatte. Sie waren leuchtend rot, und auf jedem waren ein Bild des Vorsitzenden Mao oder ein paar Schriftzeichen, die einen Ausspruch des Vorsitzenden wiedergaben. Über das Feld schien ständig ein gleichmäßiger Wind zu wehen, und die feurigen Drachen schossen hinauf in die Luft, sobald sie losgelassen wurden.

Er glaubte nicht, dass er den schweigenden Stamm finden würde, aber wenn er nicht mehr weiterkam, wohin sollte er dann noch gehen? Solange er das Gefühl hatte, England den Rücken gekehrt zu haben, ging es ihm gut, aber er glaubte, wenn er ihm das Gesicht zuwandte, würde er zu Stein erstarren.

Er tat so, als ob er krank wäre, und als die Gruppe weiterreiste, blieb er zurück.

Eines Tages sah er zu, wie die Drachen hoch über ihm schwebten, und die chinesischen Schriftzeichen schossen in der Luft hin und her. Die geschriebene Sprache setzte sich aus Ideogrammen zusammen, die für viele Wörter mit unterschiedlicher Aussprache standen, & ihm schien, dass die Menschen hier sprachen, wie ihnen der Schnabel gewachsen war, während die geschriebene Sprache auf Papierdrachen über ihnen schwebte. Endlich fühlte er sich von der Philosophie befreit. Er dachte, Warum soll ich den verschwundenen schweigenden Stamm untersuchen, schweigt er nicht ebenso, wenn ich nicht dort bin? Aber was sollte er tun, wenn er keine Mission mehr hatte?

Er sah den Menschen zu, die Drachen steigen ließen, und er sah, dass da ein Kind war, das keinen Drachen hatte. Das Kind lief mal zu dieser, mal zu jener Gruppe und wurde immer weggestoßen. Einmal lief das Kind an HC vorbei. Es wimmerte und war übersät mit wunden Stellen, und es sah anders aus als die anderen Kinder im Dorf. Er sagte etwas, und das Kind sagte etwas, das er nicht verstand, er dachte, das muss der hiesige Dialekt sein. Er sagte wieder etwas, und das Kind sagte wieder etwas, und plötzlich meinte er, hier und da ein Wort zu verstehen, aber wenn er sie verstand, mussten das Turk-Wörter sein, nur durch die chinesische Intonation verfremdet. Er sagte etwas auf Türkisch, und er probierte es mit Karakalpakisch und Kirgisisch und Uigurisch, und das Kind sah ihn an, als ob es ihn verstünde. Er fragte jemanden nach den Eltern des Kindes und erfuhr, dass es keine Familie hatte. Vielleicht stammte es aus irgendeinem Turk-Stamm in Xinjiang, oder es kam aus dem schweigenden Stamm selbst, doch was spielte das für eine Rolle?

Schließlich wanderte er eines Tages ganz verzweifelt aus der Stadt, und er kam zu einer Klippe, die über einem Tal aufragte. Die Sohle des Tales war vollkommen flach, ein sattes, leuchtendes Grün. Ein Fluss wand sich hindurch, flach wie ein Tuch, ein mattes Silber, das sich hin und her schlängelte. Und aus dieser Tiefebene ragten die nackten Felswände von Bergen auf, jeder einzelne eine mehrere hundert Meter hohe Gesteinsmasse, die aus dem flachen Grün hervorbrach.

Als er dort ankam, war der Himmel grau, und Nebelfetzen hingen an den Felsen und trieben reglos über dem Grund. Es war der seltsamste und schönste Ort, den er je gesehen hatte. England schien weit weg, es schrumpfte immer mehr, bis der tote Fraenkel und der Pelikan im College-Hof winzig waren, die Bodleiana und jedes dort beerdigte Leben nicht größer als eine Briefmarke. Obwohl kein Wind herrschte, sah er, dass sich die Nebelschleier bewegt hatten, sie hingen jetzt ein paar Meter von der Stelle entfernt, wo sie zuvor gewesen waren. Er wollte etwas sagen – er fühlte sich so weit weg. Der erste Gesang der *Odyssee* kam ihm in den Sinn. Odysseus konnte seine Gefährten nicht retten.

αὐτῶν γὰρ σφετέρῃσιν ἀτασθαλίῃσιν ὄλοντο,
νήπιοι, οἳ κατὰ βοῦς Ὑπερίονος Ἠελίοιο
ἤσθιον· αὐτὰρ ὁ τοῖσιν ἀφείλετο νόστιμον ἦμαρ.

Denn sie gingen durch ihre eigenen Freveltaten zu Grunde, die Toren, die des Hyperionsohnes, des Helios Rinder aßen; der aber nahm ihnen weg den Tag der Heimkehr. νόστιμον ἦμαρ, dachte er, nostimon emar – Was muss ich tun, damit ich nie mehr zurückzukehren brauche? Soll ich die Rinder der Sonne essen?

Er hatte das Gefühl, dass es ihn zerstören würde, wenn er sich wieder in die alte Enge begeben würde.

Was muss ich tun?, fragte er.

Der Talgrund war nicht zu sehen. Er war mit einem Dunst bedeckt, so dicht und weiß wie eine Wolke. Aus der Wolke ragten die kahlen Felsen. Die Himmel hatten sich aufgeklärt, als hätte sich eine Lösung aus Luft und feinem Regen in ihre Bestandteile aufgelöst, sodass das schwerere der beiden das Tal in dichten weißen Nebel gehüllt und die klare, reine Luft oben gelassen hatte. Die Rückseiten der Felsen lagen in dunklem Schatten, und am Rande dieser Dunkelheit verlief eine glitzernde goldene Linie, als wäre jeder Felsen ein Mond, der gerade die Neumondphase hinter sich hatte. Auf dem Scheitelpunkt jedes Felsens befand sich eine kleine Baumgruppe, schwarz vor der untergehenden Sonne, und flüssiges Feuer quoll hindurch.

Ich kann nicht zurückgehen, sagte er. Was soll ich tun?

Während er noch so dasaß, kam plötzlich ein heftiger Wind auf, und er sah hoch oben die Äste der Bäume in der entfesselten Luft schwanken. Von irgendwo weit hinter ihm hörte er Lärm, wie das Rufen vieler Menschen – und als er sich umschaute & dann aufsah, erblickte er einen riesigen Drachen, der in den dunkel werdenden Himmel hinaufschoss: Die besten Drachenbauer des Ortes hatten wochenlang daran gearbeitet, & jetzt war er ausgebrochen. Das Feld, wo sie die Drachen steigen ließen, war weit weg, doch in dem schrägen Nachmittagslicht zeichneten sich die Figuren scharf konturiert ab: Fünf oder sechs starrten nach oben, dem entfliegenden Drachen hinterher, und weiter hinten mühte sich eine andere Gruppe ab, einen Drachen herunterzuholen. Einer hatte den Drachen gepackt, und ein anderer wickelte die Schnur auf.

Plötzlich packte der Wind den Drachen; der Mann mit der Schnur strauchelte und riss dem anderen den Drachen aus der Hand; und als der Drachen nach oben stieg, stürzte ein Kind vor und warf sich auf den Rahmen. Der Drachen schleifte ein paar Meter über den Boden, die winzige Gestalt noch immer an ihm festgeklammert – dann riss der Wind ihn hoch in die Luft, und die Schnur wehte unerreichbar hinterher.

Die Drachenflieger blickten schweigend nach oben, während der leuchtend rote Drache das Kind davontrug. Er segelte über HC dahin, und als er die Klippe erreichte, schleuderte ihn ein Luftstrom hoch hinauf.

Die Dorfbewohner blieben am Rand der Klippe stehen. Der Drache begann zu sinken. Der Wind riss ihn hierhin und dorthin, und zuletzt wirbelte er ihn auf die Kuppe eines der Berge, die HC kurz zuvor noch betrachtet hatte. Der Wind wehte von ihnen weg, doch als er einmal kurz umschlug, trug er ihnen einen Klangfetzen zu, das Heulen eines Kindes, bevor er wieder drehte.

Die Dorfbewohner blickten zu dem Berg hinüber, & HC, der das Gefühl hatte, dass sie jetzt vielleicht kommunikativer wären, fragte mitfühlend: Was muss denn jetzt unternommen werden?

Doch obwohl er den Dialekt überaus schwer zu verstehen fand, schienen sie tatsächlich zu sagen, dass nichts unternommen werden konnte.

HC war sicher, dass er sie nicht richtig verstanden hatte, doch später erklärte ihm jemand, dass sie zwar durchaus Hilfe anfordern könnten, dass aber die Hilfe nicht kommen und ihnen die Bitte zum Nachteil gereichen würde.

HC sagte: Aber könnte denn nicht irgendjemand da hochklettern und das Kind runterholen?

Und alle sagten sofort, das sei unmöglich, weil dieser Berg noch nie bestiegen worden sei und jeder, der es versuchte, sein Leben lassen würde.

Damit war die Sache klar.

HC sagte sofort: Ich werde das Kind retten.

Er sah hinauf zu den flammenden Bäumen und lachte, und er sagte: Ich werde die Rinder der Sonne essen.

Es war Nacht geworden. Der kürbisfarbene Mond stand tief am Horizont. In seinem trüben Licht glitzerte der weiße Dunst, und die Schwärze der Berge war massiver als Felsgestein.

HC ging zurück in den Ort und verkündete, dass er sehr viel Seide brauche. Man sagte ihm, dass die nicht zu bekommen sei, aber er ließ sich nicht davon abbringen. Er erklärte, was er vorhabe, und jetzt erweckte er das Interesse der Einheimischen. In all den schrecklichen Zeiten, die sie durchgemacht hatten, war ihr Interesse an Drachen nicht erlahmt, und fast alle Bewohner des Ortes interessierten sich für Aerodynamik und dafür, was man mit der Seide machen konnte. Er bezahlte die richtigen Leute mit harter Währung und bekam etwa 100 Quadratmeter strahlend gelber Seide, und eine Frau saß die ganze Nacht an einer alten schwarzen Singer-Nähmaschine, die noch mit Fußpedal betrieben wurde, um den Stoff für ihn zu nähen.

Am Morgen hatte sich der Nebel gelichtet. Die grünen Felder reichten geradewegs bis an den Fuß der Felsen heran, unberührt von irgendwelchen Fußwegen, und so ging er mitten durch ein Feld bis zur Felswand. Die Luft war still, und die vereinzelten Schreie des Kindes waren zu hören.

Als Junge war HC schon auf Berge gestiegen. Da er Erfahrung als Bergsteiger hatte, war ihm ungefähr klar, worauf er sich einließ; manchmal dachte er, er könnte es schaffen, und manchmal wusste er, welcher Art sein Tod sein würde.

Er fand einen Halt für Hände und Füße und kletterte los.

Nach einer Stunde waren seine Hände verschrammt, und er spürte einen stechenden Schmerz in der Schulter. Sein Gesicht war auf der Seite zerkratzt, wo es gegen die Felswand gepresst war, und ein dünnes Rinnsal aus Blut und Schweiß rann in einen Augenwinkel und konnte nicht weggewischt werden.

Vielleicht würde keiner aufgeben, der so etwas angefangen hatte. HC jedenfalls würde niemals aufgeben. Er war Sprachwissenschaftler und hatte seine Hartnäckigkeit weiter ausgereizt, als sich das andere Menschen auch nur ansatzweise vorstellen können. Er hatte sich durch die *Ilias* und die *Odyssee* gearbeitet, und jedes Mal, wenn er auf ein Wort gestoßen war, das er nicht kannte, hatte er es bei Liddell & Scott nachgeschlagen und aufgeschrieben, und wenn in einer Zeile fünf Wörter waren, hatte er fünf Wörter nachgeschlagen und aufgeschrieben, bevor er sich der nächsten Zeile zuwandte, die vielleicht vier Wörter hatte, die er nicht kannte, und im Alter von 14 Jahren hatte er sich auf diese Weise durch Tacitus durchgearbeitet, und im Alter von 20 Jahren hatte er das *Muqadimma* von Ibn Chaldun und mit 22 den *Traum der Roten Kammer* gelesen. Jetzt bewegte er einen Finger einen Zentimeter, und dann einen anderen, und dann bewegte er eine Stiefelspitze einen Zentimeter und dann die andere einen Zentimeter.

Zehn Stunden lang bewegte er sich Zentimeter um Zentimeter an der Felswand hoch. Er blickte weder nach oben noch nach unten. Aber in der zehnten Stunde schob er einen Stiefel einen Zentimeter hoch, und als sein Kopf sich einen Zentimeter hob, baumelte ihm plötzlich das grüne Blatt einer Kletterpflanze vor der Nase. Er sah auf, und der Rand der Kuppe war nur wenige Meter über ihm. Mit ungebrochener Hartnäckigkeit, obwohl seine Hände und sein Gesicht blutig waren, kletterte er Zentimeter um Zentimeter weiter.

Oben angekommen, schaffte er es kaum über den Rand. Seine Arme waren zehn Stunden lang gestreckt gewesen, und die Muskeln waren erstarrt. Als er ein Handgelenk über den Rand beugte, bekam er im ganzen Arm einen furchtbaren Krampf, sodass er sekundenlang nur von einer Hand und den beiden Stiefelspitzen gehalten wurde; ihm wurde schwarz vor Augen, und er wäre vielleicht zurückgefallen, durch hunderte Meter leerer Luft. Doch etwas rettete ihn. Links von sich sah er eine Wurzel und packte sie, und obwohl er vor Schmerzen aufstöhnte, zog er sich über den Rand, blieb auf dem Gras liegen und blickte in den Himmel hinauf.

Nach einer Weile hörte er ein leises Geräusch, & obwohl er noch immer nach oben blickte, schaute er jetzt in das Gesicht des Kindes. Es war das Kind, das er tags zuvor angesprochen hatte. Bis dahin hatte er gedacht, dass es ein Unfall gewesen war, dass das Kind mit dem Drachen davongetragen worden war. Jetzt dachte er: Aber vielleicht ist es ja Absicht gewesen. Vielleicht hatte das Kind gedacht, seinen Peinigern durch die Luft entfliehen zu können. Das Gesicht des Kindes war zerkratzt, und an einem Arm hatte es eine Wunde. HC sagte etwas auf Usbekisch und dann auf Chinesisch, aber das Kind schien ihn nicht zu verstehen.

Nach einer Weile setzte er sich auf, & das Kind wich zurück. HC hatte fürchterliche Schmerzen, aber er sagte sich, Na ja, das geht vorüber, und er blickte hinaus über den Rand.

Der Talboden war nun wieder von dem dichten weißen Dunst verhüllt, der sich gesammelt haben musste, während er hinaufkletterte. Über der Wolke erhoben sich die Berge wie Inseln, und auf den nächstgelegenen konnte er die unterschiedlichen Dinge sehen, die dort wuchsen. Auf einem gab es bloß Bambus – nichts breitet sich so rasch aus wie Bambus –, und die Rohre waren von dem starken gleichmäßigen Wind fast parallel zum Boden gebogen. Die Bambusblätter waren zerzaust wie Federn und flatterten im Wind. Auf einem anderen Felsen standen gepeinigte Bäume; ihre festen Stämme mussten wohl härter gegen den Wind gekämpft haben, bevor sie sich beugten, sie bestanden aus den kahlen, gequälten Stämmen und einem bisschen Laub. Das Licht war hell und golden – alles hatte die Klarheit und Schönheit von Dingen, die man unter Wasser sieht, sodass er die einzelnen Bambusblätter ausmachen konnte, die winzigen Vögel, die durchsichtigen Flügel eines Insekts. Weit hinten am Horizont hing eine große goldene Wolke, und eine Reihe kleinere Wolken trieb, noch während er sie unverwandt betrachtete, allmählich außer Sicht.

Ich fragte: Und was ist dann passiert? Wurde er gerettet? Ist er wieder runtergeklettert?

Selbstverständlich ist er nicht wieder runtergeklettert, sagte Sibylla ungehalten. Es war schon schlimm genug, allein hochzuklettern; wie hätte er da mit dem Kind wieder runterklettern können? Es wäre lächerlich gewesen, sich die ganze Mühe zu machen und dann OHNE das Kind zurückzukommen.

Tja, irgendwie muss er wieder runtergekommen sein, sagte ich.

Selbstverständlich IST er runtergekommen, sagte Sibylla.

Na, er kann ja wohl nicht auf einem Drachen davongeflogen sein, sagte ich.

Selbstverständlich ist er nicht auf einem Drachen davongeflogen, sagte Sibylla. Ich wünschte, du würdest mal logisch darüber nachdenken, Ludo.

Er schaute nach Westen. Die untergehende Sonne glitzerte auf gelbem Sand. Die verschneiten Gipfel einer fernen Bergkette waren so blass wie der Mond bei Tage. Ganz Tibet lag zwischen ihm und Xinjiang.

Nun war eines der Fächer, in denen HC sich mit 12 für den Abschluss der Mittelstufe hatte prüfen lassen, Physik gewesen. Folglich verstand er ein wenig von Aerodynamik. Sein erster Einfall war der Bau eines Fallschirms gewesen, aber sein Vater, der in der Royal Air Force gewesen war, hatte ihm oft grauenhafte Geschichten von Fallschirmen erzählt, die sich nicht geöffnet hatten. Dann hatte er daran gedacht, einen in Teile zerlegten Drachen mitzunehmen, um ihn zu einem Gleiter zusammenzubauen – aber wenn er irgendwas mitgenommen hätte, woraus er starre Flügel hätte machen können, hätte der Wind ihn von der Felswand geweht.

Dann hatte er eine Idee. Alles hat Auftrieb, wenn die Vorderkante höher ist als die hintere, und es hat noch mehr Auftrieb, wenn die Fläche des oberen Teils größer ist als die des unteren Teils. Er überlegte sich, wenn man ein Paar Seidenflügel machte, die vorne offen waren und unten kürzer geschnitten waren als oben, würden sie von der einströmenden Luft aufgebläht, und die daraus resultierende straffe Fläche würde für Auftrieb sorgen. Er hatte von der Frau Rippen, ähnlich wie die in den Tragflächen eines Flugzeuges, einnähen und Gurte anbringen lassen, und das Ganze hatte er in seinem Rucksack mitgebracht.

Zuerst hatte er nur gedacht, wie er das Kind runterholen konnte. Jetzt dachte er: Wenn uns keiner sieht, wüsste auch keiner, dass wir nicht runtergekommen sind.

Er dachte: Wenn sie das Kind nicht retten wollten, wieso sollten sie dann mich retten wollen?

Er dachte, wenn sie über dem Dunst fliegen würden, würde es lange dauern, bis jemand merkte, dass sie fort waren.

Dann packte er die Flügel aus und montierte die Gurte. Das Kind beobachtete ihn argwöhnisch; es ging rückwärts auf ein kleines Bambusgebüsch oben auf der Kuppe zu. Er stieg in die Gurte und winkte, aber das Kind weigerte sich zu kommen. Er war sich selbst nicht ganz sicher, ob die Apparatur funktionieren würde, aber es war unmöglich, sie vorher auszuprobieren – er wusste, dass er nicht in der Lage sein würde, noch einmal hochzuklettern.

Derweil zerrte der Wind an den Flügeln, und eine Bö riss ihn beinah um; er musste sich an einem Baum festhalten, um nicht fortgeweht zu werden. Wieder riss eine Bö an ihm und fegte ihn beinahe von dem Felsen. Als sie sich legte, stürzte er auf das Kind zu; es drehte sich um und rannte weg und strauchelte, doch er erwischte es am Fuß. Jetzt packte ihn eine dritte Windbö, noch stärker als die ersten beiden, und er hatte bloß eine Hand frei. Er wurde von dem Baum weggezogen; er spürte, wie er zum Abgrund gezerrt wurde. Rasch ergriff er den anderen Fuß des Kindes; ohne auf seine Schreie zu achten, zog er es an sich und schloss es fest in die Arme. Kaum hatte er es umschlungen, da füllte der Wind die Flügel, und sie wurden in die Lüfte gehoben.

Sofort ging es hoch hinauf, sogar hoch über die Spitzen der Felsen, die er am Vortag hatte glühen sehen. Ein heftiger Wind trug sie so ungestüm davon, dass er schon fürchtete, die Flügel könnten reißen; der Wind blies sie hoch und wehte sie hinunter und trug sie schließlich aus dem Tal hinaus und Meilen um Meilen nach Westen, bis er sie schließlich auf einer kahlen felsigen Ebene absetzte. Das war es, was am Horizont so gelb geglitzert hatte.

Oben in der Luft war noch Licht, aber sobald sie den Boden erreichten, war das Licht verschwunden. Die Sonne war ein blutroter Ball am Horizont. Während er noch die Gurte löste, ging sie ganz unter.

HC befand sich nun in einer wesentlich schlechteren Position als noch oben auf der Klippe. Hier gab es kein Wasser; bevor das letzte Licht verloschen war, hatte er nur die endlose felsige Ebene gesehen, die sich in alle Richtungen erstreckte, ohne irgendwelche Spuren einer menschlichen Behausung. Es war bitterkalt, und es gab nichts, um Feuer zu machen. Aber ein rascher Tod war jetzt ausgeschlossen – sie würden wahrscheinlich beide langsam erfrieren oder verdursten.

Doch obwohl er nun vielleicht eines qualvollen Todes sterben musste, konnte er nicht aufhören zu lachen. Die Seidenflügel lagen zusammengesunken zu seinen Füßen, das Kind wimmerte auf seinem Rücken, und er lachte immer weiter und rief: Es hat funktioniert! Verdammt, es hat funktioniert! Himmelherrgott, es hat verdammt noch mal funktioniert!

Ihm war klar, dass er sich nicht schlafen legen konnte, weil er dann erfrieren würde. Also nahm er das Kind auf den Rücken und machte sich auf zu einem Marsch durch die Nacht.

HC war 1,93 groß, und wenn er schnell ging, kam er gut voran. Gegen Morgen war er seiner Schätzung nach gut 60 Meilen gelaufen. Und als die Sonne aufging, sah er Eisenbahnschienen. Obwohl ihm kalt war und er Hunger hatte, lachte er noch immer. Als er sich umsah, um den Weg zu betrachten, den er gekommen war, konnte er das Tal nicht einmal mehr sehen, und er sagte wieder, Verdammt, es hat funktioniert!

Den ganzen Tag ging er an den Schienen entlang, und am späten Nachmittag kam ein Zug. Der Zug hielt zwar nicht an, als HC winkte, aber er fuhr so langsam, dass HC auf den letzten Wagen aufspringen konnte, und der Zug bremste auch nicht, um ihn runterzuwerfen.

Auch im nächsten Dorf hielt der Zug nicht, aber HC sprang wieder ab, um etwas zu essen zu kaufen. Sie aßen, und dann nahm er das Kind wieder auf den Rücken und folgte den Schienen. Der nächste Zug fuhr zu schnell, aber auf den, der danach kam, konnte er aufspringen. Die ganze Zeit rechnete er damit, aufgehalten zu werden, aber er beschloss, eben einfach immer weiterzugehen, bis man ihn tatsächlich aufhielt.

Fünf Tage lang fuhr er mit Zügen, und am Morgen des sechsten Tages sah er die flammenden Berge von Gaochang.

Jetzt war er im Herzen von Xinjiang, die Mongolei im Osten, Kasachstan und Kirgisistan im Westen, aber er wusste nicht, wohin er sich wenden sollte.

Kurz vor Ende der Strecke sprang er vom Zug und ging zu Fuß weiter. Er ging nach Norden, hielt sich so beide Möglichkeiten offen, und jetzt kam ihm erneut ein glücklicher Zufall zu Hilfe. Er erreichte ein Dorf, und ihm schien, dass die Menschen dort ein bisschen so aussahen wie das Kind, das er gerettet hatte.

Zuerst dachte er, er könnte vielleicht ein Zuhause für das Kind finden, aber die Leute sahen das Kind an und schüttelten dann den Kopf, & obwohl er den Dialekt der Gegend kaum verstand, glaubte er, dass man ihm sagte, das Kind komme aus dem Westen.

Es waren nirgendwo Landkarten zu bekommen. Er hatte nicht genug Geld, um ein Lasttier zu kaufen. Also machten sie sich zu Fuß auf den Weg.

Sie überquerten die Grenze, ohne angehalten zu werden, und gemeinsam drangen sie in immer unwegsameres Gebiet vor.

Sie marschierten sehr langsam, denn das Kind konnte nicht schnell gehen.

Nach vielen Monaten gelangten sie auf eine Ebene, wo Pferde

grasten. In der Ferne war irgendeine Art von Lager zu sehen. Sie gingen darauf zu, beide halb tot.

Als sie zu dem Lager kamen, waren die Männer fort. Die Frauen kochten Essen oder flickten Kleidungsstücke. Der Mann und der Junge blieben mitten zwischen den Zelten stehen, und allmählich verstummten alle.

Dann hob ganz hinten eine Frau den Blick. Ihr schwarzes Haar war so struppig wie das eines Ponys; sie hatte die breiten Gesichtszüge einer echten Mongolin. Sie starrte den Jungen eindringlich an, und schließlich trat sie vor. Der Junge fiel ihr in die Arme und fing an zu weinen, und auch sie weinte. Dann machte sie einen Schritt zurück und ohrfeigte den Jungen und schrie und weinte wieder. Der Junge lag im Sand. HC gestikulierte. Die Frau blickte ihn stumm an.

HC deutete auf die zerschundenen Füße des Jungen, und die Frau blickte ihn stumm an. Er deutete von sich selbst auf einen Topf mit Essen, und sie spuckte ihm vor die Füße.

Schließlich bot eine der anderen Frauen HC etwas zu essen an. Keine sprach, während er aß, und während des gesamten langen Nachmittages herrschte völliges Schweigen im Lager.

Die Männer kehrten von der Jagd zurück, und noch immer sprach niemand, und schließlich schlief HC auf Heu bei den Pferden, und niemand sagte etwas, weder um zu protestieren noch um ihm Gastfreundschaft anzubieten, und der Junge schlief bei ihm.

Er blieb acht Jahre. Fünf Jahre lang sprach niemand mit ihm, und wenn sie sich untereinander unterhielten und er näher kam, verstummten sie, aber in seinem fünften Jahr erlebte er eine schreckliche Enttäuschung.

Aus unerfindlichen Gründen hatte HC an RD gedacht, der seine Methodik der griechischen Aussprache auf dem maßgebenden Werk zu diesem Thema, W. S. Allens *Vox Graeca*, aufgebaut hatte. RD, der ja überwiegend Autodidakt war, hatte immer Wert darauf gelegt, Griechisch mit den Tonakzenten auszusprechen, was zur Folge hatte, dass keiner je ein Wort verstand, wenn er Griechisch sprach. Bei dem Gedanken an RD erkannte HC nach fünf Jahren bei dem Stamm plötzlich, dass die Sprache dieser Menschen tatsächlich eine indoeuropäische war, aber ein Indoeuropäisch, das durch ein chinesisches System von Tonakzenten derart verfremdet war, dass es sich völlig anders anhörte als alles, was er kannte. Nun war er in der Lage, ein paar Wörter zu erkennen. Es war fürchterlich frustrierend nach all den Sprachen, die er gelernt hatte, aber er blieb noch drei Jahre, und schließlich war man ihm behilflich, und er lernte es.

Doch dann war er gezwungen fortzugehen.

Der Stamm zog umher, wie bei Nomaden üblich, und er war in ein Gebiet gekommen, um das sich die Sowjetunion und China stritten. Sie befanden sich in der Nähe eines Dorfes, das von beiden Seiten hart bestraft worden war, weil es weder durch die Umsetzung der einen noch der anderen Regierungspolitik gezeigt hatte, welchem Staat es sich zugehörig fühlte. Eines Tages musste ein Flugzeug in der Wüste nahe des Lagers notlanden; die Überlebenden wurden als Spione verhaftet, um Repressalien von oben vorzubeugen. Man steckte die Spione ins Gefängnis und prügelte sie, um einen guten Eindruck zu machen.

HC wusste, dass er etwas unternehmen musste. Er vermutete, dass die Gefangenen kein Chinesisch sprachen, also ging er zum Gefängnis, um mit den Verantwortlichen zu reden. Als er in den Ort kam, wies man ihn an, am nächsten Tag wiederzukommen. Als er ins Lager zurückkehrte, stellte er fest, dass der Stamm verschwunden war.

Das Gefängnis war schlecht gebaut und schlecht bewacht. HC brach ein und befreite die Gefangenen. Er beschloss, dass sie am besten nach Süden marschieren und sich nach Indien durchschlagen sollten. Es war zehn Jahre her, dass er zuletzt eine europäische Sprache gesprochen gehört hatte, und er fand es nahezu unerträglich, die alten Worte mit seiner Zunge zu artikulieren, aber es musste getan werden.

Sibylla stützte den Kopf in die Hand. Sie schien der Worte in ihrem eigenen Mund müde. Schließlich fuhr sie fort.

Der Marsch nach Süden war sehr strapaziös, und drei der Häftlinge starben unterwegs. Dann endlich spazierten die Überlebenden in das britische Konsulat in Peshawar und verlangten die Rückführung in ihre Heimat. HC wäre beinahe abgewiesen worden: Er hatte natürlich keinen Pass und kein anderes Schriftstück, um sich auszuweisen, und da er seit über sieben Jahren vermisst wurde, war er offiziell tot. Zu HCs Glück stellte sich jedoch heraus, dass ein Mann, den er bei etlichen akademischen Wettbewerben geschlagen hatte, inzwischen britischer Konsul in Bombay war. Man stellte eine telefonische Verbindung her, und HC war in der Lage, aus dem Gedächtnis seine griechische Übersetzung von *An eine Maus* zu rezitieren, und der Mann am anderen Ende sagte, es gebe nur einen Menschen auf der Welt, der das könne. Genau genommen war das nicht wahr, denn RD hätte es wahrscheinlich auch gekonnt, aber HC wollte nicht widersprechen.

Er kehrte in die Zivilisation zurück, die in der Zwischenzeit John Travolta und die Bee Gees erlebt hatte, und veröffentlichte ein Buch, in dem er vom Schweigen des verschwundenen Stammes erzählte. Irgendwelche Leute führten an, dass er nicht dort gewesen sein konnte, wo er behauptete, gewesen zu sein, und Leute, die China bereist hatten, sagten, dass es dort so ganz und gar nicht sei, und Leute, die jene seltsamen Berge bestiegen hatten, sagten, sie lägen in einem ganz anderen Teil des Landes, und überhaupt, in zehn Stunden hätte er niemals einen solchen Berg besteigen können, wie er behauptet hatte. Andere argumentierten, dass ein kleines Bauerndorf nicht solche Mengen an Seide gehabt hätte, die er angeblich gebraucht hatte, und dass es dort bestimmt keine alte Singer-Nähmaschine gegeben hätte, die angeblich zum Einsatz gekommen war, & wenn doch, dass die Dorfbewohner keine Verwendung für harte Währung gehabt hätten. Andere sagten, dass Drachensteigen von der Roten Garde als bürgerliche Praxis verboten worden sei. Da lachte HC verächtlich auf und sagte, er habe wahrhaftig nicht vor, den verschwundenen Stamm zum Thema einer Dokumentation zu machen, aber falls er je zu dem Schluss kommen sollte, dass dem Nomadenvolk dieses Schicksal angemessen sei, würde er eine genaue Wegbeschreibung seiner

Wanderungen veröffentlichen, damit es leichter aufzuspüren wäre. Daraufhin gab es natürlich ein großes Geschrei, und es wurden Nachforschungen angestellt, wo er wirklich gewesen war, weil die Öffentlichkeit ein Recht hätte, es zu erfahren, aber das Einzige, was je zu Tage gefördert werden konnte, war, dass er in das Konsulat in Peshawar spaziert war.

Das Buch, sagte Sibylla, war 1982 erschienen, und HC hatte danach eine Zeit lang dies und jenes gemacht. Sie sagte, dass sie ihn in Oxford auf einer Party im Fraenkel-Room kennen gelernt hatte, im Corpus Christi College. Skarphedin war im Gespräch mit Robin Nisbet gewesen, und so hatte Sibylla sich eine Weile mit HC unterhalten. Ich fragte, Skarphedin?, und Sib erzählte, Einer von meinen Freunden, sein richtiger Name wurde seinem fahlen, unheilvollen Aussehen nicht gerecht. Sie erzählte, HC habe tatsächlich Jahre bei dem Stamm verbracht, obwohl ihn dort nie jemand darin bestärkt hatte zu bleiben und er selbst nach seinem ersten Durchbruch nur wenig oder nichts verstand.

Dann änderte sich eines Tages alles. In dem Stamm, so sagte er, gab es einen barbarischen Initiationsritus, den er nicht näher beschreiben wollte. Viele der Jungen benötigten danach längere Pflege. Eines Tages, als er hinter einem Zelt herumschlich, hörte er, wie einer der Initiierten etwas zu seiner Pflegerin sagte und sich verbesserte, als sie lachte. HC hatte alles auf Anhieb verstanden. Es war das Wunderbarste, das ihm je untergekommen war. Sie hatten ein kompliziertes System von Kasusendungen, so sagte er, das nur von Frauen benutzt wurde – es war wirklich ganz außergewöhnlich, so, als hätte man beispielsweise eine Gruppe von Menschen, die Arabisch so sprechen, wie es geschrieben wird, und eine andere Gruppe, die es so spricht, wie es gesprochen wird. Verblüffend! Und dasselbe galt für Modi und Tempi. Es gab einen Indikativ, es gab Vergangenheit, Gegenwart und Zukunft und einen Imperativ, und die wurden nur von Männern benutzt – und dann gab es etwas, das er per Analogie als Konjunktiv und Optativ bezeichnete, und die wurden nur von Frauen verwendet. Das war sehr verwirrend, sagte er, denn als sie bald darauf anfingen, mit ihm zu reden, stellte er fest, dass, wenn er einem Mann eine Frage stellte, die Antwort stets als sachliche Feststellung formuliert war, ganz gleich, ob das Wissen, auf dem diese Antwort beruhte, nur dürftig oder gar nicht vorhanden war – wohingegen eine Frau, wenn man sie beispielsweise fragte, ob es draußen regnete, höchstens so weit ging zu sagen, dass dem so sein könnte. Als er endlich dahinter kam, sagte er, hätte er sich auf den Rücken im Gras ausgestreckt und gelacht, bis ihm die Tränen kamen.

Nun stand damals im Fraenkel Room, wie Sib sagte, ein langer Tisch mit einem mauvefarben gestreiften Tuch, das an billige Bettwäsche von Sears erinnerte, und an der Wand hing ein Schwarzweißfoto von Fraenkel.

HC warf einen Blick auf das Bild und einen anderen auf die Leute dort, und er sagte, O Gott, und ging hinaus.

Das heißt, sagte Sib, er sagte, O Gott, machen wir, dass wir hier wegkommen, und obwohl sie wusste, dass Skarphedin ihr vorwerfen würde, dass sie ihn nicht liebte, sagte sie, Ja, machen wir, dass wir hier wegkommen, und sie waren beide gegangen.

HC war wieder unterwegs gewesen, sagte Sibylla, und nun war er zurück. HC könne monatelang ohne jeden Kontakt mit Menschen auskommen, und wenn er irgendwelche Kontakte schloss, wolle er als Erstes wissen, wie sein Gegenüber die Zeitenfolge handhabte, und das Zweite war, ob er einen Konjunktiv benutzte.

Ich fragte: Was ist aus RD geworden?

Sibylla sagte: Ach, er bekam eine Anstellung bei einem der Wörterbücher. Man sieht ihn öfter mal in der Bodleiana.

Ich: War er im Seminar?

Sie: Ach, er geht zu allen Seminaren.

Ich: Haben sie was gesagt?

Sie sagte: Na ja, RD hat dem Redner eine Frage zu Phrynichos gestellt.

Ich: Haben sie irgendwas ZUEINANDER gesagt?

Sie: Selbstverständlich haben sie nichts zueinander gesagt. Sobald HC sah, wer das war, sagte er, O Gott, machen wir, dass wir hier wegkommen.

Ich: Habt ihr Schach gespielt?

Sie: Nein, wir haben nicht Schach gespielt.

Ich dachte eine Weile darüber nach, und ich sagte: Wie alt war der Jüngste, der je in Oxford aufgenommen wurde? Sibylla sagte, sie wüsste es nicht, im Mittelalter sei es eher so was wie ein Internat gewesen, & sie glaubte, dass damals viele Jungen mit 12 Jahren oder so hingeschickt wurden. Soweit sie wusste, war vor ein paar Jahren ein zehnjähriges Mädchen für Mathematik aufgenommen worden.

Ich: 10 Jahre!

Sie: Ich glaube, sie war von ihrem Vater unterrichtet worden, der Mathematiker war.

Wenn ich einen Mathematiker zum Vater gehabt hätte, hätte ich den Rekord vermutlich schlagen können.

Ich: Und wie alt war der Jüngste, der je klassische Philologie studiert hat?

Sib sagte, sie wüsste es nicht.

Ich: Jünger als 11?

Das scheint unwahrscheinlich, sagte Sib, aber wir können nur mutmaßen.

Ich: Meinst du, ich könnte das?

Sib: Tja, du könntest es wahrscheinlich, aber wie sollst du je Quantenmechanik lernen?

Ich: Aber wenn ich mit 11 nach Oxford ginge, würden die Leute mein ganzes Leben lang sagen, dass ich mit 11 nach Oxford gegangen bin!

Sib: Das würden sie zweifellos. Sie sagte: Ich könnte dir aber auch eine Bestätigung ausstellen, dass du im Alter von 6 Jahren *Sugata Sanshiro* im Original gelesen hast, und dein ganzes Leben lang würden die Leute sagen, dass du im Alter von 6 Jahren *Sugata Sanshiro* auf Japanisch gelesen hast.

Ich fragte: Was muss ich tun, um reinzukommen? Muss ich viel über den Schluss beim Schachspiel lesen?

Sib sagte: Na ja, bei RD hat das funktioniert.

Anscheinend war Sib überhaupt nicht daran interessiert, mir dabei zu helfen, einen Rekord aufzustellen. Ich debattierte lange mit ihr, bis sie schließlich sagte: Warum erzählst du mir das alles? Was willst du eigentlich? Wenn du £ 35 zahlst, kannst du so viele Lehrveranstaltungen besuchen, wie du willst; VERNÜNFTIG wäre es, £ 35 oder wie viel auch immer zu bezahlen, sich das Vorlesungsverzeichnis zu besorgen, zu den Veranstaltungen zu gehen, die interessant aussehen, sich Lektürelisten geben zu lassen, die Lektürelisten durchzugehen, auf Grundlage von Beweisen zu beurteilen, welche Dozenten einigermaßen kompetente Lehrer sind, auf der Grundlage von Beweisen zu beurteilen, welche Gebiete dich interessieren & wer interessante Arbeiten auf diesen Gebieten vorzuweisen hat; weiteres Beweismaterial an ANDEREN Universitäten zu sammeln (vorausgesetzt, DIE lassen zahlende Gasthörer zu), indem man die Lehrveranstaltungen der interessanten Leute besucht, um festzustellen, ob sie einigermaßen kompetente Lehrer sind, & dann zu entscheiden, wo du hinwillst, wenn du ungefähr 16 bist.

SECHZEHN!, rief ich.

Sib fing an, von langweiligen Leuten zu erzählen, die sie kannte und die in Oxford eine Stelle bekommen hatten, & von jemand Hochintelligentem, der einfach nach Warwick gegangen war.

Ich sagte, Nicht WARWICK!, aber Sib bemerkte trocken, dass ich selbstverständlich sorgfältig abwägen müsste zwischen dem Vorteil, bei jemandem Hochintelligentem zu studieren, und dem unbestreitbaren Nachteil, dass die Leute mein ganzes Leben lang bloß sagen würden (falls sie ein so uninteressantes Faktum überhaupt erwähnenswert fanden), dass ich im Alter von 16 Jahren nach Warwick gegangen war.

Ich merkte, dass sie jeden Moment anfangen würde, über *Sugata Sanshiro* zu reden, also sagte ich rasch, wir könnten ein anderes Mal darüber sprechen.

Ich sagte: Müsstest du nicht eigentlich *Stricken heute* tippen?

Trägheit, Störung, Arbeit und Vergnügen; all dies trägt abwechselnd zur Verlangsamung bei, sagte Sib. Ich bin jetzt bei 1965.

Ich sagte: Ich dachte, du wolltest bis Ende der Woche damit fertig sein.

Vielleicht wurde noch nie ein umfangreiches und vielseitiges Werk, sagte Sib, innerhalb der Zeitspanne vollendet, die der Urheber ursprünglich im Sinne hatte. Wer gegen die Zeit anrennt, hat eine Widersacherin, die keine Verluste kennt.

Sib ging zum Computer und tippte etwa fünf Minuten lang, und dann stand sie auf, setzte sich aufs Sofa und schaltete den Videorecorder ein.

Kambei hob die Schale Reis. Ich verstehe, sagte er. Kein Streit mehr. Ich werde diesen Reis nicht vergeuden. Gut so, sagte mein Vater.

Stark aussehende Samurai schritten die Straße auf und ab. In einer Tür standen die Bauern, beeindruckt, Katsushiro, beeindruckt, Kambei, Arme verschränkt, unbeeindruckt. Danke, sagte mein Vater. Im Ernst.

Kambei saß im Haus, mit dem Gesicht zur Tür. Er reichte Katsushiro einen dicken Stock. Stell dich neben die Tür. Heb den Stock wie ein Schwert über den Kopf. Schlag den Samurai, wenn er hereinkommt, fest. Keine Zurückhaltung! So fest du kannst. Gut s

Ich starrte auf den Bildschirm. Katsushiro stand neben der Tür. Ich stand auf und fing an, auf und ab zu gehen, während ein Samurai durch die Tür kam und den Schlag abwehrte.

Weder hörte ich jetzt die Stimme meines Vaters, noch sah ich sein Gesicht; obwohl der Film weitergelaufen war, sah ich im Geist eine Straße voller stark aussehender Samurai, und Kambei stand in einer Tür und beobachtete die Straße.

Im Geist sah ich Katsushiro mit einem Stock neben der Tür stehen. Ich sah Kyuzo einen ungeschickten zweitklassigen Kämpfer durchschneiden. Aber ein guter Samurai wird den Schlag abwehren.

Ich dachte: Eigentlich könnte ich James Hatton haben! Oder Red Devlin. Oder beide!

Ich dachte: Ich könnte jeden haben, den ich will!

Ich dachte: Eröffnung, Mittelspiel, Endspiel.
Ich dachte: Ein guter Samurai wird den Schlag abwehren.
Ich dachte: Ein guter Samurai wird den Schlag abwehren.

❖

Ich nahm mir Sibs Zeitung, & da stand, dass HC die ehemalige Sowjetunion durchwandern wolle und dass er vorhabe, allein zu gehen.

Ich dachte, ER könnte mit Schwertern kämpfen. Das, so dachte ich, war ein Mann, mit dem man sich messen konnte, ein Mann, der 50 Sprachen beherrschte, ein Mann, der dem Tod hundertmal ins Auge geblickt hatte, ein Mann, der für Lob und Spott gleichermaßen unempfänglich war. Das war ein Mann, der seinen Sohn bei der ersten Begegnung GEWISS ermutigen würde, mit 11 Jahren nach Oxford zu gehen, oder ihn wenigstens stattdessen mit auf eine Expedition nehmen würde.

In der Zeitung stand nicht, wo er wohnte.

Ich rief seinen Verlag an und fragte, ob irgendwelche Signierstunden geplant waren. Ich hoffte, dass der Charme meiner kindlichen Stimme mir die Information einbringen würde, die ich brauchte, und tatsächlich bekam ich nach kurzer Zeit eine Liste von Läden, wo Bücher signiert werden sollten.

Am nächsten Tag würde er bei Waterstone's in Notting Hill Gate signieren.

❖

Ich nahm die Circle Line und ging nach oben auf die Straße.

Ich besuchte die Signierstunde, und wie ich erwartet hatte, ging HC danach zu Fuß. Er war noch immer so groß, wie sie gesagt hatte, und er ging schnell, aber auch das hatte ich erwartet und deshalb mein Skateboard mitgebracht.

Das Haus war groß und weiß, mit weißen Säulen. Davor war ein kleines Gärtchen mit Rasen und Rosen um einen gepflasterten steinernen Ring, mit einem Vogelbad in der Mitte der Steinplatten. Es gab keine geeignete Möglichkeit, mein Skateboard abzustellen. Ich ging zehn Häuser weiter bis zu einem ZU-VERKAUFEN-Schild, versteckte mein Skateboard in dem hohen Gras und ging dann wieder zurück.

Ich klingelte an der Tür, und eine Frau mit schimmerndem Haar und Schmuck und einem rosa Kleid öffnete die Tür.

Ich starrte sie verblüfft an. Ich hatte nicht gewusst, dass er verheiratet war. Oder vielleicht war sie seine Schwester.

Ich sagte, dass ich gekommen sei, um Hugh Carey zu sprechen.

Sie sagte: Tut mir furchtbar Leid, aber er empfängt niemanden.

Ich sagte, Schade, und ich ging weg und ein Stück die Straße hoch. Später kam die Frau in Rosa aus dem Haus und ging zu einem Wagen und stieg ein und fuhr weg. Ich ging wieder zum Haus und klingelte.

Er öffnete die Tür und fragte, Was willst du?

Sein Gesicht war zerfurcht und braun, und über eine Wange zog sich eine schlecht verheilte Narbe. Seine Augen blitzten blau. Seine Augenbrauen waren struppig, er hatte einen buschigen Schnurrbart. Sein Haar war sehr hell gebleicht und mit weißen Haaren darin.

Was willst du?, fragte er wieder.

Ich muss mit Ihnen reden, sagte ich. Ich wusste, wenn ich einfach wegginge, würde ich mich den Rest meines Lebens dafür verachten.

Er sagte, er könnte ein paar Minuten erübrigen, und ich folgte ihm ins Haus. Ich weiß nicht, was ich erwartete, aber ich war erstaunt über die glänzenden Holzböden und dicken Teppiche und gepolsterten Sofas. Eine interessante Form des Konjunktivs ist nichts, was man als Trophäe nach Hause bringen kann, aber damit hatte ich trotzdem nicht gerechnet.

Wir gingen in einen Raum mit einem schwarz-weißen Marmorboden und einem blassgelben Sofa, und er deutete auf das Sofa und fragte wieder, Was willst du?

Ich blickte in dieses Gesicht aus Stein und wusste, dass ich gleich sterben würde. Er würde die Lüge sofort durchschauen und Verachtung empfinden. Ich dachte daran, wie er mit dem Jungen quer durch China gewandert und mit einer kleinen Männergruppe quer durch Kasachstan gewandert war; es war billig und unwürdig, so jemanden zu hintergehen. Am besten, ich verabschiedete mich unter irgendeinem Vorwand.

Kambei befiehlt Rikichi, einen Samurai hereinzurufen. Er sitzt drinnen und wartet. Er befiehlt Katsushiro, sich mit einem Stock neben die Tür zu stellen. Und ein guter Samurai wird den Schlag abwehren.

Ich dachte, wenn ich ein Feigling wäre, wäre ich wirklich meines Vaters Sohn.

Ich sagte: Ich wollte Sie sehen, weil ich Ihr Sohn bin.

Du bist mein –

Ich war tot.

Augen wie die blanke Klinge eines Schwertes blitzten in seinem harten Gesicht. Ich war tot.

Seine Lippen strafften sich. Ich war tot.

Schließlich sprach er.

Wie zum Teufel konnte das passieren?, fragte er gereizt. Sie hat mir gesagt, sie hätte sich um alles gekümmert.

Sie hat nicht mehr daran gedacht, dass sie die Pille am Tag zuvor zu spät genommen hatte, sagte ich wahrheitsgemäß. Ich war fassungslos.

Frauen!, sagte er verächtlich. Du musst älter sein, als du aussiehst, das kann spätestens 83 gewesen sein, und dann wärst du –

13 Jahre und 10 Monate, sagte ich. Ich sehe jung aus für mein Alter.

Na dann, erzähl mir was über dich, sagte er jovial. Wo gehst du zur Schule? Was sind deine Hobbys?

Ich gehe nicht zur Schule, sagte ich. Ich lerne zu Hause.

Ich wollte gerade erklären, dass ich schon Griechisch, Französisch, Hebräisch, Arabisch, Japanisch, Spanisch, Russisch und etwas Latein (in keiner besonderen Reihenfolge) konnte sowie oberflächliche Kenntnisse von 17 oder 18 anderen Sprachen hatte, als er explodierte.

O mein Gott!, schrie er entsetzt. Was denkt sich diese dumme Frau denn dabei? Weißt du überhaupt IRGENDWAS? Was macht 6 × 7?

Wie meinen Sie das?, fragte ich behutsam. Ich hatte mich noch nicht ausführlich mit der Philosophie der Zahlen beschäftigt.

O-mein-Gott.

Er begann, im Raum auf und ab zu gehen, mit schweren, ein wenig lahmen Schritten – mir fiel wieder ein, dass er tausende von Meilen zu Fuß zurückgelegt hatte. Er sagte: Wir müssen dich schnellstens in einer Schule unterbringen, mein Freundchen. Er sagte: Mach dir ja keine falschen Hoffnungen. Ich hab kein Geld für Schulgebühren. Er sagte: Wie ich höre, sind manche von den öffentlichen Schulen gar nicht so schlecht. Er sagte: Mein Gott, ich kannte schon mit 6 alle Multiplikationsreihen bis 12.

Ich kannte schon mit 4 alle Multiplikationsreihen bis 20, aber ich war zu angewidert, um das zu sagen. Ich sagte: Oh, Sie meinen, Sie wollten das Produkt von 6 und 7 wissen.

Was hast du denn gedacht, was ich meine?, fragte er.

Ich weiß nicht, deshalb habe ich ja gefragt, was Sie meinen, sagte ich.

So einen Blödsinn werden sie dir in der Schule schnell austreiben, sagte er.

Ich sagte, ich hätte oft gehört, dass logisches Denken in der Schule nicht gefördert würde. Ich konnte gar nicht fassen, dass ein so dummer Mensch ausgezogen war, den verschwundenen schweigenden Stamm zu finden; kein Wunder, dass die nicht mit ihm reden wollten.

Er schleuderte mir weiter aus verkniffenen Augen zornige Blicke zu, während er auf und ab stapfte. Wie heißt die Hauptstadt von Peru?, fragte er unvermittelt.

Oh, hat das eine Hauptstadt?, fragte ich zurück.

O-mein-Gott.

Madrid?, fragte ich. Barcelona? Kiew?

Was soll bloß aus diesem Land werden?

Buenos Aires!, rief ich. Santiago! Cartagena – nein, das ist Brasilien, oder, nicht sagen, ich komm gleich drauf, es ist nicht, doch wohl nicht Acapulco, oder, nein, vergessen Sie, dass ich das gesagt habe, es liegt mir auf der Zunge, nicht sagen, jetzt hab ich's, die alte heilige Stadt der Zinkas, Casablanca.

Er sagte: Lima.

Ich sagte: Ich hatte das Gefühl, dass Casablanca sich nicht ganz richtig anhörte, fragen Sie mich was anderes.

Er sagte, ich müsse ihm die Telefonnummer meiner Mutter geben. Er hätte ein Wörtchen mit ihr zu reden.

Ich sagte, die wolle ich ihm lieber nicht geben.

Er: Was du willst, spielt gar keine Rolle.

Ich wollte das hinter mich bringen. Ich war nicht wegen Geld gekommen, aber ich musste irgendwas sagen, also sagte ich: Hören Sie, ich bin wirklich nicht gekommen, um über meine schulische Ausbildung zu sprechen. Ich weiß, dass das Produkt von 7 und 6 42 ist, und 13 × 17 ist 221 und 18 × 19 ist 342, und ich kenne den binomischen Lehrsatz, und ich weiß, dass

$$E + \frac{p}{\rho} + \frac{q^2}{2} + \frac{\delta\Phi}{\delta t} = C(t)$$

die Bernoulli-Gleichung für nichtviskoses, inkompressibles, wirbelfreies Fluid ist. Ich habe vor, die Arbeit im Team zu lernen, wenn die anderen Mitglieder des Teams über zwanzig sind. Meine Mutter weiß nicht, dass ich hier bin, sie wollte Sie nicht belästigen. Aber sie wird langsam verrückt bei ihrer Arbeit. Ich möchte ein Maultier kaufen und die Anden durchstreifen, sagt sie. Ich dachte, Sie könnten da vielleicht helfen.

Im Transural mit diesem Irren allein zu sein war das Allerletzte, was ich mir wünschte. Ich konnte mir auch nicht vorstellen, ihm meinen Ehrgeiz zu gestehen, mit 11 Jahren nach Oxford zu gehen. Aber ich musste irgendwas sagen.

Die Anden auf einem Maultier durchstreifen? Das hört sich nicht gerade nach ihr an. Bist du sicher, dass das nicht etwas ist, das du willst?

Ja, es ist etwas, das ich will, sagte ich.

Tja, der beste Ratschlag, den ich dir geben kann, ist der, dich bei allem, was du dir vom Leben wünschst, nie auf irgendwen zu verlassen, außer auf dich selbst. Alles, was ich erreicht habe, habe ich mir selbst zu verdanken. Man wird nicht erwachsen, wenn einem die Leute alles auf einem silbernen Tablett servieren.

Wenn ich erwachsen bin, ist es vielleicht zu spät, sagte ich.

Du hast dein ganzes Leben noch vor dir, sagte er, und er hörte auf, hin und her zu gehen, und blieb neben mir stehen. Eine Hand umklammerte die Rückenlehne des Sofas. Ich sah, dass ein Finger fehlte. Wahrscheinlich hatte er einem Angehörigen des verschwundenen schweigenden Stammes einen Ratschlag gegeben.

Das macht mir ja gerade Sorgen, sagte ich.

Also, ich kann nichts für dich tun. Für mich hat auch nie einer was getan, und es hat mir nicht geschadet. Es hat mich zu dem gemacht, der ich heute bin.

Ich war froh, dass wir nicht mit echten Schwertern kämpften. Sonst wäre das vielleicht mein Tod gewesen. Ich sagte, ich würde es mir merken.

Er sagte: Ich habe schon einen Sohn. Er müsste älter als du sein, wenn er noch lebt. Nicht viel, aber er ist schon ein Mann – die Kinder werden heute schnell erwachsen.

Er sagte: Wenn ein Junge 12 Jahre alt wird, durchläuft er eine Initiationszeremonie. Er wird bis zur Taille ausgezogen und ausgepeitscht – nicht lange, bloß fünf oder sechs Striemen, damit der

Rücken anfängt zu bluten. Dann wird er gefesselt. Es gibt eine eklige Stechfliege, die von dem Blut angezogen wird – natürlich in Massen. Wenn der Junge aufschreit, bekommt er noch einen Hieb mit der Peitsche. Es ist vorbei, wenn er einen Tag lang still war. Man sieht sie dann ausgestreckt, den Rücken voll mit fressenden Fliegen – manchmal sind sie die letzten 12 Stunden oder so ohnmächtig, manchmal ohrfeigt der Vater einen Jungen, damit er wach bleibt und es nicht zu leicht hat. Es ist schwer, dort ein Mann zu sein.

Ich sagte: Klar, wie ich höre, benutzen sie noch nicht mal Kasusendungen.

Er: Wer hat dir das erzählt?

Das steht im Buch.

Nein, das steht nicht im Buch.

Ich hab's irgendwo gehört, sagte ich.

Sie muss dir das erzählt haben. Ich vermute, sie hat dir nicht erzählt, wie ich darauf gekommen bin.

Er grinste mich an; seine Zähne waren gelb und braun unter dem Schnurrbart.

Sie hat gesagt, Sie haben sich hinter einem Zelt versteckt, sagte ich.

Das hab ich versucht, sagte er. Es hat nichts gebracht. Dann kam eines Tages die Mutter des Jungen zu mir. Sie hatte ihn wieder an irgendwelche Händler verkauft – in dem Stamm mögen sie kein unreines Blut. Aber sie war trotzdem neugierig – das hatte ihr schon beim ersten Mal Schwierigkeiten eingebracht. Sie konnte einfach nicht wegbleiben. Ich brachte sie dazu, mir ein paar Wörter beizubringen, und es kam, wie es kommen musste. Die Frauen spuckten sie an und rissen sie an den Haaren, als sie es mitbekamen. Jedenfalls lagen wir oft im Gras, und ich ahmte irgendwas nach, was sie gesagt hatte, und sie versetzte mir einen Klaps oder lachte, weil ich sie nachahmte. Dann hörte ich mit an, wie sich zwei Männer unterhielten, und mir wurde klar, wie es funktionierte. Ich lachte, bis mir die Tränen kamen. Dann wurde sie schwanger. Sie zwang mich wegzugehen. Hat den kleinen Bastard wahrscheinlich an die Chinesen verkauft. Falls ja, ist er nicht initiiert worden, fügte er hinzu, und er grinste und sagte, Wenn das allen passiert, warum dann nicht auch meinem Sohn?

Ich sagte: Wenn das so ist, wieso sollte es Sie dann interessieren, ob ich das Einmaleins kann, und warum interessiert es Sie, ob ich zur Schule gehe?

Er sagte: Ich hätte nichts tun können. Ich konnte sie nicht mitnehmen, und sie hätten mich getötet, wenn ich geblieben wäre. Das ist was anderes. Deine Mutter hat sich völlig verantwortungslos verhalten.

Ich fing an zu lachen.

Schritte näherten sich der Haustür, sie ging auf. Die Tür zu dem Zimmer öffnete sich, während ich noch lachte, und die Frau in Rosa kam herein.

Was ist denn los?, fragte sie.

Das ist mein Sohn, sagte er.

Nein, bin ich nicht, sagte ich.

Was soll das heißen?, sagte er.

Haben Sie *Die sieben Samurai* gesehen?

Nein.

Ich aber, sagte die Frau.

Es war ein Test, sagte ich. Meinem wirklichen Vater konnte ich es nicht sagen, weil es die Wahrheit war.

Ich kapiere gar nichts, sagte die Frau, und der Mann sagte

In manchen Gegenden der Welt würdest du dafür ausgepeitscht werden.

Ich sagte, es sei nicht nötig, England zu verlassen, um Menschen zu finden, die törichte Dinge taten.

Wer bist du?, fragte er wütend. Wie heißt du?

David, antwortete ich, ohne nachzudenken.

Ich verstehe nicht, sagte er wütend. Wolltest du Geld? Hast du dir das ausgedacht, um Geld zu kriegen?

Natürlich will ich Geld, sagte ich, obwohl ich andere Dinge mehr wollte. Wie soll ich denn ohne Geld ein Maultier kaufen?

Aber warum in Gottes Namen –

Ich wusste nicht, was ich sagen sollte. Weil Sie Sprachwissenschaftler sind, sagte ich. Ich hab die Geschichte mit den Kasusendungen gehört und gedacht, dass Sie es verstehen würden. Natürlich verstehen Sie es nicht. Ich muss gehen.

Aber es muss wahr sein, sagte er. Wie hättest du sonst von den Kasusendungen wissen können? Das muss sie dir erzählt haben. Es muss wahr sein. Wo ist sie?

Ich muss gehen, sagte ich.

Nein, geh nicht.

Spielen Sie noch immer Schach?

Sie hat dir von dem Schach erzählt?

Was?

Die Frau sagte: Hugh –

Er sagte: Was muss man in diesem Haus tun, damit man eine Tasse Tee kriegt?

Sie sagte: Ich bin schon unterwegs, aber sie sah mich an, als sie ging.

Was hat sie dir noch von dem Schach erzählt?, fragte er.

Soll das heißen, Sie haben ihn gewinnen lassen?

Hat sie es dir nicht erzählt?

Sie hat gesagt, Sie haben ihn nicht gewinnen lassen.

Natürlich habe ich ihn nicht gewinnen lassen, und er stapfte auf dem Teppich hin und her.

Er hat zehn Partien von zehn gewonnen. Er hat aufgehört zu fragen, Was soll ich tun; er saß lächelnd am Brett. Er hat gesagt, Das, was du machst, mache ich besser als du, und das, was ich mache, kannst du überhaupt nicht. Ich hab gedacht, Wo wärst du denn, wenn ich nicht wäre, du blöder Hund?

Ich habe gesagt, Du zerredest ein gutes Spiel.

Er hat gesagt, Soll heißen?

Ich habe gesagt, Ist es ein Spiel, weil ich sage, es ist ein Spiel? Und ich habe gesagt, wenn ich es als Spiel behandelte, weil ich es für ein Spiel hielt, und er es als Spiel behandelte, nicht, weil er es für ein Spiel hielt, sondern weil ich sagte, dass es eines sei –

Und er hat gesagt, Ja

– wer von uns tat dann das, was er glaubte zu tun

Und er hat gesagt, Ja

und das war das Letzte, was ich zu ihm gesagt habe

Vor dem Examen, sagte ich.

Ja, sagte er.

Was war das Letzte, das er zu Ihnen gesagt hat?, fragte ich.

Geht dich nichts an.

Was hat meine Mutter gesagt?, fragte ich.

Ich weiß nicht mehr. Ein paar blöde Sachen.

Was?, fragte ich, in der Hoffnung, dass es etwas wäre, das Sibylla unmöglich gesagt haben könnte.

Ich weiß nicht mehr. Irgendwas Mitfühlendes.

Ich wollte fragen, ob die Frau gelangweilt ausgesehen hatte, aber ich dachte mir, dass er das wahrscheinlich gar nicht gemerkt hätte.

Er sagte: Verrat mir, wo sie ist. Ich muss sie wieder sehen.

Ich sagte: Ich muss gehen.

Er sagte: Du musst es mir sagen.

Ich öffnete die Tür und ging durch die Diele. Ich konnte ihn hinter mir hören. Ich begann zu laufen, stolperte über einen seidigen Teppich, der auf dem polierten Holzboden wegrutschte, fand aber mein Gleichgewicht wieder und griff nach dem ersten Sicherheitsschloss. Ich hörte, dass er rasch hinter mir herkam. Ich ließ das erste Schloss aufschnappen, und ich öffnete das zweite Schloss und das dritte Schloss mit beiden Händen, und ich bekam die Tür genau in dem Moment auf, als seine Hand meine Schulter packte.

Ich wand mich los und kam frei. In drei Sätzen war ich den Gartenpfad hinunter und sprang über das Tor, und als ich zurückschaute, stand er einfach in der Tür. Er sah mich über das Vogelbad und die Rosenbüsche hinweg an, und dann drehte er sich um.

Die Tür schloss sich. Es war bloß ein langweiliges Haus in einer langweiligen Straße voller Häuser mit geschlossenen weißen Türen.

Ich stolperte die Straße hinunter. Er hatte nicht getötet, um diese moduslosen Verben und unflektierten Nomen kennen zu lernen, aber er hatte um ihretwillen einen Sklaven ins Leben gezerrt.

Ich ging zurück nach Notting Hill Gate, und ich nahm die Circle Line.

2

Ein guter Samurai wird den Schlag abwehren

Ich beschloss, mich nicht mit elf Jahren in Oxford um einen Studienplatz in klassischer Philologie zu bewerben.

Sibylla fragte, wo eigentlich mein Skateboard sei. Ich dachte an die lange Reihe geschlossener Türen, an das Haus, das zum Verkauf stand, an das lange Gras. Ich wusste, ich konnte nicht zurück. Ich sagte, es wäre gestohlen worden. Ich sagte, es wäre egal. Ich musste ständig an den Jungen denken, der nicht mein Bruder war.

Ich dachte an die Gefangenen des Schicksals, die keine Aussicht auf eine glücklichere Fügung hatten.

Ich dachte: Was WILL ich überhaupt mit einem Vater. Zumindest konnte ich kommen und gehen, wann ich wollte. Manchmal lief ich an einem Bus vorbei, auf dessen Heck die Botschaft stand: SOUTHWARK: WO SCHULESCHWÄNZEN ERNST GENOMMEN WIRD, und ich ging nach Norden über die Tower Bridge in die City, wo Schule schwänzen nicht ernst genommen wurde. Welcher Vater würde das hinnehmen? Ich sollte es aufgeben, solange es mir noch gut ging.

Ich schlief nicht mehr auf dem Boden. Ich aß keine gratinierten Grashüpfer mehr mit einer Sauce aus sautierten Kugelasseln. Sibylla fragte dauernd, ob irgendwas nicht in Ordnung sei. Ich sagte, es sei alles in Ordnung. Nicht in Ordnung war, dass sich nie etwas ändern würde.

Ich beschloss, etwas zu tun, das Hugh Carey mit 11 nicht getan hätte. Ich dachte, wenn ich *Schaum's Outline* zum Thema Fourier-

Analyse durcharbeitete, wäre das ungefährlich, weil das, so Sib, nicht in der Schule gelehrt wird. HC hatte das vermutlich überhaupt nicht gelernt. Vielleicht würde ich mich auch noch mit den Gleichungssystemen von Lagrange beschäftigen, nur um ganz sicher zu sein. Vielleicht würde ich mir auch noch ein wenig die Laplace-Transformation vornehmen.

Sibylla tippte *Tropische Fische*. Niemand würde mit mir über die mongolische Steppe galoppieren. Niemand würde mich in absehbarer Zeit mit zum Nordpol nehmen.

Eines Tages ging ich mit Sibylla zu Tesco's.

Ein strahlend weißes Licht brannte erbarmungslos herunter, wie die glühende Wüstensonne am Mittag auf die französische Fremdenlegion; der glitzernde Boden blendete das Auge mit grausam grellem Wüstenschein.

Wir gingen langsam durch die Getreideflocken.

Riesige Schachteln Cornflakes erhoben sich auf beiden Seiten; als wir zum Müsli kamen, bog ein Einkaufswagen in den Gang, geschoben von einer dicken Frau, der drei dicke Kinder folgten. Eins weinte in eine dicke Faust, und zwei stritten sich über Frosties und Breakfast Boulders, und die Frau lächelte.

Sie kam den Gang hinunter, und Sibylla stockte und blieb neben dem Einkaufswagen stehen, reglos wie die Schachteln Cornflakes auf ihren Regalen. Ihre Augen waren wie schwarze Kohlen und ihre Haut wie blasser, schmutziger, dicker Lehm. Ihr absolutes Schweigen, ihre schwarzen starrenden Augen verrieten mir, dass diese sanfte, dicke Frau jemand war, den sie nie wieder zu sehen gehofft hatte.

Der Einkaufswagen und die Frau und die Kinder kamen näher, und plötzlich glitten die Augen der Frau von den Schachteln Frühstücksflocken, und über die Sanftheit breitete sich ein Ausdruck freudiger Überraschung.

Sybil!, rief sie. Bist du das wirklich?

Es war offenbar jemand, der Sib etwa so gut kannte wie ihren Namen. Niemand, der Sibylla kannte, hätte mit einer so beispiellos albernen Bemerkung ein Gespräch eröffnet.

Sib starrte sie sprachlos an.

Ich bin's!, sagte die Frau. Ich hab mich wohl sehr verändert, fügte sie mit einer komischen Grimasse hinzu. Kinder!, seufzte sie.

Die kleine nasse Faust sackte herab, und kleine Augen blickten auf eine Schachtel, auf der grellbunte Comic-Figuren Darstellungen des Produkts verzehrten.

Ich will das Honigmonster, brüllte das Kind.

Du hast beim letzten Mal aussuchen dürfen, sagte eins von den anderen mit unverkennbarer Schadenfreude, und dann brach ein Streit über die jeweiligen Ansprüche der übrigen zwei aus, diese Woche die Auswahl zu treffen.

Jetzt weinten zwei der Kinder in dickliche Finger, eins brüllte.

Die Frau versuchte mit geringem Erfolg, wieder Ordnung herzustellen.

Und das ist dein kleiner Junge?, fragte sie strahlend.

Sibylla schwieg noch immer, und jetzt waren ihre Lippen fest zusammengepresst.

Falls die Frau gegenüber des Denkens fähig war, wofür wir bislang noch keinerlei Beweise hatten, so waren ihre Gedanken für ihre Begleiter zweifelsohne dunkel. Ich konnte sehen, wie Sibyllas Gedanken in ihrem Kopf kreisten wie Goldfische in einem Glas. Schließlich sprach sie.

Sein oder Nichtsein, das ist hier die Frage:
Ob's edler im Gemüt, die Pfeil und Schleudern
Des wütenden Geschicks erdulden, oder,
Sich waffnend gegen eine See von Plagen,
Durch Widerstand sie enden? Sterben – schlafen –
Nichts weiter! – und zu wissen, daß ein Schlaf
Das Herzweh und die tausend Stöße endet,
Die unsers Fleisches Erbteil – 's ist ein Ziel

Die Frau blickte entgeistert auf die kleine dicke Bande und war sofort erleichtert, denn es war offenkundig, dass die drei kein Wort verstanden hatten.

Na ja, natürlich haben wir alle so unser Kreuz zu tragen, sagte sie munter.

Sibylla blickte nach unten, mit brennenden Augen, auf eine Dose Baked Beans.

Wie heißt dein Kleiner?, fragte die Frau.

Sein Name ist Stephen, sagte Sib nach kurzem Zögern.

Er sieht sehr schlau aus, sagte die Frau. Nein, Felicity, nein! Mickey, was hab ich gesagt?

Er ist zu logischem Denken fähig, sagte Sib. Dadurch wirkt er außergewöhnlich intelligent. Tatsache ist, dass die meisten Menschen eher aus Gewohnheit denn aus Dummheit unlogisch sind; vermutlich könnten sie recht problemlos rational sein, wenn sie richtig unterrichtet würden.

Dann ist also alles gut geworden!, sagte die Frau. Weißt du, so schlimm die Welt auch manchmal aussehen mag, vielleicht wartet schon gleich um die Ecke etwas Schönes auf einen.

Oder umgekehrt, sagte Sib.

Man muss das Leben stets von der heiteren Seite betrachten.

Wieder schwieg Sibylla.

Die Kinder fingen wieder an zu zanken. Die Frau bat sie sanft, aufzuhören. Sie achteten nicht auf sie.

Sie blickte sie milde an, ihr Mund kräuselte sich ein wenig.

Sib schaute die Frau mit schrecklichem Mitleid an, als fragte sie sich, ob der Tod schlimmer sein könnte als das Leben, das sie in diesen Kartoncanyon aus Cornflakes geführt hatte. Sie sagte mit leiser Stimme zu mir:

Ludo, nimm den Kleinen Prinzen mit.

Und wohin?, fragte ich.

Kauf ihm Schokolade, sagte Sib, griff tief in ihre Handtasche und gab mir ein Pfund. Kauf für sie alle Schokolade. Nimm sie alle mit.

Ich führte sie den Gang hinunter. Als wir um die Ecke bogen, sah ich, wie Sib einen Arm um eine dicke, bebende Schulter legte; jetzt war es die dicke Frau, die in eine dicke Faust weinte.

Eins der Kinder war etwa in meinem Alter. Der Junge fragte,

auf welche Schule ich ginge. Ich sagte, ich ginge nicht zur Schule. Er sagte, jeder müsse zur Schule gehen. Ich sagte, meine Mutter meinte, ich sollte herausfinden, welches Gebiet mich besonders interessiert, und direkt auf die Universität gehen, obwohl ich die Studenten wahrscheinlich ziemlich unreif finden würde.

Das Gespräch erlahmte. Meine Begleiter stopften Schokolade in sich hinein; sobald sie verschwunden war, setzten die Kampfhandlungen wieder ein.

Gleich darauf kamen Sibylla und die Frau durch die Kasse.

Sib sagte gerade, Ich meine ja nur, wenn wir uns vorstellen, eine Gesellschaft zu gründen, ohne zu wissen, welchen Platz wir darin einnehmen sollen, dann ist es höchst UNWAHRSCHEINLICH, dass wir uns zu 16 Jahren absoluter wirtschaftlicher Abhängigkeit von Personen verurteilen würden, für deren Rationalität es keine Garantie geben kann, und höchst WAHRSCHEINLICH, dass wir eine Gesellschaft verlangen, in der

Die Frau lachte leise.

Sibylla blickte mit unverhohlenem Entsetzen auf die schokoladeverschmierte Bande, die jetzt quengelnd zu dem anderen Einkaufswagen lief.

Die Frau lächelte sanft.

Nein, Mickey, nein! Felicity, was habe ich gesagt?, begann sie –

und dann hielt sie inne. Sie starrte auf *Schaum's Outline* über die Fourier-Analyse, die ich mitgenommen hatte, falls mir langweilig würde.

Sie fragte, Auf welche Schule geht er?

Sibylla sagte, ich würde zu Hause lernen.

Jetzt starrte die Frau mich an, und jetzt starrte sie Sibylla an, wie eine Gefangene des Schicksals, die eine Chance auf eine Gnadenfrist sieht. Sie sagte, Du meinst, du unterrichtest ihn selbst! Aber das ist erstaunlich!

und sie sagte, Ich frage mich – du würdest mir damit einen riesigen Gefallen tun –, könntest du Mickey wohl helfen? Ich bin sicher, dass er sehr klug ist, aber er hat in letzter Zeit ein paar Probleme, und die Schule will das einfach nicht wahrhaben.

Der riesige Gefallen klang nicht gut, und natürlich sagte sie dann, Nichts Regelmäßiges.

Sibylla stammelte, Aber ich bin sicher, du

Die Frau sagte, Und mit den anderen beiden

Sibylla sagte, Na ja

Wir gingen mit Vorräten für eine Woche nach Hause.

Ich sagte: Wer war das?

Sibylla sagte, irgendjemand

Sie sagte: Sie hat mir mal das Leben gerettet.

Sie sagte: Wäre es umgekehrt gewesen, wäre natürlich sie durch mich für all das bewahrt worden, das, wie wir jetzt wissen, schon wartete.

Sie lachte und sagte: Das erinnert mich an den Satz bei Renan!

Sie runzelte die Stirn, und ich dachte, sie würde sich nicht an den Satz von Renan erinnern können. Dann sagte sie: Die indogermanische Sprache war in der Konjugation von Verben bedeutend überlegen, diesem wunderbaren Instrument, der Konjugation von Verben, dem wunderbaren Instrument, dem wunderbaren Instrument der Metaphysik … Die arabische Rasse war fünfzehnhundert Jahre benachteiligt durch die Unterlegenheit ihrer Modi und Tempi –

und sie sagte, *ce merveilleux instrument, ce merveilleux instrument*

und plötzlich lachte sie und sagte, Ob ich das wohl auf Arabisch kann?

Ob du was auf Arabisch kannst?

Sib sagte: Wäre es umgekehrt gewesen, wäre natürlich sie durch mich für all das bewahrt worden, das, wie wir jetzt wissen, schon wartete. Also, machen wir's auf Hebräisch und Arabisch und sehen mal, ob er Recht hat! Du auf Hebräisch, ich auf Arabisch –

und sie sagte, *lau* …

Wie hat sie dir das Leben gerettet?

Sib sagte, sie wisse es nicht so genau, weil sie zu dem Zeitpunkt bewusstlos war, aber die Frau hatte anscheinend in letzter Sekunde einen Rettungswagen gerufen.

Ich: Woher weißt du das mit den Kasusendungen?

Sib: Was für Kasusendungen?

Ich: Von dem verschwundenen, schweigenden Stamm, das steht nicht im Buch

Sib: *lau* ...

Ich: Und das mit dem Schachspiel steht nicht im Buch

Sib: Kommt Robert Donat heute Abend nicht im Fernsehen?

Ich: Hat HC dir das nach dem Seminar erzählt?

Sib: Dieses Ding von Renan ist rätselhaft. Ich habe den Eindruck, dass das Griechisch der Philosophen schwerer ins Lateinische zu übersetzen wäre als ins Arabische. Wir sollten eine lateinische Übersetzung von, sagen wir, Platon mit einer ins Arabische vergleichen und vielleicht eine Passage von Maimonides über ein verwandtes Thema und sehen, welche holpriger ist.

Ich sagte: Das Schachspiel

Sie sagte: Sieh doch, Ludo, ein Illinois Fried Chicken!

Ich: ist nicht im Buch

Sib: Du kannst in die Fakultät für Orientalistik und Afrikanistik gehen und daran arbeiten

Ich: Die lassen mich nicht rein

Sib: Du sagst einfach, du arbeitest an einem Projekt für die Schule

Sie sagte: & wenn ich vier Stunden *Tropische Fische* tippe, können wir uns um 21:00 Robert Donat angucken. Du kannst an Platon arbeiten, um dich auf das Projekt in der Fakultät für Orientalistik und Afrikanistik vorzubereiten.

Ich: Willst du dem Kleinen Prinzen wirklich Unterricht geben?

Sie: Der Kleine Bettelknabe, sein Verstand ist betteln gegangen. Es wird mich umbringen, aber es muss getan werden.

Der Schauspieler Robert Donat machte nicht viele Filme. In *Die 39 Stufen* floh er durch Sümpfe und sprang auf fahrende Züge und von fahrenden Zügen; in *Der Fall Winslow* spielte er einen charismatischen, umstrittenen und hoch bezahlten Anwalt. In *Das Rätsel von Monte Christo* floh er aus dem Château d'If. In *Die Zitadelle* spielte er einen charismatischen Arzt, der seine Ideale aufgab. In *Young Mr. Pitt* mimte er einen charismatischen Politiker. Und in *Goodbye Mr. Chips* spielte er einen schüchternen Lehrer, der immer dieselben Witze erzählte. Sib meinte, er hätte noch in anderen Filmen mitgespielt, aber sie konnte sich einfach nicht erinnern in welchen. Keiner der Filme lief an dem Abend. Der Astronom, Nobelpreisträger und Donat-Doppelgänger George Sorabji kam jeden Donnerstag um 21:00 im Fernsehen. Manchmal gefiel es ihm, auf eine Strickleiter zu springen, die aus einem Hubschrauber herabgeworfen wurde, und manchmal gefiel es ihm, mit blitzenden Augen hin und her zu schlendern und das Pauli-Prinzip zu erklären oder die Bedeutung der Chandrasekhar-Grenze. Er war vom Typ her ganz anders als Mr. Chips.

Wenn er gefragt wurde (sollte er nicht gefragt werden, gab er die Information von sich aus), sagte Sorabji gern, dass er von einem Drogenbaron abstammte. Sein Urgroßvater war ein Parsi-Geschäftsmann in Bombay gewesen, der vor allem durch Opiumhandel ein Vermögen gemacht hatte. Er war allerdings kein gesellschaftlicher Außenseiter gewesen, sondern eine Säule der Gesellschaft und ein bekannter Philanthrop, ein Mann, der ganz Bombay mit Schulen und Krankenhäusern und unansehnlichen Skulpturen überzogen hatte. Sorabji behauptete, die Legalisierung von Drogen würde zwangsläufig ähnliche Wohltaten, nur in einem noch größeren Umfang, mit sich bringen, wobei sich bei einer hohen Besteuerung auch noch Schulen, Krankenhäuser und sündhaft teure Teleskope finanzieren ließen.

Auf den Leserbriefseiten der Zeitungen diskutierten Sorabji und Mitglieder der Öffentlichkeit hitzig über die Legalisierung von Drogen, über die Pseudowissenschaft Astrologie, die absolute Bedeutungslosigkeit unseres nationalen Erbes im Vergleich mit dem Universum & die daraus resultierende Notwendigkeit, Gelder zur Finanzierung sündhaft teurer Teleskope sofort neu zu verteilen, sowie über ein imposantes Spektrum anderer Themen, zu denen Sorabji feste Überzeugungen hegte. Man konnte auch Robert Donat in *Der-Fall-Winslow*-Manier im Radio hören oder im

Fernsehen sehen. Nicht zuletzt hatte er den Nobelpreis gewonnen.

Sorabji hatte sich den Preis mit drei anderen Leuten geteilt; er hatte ihn in Physik erhalten, weil es für Astronomie keinen Nobelpreis gibt, und Leute, die Bescheid wussten, sagten, obwohl er ein überragender Astronom war, habe er den Preis eigentlich nicht für das bekommen, worin er überragend war.

Überragend war er darin gewesen, dass er mathematische Modelle für Schwarze Löcher schuf, doch den Preis hatte er für Colossus erhalten, einen Satelliten für Multi-Wellenlängen-Astronomie, der ohne Sorabji nie das Zeichenbrett, geschweige denn den Erdboden verlassen hätte. Sorabji hatte den USA, der EU, Australien, Japan und vielen anderen Ländern, die nie zuvor daran gedacht hatten, einen Satelliten zu fördern, monströse Geldsummen entlockt, und er hatte mitgeholfen, bahnbrechende Teleskope für den Satelliten zu entwickeln, die zur Folge hatten, dass das Budget des monströs teuren Projektes sage und schreibe um das Fünffache überschritten wurde. Dann wurde der Satellit in die Umlaufbahn gebracht, und schon nach drei Jahren hatten die von dem Satelliten übertragenen Informationen das Verständnis von Quasaren, Pulsaren und Schwarzen Löchern revolutioniert.

Sorabji interessierte sich für Dinge, die 90% des Landes langweilig fanden, und er hatte extreme Ansichten, die 99% des Landes extrem ablehnten, aber niemand nahm es ihm übel. Manche Leute sagten, dass er, was immer man gegen ihn sagen konnte, den Mut hatte, zu seinen Überzeugungen zu stehen, und andere waren der Meinung, was immer man gegen ihn sagen könne, hätte er immerhin das Herz am rechten Fleck. Sie sagten, für seine Freunde würde er sein Leben riskieren. Sorabji hatte einmal einem Freund das Leben gerettet, als sie bei einem Besuch des Observatoriums in Mauna Kea mit einem Hubschrauber über einem aktiven Vulkan abgestürzt waren, in den Vulkan hinein, und ein anderes Mal hatte er einen seiner Mitarbeiter, einen von Idi Amin unter Hausarrest gestellten Ugander vom Stamme der Lango gerettet, indem er ihn im Kugelhagel über die Grenze nach Kenia brachte.

In der britischen Öffentlichkeit war Sorabji durch eine Fernsehsendung namens *Mathematik, die universelle Sprache* bekannt geworden. 99,99% der Briten interessierten sich nicht für Mathematik, aber sie interessierten sich für die Tatsache, dass es Sorabji gelungen war, einem Jungen aus einem Amazonas-Stamm Mathematik beizubringen, obwohl beide kein Wort der Sprache des anderen sprachen – und für die Tatsache, dass er beinahe sein Leben für seinen Freund geopfert hatte.

Sorabji war unterwegs zu einem Kongress in Santiago gewesen, als das Flugzeug wegen eines technischen Schadens in Belém unplanmäßig landen musste. Sorabji war mit einem kleinen Flugzeug weitergeflogen und tief im Regenwald des Amazonas abgestürzt; der Pilot war auf der Stelle tot, und Sorabji wurde von Eingeborenen gerettet, bei denen er dann sechs Monate festsaß.

In den Nächten schaute er hinauf in den leuchtenden südlichen Himmel, den er von der Lichtung aus sehen konnte, und dachte darüber nach, wie weit entfernt alles war und wie lange das Licht brauchte, um zu ihm zu gelangen, und wie wenig Zeit ein Mensch hatte, das Licht zu beobachten, wenn es bei ihm ankam.

Vor seiner Hütte strich er die weiche Erde auf dem Boden glatt und beschäftigte sich mit mathematischen Problemen, weil er sonst nichts zu tun hatte.

Eines Tages stand ein Junge aus dem Stamm neben ihm und wirkte interessiert. Sorabji dachte: Wie schrecklich! Angenommen, er ist ein naturbegabter Mathematiker, hineingeboren in eine Gesellschaft ohne Mathematik! Er hatte sich nicht die Mühe gegeben, die Sprache zu lernen, aber er hatte den leisen Verdacht, dass man in ihr nicht viel weiter als bis vier zählen konnte. Man stelle sich ein mathematisches Genie vor, durch Geburt zu einer Sprache verdammt, in der man zählte: eine gebratene Ameise, zwei gebratene Ameisen, drei gebratene Ameisen, vier gebratene Ameisen, viele gebratene Ameisen, viele und viele gebratene Ameisen, viele und viele und viele gebratene – die Aussicht war so beängstigend, dass sie jede Vorstellung überstieg.

Er glättete die Erde, biss die Zähne zusammen und machte sich an die Grundlagen. Er legte einen Stein in den Sand, und darunter schrieb er: 1. Er legte zwei Steine in den Sand, und er schrieb: 2. Er legte drei Steine in den Sand, und er schrieb: 3. Vier Steine: 4. Iki-go-e (oder Pete, wie Sorabji ihn nannte) hockte sich neben ihn; Sorabji konnte nicht sagen, ob die 5 für ihn eine Überraschung war.

Sechs Monate später waren Pete und Sorabji im Gefängnis.

Ein Trupp Holzfäller war im Dschungel aufgetaucht. Ein paar Stammesangehörige waren getötet worden, andere waren in verschiedene Richtungen geflüchtet, und Sorabji hatte sich mit Hilfe der Reifenspuren der Lastwagen auf den Weg in die Zivilisation gemacht. Pete war ihm gefolgt. Sie waren in einen kleinen Ort tief im Dschungel gekommen, und Sorabji hatte versucht, ein Telefon ausfindig zu machen. In dem Ort gab es nur ein Telefon, in einem Gebäude, an dem »Polícia« stand; Sorabji war durch die Tür gegangen und sofort festgenommen worden.

Fünf Tage später flog der britische Konsul den Amazonas hoch nach Manaus und begab sich dann in einem geliehenen Landrover weiter ins Landesinnere.

Der britische Konsul in Belém liebte Brasilien. Er liebte die Sprache; er liebte die Musik; er liebte das wilde, ungezähmte Land; er liebte die Menschen. Das einzige Haar in der Suppe war, dass dieses wunderschöne Land seine Grenzen nicht für alle Briten dichtgemacht hatte, die nicht in offizieller Mission unterwegs waren. Eigentlich waren die Briten seiner Meinung nach nicht unerschrockener als andere Nationen; sie hatten lediglich grenzenloses Vertrauen in die Einflussmöglichkeiten ihres Konsuls, ein Vertrauen, das berechtigt gewesen wäre, hätte das Außenministerium ihm beispielsweise eine kleine Privatarmee und einen Schmiergelderfonds von mehreren Millionen zur Verfügung gestellt, das jedoch in keinem Verhältnis stand zu dem, was mit einem kleinen Notetat und einer bescheidenen Aufwandsentschädigung zu bewerkstelligen war. Was glauben die denn, was ich ausrichten kann?, sagte er oft wutschäumend, und, Was in aller

Welt glauben die denn, was ich ausrichten kann?, sagte er nicht zum ersten Mal, während der Landrover holpernd und ruckelnd über die Schlaglöcher fuhr.

Am späten Nachmittag traf er in der Holzfällerortschaft ein. Er begab sich sogleich zur Polícia, wurde zur Arrestzelle gebracht und hätte sich beinahe übergeben müssen.

Draußen waren es fast 40 Grad; in der Zelle noch heißer. Zwanzig Männer waren in einem Raum zusammengepfercht, in dem zehn Platz zum Atmen gehabt hätten.

Der Aufseher ging knirschend über die Kakerlaken und zeigte auf Sorabji.

Sorabjis Haare waren lang und verfilzt, sein Bart ebenso. Er hatte sechs Monate in der tropischen Sonne verbracht und war mittlerweile dunkelbraun. Seine Kleidung war schon nach der ersten Woche abscheulich verdreckt gewesen; wie die Eingeborenen war er dazu übergegangen, einen Lendenschurz zu tragen, zu dem er sein Hemd umfunktioniert hatte. Sorabji sagte später gern, dass der bedauernswerte Konsul nach hunderten von Meilen Fahrt ins Landesinnere, um einen britischen Staatsbürger zu retten, lediglich Gunga Din vorgefunden hatte. Zwar stammte der Lendenschurz von Gieves & Hawkes, aber das war nicht zu erkennen, wenn man nicht ganz genau hinsah.

Schön, dass Sie gekommen sind, sagte Gunga Din höflich. Ich bin froh, dass Sie es einrichten konnten.

Und dann, weil die Frage ihn seit Monaten quälte: Sie wissen nicht zufällig, ob sie mit binären Röntgenemissionen weitergekommen sind?

Der Konsul sagte, nicht, soweit er wisse. Er stellte sich vor.

Und Sie sind?

Mein Name ist Sorabji, sagte Gunga Din. George Sorabji.

Der Konsul erklärte, er brauchte irgendeinen Beleg für seine Nationalität.

Gunga Din erklärte, er sei mit einem Flugzeug im Dschungel abgestürzt und sein Pass sei verbrannt. Er schlug vor, dass der Konsul seinen Doktorvater in Cambridge anrufen, sich seine Identität bestätigen lassen und fragen sollte, wie der Stand der Dinge bei den binären Röntgenemissionen sei. Er verlangte die sofortige Freilassung und Rückführung in die Heimat.

Und wir müssen auch Pete hier rausholen, fügte er hinzu.

Wer ist Pete?, fragte sein Retter.

Gunga Din zeigte in die Ecke.

Sie meinen einen der Indianer?, fragte der Konsul.

Er wird sich ja wohl kaum an die indische Botschaft wenden können, erwiderte Din ironisch. Er ist Amazonas-Indianer.

Es tut mir Leid, aber für einen brasilianischen Staatsangehörigen kann ich nichts tun. Ich kann Ihnen sagen, wie Sie vorgehen müssen, wenn Sie Beschwerde einreichen wollen –

Sorabji sah Pete an. Sein Kopf war nach hinten gefallen, und das Weiße seiner Augen war zu sehen. Er würde bald sterben, aber das war als Argument nicht gut genug. Er könnte wahrscheinlich einen anständigen Schulabschluss machen; das war schon ein kleines Wunder, aber auch nicht gut genug.

Sorabji sagte: Er ist ein mathematisches Genie. Ich werde ihn mit nach Cambridge nehmen.

Der Konsul blickte Pete an. Als Konsul tischen einem die Leute ständig alberne Geschichten auf und erwarten, dass man sie ihnen abkauft, aber das war das Albernste, was er je gehört hatte. Er sagte korrekt: Wenn er brasilianischer Staatsangehöriger ist, kann ich leider gar nichts –

Sorabji sagte: Sie. Dummer. Ignoranter. Bürokrat.

Und er sagte: Newton hockt in dieser Zelle. Wenn ich gehe, töten sie ihn. Ich verlasse diese Zelle nur, wenn er mitgeht.

Aber was denken Sie denn, was ich –

Sorabji sagte: Haben Sie ein Blatt Papier?

Er bekam ein Blatt Papier und einen Stift, und er schrieb darauf

1+2+3+4+5+6+7+8+9+10+11+12+13+14+15+16+17+18 +19+20

und er sagte: Was glauben Sie, wie lange Sie brauchen, das aufzuaddieren?

Der Konsul zögerte –

Der Junge, sagte Sorabji sehr feierlich, kann alle Zahlen zwischen 1 und 500 in 20 Sekunden addieren.

Der Konsul sagte: Hm.

Sorabji war Zoroaster, aber er war nicht sehr gläubig, und er war in der Schule oft im Gottesdienst gewesen, aber davon hielt er noch weniger, und doch sagte er zu seiner Überraschung Bitte Bitte Bitte Bitte. Bitte mach, dass er keine Ahnung von Gauß hat bitte bitte bitte bitte bitte.

Denn Sorabji hatte Pete einen Trick beigebracht, den der große Mathematiker Gauß im Alter von 8 Jahren herausgefunden hatte:

Angenommen, du willst Folgendes addieren	1+2+3+4+5
füge die umgekehrte Reihe hinzu	5+4+3+2+1
Die Summe von jedem Paar ist gleich:	6+6+6+6+6

Aber das ist ja leicht auszurechnen! Bloß 5 × 6, oder 30.

Die Summe der ersten Reihe ist also einfach 30 dividiert durch 2, oder 15!

Wenn die Zahlenreihe bis 6 ginge, wäre die Summe jedes Paares 7, die Summe der Reihe wäre 6 × 7 : 2, oder 21; wenn die Reihe bis 7 ginge, wäre die Summe 7 × 8 : 2 = 28. Wenn die Reihe bis 500 ginge, wäre die Summe die Hälfte von 500 × 501: 250 500 : 2 = 125 250. Einfach.

Der Konsul starrte noch immer auf das Blatt Papier.

Er sagte: Aber wie ist das möglich?

Sorabji sagte: Hören Sie, verlassen Sie sich nicht auf mein Wort. Nehmen Sie ihn mit ins Büro. Schreiben Sie eine Summe auf, alle Zahlen zwischen 1 und 257, 1 und 366, egal was. Er weiß nicht, wie man einen Stift benutzt, Sie müssen etwas Erde auf dem Boden verteilen, damit er darin schreiben kann. Stellen Sie ihm die Aufgabe und stoppen Sie die Zeit, die er braucht, und dann rechnen Sie die Aufgabe mit einem Taschenrechner.

Der Konsul sagte: Na schön …

Er ging, um mit dem Chef der Polizei zu sprechen. In der brasilianischen Justiz ist es nicht üblich, Gefangene freizulassen, die alle Zahlen zwischen 1 und 500 in 20 Sekunden addieren können, aber dennoch war daran etwas sehr Merkwürdiges, und der Polizeichef sagte, er würde es gerne sehen. Also wurde Pete aus der Zelle geholt.

Nach kurzer Beratung einigte man sich auf 30. Der Konsul schrieb die Summe auf ein Blatt Papier, und etwas Erde wurde hereingebracht und auf dem Boden verteilt, und man gab Pete das Blatt Papier. 30 mal 31 ist 930 geteilt durch 2 ist 465, und er hockte sich hin und schrieb 465 in den Sand, während der Polizeichef gerade 17 in seinen Taschenrechner tippte. Der Polizeichef war bei 30. 465 erschien im Display.

Der Polizeichef und der Konsul starrten den Jungen an, und ihre Augen wurden größer und größer und größer.

Sie versuchten es mit 57 und 92 und 149, und jedes Mal geschah das Gleiche. Der Junge schrieb eine Zahl in den Sand, und sehr lange Zeit später erschien die gleiche Zahl im Display des Taschenrechners.

Der Konsul sah den Jungen an, und er erinnerte sich an den großen indischen Mathematiker Ramanujan. Er rief Sorabjis Doktorvater in Cambridge an und erhielt die Bestätigung, dass der hervorragende junge Astronom sechs Monate zuvor auf dem Weg zu einem Kongress in Chile verschwunden war. Der Konsul legte auf, und er erklärte dem Polizeichef, dass Sorabji ein hervorragender exzentrischer Wissenschaftler sei. Deshalb sei er im Dschungel mit einem Lendenschurz aufgetaucht. Der Junge sei sein Schüler. Der Polizeichef blickte ihn unverwandt an. Der Konsul erkundigte sich höflich, aber bestimmt, was genau den beiden zur Last gelegt wurde. Der Polizeichef blickte ihn unverwandt an.

Über das, was als Nächstes geschah, liegen unterschiedliche Darstellungen vor.

Die Zahlen waren das Einzige, das Pete bei allem, was vor sich ging, verstehen konnte, und er sagte später, er erinnere sich, die Summe der Zahlen zwischen 1 und 30 ausgerechnet zu haben, und der Zahlen zwischen 1 und 57 und 1 und 92, und er erinnere sich, dass fünf Bündel Scheine mit der Zahl 10 000 darauf den Besitzer wechselten.

Der Konsul beteuerte, dass es absolut keinerlei Unregelmäßigkeiten gegeben habe. Er habe einen Anruf nach Großbritannien getätigt, um mit Sorabjis Doktorvater zu sprechen, und habe dem Polizeichef selbstverständlich die Kosten für den Anruf erstattet, und er habe außerdem den Kauf von Kleidung genehmigt, und auch dafür habe er dem Polizeichef die Auslagen erstattet und eine Quittung erhalten.

Der Polizeichef bestätigte das.

Was auch immer die Wahrheit war, Sorabji kehrte nach Großbritannien zurück und verkaufte die Geschichte an die Zeitungen und bekam einen Fernsehvertrag, und Pete ging auf die Caltech und lernte Englisch und entwickelte schließlich ein Interesse für Physik, und für die Sendung *Mathematik, die universelle Sprache* kam er wieder mit Sorabji zusammen.

Die meisten britischen Fernsehzuschauer interessieren sich nicht für Mathematik, aber Pete faszinierte sie so sehr, dass sie trotzdem einschalteten, und so erhielten sie ihre erste Kostprobe von Sorabji in Aktion. Die meisten hatten ihre Zweifel gehabt, dass Sorabji dem Jungen aus dem Amazonasgebiet wirklich alles von Anfang an beigebracht hatte, wie er behauptete. Sorabji demonstrierte seine Methoden anhand von Zahlen, Steinen, Blättern, mit blitzenden Augen, sprechenden Gesten und ohne ein einziges Wort Englisch, und das überzeugte sie. Die meisten Zuschauer hatten nie etwas von Gauß gehört und das auch nicht als Manko empfunden. Als sie Sorabji sahen, hatten sie das Gefühl, dass alles hätte anders laufen können. Hätten sie einen Lehrer gehabt, der aussah wie Robert Donat, wer weiß, welche Höhen sie hätten erklimmen können? Am Ende der Sendung erklärte Sorabji auf Englisch, dass die bestgekleideten Indianer ihre Lendenschurze bei Gieves & Hawkes kauften, ein Hinweis, den die meisten Mathematiklehrer nicht geben könnten. Sorabji schaffte es sogar, dass die Leute gebannt der Beschreibung eines Kreises mit dem Radius 1 in der Gauß'schen Ebene lauschten.

Die Leute meinten, sag, was du willst, er hat Humor, und sie schauten sich *Mathematik, die universelle Sprache* und *Auf dem Weg zur Sonne ist was Komisches passiert* an, weil er Humor hatte und weil er wie Robert Donat in *Der Fall Winslow* und *Die 39 Stufen* war, aber nicht wie in *Goodbye Mr. Chips*.

Heute begann die Sendung im Wembley-Stadion. Sorabji stand mitten auf dem Spielfeld.

Er sagte, Wie groß müsste ein Atom sein, damit wir den Kern sehen könnten? Er nahm eine winzige Stahlkugel aus seiner Tasche. Er sagte, wenn das der Kern eines Kalium-Atoms wäre, hätte das Atom die Größe des Stadions, und 99,97% seiner Masse befände sich in der winzigen Stahlkugel, die rund 105 000 Kilo wiegen würde. Wer von Ihnen Schwierigkeiten hat, sich 105 000 Kilo vorzustellen, sagte Sorabji, das entspricht ungefähr 110 Opel Astras.

Wembley wollte uns nicht erlauben, 110 Opel Astras auf dem Spielfeld zu stapeln, sagte er mit Bedauern. Aber Folgendes haben wir vorher aufgenommen.

Als Nächstes sah man einen großen Parkplatz. Das Stadion lag nun im Hintergrund. Im Vordergrund sah man 110 rote Opel Astras in einer unregelmäßigen polyedrischen Anordnung in einem Gerüst gestapelt, das aussah, als hätte es das Budget sage und schreibe um das Fünffache überschritten.

Auf einer Seite stand ein Hubschrauber.

Sorabji blickte an der Konstruktion hoch, die etwa viermal so hoch war wie er. Er sagte, das Gute an diesem Beispiel sei, dass es uns plastisch vor Augen führt, wie schwer ein Atomkern von der Größe einer winzigen Stahlkugel ist. Das Schlechte daran ist, dass wir meist die Elektronen aus den Augen verlieren. Buchstäblich. Die Elektronen dieses 105 000-Kilo-Kerns wiegen je rund 1,5 Kilo, und um zu sehen, was das bedeutet, müssen wir bis nach Luton, weil sich die ersten beiden in einer Hülle befinden, die über 17 Meilen entfernt ist.

Die Rotorblätter des Hubschraubers fingen an, sich zu drehen, und der Hubschrauber hob langsam ab. Unter ihm baumelte eine

Strickleiter. Sorabji sprang auf die Leiter und kletterte hoch. Wir waren im 39-Stufen-Segment der Sendung.

Man sah, wie das rote Gebilde unter dem Hubschrauber schrumpfte, zuerst auf die Größe eines Fußballs, dann eines Tennisballs, dann eines Golfballs, dann eines winzigen Punktes, und dann war es verschwunden.

Eine Kamera in dem Hubschrauber zeigte meilenweit Häuser und Sorabji auf der Strickleiter. Wir hatten die Sendung schon einmal gesehen, aber Sib sagte, sie wollte sie sich noch mal anschauen.

Der Hubschrauber landete 17 Meilen entfernt auf einem Feld bei Luton. Sorabji trat von der Leiter auf den Boden. Er sagte: Dass wir uns Elektronen so schwer vorstellen können, liegt zum einen daran, dass sie keinen Umfang im normalen Sinne des Wortes haben, zum anderen daran, dass man nie genau weiß, wo ein Elektron zu einem bestimmten Zeitpunkt gerade ist. Das unterscheidet ein Elektron stark von dieser 1,5 Kilo schweren Hantel aus einem hiesigen Fitnessstudio. Doch ein 110-Astra-Atomkern in Wembley wiegt etwa 72 000-mal so viel wie dieses 1,5-Kilo-Elektron in Luton, und darin ist er dem Verhältnis des Kerns eines Kalium-Atoms zu einem Elektron sehr ähnlich. Er zeigte auf einer Landkarte, dass die zweite Hülle in Birmingham läge und die dritte Hülle in Sheffield und die vierte in Newcastle, und er sagte, dass er nun, statt nach Birmingham zu fliegen, Mr. James Davis vom Taekwondo-Club in Dunstable vorstellen werde. Mr. Davis hatte den schwarzen Gürtel und besaß den vierten Dan; er würde mit der bloßen Hand einen Ziegelstein durchschlagen.

Der Ziegelstein lag auf einem Gestell. Davis stand davor. Er hob den Arm; er ließ den Arm nach unten schnellen; der Ziegelstein zerbrach in zwei Stücke und fiel zu Boden.

Sorabji fragte, wie lange er dafür trainiert habe, und Davis sagte, er habe sich sein ganzes Leben lang mit Kampfsportarten befasst, er würde aber sagen, dass er es erst seit zehn Jahren ernsthaft betrieb.

Er sagte: Ich möchte nicht, dass irgendwelche jungen Burschen vor den Bildschirmen auf dumme Gedanken kommen, natürlich kriegt man bei dem Sport auch harte Muskeln, aber in erster Linie geht es darum, den Geist zu trainieren. Viele Leute machen sich ein falsches Bild von dem Sport, sie glauben, das sind alles nur Typen, die irgendeine Bruce-Lee-Phantasie ausleben, und ich will nicht abstreiten, dass es einige Dojangs gibt, ohne Namen zu nennen, wo das so ziemlich das Einzige ist, worum es geht.

Er sagte: Also, ich weiß, dass Sie mit Ihrer Sendung weitermachen müssen, aber eins möchte ich noch sagen, nämlich, je mehr man sich mit asiatischem Kampfsport befasst, desto geringer ist die Wahrscheinlichkeit, dass man wirklich in einen Kampf gerät, und desto geringer ist die Wahrscheinlichkeit, dass man sich in eine Situation begibt, in der man kämpfen muss. Einem Anfänger könnte so etwas passieren, aber je weiter man kommt, desto klarer wird einem, dass man diese Fähigkeit nicht leichtfertig einsetzen darf.

Er sagte: Außerdem, je weiter man kommt, umso klarer wird einem, dass es nicht allein ums Weiterkommen geht. Als Anfänger möchte man bloß möglichst schnell besser werden, man ist geradezu besessen davon, die nächste Gürtelfarbe zu erlangen, doch es kommt eine Zeit, das heißt, es sollte eine Zeit kommen, in der man darüber hinauswächst. Natürlich verbessert man sich, wenn man gegen jemanden kämpft, der so gut ist wie man selbst oder besser, aber denkt man mal genau darüber nach, dann hat der bessere Kämpfer doch nichts davon, falls es nur darum geht, besser zu werden. Genau aus diesem Grund wollte ich damals keine Schule eröffnen. Aber irgendwann begreift man, dass man jungen Menschen helfen muss, sich zu entwickeln, und letzten Endes war das der Grund, warum ich mich bereit erklärt habe, in dieser Sendung mitzumachen. Wenn Sie sich als Nobelpreisträger im Labor freinehmen können, um den Geist junger Menschen trainieren zu helfen, wie könnte ich da Nein sagen.

Sorabji sagte: Danke, dass Sie gekommen sind.

Er sagte: Sehen wir uns das noch einmal in Zeitlupe an, und sie zeigten erneut, wie der Arm sich hob und senkte und der Ziegelstein in zwei Stücke zerbrach.

Sib sagte: Lernt ihr das alles auch beim Judo?

Ich sagte, wir würden nicht lernen, wie man Ziegelsteine zerschlägt, weil es beim Judo hauptsächlich um Wurf- und Grifftechniken gehe.

Sib sagte: Ach so.

Er sagte: Wenn der Raum zwischen einem Atomkern und der ersten Elektronenhülle vergleichbar ist mit dem Raum zwischen 110 Opel Astras im Wembley-Stadion und einer 1,5-Kilo-Hantel in Luton und wenn der Raum zwischen der ersten Hülle und der zweiten vergleichbar ist mit der Entfernung zwischen Luton und Birmingham, wieso braucht man dann zehn Jahre intensives mentales und physisches Training, um eine Hand durch einen Ziegelstein zu bekommen? Auf der atomaren Ebene sind Hand und Ziegelstein ein nahezu völlig leerer Raum. Tatsache ist, dass nicht die Materie in der Hand die Materie in dem Ziegelstein abstößt. Die Abstoßung ist die Folge elektrischer Ladung. Wenn es keine elektrische Ladung gäbe, könnten wir durch Wände gehen.

Als ich die Sendung das erste Mal sah, war ich sehr beeindruckt. Jetzt dachte ich plötzlich, Moment mal.

Ich sagte zu Sib, dass es meiner Meinung nach kein Atom ohne elektrische Ladung geben könnte, und wenn es kein Atom gab, wie konnte es dann Wände geben, und ich sagte, ich sollte ihm vielleicht einen Brief schreiben und ihn mit »Ludo, 11 Jahre« unterschreiben.

Sib sagte: Wenn du meinst, dass er sich dessen nicht bewusst ist, solltest du ihn auf jeden Fall darauf aufmerksam machen. Sie sagte, du solltest einen Brief nur dann mit »11 Jahre« unterzeichnen, wenn du etwas Schlaueres sagst, als der durchschnittliche Elfjährige sagen würde, und es wäre keine gute Idee, wenn du völlig falsch verstanden hast, worum es geht.

Sie sagte: Er wollte offenbar dem breiten Publikum eine Tatsache vermitteln.

Schön.

Ich frage mich, ob es zu spät ist, um nach Dunstable zu ziehen.

Was?

Sorabji erklärte, dass die Elektronen den Kern in einer millionstel Sekunde Milliarden Male umkreisten, eine ähnliche Wirkung wie bei den Rotorblättern eines Hubschraubers, und durch die Geschwindigkeit der Elektronen werde das Atom fest.

Sibylla bemerkte, dass Sorabji überwiegend Autodidakt sei.

❖

Sorabjis Vater war ein Parsi aus Bombay. Seine Mutter war Engländerin. Sie hatte seinen Vater kennen gelernt, als er in Cambridge zu Besuch war; ihr Bruder studierte Mathematik am Trinity College und stellte sie einem anderen Mann auf seiner Etage vor. Zuerst konnten sie sich nicht leiden, weil sie eine Bemerkung über Indien machte und er die Ungehörigkeit besaß zu sagen, dass es ihn, da sie nie einen Fuß in das Land gesetzt hatte, interessieren würde, worauf sie ihre Meinung stützte. Später sagte sie, er sei der unverschämteste Mann, dem sie je begegnet war. Er kehrte anschließend zurück nach Indien, und sie wurde in die Gesellschaft eingeführt und machte das Übliche, und es war alles ziemlich langweilig. Doch sie war schon immer unkonventionell gewesen, und so kam sie auf die Idee, selbst nach Indien zu reisen, nur um sich das Land anzusehen. Zunächst verwehrte ihr Vater ihr seine Erlaubnis, doch sie lehnte drei oder vier Heiratsanträge ab, fing an, zu reiten und die Pferde über einen Meter achtzig hohe Zäune springen zu lassen, und als sie sich einen Arm und das Schlüsselbein brach, sagte ihr Vater, es sei wohl besser, er würde sie gehen lassen, bevor noch eines der Pferde verletzt würde.

Sie fuhr mit dem Schiff nach Bombay, und es war ganz und gar nicht so, wie sie erwartet hatte. Eigentlich war es noch schlimmer. Außerdem war es ziemlich heiß. Sicher hatte sie damit gerechnet, dass es heiß sein würde, aber so heiß dann doch nicht. Dennoch besuchte sie den unverschämtesten Mann, dem sie je begegnet war, und diesmal fingen sie beide sofort Feuer. Sie sagte, jetzt, da sie einen Fuß in das Land gesetzt hatte, könne sie sagen, was sie wolle, und er sagte, er sei erfreut zu hören, dass sie die Schüchternheit überwunden habe, mit der sie bei einer früheren Gelegenheit zu kämpfen hatte. Sie sagte etwas sehr Schneidendes, und er sagte etwas ziemlich Unverschämtes. Sie wusste, dass er brillant war, weil ihr Bruder gesagt hatte, er sei einer der brillantesten Mathematiker, den er kenne, doch obwohl er brillant und unverschämt war,

war er nicht herablassend. Die anderen Freunde ihres Bruders waren so unglaublich charmant, dass sie nicht mit einem von ihnen sprechen konnte, ohne gleich danach auszureiten und das Pferd über einen ein Meter achtzig hohen Zaun zu jagen. Sie hatte nie zuvor einen Mann kennen gelernt, der seinen Mund aufmachen konnte, ohne das Leben eines Pferdes in Gefahr zu bringen.

Sie heirateten, obwohl seine Familie dagegen war, und bald darauf fragte sie sich, ob sie einen Fehler gemacht hatte. Ihr Mann war viel reicher als jeder, den sie je kennen gelernt hatte, aber er arbeitete auch viel schwerer als jeder, den sie kannte, und sein Geschäft nahm ihn fast ständig in Anspruch. Seine Familie nahm Dinge ernst, die sie überhaupt nicht ernst nehmen konnte.

Es war schrecklich, schrecklich heiß. Sie verlor drei Babys, und sie beschlossen, es eine Zeit lang nicht mehr zu versuchen. Dann wurde sie wieder schwanger, und diesmal wurde sie in die Berge geschickt. Verschiedene weibliche Mitglieder der Familie boten sich an, sie zu begleiten, aber ihr Mann (aus Angst, das kühlere Klima würde sie in Versuchung führen, wieder aufs Pferd zu steigen) sprach ein Machtwort. Sie durfte allein in die Berge, und diesmal kam das Kind lebend zur Welt, aber ihr ging es lange danach nicht gut, sodass sie das Baby nicht oft zu sehen bekam.

Einer ihrer Brüder baute in Kenia Kaffee an. Sie hatte gehört, das Klima sei dort besser, und eines Tages fragte sie, ob sie nicht nach Kenia gehen könnten, obwohl sie eigentlich nicht glaubte, dass das möglich wäre, da die ganze Familie in Bombay lebte und das Geschäft so viel Zeit in Anspruch nahm. Ihr Mann ging etwa eine Minute lang auf und ab, und er sagte, die Idee sei vielleicht gar nicht so schlecht. Kenia könnte durchaus Chancen bieten. Das hieße zwar, wieder von vorn anzufangen, aber der ganze Fanatismus sei ohnehin nicht sein Fall.

Sie verließen Bombay, als Sorabji fünf war, und seine frühesten Erinnerungen waren die an die Reise mit dem Schiff nach Mombasa.

Wenn er spätabends aufwachte, saß seine Mutter an seinem Bett. In der Dunkelheit konnte er nur das Funkeln ihrer Diamanten an Hals und Ohren sehen, das Weiße ihrer Handschuhe; sie nahm ihn in die Arme und trug ihn an Deck, wo sein Vater wartete. Sie hielt ihn auf der Reling fest; unten verschmolz der blasse Schaum mit dem dunklen Wasser, die Sterne über ihm waren glänzend und nah.

Manchmal kamen andere Passagiere und mäkelten, dass das Kind ins Bett gehörte. Seine Mutter lachte dann und sagte, sie hofften, einen Kometen zu sehen.

Sie zeigte ihm die Sternbilder, während sein Vater schweigend dabeistand und rauchte. Sie erzählte, dass sie als Kind andere Sterne gesehen hatte. Und dass die Erde wie ein Ball in der Luft sei und man, wenn man sich an einem Ende davon befand, immer denselben Blick nach oben hatte.

Seine Mutter starb an Malaria, als er 12 war. Sein Vater schickte ihn auf eine Schule in Großbritannien.

Der Leiter der Schule führte ein Gespräch mit Sorabji und erklärte sich bereit, ihn aus Gefälligkeit aufzunehmen, sagte aber, er müsse viel nachholen. Er sagte, er sei der ungebildetste Junge, der ihm in seinem Leben begegnet sei.

Tatsache war, dass Sorabji sich in Mathematik und Naturwissenschaften gut auskannte, aber sonst nichts wusste. Er war in Kenia durch einen Fernkurs unterrichtet worden, und sobald das Paket mit der Post kam, machte er alle Aufgaben in Mathematik und Naturwissenschaften und schickte sie zurück, sodass er rasche Fortschritte in den Fächern machte, die ihn interessierten. Die Unterlagen zu den geisteswissenschaftlichen Fächern stapelte er dagegen auf dem Fußboden, um sie zu erledigen, sobald er Zeit dazu fand. Irgendwann dachte er, er müsse sich allmählich mal daranmachen, den Stapel abzuarbeiten, der inzwischen anderthalb Meter hoch war, doch die allerersten Blätter ganz unten waren von Ameisen angefressen worden, sodass er es unappetitlich fand, sich noch damit zu beschäftigen.

Er erwiderte dem Schulleiter, dass er sich in Naturwissenschaften und Mathematik ziemlich gut auskenne, und der Schulleiter sagte, das zeige ja gerade, dass er völlig undiszipliniert sei. Da er aber in Mathematik, Biologie, Chemie und Physik fast den ganzen Stoff des Lehrplans für die Mittelstufe abgedeckt hatte, könne er die Unterrichtsstunden nutzen, um das aufzuholen, was er versäumt hatte.

Sorabji riss 27-mal aus und wurde jedes Mal zurück in die Schule geschickt.

Das erste Mal riss er in der Nacht aus. Als er in den Nordhimmel hinaufblickte, war es, als würde er von einem Juwelier auf der Bond Street zu einem Straßenhändler gehen, der Glasstücke auf billigem Samt feilbot. Der Mond war 384 000 Kilometer entfernt, und das war weit genug. Das zweite Mal riss er kurz nach Tagesanbruch aus. Er lief an einem Kanal entlang in den nächsten Ort, und er sah einen orangefarbenen Flammenball durch die Bäume schimmern, der 148 Millionen Kilometer entfernt war. Er lief den ganzen weiten Weg zum Haus seines Vaters in London, doch dann wurde er zurück in die Schule geschickt. Immer wieder riss er aus, und immer wieder wurde er zurückgeschickt, und bald war alles im Sonnensystem zu nah.

Von Entfernungen war er besessen. Er hatte von Sternen gelesen, die ihr Licht vor Millionen von Jahren ausgestrahlt hatten, und er hatte gelesen, dass das Licht, das wir sehen, vielleicht von Sternen kam, die inzwischen erloschen waren. Vielleicht waren ja alle Sterne inzwischen erloschen, dachte er, wenn er nach oben schaute, aber ganz gewiss waren sie zu weit entfernt, um das herauszufinden.

Es war, als wäre in Wirklichkeit vielleicht alles schon vorbei.

Eines Tages fand er in der Schulbibliothek ein Buch über Astronomie. Da er sich für Entfernung und den Tod von Sternen interessierte, schlug er als Erstes ein Kapitel über die stellare Entwicklung auf, und was er dort abgebildet sah, wurde das Hertzsprung-Russell-Diagramm genannt, in dem die Entwicklung von Sternen anhand von Helligkeit und Temperatur dargestellt wurde. Sorabji hatte so etwas Wunderbares noch nie gesehen. Er hatte keine Ahnung gehabt, dass ein so wunderbares Wissen im Universum existierte.

Er starrte weiter auf die Seite und dachte: Wieso habe ich noch nie davon gehört? Wieso wissen nicht alle davon? Später sagte er manchmal, wie seltsam es gewesen sei, in dem Wissen zur Schule zu gehen, dass niemand auch nur versucht hatte, den Jungen diese herrliche Information zu vermitteln, sondern sie stattdessen gezwungen hatte, stundenlang absolut schöne englische Gedichte in scheußliche lateinische zu verwandeln. Beängstigend war vor allem der Gedanke gewesen, wie viele andere wunderbare Dinge ihnen an der Schule vielleicht noch vorenthalten wurden. Er riss schließlich ein letztes Mal aus, meldete sich aus eigenem Antrieb zur Abiturprüfung an, bestand die Prüfung und studierte in Cambridge. Er hatte nie vergessen, was Schülern vorenthalten wurde.

Plötzlich dachte ich, Siehe da. Wenn Kambei mit der Rekrutierung aufgehört hätte, als der erste Samurai nicht der Richtige war, dann wäre ein 205-minütiges Meisterwerk des modernen Kinos in der 32. Minute zu Ende gewesen. Fünf Milliarden Menschen auf dem Planeten, und ich hatte es mit einem probiert. Und zumindest würde jemand, der 27-mal aus der Schule weggelaufen war, keine voreiligen Schlüsse ziehen, weil ich die Schule mit sechs abgebrochen hatte.

Ich wurde schon ganz aufgeregt und hätte fast gedacht, Das ist es, als mir plötzlich ein anderer Gedanke kam.

Ich fragte Sib: Du kennst doch die Geschichte von dem Ugander vom Stamm der Lango

Sib sagte: Ja

Ich fragte: Stimmt die eigentlich?

Sib sagte, so weit sie wüsste

Ich: Aber woher weißt du das?

Sib: Nun, als Dr. Akii-Bua in Oxford eine Ehrendoktorwürde verliehen bekam, sagte er in einem Interview, ohne den außergewöhnlichen Heldenmut von Dr. Sorabji wäre er nicht mehr da, um die Geschichte zu erzählen.

Ich: Und was ist mit dem Vulkan?

Sib sagte, sie habe mal ein Interview gelesen, in dem der Mann mit dem gebrochenen Arm erzählte, wie es war, als er in den Vulkan fiel und sah, dass Sorabji innen am Rand hinabkletterte. Wieso ich denn frage. Ich sagte, nur so aus Neugier. Ich fragte nicht nach Pete, weil ich *Mathematik, die universelle Sprache* selbst gesehen hatte. Pete nannte Sorabji den Wahnsinnigen und den Verrückten, aber er sagte nicht, dass Sorabji ihm nicht das Leben gerettet hatte.

❖

Alles deutete darauf hin, dass Sorabji nicht nur brillant, sondern ein wahrer Held war. Die Frage war, ob ich wirklich den Nerv hatte, zu jemandem zu gehen, der nicht nur ein Held, sondern ein wissenschaftliches Genie war.

Zuerst dachte ich, ich würde es nicht fertig bringen. Doch dann dachte ich, wenn du ein Feigling bist, dann kriegst du, was du verdient hast. Dann hast du das gekriegt, was du verdienst.

Als ich zu dem Schluss gekommen war, dass ich es machen würde, wurde mir klar, dass ich mich vorbereiten müsste. Ich konnte nicht einfach zu einem Nobelpreisträger gehen und Dinge von mir geben, bei denen er denken würde, dass die *Sesamstraße* in etwa der richtige Schwierigkeitsgrad war.

Das Problem war, dass ich nicht genau wusste, was ausreichen würde. Schließlich beschloss ich, mich mit der Fourier-Analyse und den Laplace-Transformationen zu beschäftigen; außerdem würde ich die Tabelle des Periodensystems lernen, weil ich das ohnehin schon lange vorhatte, sowie die Lyman-, Balmer-, Paschen- und Brackett-Serie des Wasserstoffspektrums, weil Sorabji sich in seinen frühen Jahren für Spektroskopie interessiert hatte. Vielleicht würde das ja ausreichen.

Ich brauchte zirka einen Monat, um mich vorzubereiten. Es war nicht gerade leicht, zu Hause zu arbeiten, weil Sib mich dauernd störte, um amüsante Stellen aus der *Zeitschrift der Papageienzüchter* vorzulesen, zum Beispiel »Negative Faktoren für Papageien, A. Beeinträchtigungen durch den Menschen«. Oder sie sprang auf und schaute in das Buch über die Fourier-Analyse und sagte, Wie faszinierend. Schließlich ging ich ins Barbican und arbeitetete dort. Am Ende des Monats fragte ich mich, ob ich nicht noch einen Monat mehr arbeiten sollte oder sogar ein Jahr. Wäre so eine Chance nicht ein weiteres Jahr wert? Die Chance, einen Nobelpreisträger zum Vater zu haben und noch dazu nicht bloß irgendeinen Nobelpreisträger, sondern einen Robert-Donat-

Doppelgänger, der von fahrenden Zügen sprang? Wenn ich das hinkriegte – ich dachte, wenn ich das hinkriegte, dann wäre es wie ein Sprung auf einen fahrenden Zug, alles wäre plötzlich schnell und einfach, und ich würde nie mehr zurückschauen.

Ich hätte ein Jahr geopfert, wenn ich gewusst hätte, was ich noch tun sollte, aber ich wusste nicht, was ich noch tun sollte, und ich dachte, je mehr ich investierte, desto älter wurde ich, und desto weniger verblüffend war es, dass ich all das konnte.

Ich sagte ein letztes Mal die Tabelle des Periodensystems auf, damit es mir Glück brachte, und machte mich auf die Suche nach Sorabji.

Sorabji hatte an der University of London begonnen, und er hatte noch immer mit ihr zu tun, obwohl er jetzt in Cambridge war. Sein Haus in London hatte er behalten, als er einen Ruf nach Cambridge bekam, weil die Kinder in ihren Schulen sehr gut zurechtkamen und es daher für sie am besten war, wenn sie blieben, wo sie waren. In seinem College in Cambridge hatte er eine Wohnung. Vielleicht war er in Cambridge mit Forschungen beschäftigt, oder er war in London, weil Sommer war.

Ich fuhr mit der Circle Line nach South Kensington. Am Imperial College sagte die Sekretärin, unbestätigten Berichten zufolge sei Sorabji vor drei Wochen gesehen worden. Ich erklärte, ich arbeitete den Sommer über an einem Schulprojekt über Astronomie und dafür müsste ich ein Interview mit einem berühmten Astronomen führen, und ob nicht die Möglichkeit bestünde, dass ich Professor Sorabji interviewte? Ich sagte, Bitte! Und ob sie mir nicht bitte, bitte seine Privatadresse geben könnte, damit ich ihm dorthin schriebe?

Sie sagte, Professor Sorabji sei ein viel beschäftigter Mann.

Ich sagte, Bitte!

Sie sagte, sie könne nicht jedem x-Beliebigen einfach seine Privatadresse geben.

Ich sagte, ich hätte einen Monat lang jeden Tag die Fourier-Analyse gelernt, um Professor Sorabji zu überraschen, und: Bitte!

Sie sagte: Fourier-Analyse! Und wie nennen normale Menschen das?

Ich sagte: Soll ich das Gravitationspotenzial an irgendeinem Punkt außerhalb einer festen einheitlichen Sphäre von Radius a mit der Masse m bestimmen?

Sie sagte: Tja –

Ich sagte: Wie wär's mit vibrierenden Saiten und Membranen? Sagen wir, ein quadratisches Trommelfell oder eine quadratische Membrane hat Ränder, die fest und gleich lang sind. Wenn man das Trommelfell diagonal verlagert und dann loslässt, welche Bewegung ergibt sich daraus?

Sie schien unsicher zu werden, also nahm ich eine Broschüre über das Imperial College und errechnete hastig auf der Rückseite mit Hilfe der Legendre-Funktion das Gravitationspotenzial an irgendeinem Punkt außerhalb einer festen einheitlichen Sphäre des Radius a mit der Masse m, und auf einer anderen Broschüre fing ich an, die resultierende Bewegung des Trommelfells zu errechnen, doch sie sagte, Schon gut. Sie schrieb seine Adresse auf eine Karte. Es war nicht weit zu Fuß.

Ich machte mich auf den Weg zu seinem Haus. Ich wurde immer nervöser. Was, wenn ich die Chance verspielte, einen perfekten Vater zu haben, bloß weil ich die Massezahlen der drei häufigsten Isotope von Hafnium vergaß?

Ich sagte: Hafnium. Symbol Hf. Ordnungszahl 72. Relative Atommasse 178,49. Anzahl stabiler Isotope 6. Ordnungszahlen der häufigsten Isotope mit prozentualer Häufigkeit 177, 18,6%, 178, 27,3%, 180, 35,1%. Stabilstes Radioisotop (überwiegende Zerfallsart) Halbwertszeit 181 ($\beta-,\gamma$) 42 d. Erste Ionisierungsenergie 7,0 eV. Dichte in g/cm^3 bei 20 °C 13,31. Schmelzpunkt 2227 ° C. Elektronenkonfiguration $[Xe]4f^{14}5d^2 6s^2$. Oxidationszustand in Verbindungen IV. Atomradius 156,4α pm. Konvalenzradius für einzelne Bindungen 144 pm. Reduktionspotenzial w/Zahl Elektronen etc. etc. $-1{,}505(4)$. Elektronennegativität 1,2. Häufigkeit in der Erdkruste: 4×10^{-4}.

Ich wusste, was einige davon bedeuteten, und dachte, ich könnte sie genauso gut alle auf einmal lernen. Jetzt wurde mir klar, dass ich hätte herausfinden müssen, wofür das Reduktionspotenzial E° in V mit Anzahl (n) Elektronen war, und ich wünschte, ich hätte auch noch den Ionenradius in pm mit der Oxidationszahl und der Koordinationszahl gelernt. Was, wenn sich herausstellte, dass ich Sorabji nur deshalb nicht bekommen hatte, weil ich den Ionenradius mit der Oxidations- und Koordinationszahl nicht kannte? Ich wollte schon kehrtmachen und nach Hause gehen, aber ich dachte, das wäre dumm. Es war schließlich nur Chemie, also wäre es ihm wahrscheinlich egal, und es würde bestimmt irgendwas anderes geben.

Ich kam zu dem Haus, ging zur Tür und klopfte. Eine Frau machte auf. Sie hatte strahlende schwarze Augen und pechschwarzes Haar. Sie trug einen lila Sari. Sie wirkte energisch und entschlossen, allein dadurch, dass sie die Tür aufmachte und sich meine Geschichte von dem Schulprojekt und dem Interview anhörte.

Sie sagte: Wir haben einen Gast zum Abendessen, deshalb wird mein Mann heute Abend nicht mit dir sprechen können. Es kann auch sein, dass er überhaupt keine Zeit für dich hat, er hat im Moment schrecklich viel zu tun, aber du kannst trotzdem reinkommen, warum die Sache auf die lange Bank schieben, wenn er Zeit für dich erübrigen kann, könnt ihr gleich einen Termin vereinbaren. Wie heißt du?

Steve.

Na, dann komm mal rein, Steve, und wir werden sehen, was wir für dich tun können.

Ich folgte ihr ins Haus. In einem Zimmer links von der Diele lief ein Fernseher. Sie führte mich rechts in einen großen Raum.

Ein großer, grauhaariger Mann stand am Fenster und sah auf die Straße. Er hatte ein Glas Sherry in der Hand. Er sagte, seiner Meinung nach sei es noch ein langer Weg, bis wir das verstehen.

Sorabji erwiderte, seiner Meinung nach seien die nächsten Jahre entscheidend. Er stand am Kamin und hatte auch ein Glas

Sherry in der Hand. Dann fing er an, über Sternwinde zu sprechen, wobei er mit der freien Hand gestikulierte und dann das Glas Sherry abstellte, um mit der anderen Hand zu gestikulieren. Das Einzige, was ich verstand, war, dass er über Sternwinde sprach. Ich hatte nie daran gedacht, etwas über Sternwinde zu lesen. Der andere Mann sagte etwas, was ich auch nicht verstehen konnte, und Sorabji fing an, über Wolf-Rayet-Sterne zu sprechen. Ein Wolf-Rayet-Stern ist ein Stern mit hoher Leuchtkraft und breiten Emissionslinien aus Kohlenstoff und Stickstoff. Ich konnte nicht verstehen, was Sorabji sagte. Ich hätte gern etwas Brillantes gesagt, aber das Einzige, was ich hätte sagen können, war, dass ein Wolf-Rayet-Stern ein Stern mit hoher Leuchtkraft und breiten Emissionslinien aus Kohlenstoff und Stickstoff war.

Sorabji sprach noch immer angeregt, obwohl wir in der Tür standen. Seine Haut war blasser als dunkel gebräunt; seine Augen blickten durchdringend und schwarz; sein Haar war schwarz und wellig. Es schien nicht ausgeschlossen, dass ich damit durchkommen konnte. Er würde nicht befinden, dass ich nicht sein Sohn sein konnte, weil ich absolut nichts von Sternwinden und vom einfachen Streumaximum und von Wolf-Rayet-Sternen verstand, aber ich wollte es ihm nicht sagen und dann sehen, wie er dachte, dass die *Sesamstraße* in etwa der richtige Schwierigkeitsgrad war.

Er sprach noch immer angeregt, als seine Frau ihm ins Wort fiel, ohne einen guten Moment abzuwarten.

Sie sagte: GEORGE. Der Junge hier möchte mit dir sprechen. Es geht um ein Schulprojekt. Könnten wir ein wenig Zeit für ihn erübrigen?

Er lachte. Muss es in den nächsten 18 Monaten sein?

GEORGE.

Ich kann jetzt nicht darüber nachdenken, ich habe diesen Häretiker fast davon überzeugt, dass er auf dem falschen Weg ist, stimmt's, Ken?

Der Mann am Fenster lächelte humorlos.

Ich weiß nicht, ob ich so weit gehen würde, das zu sagen.

Sorabji fing an, wieder angeregt zu sprechen, und sie sagte: GEORGE.

Er sagte: Ich müsste in meinem Kalender nachsehen. Ich denke, dass sich da was machen lässt. Ich werde später nachsehen. Bleib doch zum Essen!

Danke.

Fabelhaft, meine Frau wird dir ein paar Aufgaben geben, die du lösen kannst –

Seine Frau sagte wieder GEORGE, aber er sagte, Nein, Regel ist Regel, und die Regel sei, so erklärte er, dass man, wenn man ein ganzes Blatt Aufgaben löste, mit den Erwachsenen zusammen essen dürfe. Seine Kinder machten jeden Abend eine Seite Aufgaben. Und er sagte grinsend: Nimm es nicht zu ernst, ja? Die Mädchen tun das weiß Gott nicht, sie möchten viel lieber vor dem Fernseher essen, als sich das Gerede von Ken und mir anhören zu müssen. Also wenn du meinst, dass du es nicht packst, kannst du dir ruhig auch *EastEnders* anschauen, und wir sehen später nach, ob ich einen Termin für dich habe.

Seine Frau nahm mich mit in das andere Zimmer.

Sie sagte: George hat einen richtigen Mathematikfimmel, Steve.

Ich sagte, das sei schon in Ordnung.

Der Fernseher war an. Drei Mädchen saßen davor und beschäftigten sich mit irgendwelchen Rechenaufgaben, während sie sich eine Sendung anschauten. Sie stellte mich vor, und sie blickten auf und dann wieder auf den Fernseher. Die Frau sagte, ich könne alle Aufgaben machen, die ich mir zutraute, und sie müsste sich jetzt wirklich um das Abendessen kümmern.

Das jüngste Mädchen arbeitete an einer Seite mit Aufgaben der ungekürzten Division. Ich dachte, das würde bestimmt viel Zeit erfordern, und was würde das bringen? Er wäre sicher nicht begeistert, wenn ich ihm eine Seite mit Aufgaben der ungekürzten Division brächte. Es wäre auch egal, ob sie richtig gelöst wären oder nicht, so etwas konnte doch jeder.

Das mittlere Mädchen arbeitete an einem Blatt mit vielen Gleichungen mit drei Variablen. Er wäre sicher nicht begeistert, wenn ich ihm nur Lösungen zu Gleichungen mit drei Variablen vorlegte, und auch sie würden viel Zeit erfordern.

Das älteste Mädchen arbeitete an einem Blatt mit Determinanten. Vom Schwierigkeitsgrad her wären die Aufgaben angemessen gewesen, aber es waren so viele, dass auch sie viel Zeit erfordern würden.

Ich sagte zu der ältesten Tochter: Gibt es noch andere Aufgaben, die ich machen könnte?

Sie sagte achselzuckend: Sieh mal nach, ob du da drin was findest.

Sie zeigte auf eine Aktenmappe auf dem Tisch. Sie alle lachten. Ich fragte: Was ist? Und sie sagten: Nichts.

Ich öffnete die Mappe, und darin lag ein dicker Stapel gedruckter Seiten mit Aufgaben. Vieles davon hätte ich nicht machen können, aber ich sah auch ein paar über Fourier-Analyse und dachte, das wäre vielleicht in Ordnung.

Oben auf jedem Blatt stand 3 Stunden. Ich sagte: Wann wird gegessen?

Sie sagten: Er fängt um 20:00 an.

Es war 19:15. Ich dachte, ich würde einfach die Zahl der Aufgaben, die man machen sollte, durch drei dividieren, und es wäre vielleicht in Ordnung, wenn ich um 20:15 zum Essen kam.

Die Aufgaben auf den Blättern waren ziemlich gemischt, wohingegen jedes der Mädchen nur eine Art von Aufgaben machte. Also suchte ich mir auf verschiedenen Seiten vier Aufgaben der Fourier-Analyse aus. Sie waren etwas komplizierter als die in meinem Buch. Es war fast 20:30, als ich fertig war.

Ich ging ins Esszimmer. Er saß am Kopfende des Tisches und schenkte dem anderen Mann gerade ein Glas Wein ein. Er sagte

Die Bedeutung dieser Vorlage steht absolut außer Frage, Ken – Ja, was ist?

Ich sagte, ich sei mit meinen Aufgaben fertig.

Er: Schon?

Ich: Möchten Sie sie überprüfen?

Er: Ich fürchte, das muss warten –

Ich: Dann werden Sie mir einfach glauben müssen.

Er lachte. Er sagte: Firoza, würdest du bitte noch ein Gedeck auflegen?

Seine Frau legte für mich ein Gedeck auf und brachte mir eine große Portion Curry. Sie sagte zu mir, Dr. Miller habe etwas sehr Wichtiges zu besprechen, aber ihr Mann würde später nachsehen, ob er für mich einen Termin habe. Sorabji sprach weiter angeregt und schenkte Dr. Miller Wein nach, und Dr. Miller sagte dauernd, Um darauf zurückzukommen, was ich vorhin gesagt habe. Das ging etwa zwei Stunden so weiter, aber die Mädchen kamen nicht herein, um ihre Aufgaben zu zeigen.

Nach dem Essen sagte Sorabji: Den Kaffee trinken wir in meinem Arbeitszimmer.

Ich würde es bald machen müssen.

Ich folgte ihnen mit meinen Blättern aus dem Raum. Wir kamen an dem Zimmer vorbei, in dem ich zuvor gewesen war; die drei Mädchen saßen noch immer an dem Tisch, guckten Fernsehen und machten ihre Aufgaben. Neben ihnen standen Teller mit Curry.

Dr. Miller folgte ihm ins Arbeitszimmer, und als ich auch hineinging, sah er mich an und sagte lächelnd: Es tut mir Leid, aber wir haben etwas Berufliches zu besprechen.

Aber Sorabji sagte: Ach, ist schon gut, wir müssen doch nur noch die feineren Einzelheiten klären – die Hauptsache ist, dass wir uns verstehen

Miller sagte: Wäre schön

Sorabji sagte: Da können Sie sicher sein

und er fragte, Kaffee oder etwas Stärkeres

Miller sah auf seine Uhr und sagte, Ich müsste wirklich los, ich habe noch eine ziemliche Strecke vor mir

Sorabji fragte: Ich kann Sie bestimmt nicht in Versuchung führen

Miller sagte: Nein, lieber nicht – so, wo habe ich meinen Mantel gelassen? – Ach da!

Er nahm einen alten Regenmantel, der über einem Stuhl hing,

und zog ihn an, und er nahm eine alte Aktentasche, die neben dem Stuhl stand. Er sagte: Jedenfalls haben wir die wichtigsten Fragen geklärt, denke ich.

Sorabji: Absolut. Ich denke, wir sind ein gutes Stück vorangekommen

Miller: Ja, ich hoffe, Sie können sich jetzt ein besseres Bild davon machen, was wir vorhaben

Sorabji: Es war ungeheuer hilfreich, danke, dass Sie da waren

Miller: Kein Ursache, und er sagte, ich hoffe, ich kann Ihnen Ende der Woche etwas Schriftliches zukommen lassen.

Sorabji: Ich bringe Sie noch zur Tür.

Ich hörte, wie die Tür geschlossen wurde, und er kam leise pfeifend wieder den Flur hinunter.

Er trat ins Zimmer und sah mich. Du bist nicht gerade ein Ausbund an Taktgefühl, was?, sagte er.

Ich: Wie meinen Sie das?

Er: Schon gut. Ich bin dir was schuldig. Schauen wir uns die Aufgaben an.

Ich gab ihm die Blätter. Ich sagte: Ich habe ein paar andere Aufgaben gemacht, weil es sonst zu lange gedauert hätte.

Er blickte lächelnd nach unten. Dann blickte er rasch zu mir auf und wieder zurück; er fragte: Wo hast du die her?

Ich sagte, ich hätte sie aus der Mappe.

Die Aktenmappe? Du meinst, die alten Arbeiten?

Er blätterte die Seiten rasch durch, um zu sehen, ob es alle dieselbe Art von Aufgaben waren, und dann ging er sie langsam durch, um zu sehen, ob es irgendwelche Fehler gab. Irgendwann nahm er einen Bleistift und strich etwas durch und schrieb etwas darunter. Schließlich legte er die Blätter auf den Schreibtisch. Er lachte.

Er sagte: Schön für dich!

Er sagte: Ich hatte Studenten im ersten Semester, die das nicht geschafft haben – ich hatte Examenskandidaten, die das hier beschämen würde.

Er sagte: Ich könnte schon fast wieder Vertrauen in unser Bildungssystem fassen – aber ich nehme an, du hast Privatunterricht.

Ich sagte, meine Mutter habe mir geholfen.

Er sagte: Tja, ich ziehe den Hut vor ihr!

Er grinste. Mach mich zum glücklichsten Menschen der Welt. Sag mir, dass du Astronom werden willst.

Ich sagte, ich wüsste noch nicht genau, was ich mal werden wollte.

Er sagte: Aber du wärst nicht hier, wenn dich das Thema nicht interessieren würde. Du bist doch bestimmt offen für Argumente!

Er sagte: Ich fürchte, ich war sehr beschäftigt, als du hier aufgetaucht bist, ich weiß nicht mehr genau, weshalb du gekommen bist. Wolltest du, dass ich ein Buch signiere?

Ich dachte: Jetzt kann ich nicht mehr zurück.

Er hebt sein Bambusschwert. Er nimmt es mit einer langsamen fließenden Bewegung nach hinten.

Ich sagte –

Ich sagte es so leise, dass er es nicht verstehen konnte.

Er fragte: Tut mir Leid, was hast du gesagt?

Ich sagte: Ich wollte Sie sehen, weil ich Ihr Sohn bin.

Er sog scharf die Luft ein, blickte mich rasch an, nahm wieder die Blätter in die Hand und schaute darauf, ohne etwas zu sagen. Er sah sich eine Seite an, dann noch eine, und dann wandte er den Kopf ab.

Er sagte: Sie hat gesagt, sie –

Er sagte: Sie hat mir nie was gesagt –

Er blickte wieder auf die Blätter mit der Fourier-Analyse.

Er sagte leise: Der Sohn, den ich nie hatte.

Er hob den Blick und sah mich an. Seine Augen waren nass.

Er legte eine Hand auf meine Schulter und lachte kopfschüttelnd. Ich weiß nicht, wie mir das entgehen konnte, sagte er kopfschüttelnd und lachend, du bist genau, wie ich in dem Alter war –

Ich wusste nicht, was ich sagen sollte.

Er sagte: Hat sie dir erzählt –

Sie hat mir nichts erzählt. Ich habe in einen Umschlag geschaut, auf dem »Im Falle meines Todes zu öffnen« stand. Sie weiß nicht –

Was stand drin?

Ich sagte, es stünde nicht viel drin.

Und du lebst hier? Ich verstehe nicht ganz – sie ist doch noch in Australien, nicht, erst neulich habe ich einen Aufsatz gelesen –

Ich wohne bei meiner Großmutter.

Ich dachte, er müsse die Sache durchschauen.

Er sagte: Natürlich. Dumm von mir, irgendetwas in der Art musste sie ja machen.

Er sagte: Du gehst also hier zur Schule? Besuchst du sie im Sommer?

Ich sagte, ich ginge nicht zur Schule, ich lernte einfach aus eigenem Antrieb.

Verstehe. Er blickte erneut auf die Blätter mit den Aufgaben und lächelte, und er sagte: Trotzdem frage ich mich, ob das klug ist.

Und unvermittelt sagte er: Erzähl mir, was du über das Atom weißt.

Ich fragte: Welches Atom?

Irgendein Atom.

Ich sagte: Ein Ytterbium-Atom hat 70 Elektronen, eine relative Atommasse von 173,04, eine erste Ionisierungsenergie von 6,254 Elektrovolt –

Das habe ich eigentlich nicht gemeint. Ich dachte eher an die Struktur –

Ich dachte: Was passiert, wenn ich die Struktur erkläre?

Ich fragte: Die Struktur?

Er sagte: Erzähl mir, was du weißt.

Ich erklärte, was ich wusste, und ich erklärte, warum es meiner Meinung nach keinen Sinn machte zu sagen, wenn es die elektrische Ladung nicht gäbe, könnten wir durch Wände gehen.

Er lachte, und er stellte noch mehr Fragen. Wenn ich eine Frage richtig beantwortete, lachte er; wenn ich die Antwort nicht wusste, erklärte er sie mit wedelnden Händen. Es war ein bisschen wie in der Sendung, nur dass seine Erklärungen komplizierter waren, und manchmal schrieb er eine mathematische Formel auf ein Blatt Papier und fragte, ob ich sie verstand.

Schließlich sagte er: Wir müssen dich auf eine Schule schicken. Wenn du in der richtigen Schule bist, kann dich nichts und niemand mehr aufhalten. Was hältst du von Winchester?

Könnte ich nicht einfach direkt in Cambridge studieren?

Er starrte mich an und lachte dann wieder und schlug sich klatschend aufs Knie. Er sagte: Na, es mangelt dir ja nicht gerade an Unverschämtheit!

Sie haben gesagt, Sie würden Studenten kennen, die das hier nicht schaffen würden.

Ja, aber das sind keine guten Studenten.

Dann sagte er: Nun, es kommt darauf an, was du werden willst. Möchtest du Mathematiker werden?

Ich weiß nicht.

Wenn ja – wenn du sicher bist, dass du das werden willst –, dann solltest du damit weitermachen, je früher, desto besser. Wenn du eine andere Naturwissenschaft studieren willst, dann sind noch andere Dinge abzuwägen. Nehmen wir den armen alten Ken.

Ich fragte: Was ist mit ihm?

Na, nehmen wir nur mal sein Beispiel! Letztes Jahr haben sie uns den Etat für ESA gekürzt, also kommt er mit HERSCHEL nicht weiter. Er kommt nicht weiter, seine Studenten kommen nicht weiter, jetzt bleibt ihnen nichts anderes übrig, als sich ein neues Projekt zu suchen, du kannst dir vorstellen, was für Forschungserfolge die Fakultät wird vorweisen können, wo die Regierung es ihnen unmöglich gemacht hat, irgendwelche Forschungen zu betreiben, na, was glaubst du, wer ihnen noch Geld gibt, wenn sie keine Ergebnisse vorlegen?

Er sah mich sehr ernst an, so, wie er geguckt hatte, als er auf ein Blatt Papier Formeln geschrieben hatte, von denen er meinte, dass die meisten Leute sie nicht verstehen würden. Er sagte: Jede Naturwissenschaft ist teuer, und Astronomie ist teurer als die meisten.

Er sagte: Teurer als die meisten und mit geringeren Aussichten auf Geld von der Industrie.

Er sagte: Wenn man hunderte Millionen Pfund braucht, muss

man früher oder später mit Leuten sprechen, die nicht verstehen, woran man arbeitet, und die es nicht verstehen wollen, weil sie in der Schule Naturwissenschaften gehasst haben. Man kann es sich einfach nicht leisten, sich zu isolieren.

Mir fielen zwei Sachen ein, die ich sagen konnte. Das eine war, dass ich eigentlich nicht isoliert war, weil ich im Bermondsey-Judoclub war. Das andere war, Okay.

Ich sagte: Okay.

Er sagte: Du sagst das, aber du verstehst es nicht. Du denkst, weil du schlau bist, kannst du alles verstehen. So etwas hier bereitet dir wohl keine Probleme – und er blickte kurz auf mein Blatt. Du musst in der Lage sein, Dinge zu verstehen, die zu glauben du beinahe unmöglich finden wirst. Wenn du jetzt nicht lernst, sie zu glauben, dann ist es zu spät.

Das, was ich fast unmöglich zu glauben fand, war, dass er das wirklich sagte. Ein Nobelpreisträger sagte, er glaube, ich könne alles. Ein Nobelpreisträger war froh, dass ich sein Sohn war. Die ganze Zeit, als er das sagte, obwohl er es ernst sagte, musste er immer wieder plötzlich lächeln, als hätte er sich das Lächeln für den Sohn aufgespart, den er immer haben wollte und nie hatte. Er war brillant, und er hielt mich für brillant. Er sah aus wie ein Filmstar, und er dachte, dass ich genauso aussähe wie er. Statt mich zu testen, ob ich die Hauptstädte der Welt kannte, sprach er darüber, was es erforderte, die teuerste Wissenschaft im Universum zu betreiben. Manchmal dachte ich, na, wenn er mein Vater sein will, dann soll er doch mein Vater sein. Oder ich dachte, dass er jetzt jeden Augenblick beschließen würde, mich zu testen, ob ich die Gleichungssysteme von Lagrange kannte, um dann zu merken, dass ich doch nicht sein Sohn war.

Er sagte: Du musst fähig sein zu glauben – es ist nicht nur so, dass die Leute, die die Schecks ausstellen, Naturwissenschaften nicht mögen. Sie werden von Leuten gewählt, die Naturwissenschaften nicht mögen. Über sie berichten Zeitungen, in deren Redaktionen unzählige geistige Normalverbraucher sitzen, die bereit sind, den immer gleichen alten Kram über Dinosaurier zu lesen. Du musst fähig sein zu glauben, dass die Zeitungen, die über ihre Entscheidungen berichten, bereit sind, jeden Tag eine Astrologiekolumne zu drucken, von der weder die Verleger der Zeitung noch ihre Leser glauben, dass sie jeder Grundlage entbehrt.

Er sagte: Du musst verstehen, dass du es dir einfach nicht erlauben kannst, so zu tun, als hättest du es mit Erwachsenen zu tun. Du hast es nicht mit Leuten zu tun, die verstehen wollen, wie etwas tatsächlich funktioniert. Du hast es mit Leuten zu tun, die gern hätten, dass du ein kindliches Staunen wieder erweckst. Du hast es mit Leuten zu tun, die gern hätten, dass du alles Langweilige und Mathematische eliminierst, weil es verhindert, dass die Leute wieder staunen –

Das Telefon klingelte. Er sagte: Entschuldige mich nur einen Moment.

Er ging zum Telefon und nahm den Hörer ab. Er sagte: Ja? O nein, überhaupt nicht, ich denke, es lief ganz gut, ich glaube nicht, dass wir uns in der Hinsicht Sorgen machen müssen. Er will mir bis Ende der Woche was Schriftliches zukommen lassen, also haben Sie noch ein paar Tage Schonzeit.

Es entstand eine kurze Pause, und dann lachte er. Er sagte: Sie erwarten doch wohl nicht, dass ich dazu was sage – nein, nein, bringen Sie's mir einfach, sobald Sie können. Genau. Cheerio.

Er kam zurück. Er hatte die Stirn gerunzelt und lächelte leicht.

Er sagte: Manche Leute lassen gern eine billige Spitze gegen christliche Fundamentalisten vom Stapel, sie sagen, wenn man glaubt, dass die Bibel buchstäblich das Wort Gottes ist und dass das Wort Gottes wichtiger ist als alles andere, dann müsste man doch eigentlich die Sprachen lernen, die Gott für den Originaltext gewählt hat, na ja, wenn man glaubt, dass es einen Schöpfer gibt, und wenn man glaubt, dass das von Bedeutung ist, dann muss man sich doch nur umschauen, um die Sprache zu sehen, in der er denkt. Er denkt seit Milliarden von Jahren in Mathematik. Im Grunde genommen sind die Gläubigen natürlich unschlagbar in ihrer reinen, unbarmherzigen Verachtung für den Schöpfer und die Schöpfung gleichermaßen –

Er hielt inne und zögerte. Du hast, glaube ich, gesagt, sie habe es dir nicht erzählt – also, was genau hat sie gesagt?

Na ja

Egal. Du hast ein Recht darauf, es zu wissen. So viel bin ich dir schuldig.

Ich dachte: Ich muss dem ein Ende machen

Ich sagte: Nein –

Er sagte: Nein, lass mich ausreden. Es fällt mir nicht leicht, aber du hast ein Recht darauf, es zu wissen

Ich dachte: Ich muss dem ein Ende machen

aber Sorabji hatte in der Sendung so viel Übung darin, Leute zu unterbrechen, die ihn unterbrechen wollten, dass ich nicht wusste, was ich machen sollte.

Ich sagte: Nein. Ich sagte: Sie müssen mir nichts erzählen.

Ich sagte: Ich bin in Wirklichkeit nicht Ihr Sohn.

Er sagte: Das habe ich weiß Gott verdient. Du hast allen Grund, verbittert zu sein.

Ich sagte: Ich bin nicht verbittert, ich stelle nur eine Tatsache fest.

Er sagte: Na schön, eine Tatsache, aber was ist hiermit? Und er schlug mit der Hand auf die Seiten mit der Fourier-Analyse und sagte, Auch das ist eine Tatsache, die kannst du nicht einfach ignorieren. Die Beziehung ist da, ob du willst oder nicht. Das weißt du genauso gut wie ich, sonst wärst du nicht hier. Also, dann kannst du auch gleich alle Tatsachen erfahren,

und er fing an, im Zimmer auf und ab zu schreiten und sehr schnell zu sprechen, damit ich nicht versuchte, ihn zu unterbrechen –

Er sagte: Meine Frau ist eine wundervolle Frau. Eine wundervolle Frau. Sie hat immer ihre Schuldigkeit getan, und ich bin weiß Gott mit offenen Augen in die Ehe gegangen. Es war eine arrangierte Ehe – mein Vater wollte einem alten Geschäftspartner helfen, und er wollte auch, obwohl er selbst eine Andersgläubige geheiratet hatte – vielleicht gerade *weil* er eine Andersgläubige geheiratet hatte –, dass ich eine Zoroasterin heirate, und aus dem ein oder anderen Grund hatte er hier niemanden gefunden, der in Frage kam. Ich will damit nicht sagen, dass er Druck gemacht hat, versteh das nicht falsch, meinem Vater war klar, dass ich durch und durch verwestlicht war. Er bat mich einfach, sie kennen zu lernen, er sagte, sie sei ein wunderschönes Mädchen, gebildet, entzückende Persönlichkeit, natürlich, wenn ich sie nicht mochte, wäre die Sache erledigt, aber es könne ja nicht schaden, wenn ich das Mädchen kennen lernte, er würde alle Kosten für den Flug nach Bombay übernehmen, und wir könnten ja einfach sehen, was sich so ergab.

Nun, natürlich war es keine Liebe auf den ersten Blick, aber wir verstanden uns im Großen und Ganzen recht gut; und ich wusste, wenn ich die Sache durchzog, könnte ich mich 100%ig auf meine Familie verlassen, was meine Karriere anging, und das war das Einzige, was mich interessierte, und alles in allem klappte es, glaube ich, ganz gut. Es spricht durchaus einiges dafür, man geht mit offenen Augen in eine solche Ehe.

Er hob eine Hand, damit ich ihn nicht unterbrach, und er sagte: Aber dann Anfang der 80er nahm ich in Hawaii an einem Kongress über Infrarot teil. Dort lernte ich sie kennen. Sie hielt einen Vortrag; eins führte zum anderen; ehe wir's uns versahen, waren wir bis über beide Ohren verliebt. Sie war – ich weiß nicht, wie sie heute aussieht, aber als ich sie das erste Mal sah, dachte ich, sie sei die schönste Frau, die ich je in meinem Leben gesehen hatte. Sie raubte mir den Atem. Das klingt abgedroschen, aber es ist bloß eine Tatsachenbeschreibung, es war, als hätte ich einen Tritt in den Magen bekommen. Eins von den Dingen, die man erst glaubt, wenn sie einem passieren. Und sie war auch noch hoch intelligent, hatte für jemanden in ihrem Alter erstaunliche Einsichten; ich hatte mir nie vorgestellt, wie es wäre, mit jemandem zusammen zu sein, mit dem man reden konnte, ohne darüber nachzudenken, wie man es erklärte.

Er schwieg einen Augenblick. Doch bevor ich mir überlegt hatte, wie ich die Pause ausnutzen konnte, redete er schon wieder weiter.

Er sagte: Es war die Hölle, nach London zurückzumüssen, aber irgendwie habe ich es geschafft. Sie kehrte nach Australien zurück. Wir trafen uns in den nächsten Jahren weiter auf Kongressen. Schließlich sagte ich, so könne das nicht weitergehen. Ich wollte meiner Frau nicht wehtun, aber so könne es nicht weitergehen. Colossus war etwa drei Jahre hinter dem Zeitplan, aber es sah wirklich so aus, als könnte er in vier, vielleicht fünf Jahren ins All geschossen werden. Ich sagte, sobald Colossus in der Umlaufbahn wäre, würde ich Firoza um die Scheidung bitten, sie könnte nach England kommen, wenn sie wollte, es wäre nicht schwer, für sie was zu finden, oder ich würde mir irgendwas in Australien suchen. Da sagte sie, sie sei schwanger, und ich fragte, Was willst du machen.

Sie sah mich nur unverwandt an. Ich fragte, Was willst du, dass ich mache? Sie fing an zu weinen – es war entsetzlich, sie so zu sehen. Ich fragte, Was glaubst du, was ich machen kann? Du musst dir über die Folgen im Klaren sein. Ich sagte – solche Sachen quälen dich später, aber zu der Zeit hatte ich einen Horror davor, mitgerissen zu werden, nicht klar zu denken – ich sagte, Wie schätzt du unsere Reserven an fossilen Brennstoffen ein? Was für eine Art von Wissenschaft, glaubst du, werden die Menschen ohne Erdölnebenprodukte betreiben können? Wie lange noch, glaubst du, werden die Menschen die Art von Wissenschaft betreiben können, die wir betreiben? Können wir sicher sein, dass sie so intelligent sind, dass sie in der Lage sind, ohne Erdölnebenprodukte das zu tun, was wir tun?

Ich muss selbst in einem Schockzustand gewesen sein, wie mir später klar wurde, aber zu der Zeit erschien es mir einfach ungeheuer wichtig, sie dazu zu bringen, dass sie irgendetwas über die fossilen Brennstoffreserven sagte, daran musste ich später immer wieder denken. Letztlich wäre es auf dasselbe hinausgelaufen, aber warum war ich nicht netter? Ich hätte sie trösten können, und stattdessen habe ich der armen Frau weiter mit Erdölnebenprodukten zugesetzt – es war einfach ungeheuer wichtig, dass einer von uns einen klaren Kopf behielt. Sie weinte bloß. Aber was hätte ich denn tun sollen? Colossus war in einem Stadium, wo ich unmöglich den Stress einer Scheidung durchgestanden hätte – und überhaupt, die finanziellen Parameter waren unvorstellbar schlecht. Bei dem, was man in diesem Land als Akademiker verdient, hätte ich nie und nimmer zwei Familien ernähren können – na ja, ich hatte im Laufe der Jahre einige Angebote aus den Staaten bekommen, sodass ich es finanziell vielleicht hingekriegt hätte, aber der Stress, die Universität zu wechseln, ganz zu schweigen vom Land, ich konnte da einfach nichts machen.

Sie weinte nur und sah mich weiter an. Sie sagte, George – ich fragte, Wieso siehst du mich so an? Hab ich die Welt gemacht? Bin ich ein Zauberer? Glaubst du, mir gefällt das?

Ich sagte, Was kann ich denn deiner Meinung nach tun?

Sie hörte auf zu weinen, und sie sagte, vielleicht könne sie es ja doch irgendwie schaffen, aber das konnte ich nicht zulassen. Sie war so gut in ihrem Fach, und sie hatte so hart gearbeitet – sie war in den Outbacks aufgewachsen und hatte sich Geld zusammengespart mit Schafehüten oder Stricken oder dergleichen, um sich ihr erstes Teleskop leisten zu können – ich konnte nicht zulassen, dass sie das alles aufgab. Ihre Stelle als Lehrbeauftragte an der Uni hatte sie gerade erst bekommen, daher hatte sie keinen Anspruch auf Mutterschaftsurlaub – ich sagte, Du musst praktisch denken, was willst du machen, zurück zu den Schafen gehen? Dein Leben lang Ausschau nach Kometen halten?

Sie sagte, also schön, sie würde die Sache in die Hand nehmen. Sie bat mich um Geld. Ich konnte nichts machen. Jedenfalls habe ich danach nichts mehr von ihr gehört, aber ich bekam natürlich mit, dass sie weiter auf dem Gebiet erfolgreich war und eine steile Karriere machte, deshalb ging ich davon aus … ich dachte, vielleicht würde sie eines Tages einen Antrag stellen, Colossus in der außerplanmäßigen Zeit nutzen zu dürfen, und ich würde den Antrag durchboxen, weil die außerplanmäßige Zeit so begehrt war, doch letztendlich erledigte sie ihre ganze Arbeit mit Hilfe von anderen Observatorien, sodass nichts daraus wurde.

Er sagte: Du musst das verstehen. Wenn er nicht ins All geschossen worden wäre, dann wäre sehr wahrscheinlich nie etwas Vergleichbares gestartet worden. Ich meine nicht bloß vielleicht erst in 10 oder 20 Jahren, sondern solange es Menschen auf Erden gibt. Die Bodenschätze wären verbraucht, und es würde sich keine Chance mehr bieten, diese Dinge herauszufinden, nicht in den nächsten 10 000 oder 20 000 oder wie vielen hunderttausenden von Jahren auch immer es noch Menschen gibt, die so etwas wissen wollen.

Er ging auf und ab. Er sagte: Es ist mir nicht leicht gefallen, aber ich konnte sehen, dass sie dachte, ich solle… jedenfalls bin ich froh, dass sie noch eine andere Möglichkeit gefunden hat.

Er legte eine Hand auf meine Schulter und lächelte.

Er sagte: Wenn sie nicht weiß, dass du hier bist, macht das die Sache einfacher. Ich bin sicher, sie hatte ihre Gründe, aber so kann es mit dir nicht weitergehen, du brauchst Umgang mit Gleichaltrigen. Ich gebe dir ein Bewerbungsformular für Winchester; schick es ein und berufe dich auf mich. Du musst ihr ja nicht sagen, dass du mich besucht hast, warte einfach, bis du das Stipendium bekommen hast, und stell sie vor vollendete Tatsachen.

Ich sagte: Woher wollen Sie wissen, dass ich ein Stipendium bekomme?

Wieso um Himmels willen solltest du kein Stipendium bekommen? Also, wenn es Probleme gibt, denke ich, werde ich wohl irgendwo Gelder auftreiben können, aber warum sollte es Probleme geben?

Aber gibt es denn keine Warteliste oder so?

Das könnte durchaus sein, aber das ist vollkommen unerheblich. Dass du denkst, du könntest davon betroffen sein, ist, wenn ich so sagen darf, der beste Beweis, den du liefern konntest, dass du keine Ahnung von dem System hast. Betrachte es doch mal vom Standpunkt der Schule aus. Ein Junge bewirbt sich mit Referenzen von einem Nobelpreisträger, der sagt, der Junge könnte der nächste Newton werden, und der Meinung ist, diese eine Schule von allen im Lande könnte diese außergewöhnlichen Talente am besten fördern. Der Schule bietet sich dadurch nicht nur langfristig die Aussicht auf ein garantiertes Genie als zukünftigen ehemaligen Schüler; kurzfristig kann sie sich auf jemanden verlassen, der als Nobelpreisträger und bekanntes Fernsehgesicht richtig großen Schulveranstaltungen zusätzlichen Glanz verleiht. Ich könnte dich auf jeder Schule im Land unterbringen; wenn dir eine andere lieber wäre, musst du es mir auf alle Fälle sagen, ich möchte mich nicht einfach über deine Interessen hinwegsetzen – ich hab einfach eine ausgesucht, von der ich meine, dass sie dich nicht in den Wahnsinn treibt.

Ich versuchte, mich für den Gedanken zu begeistern, mit 12 auf eine Schule zu gehen, aber verglichen mit einem Studium in Cambridge, erschien es mir nicht sehr interessant. Ich fragte: Aber was, wenn ich alles schon weiß, was ich da lernen kann?

Er sagte: Vermutlich wirst du feststellen, dass du auch da noch was Neues lernen kannst, und es kann auf keinen Fall schaden, manches zu vertiefen. Außerdem kann es nicht schaden, wenn du deine Interessen erweiterst. Von Wissenschaftlern wird erwartet, dass sie umfassend gebildet sind; es kann nicht schaden, wenn du dich auch ein wenig mit Geisteswissenschaften beschäftigst. Du kannst die eine oder andere Sprache lernen – das wird dir von Nutzen sein.

Ich versuchte, mir vorzustellen, wie ich Sibylla erklärte, dass ich ein Stipendium für Winchester bekommen hatte. Ich versuchte, mir vorzustellen, dass Sib nicht fragte, wer mir Referenzen gegeben hatte. Ich versuchte, mir vorzustellen, dass Sib glaubte, Winchester sei von den Referenzen beeindruckt gewesen, die mir mein Lehrer im Bermondsey-Judoclub gegeben hatte.

Er dachte wohl, mir würde die Vorstellung nicht gefallen, Sprachen zu lernen, denn er sagte: Ich weiß, was du denkst, wenn du erst richtig anfängst, dann gibt es so viel zu lernen, dass du keine Zeit vergeuden willst. Aber es kann nicht schaden, wenn du dir in dieser Phase Möglichkeiten offen hältst. Du kannst ein paar praktische Erfahrungen sammeln – warst du schon mal in einem Labor? Nein, hab ich mir doch gedacht.

Ich versuchte, mir vorzustellen, wie ich Sorabji erklärte, dass ich nicht sein Sohn im genetischen Sinne des Wortes war.

Sorabji ging weiter auf und ab und redete über die Schule. Seine Augen blitzten; er wedelte mit den Händen; so allmählich hörte es sich immer attraktiver an. Es war nicht so aufregend, wie zum Nordpol zu reisen oder über die mongolische Steppe zu galoppieren, aber es hörte sich an wie etwas, das tatsächlich passieren könnte. Er erzählte von den Lehrern an der Schule; er sprach von Schülern, die lebenslange Freundschaften schlossen. Er wirkte so glücklich und begeistert, wo er jetzt was tun konnte. Ich dachte auf einmal, wenn wir mit richtigen Schwertern kämpfen würden, würde ich ihn töten; ich konnte ihm nicht sagen, dass ich nicht sein Sohn war, weil es stimmte.

Außerdem, warum sollte ich nicht auf die Schule gehen?

Ich dachte: Was, wenn es eine Möglichkeit gab?

Wenn er Recht hatte, dann könnte ich es wirklich machen. Ich könnte ein Stipendium bekommen und die Schule besuchen, und wenn er irgendwann hinter meinen Trick kam, dann wäre es zu spät. Man würde mir das Stipendium nicht wieder wegnehmen, nur weil er es sagte; man würde es mir nicht wegnehmen, wenn er sagte, er hätte mich nur deshalb empfohlen, weil er dachte, ich wäre sein Sohn, und überhaupt, wie könnte er sagen, er hätte mich deshalb empfohlen? Von Sibyllas Einkommen würde mehr übrig bleiben, wenn ich zu der Schule ginge; sie könnte sich die hervorragende, vierbändige, von Vermes und Millar aktualisierte englische Ausgabe von Schürers *Geschichte des jüdischen Volkes im Zeitalter Jesu Christi* kaufen, die in keinem Haushalt fehlen sollte. Wenn ich einen Nobelpreisträger überzeugen konnte, dass ich sein seit langem verschollener Sohn war, dann könnte ich sicherlich auch meine Mutter überzeugen, dass ich ein Stipendium für Winchester bekommen hatte.

Ich dachte: Warum kann ich das nicht machen?

Wenn es nicht klappte, konnte ich stattdessen noch immer mit 13 in Cambridge anfangen. Es könnte klappen. Es wäre zumindest besser als noch ein Winter mit der Circle Line.

Er betrachtete mich mitfühlend.

Ich sagte: Ich weiß nicht.

Ich dachte: Wieso wäre es nicht richtig, es ihm nicht zu sagen? Sibylla wäre glücklich. Er wäre glücklich. Er fühlt sich offenbar seit Jahren schuldig, weil er nichts tun konnte, und jetzt kann er was tun. Was ist falsch daran, ihn denken zu lassen, dass er was tun kann?

Das Telefon klingelte.

Er schenkte mir eine Art reumütiges Nimmt-das-denn-gar-kein-Ende-Lächeln. Er sagte: Entschuldige mich einen Moment.

Er ging zum Schreibtisch und nahm den Hörer ab. Er sagte: Sorabji!

Er sagte: Ja, wo ist das Problem?

Lange Pause.

Er sagte: Ich bin ganz Ihrer Meinung, Roy, aber was meinen Sie denn, was ich da tun kann? Ich bin nicht mal im Ausschuss –

Weitere Pause.

Er sagte: Ich würde liebend gerne helfen, wenn ich tatsächlich etwas tun könnte, aber ich sehe da wirklich keine Möglichkeit –

Wieder eine Pause.

Er sagte: Das ist ein sehr interessanter Vorschlag.

Er sagte: Das wäre durchaus unorthodox, aber das heißt nicht –

Er sagte: Hören Sie, Roy, kann ich Sie morgen zurückrufen? Ich bin gerade mitten in einem Gespräch. Ich will Ihnen keine falschen Hoffnungen machen, aber wir wollen keine Möglichkeit ausschließen.

Er sagte: Schön. Ja. Danke für den Anruf.

Ich sah ihn weiter an. Ich wurde nicht daraus schlau, worum es ging. Ich wurde nicht daraus schlau, worum es mit Dr. Miller gegangen war, und ich wurde nicht daraus schlau, worum es mit der australischen Astronomin gegangen war; ich wurde nicht einmal richtig daraus schlau, was das mit den Aufgaben sollte, die seine drei Kinder immer lösten. Alle aufschlussreichen Informationen schienen nicht verfügbar; ich sah keine Möglichkeit, an alle aufschlussreichen Informationen zu gelangen. Auf Grund der verfügbaren Informationen war Sorabji der Letzte, den ich um weitere aufschlussreiche Informationen bitten würde.

Ich dachte, wenn ich ihn etwas für mich tun ließe, würde ich sein Sohn sein müssen. So, wie ich ihn vom Fernsehen her kannte, hätte ich nie gedacht, dass er jemanden, der sich in einer schwierigen Situation an ihn wandte, nach Erdölnebenprodukten ausfragen würde – aber war das ein Weltuntergang? Ich musste mich ja nicht an ihn wenden, wenn ich in einer schwierigen Situation war. Den Rest der Zeit würde er mich vielleicht in einem Hubschrauber mitnehmen oder mir beibringen, wie man eine Strickleiter hochklettert, oder mit mir über den Ärmelkanal fliegen oder mir Sachen erklären, die so schwierig waren, dass es eine Hilfe war, sie erklärt zu bekommen. Offenbar war an ihm mehr dran, als man auf den ersten Blick sah, aber wie viel mehr? Wie entscheidend war das?

Ich hatte das Gefühl, dass es damals einfacher war, als ich mir nur um Val Peters Gedanken machen musste. Er hatte seine Fehler. Verwechselte DNA und RNA. War ein verkappter Sextourist. Und so weiter. Aber niemand würde mir die Schuld geben, so einen Vater zu haben – er war mir einfach zugeflogen. Wohingegen –

Ich sagte: Worum ging es da eben?

Sorabji blickte erstaunt. Er sagte: Sei nicht so neugierig.

Dann lächelte er und zuckte die Achseln. Er sagte: Bloß irgend so ein Verwaltungsgerangel. Jemand fühlt sich auf den Schlips getreten.

Ich wusste, dass ich es nicht tun konnte. Ich dachte: Aber warum muss ich es ihm sagen?

Ich wollte sagen, ich würde den Antrag abschicken, und ihn dann doch nicht abschicken. Das wäre leicht, denn sobald ich ging, würde er mich niemals finden. Wenn er mit der Frau sprach, würde er erfahren, dass sie kein Kind hatte. Und wenn er nicht mit ihr sprach, würde er es nie wissen.

Ich wusste, ich würde es ihm sagen müssen. Wahrscheinlich war es besser, es zu tun, bevor ich den Mut verlor.

Ich sagte: Es könnte sein, dass Sie mir doch keine Empfehlung schreiben wollen

Was, weil irgendjemand misstrauisch werden könnte? Die werden sich nichts dabei denken. Ein hoch intelligenter Junge, der sich alles selbst beibringt, erregt meine Aufmerksamkeit; ich tue, was ich kann, um ihn mit den richtigen Leuten zusammenzubringen – das wäre doch das Natürlichste von der Welt. Natürlich ist da die Ähnlichkeit, aber viele Jungs haben kürzere Haare als du – wenn du dir vorher die Haare schneiden lässt, fällt es wahrscheinlich keinem auf.

Ich sagte: Es kann sein, dass Sie mir keine Empfehlung schreiben wollen, weil ich in Wirklichkeit nicht Ihr Sohn bin.

Was?

Ich bin in Wirklichkeit nicht Ihr Sohn.

Er runzelte die Stirn, als wollte er noch mal sagen: Was?

Ich sagte: Ich habe das erfunden.

Er sagte: Du – sei nicht albern. Ich kann deinen Groll verstehen, aber du darfst deshalb nicht ständig unsicher sein. Du siehst genauso aus wie ich.

Meine Mutter meint, Sie sehen aus wie Robert Donat. Sind Sie mit ihm verwandt?

Er starrte mich an. Er sagte: Also bist du – darf ich fragen warum?

Ich erzählte ihm das mit den sieben Samurai.

Ich weiß nicht, was ich erwartet hatte. Er sagte: Das ist lächerlich. Das ergibt keinen Sinn.

Ich sagte, für mich schon.

Er blickte wieder auf die Blätter mit der Fourier-Analyse und breitete sie mit der Hand ein wenig auf dem Tisch aus. Dann zerknüllte er sie plötzlich und warf sie in den Papierkorb. Er sagte: Dann habe ich also keinen Sohn.

Er sagte: Natürlich wäre es für sie völlig unmöglich gewesen, daran hätte ich es sofort merken müssen.

Er sah mich an.

Ich sagte: Es tut mir Leid.

Er sagte: Komm her.

Ich blieb, wo ich war. Ich sagte: Ich wollte es Ihnen die ganze Zeit sagen.

Es ist dumm, wenn du es erfunden hast, was macht es dann für einen Sinn, es mir zu erzählen?

Ist es noch immer das Natürlichste von der Welt, mich mit den richtigen Leuten zusammenzubringen?

Er sah mich an. Er sagte nichts. Sein Gesicht war völlig kalt und ausdruckslos, als würden dahinter irgendwelche Berechnungen angestellt.

Schließlich sagte er mit ausdrucksloser Stimme: Du verfügst jetzt über eine Information, die du nicht haben dürftest. Du könntest denken, diese Information ist gefährlich für mich.

Er sagte: Ich rate dir aufzupassen, was du sagst. Ich glaube, du wirst feststellen, dass sie sich als äußerst gefährlich für dich erweist, wenn du versuchst, sie zu nutzen.

Ich sagte, ich hätte nicht vor, sie zu nutzen, und dass ich mehrfach versucht hätte, ihn zu unterbrechen. Ich dachte, es müsse doch etwas geben, was ich sagen könnte. Er war vorhin so begeistert wegen der Fourier-Analyse gewesen; ich verstand nicht, warum es so einen Unterschied machte, wenn die Person, die die Aufgaben gelöst hatte, *nicht* 50% seiner Gene hatte. Ich spürte, dass es nicht der richtige Augenblick war, dieses Argument zu äußern. Ich sagte, ich wollte bloß – ich sagte, mein wirklicher Vater würde die besondere und allgemeine Relativitätstheorie schon mal leicht durcheinander bringen.

Sorabji sah mich bloß an.

Ich sagte, ich würde ihn eigentlich nicht kennen, es sei eher eine genetische Beziehung, und ich dachte bloß –

Er sah mich an. Ich dachte, dass er vermutlich gar nicht richtig zuhörte; dass er vermutlich bloß dachte, er könne sowieso nichts tun.

Ich sagte: Sie wissen nicht, was passiert wäre. Vielleicht war es genau das Richtige. Vielleicht wäre sie verrückt geworden. Vielleicht haben Sie ihr das Leben gerettet. Nur weil Sie das Falsche gesagt haben, heißt das noch nicht, dass Sie sich geirrt haben mit –

Ich sah nicht einmal, dass sich sein Arm bewegte. Er traf mich mit der flachen Hand an der Schläfe, sodass ich quer durch den

Raum schoss und zu Boden fiel. Ich ließ mich im Fallen abrollen und kam wieder auf die Beine, aber er war schon da. Er schlug mich gegen die andere Kopfseite und beförderte mich wieder zu Boden. Diesmal war er da, bevor ich aufstehen konnte, aber ich brachte ihn zu Fall, und er stürzte schwer. Überwiegend auf mich drauf.

Ich konnte mich nicht bewegen, weil er auf mir drauf lag. Eine Uhr, die mir bislang nicht aufgefallen war, tickte in dem Zimmer. Sie tickte weiter. Nichts passierte. Er keuchte, als hätte er einen heftigen Kampf hinter sich; seine Augen schimmerten. Ich wusste nicht, was er machen würde.

Es klopfte an der Tür, und seine Frau sagte: George?

Er sagte: Ich komme gleich, Darling.

Ich konnte hören, wie sich Schritte den Flur hinunter entfernten, und ich begriff, dass ich etwas hätte rufen können. Seine Augen schimmerten noch immer –

Die Uhr tickte noch immer.

Plötzlich ließ er von mir ab und sprang behände auf. Ich kroch von ihm weg, aber er kam mir nicht nach. Er stand am Schreibtisch mit den Händen in den Taschen. Er lächelte mich an und sagte im freundlichen Plauderton: Tut mir Leid, das war absolut unpassend. Tut mir Leid, dass ich mich so habe gehen lassen. Ich verliere die Beherrschung, und dann ist es wieder vorbei, ich bin nicht nachtragend.

Mir klangen noch immer die Ohren.

Die Haare waren ihm ins Gesicht gefallen; seine Augen funkelten. Er sah aus wie Robert Donat in *Die 39 Stufen;* er sah aus, wie er vorher ausgesehen hatte, als er über das Atom und die Fourier-Analyse gesprochen hatte.

Er sagte: Natürlich müsstest du noch immer mit den richtigen Leuten zusammengebracht werden.

Also soll ich nach wie vor in die Astronomie gehen?

Er lachte. Ich würde es mir nicht verzeihen, wenn ich dich davon abgebracht hätte!

Er zog eine Augenbraue hoch, irgendwie seltsam, selbstironisch. Seine Augen funkelten belustigt, als würden dahinter keine Berechnungen angestellt.

Ich hoffte bloß, dass ich kein blaues Auge bekommen würde.

Soll ich mich noch immer in Winchester bewerben?, fragte ich. Wollen Sie mir immer noch eine Empfehlung geben?

Er lächelte. Ja, und ob du dich bewerben sollst! Und vergiss nicht, meinen Namen zu erwähnen.

3

Ein guter Samurai wird den Schlag abwehren

Robert Donat war am Donnerstag um 21:00 wieder im Fernsehen. Sib guckte fasziniert. Ich las im *Scientific American.*

In einem Artikel ging es um einen Mann, der in der Antarktis geforscht hatte und im Begriff war, noch einmal dorthin zu fahren. Ein anderer Artikel war von einem Mann, der Pionierarbeit auf dem Gebiet des Solarneutrino-Problems geleistet hatte. Ich las jeweils ein paar Absätze und blätterte dann weiter.

Manchmal dachte ich an die Mädchen, die nicht meine Schwestern waren, und manchmal dachte ich an Dr. Miller, aber meistens dachte ich daran, wie der Nobelpreisträger und Robert-Donat-Doppelgänger die Seiten mit der Fourier-Analyse durchblätterte, mich mit blitzenden Augen ansah, mir sagte, dass ich hoch intelligent sei und genauso wie er in meinem Alter gewesen war. Den Artikeln im *Scientific American* konnte ich nicht entnehmen, ob ihre Verfasser meinten, die *Sesamstraße* sei nicht der richtige Schwierigkeitsgrad; ich konnte nicht sagen, ob sie eine zeitlich unpassende Obsession für Erdölnebenprodukte hatten; aber ich musste nicht mal einen Absatz lesen, um zu wissen, dass ich so einen wie Sorabji nicht mehr finden würde.

Ich legte *Scientific American* weg und nahm mein Buch über Aerodynamik zu Hand. Manchmal dachte ich, ich würde es verstehen, und manchmal war es schwer zu kapieren, und wenn es schwer zu kapieren war, wusste ich nicht genau, was mir helfen würde; wirklich hilfreich wäre es, jemanden fragen zu können, der die erforderliche Mathematik nicht als Kram aus dem 18., 19. Jahrhundert abtun würde. Jeder Idiot kann eine Sprache lernen, man muss nur am Ball bleiben, und früher oder später ergibt alles einen Sinn, aber bei Mathematik muss man eine Sache verstehen, um eine andere zu verstehen, und man weiß nicht immer, was man als Erstes verstehen muss. Und selbst dann begreift man es entweder oder eben nicht. Man kann sehr viel Zeit damit vergeuden, überhaupt herauszufinden, was man wissen muss, und noch viel mehr Zeit, um es zu begreifen.

Wenn ich Sorabji nichts gesagt hätte, hätte ich nie wieder Zeit damit vergeuden müssen. Erstens einmal wäre ich mit 12 nach Winchester gegangen, und zweitens hätte ich, immer wenn ich eine Frage gehabt hätte, jemanden fragen können, der nicht nur die Antwort wusste, sondern schlicht und ergreifend alles für seinen Sohn tun würde, von dem er so lange gar nichts gewusst hatte. Und wenn ich Sorabji einfach an einem anderen Abend besucht hätte – wenn ich mich nur einen Tag mehr mit dem Periodensystem befasst hätte –, hätte ich Dr. Miller nicht gesehen, und ich hätte keine Anrufe mitbekommen, und ich hätte nicht erfahren, dass es etwas zu sehen oder zu hören gab. Ich hätte aufhören können, Zeit zu vergeuden, und wäre der jüngste Mensch gewesen, der je einen Nobelpreis erhalten hat. Stattdessen würde ich alles selbst machen müssen.

Ich warf noch einmal einen Blick auf das Kutta-Joukowski-Theorem. Nicht, dass ich mir so sicher war, den Nobelpreis gewinnen zu wollen. Aber wenn man den Nobelpreis nicht gewinnen wird, dann kann man seine Zeit auch gleich für was anderes nutzen, zum Beispiel den Amazonas rauffahren oder die Anden durchwandern. Wenn man die Anden nicht durchwandern kann, dann kann man auch gleich was anderes machen, zum Beispiel einmal sein Glück mit dem Nobelpreis versuchen. Aber das hier war einfach dumm.

Ich legte das Buch über Aerodynamik beiseite.

Sorabji blickte mit blitzenden Augen vom Bildschirm.

Ich dachte plötzlich, dass es dumm war, so sentimental zu sein.

Wir brauchten keinen Helden zum Vergöttern, sondern Geld. Wenn wir Geld hätten, könnten wir überallhin. Gib uns Geld, und wir wären die Helden.

Am Morgen beschloss ich, in die Bibliothek zu gehen. Ein Tag mehr oder weniger würde sich nicht entscheidend auf meine Chancen auswirken, entweder einen Nobelpreis zu gewinnen oder den Amazonas runterzufahren. Meine Chancen, bald viel Geld zu verdienen, waren gering bis nicht vorhanden. Ich dachte, ich könnte mal wieder eines meiner Lieblingsbücher lesen, nur so zum Spaß.

Gefahrvolle Reise! war ausgeliehen, also entschied ich mich stattdessen für *923 Meter unter dem Meeresspiegel.*

Ich nahm mir das Buch gleich in der Circle Line vor und schlug das Kapitel über die erste Tauchfahrt in der Tiefseekugel auf, bevor ich das ganze Buch von vorn anfangen würde.

> Sie bestand aus einem unbeschreiblich durchscheinenden Blau, ganz ungleich irgendeiner Erscheinung auf der Oberflächenwelt, und sie reizte unsere Sehnerven in höchst verwirrender Weise. Wir dachten ständig darüber nach und sprachen von Klarheit; immer wieder griff ich zu einem Buch, um die Schrift zu lesen; doch fand ich stets, daß ich nicht den Unterschied zwischen einer unbedruckten Seite und einer Farbentafel angeben konnte. Ich nahm meinen ganzen Verstand zusammen, verdrängte das Aufregende unserer Lage im Meeresraum aus meinem Geist und versuchte, mir ruhigen Blutes eine Farbe nach der anderen zu vergegenwärtigen, doch ohne jeden Erfolg. Ich knipste den Scheinwerfer an, der mir als das Gelbste erschien, das ich je gesehen; ich ließ sein Licht in meine Augen fluten; doch in dem Augenblick, wo ich wieder ausgeschaltet hatte, war es wie das längst entschwundene Sonnenlicht – es kam mir vor, als sei es nie gewesen –, und die Bläue des Blaus sowohl draußen als auch in der Kugel schien wesenhaft durch das Auge in unser Innerstes einzugehen. Das klingt alles recht unwissenschaftlich; der Optiker und der Physiker mögen mit Recht darüber spotten, und doch verhielt es sich so … Ich glaube, wir beide tätigten eine gänzlich neue Art geistiger Aufnahme von Farbeneindrücken.

Und plötzlich dachte ich an jemanden, der viel Geld dadurch verdient hatte, dass er diesen Abschnitt in *923 Meter unter dem Meeresspiegel* gelesen hatte.

Ich dachte an jemanden, der nie vorgegeben hatte, ein Held zu sein.

Er war Maler. Er hatte die Passage von Dr. Beebe gelesen, die ich gelesen hatte. Er hatte die Passage gelesen, und er hatte gesagt: Wie kann ich malen, wenn ich nicht weiß, was ich male?

Er sagte: Ich male nicht Dinge in der Welt, sondern Farbe. Wie kann ich Farbe malen, wenn ich nicht weiß, wie sie aussehen sollte? Soll blaue Farbe lediglich Blau darstellen?

Und er hatte gesagt, dass er eine Tiefseekugel oder irgendetwas finden müsse, das ihn nach unten bringen würde, damit er Blau sehen könne.

Er hatte sich an ein Institut für Ozeanographie gewandt, und sie hatten ihn nicht nach unten lassen wollen. Doch dann war er zur Anlegestelle des Instituts gegangen und hatte mit dem Bootsführer gesprochen, und der Bootsführer mochte Picassos Blaue Periode. Der Bootsführer wäre nachts mit ihm rausgefahren, aber dann hätte es kein Blau zu sehen gegeben. An einem Wochenende fuhren die Ozeanographen jedoch zu einem Kongress, und der Bootsführer fuhr mit ihm raus und schickte ihn nach unten. Und als er hochkam, fragte er den Bootsführer, Haben Sie das Blau gesehen, und der Bootsführer sagte, Nein. Und er sagte, Sie müssen es sehen. Ich kann es nicht malen, daher müssen Sie es sich ansehen. Sie müssen mir zeigen, wie man diese Kapsel runterlässt und hochholt, und Sie müssen nach unten. Der Bootsführer war nervös, aber begeistert. Er zeigte ihm, wie man die Kapsel runterließ und hochholte, und er stand dabei, während der Maler übte, die Kapsel runterzulassen und hochzuholen. Dann stieg der Bootsführer in die Kapsel, und der Maler hievte sie mit der Winde über den Bootsrand.

Der Maler malte nie, was er gesehen hatte, denn er sagte, es sei unmöglich.

Der Bootsführer sagte:

Ich habe im Laufe der Jahre oft Dr. Cooper und seine Studenten runtergelassen. Manchmal sagte ein Student, Das ist sagenhaft. Sie sagten das vielleicht beim ersten oder zweiten Mal. Aber sie hatten viel Arbeit mit dem Aufzeichnen von Beobachtungen. Manchmal arbeiteten sie bei ausgeschaltetem Licht, diktierten Beobachtungen auf ein Tonband, und manchmal hatten sie das Licht an. Ich habe viele Fotos gesehen, und ab und an habe ich mir im Fernsehen Sendungen über Ozeanographie angeschaut – es interessierte mich, weil ich mit dem Gebiet zu tun hatte, aber ehrlich gesagt hat es nie einen besonderen Reiz auf mich ausgeübt. Und einmal bin ich im Urlaub auf den Bahamas tauchen gewesen.

In meinem Elternhaus hatten wir ein Bild aus Picassos Blauer Periode, und das ist bis heute meine Lieblingsperiode von ihm. Später habe ich jede Menge Bücher über Picasso gekauft, und die Blaue Periode hat mir immer am besten gefallen. Ich wollte nie malen; ich wollte zur See. Als junger Bursche habe ich auf einer Jacht für Dickie Lomax gearbeitet, und später bot mir das Institut für Ozeanographie einen Job an. Manchmal hatte ich den Eindruck, dass Dr. Cooper und seine Studenten ihre Forschung nur als Vorwand benutzten, um aufs Meer hinauszufahren und in der Kapsel abzutauchen; um das Geld dafür zusammenzukriegen, mussten sie sich Forschungsprojekte ausdenken. Manchmal hätte ich am liebsten gesagt, Hört mal, warum macht ihr alles so kompliziert, wieso lernt ihr nicht einfach, wie man ein Boot fährt?

Und als Mr. Watkins dann zu mir kam, war ich deshalb bereit, ihm zu helfen, weil ich dachte, dass er keine Vorwände suchte – er wollte einfach nur nach unten. Ich weiß nicht, ob Picasso runtergefahren wäre, aber ich hatte Respekt vor Mr. Watkins, weil er es wollte.

Ich war sehr überrascht, als er vorschlug, dass ich nach unten fahren solle, und ziemlich nervös bei der Vorstellung. Es behagte mir nicht, jemandem mit so wenig Erfahrung das Ruder zu überlassen. Ich sagte zu ihm, ich hätte die Fotos gesehen, aber er sagte immerzu, Nein, Nein, das reicht nicht, Sie müssen es mit eigenen Augen sehen.

Schließlich dachte ich, Na gut, jetzt oder nie, was? Der Professor hätte mich nämlich nie im Leben runtergelassen, nur damit ich es mir ansehe. Es war ein ruhiger Tag, und ich dachte, Na denn, was sein muss, muss sein. Also stieg ich in die Kapsel, und Mr. Watkins ließ mich runter.

Wie ich schon sagte, ich war mal zum Tauchen auf den Bahamas. Das jetzt war anders. Man könnte meinen, dass man die volle Wirkung besser erlebt, wenn man richtig unmittelbar im Wasser ist, und das stimmt vielleicht auch bis zu einem gewissen Punkt. Aber in der Kapsel war man in einer Luftblase. Es war ein Gefühl, als wäre man in einer Blase aus blauem Licht – Licht, das blau war, so wie Wasser nass ist.

Als ich wieder oben war, stieg ich aus der Kapsel, und er deutete fragend darauf. Ich nickte, und er stieg ein, und ich ließ ihn das letzte Mal runter. Erst jetzt wurde mir klar, wie wenig Benzin noch im Tank war. Die Winde wird mit einem Generator betrieben, und wir hatten die Kapsel öfter nach unten geschickt, als die Forscher es in der Regel taten – sie fuhren normalerweise runter und blieben unten, um ihre Beobachtungen zu machen. Ich saß da und sah zu, wie die Nadel der Tankanzeige sich immer weiter auf leer zuneigte, und als ich die Kapsel hochholen wollte, sagte er, noch nicht. Also wartete ich. Beim nächsten Mal sagte er wieder, Noch nicht, aber ich musste es tun. In dem Moment, als sie an die Wasseroberfläche kam, ging der Motor aus. Mr. Watkins kletterte an Bord, und ich deutete auf die Tankanzeige, und er nickte und setzte sich. Ich musste Segel setzen, um uns zurück an Land zu bringen. Während der ganzen Fahrt sagte keiner von uns ein Wort.

Der Bootsführer sagte später, da unten sei es so wunderschön gewesen – oder besser gesagt, wunderschön war ein Wort, das man später benutzen würde –, dass es wehgetan hätte, davon zu sprechen. Was er an Mr. Watkins geschätzt habe, sei, dass er ihm allein schon am Ausdruck in den Augen angesehen habe, wie großartig das alles war, und dass es wehtun würde zu sprechen. Viele Leute hätten wahrscheinlich einen Witz gemacht oder so, sagte er, aber wir wussten, dass es einfach zu großartig dafür war, und wir wussten beide, *dass* wir es wussten.

Es gab noch andere Geschichten über den Maler, weil er danach zu dem Schluss kam, dass er nicht blau malen konnte. Er beschloss, dass er auch Weiß sehen musste, und diesmal überredete er einen Piloten, ihn zu einer Station im hohen Norden Kanadas zu fliegen.

Er sagte, er müsse allein in dem Weiß und der Stille sein. Er ging hinaus in den Schnee, und er marschierte meilenweit, und er wurde von einem Eisbären gesehen, einem der schnellsten und gefährlichsten Raubtiere der Welt. Er sah ihn auf sich zukommen, das Fell ein schmutziges, gelbliches Weiß gegen den reinweißen Schnee, und dann krachte ein Schuss, und der Bär fiel tot um. Der Leiter der Station war ihm gefolgt und hatte den angreifenden Bären erschossen. Das Tier lag im Schnee mit roten Blutflecken im Fell, und im Schnee waren rote Blutstropfen.

❖

Dann war der Maler nach England zurückgekehrt. Er hatte Weiß gesehen, und er hatte Rot gesehen, und er kehrte nach England zurück, um noch mehr Rot zu sehen.

Er ging zu einem Schlachthof, und er sagte zu dem Geschäftsführer, er wolle Blut. Der Geschäftsführer fragte, wie viel Blut er wolle, und er sagte, er wolle so viel Blut, dass er damit eine Badewanne füllen könne, und der Geschäftsführer sagte, es tue ihm Leid, aber für eine so kleine Menge würde sich der Aufwand nicht lohnen. Der Schlachthof verkaufte sein Blut an die Hersteller von Würsten und Haggis, einer schottischen Spezialität, und von Hundefutter, und es wurde in hunderten und tausenden von Litern verkauft, und der Aufwand würde sich nicht lohnen, 150 oder 190 Liter Blut zu verkaufen, um eine Badewanne zu füllen.

Der Maler dachte, wenn es den Aufwand nicht lohnte, 150 oder 190 Liter zu verkaufen, dann würde der Geschäftsführer es auch nicht merken, wenn diese Menge fehlte. Er wartete in einem Pub in der Nähe des Schlachthofes, und gegen 19:00 betrat ein Mann mit Blutspuren an den Händen die Kneipe. Der Maler spendierte ihm ein Bier und kam schließlich auf das Blut zu sprechen, und der Mann sagte, er wolle sehen, was sich machen ließe. Der Maler hatte einen weißen Kleinbus, in dem er manchmal Bilder transportierte. Er fuhr ihn in eine Seitenstraße am Schlachthof, und am nächsten Tag blieb der Mann unter einem Vorwand länger und kam dann zu einer Hintertür. Der Maler hatte fünf Plastikkübel für Gartenabfälle mitgebracht, und der Mann füllte sie mit Blut; sie konnten sie nur zu zweit in den Wagen tragen. Der Mann fuhr mit zum Haus des Malers und half ihm, die Kübel nach oben zu schaffen. Sie schütteten das Blut in die Wanne, und der Mann ging.

Der Maler breitete Bögen Papier auf dem Boden seines Ateliers aus, und er legte Bögen Papier vom Boden des Badezimmers bis hinüber ins Atelier. Dann ging er ins Badezimmer und montierte eine Videokamera auf ein Stativ. Er schaltete sie ein, und er stieg in die Wanne. Er setzte sich in das Blut, die Hände am Wannenrand, und dann legte er sich hin, und er nahm die Hände vom Rand, und er kippte die Beine seitlich, bis er ganz unter der Oberfläche war. Später sagte er, dass er die Augen aufgemacht habe, aber es sei nicht so rot gewesen, wie er gehofft hatte. Es war nicht so rot gewesen, wie er erwartet hatte.

Dann setzte er sich auf, Blut strömte ihm aus den Haaren über das Gesicht, und er öffnete die Augen mit Blick auf die Kamera.

Er stand auf, stieg aus der Wanne, ging über das Papier in sein Atelier und legte sich dort auf einen Bogen Papier, dann auf den nächsten. Die Abdrücke auf den letzten Bögen waren spärlich und hell, weil das meiste Blut abgegangen war und der Rest schon anfing zu trocknen.

Als die Bögen Papier getrocknet waren, packte er sie weg und legte neue aus. Er ging wieder ins Badezimmer und zog sich die blutigen Sachen aus und ließ sie auf den Boden fallen, und er stieg noch einmal in die Wanne. Er wiederholte die ganze Prozedur.

Das tat er immer wieder und wieder, bis nur noch eine kleine Lache Blut in der Wanne war. Er schöpfte so viel er konnte in eine Tasse und stellte sie auf den Wannenrand, und dann ließ er die Wanne mit Wasser voll laufen und legte sich hinein, und nun nahm die Kamera seinen blutigen Körper auf, der auf dem Grund des klaren Wassers lag.

Dann stieg er aus der Wanne, schritt über das Papier und legte sich darauf.

Er ging zurück zur Wanne, ließ das Wasser ab, füllte sie erneut und stieg wieder hinein.

Als das ganze Blut abgewaschen war, füllte er die Wanne noch ein weiteres Mal mit klarem Wasser und goss die Tasse Blut hinein.

Dann ließ er das blutige Wasser ablaufen, und er verkaufte die erste Serie blutiger Bilder für £ 150 000. Er nannte sie »Let Brown = Red«.

Er war vorher schon ziemlich bekannt gewesen, weshalb sich die neue Serie für £ 150 000 verkaufte, und als »Let Brown = Red« für £ 150 000 verkauft wurde, stießen die anderen Arbeiten, die andere interessante Titel hatten, auf großes Interesse, und sie alle verkauften sich noch besser. Es herrschte schließlich allgemeine Übereinstimmung, dass die interessantesten Stücke die späteren waren, als das Blut langsam trocknete oder als es mit Wasser verdünnt wurde, aber es gab zwei Lager, und manche mochten die kühnen, rohen, früheren Stücke lieber. Allen gefiel die Fotocollage von dem Bad, die für £ 250 000 einen Käufer fand, und die Videoinstallation. Die Bilder hatten alle interessante Namen, und keins hieß »Blutbad« oder »Dies ist nicht rot«, weil er zu clever war, um das Nächstliegende zu nehmen. Und wenn er später interviewt wurde, sagte er, dass alle Farben um uns herum tot seien, aber bei Blut sei das leichter zu erkennen, und dass man manchmal Banalität riskieren müsse, um sich verständlich zu machen. Jeder erinnere sich an die Farbe von Blut, wenn er Braun sehe, aber niemand denke an irgendeine andere Farbe, wenn er irgendeine andere Farbe sehe. Und dann füllte er eine Badewanne mit blauer

Farbe, und er machte das Gleiche, und er nannte es »Let Blue = Blue«.

»Let Blue = Blue« wurde als subtiler und pointierter empfunden als »Let Brown = Red«, und die Leute taten sich auch leichter damit, so etwas bei sich zu Hause aufzuhängen. Einzelne Stücke verkauften sich für £ 100 000, ein anonymer amerikanischer Käufer erstand eine komplette Serie für £ 750 000, und der Maler war jetzt sehr reich.

Offenbar wurde nun erwartet, dass er als Nächstes etwas Ähnliches mit Weiß machen würde, vielleicht eine weiße Leinwand mit nichts darauf, die nicht bemalt wurde, sondern nur einen Titel erhielt, der naheliegenderweise »Let White = White« lauten würde. Er war jetzt in einer Position, in der er so etwas machen konnte. Genauer gesagt, jeder konnte so etwas machen, aber er konnte es machen und dafür £ 100 000 und mehr kassieren. Er war jedoch niemand, der das Naheliegende mochte, und viele Jahre lang weigerte er sich, diese unvermeidliche Arbeit zu erschaffen. Stattdessen wollte er nach anderen Farben Ausschau halten: Er war jetzt reich genug, um sich Drogen leisten zu können, wie teuer sie auch waren, und er nahm hauptsächlich LSD und einige andere, die Farben wieder zum Leben erweckten. Es wäre nicht ganz richtig zu behaupten, dass die Drogen ihn am Arbeiten hinderten, da Arbeit eigentlich nicht erforderlich war, um »Let White = White« zu schaffen oder auch nur das hintersinnige »Ohne Titel«, das einige Leute prophezeit hatten. Er reiste in die Staaten, und die Leute machten Witze, sie sagten, er sei jetzt politisch engagiert und würde »Let Black = White« malen, und es wäre ungeheuer spannend. Stattdessen nahm er jede Menge Kokain, weil er, wie er sagte, die Welt so sehen wollte, wie Leute, die sich seine Bilder leisten konnten, seine Bilder sahen, und er wurde verhaftet und wegen versuchter Bestechung und wegen Drogenbesitzes angeklagt, weil er der Dienst habenden Polizeibeamtin gesagt hatte, sie könne viel Geld machen, wenn sie sich still und heimlich mit seinen Fingerabdrücken und seinem Foto für die Verbrecherkartei aus dem Staub machte.

Tatsache war, dass er, nachdem »Let Blue = Blue« so ein großer Erfolg war, eine kleine Arbeit an den Bootsführer geschickt hatte. Er hatte seinen Daumen in blaue Farbe getaucht und auf einem Stück grobes Papier einen Daumenabdruck gemacht. Dann hatte er sich mit einer von diesen Nadeln für Blutproben 50 ccm Blut abgezapft, und er hatte einen Stift hineingetaucht und unten auf das Blatt »Let Blue = Blue« geschrieben. Dazu schickte er eine Postkarte, auf der stand: Sie haben mich zu früh hochgeholt. Die Arbeit war zwar klein, aber ein Einzelstück. Dem Bootsführer gefiel sie nicht so gut wie Picasso in seiner Blauen Periode, also verkaufte er sie für £ 100 000, und damit kaufte er sich eine kleine Jacht und schließlich eine Tiefseekugel, sodass er, wann immer er wollte, in die Blase aus Blau hinabtauchen konnte.

Der Maler sah nie wieder Blau.

Sibylla nahm mich mit, als sie in die South Bank Gallery ging, um sich »Let Blue = Blue« anzusehen, aber ich war zu klein, um es schon würdigen zu können. 1995, als ich acht war, sahen wir »Let Blue = Blue« dann in der Serpentine Gallery. Sibylla meinte, »Let Brown = Red« und »Let Blue = Blue« stünden für Christi Geburt und die Kreuzigung des kommenden halben Jahrhunderts, und dass spätere Künstler das Thema besser behandeln würden. Ich konnte es zwar auch jetzt würdigen, aber er war trotzdem nicht mein Lieblingsmaler.

Aber jetzt erinnerte ich mich, dass er dem Bootsführer etwas geschickt hatte, und ich erinnerte mich vor allem daran, wie er darauf bestanden hatte, dass der Bootsführer alles mit eigenen Augen sehen sollte, und ich erinnerte mich daran, dass er meilenweit ins Weiß hineingegangen war. Ich dachte, wenn ich ihn um Geld bitten würde, um mit dem Maulesel durch die Anden zu reiten, würde ich es vielleicht bekommen.

Der Maler hatte ein Atelier in einem alten Lagerhaus am Butler's Wharf gegenüber der Tower Bridge gehabt. Dann wurde die Gegend saniert – das war, bevor er Millionen Pfund mit dem Tod der Farbe gemacht hatte. Also war er in eine alte Fabrik in der Nähe der Commercial Road gezogen, und die Badewanne hatte er in einem Müllcontainer gefunden, in die Fabrik geschafft und selbst angeschlossen. Als »Let Brown = Red« gerade auf den Markt kam, gingen die Immobilienpreise in den Keller, und als »Let Blue = Blue« angeboten wurde, waren Zwangsversteigerungen förmlich an der Tagesordnung. Und so konnte der Maler sich ein ganzes Lagerhaus in einer Seitenstraße der Brick Lane kaufen, das ein Sanierer sanieren wollte. Dort wohnte der Maler, wenn er in London war, obwohl er überwiegend in New York lebte. Manchmal flog er auch nach Südafrika oder Polynesien, aber das war auch keine große Hilfe.

Ich hatte gelesen, dass er wegen einer Retrospektive seines Werkes in der Whitechapel Art Gallery wieder in London war.

Ich.fuhr mit der Circle Line zur Liverpool Street und ging nach oben auf die Straße.

Als Erstes ging ich in die Ausstellung, um mich abzusichern. Der Eintritt war nicht kostenlos – das zeigte, wie bedeutend er war, und es zeigte, wie schnell sich die Dinge in der Kunstwelt veränderten. Mit Anfang 20 war er in der St. Martin's Gallery spannend und vielversprechend gewesen, aber wenn er nicht »Let Brown = Red« gemacht hätte, als er 27 war, wäre er längst enttäuschend und vergessen. Doch weil er es gemacht hatte, fand schon jetzt eine Retrospektive statt, und man verglich ihn mit Yves Klein.

Nachdem ich mir die Ausstellung angesehen hatte, ging ich zum Empfang, und ich fragte: Wo ist Mr. Watkins?

Die junge Frau am Empfang lächelte mich an.

Sie sagte: Ich glaube, er ist nicht da. Er war natürlich auf der Vernissage, aber er kommt nicht jeden Tag.

Aber ich habe eine Nachricht für ihn von Mr. Kramer. Ich dachte, er wäre hier, ich hab ihn schon überall gesucht. Wissen Sie, wo ich ihn finden kann?

Wenn du die Nachricht hier lassen willst, sorge ich dafür, dass er sie bekommt.

Aber es ist wichtig. Mr. Kramer hat mir gesagt, ich soll sie ihm persönlich übergeben. Ist sein Atelier nicht gleich hier in der Nähe?

Das darf ich dir leider nicht sagen.

Na, dann rufen Sie Mr. Kramers Büro an, und dort wird man mir die Adresse geben.

Sie wählte die Nummer, und es war besetzt. Sie versuchte es noch ein paar Mal, aber es war besetzt. Einige Leute kamen und baten sie um Hilfe. Sie half ihnen und wählte die Nummer, und es war besetzt.

Ich sagte: Hören Sie, ich weiß, Sie machen nur Ihre Arbeit. Aber was könnte schlimmstenfalls passieren? Entweder Mr. Kramer hat mich geschickt, und Mr. Watkins verliert ein Millionen-Dollar-Geschäft. Oder er hat mich nicht geschickt, und Mr. Watkins kriegt es mit einem fremden Jungen zu tun, der ihn um ein Autogramm bittet. Ich meine, ist das so schrecklich? Ist es eine Million Dollar schrecklich?

Sie lachte.

Du bist schrecklich, sagte sie.

Sie schrieb etwas auf einen Zettel und reichte ihn mir.

Also schön, sagte sie. Jetzt kannst du mir die Wahrheit sagen. Hat Mr. Kramer dich geschickt?

Natürlich hat er mich geschickt.

Ich zog einen Umschlag aus meiner Tasche.

Sehen Sie? Aber ich muss los.

Sie sagte: Nein, warte, und sie gab mir einen anderen Zettel.

Ich lief zur Tür hinaus.

Die Fabrik hatte ein großes verrostetes Doppeltor, groß genug für Lastwagen, und eine kleine Tür, die in eines der Tore hineingeschnitten war. Sie war abgeschlossen. Ich klingelte zweimal, und ich schlug gegen das Tor, aber niemand kam.

Ich ging die Seitenstraße hoch und bog nach rechts ab, und dann bog ich wieder nach rechts in die Straße hinter der Fabrik. Auch diese Straße war von einem Bauunternehmer aufgekauft worden, und ein Holzzaun sperrte mehrere Reihenhäuser ab. Der

Name eines Wachdienstes stand auf dem Zaun, aber einige Bretter waren rausgerissen; durch die Lücken wuchs Gestrüpp. Ich schlüpfte hindurch. Wo früher ein Haus gewesen war, klaffte jetzt ein Loch, und an den Häusern auf beiden Seiten standen Metallgerüste. Ich kletterte durch bis zur Rückseite. Die rückwärtige Mauer der Fabrik war mit Glasscherben gespickt.

Im hinteren Teil eines ehemaligen Gartens stand ein alter Apfelbaum. Ich kletterte hinauf, bis ich über die Mauer schauen konnte.

Ich blickte auf einen betonierten Hof, Löwenzahn und Gras wuchs aus den Ritzen. An der Rückwand des Lagerhauses sah man eine Feuertreppe aus Metall und eine Menge zerbrochener Fenster.

Der Boden auf der anderen Seite der Mauer war tiefer als auf dieser Seite – von der Mauerkrone bis unten waren es gut sechs Meter. Aber die Mauer war aus sehr alten Backsteinen, und viel Mörtel war herausgefallen.

Ich kroch vorsichtig den Ast entlang, bis er sich auf der anderen Seite der Mauer nach unten bog, dann schwang ich mich runter und versuchte, an der Mauer Tritt zu fassen. Ich fand Halt für einen Fuß, dann für den anderen, schließlich für die Finger. Langsam kletterte ich nach unten, von Backstein zu Backstein. Dann ging ich zu dem Gebäude hinüber.

Reinzukommen war nicht schwer. Ich kletterte an einem Fallrohr zu der Feuerleiter hoch, stieg dann eine Treppe hinauf und durch ein zerbrochenes Fenster.

Allmählich fragte ich mich, ob ich hier richtig war. Vielleicht hatte die Frau in der Galerie mich ja doch hereingelegt. Ich befand mich in einem Raum mit Betonboden, und in der Ecke häufte sich Abfall. Ich ging von Raum zu Raum, und alle waren gleich.

Ein Stockwerk tiefer lag ein dunkler Raum in der Mitte des Gebäudes. Das einzige Licht kam von der Tür, sodass ich mich langsam darauf zutasten konnte. Jetzt befand ich mich wieder in einem Raum mit kaputten Fenstern, kaltes, graues Licht ließ bröckeligen Beton und Abfall erkennen. Entlang einer Wand waren

Bretter fast bis zur Decke gestapelt, alle rissig und verzogen, und auf dem Boden daneben lagen kleine Häufchen Staub. So sah es zumindest aus; als ich näher kam, sah ich, dass es anscheinend kleine Flöckchen Farbe waren.

Jetzt hörte ich ein Geräusch. Es war ein regelmäßiges, metallisches Geräusch – der Klang von Werkzeug auf Stein. Ich folgte ihm durch eine weitere Tür in den nächsten Raum und in den nächsten und den nächsten, aber ich sah nur weitere Bretterstapel, noch mehr flockige Farbe. Dann, hinter der letzten Tür, an der entgegengesetzten Wand, saß ein Mann mit schwarzer Strickmütze und einem verblichenen, schwarzen Overall auf einem Milchkasten. Er hielt anscheinend einen Meißel oder möglicherweise bloß einen Schraubenzieher in einer Hand und kratzte Farbe von der Wand. Ich sah, dass die Wände bis zu einer Höhe von etwa anderthalb Metern irgendwie glänzend schwarz gestrichen waren, nur nicht die etwa anderthalb Meter hinter ihm und die ganze Wand davor, und ein Hügel abgekratzter Farbflocken verlief auf dem Boden wie die Spur eines Maulwurfs.

Ich sagte

Entschuldigung, können Sie mir sagen, wo ich Mr. Watkins finde?

Er sagte

Du bekommst das, was du siehst.

Ich wusste nicht, was ich sagen sollte. Ich sagte

War es Lammblut?

Er lachte.

Ja, genau. Wie bist du darauf gekommen?

Ich sagte

Glaubst du an Jesu heilende Kraft?
    Bist du gewaschen in des Lammes Blut?
Glaubst du, Seine Gnade ist beispielhaft?
    Bist du gewaschen in des Lammes Blut?

Ist deine Seele gewaschen im Blut?
  In des Lammes reinigendem Blut?
Sind deine Kleider rein? Sind sie weiß wie Schnee?
  Bist du gewaschen in des Lammes Blut?

Er sagte

Ich wusste nicht, wie der Text geht, aber ja.

Ich sagte

Das ist nicht der ganze Text. Es gibt noch zwei weitere Strophen. Die gehen so:

Begleitet der Erlöser dich auf all deinen Wegen?
  Bist du gewaschen in des Lammes Blut?
Spendet Trost Er dir mit göttlichem Segen?
  Bist du gewaschen in des Lammes Blut?

Wirf die sündenbefleckten Kleider zur Erde
  Und lass dich waschen in des Lammes Blut
Dieser Brunnen fließt, damit die Seele rein werde.
  O lass dich waschen in des Lammes Blut!

Ist deine Seele gewaschen im Blut, In des Lammes reinigendem Blut, ist der Refrain.

Er sagte

Schon komisch, dass vorher nie jemand auf die Idee gekommen ist. Komisch, findest du nicht? Du hättest seinen Blick sehen sollen, als ich ihn darum gebeten habe.

Er sagte

Es war ein schönes Stück Arbeit, das zu arrangieren. Die haben nicht viel – ein, zwei Liter vielleicht –, es waren bestimmt 50 von den kleinen Biestern nötig.

Er sagte

Ich wollte sehen, ob ein Merkmal des Mediums das verändern würde, worum es eigentlich ging. Am Ende schien das banal zu sein. Ich hab gedacht, na, was soll's, Rembrandt hat auch mit Lots

Frau angefangen und daraus Batseba im Bade gemacht, ich habe es mir anders überlegt, mehr nicht.

Ich sagte

Susanna.

Er sagte

Was?

Ich sagte

Susanna im Bade. Batseba war die Frau des Hethiters Uria, den König David in die Schlacht schickte, damit er mit dessen Frau eine Affäre anfangen konnte.

Er sagte

Egal. Die Sache ist die, als ich darüber nachdachte, war es einfach zu viel. Ich meine, Religion war mir wirklich schnurzegal. Mir ging es um Farbe. Mir lag auch was an dem Bären, wirklich. Ich hätte den Wichser umbringen können, der ihn erschossen hat. Um ehrlich zu sein, ich wäre wahrscheinlich nicht gern zerfleischt worden, aber wenn er mir einen Gefallen tun wollte, hätte er mich erschießen und dem Bären überlassen sollen. Das hätte mehr gebracht. Ein leckerer Schmaus für den Bären, und ich hätte dableiben können. Es war so weiß dort. Weiß, das umhertrieb und fest gefroren war und einem unter die Haut ging.

Er legte den Schraubenzieher hin und nahm eine Packung Zigaretten heraus.

Er sagte

Rauchst du?

Ich sagte

Nein.

Er zündete sich eine Zigarette an und sagte

Ich mag ja ziemlich grob sein, aber es gibt Grenzen. Da folgt mir jemand zwei Tage und rettet mir das Leben, und ich muss zugeben, ich war jedenfalls ein bisschen mitgenommen, da ich vorgehabt hatte zu erfrieren, und ich dachte, ich könnte wohl kaum darauf bestehen zu bleiben. Also verließ ich das weiße Land, und als ich wieder in England war, konnte ich nicht richtig klar denken. Ich wusste, ich würde als Nächstes was mit Rot machen müssen, aber ich konnte nicht klar denken, und ich ließ zu, dass sich mein Denken mit einem Klischee verhakte, und während ich noch verwirrt war, ging ich zu dem Schlachthof und arrangierte alles und brachte den Schlachthof dazu, mir das Blut von 50 Lämmern zu geben.

Er sagte

Tja, sobald ich loslegte, wurde mir klar, dass es ein Fehler war. Banal, irrelevant, aber ich wollte das alles nicht noch mal machen. Ich dachte daran, zurückzugehen und um Rinderblut oder Schafsblut oder Pferdeblut zu bitten und das alles noch einmal zu machen, und ich konnte mich nicht dazu aufraffen.

Er sagte

Also dachte ich, ich lass das einfach unerwähnt und warte ab, was passiert, aber wenn mich jemand fragen würde, würde ich die Wahrheit sagen. Was meine Arbeit angeht, lüge ich nicht. Ich war ganz schön überrascht, dass keiner das schnallte, aber die Leute interessieren sich nicht sonderlich für Glaubenssachen, deshalb ist es vielleicht doch nicht so überraschend.

Er steckte sich die Zigarette in den Mund, nahm den Schraubenzieher und fing wieder an, an der Wand herumzukratzen.

Er nahm die Zigarette aus dem Mund und trat sie aus.

Er sagte

Bist du deshalb hier? Um deine Neugier zu befriedigen?

Ich wollte Ja sagen.

Ich konnte mir vorstellen, wie er sich in die Wanne voller Blut sinken ließ, aber ich konnte mir nicht vorstellen, wie er den Bootsführer hinunterschickte in eine Blase aus Blau. Ich war froh, nichts von ihm zu haben. Aber ich war gekommen, und ich konnte nicht gehen, ohne zu tun, weshalb ich gekommen war.

Ich zog mein Bambusschwert und hob es.

Ich sagte

Ich bin gekommen, um meine Neugier zu befriedigen.

Ich nahm es in einer langsamen fließenden Bewegung nach hinten.

Ich sagte

Ich wollte Sie sehen, weil ich Ihr Sohn bin.

Und er sagte

Mit wem?

Und ich sagte schwach vor Erleichterung

Bitte?

Und er sagte

Wer ist angeblich die Mutter?

Ich sagte

Sie erinnern sich wahrscheinlich nicht. Sie sagte, Sie wären beide betrunken gewesen.

Er sagte

Wie praktisch.

Ich sagte

Vergessen Sie's.

Er sagte

Du bist hier, weil du Geld willst, nicht? Du hast gedacht, du könntest mich ausnehmen. Beim nächsten Mal suchst du dir besser jemand Besseres aus.

Ich sagte

Es ist nicht einfach. Wenn man jemanden aussucht, dem man dankbar sein könnte, wird man vielleicht enttäuscht.

Ich sagte

Haben Sie *Die sieben Samurai* gesehen?

Er sagte

Nein.

Also erklärte ich ihm das mit dem Film, und er sagte

Ich verstehe nicht.

Ich sagte

Sie haben den Bootsführer nach unten geschickt, damit er sich die Blase aus Blau ansieht. Er sagte, er habe Fotos gesehen, und Sie sagten, das sei nicht genug. Ich dachte, Sie würden verstehen, warum ich mit einem Maulesel über die Anden reiten will. Ich dachte, das wäre es wert, mit Bambusschwertern zu kämpfen.

Er sagte

Also habe ich gewonnen.

Ich sagte

Hätten wir mit richtigen Schwertern gekämpft, hätte ich Sie getötet.

Er sagte

Aber das haben wir nicht.

Es stimmte, dass ich nicht sein Sohn war und dass es ein Trick war.

Ich dachte, dass er den Film vermutlich nicht sehr gut kannte.

Kambei stellt den Samurai, der ihn interessiert, auf die Probe: Katsushiro steht mit einem Stock neben der Tür.

Seine erste Wahl ist ein guter Kämpfer und kein Feigling – er kommt durch die Tür und wehrt den Schlag ab. Er fühlt sich beleidigt durch den Trick, und es verletzt seine Ehre, dass er für drei Mahlzeiten am Tag kämpfen soll. Aber der Zweite durchschaut den Trick, bevor er durch die Tür geht, und er lacht, und er nimmt an aus Interesse an den Samurai.

Ich sagte

Sie haben den Trick durchschaut, zweifellos. Tut mir Leid, dass ich Sie gestört habe. Ich hoffe, Sie finden, wonach Sie suchen

doch ich dachte, dass ein Mann mit seinem Geld, der sich dieses graue Gebäude mit dem grauen Licht gekauft hatte, hier lange nach Farbe suchen würde. Ich dachte, dass er vermutlich für seine abgekratzte Farbe noch mehr Geld kriegen könnte.

Ich drehte mich um und ging durch die drei dunklen Räume zurück zu der Treppe und stieg hinunter ins Erdgeschoss. Ich war bereits am Tor, als ich Schritte hinter mir die Treppe herunterkommen hörte.

Ich fummelte an dem Schloss herum, kriegte es schließlich auf und drückte gegen die Tür, aber sie wurde von einer Kette gebremst und schnellte zurück. Ich schloss sie, löste die Kette und lief auf die Straße. Ich fing an, die Straße hinunterzurennen.

Als ich Schritte hinter mir hörte, sprintete ich weiter. Doch seine Beine waren länger. Eine Hand packte meinen Arm, und wir blieben stehen.

Der Himmel war jetzt völlig grau. Der Himmel war grau, und

die Straße war grau, und ein großes, gläsernes Bürogebäude reflektierte grauen Himmel, graue Straße, grauen Mann, grauen Jungen. Sein Gesicht war bleigrau und hässlich, tot und trocken in dem widerlichen Licht.

Er sagte

Dann komm mal mit. Ich bringe dich nach Atlantis.

Er lief wieder los und zog mich mit sich. Zuerst kamen wir durch viele kleine Straßen und dann in die Brick Lane. Er lief die Straße hoch, vorbei an den Sari-Läden und indischen Süßwarenläden und islamischen Buchläden, schließlich die Stufen eines Backsteingebäudes hoch und zerrte mich durch die Tür.

Es war grellweiß, wenn auch nicht gerade polarweiß. Rechts von uns führte eine Treppe hoch. Links von uns war eine Tür, und durch die gingen wir; ein kleiner Vorraum, die Wände mit Karten bedeckt, wieder eine Tür.

Wir traten durch diese Tür, und jetzt waren wir in einem sehr hohen, sehr langen Raum, und entlang der Wände und auf Gestellen überall auf dem Boden waren Töpfe und Tuben und Stöcke und Papier in aberhunderten von Farben. Wir standen neben der Kasse. Zwei Leute, die dort anstanden, drehten sich um und starrten, und ein Verkäufer sagte

Mr. Watkins!

Und der andere sagte

Kann ich Ihnen helfen?

Und er sagte

Nein.

Dann sagte er

Ja. Ich brauche ein Messer. Ein Stanley-Messer.

Und während ein Verkäufer es rasch holen ging, schritt er durch den Raum.

Seine Hand umklammerte noch immer meinen Arm, wenn auch nicht so fest. Er blieb an einem Regal stehen, las laut »chromgelb«, und er sagte

Ich frage mich, wie wohl das Echte aussieht, was, mein alter Sohn?

Und er ging weiter in den hinteren Teil des Raumes, wo Regale mit Papier standen.

Energisch ging er zwischen den Regalen mit Farben hindurch, ohne zu gucken. Da waren große Bögen handgemachtes Papier mit Hagebutten und anderen getrockneten Blüten dazwischen gepresst. Da waren Blätter Papier in kleineren Größen auf einem Tisch daneben. Er nahm eins, betrachtete es und nahm es, und er kaufte das und das Messer. Dann ging er weiter herum, und der Verkäufer folgte uns auf Schritt und Tritt, bis er ihm sagte, er solle damit aufhören. Er blieb hinter einer Vitrine stehen, und dann kam jemand um die Vitrine herum.

Schließlich sagte er

Na gut. Na gut. Na gut.

Seine Hand hielt jetzt locker mein Handgelenk umfasst. Er bewegte sich durch die Luft, als wäre sie Wasser, vorbei an Töpfchen für Seidenmalerei und weißen umsäumten Seidenschals in Zellophan und weißen Seidenkrawatten zum Bemalen und weißen Seidenherzen in Zellophan.

Er blieb stehen und fing an, ein leises, kratziges Lachen zu lachen, wie die Stoppeln in seinem Gesicht.

Keine billigen Scherze, sagte er.

Er sagte

Das ist es. Genau danach habe ich gesucht.

Er nahm ein Seidenherz, holte £ 10 aus seiner Tasche und reichte sie einer Verkäuferin. Er brauchte auch seine andere Hand, um an das Geld zu kommen, also ließ er mich los. Er ging eine kurze Treppe hinauf, dann eine weitere Stufe auf eine Plattform, von der aus man das Geschäft überblicken konnte, und ich folgte ihm nach oben. Auf der Plattform waren drei runde schwarze Tische und drei Stühle mit Sitzflächen aus Rohrgeflecht. An der Wand stand ein Tisch mit zwei Kaffeemaschinen und einem Schild mit der Aufschrift: »Bedienen Sie sich, Milch vorhanden«; neben dem Tisch stand ein Kühlschrank.

Er zog einen zweiten Stuhl zu einem der Tische und setzte sich. Ich setzte mich.

Er riss das Zellophan mit den Zähnen auf und packte das weiße Seidenherz aus. Er zog das Stanley-Messer aus der Pappverpackung.

Er sagte

Kennst du meinen Agenten? Der kann dir sagen, wer dafür Geld bezahlt; er findet jemanden, der es kaufen möchte.

Er hielt einen Daumen hoch. Er hauchte ihn an, und dann drückte er ihn auf die weiße Seide.

Er sagte

Du kennst den alten Witz. Ich habe für meine Kunst gebüßt, und jetzt bist du dran.

Er packte fest meinen Daumen. Ich dachte, er würde mit meinem Daumen das Gleiche machen: Er war schmutzig vom Klettern. Er hielt ihn so fest, dass es wehtat, und bevor ich begriff, was er vorhatte, packte er auch schon das Messer und schnitt mir in den Daumen.

Ein dicker Blutstropfen quoll aus dem Schnitt. Er nahm ihn mit der Messerklinge auf und gab etwas davon auf die Seide, und dann nahm er noch mehr Blut mit dem Messer auf und übertrug es auf die Seide, und das machte er neun- oder zehnmal. Dann legte er das Messer beiseite, und er drückte meinen blutenden Daumen neben den schwarzen Abdruck, den er gemacht hatte, auf die Seide.

Er zog meine Hand weg und ließ sie auf den Tisch fallen, klappte die Klinge ein und steckte das Messer in die Tasche.

Auf der weißen Seide waren die beiden Daumenabdrücke, einer schwarz einer rot mit einem Schnitt quer hindurch. Darunter stand in nassen Buchstaben

Weiß gewaschen in des Lammes Blut

4

Ein guter Samurai wird den Schlag abwehren

Die Suche nach einem Vater hatte sich als unerwartet riskantes Unterfangen erwiesen. Stell dich neben die Tür, sagt Kambei zu Katsushiro. Schlag mit dem Stock so fest zu, wie du kannst, es wird für dich eine gute Übung sein. Noch mehr Übung, und ich erlebe vielleicht meinen 12. Geburtstag nicht mehr.

Eine Woche verstrich, und wir erhielten drei Mahnungen an einem Tag. Sibylla rief das Projekt an und fragte, wann sie mit ihrem Scheck über £ 300 rechnen könne, und der Mensch, mit dem sie sprach, war ziemlich hämisch und sagte, wenn sie sich mit der Bezahlung so viel Zeit ließen, wie sie für die Arbeit brauchte, würde sie den Scheck wahrscheinlich um Weihnachten herum erhalten. Also sagte Sibylla, sie würde Ende der Woche 10 Nummern von *Welt der Karpfen* und den Rest in der Woche darauf schicken. Schließlich kam ein Scheck über £ 300, Sibylla bezahlte die Rechnungen, und wir hatten noch £ 23,66 zum Leben, bis sie für *Welt der Karpfen* bezahlt würde.

Ich las ein Buch über Festkörperphysik. Sibylla hatte es mir zum Geburtstag geschenkt, weil im Klappentext stand, dass die Erweiterung unseres Verständnisses der Eigenschaften von Festkörpern auf mikroskopischer Ebene zu den bedeutendsten Leistungen der Physik in diesem Jahrhundert zählt, und weil sie eine beschädigte Ausgabe zum Preis von £ 2,99 gefunden hatte. Leider war es ein nicht ganz so gutes Geschäft, wie es aussah, denn im Klappentext hieß es weiter: »Dr. Rosenbergs Buch setzt nur wenige Grundkenntnisse in Mechanik, Elektrizitätslehre und Magnetismus sowie Atomphysik und relativ intuitive Vorstellungen von der Quantenphysik voraus.« Sibylla ist der Überzeugung, niemand lasse sich von etwas abschrecken, nur weil es schwierig ist, höchstens davon, dass es langweilig ist, und wenn etwas interessant sei, spiele es keine Rolle, wie schwer es ist; es sei ein durchaus packendes Thema, aber um es verstehen zu können, brauche man wirklich zumindest ein wenig Einführungsmaterial in die oben erwähnten Gebiete. Ich war allmählich ziemlich frustriert, aber ich würde eher sterben als das Herz verkaufen, nicht, weil ich es behalten wollte, sondern weil es schrecklich wäre, dafür Geld zu nehmen.

Eines Abends kam ich nach einem sinnlosen Tag im Museum of Science and Technology nach Hause. Da das Museum Eintritt kostet, sollte man meinen, dass das Personal sich mit Wissenschaft und Technologie auskennt; ich hatte gedacht, die Angestellten wären in der Lage, mir zu helfen, als ich auf Probleme stieß, aber der Mann, den ich fragte, konnte es nicht.

Ich dachte über den Umklapp-Prozess nach, das heißt, ich dachte so viel darüber nach, wie man darüber nachdenken kann, wenn man nur wenige Grundkenntnisse in Mechanik, Elektrizitätslehre und Magnetismus sowie Atomphysik und relativ intuitive Vorstellungen von der Quantenphysik hat. Der Umklapp-Prozess bezieht sich auf Gruppen von Wellen, die sich gegenseitig überschneiden: Es gibt wenig oder keine Interferenz, wenn sich die Wellen in einem linearen Medium befinden, d.h. in einem Medium, in dem die Verdrängung an jedem beliebigen Punkt proportional zu der angewandten Kraft ist. Die Wellen gelten in dem Fall als harmonisch, und die Energie der Welle ist proportional zum Quadrat ihrer Schwingungsweite; die Verdrängung des Mediums an einem beliebigen Punkt lässt sich erreichen, indem man die Summen der Schwingungsweiten der einzelnen Wellen an dem betreffenden Punkt aufaddiert. Wenn das Medium dagegen nicht genau linear ist, findet das Prinzip der Superposition keine Anwendung mehr, und die Wellen gelten als unharmonisch.

Der Umklapp-Prozess ist dabei ein Sonderfall: Wenn die Summe zweier aufeinander treffender Phononen groß genug ist, ergibt sich aus ihnen ein Phonon mit der gleichen Gesamtenergie, das sich allerdings in die entgegengesetzte Richtung bewegt!

Das Personal im Museum war nicht sehr hilfreich gewesen, als ich Fragen gestellt hatte, und ich wusste, dass Sibylla mir auch nicht würde helfen können. Ich fragte mich, ob ich versuchen sollte, von einer Schule angenommen zu werden. Ich kam nach Hause, und Sibylla saß am Computer mit den 12 Ausgaben von *Welt der Karpfen* 1991 links von sich und den 36 Ausgaben von *Welt der Karpfen* 1992, 1993 und 1994 rechts von sich. Der Bildschirm war dunkel. Ich öffnete die Tür, und sie sagte:

> Er ist der riesenhafte Pfau, schwankt nächtens hin und her
> Sein träger Schwanz dort oben erstrahlt als Lichtermeer

Sie sagte:

> Die Sonne taucht; Sterne erblitzen:
> Da Nacht rasch um sich griff.

Sie fragte, ob ich einen schönen Tag gehabt hätte. Ich sagte, ich würde gerade *The Solid State* von H. M. Rosenberg lesen. Sie fragte, ob sie es mal sehen könne, und als ich es ihr gab, warf sie einen Blick hinein. Sie fragte: Was ist ein Phonon?

Ich sagte: Das sind Gitterschwingungsquanten.

Sie starben als Männer, bevor ihre Körper starben, sagte Sibylla.

Was?

Schon gut, sagte Sibylla. Ich glaube, der Körper kann es überstehen, 30 Stunden *Welt der Karpfen* in den Computer zu tippen, denn meiner scheint noch ganz zu sein.

Sie blätterte das Buch durch, und jetzt sagte sie: Oh, hör dir das an!

So sorgsam man auch eine Probe präpariert und dabei Materialien von äußerst hoher Reinheit und sehr speziell kontrollierte Methoden des Kristallwachstums verwendet, eine Form von Defekt wird stets vorhanden sein – der Defekt, der sich aus der thermischen Schwingung der Atome ergibt. Zu keinem Zeitpunkt sind die Atome genau an ihren korrekten Gitterplätzen. Bei Zimmertemperatur schwingen sie mit nahezu einfacher harmonischer Bewegung bei rund 10^{13} Hz um einen Koordinatennullpunkt, der sich an der geometrischen Gitterposition befindet. Selbst bei sehr niedrigen Temperaturen ist die Nullpunktbewegung der Atome noch immer vorhanden.

Das ist köstlich, sagte Sibylla. In der Schule würden sie dich so ein Buch nicht lesen lassen, sie würden verhindern, dass du es liest, indem sie dich Sport treiben ließen. Und sieh mal! Es wurde 1976 geschrieben, Liberace hätte es also in den Jahren seiner intellektuellen Missbildung lesen und davon profitieren können, statt zuzulassen, dass sein Verstand sich zu dem Zustand verfestigt, wo die Zerebralatome sich ständig außerhalb ihrer korrekten Gitterplätze aufhalten. Ich wünschte, ich würde das hier verstehen, sagte Sibylla, und sie warf einen verbitterten Blick auf *Welt der Karpfen* 1991, aber ich bin froh, dass du es schon in deinem Alter in die Hand bekommen hast. Nahezu einfache harmonische Bewegung – das klingt wie von Platon, nicht? Platon sagt – ach, was sagt Platon noch mal? Oder vielleicht sind es die Stoiker. Aber ich glaube, Platon sagt etwas darüber im *Timaios*. Und sie blickte *Welt der Karpfen* 1992–94 noch verbitterter an, und schließlich sagte sie: Tja, jedenfalls weiß ich, was Spinoza sagt, er sagt – und sie hielt inne. Na ja, an den genauen Wortlaut kann ich mich nicht erinnern, aber er sagt, dass der Verstand, wenn er sich seiner Schwäche bewusst wird, traurig wird. Mens verflixt tristatur.

Ihr Gesicht war spitz und grau. Ihre Augen brannten. Am nächsten Tag nahm ich das Herz, tat es in meinen Rucksack und verließ das Haus.

Ich fuhr mit der Circle Line, und als die Bahn an der Farringdon Station hielt, blieb ich sitzen. Ich wollte nicht zu dem Agenten, aber ich würde nicht drum herum kommen. Manchmal dachte ich, dass Geld eigentlich nicht das Problem war, aber dann fiel mir ein, dass jemand Sib das Leben gerettet hatte, weil es sich nicht lohnte, sich wegen Geld umzubringen.

An der Station Baker Street hatte jemand den *Independent* liegen gelassen, also fuhr ich noch einmal rundherum und machte das Kreuzworträtsel.

Der Zug erreichte Farringdon. Ich fing an, die Zeitung zu lesen. Red Devlin war aus seinem Versteck gekommen und gab ein Buch über seine Erlebnisse als Geisel heraus. In einem Artikel ging es um Nationalismus und Intervention. Eine kurze Kolumne handelte von Mustafa Szegeti, der von den Behörden in West-Papua gerügt worden war, weil er sich als belgischer Konsul ausgegeben und in dieser Eigenschaft einige belgische Visa ausgestellt hatte. Argwohn war aufgekommen; die belgische Botschaft in Jakarta hatte jedwede Verbindung mit Szegeti abgestritten, der in Wahrheit ägyptischer und ungarischer Abstammung war und für den *Independent* als Bridge-Korrespondent arbeitete. Auf die Frage, warum er sich als Mitglied des diplomatischen Korps von Belgien ausgegeben habe, hatte er erwidert: Na ja, einer musste es ja tun.

Das war typisch Szegeti. Er war in Burma verhaftet worden, als ich sechs war, weil er sich als Delegierter der Vereinten Nationen ausgegeben hatte, und als ich sieben war, hatte er sich in Brasilien als amerikanischer Handelsattaché ausgegeben, und er war selbst ernannter stellvertretender Direktor der Weltbank in Uganda und bhutanischer Botschafter in Mosambik gewesen. Er hatte zahllose Menschen vor Tod und Folter gerettet, indem er ihnen phantasievolle Papiere verschaffte, mit denen sie in ferne Asylländer fliehen konnten.

Selbstverständlich verdiente er damit nicht seinen Lebensunterhalt.

Szegeti hatte als Kind von seinen Eltern Bridge beigebracht bekommen, das beide leidenschaftlich spielten. Seine Mutter war Ägypterin, sein Vater Ungar. Sie waren wohlhabend, aber dem

Glücksspiel verfallen und hatten in ständiger Unsicherheit und Anspannung gelebt.

Sie wohnten in prachtvollen Hotels, wenn sie es sich leisten konnten, und häufig, wenn sie es sich nicht leisten konnten. Bei ihrer Ankunft verlangten sie stets, dass in ihrer Suite ein Flügel aufgestellt wurde, damit seine Mutter Brahms spielen konnte, wenn sie nicht gerade Roulette spielte. Sie bestellten großzügige Menüs beim Zimmerservice. Manchmal bekam Szegeti seine Eltern tagelang nicht zu Gesicht; manchmal gingen sie eine Woche lang nicht raus, standen nur auf, um Roulette zu spielen, und hörten nur auf zu spielen, um ins Bett zu gehen.

Seine Mutter trug ausschließlich Designerkleidung. Einmal versetzte sie ihren ganzen Schmuck und ihre gesamte Garderobe. Männer mussten im Kasino Abendgarderobe tragen; für Frauen waren Hosen untersagt. Sie band sich die schwarze Krawatte ihres Mannes um, aber da sie nicht einmal mehr Geld hatte, um sich einen falschen Bart zu kaufen, schnitt sie sich die Haare ab, klebte ein paar Strähnen über die Oberlippe und ging mit dem Geld, das sie für die Kleidungsstücke bekommen hatte, ins Kasino. Sie blieb zwei Tage fort.

Schließlich kam sie zurück. Statt eines Zwei-Tage-Bartes hatte sie nur schwarze Haarsträhnen, die nicht mehr richtig festklebten. Ihre schwarzen Haare standen in alle Richtungen. Sie kam ins Zimmer – sie hatten sich seit zwei Wochen nicht getraut, den Zimmerservice zu rufen, und hatten von halb leeren Pralinenschachteln und den übrig gebliebenen Brotstangen gelebt – und warf einen einzigen Chip aufs Bett.

Dann hast du also verloren?, fragte Szegeti, und auch der Junge dachte, sie hätte verloren.

Ich habe verloren, sagte sie. Sie ging zum Spiegel und fing an, sich den Schnurrbart abzurupfen.

Ich habe verloren und verloren und verloren. Und dann habe ich gewonnen.

Mit diesen Worten holte sie ein Bündel Geldscheine nach dem anderen aus den Taschen des Anzugs und stapelte sie auf der Frisierkommode. *Numéro vingt-huit*, sagte sie*, il ne m'a pas tout à fait oubliée*. Es waren Bündel von 500-Francs-Scheinen.

Ich muss ins Bett, sagte sie. Ich habe nichts zum Anziehen.

Ich dachte: Es ist nicht nur das Geld.

Ich dachte: Ich kann das Herz immer noch ein anderes Mal verkaufen.

Ich dachte: Ich kann es nicht erwarten, den Ausdruck in seinem Gesicht zu sehen!

Abgeschoben zu werden klingt ziemlich traumatisch, aber Szegeti hatte das schon so oft durchgemacht, dass ich dachte, er würde sich dadurch wahrscheinlich nicht von seinen normalen Beschäftigungen abhalten lassen. Ich wusste, dass er oft im Portland Club Bridge spielte, daher stieg ich an der Station Baker Street aus der Circle Line und ging zur Marylebone Library, um im Telefonbuch den Portland Club nachzuschlagen. Das Nächstliegende sollte man nie außer Acht lassen, daher probierte ich es zuerst im örtlichen Telefonbuch, aber natürlich stand da ein Mann nicht drin, der keine Anrufe bekommen möchte von Staatsoberhäuptern, die normalerweise 99,9% der Stimmen von einer liebenden Bevölkerung erhalten, ganz zu schweigen von den bhutanischen, amerikanischen, französischen, deutschen, dänischen und jetzt belgischen Botschaften und last, not least der Weltbank, UN und WHO. Die Adresse des Portland Club war Half Moon Street 42.

Ich fuhr mit der Jubilee Line zum Green Park und ging zur Half Moon Street. Es war fast 13:30. Ich setzte mich gegenüber vom Portland Club auf den Bordstein und fing an, *The Solid State* von H. M. Rosenberg zu lesen.

Ich dachte: Wer weiß, WAS passieren wird?

Szegeti war nicht nur ein unverbesserlicher Diplomat und Kartenspieler, er hatte auch dutzende, hunderte oder tausende von Affären gehabt, je nach Quelle (Szegeti/*The Sun*/Saddam Hussein). Sicher hatte er längst den Überblick verloren; es war also durchaus möglich, dass eine von seinen Ex ein Kind von ihm hatte. Er könnte mich als seinen Sohn akzeptieren! Vielleicht würde ich die

Geschichte mit dem Schnurrbart als eine Geschichte von meiner Großmutter erzählen können.

Im Portland Club herrschte reges Kommen und Gehen, aber keiner sah aus wie Szegeti. Um kurz vor 16:00 fuhr ein Taxi vor, und ein Mann in einem weißen Anzug stieg aus. Es war Szegeti.

Sechs Stunden vergingen. Ich kam fast um vor Hunger, aber ich zwang mich, H. M. Rosenberg, *The Solid State* zu lesen, und versuchte, nicht an Essen zu denken.

Gegen 23:00 kam Szegeti heraus. Es war noch ein Mann bei ihm. Der andere Mann sagte: Ich hab bloß gedacht, wenn ich den König ausspiele, öffnet das die Karos.

Karos?

Das war die einzige Farbe, die sie nicht gereizt hatten.

Nein, wirklich nicht, sagte Szegeti seufzend. Kein schöner Gedanke, dass der Abenteuergeist im modernen Glücksspiel völlig ausgestorben ist, aber wenn man sich die unerklärliche, ja offenbar unüberwindbare Abneigung des Durchschnittsspielers vor Augen hält, eine Farbe zu reizen, in der man nur *chicane* oder *single* hat! Ganz zu schweigen von der Ängstlichkeit der Partner *de nos jours*, die sich demütig mit einer Farbe begnügen, in der sie einen Fit gefunden haben, statt sich in unbekannte Gewässer vorzuwagen. Wir leben in einer degenerierten Zeit.

Letztes Mal haben Sie gesagt, ich hätte natürlich den König ausspielen sollen.

Hab ich das? Dann nehme ich alles zurück. Selbstverständlich muss man bei jeder sich bietenden Gelegenheit den König ausspielen. Nicht lange überlegen, wenn man einen König auf der Hand hat, immer raus damit. Sollte jemand ein überraschtes Gesicht machen, können Sie sich ja auf mich als Autorität berufen und sagen, dass es die Quintessenz eines soliden Spiels ist, den König zuerst auszuspielen. Aber da kommt mein Taxi.

Er stieg ins Taxi, und es fuhr davon.

Ich hatte keine Ahnung, wohin es fuhr.

Der Mann, der zurückgeblieben war, blickte ihm nach. Ich lief zu ihm und rief atemlos: Entschuldigen Sie! Ich soll ganz dringend etwas für Mr. Szegeti in seinem Club abgeben, und jetzt habe ich ihn gerade verpasst – wissen Sie vielleicht, wo er hinwill?

Keine Ahnung. Ins Caprice geht er nicht mehr; du könntest es im Quaglino's versuchen. Spielst du Bridge?

Nein. Wo ist das Quaglino's?

Ach du je, nein, das geht nicht – ich meine, er ist wegen irgendwas scheußlicher Laune, und falls er da eine Verabredung hat, wird es ihm nicht gefallen, wenn du plötzlich aufkreuzt. Gib es doch im Club ab.

Wo ist das Quaglino's?

Darfst du denn überhaupt so spät noch draußen sein?

Wo ist das Quaglino's?

Wahrscheinlich ist er sowieso nicht da.

Dann ist es ja auch nicht schlimm, wenn Sie mir sagen, wo es ist, oder?

Nein, also, Bury Street, wenn du es unbedingt wissen musst.

Wo ist das?

Ein ganzes Stück weit weg.

Ich ging zurück zur Station Green Park. Die U-Bahn würde in einer Stunde schließen. Er würde wahrscheinlich wieder mit dem Taxi fahren, und ich würde ihm nicht folgen können, weil ich nur meine Travelcard und ein Pfund hatte. Dennoch, vielleicht würde sich ja irgendwas ergeben.

Ich fragte am Schalter, wo die Bury Street sei, und der Mann sagte, gleich um die Ecke. Ich sah auf der Stadtteilkarte nach, und tatsächlich, sie war direkt um die Ecke, etwa zehn Minuten zu Fuß von der Half Moon Street. Würde jemand für ein so kurzes Stück ein Taxi nehmen? Aber es war mein einziger Anhaltspunkt, und so ging ich Piccadilly hoch und die St. James's Street hinunter und hinüber zur Bury Street, und ich sah mir das Quaglino's an, aber von außen war nicht viel zu erkennen. Ich konnte nicht feststellen, ob jemand in einem weißen Anzug drin war oder nicht.

Ich setzte mich gegenüber vom Quaglino's auf eine Stufe vor einer Haustür und versuchte, *The Solid State* zu lesen, aber das Licht war zu schlecht. Also fing ich an, die *Ilias* 1 aufzusagen. Ich habe vor, sie ganz auswendig zu lernen, für den Fall, dass ich mal eines Tages ins Gefängnis geworfen werde.

Leute gingen ins Quaglino's oder kamen heraus. Ich war mit *Ilias* 1 fertig; es war gerade mal 0:30. Zwei Leute blieben stehen und fragten, ob alles in Ordnung sei. Ich sagte Ja. Ich fing an, schwache arabische Verben durchzugehen. Am liebsten mag ich die doppelten und dreifachen schwachen Verben, weil sie im Imperativ praktisch abbrechen, aber ich zwang mich, mit dem Hamza am Wortanfang zu beginnen und mich durchzuarbeiten.

Und das war gut so. Eine Stunde verstrich; ich dachte, dass er bestimmt woanders hingefahren war. Ich hätte ebenso gut auch nach Hause gehen können. Aber ich war bei meinem Lieblingsverb der ganzen Sprache angekommen, & ich dachte, ich würde erst das noch zu Ende machen und noch etwas länger warten. Das Merkwürdige an يَيَّى ist Folgendes: Es handelt sich dabei um ein Verb aus drei Buchstaben, und alle drei Buchstaben lauten *ya*; ein Verb, das nur in Form II vorkommt und bei dem das mittlere *ya* verdoppelt wird (leider hat das zur Folge, dass das letzte *ya* als Alif geschrieben wird, aber man kann nicht alles haben); ein Verb mit der Bedeutung »den Buchstaben *ya* schreiben« (Wright) oder »ein schönes *ya* schreiben« (Haywood und Nahmad)! Es ist einfach das beste Verb der Sprache – und Wehr hält es nicht mal für nötig, es ins Wörterbuch aufzunehmen! Wright, ob man's glaubt oder nicht, erwähnt es nur, um zu sagen, dass es nicht näher erörtert werden soll, weil es selten ist! Und Blachère erwähnt es nicht einmal! Allein Haywood/Nahmad behandeln es einigermaßen erschöpfend, und nicht einmal sie geben den Imperativ an. Sie geben allerdings den Jussiv an, der offenbar *yuyayyi* lautet; ich schließe daraus, dass der Imperativ *yayyi* lautet. So saß ich also gegenüber vom Quaglino's und sagte leise *yayya yayyat yayyayta yayyayti yayyaytu* vor mich hin, und ich dachte, falls er immer noch nicht rauskam, wenn ich damit durch war, könnte ich nur aus Spaß an der Freude Form IX aufsagen (die Blachère als *nettement absurde* bezeichnet) & vielleicht noch Form XI, also die verstärkte Form von IX & vermutlich so absurd, dass kein Mensch sie mehr lernt.

IX ist für Farben & Verunstaltungen, & XI soll das schwärzeste Schwarz oder weißeste Weiß sein. Dem Maler hätte das gefallen. Er könnte ein Bild malen und es »Let IX = XI« nennen. Let Deformity = Colour. Schon gut.

Jedenfalls, ich war bei *yuyayyi* angekommen und wollte eben überlegen, ob ich mit *ihmarra* rot sein *ihmaarra* blutrot sein weitermachen sollte, als Szegeti mit einer Frau aus dem Quaglino's kam.

Sie sagte: Natürlich bring ich dich nach Hause.

Er sagte: Du bist ein Engel.

Sie sagte: Sei nicht albern. Aber du musst mir sagen, wie ich fahren soll, in diesen kleinen Sträßchen verfahr ich mich immer.

Ich hielt den Atem an, und er sagte: Gut, kennst du die Sloane Street?

Sie sagte: Natürlich.

Sie gingen vom Piccadilly die Straße hinunter. Ich folgte auf der anderen Straßenseite, und er sagte: Gut, du biegst nach rechts in die Pont Street, und dann ist es die vierte links – ganz einfach.

Ich sagte: HEUREKA!

Ich sagte: Sloane Street, Pont Street, vierte links. Sloane Street, Pont Street, vierte links. Sloane Street, Pont Street, vierte links.

Sie sagte: Irgendwie kommen wir schon hin.

Ich folgte ihnen zu einem Parkhaus und wartete an der Ausfahrt, bis ich ihren blauen Saab herauskommen sah. Dann ging ich in Richtung Knightsbridge. Die Chance war zwar gering, aber wenn ich Glück hatte, würde sie ihn nicht nur zu Hause absetzen, sondern mit reingehen, und wenn ich lange genug wartete, würde ich sehen, wo sie rauskam.

Gegen 2:15 war ich in der Pont Street. Die vierte links war Lennox Gardens. Von dem Saab keine Spur.

Ich beschloss ohnehin, bis zum nächsten Tag zu warten, in der Hoffnung, dass ich ihn sehen würde, wenn er aus dem Haus ging. Ich marschierte zurück zur Sloane Street, wo ich eine Telefonzelle gesehen hatte, die aber nur Münzen nahm. Ich ging weiter nach Knightsbridge, suchte mir eine Telefonzelle für Telefonkarten und rief Sibylla an. Ich sagte, ich sei in Knightsbridge und müsse gleich am frühen Morgen da sein, weshalb es besser sei, ich würde einfach bleiben, wo ich war, aber ich wollte ihr nur Bescheid geben, damit sie nicht dachte, man hätte mich als Geisel genommen oder ich wäre an einen Ring von Sadomaso-Pädophilen verkauft worden.

Sibylla sagte sehr lange nichts. Ich wusste ohnehin, was sie dachte. Das Schweigen zog sich noch mehr in die Länge, denn meine Mutter erörterte innerlich, ob ein rationales Wesen auf Grund seines höheren Alters das Recht hatte, willkürliche Autorität über ein anderes rationales Wesen auszuüben. Oder aber sie dachte nicht darüber nach, weil sie nichts von einem solchen Recht hielt, musste sich aber gegen die Versuchung wehren, eine solche Macht auszuüben, die nur dadurch sanktioniert war, dass dergleichen in unserer Gesellschaft üblich war. Schließlich sagte sie: Na gut, dann bis morgen.

In Lennox Gardens gab es einen verschlossenen Park. Ich stieg über den Zaun und legte mich hinter einer Bank aufs Gras. Die Jahre, die ich auf dem Boden geschlafen hatte, zahlten sich aus: Ich schlief sofort ein.

Gegen 11:00 am nächsten Morgen kam Szegeti aus einem Apartmenthaus am Ende der Straße und bog um die Ecke.

❖

Als ich nach Hause kam, war Sibylla mit *Welt der Karpfen* fertig. Sie saß in dem weichen Sessel im vorderen Raum über *Pali im Selbststudium*. Ihr Gesicht war so dunkel und leer wie der Bildschirm.

Ich hatte das Gefühl, ich sollte Mitleid mit ihr haben, aber ich war zu ungeduldig. Was bringt es, so unglücklich zu sein? Was soll das? Wieso kann sie nicht wie Layla Szegeti sein? Alles wäre besser als das hier. Soll das um meinetwillen sein? Wie kann es denn um meinetwillen sein, wenn ich es hasse? Es wäre besser, wild und verwegen zu sein und all unser Hab und Gut aufs Spiel zu setzen. Ich wünschte, sie würde alles verkaufen und mit dem Geld ins Kasino gehen und alles auf eine Zahl beim Roulette setzen.

❖

Am nächsten Tag fuhr ich wieder nach Knightsbridge. Er war am Tag zuvor um 11:00 aus dem Haus gegangen, also hielt ich es für besser, vor 11:00 dort zu sein.

Um 9:00 war ich da, aber ich konnte nicht rein. Das Haus hatte eine Gegensprechanlage und einen Summer: Szegeti befand sich in der dritten Etage. Ich setzte mich auf die Treppe vor dem Haus und wartete. Eine halbe Stunde verging. Ich stellte mich an die Klingelleiste, als würde ich einen Namen suchen. Zwanzig Minuten vergingen.

Um 9:56 ging eine Frau mit einer Einkaufstasche ins Haus, und ich folgte ihr. Ich ging zur Treppe, um mir peinliche Fragen zu ersparen, lief die Treppe hoch und nahm drei Stufen auf einmal.

Um 10:00 stand ich vor der Tür und klingelte.

Ein Mann in einer weißen Uniform kam an die Tür. Er sagte: Was möchtest du?

Ich sagte, ich wolle Mr. Szegeti sprechen.

Er sagte: Mr. Szegeti empfängt im Moment keinen Besuch.

Ich sagte: Wann wäre es günstig wiederzukommen?

Er sagte: Darüber kann ich keine Vermutungen anstellen. Möchtest du eine Karte hinterlassen?

Doch jetzt rief eine Stimme aus einem anderen Raum etwas auf Arabisch. Ich wusste, dass es Arabisch war, aber ich konnte es nicht verstehen; das ärgerte mich, weil ich dachte, mein Arabisch sei ziemlich gut. Ich hatte 1001 von den Geschichten aus *Tausendundeiner Nacht* und das *Muqaddima* und viel von Ibn Battuta gelesen, und ich las *Al Hayah*, wenn Sib mal wieder eine Ausgabe kaufte, um in Übung zu bleiben. Die Stimme musste so etwas gesagt haben wie: Schon gut, ich komme, weil der Mann in Weiß sich verbeugte und ging, und Szegeti kam in die Diele. Er trug einen rot-goldenen Brokatmorgenmantel; sein Haar war nass; er roch stark nach Parfüm. Mein Gegenüber war ein Dandy aus der Meiji-Zeit. Genau das.

Ich wollte Sie kennen lernen, sagte ich.

Er sagte: Sehr schmeichelhaft. Es ist aber noch sehr früh, findest du nicht? In der Zeit, als die Leute Morgenbesuche machten, taten sie das am Nachmittag, weißt du. Der Brauch ist ausgestorben, aber diese kultivierte Auffassung vom Tag ist in der Kinovorstellung erhalten, die um vier Uhr als Matinee beginnt. Du würdest nicht erwarten, dass eine Matinee um zehn Uhr morgens beginnt.

Nein, sagte ich.

Doch wie es sich trifft, wärst du zur Enttäuschung verdammt gewesen, wenn du zu einer passenderen Zeit gekommen wärst. Ich habe um zwei einen Termin – daher mein unzeitig morgendlicher Aufzug. Warum wolltest du mich kennen lernen?

Ich holte Luft. Er hebt das Bambusschwert. Er schwingt es mit einer wunderschön sparsamen Bewegung nach hinten.

Ich bin Ihr Sohn, sagte ich. Ich konnte nicht atmen.

Er hielt inne. Er war vollkommen still.

Ich verstehe, sagte er. Stört es dich, wenn ich rauche? Das kommt ziemlich plötzlich.

Sicher.

Er nahm ein goldenes Etui – ein goldenes Etui, keine Packung – aus einer Tasche. Er öffnete es: Die Zigaretten waren in dunkles Papier gerollt und hatten einen goldenen Streifen kurz vor dem einen Ende.

Er nahm eine Zigarette heraus, schloss das Etui, tippte die Zigarette auf das Etui, steckte es wieder in die Tasche. Er nahm ein goldenes Feuerzeug heraus. Er schob sich die Zigarette in den Mund, entzündete das Feuerzeug, hielt die Flamme an die Spitze. Die ganze Zeit sah er mich nicht an. Er steckte das Feuerzeug wieder in die Tasche, nahm einen Zug von der Zigarette. Er hatte mich noch immer nicht angesehen. Schließlich blickte er mich an. Er fragte: Wäre es taktlos, nach dem Namen deiner Mutter zu fragen?

Sie möchte nicht, dass Sie es erfahren, sagte ich. Ich sage ihn lieber nicht, wenn es recht ist.

Ich muss ihr sehr wehgetan haben.

Nein, sie – sie hat einfach begriffen, dass es vorbei war, und sah keinen Sinn mehr darin. Sie hatte genug Geld und wollte Sie nicht behelligen.

Wie außergewöhnlich. Wenn wir im Streit auseinander gegangen wären, könnte ich verstehen, wenn sie verärgert gewesen wäre, aber du sagst, dem wäre ganz und gar nicht so gewesen. Und doch hat sie es vorgezogen, mir etwas recht Bedeutsames nicht mitzuteilen. Sie muss eine sehr geringe Meinung von mir haben – ich bin froh, dass es dich nicht gegen mich eingenommen hat.

Nein, nein, sagte ich. Sie hat gesagt, sie habe Sie nicht sehr gut gekannt.

Dann muss sie wohl vom Schlimmsten ausgegangen sein, nicht wahr?

Er nahm langsame Züge von der Zigarette, sprach dann, rauchte wieder.

Tut mir Leid, dass ich dich so ausfrage, aber du musst verstehen, dass das hier gelinde gesagt ziemlich verletzend ist. Ich gebe unumwunden zu, dass Treue nicht zu meinen Tugenden zählt, aber das bedeutet ja wohl kaum, dass ich mich zwangsläufig der selbstverständlichen Verantwortung entziehe – ich habe immer gedacht, die Frauen, deren Bekanntschaft ich machte, hätten verstanden, was für eine Sorte Mensch ich bin. Ich bin kein besonders tief schürfender Charakter, weißt du – ich bin leicht einzuschätzen, auch wenn man mich noch nicht lange kennt, und wenn Frauen das Ergebnis nicht gefällt, halten sie es auch nicht lange mit mir aus – jedenfalls nicht lange genug, um es bis ins Schlafzimmer zu schaffen. Oder ist das bloß eine Umschreibung für eine einmalige Bettgeschichte?

Ja, sagte ich.

Ich verstehe, ja, das ergibt etwas mehr Sinn.

Er rauchte wieder.

Aber wenn du mir die Frage gestattest, bin ich der einzige Kandidat?

Sie hat in einem Büro gearbeitet, wo hauptsächlich Frauen beschäftigt waren, sagte ich. Dann hat sie Sie auf einer Party kennen gelernt.

Und war einfach hingerissen. Und das war wann? Wie alt bist du?

Vor zwölf Jahren. 11.

Und wo? In London?

Ich denke, ja.

Da ist nur eines, das ich nicht ganz verstehe. Was wäre so schlimm daran, mir den Namen einer Frau zu sagen, die ich so kurz gekannt habe? Warum sollte deine Mutter was dagegen haben?

Ich weiß nicht recht.

Verstehe.

Er drückte die Zigarette aus.

Das ist alles Blödsinn, nicht?

Ich schwieg.

Wie bist du darauf gekommen, durch eine Zeitung?

Nein –

Willst du Geld?

Nein.

Ich war leicht geschockt. Es war alles so schnell gegangen.

Haben Sie schon mal *Die sieben Samurai* gesehen?

Vor langer Zeit. Was ist damit?

Erinnern Sie sich an die Szene, wo Kyuzo den Zweikampf hat?

Ich fürchte, ich kann mich nicht an ihre Namen erinnern.

Kyuzo ist der, dem es nicht darum geht, Menschen zu töten.

Ich zwang mich, langsam zu sprechen.

Er kämpft im Wettstreit gegen einen anderen Samurai mit einem Bambusschwert. Er gewinnt, aber der andere Mann behauptet, es sei unentschieden. Da sagt Kyuzo, Wenn wir mit richtigen Schwertern gekämpft hätten, hätte ich dich getötet. Da sagt der andere Samurai, Also gut, kämpfen wir mit richtigen Schwertern. Da sagt Kyuzo, Das ist töricht, ich werde dich töten. Da zieht der andere Samurai sein Schwert, und sie kämpfen mit richtigen Schwertern, und er wird getötet.

Ja und?

Also habe ich vor drei Monaten meinen richtigen Vater besucht, nur um ihn zu sehen. Ich habe nicht gesagt, wer ich bin. Ich stand in seinem Arbeitszimmer, und ich habe gedacht: Ich kann ihm nicht sagen, dass ich sein Sohn bin, weil es wahr ist.

Er hatte mich die ganze Zeit mit sehr hellen, wachsamen Augen und teilnahmsloser Miene betrachtet. Seine Augen wurden noch heller.

Du hast es mir sagen können, weil es nicht wahr ist?, fragte er. Ich verstehe!

Er hatte es in nur einer Sekunde begriffen. Er lachte plötzlich. Aber das ist ja toll!

Er sah auf seine Armbanduhr (natürlich aus Gold).

Komm rein und erzähl mir mehr davon, sagte er. Ich muss mehr hören. Bin ich dein erstes Opfer?

Das vierte, sagte ich.

Fast hätte ich mich entschuldigt, und ich konnte mich gerade noch bremsen, etwas Idiotisches zu sagen.

Die ersten drei waren schrecklich, sagte ich, was fast so etwas war wie eine Entschuldigung. Zwei haben mir geglaubt, und einer nicht. Sie waren alle schrecklich. Dann habe ich gesagt, es sei nicht wahr, und sie haben nicht verstanden.

Du erstaunst mich.

Dann habe ich an Sie gedacht. Ich hatte vorher nicht an Sie gedacht, weil ich kein Bridge spiele.

Nein? Ein Jammer.

Ich dachte, Sie würden es verstehen. Ich dachte, auch wenn Sie es nicht glauben würden, würden Sie es trotzdem verstehen.

Er lachte wieder.

Hast du überhaupt eine Vorstellung, mit wie vielen Vaterschaftsklagen ich es schon zu tun hatte?

Nein.

Ich auch nicht. Nach der dritten hab ich aufgehört zu zählen. Normalerweise meldet sich die angebliche Mutter, mit dem größten Widerwillen, versteht sich, um des Kindes willen.

Das erste Mal, dass es passierte, war grässlich. Ich hatte die Frau nie im Leben gesehen, zumindest konnte ich mich nicht erinnern. Statt gleich Verdacht zu schöpfen, war es mir schrecklich peinlich – wie empörend, so wenig Erinnerung an einen zärtlichen Augenblick zu haben! Sie sagte, es sei ein paar Jahre her – ganz schön verletzend, weißt du, wenn sie sich so sehr zu ihrem Nachteil verändert hatte!

Jedenfalls war ich irgendwann wieder so weit bei Verstand, um ein paar Fragen zu stellen. Die Sache kam mir immer fauler vor. Dann hatte ich einen, wie ich dachte, genialen Einfall. Ich fühlte mich wie ein Salomon höchstpersönlich!

Ich sagte: Also schön, wenn es mein Kind ist, lassen Sie es bei mir. Ich verpflichte mich, es großzuziehen unter der Bedingung, dass Sie nie wieder mit ihm oder mir in Kontakt treten.

Meine Überlegung war, dass keine Mutter ihr Kind unter solchen Bedingungen einem Fremden übergeben würde. Ich hatte die Worte kaum ausgesprochen, als ich meinen Fehler erkannte – in den Augen der jungen Frau sah ich die schreckliche Versuchung. In diesem Moment wusste ich genau, dass das Kind nicht von mir war: Es war, als würde man ein Ass spielen, um den ersten Stich zu machen, und als würde man einen blutigen Anfänger sehen, der verzweifelt mit der Entscheidung ringt, ob er trumpfen soll. Mir schlug das Herz bis zum Halse, das kann ich dir sagen!

Was hätten Sie gemacht, wenn sie einverstanden gewesen wäre?, fragte ich.

Ich hätte es natürlich nehmen müssen. Spiele oder zahle – kein sehr nobles Prinzip vielleicht, aber man stelle sich nur mal vor, was das für ein Opfer erfordert hätte, dieses Prinzip aufzugeben, bloß um des jämmerlichen, kurzlebigen Vorteils willen, mich dieser unerwarteten Belastung zu entledigen. Das Leben ist nun mal eine riskante Angelegenheit, es kann jederzeit passieren, dass du alles verlierst, was du hast – wenn dir ein Zufall alles rauben kann, wofür du lebst, zu was macht dich das dann? Das ist jetzt leicht gesagt, aber bei Gott, ich habe Blut und Wasser geschwitzt, als ich den reizlosen kleinen Balg anschaute – es ist übrigens eine absolut unfehlbare Regel, dass die Babys, die einem unter solchen Bedingungen beschert werden, potthässlich sind. Die Mutter hält dir ein kleines, rotgesichtiges, kreischendes Etwas hin und versichert dir, ohne rot zu werden, dass es dir verblüffend ähnlich sieht. Ohne über Gebühr eitel zu sein, möchte ich doch meinen, dass ich halbwegs passabel aussehe; es ist ein fürchterlicher Schlag für das eigene Selbstbewusstsein, wenn der Schwindel nicht schon auf Grund reiner Unwahrscheinlichkeit von vornherein aufgegeben wird. Es spricht für dich, dass du mir diese Beleidigung erspart hast. Ist deine Mutter hübsch?

Ja, sagte ich, obwohl es mir nicht das richtige Wort zu sein schien. Und was ist dann passiert? Ist sie gegangen?

Am Ende ja. Sie sagte, sie könne mir das Kind nicht geben, weil sie mich für einen unmoralischen Menschen halte. Ein Esel schilt den andern Langohr, so stellte es sich für mich eher dar, aber ich war zu erleichtert, um zu widersprechen. Ich versicherte ihr sogleich, dass ich ein beispiellos lasterhaftes Leben führte und dass ein Kind in einem solchen Sündenpfuhl unweigerlich und unrettbar verdorben würde. Ich behauptete, regelmäßig Unmengen pharmazeutische Produkte zu mir zu nehmen; ich sagte, mein sexuelles Verlangen sei dermaßen überreizt, dass es sich nicht mehr erregen ließe, wenn weniger als vier üppige Schönheiten in meinem Bett lägen; ich schilderte in allen schmutzigen Einzelheiten Sexualpraktiken, mit denen ich deine Ohren nicht besudeln werde, um einen bedauerlicherweise oder, wie du vielleicht denkst, glücklicherweise aus der Mode gekommenen Ausdruck zu benutzen.

Ich bemühte mich, ernst zu bleiben.

Und das hat funktioniert?, fragte ich.

Fabelhaft! So groß die Versuchung auch war, das Kind loszuwerden, einem solchen Monster konnte sie es nicht überlassen, ohne das Gesicht zu verlieren. Stattdessen verkaufte sie die Story an die Sensationspresse – dass sie es nicht mit ihrem Gewissen vereinbaren konnte, von einem derart verruchten Vater Geld zu nehmen. Für die Zeitungen war es natürlich ein gefundenes Fressen.

Schade, dass ich nicht ein paar von den Blättern aufgehoben habe – ich erinnere mich noch an eine urkomische Schlagzeile, »Vater mit fünf im Bett«. Als ich das unerwartet an einem Zeitungsstand las, habe ich mich förmlich gekringelt vor Lachen – aber dummerweise habe ich nicht ein paar hundert gekauft, um sie Freunden zu schicken. Man lernt nie aus. Natürlich stimmt es, dass sie die Behauptung weiterhin aufrechterhielt, was den einen oder anderen bestimmt auf falsche Gedanken gebracht hat, aber diesen Preis habe ich gern gezahlt. Hast du schon gefrühstückt?

Ja.

Ich nicht. Dann frühstücke noch mal mit mir.

Na schön.

Es war ein richtiger Schock, meine eigene Stimme zu hören. Mir fiel ein, dass sich das eben vielleicht unhöflich angehört hatte.

Danke.

Das Vergnügen ist ganz auf meiner Seite.

Ich folgte ihm durch die Wohnung. Ich hatte jeden Winter, an den ich mich erinnern konnte, hauptsächlich in dem einen oder anderen Museum verbracht und mir Ausstellungsstücke angeschaut oder so getan als ob, und hier fühlte ich mich gleich wie zu Hause. Ich sah Schwerter mit maghrebinischen Inschriften auf den Klingen. Auf einem kleinen Tisch lag ein Koran in ostkufischer Schrift. An den Wänden, auf Regalen und auf einigen strategisch platzierten kleinen Tischen sah man eine gleichermaßen imposante Sammlung Keramiken, die meisten verziert mit kufischer Schrift in ihrer östlichen und besonders stilisierten Form. Wenn an einer Wand kein kostbares Schwert oder ein Stück Keramik prangte, dann eine kostbare persische Miniatur. Ich dachte an das Herz. Vielleicht könnte ich Szegeti überreden, sich von einem kleinen Kunstgegenstand, den er nicht vermissen würde, zu trennen, und ich könnte den stattdessen verkaufen.

Wir kamen ins Esszimmer. Auf einem Tisch neben der Tür stand ein Telefon. Er hob den Hörer ab und sprach hinein, bat jemanden, noch ein Gedeck zu bringen.

Jedenfalls, so fuhr er fort, während er zum Tisch vorausging, wurde ich danach um einiges vorsichtiger. Ich machte es mir zur Regel, mich nur noch mit vollkommener Höflichkeit zu verhalten – nichts bringt jemanden, der etwas absolut Empörendes tut, mehr in Rage. Durch Enttäuschung angestachelt, verraten sie sich früher oder später. Es besteht wirklich kein Grund, finde ich, grob oder beleidigend zu sein.

Übung macht den Meister, sagte ich.

Sehr freundlich von dir. Wie du siehst, ist das lediglich das Nebenprodukt eines recht wechselvollen Werdeganges. Ich darf wohl annehmen, dass die Männer bei deinen ersten Versuchen vom Typ her um einiges würdiger waren und sich nicht mit mehr als nur ein paar Frauen eingelassen hatten. Kein Wunder, dass sie die ganze Sache erheblich mehr *au sérieux* genommen haben.

Er fing an, sich etwas zu essen auf den Teller zu geben, und bedeutete mir, es ihm gleichzutun. Ich hatte noch nie bei einer einzigen Mahlzeit so viel Essen gesehen. An die drei Dutzend Eier waren verrührt, gekocht, pochiert, gebraten oder zu *Œuf bénédictin* und Omelett und zu sonst noch was verarbeitet worden, das sich aus einem Ei machen lässt, & lagen auf silbernen Warmhalteplatten. Zwanzig oder dreißig Gebäcksorten waren in einem Korb zu einem appetitlichen Berg arrangiert. Drei blassgrüne Melonen hatte man ausgehöhlt, die Ränder bogenförmig verziert und die Hälften mit zu Halbmonden und Sternen geschnitztem Obst gefüllt. In einem weiteren großen Korb lag Obst *au naturel*, überwiegend Sorten, die wir nie bei Tesco kauften, weil sie 99 Pence das Stück kosteten. Auf einem drehbaren Silbergestell standen zwei Sorten Senf, drei Sorten Chutney, fünf Sorten Honig und zwölf Sorten Marmelade. Es gab Crêpes mit sieben verschiedenen Füllungen. Es gab geräucherten Lachs und etwas, das für mich aussah wie Hering. Es gab Glaskrüge mit frisch gepresstem Orangen-, Ananas-, Tomaten-, Guajave- und Mangosaft. Es gab silberne Kannen mit Kaffee, Tee und heißem Kakao und eine silberne Schüssel mit Schlagsahne für den Kakao.

Ich beschloss, mit einer Melone, einem Käseomelett, drei Stückchen Kuchen, Guajavesaft und Kakao anzufangen.

Ich fragte: Haben Sie gedacht, zwanzig gleichzeitig würde sie nicht glauben?

Wieso sollte man es bei sich zu Hause weniger angenehm haben als in einem anständigen Hotel?

Aber warum würde man fünf in einem Bett für besonders unmoralisch halten? Vielleicht weil ein nicht ehebrecherischer Akt für höchstens eine der Frauen möglich ist? Oder weil die Frauen sich homosexuell betätigen könnten und das als Zuwiderhandlung gegen den Willen eines göttlichen Wesens gilt?

Er sagte: In 9 von 10 Fällen wäre es einer Frau lieber, etwas nicht gesagt zu bekommen, das sie lieber nicht hören will. Und in 99 von 100 Fällen ist es nützlicher zu wissen, was die Leute für falsch halten. Wenn man in der Klemme sitzt, muss man die Gedanken seines Gegenspielers lesen können; es nützt nichts zu denken, wie er seine Karten ausspielen sollte.

Ich goss mir noch etwas Kakao ein und nahm noch ein Stück Gebäck.

Wie kam es, dass Sie die Diplomatenlaufbahn eingeschlagen haben?, fragte ich mit feinstem Taktgefühl.

Er lachte.

Oh, das war reiner Zufall. Ich war mit einigen Freunden auf einer Kreuzfahrt. Das Schiff hatte einen Motorschaden, und wir strandeten schließlich in einem kleinen Ort in Guatemala. Wir hätten natürlich nach Hause zurückkehren können – das Schiffsunternehmen hätte den Flug von Guatemala-Stadt bezahlt –, aber es gab ganz entzückende Leute dort in dem Ort. Einer von den örtlichen Würdenträgern war ein begeisterter Bridgespieler, und natürlich ziemlich isoliert – er hat alles für uns getan. Es fanden Partys statt, ein Tanzball – in vielerlei Hinsicht besser als auf dem Schiff. Natürlich sind viele Passagiere abgereist, aber Jeremy und ich blieben.

Unser Gastgeber war Brite, aber er hatte eine Einheimische geheiratet. Er baute Bananen an – wie praktisch jeder da – und war auch zum britischen Konsul ernannt worden. Ansonsten sprach dort niemand viel Englisch, und wir konnten kein Wort Spanisch, aber das spielte natürlich beim Bridge keine Rolle.

Nun, als wir zwei Wochen da waren, hatte ich Lust, mal einen Ausflug ins Landesinnere zu machen – die Straßen waren miserabel, wenn es überhaupt welche gab, und er beaufsichtigte seine Ländereien häufig per Pferd. Ich lieh mir eins, ein großes, starkes Tier ohne nennenswerte Zucht, aber ganz schön vital. Der Sattel war ein großer, quadratischer Lederkasten mit einem riesigen silberbeschlagenen Knauf – nicht sehr elegant, aber bequem. Und schon ritt ich los mit einem Jungen von der Plantage als Führer, in Richtung Berge. Nach einer Weile wurde der Junge nervös und gestikulierte, dass wir umkehren sollten – bedenke, dass ich so gut wie kein Spanisch sprach, aber ich ignorierte ihn. Langsam kamen wir in höheres Gelände, und ich war fest entschlossen, die Ebene hinter mir zu lassen. Schließlich waren wir in den Bergen und erreichten ein kleines Dorf. Es war niemand zu sehen. Ich war sehr durstig und stieg vom Pferd, um irgendwo Wasser zu besorgen. Eine Frau kam aus einem Haus gelaufen, Tränen strömten ihr übers Gesicht – sie sagte etwas, das ich nicht verstand, und deutete die Straße hinauf.

Ich stieg wieder aufs Pferd und ritt die Straße hoch. Mein Führer weigerte sich entschieden mitzukommen. Als ich um eine Straßenbiegung kam, sah ich – tja, ich sah Dinge, die schlimmer anzuhören sind als meine hypothetischen Großtaten mit verschiedenen Gefährtinnen. Da waren Soldaten und viele Gräber, und Bauern gruben, während Waffen auf sie gerichtet waren. Natürlich entdeckten die Soldaten mich, es fielen Schüsse. Natürlich suchte ich sofort das Weite.

Er tat drei Löffel Zucker in seine Kaffeetasse und goss Kaffee darüber. Dann brach er ein Croissant auf und verteilte Butter und Guajavekompott darauf.

Er sagte: Natürlich konnte ich nichts machen, und so habe ich es auch empfunden – ich wollte nur meine Haut retten. Aber auf dem Rückweg ließ mir die Sache keine Ruhe. Ich dachte die ganze Zeit, vielleicht hätte es ja schon was geändert, wenn ich einfach auf das Feld geritten wäre? Vielleicht hätte ein Zeuge genügt, um die Sache zu verhindern? Aber es war eine so gottverlassene

Gegend. Sie hätten mich erschießen und in eine der Gruben werfen können, und niemand hätte es je erfahren. Aber es ging mir einfach nicht mehr aus dem Kopf, den ganzen Rückweg. Ich kann dir nicht sagen, wie es ist, wenn man so etwas sieht – den entsetzlichen Ort, dem Gott den Rücken gekehrt hatte. Ich dachte: Verdammt noch mal, ich will mir nicht den Rest meines Lebens einreden müssen, dass ich kein Feigling bin. Ich dachte: Irgendwas muss ich doch tun können.

Gegen Abend war ich wieder auf der Plantage und erzählte meinem Gastgeber, was ich gesehen hatte. Er sagte, ein paar der anderen Landbesitzer würden Indios vertreiben oder es versuchen – sie hätten neue Maschinen und bräuchten nicht mehr so viele Leute mit Macheten. Die Indios weigerten sich, blieben in ihren Dörfern, und schließlich hätte man Soldaten zu Hilfe geholt. Sicher gebe es auch Tote – da sei nichts zu machen –, die Regierung sei furchtbar korrupt.

Nun, natürlich lag auf der Hand, dass es nichts bringen würde, zu den Behörden zu gehen oder den Vorfall anzuzeigen. Es hätte auch nichts gebracht, zurückzureiten und auf eigene Faust den Retter zu spielen. Aber plötzlich hatte ich eine geniale Idee. Hast du schon mal von Raoul Wallenberg gehört?

Nein.

Natürlich, du bist ja noch sehr jung. Er war im Zweiten Weltkrieg schwedischer Konsul in Budapest. Als die Nazis einmarschierten, fingen sie an, Juden in die Konzentrationslager zu deportieren. Und weißt du, was Wallenberg machte? Er stellte ihnen einfach schwedische Pässe aus! Die Juden standen schon in langen Schlangen am Bahnsteig und warteten darauf, zur Schlachtbank verfrachtet zu werden – und da kam Wallenberg und sagte zu der SS: Dieser Mann ist schwedischer Staatsbürger, ich verbiete Ihnen, ihn mitzunehmen! Und das, obwohl natürlich keiner von ihnen ein Wort Schwedisch konnte! Einfach genial!

Wie dem auch sei, ich sagte meinem Freund, die Sache sei ein Kinderspiel – wir müssten nur mit einem Stapel britischer Pässe hinreiten, sie verteilen, und die Sache wäre geritzt!

Das brachte meinen Gastgeber in Verlegenheit. Er faselte jede Menge Unfug daher, an den ich mich nicht mehr erinnere – seine Position sei ein ihm anvertrautes heiliges Gut und so was, na ja, ich glaube nicht, dass er das Wort »heilig« benutzt hat, aber du kannst es dir ungefähr vorstellen. Nun, du musst zugeben, dass man die Queen wohl kaum ehrenvoller repräsentieren kann, als wenn man ihren Schutz auf einen Haufen elender Bauern ausdehnt, die von bewaffneten Verbrechern massakriert werden, und ich versuchte ihm das klar zu machen, und er war deswegen auch kreuzunglücklich, aber er meinte einfach, er könne nichts machen. Tatsache war, dass er schon zu lange da war – er meinte, er hätte zu viel zu verlieren und dass es ihn in eine unerträgliche Lage bringen würde. Na ja, ich habe erwähnt, dass er mit einer Einheimischen verheiratet war – vielleicht war sie ja mit einem der Täter verwandt.

Aber ich konnte sehen, dass er sich nicht wohl in seiner Haut fühlte, und mein Appell an ihn blieb dann doch nicht ohne Wirkung. Schließlich schlug er ein Geschäft vor. Er sagte, er würde mit mir bei einer Partie Pikett um den Inhalt einer gewissen Truhe spielen. Er konnte sich nicht genau an ihren Inhalt erinnern; jedenfalls sollte er mir gehören, wenn ich gewann. Ich sollte tausend Pfund setzen.

Ich willigte ein, zumal ich sonst nicht viel machen konnte, aber der Vorschlag war zum Verrücktwerden. Pikett ist kein schlechtes Spiel – wahrscheinlich eines der besten für zwei Personen –, aber das Glück spielt dabei eine bedeutend größere Rolle als beim Bridge, und überhaupt war es ein Spiel, mit dem ich mich nie sonderlich befasst hatte. Wenn wir Bridge gespielt hätten, hätte ich sicherlich gewonnen, obwohl er kein schlechter Spieler war; ich war also alles andere als zuversichtlich.

Das Spiel lief von Anfang an miserabel. Ich hatte schlechte Karten, und ich spielte nicht gerade glänzend – ich hielt mich an die Grundregeln, mit denen man die besten Chancen hat, und verlor ständig. Es war abzusehen, dass ich die tausend Pfund verlieren würde, ohne auch nur einen Schritt weiter zu sein, wie ich den armen Teufeln, die ich gesehen hatte, helfen konnte. Schließlich, als mir nur noch fünfzig geblieben waren, dachte ich, Was soll's, jetzt gehe ich aufs Ganze – entweder Gott will sie retten oder nicht, und das sollte ich möglichst schnell rausfinden.

Auf einmal hatte ich Glück. Wir spielten seit fünf Stunden – nur drei Stunden später hatte ich das Geld zurück und nach weiteren drei die Truhe gewonnen. Am Ende waren wir beide völlig fertig – ich hatte hämmernde Kopfschmerzen, meine Augen waren trocken wie Steine –, und er sah noch schlimmer aus. Er hat bestimmt nicht bedacht, worauf er sich einließ, als er den Vorschlag machte, weißt du – dass er um tausend Pfund spielen würde und um das Recht, eine Gruppe unschuldiger Menschen dem Tod auszuliefern. Gott allein weiß, wie es gewesen sein muss, das 11 Stunden lang zu verteidigen. Am Ende warf er die Karten hin – er sah mich nicht an –, sagte, er würde mich am nächsten Morgen sehen, und ging ins Bett. An der Tür drehte er sich noch einmal um. Er sagte, wenn einem britischen Staatsbürger ein Haar gekrümmt würde, müsse er aufs Schärfste bei den Behörden protestieren.

Ich ging sogleich zu der Truhe – darin waren ein ganzer Stapel Pässe und ein offiziell aussehender Stempel.

Es waren veraltete Pässe – keine Ahnung, wie lange er sie schon hatte, ich würde mich nicht wundern, wenn das Amt des Konsuls mitsamt den Pässen seit dem letzten Jahrhundert vom Vater auf den Sohn übergegangen war –, mit einer Personenbeschreibung statt eines Fotos. Ich gönnte mir vier Stunden Schlaf. Am nächsten Morgen trug ich stundenlang die Personenbeschreibung ein, schrieb 50- oder 60-mal Haarfarbe: schwarz, Augenfarbe: schwarz, Hautfarbe: dunkel. Namen trug ich nicht ein. Dann stopfte ich die Pässe in zwei Satteltaschen und ritt los.

Mann, du hättest sehen sollen, was die Soldaten für ein Gesicht machten, als der erste Bauer seinen britischen Pass hervorholte! Ich hatte mir von meinem Freund beibringen lassen, was »Dieser Mann ist britischer Staatsbürger« auf Spanisch heißt – da stand ich nun unter den schwarzhaarigen, schwarzäugigen, dunkelhäutigen loyalen Untertanen der Queen und musste mich zusammenreißen, um mich nicht kaputtzulachen. Das Phantastische an der Sache war, dass sie nicht das Gegenteil beweisen konnten – ganz sicher hatte keiner von ihnen guatemaltekische Papiere.

Die Sache verlief glimpflich. Einige Indios schafften es mit den dürftigen Pässen sogar nach Großbritannien. Andere gingen in die Berge und schlossen sich einer Guerillagruppe an.

Jedenfalls, nachdem der Trick geklappt hatte, kam ich erst so richtig auf den Geschmack. Wir sind heutzutage Feiglinge, wenn es um ein Stück Papier geht – meine Mutter war Ägypterin, und mein Vater war aus Ungarn, zwei Länder mit einer ausgesprochen eindrucksvollen bürokratischen Tradition, und es verschaffte mir einen unbeschreiblichen Kitzel, den offiziellen Kanälen eine lange Nase zu machen. Wenn man es einmal ausprobiert hat, merkt man, wie leicht es ist! Die Hälfte der Zeit kommt niemand auf die Idee, dich in Frage zu stellen – wenn du sagst, du bist dänischer Konsul, glauben die meisten Leute dir aufs Wort. Ich hab mich geschämt, richtig geschämt für all die Male, die ich mich nicht als Würdenträger der einen oder anderen ausländischen Macht ausgegeben habe.

Ich fragte: Hat es denn auch in West-Papua geklappt, bevor Sie ausgewiesen wurden?

Nun, mit den Visa sind einige Leute aus dem Land gekommen, aber es war ganz schön knifflig, sie nach Belgien reinzukriegen. Hätte mich besser nicht für Belgien entscheiden sollen, die Belgier haben keinen nennenswerten Humor, aber ich war es satt, Däne mit Inuit-Abstammung zu sein, und in *Hello!* war ein Foto von mir mit Paola gewesen, was, wie ich dachte, der Geschichte Glaubwürdigkeit verleihen würde, und mein Französisch ist gar nicht übel. Meine Mutter war in einem Schweizer Pensionat, weißt du – ihre Mutter war Libanesin und schrecklich kosmopolitisch –, und die Mädchen mussten alle Französisch, Deutsch und Englisch lernen, und Italienisch, wenn sie nicht brav waren. Dabei hat sie übrigens meinen Vater kennen gelernt. Sie wurde wegen eines schrecklichen Verstoßes gegen die Schulordnung mit einer Woche Italienisch bestraft, marschierte schnurstracks zur Tür hinaus und fuhr per Anhalter nach Monte – mit dem Gedanken, dass sie, wenn sie finanziell unabhängig wäre, nicht mehr ins Pensionat müsste. Sie versetzte das kleine goldene Kruzifix, das sie in der Schule getragen hatte – natürlich war sie Muslimin, aber es war für sie mehr ein modisches Accessoire –, und gab das, was von dem Geld noch übrig war, für Spielmarken aus. 28, das war ihre Zahl. Sie konnte nicht verlieren. Mein Vater hatte schon die ganze Woche verloren, aber er begriff, woher der Wind wehte, und wechselte auf die 28 – er war nicht so dumm, sich seine plötzliche Glückssträhne entgleiten zu lassen, und folgte meiner Mutter, als sie ging. Mein Vater hatte allen Grund, die Schule zu verfluchen; meine Mutter entwickelte augenblicklich eine Abneigung gegen Ungarisch, eine Sprache, die, so sagte sie, die Schule nicht einmal dann einem Mädchen aufgebürdet hätte, wenn es die *120 Tage von Sodom* inszeniert hätte, und weigerte sich, auch nur ein Wort Ungarisch zu lernen; als sie hörte, wie mein Vater die arabische Sprache durch die Mangel seines starken ungarischen Akzentes drehte, erklärte sie ihre Muttersprache für tabu und bestand darauf, dass er seine Sprachverhunzung auf Englisch und Französisch beschränkte (Deutsch konnte er nicht ausstehen, obwohl er es gut sprach), und in diesen beiden Sprachen, unter Ausschluss aller anderen, unterhielten meine Eltern sich ihr ganzes Eheleben lang.

Ich folgerte, dass er nicht über West-Papua sprechen wollte.

Aus Angst, er würde mich jeden Moment vor die Tür setzen, nahm ich zwei Crêpes und ein Croissant und sagte diplomatisch:

War Ihr Vater auch Muslim? Ich hab gesehen, dass Sie einen Koran aus dem 11. Jahrhundert haben, deshalb habe ich es angenommen.

Er sagte: War er nicht, nein, aber es stand für mich nie außer Frage, etwas anderes zu sein. Sieh die Sache mal vom Standpunkt meiner Mutter aus. Erst ist sie eine unterdrückte Schülerin in einem Pensionat, wo sie widerliches Essen kriegt, eine hässliche Uniform tragen muss, ausschließlich von Mädchen umgeben ist, die alle genauso deprimierend gekleidet sind, und die berauschende Aussicht auf Amüsement darin besteht, Racines *Bérénice* auf die Schultheaterbühne zu bringen; kaum hat sie ihr Kruzifix verpfändet, *shazam*! gewinnt sie hunderttausende von Francs und kann sich köstliche Mahlzeiten und prachtvolle Kleidung leisten und hat einen gut aussehenden und charmanten Ungarn an der Angel. Einen deutlicheren Beweis für die Existenz Gottes kann man sich doch kaum wünschen.

Ich sagte: Das ist keineswegs die logische Schlussfolgerung. Wenn es ein göttliches Wesen gäbe, würde es sich wohl kaum durch eine Reihe von Ereignissen mitteilen, die genauso gut durch puren Zufall hätten passieren können, und auf der anderen Seite kann eine Reihe von Ereignissen, die durch puren Zufall passieren könnten, wohl kaum ein Beweis für die Wünsche oder die Existenz eines solchen Wesens sein.

Absolut nicht. Du begreifst nicht, worum es geht. Ich bin kein Philosoph und auch kein Theologe, daher weiß ich nicht, welche Anforderungen man an eine unbestreitbare Botschaft von oben stellen würde; die Frage ist, was eine Siebzehnjährige und eine Glücksspielerin zu dieser Überzeugung bringen würde, und Gott, der Allsehende und Allwissende, hat natürlich keine Zeit vergeudet, Syllogismen in den Verstand eines jungen Mädchens zu beamen, das 10 Minuten Italienisch schrecklich langweilig fand.

Aber wenn Gott soeben für den Islam gestimmt hatte, warum hat sie dann Ihren Vater geheiratet?

Aber sie waren doch bis über beide Ohren verliebt, sagte er. Er klang, als hätte er nie in seinem Leben eine so dumme Frage gehört.

Er lachte. Und überhaupt, der Ungar war Teil des Zeichens, also war es zweifelsohne Gottes Wille.

Mir gefiel diese Art von Logik, aber ich war froh, dass Sibylla nicht da war und sie hörte.

Er sagte: Du lachst, aber du begreifst noch immer nicht, worum es geht. Es geht nicht darum, dass sie verstanden hat, was Gott wollte, und es getan hat, weil er es wollte, wie eine affektierte, kleine *dévote*. Sie begriff, wo ihr Glück zu suchen war. Sie wollte das nicht in Frage stellen, und mein Vater auch nicht. Ich sehe dir an, dass du das für frivol hältst, aber wenn du aus so vielen Klemmen rausgekommen bist wie ich, und das nur mit dem Schutz diplomatischer Immunität, die du dir erst fünf Minuten zuvor ausgedacht hast, dann würdest du Glück bei weitem ernster nehmen als irgendwelche Argumente.

Ich wollte noch immer nicht, dass er mich rauswarf, also tat ich zwei Stücke Gebäck auf meinen Teller und wechselte taktvoll das Thema.

Wie haben Ihnen *Die sieben Samurai* gefallen?, fragte ich.

Es ist ein schrecklicher Film. Schrecklich.

Aber es ist ein geniales Werk.

Er hatte sich wieder eine Zigarette angezündet, hob sie jetzt mit der Eleganz eines Dandys im Japan der Meiji-Zeit an die Lippen und sagte: Genau das habe ich gegen dieses schreckliche Werk einzuwenden.

Ich war damals auf der Universität, erzählte er, und hatte es auf eine sehr schöne, sehr ernste junge Frau abgesehen. Ich überredete sie, mit mir auszugehen, aber sie nahm ihr Studium sehr ernst und war nur bereit, für etwas noch Ernsteres ihre Arbeit zu unterbrechen. *Die sieben Samurai* lief an einem Abend im Phoenix, und nur an einem Abend: Sie schlug vor, dass wir ihn uns ansahen.

Stell dir mein Dilemma vor! Genau an diesem Abend traf sich der Bridgeclub der Uni, und ich hatte meinem Partner hoch und heilig versprochen zu kommen. Ein erstklassiger Spieler, aber ein sehr aufbrausendes Temperament, und die Dinge standen äußerst heikel – alle Welt war ganz vernarrt in die italienische Markierung, und Jeremy wollte sich der Mode anschließen. Er hatte sich ein höllisch kompliziertes System ausgedacht, das unseres sein sollte, wenn ich ihn nicht irgendwie davon abbringen konnte. Kurz gesagt, es war der denkbar schlechteste Zeitpunkt, ihn zu verärgern oder ihn dem Einfluss der Idioten im Club zu überlassen, die das vermaledeite System favorisierten.

Aber die Chance an dem Abend würde sich mir vielleicht nicht noch einmal bieten, und ich war seit Wochen hinter der Frau her. Sie nahm mich nicht ernst, weißt du, und sie war eine Frau, die dich, wenn sie dich nicht ernst nehmen konnte, überhaupt gar nicht nehmen würde.

Nun, ich wusste, ich war ein Idiot, und alles in allem lag mir Bridge natürlich sehr viel näher am Herzen als diese vermaledeite Frau, aber ich willigte trotzdem ein. Wir gingen uns *Die sieben Samurai* ansehen. Sobald der Film anfing, wusste ich, dass ich einen schrecklichen Fehler gemacht hatte.

Szenen, schwarzweiß, vom Elend der Bauern erschienen auf der Leinwand, und darüber legten sich grauenhafte Visionen von all den entsetzlichen Folgen, die die italienische Markierung nach sich ziehen konnte. Blatt für Blatt blitzte vor meinem geistigen Auge auf, alptraumhafte Blätter, in denen unsere Gegner leicht zu schlagende Kontrakte erfüllten, unmögliche Schlemms, und das im Kontra, Re und in Gefahr, unverdiente Überstiche fielen ihnen in den erstaunten Schoß – und wo war ich, während die Katastrophe heraufzog? Machte mit einer Frau herum, während Rom brannte.

Doch daran war jetzt nichts mehr zu ändern – also konnte ich genauso gut versuchen, mich zu amüsieren.

Stell dir noch einmal nur für einen Augenblick den Film vor. Überlege, wenn du kannst, welcher Moment geeignet wäre, den Arm um die Schulter deiner Begleiterin zu legen und sie zu küssen. Du kannst es nicht? Ich konnte es auch nicht. Als sich nach einer halben Stunde noch immer kein geeigneter Moment ergab, wählte ich einen ungeeigneten Moment – und handelte mir eine Abfuhr ein. Da ich mich mit nichts ablenken konnte, kehrten meine Gedanken mit noch dunkleren Ahnungen zu meinem Partner zurück, der sich genau in dem Moment bösartige Ketzereien von den Lippen unserer Clubgenossen anhören musste. Das schöne Gesicht der jungen Frau starrte verzückt auf die Leinwand.

Zu meinem unbeschreiblichen Leidwesen erkannte ich, dass ich für ihren Kinogenuss völlig überflüssig war und dass ich angesichts dieses völligen Fehlschlags den Abend genauso gut damit hätte verbringen können, den Verstand meines Partners erfolgreich vom Irrtum zu befreien. Ja, ich hätte ohne weiteres in den Bridgeclub gehen, mich etwas früher verabschieden und mich nach dem Film mit der Frau treffen können.

Doch stattdessen saß ich da, gefangen, während der Film unerbittlich weiterlief.

Endlich war er zu Ende. Ich brachte die Frau zu ihrem Wohnheim. Sie war nachdenklich, schweigsam; ich wusste absolut nicht, was ich sagen sollte.

Stell dir nur mal meine missliche Lage vor! Der Film handelte von einer Gruppe heruntergekommener Krieger, die unter elenden und erbärmlichen Umständen kämpfen, wobei einige von ihnen einen Heldentod sterben. Mir entging natürlich nicht, dass ich im Vergleich dazu keine sehr heroische Figur abgab – und wie hätte ich erwarten können, dass ausgerechnet diese Frau sich von diesen Helden einem Leichtfuß wie mir zuwenden würde? Bedenke auch, dass die einzigen Liebesszenen in dem Film auf sehr gekünstelte, unerfreuliche Weise dargestellt sind – ich wusste nur allzu gut, dass die Frau sich nun durch die klinische Kamera von Kurosawa und nicht durch meine betörten Augen sah.

Wir kamen zu ihrem Wohnheim. Sie sagte, sie wolle über den Film nachdenken. Wir gaben uns einen Kuss und verabschiedeten uns.

Ein totales Fiasko – und was für einen Preis musste ich dafür zahlen! Jeremy sprach kaum ein Wort mit mir. Zwei Wochen lang schmollte er – ich konnte machen, was ich wollte. Ich bin von Natur aus ein optimistischer Reizer; angesichts der kalten Ablehnung, die mir entgegenschlug, verging mir aber jeder Optimismus, und wir spielten mit nur mittelmäßigen Ergebnissen. Schließlich hielt ich es nicht länger aus. Ich sah mich wider besseres Wissen gezwungen, seinem verrückten Abwurfsystem der italienischen Markierung zuzustimmen. Mit genau dem Resultat, das ich vorhergesehen hatte. Wir kamen in der Landesmeisterschaft auf Platz drei, obwohl wir den ersten Platz hätten schaffen können, und alles nur, weil ich einen Abend damit verplempert hatte, mir diesen grässlichen Film anzusehen.

Wo haben Sie studiert?, fragte ich, weil mir die nahe liegende Möglichkeit in den Sinn gekommen war.

Ich war in Oxford. Ich weiß, was du denkst – es ist ein köstlicher Gedanke, aber doch wohl sehr unwahrscheinlich. Wie alt ist deine Mutter?

36.

Nun, es ist nicht unmöglich.

Wie hieß die Frau?

Ich glaube, Rachel. Wie heißt deine Mutter?

Ich sagte ihm, wie meine Mutter hieß. Sind Sie sicher, dass sie Rachel hieß?, fragte ich.

Nein. Wenn deine Mutter nach einer Party nach Hause geht und nett zu Männern ist, die sie absolut nicht leiden kann, dann hat sie sich allerdings so sehr verändert, dass von der jungen Frau, die ich kannte, nichts mehr übrig geblieben ist, oder, was wahrscheinlicher ist, sie ist jemand ganz anderes und wäre eine sehr viel angenehmere Begleiterin gewesen, die kennen zu lernen mir leider nicht vergönnt war. Wie sieht sie aus?

Sie hat dunkles Haar und dunkle Augen.

Es ist nicht unmöglich. Du hast gesagt, sie ist hübsch?

Vor meinem geistigen Auge sah ich die wunderschöne junge Frau im Licht des Films. Wenn Sibylla sich immer *Die sieben Samurai* angesehen hätte, dann wäre sie immer wunderschön gewesen, aber das Leben besteht nicht nur aus Kunst.

Sie ist eigentlich nicht hübsch, sagte ich. Sie ist wunderschön. Wenn sie begeistert ist. Wenn sie sich langweilt, sieht sie aus wie jemand, der nur noch zwei Wochen zu leben hat. Jemand, der nur noch zwei Wochen zu leben hat & die Zeit damit verbringen wird, den Arzt um Sterbehilfe zu bitten.

Er zuckte die Achseln. Das könnte man von jeder Frau sagen. Sie sind launische Wesen, erst himmelhoch jauchzend, dann zu Tode betrübt – das macht sie so enervierend und so entzückend.

Wollen sie alle sterben?

Irgendwann haben sie das alle mal gesagt, aber ob sie es ernst meinen? Von tausend Frauen gibt es keine, die noch nicht gesagt hat, dass sie sterben will; vielleicht hat eine von tausend versucht, diesbezüglich etwas zu unternehmen – und von tausend, die es versucht haben, ist es vielleicht einer gelungen. Darin liegt nicht sehr viel Logik, aber wenn sie logischer wären, wären sie auch ziemlich langweilig.

Ich hätte ihn gern länger so reden hören. Ich hätte ihn gern länger so über alles Mögliche reden hören, als könne man unempfindlich gegen Traurigkeit sein, einfach, indem man ein Mann ist.

Ich sagte: Es ist aber nicht unlogisch, nicht nach einem Wunsch zu handeln, den man für unmoralisch hält. Es ist nicht unlogisch, wenn man mit einer Handlung gescheitert ist, die vielleicht falsch ist, der Versuchung zu widerstehen, es noch einmal zu probieren. Es ist vielleicht nicht einmal dann unlogisch, wenn man sie nicht für unmoralisch hält; man könnte den Wunsch haben, mit Großherzigkeit zu handeln.

Ich sagte: Sie hat einmal versucht, sich umzubringen, und wurde daran gehindert. Sie denkt, es wäre vielleicht besser gewesen, wenn es ihr gelungen wäre – sie denkt das, wenn die Leute sehr banal und langweilig sind. Jetzt kann sie es nicht, wegen mir.

Er lachte und zeigte dabei seine Goldkronen.

Hast du Angst, sie versucht es wieder?

Ich wünschte, sie wäre glücklicher. Ich verstehe nicht, warum Dinge sie unglücklich machen. Aber wenn das so ist, wäre es nicht vernünftig, ein kurzes trauriges Leben einem langen vorzuziehen?

Vielleicht, sagte ich, wäre es besser für sie, wenn sie tot wäre.

Er nahm sich wieder eine Zigarette. Ich sah jetzt, dass er, wenn er nicht sofort antworten wollte, noch konzentrierter wurde. Er zündete sie an und inhalierte und stieß den Rauch aus.

Er sagte: Wenn man mit Anfängern Bridge spielt – wenn man versucht, ihnen zu helfen –, gibt man ihnen ein paar allgemeine Regeln, an die sie sich halten können. Dann befolgen sie die Regel, und irgendwas geht schief. Aber wenn man ihr Blatt gehabt hätte, hätte man nicht so gespielt, wie man es ihnen gesagt hat, weil man all die Gründe gesehen hätte, warum die Regel nicht anwendbar war.

Er sagte: Menschen, die allgemeine Feststellungen über Menschen treffen, werden als oberflächlich abgetan. Erst wenn man sehr viele Menschen gekannt hat, kann man die ungewöhnlichen erkennen – wenn man jeden Einzelnen so betrachtet, als hätte man noch nie einen gesehen, sehen sie alle gleich aus.

Er sagte: Willst du wirklich, dass ich auf der Grundlage vieler anderer Menschen, die ich kennen gelernt habe, über jemanden eine Meinung äußere, den du seit 11 Jahren kennst und den ich nie kennen gelernt habe?

Er sagte: Erwartest du ernsthaft von mir, dass ich mit dir diskutiere?

Er sagte: Hör zu, in dieser Beziehung werde ich für dich nicht sehr nützlich sein. Wenn du mal einen Freund brauchst, sag mir Bescheid. Bis es so weit ist, gebe ich dir eine Waffe gegen das Unglück – ich bringe dir Pikett bei.

Er nahm mich mit in einen anderen Raum, wo ein kleiner Tisch stand, in dessen Platte ein Schachbrett eingelassen war. Er nahm zwei Kartenspiele aus einer Schublade und fing an, die Pikettregeln zu erklären.

Er brachte mir bei, wie man Pikett spielte.

Die meisten Spiele gewann er, aber einige gewann ich. Ich wurde immer besser. Er sagte, ich hätte es rasch begriffen und würde nicht schlecht spielen.

Schließlich sagte er: Ich muss mich ankleiden. Ich habe um zwei einen Termin, und es ist kurz vor vier – ich darf nicht allzu spät kommen.

Er sagte: Ich wünsche dir alles Gute. Ich hoffe, du findest, wonach du suchst. Besuch mich in zehn Jahren oder so wieder. Wenn du Bridge gelernt hast und es halbwegs anständig spielst, nehme ich dich mit in den Jockey Club.

Ich trat wieder hinaus auf die Straße. Ich ging zum Sloane Square und nahm die Circle Line.

5

Ein guter Samurai wird den Schlag abwehren

Ich fragte Sibylla, ob sie *Die sieben Samurai* in Oxford gesehen hätte. Sie sagte, das hätte sie. Ich fragte, ob sie mit jemandem zusammen hingegangen war. Sie meinte, das wüsste sie nicht mehr. Ich sagte, ich hätte einen Mann kennen gelernt, der den Film in Oxford gesehen hatte, und zwar zusammen mit einer jungen Frau, deren Name nicht definitiv *nicht* Sibylla war.

Vielleicht war ich mit jemandem zusammen drin, sagte Sib. Ja, wenn ich so richtig drüber nachdenke, ich hab mir gewünscht, ich hätte es nicht getan. Es war nicht so ganz sein Fall, und er wollte Händchen halten. In *Die sieben Samurai*! Ich bitte dich!

Sah er gut aus?

Muss er wohl, sagte Sib. Ich hab ihn anschließend nach Hause geschickt, weil ich allein sein wollte. Mit einem normalen Mann kann man so was nicht machen – sie sehen so jämmerlich und verunsichert aus. In mittelmäßige Filme geht man am besten mit normalen, langweiligen Leuten, und in geniale Filme mit schönen, verwirrend geistreichen Leuten – in gewisser Hinsicht ist es schade, wenn deine Aufmerksamkeit abgelenkt wird, aber zumindest kannst du sie mit gutem Gewissen ignorieren.

War er geistreich?

Um Himmels willen, Ludo, ich hab mir eines der Meisterwerke des modernen Kinos angesehen. Wie soll ich da wissen, ob die stumme Person, die neben mir saß, geistreich war?

Sie schien sich von der *Welt der Karpfen* erholt zu haben. Das

Projekt hatte ihr *Kricket International* geschickt, was, wie sie sagte, nicht so schlimm war. Ich brachte ihr Pikett bei. Ich brachte es auch allen im Bermondsey-Judoclub bei, und schon bald kamen alle immer eine halbe Stunde früher, um Pikett zu spielen. Sibylla schlug ich in 2 von 3 Spielen, und alle anderen in 9 von 10. Ich hätte wahrscheinlich 10 von 10 Spielen gewonnen, aber wie Szegeti gesagt hatte, ist das Zufallselement nicht zu unterschätzen.

Ich hielt nach Gelegenheiten Ausschau, mich zum Sohn des dänischen Botschafters zu erklären, aber es ergab sich keine.

Oder ich könnte der Sohn eines belgischen Attachés sein.

Iisch biin der Sohn des belgiischen Attachés, murmelte ich. Lassen Sie diesen Mann frei! Mein Vater ist der schwedische Konsul.

Ich besorgte mir ein Buch über Bridge aus der Bibliothek. Szegeti hatte gesagt, er würde mich mit in den Jockey Club nehmen, wenn ich 21 war, aber ich dachte, wenn ich ein richtig guter Spieler würde, begnügte er sich vielleicht mit reifen 12. Es gibt einen Jockey Club in England, aber *der* Jockey Club ist in Paris; ich hoffe, er hat den französischen gemeint. Ich fand heraus, was man unter italienischer Markierung versteht: Wenn man eine Farbe nicht mehr bedienen kann & seinem Partner signalisieren will, welche Farbe er spielen soll, wenn er den Stich macht, spielt man eine niedrige Karte in der Farbe über der gewünschten oder eine hohe Karte in der Farbe darunter. Ein niedriges Karo bedeutet also Kreuz, ein hohes Karo bedeutet Herz, ein niedriges Herz bedeutet Karo, ein hohes Herz bedeutet Pik und so weiter. Jetzt, da alle beim Judo Pikett können, werde ich ihnen Bridge beibringen und schon mal üben.

Langsam kam ich wirklich auf den Trichter. Zu Anfang hatte ich mir die falsche Sorte Vater ausgesucht, aber jetzt, da ich wusste, wonach ich Ausschau halten musste, konnte ich mir eine ganze Sammlung von 20 und mehr aufbauen. Ich schämte mich, schämte mich wirklich für all die Jahre, in denen ich versucht hatte, den Vater zu identifizieren, der zufällig meiner war, anstatt mir die besten zu nehmen, die im Angebot waren.

Als ich heute mit der Circle Line fuhr, kam am Embankment ein Mann die Treppe heruntergelaufen. Er rannte in den U-Bahn-Wagen, gefolgt von drei Männern. Er lief durch den Wagen, wich Haltestangen aus und sprang im letzten Augenblick wieder raus. Die Türen schlossen sich vor den drei Männern, die fluchten.

Tut mir irgendwie Leid, ihm das anzutun, sagte 1.

Trotzdem, er ist nicht gerade kooperativ, sagte 2.

Ich hatte sein Gesicht erkannt. Es war Red Devlin.

Red Devlin hatte über Gräuel im Libanon berichtet, und dann war er nach Aserbaidschan geschickt und dort gleich am ersten Tag entführt worden. Fünf Jahre hatte man ihn gefangen gehalten, und dann hatte er einem seiner Entführer Schach beigebracht und war über Berge und durch Wüsten entflohen. Schließlich war er nach England zurückgekehrt und untergetaucht, und sechs Monate später war er wieder aufgetaucht, um ein Buch zu veröffentlichen. Es war gerade erst in gebundener Ausgabe erschienen, deshalb wusste ich nicht, ob es wieder von zerlumpten Bengeln berichtete.

Ist nicht so schlimm, sagte 3. Wir erwischen ihn vor seinem Haus.

Genau, sagte 1.

Nach vier oder fünf Stationen stiegen sie aus, und ich folgte ihnen zu einer Straße mit Doppelhäusern. Eine kleine Menschenmenge stand vor einem der Gebäude. Die drei Männer stellten sich dazu.

Am anderen Ende der Straße kam ein Mann um die Ecke gefegt und blieb wie angewurzelt stehen. Dann setzte er sich wieder in Bewegung, sehr langsam. Er blieb vor dem Haus stehen und sagte etwas, das ich nicht verstehen konnte. Die Menge scharte sich um ihn. Ich wollte schon vortreten und sagen: Dieser Mann ist norwegischer Staatsbürger! oder: Mein Vater ist der polnische Vizekonsul!, aber ich konnte sehen, dass es nichts nützen würde. Selbst ein echter dänischer Konsul hätte ihm jetzt nicht helfen können.

Er öffnete ein Tor in einer Hecke und verschwand hindurch.

Die meisten Leute zerstreuten sich. Ein paar blieben zurück.

Heute habe ich Lee und Brian beim Judo auf die Matte gelegt. Lee ist 14, und Brian ist 13, aber größer und schwerer.

Ich habe es Sibylla erzählt, & sie hat gefragt, was mein Lehrer gesagt hat. Ich habe gesagt, dass er gesagt hat, es wäre sehr gut.

Das höre sich nicht gerade persönlichkeitsförderlich an, meinte Sibylla, aber ich habe gesagt, die meisten Kapazitäten für Kinderpsychologie seien der Ansicht, dass ein Kind Lob und Unterstützung brauche. Sib fragte, Bandura, und wer noch? Ich sagte, alle anderen. Dass diese Kapazitäten auch meinten, ein Elternteil müsse in der Lage sein, Grenzen zu setzen, sagte ich nicht, weil ich Angst hatte, sie könnte plötzlich beschließen, verlorene Zeit wieder aufzuholen, und jede Menge Grenzen setzen.

Sibylla sagte: Erinnern wir uns einfach an Richie, und daran, dass es noch ein paar andere Sachen auf der Welt gibt, als großer Judomeister zu werden.

Ich sagte, ich hielte mich nicht für einen großen Judomeister, bloß weil ich Lee und Brian im Bermondsey-Judoclub schlagen konnte.

Sibylla sagte: Es geht nicht darum, X und Y zu schlagen. Was, wenn es keinen gibt, den du schlagen kannst? Es geht darum, dein Können zu perfektionieren und Satori zu erreichen. Was in aller Welt bringen sie euch da bloß bei?

Ich sagte, dass wir uns hauptsächlich darauf konzentrierten zu lernen, wie man Leute auf den Boden schmeißt. Sib sagte: Muss ich denn *alles* selbst machen? Sie grinste von einem Ohr zum anderen. Die *Welt der Karpfen* gehörte der Vergangenheit an. Ich beschloss, ihr nicht zu erzählen, dass ich beim Pikett neun von zehn Spielen gewann.

❖

Seit zwei Wochen gehe ich jeden Tag zu dem Haus. Noch immer hängen ein paar Leute auf der Straße herum. Manchmal kommen Leute aus dem Haus oder gehen hinein – am häufigsten eine Frau, ein Mädchen und ein Junge. Einmal ist er rausgekommen und bis zur Ecke gegangen und hat sich umgedreht und ist wieder zurückgegangen. Einmal ist er rausgekommen und hat zum Himmel hochgeschaut und ist etwa zehn Minuten so stehen geblieben. Dann hat er sich umgedreht und ist zurück ins Haus gegangen. Einmal ist er in einem Trainingsanzug rausgekommen und die Straße runtergelaufen, und nach ungefähr fünfzehn Minuten kam er zurück, gehend. Einmal ist er in Anzug und Krawatte rausgekommen und in flottem Tempo weggegangen.

❖

Ich bin zum Haus und habe es eine Weile beobachtet. Diesmal kamen sie alle zusammen ans Tor: Red Devlin, seine Frau und der Junge und das Mädchen. Er hatte den Arm um die Schultern seiner Frau gelegt. Er sagte: Was für ein hinreißend schöner Tag! Die Frau und das Mädchen sagten: Wunderschön!, und der Junge sagte: Yeah.

❖

Ich verbringe viel Zeit damit, das Haus zu beobachten. Ein Stück die Straße rauf ist eine Bushaltestelle mit einer Bank; da sitze ich und arbeite meistens an Festkörperphysik. Meine Konzentration ist fast wieder normal.

❖

Ich war heute vor dem Haus, als ein Taxi vorfuhr. Sie kamen alle raus und verstauten Koffer im Taxi, und seine Familie stieg ein, und er sagte: Lasst es euch gut gehen.

Die Frau sagte: Ich wünschte, du würdest mitkommen

Und er sagte: Na, vielleicht komme ich ja nach

Und das Taxi fuhr ab.

Jetzt oder nie.

❖

Ich ging zum Haus und klopfte an die Tür, aber es machte niemand auf. Ich dachte mir, dass er wahrscheinlich zu Hause war, daher ging ich zur Rückseite des Hauses. Durch die Fenster im Erdgeschoss konnte ich ihn nicht sehen, also kletterte ich auf einen Baum. Er stand im Schlafzimmer, mit dem Rücken zum Fenster. Er ging aus dem Schlafzimmer und ins Bad. Auf der Kommode standen einige Tablettenfläschchen und eine Flasche Evian. Die Fläschchen waren auf die Kommode entleert worden; es waren wohl so an die zweihundert Tabletten.

Er kam mit einem anderen Tablettenfläschchen zurück ins Zimmer. Zuerst mühte er sich mit dem kindersicheren Verschluss ab, dann mühte er sich ab, den Wattebausch über den Tabletten herauszubekommen, und schließlich schüttete er noch mal fünfzig Tabletten auf die Kommode. Er goss sich ein Glas Wasser ein und nahm ein paar Tabletten in die Hand. Dann lachte er und legte sie wieder weg. Er zog eine Packung Zigaretten aus der Tasche und zündete sich eine an. Dann ging er aus dem Zimmer.

Und ich konnte nicht erkennen, was für Tabletten er nehmen wollte.

In jedem Stockwerk verlief unterhalb der Fenster ein schmaler, steinerner Ziersims ums Haus. Im nächsten Stock stand ein Fenster offen, und ein Ast hing bis übers Dach. Der Sims war nur etwa drei Zentimeter breit, aber der Mörtel zwischen den Ziegeln der Hauswand war bröckelig, also dachte ich mir, dass ich guten Halt finden würde. Ich kletterte hoch und den Ast entlang und ließ mich auf den Sims runter. Dann schob ich mich bis zum Fenster. An einer Stelle wucherte ziemlich viel Efeu über den Sims, und einen Moment lang glaubte ich, ich müsste wieder zurück – ich konnte nirgends sicher den Fuß aufsetzen, und es war unmöglich, die Finger bis an die Mauer zu bekommen, um mich festzuhalten. Aber als ich an dem Efeu zog, war er stark und dick, also hielt ich mich daran fest und hangelte mich weiter. Dann wieder zurück auf den Sims. Ich schlüpfte durch das Fenster. Ich öffnete eine Tür und lief die Treppe hinunter, ohne mich darum zu kümmern, ob ich leise war. Zuerst konnte ich das richtige Zimmer nicht finden – die erste Tür, die ich öffnete, führte in einen Arbeitsraum und die nächste in einen Besenschrank. Dann fand ich das Schlafzimmer. Er war jetzt wieder da drin. Er hatte einen Drink in der Hand.

Ich fragte: Was machen Sie denn da?

Er sagte ohne Verblüffung: Wonach sieht's denn aus?

Ist das Paracetamol?

Nein.

Ich denke, Aspirin ist auch keine gute Idee.

Es ist kein Aspirin.

Dann ist es wohl in Ordnung.

Er lachte. Er klang, als wäre er verblüfft, verblüfft zu sein. Er fragte: Wer bist du?

Es gab kein Zurück mehr.

Ich sagte

Ich bin Ihr Sohn.

Er sagte

Nein, bist du nicht. Mein Sohn sieht überhaupt nicht aus wie du.

Ich sagte

Ich bin noch ein anderer.

Er sagte

Oh, verstehe.

Er sagte

Moment mal, das ist ausgeschlossen. Als ich wegging, gab es hundertprozentig nur den einen Jungen. Einen Jungen und ein Mädchen. Du willst mir doch wohl nicht weismachen, du wärst fünf Jahre alt. Außerdem, wenn sie noch ein Kind bekommen hätte, während ich weg war, hätte sie es mir gesagt.

Eines war klar: Wenn es etwas gab, das alles garantiert noch hundertmal schlimmer gemacht hätte, dann wäre das der Satz gewesen, Na ja, eigentlich bin ich doch nicht Ihr Sohn. Ich sagte: Nicht von Ihrer Frau. Ich sagte: Nicht von Ihrer Frau. Ich sagte: Meine Mutter hat mir gesagt, Sie seien mein Vater. Vielleicht hat sie einen Fehler gemacht. Es müsste vor ungefähr 12 Jahren gewesen sein.

Er sagte

Oh, jetzt versteh ich.

Er trank aus und stellte das Glas ab.

Der Zeitpunkt ist nicht sehr gut, sagte er. Ich kriege es nicht aus dem Kopf, verstehst du. Aber ich darf die Leute das nicht merken lassen. Sie sehen es nicht gerne. Ich sehe nicht gerne, dass sie es nicht gerne sehen. Sie sehen, dass ich es nicht gerne sehe, dass sie es nicht gerne sehen.

Er sagte

Es gibt schon zu viele Menschen, die ich beschützen muss. Ich kann nicht noch einen nehmen. Es tut mir Leid, aber du wirst gehen müssen.

Ich sagte

Ich will nicht, dass Sie mich beschützen.

Er sagte

Was soll das heißen? Dass ich darüber reden kann? Was willst du?

Ich sagte

Ich wollte Sie sehen.

Er sagte

Du hast mich gesehen, also kannst du gehen

Ich sagte, ich würde gehen

Er sagte

Weißt du, wie alt ich bin? 37. Ich könnte noch 40 Jahre leben. 50 Jahre. Manche Menschen werden 100.

Er sagte

Ich sehe es jeden Tag. Es geht nie weg. Diese Augen haben gesehen, das heißt, sie waren im selben Raum mit, das heißt, du hast vielleicht Lear gesehen, die Menschen zucken zusammen, wenn Gloucester geblendet wird. Was glaubst du, wie das ist, eine blutige Augenhöhle zu sehen, in die ein Daumen gefahren ist? Er hat mit dem anderen Auge geweint. Lear verfolgt einen nicht, ich meine, es kommt nicht zurück, um dich zu verfolgen, wohingegen die Wirklichkeit – die siehst du Tag für Tag für Tag. Du denkst immer und immer und immer wieder an etwas anderes. Es ist nicht das Gesicht, es ist die Tatsache, dass ein menschliches Wesen das getan hat.

Er sagte

Du brauchst irgendwas, was du dagegenhalten kannst. Wenn du so viel Schlechtigkeit gesehen hast, brauchst du irgendwas, was du dagegenhalten kannst, irgendeinen umwerfenden, glorreichen Akt der Güte – nicht, um deinen Glauben an die Menschheit wiederherzustellen, was immer das heißen soll, sondern einfach, damit du dich nicht so krank fühlst.

Er sagte

Es ist meiner Familie gegenüber nicht fair. Sie sind lieb. Ich meine, sie sind vollkommen in Ordnung. Sie sind nicht schlecht. Es war schwer für sie, und sie haben ziemlich gut reagiert. Aber nicht umwerfend. Na ja, wieso sollten sie auch umwerfend sein? Aber ich fühle mich krank.

Ich sagte

Was ist mit Raoul Wallenberg?

Er sagte

Was

Ich sagte

Raoul Wallenberg. Der schwedische Konsul in Budapest, der schwedische Pässe an Juden verteilt hat. Dieser Mann ist ein schwedischer Staatsbürger.

Er sagte

Du meinst der, den die Amerikaner und Schweden den Russen überlassen haben, weil er nicht nur 100 000 Juden gerettet hat, sondern nebenbei auch noch ein bisschen für die Amerikaner spioniert hat und weil keiner von ihnen das zugeben wollte? Er war großartig, aber es reicht, um einen krank zu machen

Ich sagte

Na, und was ist mit Szegeti?

Und er sagte

Dieser Scharlatan?
Mutter Teresa?
Diese Nonne?
Jaime Jaramillo?
Er sagte, Jaramillo sei in Ordnung. Er sagte
Aber das hab ich nicht gesehen. Gesehen habe ich
Er sagte
Du gehst als Journalist in solche Situationen rein, und du denkst die ganze Zeit, du solltest aufhören, darüber zu berichten, und einfach nur noch helfen. Du musst dich verhalten wie ein Profi. Du redest dir ein, dass du ja hilfst, indem du die Menschen darüber informierst, was los ist.

Tja, sie wissen, was los ist, aber das bringt nichts. Du versuchst, ein paar Leute rauszuschaffen, bevor es zu spät ist, und du rennst gegen eine Betonwand aus Beamtenbürokratie, nichts bringt irgendwas. Und hinzu kommt, dass du nicht nur dumpfe Schläger mit einer anderen Sprache und fremden Uniformen gesehen hast, die Gräueltaten begehen, sondern auch, dass jemand, der dir ganz ähnlich ist, sagt, tut mir Leid, da kann ich nichts machen. Wenn du Glück hast, sagt dieser Mensch, Also gut, ich werde ans Ministerium schreiben.

Er sagte
Ich will nicht mehr. Wenn ich noch 50 Jahre vor mir habe, in denen ich das Auge und das Bein und das Mädchen und den ganzen Rest sehe, und das Beste, worauf ich hoffen kann, das Versprechen von jemandem ist, ans Ministerium zu schreiben, wäre ich besser dran, wenn ich es jetzt schon hinter mir hätte.

Ich weiß, dass es vielen Menschen sehr wehtun wird. Kann ich 50 Jahre so weitermachen, damit sie weiterhin beruhigt sagen können, dass ich mich angepasst habe?

Die Menschen sagen mir, du kannst sie doch nicht gewinnen lassen. Du hast so viel erreicht. Wenn du dich umbringst, haben sie gewonnen. Aber das ist verrückt. Wer zum Teufel sind sie? Warum zum Teufel ist es für sie eine Niederlage, wenn ich Nacht für Nacht heulend wach werde?

Er sagte

Mag sein, dass Kriegsberichterstattung wirklich ein wenig bewirkt. Aber bewirkt sie genug, um so ein Leben zu rechtfertigen? Es gibt viele andere, die froh wären, wenn sie meinen Job hätten, und die ihn gut machen könnten.

Ich sagte

Schön, solange Sie die Finger von Paracetamol lassen.

Er sagte

Was?

Ich sagte

Man sollte nie versuchen, sich mit Paracetamol umzubringen. Es ist eine schreckliche Todesart. Die Leute denken, man wird einfach ohnmächtig, aber in Wahrheit verliert man das Bewusstsein nicht, man denkt, es wäre nichts passiert, doch einen Tag später fangen die Organe an zu versagen. Es zerstört die Leber. Manchmal ändern die Leute noch ihre Meinung, aber es ist zu spät. Ich behaupte ja nicht, dass Sie Ihre Meinung ändern würden; aber fast alles ist besser, als an einer Paracetamol-Vergiftung zu sterben.

Er lachte.

Wo hast du das denn alles her? Er lachte erneut.

Ich sagte

Das hat mir meine Mutter gesagt.

Ich sagte

Eine Guillotine ist sehr schnell und nahezu schmerzlos, obwohl gesagt wird, dass der Kopf noch etwa eine Minute bei Bewusstsein bleiben kann, bevor die Blutzufuhr zum Gehirn versiegt. Ich hab mal mit meinem Meccano-Baukasten eine Miniaturguillotine gebaut, als ich fünf war. Ich denke, es wäre ziemlich einfach, eine große zu bauen. Natürlich wäre es ein bisschen schauerlich für die Person, die die Leiche findet. Sie könnten die Polizei anrufen, wenn Sie kein Mitglied Ihrer Familie verstören wollen. Die können unmöglich schnell genug hier sein, um Sie daran zu hindern.

Er lachte. Das werde ich mir merken. Kennst du noch irgendwelche anderen guten Methoden?

Ich hab gehört, dass Ertrinken am Schluss ganz angenehm sein soll, sagte ich. Eine Freundin meiner Mutter ist gerettet worden, als sie gerade zum dritten Mal unterging. Sie hat gesagt, am Anfang hat's wehgetan, als sich die Lunge mit Wasser füllte, doch dann war es verträumt und schön. Es tat weh, als sie sie rauszogen und ihr wieder Luft in die Lunge pumpten. Das wäre also vielleicht nicht schlecht. Sie könnten nachts von einer Ärmelkanalfähre springen, oder vielleicht wäre es netter, in der Ägäis von einem Außenbordmotorboot zu springen und in Blau zu ertrinken. Es könnte ein paar Probleme für Ihre Familie geben, wenn die Leiche nicht gefunden wird, aber ich denke, es wäre in Ordnung, wenn Sie einen Abschiedsbrief hinterließen.

Ja, sagte er. Er lächelte. Das wäre wahrscheinlich in Ordnung. Ich werd was trinken. Was möchtest du? Eine Cola?

Danke, sagte ich.

Ich folgte ihm nach unten in die Küche.

Du scheinst dich ja ziemlich gut auszukennen, sagte er.

Von Mechanik verstehe ich mehr als von Pharmaka, sagte ich. Ich kann eine Schlinge machen. Man sollte sich, wenn möglich, das Genick brechen, anstatt zu ersticken; anscheinend gelingt das mit einem Bettlaken höchst selten. Meine Mutter fand, ich sollte das wissen, für den Fall, dass ich mal ins Gefängnis komme und gefoltert werde – oh, verzeihen Sie bitte.

Ist schon gut, sagte er. Er trank viel von seinem Drink. Wahrscheinlich hat sie Recht. Es ist gut, so was zu wissen – wenn du deine Hände gebrauchen kannst. Ich war die ganze Zeit gefesselt, also hätte mir das nichts genützt.

Außer, wenn Sie Schach gespielt haben, sagte ich.

Nein, da war ich auch gefesselt. Er hat die Züge für mich gemacht. Manchmal hat er absichtlich eine Figur auf das falsche Feld gesetzt und so getan, als verstünde er nicht, wenn ich protestiert habe. Man sollte meinen, das hätte mir nichts ausgemacht, bei allem anderen, aber es hat mich absolut wütend gemacht. Wenn ich mich weigerte zu spielen, hat er mich geschlagen. Oder er hat mich geschlagen, wenn er verloren hat. Er hat mich nicht geschlagen, wenn er gewonnen hat.

Er sagte

Er war irgendwie gespalten. Wenn er das Brett hervorholte, war er freundlich und lächelte. Das hielt dann ein paar Züge an, und dann begann er manchmal zu schummeln, und manchmal geriet er in Wut und schlug mich mit der Pistole, und manchmal – die Freundlichkeit war das Furchtbare dabei, weil er verletzt war, richtig verletzt, wenn ich mich nicht freute, ihn zu sehen, oder sauer war, weil er mich am Vortag zusammengeschlagen hatte. Und jetzt, wo ich wieder zurück bin, sehe ich nur das. Überall diese furchtbare Freundlichkeit. All diese Menschen, die einfach nicht begreifen, es kommt ihnen einfach nicht in den Sinn, dass

Er sagte

Das ist das, was ich mit der Normalität meine. Das ist der Grund, warum sie nicht reicht. Es reicht nicht, sich dem zu stellen, was da ist, aber die Leute lächeln einfach liebenswürdig weiter.

Meine Frau lächelt, und ich sehe diese furchtbare Freundlichkeit in ihrem Gesicht. Meine Kinder kotzen mich an. Sie sind entzückend, extrovertiert, selbstbewusst. Sie wissen, was sie wollen, und dafür interessieren sie sich, und es kotzt mich an. Sie haben mir zwei Wochen gegönnt, wo ich ein bisschen seltsam sein durfte, und dann sind sie alle einzeln zu mir gekommen.

Meine Frau sagte, sie wisse, was ich durchgemacht habe, aber so sei es nicht gut für die Kinder. Meine Tochter kam zu mir und sagte, es sei nicht gut für Mum, ich wüsste ja nicht, was sie durchgemacht hatten. Mein Sohn sagte, es sei nicht gut für seine Mum und seine Schwester.

Also habe ich mir gedacht, das ist doch einfach lächerlich. Es ist unfair. Sie sind völlig okay. Es ist nicht ihre Schuld. Was willst du eigentlich? Willst du, dass sie Kriegsneurosen bekommen und Horrorträume haben? Du willst doch, dass sie von alldem verschont bleiben. Du willst, dass alle Übrigen verschont bleiben, um normal zu sein. Und ich denke, wir haben so viel. Freuen wir uns des Lebens. Wir haben einander, wir haben so verflucht viel Glück. Und ich schlinge mit Tränen in den Augen die Arme um sie, und ich sage: Kommt, wir machen einen Spaziergang am Kanal und füttern die Schwäne. Ich denke, wir können einfach aus dem Haus gehen, niemand wird uns aufhalten, und wir können am Kanal einen Spaziergang machen, weil da keine Landminen sind und keiner uns mit Granaten beschießt, lasst uns das ausnutzen. Und sie sehen mich alle völlig entgeistert an, weil es so verdammt sentimental ist, aber sie kommen mir zuliebe mit, und natürlich ist es schrecklich.

Er sagte

Wenn du Dinge gesehen hast oder dir Dinge angetan wurden, dringt diese Schlechtigkeit in dich ein und kommt mit dir zurück, und dann werden auch Menschen verletzt, die nie einen Krieg aus der Nähe erlebt haben, Menschen, die nie ein Tier geschlagen und erst recht nie jemanden gequält haben – Menschen, die vollkommen unschuldig sind. Die Qual zeigt sich als Ekel, und sie zeigt sich als dieses Aufwallen von Sentimentalität, die sie erstickt. Ich sehe das, aber ich kann die Schlechtigkeit nicht abtöten, sie hockt einfach in mir wie eine giftige Kröte.

Er sagte

Tut es ihnen wirklich gut, die Kröte am Leben zu halten? Und selbst wenn ja, kann ich das ein ganzes Leben lang durchhalten?

Ich sagte

Es wäre offensichtlich besser zu sterben, bevor man Jahre gelitten hat, als hinterher; niemand würde einen Unschuldigen zu lebenslänglich verurteilen, nur um jemand anderen glücklich zu machen; die Frage ist, ob es wirklich stimmt, dass nichts diese Erinnerung tilgen wird und dass nichts so gut sein könnte, dass es sich lohnen würde, sie zu ertragen. Wenn das die Frage ist, können Sie nicht ernsthaft von mir erwarten, dass ich die Antwort darauf weiß.

Er fing wieder an zu lachen. Darf ich dir einen guten Rat geben?, fragte er. Bewirb dich nie um einen Job bei der Telefonseelsorge.

Vor lauter Lachen konnte er kaum sprechen.

Meine Mutter, sagte ich, hat mal die Telefonseelsorge angerufen und gefragt, ob es wissenschaftliche Untersuchungen darüber gibt, wie viele Menschen, die einen gescheiterten Selbstmordversuch hinter sich haben, danach ein glückliches Leben hatten.

Was haben sie gesagt?

Sie haben gesagt, sie wüssten es nicht.

Er grinste.

Ich sagte

Sibylla hat gesagt

Er sagte

Wer?

Ich sagte, Meine Mutter. Sie hat gesagt, sie sollten Leute wie Oscar Wilde anstellen, bloß es gibt niemanden wie Oscar Wilde. Wenn es genug Menschen wie Oscar Wilde gäbe, die bei der Telefonseelsorge arbeiten würden, würde sowieso keiner Selbstmord begehen wollen – sie würden sich mit witzigen Sprüchen um ihren Arbeitsplatz bringen. Sie könnten anrufen, und jemand würde fragen

Rauchen Sie?

Und Sie würden sagen

Ja.

Und der andere würde sagen, Gut. Ein Mensch sollte eine Beschäftigung haben.

Meine Mutter hat mal da angerufen, und der Typ am anderen Ende hat immer nur Ja gesagt und, Ich höre, was Sie sagen, was beruhigend gewesen wäre, wenn meine Mutter Angst gehabt hätte, unhörbar zu sein.

Also hat meine Mutter gefragt

Rauchen Sie?

Und der Telefonseelsorger hat gesagt

Wie bitte?

Und meine Mutter hat gefragt

Rauchen Sie?

Und der Telefonseelsorger hat gesagt

Nein

Und meine Mutter hat gesagt

Das wäre aber besser. Ein Mensch sollte eine Beschäftigung haben.

Und der Telefonseelsorger hat gesagt

Wie bitte?

Und meine Mutter hat gesagt

Schon gut. Es ist Ihr Leben. Wenn Sie es wegwerfen wollen, meinetwegen.

Dann hatte sie keine 10-Cent-Stücke mehr.

Ich sagte

Es ist Ihr Leben, aber Sie sollten den Dingen eine Chance geben. Sie wissen ja, was Jonathan Glover sagt.

Er sagte

Nein, was sagt Jonathan Glover denn? Und wer ist Jonathan Glover?

Ich sagte

Jonathan Glover ist ein moderner Utilitarist und Autor von *Causing Death and Saving Lives*. Er sagt, bevor man Selbstmord begeht, sollte man seinen Job wechseln, seine Frau verlassen, das Land verlassen.

Ich sagte

Würde es was helfen, Ihren Job zu wechseln, Ihre Frau und Kinder zu verlassen, das Land zu verlassen?

Er sagte

Nein. Es würde ein bisschen helfen, nicht ständig so tun zu müssen als ob. Aber egal, wo ich hinginge, ich würde dieselben Dinge sehen. Früher habe ich gedacht, ich würde gern den Himalaja sehen, bevor ich sterbe. Ich dachte, ich würde gern Tierra del Fuego sehen. Die Südsee – ich habe gehört, da ist es schön. Aber wo auch immer ich hinkam, ich sah ein Kind, das mit einem Gewehrkolben totgeschlagen wurde, und lachende Soldaten. Ich kann machen, was ich will, ich kriege es einfach nicht aus dem Kopf.

Er sah in sein Glas.

Er sagte

Kannst nichts ersinnen für ein krank Gemüt?
Tief wurzelnd Leid aus dem Gedächtnis reißen?
Die Qualen löschen, die ins Hirn geschrieben?
Und mit Vergessens süßem Gegengift
Die Brust entled'gen jener gift'gen Last,
Die schwer das Herz bedrückt

Er sagte

Hier muss der Kranke selbst das Mittel finden

Er stützte den Kopf in die Hand.

Er sagte

Es ist eine nette Geschichte.

Er sagte

Die Welt wäre ein ziemlich netter Ort, wenn die einzigen Menschen, die von Grausamkeiten gequält werden, diejenigen wären, die sie begangen haben. Möchtest du noch eine Cola?

Ich fragte, ob ich stattdessen einen Orangensaft haben könnte.

Er ging mit seinem Glas zum Kühlschrank. Er kam mit dem Glas und einer Dose Cola zurück.

Er sagte

Ich will nicht sagen, dass es für meine Frau nicht schwer war. Sie musste Verantwortung übernehmen. Sie musste viele Briefe an Menschen schreiben, die nicht sehr hilfsbereit waren. Sie musste um der Kinder willen durchhalten.

Ich sagte

Will sie sterben?

Er sagte

Ich glaube nicht.

Und nach einer Pause sagte er:

Es hat sie sehr verändert. Sie wurde sehr viel weniger

Er sagte

Oder besser, sie wurde sehr viel mehr

Er sagte

Das heißt, sie ist zu jemandem geworden, der

Er sagte

Das heißt, sie hat viele Fähigkeiten entwickelt. Sie hat eine erfolgreiche Kampagne organisiert, das heißt, sie hat eine Kampagne organisiert, die als Kampagne erfolgreich war, weil viele Leute sie unterstützten, ihr Geld gaben, wenn sie sie um Geld bat, und auf Demonstrationen gingen, wenn sie ihnen sagte, dass eine Demonstration stattfand, und die Briefe an ihren Parlamentsabgeordneten schrieben, wenn sie sagte, alle sollten an ihren Parlamentsabgeordneten schreiben. Die Zeitungen veröffentlichten ihre Briefe, wenn sie Briefe schrieb, und sie wurde regelmäßig im Radio und Fernsehen interviewt. So etwas passiert nicht einfach so, weißt du. Aber wenn es passiert, wirst du ganz zuversichtlich, dass du dafür sorgen kannst, dass so etwas passiert.

Er fragte

Möchtest du noch eine Cola?

Ich sagte, Okay.

Er kam mit einem anderen Getränk zurück. Er sagte, es tue ihm Leid, aber Cola sei alle, er habe mir stattdessen einen Orangensaft mitgebracht.

Er sagte

Die Kampagne habe ich in gewisser Weise damit verdorben, dass ich einfach so geflohen bin. Wie es scheint, hatten die Verhandlungen eine ziemlich viel versprechende Phase erreicht, jedenfalls denkt meine Frau, dass es ziemlich viel versprechend aussah, ich hätte alles gefährden können, indem ich einfach einen Ausbruchsversuch machte. Es ärgert sie, dass sie sich mit dieser Versuch's-einfach-Haltung auseinander setzen muss, weil sie denkt, es sei pures Glück gewesen, dass es geklappt hat, wohingegen sie nicht denkt, dass es Glück ist, wenn eine Kampagne Erfolg hat. Nicht, dass es ein großes Ärgernis ist, eher ein kleines Ärgernis, nur, ich durfte mir nicht anmerken lassen, wie glücklich ich war, den Hund zu sehen. Er drehte förmlich durch, sobald ich ins Zimmer kam, es fehlte nicht viel, und ich hätte die Fassung verloren, das heißt, eigentlich habe ich die Fassung verloren, glaube ich, und er hatte schließlich keine besonderen Fähigkeiten im Umgang mit den Medien entwickelt oder einen bedeutenden Beitrag zu der Kampagne geleistet oder so. Ich will damit sagen, dass meine Frau, besser gesagt, sie alle, in den fünf Jahren Fortschritte gemacht hatten oder Rückschläge einstecken mussten, wohingegen ich bloß fünf Jahre verbracht hatte

Er sagte

Und natürlich, als der Hund starb

Er sagte

Na egal, vorbei ist vorbei. Du langweilst dich, ich langweile mich, du langweilst dich oder falls nicht, dann würdest du dich langweilen, wenn du so viel Zeit damit verbracht hättest, darüber nachzudenken

Ich sagte

Haben Sie dieses Buch von Graham Greene gelesen?

Er fragte

Welches Buch von Graham Greene?

Ich sagte

Das, in dem er seine Frau aus Mitleid tötet und dann von der Erinnerung gequält wird, und dann verliert er bei einer Explosion das Gedächtnis?

Er sagte

Ach, das. Du liest Graham Greene?

Ich sagte

Nur das Buch und *Die Reisen mit meiner Tante*. Mir hat *Die Reisen mit meiner Tante* besser gefallen. Meine Mutter hat das andere gelesen und hat sich gedacht: Genau, ich werd Amnesie kriegen. Also hat sie den Kopf gegen Wände geschlagen, aber sie konnte sich nicht mal selbst k.o. schlagen, und dann ist ihr eingefallen, dass sie mal von einem Auto angefahren wurde und ohnmächtig war und dass sie sich an alles erinnern konnte, als sie wieder zu Bewusstsein kam. Also hat sie viele Artikel über Amnesie gelesen, aber die waren nicht sehr hilfreich. Dann hat sie gedacht: Wie wär's mit einem Hypnotiseur? Andauernd gehen Leute zu Hypnotiseuren und erinnern sich an vergessene Dinge, die ihnen als Kinder passiert sind oder in einem früheren Leben, als sie Kleopatra waren – wieso sollte das nicht auch andersrum funktionieren?

Er sagte

Na, das ist mal eine großartige Idee. Du gehst als Nervenwrack zum Arzt und kommst als Kleopatra, Königin vom Nil, zurück.

Ich sagte

Also hat sie die Telefonseelsorge angerufen.

Er sagte

Und was haben die gesagt?

Ich sagte

Sie sagten, sie wüssten es nicht. Also hat sie viele Hypnotiseure angerufen, und die meinten alle, das sei eine ungesunde Haltung, & Hypnose als ein Mittel der Psychotherapie ziele darauf ab, Menschen dabei zu helfen, sich den Dingen zu stellen, & kein verantwortungsvoller Arzt würde das in Erwägung ziehen, und meine Mutter sagte, gut, wie steht's mit einem verantwortungslosen Arzt? Angenommen, sie fände einen schurkischen Hypnotiseur, jemand, der mit dem widerstandslosen Körper seiner Patientin Unzucht trieb und ihr die Kreditkarten und die Girokarte stahl und sie nach der PIN-Nummer ihrer Girokarte fragte und ihr die Perlen wegnahm, die sie zum 18. Geburtstag bekommen hat: Wäre so jemand fähig, sie alles vergessen zu machen, was in den letzten 10 Jahren oder so passiert ist?

Er fragte

Und was haben sie gesagt?

Ich sagte

Sie haben aufgelegt.

Er fragte

Und was ist dann passiert?

Ich sagte

Sie hat versucht, sich umzubringen.

Er fragte

Das muss hart für dich gewesen sein.

Ich sagte

Oh, das war vor meiner Geburt. Ich glaube, sie bedauert es,

wenn Leute dumme Bemerkungen machen, aber jetzt, wo sie mich hat, denkt sie, es sei unverantwortlich – Verzeihung.

Er sagte

Ist egal. Das würde jeder denken. Ich habe immerhin das Buch geschrieben, weißt du. Ich habe das Buch geschrieben und jede Menge Interviews gegeben und Bücher signiert – komisch, was die Leute so kaufen.

Er stand auf und ging hin und her. Er ging zum Fenster und sagte

Was für ein herrlicher Tag!

Er sagte

Meinst du, die Verkaufszahlen werden hochgehen?

Ich sagte, die signierten Exemplare würden auf jeden Fall mehr wert sein. Er sagte, er wäre blöd, weil er daran nicht gedacht hatte, aber er hatte alle seine Belegexemplare an prominente Unterstützer der Kampagne verschenkt.

Ich hatte noch immer ein schlechtes Gefühl, weil ich gesagt hatte, dass meine Mutter es für unverantwortlich hielt, und ich wollte gerade sagen, dass der Fall anders liege, weil ich eigentlich keinen Vater hatte, als mir einfiel, dass ich ja gesagt hatte, *er* sei mein Vater. Dann dachte ich, es wäre vielleicht nicht schlecht, wenn ich sagte: Na ja, ich bin ohne Vater aufgewachsen, und es geht mir gut, ich meine, ich glaube nicht, dass es mir besser ginge, wenn jemand zehn Jahre lang die Hölle durchgemacht hätte, nur um da zu sein. Dann dachte ich plötzlich, das heißt, plötzlich dachte ich, dass Sibylla in diesem Augenblick zu Hause war und den Kleinen Prinzen unterrichtete. Was, wenn sie genau in diesem Augenblick ein Tablettenfläschchen hervorgeholt und gesagt hatte, wenn sie kein Mensch ohne Vergangenheit sein konnte, dann wollte sie ein Mensch ohne Zukunft sein, und der Kleine Prinz hatte geantwortet, In Ordnung, machen Sie nur?

Er stand noch immer am Fenster. Auf der Fensterbank standen vier Usambaraveilchen; er fuhr mit dem Daumen über den Flaum auf einem Blatt. Er pfiff durch die Zähne.

Ich hab ihn nicht genau oder gar nicht beschrieben. Er hatte in einer Weise Recht, dass es nach einer Weile langweilig wurde, aber in einer anderen Weise spielte es eigentlich keine Rolle, was er sagte. Man konnte sehen, dass er jemand war, der einen anderen, der mit vier Jahren gesehen hatte, wie seine männlichen Verwandten in einer Reihe aufgestellt und erschossen wurden und seine weiblichen Verwandten vergewaltigt und dann erschossen wurden, dazu bringen konnte, Schach spielen zu wollen. Wenn man mit ihm zusammen war, wollte man weiter mit ihm zusammen sein, ganz gleich, was er sagte. Wenn man einen Witz machte und er lachte, hätte man am liebsten zehn Handstandüberschläge gemacht. Ich wünschte, er wäre zehn Jahre bei mir gewesen oder auch nur fünf, obwohl er wahrscheinlich so ein Vater war, der Grenzen setzte, und obwohl ich mir kaum vorstellen konnte, dass er in einen Lebensstil hineinpasste, bei dem man in einem vernünftigen Alter Griechisch lernen konnte, und obwohl der eine Junge und das eine Mädchen wahrscheinlich *Sesamstraße* gesehen hatten und er wahrscheinlich dachte, das sei ungefähr der richtige Schwierigkeitsgrad. Und allmählich fing ich an zu überlegen: Was, wenn er seine Meinung ändern würde?

Dann dachte ich: Was, wenn Sibylla dem Kleinen Prinzen erzählt hat, was sie vergessen will? Als ich sie fragte, sagte sie immer, Mach dir mal darum keine Gedanken, oder, Was soll's, ich weiß eigentlich gar nicht, worüber ich mich beschwere, schließlich bin ich nicht gefoltert worden. Zumindest hatte ich das nicht gesagt. Ich dachte: Ich will, dass er weiter versucht, darüber hinwegzukommen, damit ich ihn weiter besuchen kann. Ich dachte, dass es schwach und feige war, das zu wollen, und es war schwach und feige, mir zu wünschen, dass der Kleine Prinz sagte, Kommt Zeit, kommt Rat und dass ich wirklich meines Vaters Sohn wäre, wenn ich schwach und feige wäre.

Ich sagte

Möchten Sie Oscar Wilde eine Chance geben?

Er sagte

Was?

Ich sagte

Wir könnten uns *Bunbury* ansehen. Ich könnte ihn bei Blockbuster Video ausleihen.

Er sagte

Ist schon gut.

Dann sagte er

Na, meinetwegen.

Ich ging zur Haustür hinaus. Die Videokarte war immer in meiner Tasche, weil Sibylla leicht Sachen verlor, und ich hatte £ 1,50. Ich rannte den ganzen Weg bis zu Blockbuster Video, nur für den Fall, dass er beschloss, die Tabletten zu nehmen, bevor ich zurück war.

Die Einteilung in diesem Blockbuster-Laden war anders als in dem, zu dem wir immer gingen, deshalb brauchte ich eine Weile, bis ich das Video gefunden hatte. Sie hatten auch *Die sieben Samurai*, aber da sagen so viele Leute, dass es besser sei zu sterben, als ein sicheres Elend zu erdulden, dass ich fand, es wäre besser, das Risiko nicht einzugehen. Sie hatten auch *Ace Ventura – Ein tierischer Detektiv*, den ich mir schon immer mal ansehen wollte, den aber Sibylla auf gar keinen Fall ausleihen wollte; ich vermutete jedoch, dass er vielleicht doch nicht so wirkungsvoll wäre wie der Wilde-Film. Zuletzt fand ich ihn. Ich musste eine Weile mit der jungen Frau an der Kasse debattieren, weil unsere Karte für eine andere Filiale galt.

Ich sagte

Bitte. Ich muss es haben. Es geht um Leben und Tod.

Sie sagte

Nun übertreib mal nicht.

Ich sagte

Nein wirklich es ist für einen Mann der daran denkt Selbstmord zu begehen er ist in Geiselhaft gewesen und gefoltert worden und das verfolgt ihn und ich dachte vielleicht nur vielleicht würde *Bunbury* was ändern weil wenn meine Mutter sich deprimiert fühlt muntert Wilde sie immer auf.

Sie sagte

Im Ernst.

Ich sagte Nein eigentlich nicht, es ist für meine Schwester, die ist kurz vor der Abschlussprüfung und dauernd fragen die was zum Unterschied zwischen dem Stück und dem Film, bloß sie hatte noch gar keine Gelegenheit, den Film zu sehen. Unser Dad ist arbeitslos, deswegen muss sie halbtags arbeiten, deswegen hat sie nie Zeit dafür gehabt, und jetzt ist morgen schon die Prüfung, und wenn sie nicht gut abschneidet, kriegt sie die Zulassung zur Universität nicht, weil Englisch nämlich ihr bestes Fach ist und es jetzt zu spät ist, noch was für Französisch und Soziologie zu tun. Nach einer Umfrage, die der *Independent* kürzlich veröffentlicht hat, legen immer mehr Arbeitgeber Wert darauf, dass ihre Arbeitnehmer einen Universitätsabschluss haben.

Sie sagte

Aller guten Dinge sind drei

Ich sagte

Na ja, in Wahrheit ist es für meine zwei kleinen Brüder. Siamesische Zwillinge, sie waren seit der Geburt unzertrennlich und haben alles zusammen gemacht. Wenn der eine was macht, muss der andere das auch machen, aber leider sind ihre Köpfe ganz unpraktisch platziert, sodass sie nie gleichzeitig auf denselben Fernsehschirm gucken können. Wir haben es schon mit Spiegeln probiert, aber immer jammert der, der den Spiegel kriegt. Eine Behindertenzulage von einer großzügigen Regierung hat die Kosten für einen zweiten Fernseher mit Video, ein einziges Exemplar von *Aladin* und ein Handtuch gedeckt. Eines Abends lief die klassische Redgrave/Denison-Verfilmung von *Bunbury* in der BBC; beide Zwillinge konnten sie sich ansehen und waren hin und weg. Leider hatte meine Mutter keine zwei Videokassetten, um den Film aufzunehmen – und da sie damit rechnete, dass es Ärger geben würde, hat sie ihn überhaupt nicht aufgenommen!!! Was nichts nützte, denn nun, da sie ihn einmal gesehen haben, wollen sie ihn unbedingt noch einmal sehen – und ein siamesisches Zwillingspaar, das in Wut gerät, macht einen Lärm, der kaum zu überhören ist. Verzweifelt machte sich meine Mutter auf zu dem Blockbuster-Laden bei uns in der Nähe und musste feststellen, dass sie nur eine Kopie des Films haben. Sei unbesorgt, sagte ich, ich besorge uns eine zweite Kopie des Films in Notting Hill; sie haben ohnehin schon wenig Anlass zur Freude, weiß Gott, und meine Mutter stimmte zu, denn sie war sicher, dass Blockbuster uns nicht enttäuschen würde.

Sie sagte

Warum hast du das nicht gleich gesagt

Ich sagte

Sie haben mich ja nicht gleich gefragt

Ich absolvierte meinen Fünf-Minuten-Meilen-Sprint.

Ich ging zur Haustür und klopfte. Er machte die Tür sofort auf.

Er sagte

Tut mir Leid, ich hätte dir Geld mitgeben sollen.

Ich sagte, das sei schon in Ordnung. Er sah munterer aus als vorher. Er ging durch die Diele voraus in ein Zimmer im hinteren Teil des Hauses, wo der Fernseher und der Videorecorder standen. Er hatte ein paar Chips in eine Schale getan und Erdnüsse in eine andere Schale.

Ich schaltete den Fernseher und den Videorecorder an und legte den Film ein. Zuerst kamen ein paar Werbespots für die Classic Collection, und dann fing der Film an.

Er saß in seinem Sessel und schaute sehr ernst auf den Bildschirm. Er lachte, als Lady Bracknell sagte, Wenn du mit jemandem verlobt wirst, werden ich oder dein Vater, sollte es ihm seine Gesundheit erlauben, dich von der Tatsache unterrichten, und er lachte über ein paar andere witzige Bemerkungen. Nach einer Weile vergaß ich ihn.

Nach einer Weile sah ich hinüber, um festzustellen, ob der Film ihm Spaß machte.

Er hatte den Kopf zur Seite gedreht. Seine Wangen waren nass.

Er sagte

Es wird nicht funktionieren.

Ich schaltete das Video aus und drückte auf Rewind.

Er sagte

Es wird nicht funktionieren, und ich habe nicht viel Zeit. Sie sind bloß für ein paar Tage verreist. Aber es war einen Versuch wert.

Er sagte

Trotzdem war es in gewisser Weise hilfreich. Ich habe ein paar Briefe zu schreiben. Ich dachte, ich könnte das nicht, weil ich glaube, wichtig ist, ihnen zu sagen, dass ich sie liebe, und das fällt mir ziemlich schwer, weil ich seit meiner Rückkehr eigentlich nur für den Hund irgendwas empfunden habe. Ich habe es natürlich gesagt, aber irgendwas hindert mich daran, eine Lüge mein letztes Wort sein zu lassen. Ich denke, mit einer vorletzten Lüge kann ich leben. Wohingegen es dir nichts ausmachen kann, die Wahrheit zu hören.

Er sagte

Das wird wahrscheinlich einige Zeit dauern. Du kannst gehen oder bleiben, wie du willst.

Ich sagte, ich würde gern bleiben, wenn er nichts dagegen hätte.

Ich folgte ihm nach oben zu seinem Schreibtisch. Er setzte sich und holte einige Blatt Papier heraus und schrieb: Liebe Marie.

Ich ging zu einem Sessel und setzte mich. Ich holte Thukydides heraus und begann, die *Stasis auf Korkyra* zu lesen.

Zwei Stunden verstrichen. Ich stand auf und ging zum Schreibtisch; er starrte auf das Blatt Papier, auf das er die Worte »Liebe Marie« geschrieben hatte.

Er sagte

Es ist bloß ein Zufall, dass es so gekommen ist. Ich war lange Zeit in Beirut, aber viele Leute waren lange Zeit dort. Manchmal denkst du, du drehst durch, wenn du siehst, was, es ist frustrierend, aber du hast jede Menge zu tun. Ständig musst du irgendwelche Transportmöglichkeiten organisieren, um irgendwo hinzukommen, wo, wie du gehört hast, irgendwas vor sich geht, oder Kontakte knüpfen oder es zumindest versuchen, sodass du immer ziemlich beschäftigt bist, aber trotzdem geht's dir an die Nieren, aber dann betrinkst du dich und redest. Sobald ich in Gefangenschaft geraten war, hatte ich absolut nichts zu tun, außer nachzudenken. Auf dem Boden liegen und grübeln, wird Clinton das tun, werden die Vereinten Nationen jenes tun, ohne die Ablenkung von, wenn ich mit dem und dem über diesen Jeep rede. Es ist blöd. Wenn ich vor meiner Abreise mit ein paar Kumpeln losgezogen wäre und mich betrunken hätte, wäre es wahrscheinlich nicht oder zumindest wäre es immer, aber wenigstens hätte es nicht, jedenfalls andere Leute scheinen sich anzupassen, sofern man sich anpassen kann, und ich hätte mich wahrscheinlich auch angepasst.

Er sagte

Mangelnde Anpassungsfähigkeit wegen eines dummen Zufalls. Da ist es schwer, was zu schreiben.

Er sagte

Ist es entmündigend, das zu schreiben, von dem du meinst, dass jemand anders sich wünschen würde, dass du es sagen kannst? Oder sollte ich schreiben

Er sagte

Weißt du, was ich wirklich möchte?

Ich sagte

Abgesehen von dem Offensichtlichen

Er sagte

Sei bloß nicht unverschämt, du kleiner Bastard – tut mir Leid.

Ich sagte

Was?

Dann sagte ich, Ach so. Ich sagte, Ist nicht schlimm. Was möchten Sie denn wirklich?

Er sagte: Ich hätte gerne Fish & Chips. Hättest du auch Lust auf Fish & Chips? Lass uns irgendwo Fish & Chips essen gehen, und ich mach das hier fertig, wenn wir zurückkommen.

Ich dachte, das könnte ein gutes Zeichen sein, vielleicht war es ein Vorwand, um die Sache hinauszuschieben, vielleicht würde er selbst merken, dass er Ausflüchte suchte und es gar nicht wirklich tun wollte.

Wir gingen zur Hauptstraße. Ich gab das Videoband zurück, und wir gingen weiter und kauften an einer Bude ganz in der Nähe Fish & Chips. Er dachte, dass die Leute wahrscheinlich dachten, er wäre mein Vater.

Das Standardessen bei uns zu Hause waren Sandwiches mit Erdnussbutter und Marmelade. Manchmal hatten wir auch zur Abwechslung Erdnussbutter mit Honig. Ich versuchte, meinen Fisch so langsam zu essen, wie ich konnte, damit er länger hielt. Er aß zwei Pommes und ein Stück Fisch, und er sagte

Das ist Mist. Irgendwas haben die damit gemacht. Ich kann das nicht essen.

Er wollte es schon wegwerfen, als ich sagte, mir würde es gut schmecken. Ich sagte, ich würde seine Portion essen, wenn er sie nicht wollte.

Er gab sie mir, und wir gingen durch die Straßen, während ich aß.

Ich aß, so langsam ich konnte, um Zeit zu schinden, damit wir nicht so bald zurückgingen. Ich konnte einfach nicht fassen, dass ich neben Red Devlin spazierte, dass er all die Jahre, in denen er »Klar können Sie« und »Ach, kommen Sie schon« gesagt hatte, und all die Jahre in der Zelle und die Monate, in denen er quer durchs Land gereist war, durchlebt hatte, um jetzt hier neben mir zu gehen.

Zugegeben, etwas, worüber die Leute immer geklagt hatten, war, dass Red Devlin bei seinen Freunden nicht sehr wählerisch war.

Einmal hatte Red Devlin einen Freund, der einem Club angehörte. Ich glaube nicht, dass es der Portland Club war, aber so etwas in der Art. Sie gingen öfter dorthin und tranken ein paar Gläser, und eines Abends liefen sie einem Mann über den Weg, der eine Supermarktkette besaß. Der Mann war wütend, weil er einen Supermarkt in Wales aufmachen wollte, einen Supermarkt in einer Größenordnung, wie man sie westlich des Severn noch nie gesehen hatte, und obwohl er die Baugenehmigung bekommen und die Durchführbarkeitsstudie gemacht hatte, setzten sich die Anwohner vor Ort zur Wehr. Der Supermarkt sollte auf einem Feld gebaut werden, das nicht genutzt wurde, und die Anwohner behaupteten, dass dort Kinder spielten, deren Leben ärmer wäre, wenn sie dort nicht mehr spielen könnten.

Red Devlins Freund hatte diese Geschichte oder andere in der

Art zu häufig gehört, um sie noch interessant zu finden, und verabschiedete sich bald. Red Devlin unterhielt sich weiter mit dem Mann, der darauf hinwies, dass Kinder überall spielen könnten, dass er schließlich keineswegs vorhabe, einen Park zu bebauen, es sei bloß ein Feld, und er sei Geschäftsmann.

Red Devlin sagte: Kinder. Was die sich manchmal so in den Kopf setzen.

Der Mann sagte: Ich bin ein einfacher Geschäftsmann.

Red Devlin sagte: Diese Runde geht auf mich.

Der Mann sagte: Nein nein –

Red Devlin sagte: Ich bestehe darauf

Der Mann sagte: Ich bestehe darauf

Ich bestehe darauf

Ich bestehe darauf

Ich bestehe darauf

Ich bestehe darauf

Aber Red Devlin bestand darauf, und der Mann war gerührt, weil, wenn du reich bist, denkt jeder, du schwimmst in Geld.

Diesmal sagte Red Devlin nicht mal »Klar können Sie« oder »Ach, kommen Sie schon«. Der Mann sagte: Wie gesagt, ich bin bloß ein einfacher Geschäftsmann

und Red Devlin sagte: Ihnen sind die Hände gebunden.

Der Mann sagte: Genau. Mir sind die Hände gebunden

und Red Devlin sagte: Beim besten Willen

und der Mann sagte: Mir sind die Hände gebunden.

Ihnen sind die Hände gebunden, sagte Red Devlin.

Mir sind die Hände gebunden, sagte der Mann.

Ihnen sind die Hände gebunden, sagte Red Devlin.

Mir sind die Hände gebunden, sagte der Mann.

Wo war dieses Feld noch mal?, fragte Red Devlin.

Wales, sagte der Mann.

So ziemlich der beste Platz dafür, sagte Red Devlin.

Ein phantastischer Standort, sagte der Mann.

Ich wünschte, ich könnte es mir ansehen, sagte Red Devlin. Ein Jammer, dass es in Wales ist.

Wir könnten mit meinem Wagen hinfahren, sagte der Mann, aber ich habe meinem Fahrer morgen freigegeben, weil ich den ganzen Tag Sitzungen habe.

Noch mal das Gleiche?, fragte Red Devlin.

Diesmal bin ich dran, sagte der Mann, und Red Devlin sagte, Nein, ich bestehe darauf.

Sie redeten und redeten und redeten und redeten und redeten, und der Mann sagte, Mir sind die Hände gebunden, und Red Devlin sagte, Ihnen sind die Hände gebunden und die Runde geht auf mich, und der Mann sagte, Nein, ich bestehe darauf, und Red Devlin sagte, Nein, ich bestehe darauf.

Dann sagte der Mann: Moment mal! Wir nehmen uns ein Taxi!

Sie nahmen ein Taxi nach Wales, und in dem Taxi erklärte der Mann verschiedene Aspekte der Kapitalbewegung, Sagen wir, eine Bäckerei geht Pleite, erklärte er, wenn sie Pleite geht, dann deshalb, weil sie nicht die effektivste Nutzung der Ressourcen in dieser Örtlichkeit darstellt, sie geht Pleite, das Inventar wird verkauft, ich verwende natürlich ein sehr simples Beispiel, die ganzen Öfen und Mixer verschwinden nicht einfach von der Erdoberfläche, sie werden gekauft und für ein anderes Unternehmen eingesetzt, das sie kosteneffektiv nutzt, neue Arbeitsplätze entstehen irgendwo anders, die Leute sehen einfach nicht den Gesamtzusammenhang, und Red Devlin pflichtete ihm bei.

Kurz vor 7:00 erreichten sie das Feld. Die Sonne ging gerade auf. In der Mitte des Feldes war festgetretene nackte Erde, wo Leute Fußball spielten, und drum herum war Gras, mit hohem Unkaut und einigen Büschen am Feldrand und einer Reihe Weiden, wo das Feld an einem Fluss entlang verlief. Der Mann erklärte die Vorzüge des Standortes für einen Supermarkt, und er erklärte, die Gelegenheit sei zu günstig, um sie nicht zu ergreifen, und ihm seien die Hände gebunden, und Red Devlin sagte, Ihnen sind die Hände gebunden.

Dann gingen sie in den Ort, um zu frühstücken. Sie redeten über dies und das, und von Zeit zu Zeit bemerkte der Mann, dass ihm die Hände gebunden seien, und Red Devlin pflichtete ihm bei. Um

9:00 fiel dem Mann plötzlich ein, warum er seinem Fahrer einen Tag freigegeben hatte. Er fing an zu lachen, und er sagte Red Devlin so einiges, das er später, als er die Geschichte in »Mein größter Fehler« erzählte, der Phantasie überließ. Dann rief er über Handy seine Sekretärin an, um ihr zu sagen, er habe eine Nahrungsmittelvergiftung und könne nicht an den Sitzungen teilnehmen. Nach dem Telefonat (wie er in »Mein größter Fehler« erklärte) sagte er noch so einiges zu Red Devlin und fluchte schließlich wie ein Kesselflicker. Er stellte klar, dass Red Devlin nicht die geringste Ahnung von geschäftlichen Dingen hatte, und Red Devlin pflichtete ihm bei. Der Mann sagte, Mir sind die Hände gebunden, und Red Devlin sagte, Ihnen sind die Hände gebunden.

Sie spazierten durch den Ort. Eine Mauer verlief an der Seeseite, mit einigen Felsen davor, und nur wenige Schritte davon entfernt war der Dorfanger. Sie gingen zurück zu dem Feld und sahen Mütter mit kleinen Kindern; sie gingen zum Lunch, und als sie zurückkamen, sahen sie Jungen, die dort Fußball spielten. Der Mann sagte, es sei zu spät, einen Rückzieher zu machen. Red Devlin pflichtete ihm bei, dass es zu spät sei, einen Rückzieher zu machen. Aber obwohl es zu spät war, einen Rückzieher zu machen, wurde das Feld sehr viel bescheidener bebaut, als ursprünglich geplant, und obwohl der Geschäftsmann wusste, dass es gegen alle Vernunft war, ließ er auf dem Bauplatz lediglich ein paar Torpfosten, einige Kinderschaukeln und Rutschen aufstellen. Später traf sich der Mann gelegentlich auf ein Glas mit Red Devlin, und er schwelgte in Erinnerungen an Wales und fluchte wie ein Kesselflicker, um der alten Zeiten willen.

Ich erinnerte mich an diese Geschichte, und ich erinnerte mich an andere Geschichten von wirklich schrecklichen Menschen, denen Red Devlin begegnet war. Es gab eine Geschichte, von der niemand viel wusste, nur ein paar Details waren bekannt geworden, nachdem der fragliche Mann in einem Kanal in Bangkok erstochen aufgefunden worden war, und es gab eine Geschichte über einen Mann, dem eine Teppichfabrik in Pakistan gehört hatte, einen Mann, der stolz war auf die Qualität seiner Teppiche, natürlich bedauerte er die Notwendigkeit, aber Tatsache war, dass man einfach nicht dieselbe Qualität bekam, wenn man keine Kinder einsetzte, er war ein einfacher Geschäftsmann, ihm waren die Hände gebunden, und doch verabschiedete er sich eines Tages von seinem lebenslangen Geschäftsgebaren.

Ich war bei meinen letzten Pommes angekommen, als ich dachte, ich wüsste endlich, was ich sagen sollte.

Ich sagte: Was, wenn ein Mensch etwas Schlimmes tut, weil alle anderen es auch tun oder zumindest einige Leute es tun, und dann hören sie auf damit, obwohl alle anderen es weiter tun und es gefährlich ist, damit aufzuhören? Wäre das nicht ein umwerfender Akt der Güte?

Er sagte: Könnte sein.

Ich sagte: Aber wenn das so ist, erleben Sie das denn nicht dauernd? Oder könnten Sie nicht, wenn Sie wollten? Ich dachte

Ich wusste nicht, was ich weiter sagen sollte, es war mir peinlich, all die irren Sachen anzuführen, die Menschen getan hatten, bloß weil sie mit Red Devlin gesprochen hatten.

Red Devlin sagte nichts. Er sah mich an, und dann schaute er ein paar Leute an, die vorbeigingen, und dann sah er zu Boden.

Nach einer Weile sagte er

Ich muss nur den Mund aufmachen.

Er sagte

Das habe ich gedacht, als ich eingesperrt war, ich habe gedacht, ich müsste rauskommen, weil sonst –

Er ging eine Weile weiter, und dann sagte er

– und als ich rauskam, habe ich erkannt, dass das alle gedacht haben, sie haben darauf gewartet, dass ich –

Er blieb abrupt auf dem Bürgersteig stehen. Er sah mich an und sagte:

Sesam öffne dich.

Ich sagte, Was?

Er sagte, Sesam öffne dich. Endlich bin ich wieder da, um zu irgendwelchen Leuten »Sesam öffne dich« zu sagen, die einfach das getan haben, was sie tun mussten, weil jeder das tun muss, was er tun muss, weil alle darauf warten, dass jemand »Sesam öffne dich« sagt, und das kann nicht jeder einfach so sagen, und da bin ich, und ich sage es, und sie können aufhören

Ich sagte: Ich habe bloß gemeint, dass da die Möglichkeit besteht

Er sagte: Dass Menschen irgendwas tun, wenn sie die Zauberworte hören? Oder dass sie durch irgendein wundersames Walten ohne diese Worte auskommen?

Ich sagte: Das ist nicht fair. Angenommen, Sie wären in eine Gesellschaft hineingeboren

Er sagte: Das sind die meisten Menschen

Ich sagte: Eine Gesellschaft von Sklavenhaltern

Er sagte: Eine Gesellschaft von Sklaven

Ich sagte: Ich meinte doch nur, dass

Er sagte: Der schlechte Samariter hat mir besser gefallen. Ich vermute, der gute Samariter schläft nachts besser.

Wir waren wieder in seine Straße eingebogen, und jetzt sprach er geduldig auf mich ein. Er hatte Dinge gesagt, die er sagen wollte, aber jetzt sagte er Dinge, die er nicht unbedingt sagen wollte, aber von denen er glaubte, sie könnten mich nachts besser schlafen lassen. Er sagte geduldig

Du verstehst das nicht. Es geht nicht darum, was man fairerweise erwarten kann. Manche Menschen tun das, was sie tun, weil alle anderen es auch tun, und es macht sie nicht krank, dass alle anderen es auch tun, hin und wieder fühlen sie sich deshalb gefangen, aber die meiste Zeit fühlen sie sich deshalb besser. Wenn jemand die Zauberworte spricht, wachen sie für kurze Zeit auf und schlafen dann wieder ein. Du denkst, ich sollte aufhören, mich krank zu fühlen, wenn jemand etwas tut, weil er die Zauberworte gehört hat, aber es geht nicht darum, was sein sollte, es geht darum, was passiert. Und es passiert nicht. Das heißt, es würde nicht passieren. Es würde nicht passieren, und deshalb kann ich es nicht mehr sagen, ich sehe die Leute einfach nur an. Manchmal sehe ich sie an und denke, Worauf wartest du, und manchmal sehe ich sie an und sage, Worauf wartest du.

Wir gingen ins Haus. Wir gingen wieder die Treppe hinauf, und er erklärte geduldig, wenn er 50 Jahre lang damit weitermachen könnte, Menschen aufzuwecken, indem er »Sesam öffne dich« sagte, könnte man wahrscheinlich sagen, er sollte es machen, selbst wenn er sich krank fühlte, aber tatsächlich konnte er es zu keinem mehr sagen, der darauf wartete, dass er es sagte. Also lief es einfach auf das hinaus, worüber wir vorher gesprochen hatten.

Ich sagte: Haben Sie darauf gewartet, dass ich »Sesam öffne dich« sage?

Er sagte: Jetzt tue ich es jedenfalls nicht. Ich muss diese Briefe schreiben.

Er setzte sich an den Schreibtisch und begann zu schreiben, und ich setzte mich in meinen Sessel. Es war kurz vor Mitternacht. Nach einer Weile schlief ich ein.

Einige Stunden später wurde ich wach. Auf dem Schreibtisch lagen vier oder fünf Umschläge. Red Devlin saß auf dem Bett, mit dem Rücken gegen die Wand gelehnt; ich konnte das Weiße in seinen Augen sehen. Ich machte die Lampe neben meinem Sessel an, und jetzt sah ich, dass die Tabletten auf der Kommode verschwunden waren.

Er fragte

Bist du mein Sohn?

Nein, sagte ich.

Das hab ich mir gedacht. Ich bin froh.

Er lachte und sagte

Ich hab es nicht so gemeint, wie es sich anhört. Ich habe bloß gemeint, du könntest was Besseres haben.

Das war das letzte Mal, dass er lachte. Er saß still da, blickte nach unten, als ermüde es ihn, in ein Gesicht zu blicken. Ich sagte nicht, dass ich nicht dachte, ich könnte was Besseres haben.

Nach einer Weile schlossen sich seine Augen.

Ich wartete zwei oder drei Stunden, bis ich ziemlich sicher war, dass nichts mehr da war als ein Ding in Kordhose und einem blauen Hemd. Das erschlagene Kind und das weinende Auge und der lächelnde Schachspieler waren fort. Ich nahm seine Hand in meine. Sie war noch warm, aber erkaltete. Dann setzte ich mich auf das Bett neben ihn und legte seinen Arm um meine Schultern.

Ich saß eine Weile neben ihm, bis der Körper kälter wurde. Einmal dachte ich, wenn ich ein Krankenhaus anrufen würde, könnten die Organe noch transplantiert werden, aber ich dachte, seine Frau wäre verstört, wenn sie nach Hause kam und feststellte, dass nicht mal die sterblichen Überreste übrig geblieben waren. Natürlich ist es in gewisser Weise absurd, sich besser zu fühlen, weil der Leichnam eines geliebten Menschen anatomisch vollständig ist; eine Leiche mit Nieren zu umarmen.

Ich wünschte, ich hätte das mit ihm besprochen. Ich glaubte nicht, dass seine Frau bereitwillig eine rationalere Haltung einnehmen würde, kaum dass sie von seinem Selbstmord erfahren hätte.

Ich versuchte, mich daran zu erinnern, wie lange es dauerte, bis die Totenstarre einsetzte. Ich legte seinen Arm wieder neben ihn und weinte an seiner kalten Schulter. Es war in Ordnung, das jetzt zu tun, wo es ihm nicht mehr das Gefühl geben konnte, dass er sich mehr anstrengen, vielleicht sogar weiter krank bleiben müsste.

Ich verbrachte die Nacht daneben. Ich fühlte mich besser mit dem toten Ding neben mir, das mich daran erinnerte, dass er das erschlagene Kind und das weinende Auge getötet hatte.

Am Morgen war seine Wange eiskalt. Es war etwa 5:00, als ich aufwachte; das Licht war noch an. Kurze Zeit blieb ich neben dem steifen, kalten Ding auf dem Bett liegen und dachte, dass ich aufstehen und irgendwas tun sollte. Ich dachte: Na, jedenfalls muss er nicht aufstehen. Er hatte einmal gesagt, dass er jeden Morgen gegen 5:00 wach wurde und dann zwei oder drei Stunden lang liegen blieb und die Decke anstarrte, immer in der Hoffnung, wieder einschlafen zu können, während er sich sagte, er könne genauso gut aufstehen. Nach fünf bis zehn Minuten sah er dann den lächelnden Schachspieler zum ersten Mal und sagte sich, er könne genauso gut aufstehen, und starrte weiter die Decke an.

Ich zog seine Jeansjacke an und leerte die Taschen. Dann nahm ich die Briefe vom Tisch und ging nach unten auf die Straße, um sie einzuwerfen.

6

Ein guter Samurai wird den Schlag abwehren

Eines Abends kam ich gegen 21:00 nach Hause. Sib tippte *Sportboote* und *Wasserski International.*

Ich dachte, ich könnte mich nach oben schleichen, aber sie sah auf. Sie fragte: Ist irgendwas los?

Nein.

Also, was ist nicht los?

Ich sagte: Jemand hat sich umgebracht. Ich habe ihm von Jonathan Glover erzählt, und dass man seine Frau verlassen sollte, aber er hat gesagt, das würde nichts nützen.

Sib sagte: Ach

Sie legte mir eine Hand auf die Schulter.

Ich dachte: Warum halte ich sie hier fest?

Ich musste immer wieder denken, dass ich Red Devlin dahin hatte gehen lassen, wo er hinwollte, und er hatte nie irgendwas für mich getan. Ich musste immer wieder denken, dass ich sagen sollte: Mach du nur.

Ich sagte: Hast du je über Jonathan Glover nachgedacht? Vielleicht solltest du das Land verlassen und dir einen anderen Job suchen. Irgendwo hingehen, wo du keine Arbeitserlaubnis brauchst.

Sib sagte: Du meinst zurück in die Vereinigten Staaten? Aber ich will nicht zurück in die Vereinigten Staaten.

Warum nicht?

Da kriegt man kein Nebraska Fried Chicken. Es ist so deprimierend, dass Worte nicht ausreichen.

Ich beschloss, sie damit nicht durchkommen zu lassen. Ich trug noch immer seine Jacke; Red Devlin hätte sie damit nicht durchkommen lassen.

Ich sagte: Du solltest aufhören, *Der britische Straußenzüchter* zu tippen, und dir einen anderen Job suchen.

Sib sagte: Es gibt zu viele Menschen, die ich nicht sehen möchte. Überhaupt, wieso reden wir über meine Probleme? Erzähl mir von diesem Menschen, der gestorben ist. Wart ihr Freunde?

Was bringt es, über ihn zu sprechen? Er hat keine Probleme. Es gibt niemanden mehr mit seinen Problemen. Warum gehst du nicht zurück?

Sib sagte: Ich will nicht darüber sprechen.

Sib sagte: Weißt du, immer wenn mein Vater irgendeinen dummen Menschen kennen lernte, der in Harvard gewesen war, empfand er das als persönliche Beleidigung.

Ist das ein Grund, nicht zurück in die Vereinigten Staaten zu gehen?

Du hättest ihn hören sollen, als sie Dr. Kissinger einen Lehrstuhl gegeben haben, einem Mann, an dessen Händen das Blut von Millionen klebt.

Und deshalb tippst du *Der britische Straußenzüchter*?

Sib sagte: Die Sache ist die

Sib sagte: Es ist bloß

Sib tigerte auf und ab. Schließlich sagte sie: Weißt du, ich weiß nicht, ob du das weißt, Ludo, aber wenn du ein Motel hast, kannst du immer ein anderes Motel kaufen.

Was?

Wenn du erst mal ein Motel hast, kannst du immer ein anderes kriegen, sagte Sib. Und wenn du ein anderes kriegen kannst, kannst du so eine Gelegenheit wirklich nicht verstreichen lassen.

Was?

Das versteht man wirklich erst dann, wenn man ein Motel besitzt.

Ich sagte: Wie ich schon sagte

Sib sagte, dass ihr Onkel Buddy vage gehofft hatte, ein erfolgreiches Motel könne ihm einen Ausweg aus dem Buchhalterdasein bieten, und dass es vielleicht selbst mit 30 noch nicht zu spät wäre, etwas anderes auszuprobieren. Und ihre Mutter hätte gehofft, ein erfolgreiches Motel könnte vielleicht eine Musikerausbildung finanzieren, weil sie mit ihrem Werdegang wohl kaum ein Stipendium an irgendeiner Schule bekommen hätte, auf die sie wirklich gehen wollte. Ihr Vater hätte das Geld für die Anzahlung aufgebracht, und ihre Mutter und ihr Onkel hatten sich mit Feuereifer darauf gestürzt, das Motel zu einem Erfolg zu machen, und eines Tages stellte sich heraus, dass ihr Vater an einem anderen Standort großes Potenzial entdeckt hatte.

Ich sagte: Aber

Sib sagte, die Sache sei die gewesen, dass die größte Gewinnmöglichkeit mit Motels darin lag, zuvor unentdecktes Potenzial zu entdecken, und dass ihr Vater ein ungeahntes Händchen dafür hatte. Das Potenzial eines Ortes liege darin, dass es ein Ort war, an dem die Leute erst in ein paar Jahren sein wollten, und um unentdeckt zu sein, musste es ein Ort sein, an dem keiner sein wollte, wenn man das Gebäude oder den Bauplatz für ein zukünftiges Motel kaufte.

Ich sagte: Aber warum

Sib sagte, nur wenige Orte mit unentdecktem Potenzial hätten auch nur einen Amateurkammermusikverein aufzuweisen, ganz zu schweigen von einem Sinfonieorchester, sodass die meisten Musiker noch weniger Lust hätten, lange an einem solchen Ort zu bleiben, als die anderen Leute, die –

Ich wartete, dass Sib weiterredete. Ich dachte, wenn ich gar nichts sagte, würde sie es mir vielleicht endlich erklären.

Mein Vater sprach nie über seinen Vater, sagte Sib. Meine Mutter klagte ständig über ihre Eltern, die ihr aus Philadelphia andauernd Geschenkpakete mit Pullovern schickten.

Ich wartete, dass Sib weiterredete, und nach einer Pause fuhr sie fort:

Ein Päckchen kam zum Beispiel in einem Motel an, das gerade am Stadtrand von Pocatello gebaut wurde. »Ach Gott«, sagte meine Mutter dann, goss sich Scotch pur ins Glas und leerte es in einem einzigen Zug. »Na ja, dann kann ich das verdammte Ding auch aufmachen.« Sie riss das Packpapier auf, riss das goldene Geschenkpapier auf, öffnete die flache Schachtel von Wanamaker's und nahm aus den Seidenpapierlagen einen Kaschmirpullover in Blassgelb oder Zartgrün oder Mattpflaumenblau mit Perlmuttknöpfen. »Na ja, dann kann ich das verdammte Ding auch anprobieren«, sagte sie schließlich, streifte sich den Pullover über und schob sich auf diese betont nachlässige Art, mit der sie und ihre Freundinnen immer Kaschmirpullover trugen, die Ärmel bis zu den Ellbogen hoch. Dann nahm sie eine Zigarette, riss ein Streichholz an, entzündete die Zigarette, sog den Rauch tief ein, obwohl sie immer sagte, dass es die Stimme ruinierte. »Was mich wirklich ärgert, ist diese Heuchelei«, sagte sie dann, um sich anschließend hinzusetzen und einen Brief zu schreiben, der mit den Worten begann: »Liebe Mom, vielen vielen Dank für den tollen Pullover«, und dann dazusitzen, zu rauchen und ins Leere zu starren.

Ich wartete, dass Sib weiterredete, aber sie redete nicht weiter. Sie nahm die Fernbedienung in die Hand. ON. PLAY.

Ich dachte: Ist das eine Erklärung?

STOP.

Die Sache ist die, sagte Sib. Sie ging auf und ab.

Weißt du, was Boulez irgendwo sagt?, fragte sie.

Nein, was sagt Boulez irgendwo?, fragte ich.

Comment vivre sans inconnu devant soi. Das kann nicht jeder.

Gut, sagte ich.

Weißt du, was ich gesagt habe, als ich aufgewacht bin?, fragte Sib.

Nein, sagte ich.

Wüte, wüte gegen das Sterben der Nacht. Du hättest nicht gewollt, dass du das von deinem Freund hörst.

Nein, sagte ich.

Andererseits, was geschehen ist, ist geschehen, und ich bin hier in London, das bei all seinen Unzulänglichkeiten wohl kaum ein

Ort von bislang unentdecktem Potenzial ist. Wie viele Menschen auf dem Planeten?

Fünf Milliarden, sagte ich.

Fünf Milliarden, und soweit ich weiß, bin ich die Einzige unter diesen vielen Milliarden, die meint, Kinder sollten nicht in absoluter ökonomischer Abhängigkeit von den Erwachsenen leben, in deren Obhut das Schicksal sie gegeben hat. Ich denke, ich sollte dableiben und einen Brief an den *Guardian* schreiben.

Ich sagte, ich könnte das machen und mit »Ludo, 11 Jahre alt« unterschreiben.

Du kannst an den *Independent* schreiben, sagte Sib. Und ich schreibe einen an den *Telegraph*, unterschrieben mit »Robert Donat«, nur so auf gut Glück.

Für jemanden, der an die Wichtigkeit logischer Schlussfolgerungen glaubt, weicht Sib dem Thema in 9 von 10 Fällen aus.

Sie fing an, auf und ab zu gehen, und als sie am Klavier vorbeikam, hielt sie inne, setzte sich und fing an, ein kurzes Stück zu spielen, das sie seit Jahren immer mal wieder spielt.

7

Ich bin ein echter Samurai

Mein Vater veröffentlichte ein Buch über seinen Aufenthalt auf der Osterinsel.

Hugh Carey machte sich auf seine einsame Wanderung durch Russland.

Sorabji wurde in den Ritterstand erhoben.

Der Maler ging fort, um eine Wüste zu durchwandern.

Szegeti tat sich mit seinem Partner zusammen und gewann die World Bridge Championship 1998, nachdem er kurze Zeit für Nelson Mandela an einem Untersuchungsausschuss in Jackson, Mississippi, teilgenommen hatte.

Die Menschen lebten weiter ihr Leben und machten ihre Arbeit.

Ich suchte mir keinen weiteren Vater mehr. Ich hätte herumlaufen und »Sesam öffne dich« sagen sollen, aber ich trug nur seine Jacke und fuhr in der Circle Line immer rundherum und herum und herum.

Eines Tages fuhr ich mit der Circle Line zur Baker Street. Es war egal, in welche Richtung ich mich wandte, also ging ich die Marylebone Road entlang und bog dann nach Norden ab. Ich ging eine Straße hinauf und bog nach links und eine andere hinunter und eine dritte hinauf und bog erneut nach links ab. Auf halber Höhe dieser Straße hörte ich Klavierklänge.

Ein ganzes Rudel von Oktaven floh die Klaviatur hinauf und hinunter wie panische Giraffen; ein Zwerg hüpfte auf einem Fuß;

zwölf Kröten hüpften vierbeinig. Ich saß auf der Türschwelle, während die XXV Variationen von Alkans *Festin d'Esope* eine gleichgültige Straße verzauberten. Wer ist das?, dachte ich. Ich hatte Hamelins Aufnahme des Stückes gehört, und ich hatte Aufnahmen von Reingessen und Laurent Martin und Ronald Smith gehört, und einmal hatte ich eine Rundfunkübertragung von Jack Gibbons gehört, und wenn man diese Aufnahmen gehört hat, hat man die fünf Menschen auf dieser Welt gehört, die es spielen. Das hier war keiner von ihnen.

Glinda die Gute glitt, gezogen von sechs schneeweißen Schwänen, über einen schimmernden See. Die Grande Armée durchquerte Polen auf Hüpfstöcken. Eine Frau mit einer Einkaufstüte ging quer über die Straße und eine Treppe hinauf. Ein Mann mit einer Aktentasche schritt rasch vorbei, wie ein Komparse, der seine Rolle übertreibt.

Sechs Hunde steppten auf einer Tischdecke.

Die Variationen waren zu Ende. Es entstand eine kurze Pause.

Eine Oktavfolge schwang sich auf wie erschrockene Flamingos. Niemand blieb stehen und staunte.

Er spielte Variationen über die Variationen und Variationen über die Variationen, und er spielte eine Variation nach einer anderen, neben der sie ursprünglich nicht angeordnet gewesen war.

Bist du bereit für einen weiteren Kampf? Keine Prognosen. Es könnte gefährlich werden.

Ich stand auf und klopfte an die Tür.

Eine Frau machte auf. Sie sagte: Was willst du?

Ich sagte: Ich hab jetzt Klavierstunde.

Sie sagte: Oh.

Sie sagte: Aber er gibt gar keinen Unterricht.

Ich sagte: Mich wird er empfangen.

Sie sagte: Ach, ich weiß nicht.

Ich sagte: Ich möchte eine Unterrichtsstunde zu Alkan nehmen, dem einst gefeierten Zeitgenossen von Chopin und Liszt, dem die Leitung des Conservatoire auf Grund mieser politischer Machenschaften zu Gunsten des Mittelmaßes vorenthalten blieb, sodass er ein Leben in schmerzlicher Unbekanntheit fristen musste, um schließlich (so wird erzählt) unter einem Bücherregal zermalmt zu werden, als er versuchte, einen Band des Talmud herunterzuholen. Heute spielen nur sechs Menschen auf der Welt seine Musik, von den sechs sind vielleicht nur drei aktiv, und von den Aktiven lebt nur einer in London, und ich bin gekommen, um bei ihm eine Klavierstunde zu nehmen.

Sie sagte: Davon hat er mir nichts gesagt.

Ich sagte: Ach, kommen Sie schon.

Sie sagte: Na also dann, meinetwegen.

Ich ging durch die Tür. Ich trat in einen großen Raum mit nacktem Boden und bröckelndem Putz und einem Flügel. Jemand saß daran – ich konnte nur seine Beine sehen.

Er sagte: Was willst du?

Er hebt sein Schwert. Er nimmt es mit einer langsamen, fließenden Bewegung nach hinten.

Ich sagte: Ich musste Sie sehen, weil ich Ihr Sohn bin.

Er stand auf. Er war etwa 25. Er war nicht gerade ein Mifune-Doppelgänger, aber es war ziemlich unwahrscheinlich, dass ich sein Sohn war.

Er sagte: Was soll der Scheiß?

Ich wusste nicht, was ich sagen sollte. Dann fiel mir etwas ein, was ich sagen konnte. Ich sagte:

やい！ 貴様！

Yai! Kisama!

He Ihr!

よくも俺の 事を「侍 か?」 なんてぬかしやがって

yoku mo ore no koto o »samurai ka?« nante nukashiyagatte …

Ihr habt mich doch gefragt: »Bist du ein Samurai?«

ふざけるな！

fuzakeruna

Unverschämtheit!

Er sagte: Was?
Ich sagte:

俺はな　こう見えてもちゃんとした 侍　だ。

ore wa na　kō　miete mo　chanto　shita samurai da

Ich sehe vielleicht nicht so aus, aber ich bin ein echter Samurai.

Er schien nicht sonderlich beeindruckt. Ich machte unbeirrt weiter:

やい俺はなあれからお前の事　をずっと捜してたんだぞ

yai,　ore wa na　arekara　omae no koto o　zutto　sagashitetanda zo

He – ich habe Euch seitdem die ganze Zeit gesucht

これを見せようと思ってな

kore　o　miseyō　to　omottena

Ich will Euch nämlich das hier zeigen.

これを見ろ

kore　o　miro

Seht her.

この系図はな

kono　keizu wa na.

Meine Ahnenrolle.

俺様 の先祖 代々の系図よ

ore sama no senzo　daidai no keizu　yo.

Die lange Reihe meiner Ahnen.

このやろう　ばかにしやがってなんでい

kono　yarō　baka　ni　shiyagatte　nandei

Du Hund (du willst mich zum Narren halten)

これを見ろ ばかにしやがって

kore o miro. baka ni shiyagatte

Seht da. (Ihr wollt mich zum Narren halten)

これがその 俺様 だ

kore ga sono oresama da

Das da bin ich.

Er sagte, Ah.
Er sagte:

この菊千代と言うのがお前か？

kono Kikuchiyo to iu no ga omae ka?

Dieser Kikuchiyo da, bist du das?

Ich sagte:

さようでござる

sayō de gozaru

Ja, das bin ich

Er sagte:

よく聞けこの菊千代申す者 がお主に間違いなければ

yoku kike kono Kikuchiyo mōsu mono ga onushi ni machigai nakereba

Wenn du wirklich der Kikuchiyo bist, für den du dich ausgibst

お主は当年とって十三才

onushi wa tōnen totte jūsansai

dann wärst du dieses Jahr dreizehn geworden

この系図、どこで盗んだ？

kono keizu doko de nusunda?

Wo hast du die Rolle gestohlen?

Ich sagte:

うん? 嘘だ! ちくしょう! てめえ 何 言ってんだ

uun? Uso da! chikushō! temē nani ittenda?

Was! Das ist eine Lüge! Verdammt! Was sagt Ihr da?

Er lachte.

Ich sagte

Sie haben ein paar Zeilen ausgelassen.

Er sagte

Ich hab ihn seit Jahren nicht mehr gesehen, Kikuchiyo-san.

Plötzlich fiel mir wieder ein, dass *kisama* nach dem transkribierten Kodansha-Japanisch-Wörterbuch [DERB] ist und äußerst beleidigend, dass nach Sanseidos New-Crown-Japanisch-Wörterbuch *kono yaro* du Schwein bedeutet und dass *baka* nach dem *Wörterbuch des japanischen Straßenjargons* das beliebteste Schimpfwort Japans ist und *baka ni suru* verarsch mich nicht bedeutet, und dass *shiyagatte* das anstößige Gerundium ist. Ich fand, ich sollte besser aufhören, während ich im Vorteil war.

Ich ging zum Flügel und sah ihn mir an. Es war ein Steinway, aber er war der einzige Gegenstand in dem Zimmer, abgesehen von einem zusammengerollten Schlafsack und einem Koffer.

Ich sagte

Wussten Sie, dass Glenn Gould den CD 318 praktisch neu gebaut hat, damit er nicht wie ein Steinway klang?

Er sagte

Das weiß doch jeder.

Er sagte

Spielst du Klavier?

Ich sagte

Nicht Alkan.

Ich sagte

Ich kann »Straight No Chaser« spielen.

Er sagte

Ist auch egal. Ich gebe keinen Unterricht. Ich gebe nicht mal Konzerte.

Ich sagte

Ich wollte auch keinen Unterricht nehmen.

Dann sagte ich

Warum geben Sie keine Konzerte?

Er fing an, auf dem nackten Boden hin und her zu gehen.

Er sagte: Ich habe immer Konzerte gegeben, die nicht die richtige Länge hatten. Die Leute haben ihre Bahn verpasst, und sie fanden, dass das ihren Genuss des Abends störte.

Dann lachte er. Er sagte: Ich dachte, ein paar Stunden mehr oder weniger könnten nicht viel ausmachen, aber die Leute nehmen gerne nicht einfach irgendeine Bahn.

Er ging noch immer hin und her. Er sagte: Andauernd haben die Leute mir gute Ratschläge gegeben.

Ich sagte

Warum machen Sie keine CD?

Er blieb am Fenster stehen. Er sagte

Keiner würde das kaufen, was ich gern auf eine CD aufnehmen würde, und ich kann es mir nicht leisten, eine CD zu machen, die keiner kauft.

Ich sagte

Variationen über Variationen über Variationen

& er sagte

So in etwa.

Er sagte

Ist schon komisch, was die Leute nicht kaufen wollen.

Er begann wieder auf und ab zu tigern. Er sagte

Wenn du ein Musikstück spielst, gibt es so viele verschiedene Möglichkeiten, wie du es spielen könntest. Ständig fragst du dich, was wäre wenn. Du probierst das eine aus, und du sagst, aber was wäre wenn, und du probierst das andere aus. Wenn du eine CD kaufst, bekommst du eine Antwort auf die Frage. Du bekommst nie das »was wäre wenn«.

Er sagte

In Japan ist es das Gleiche, nur schlimmer. Jeden Tag nehmen die Menschen die Bahn. Sie steigen in eine Bahn und steigen aus und steigen ein und steigen aus, Tag für Tag.

Er sagte, wenn das das Denkbare wäre, würde man meinen, das Undenkbare wäre –

Er sagte, selbst wenn man nicht musikinteressiert wäre, sollte doch die Idee, dass die Dinge anders sein könnten –

Er blieb am Flügel stehen. Er sagte

Aber in Wahrheit mögen die Menschen ein Musikstück erst dann wirklich, wenn sie sich daran gewöhnt haben.

Er fing an, an einer der dünnen Stahlsaiten der hohen Töne zu zupfen. Pling pling pling pling pling. Pling pling pling

Er sagte

Ich stecke selber in meinem Trott fest. Ich mache das schon so lange. Immer wieder sage ich mir, ich sollte in den sauren Apfel beißen, ein paar von meinen Paradestücken spielen und ein Comeback versuchen. Was nützt es schon, mein Leben in diesem Zimmer zu verbringen?

Pling pling pling

Dann gehe ich los und sehe mir CDs an.

Pling

Hunderte von CDs mit einmal gespielten, kompletten Stücken für die tausende von Menschen, die CDs mit einmal gespielten kompletten Stücken wollen.

Pling

Also geht es den tausenden von Menschen gut, und es wird ihnen weiter gut gehen, auch wenn ich nicht meine Paradestücke spiele

Pling pling

Aber jemand, der das »was wäre wenn« hören will, kann es nirgendwo hören, nicht im Laden, nicht in der Welt, nicht mit dieser Art Stück

Pling pling pling pling pling

Er sagte

Ich kann es mir nicht leisten, eine CD zu machen, die 5 Leute kaufen würden, aber meine Paradestücke für die tausende von Menschen zu spielen, die jederzeit aus zig Paradestücken auswählen können, das wäre so, als würde ich die 5 im Stich lassen.

Er sagte

Nicht, dass ich ihnen in diesem Zimmer viel nützen würde.

Ich sagte

Also, ich hätte das Geld, eine CD zu machen, die keiner kauft

& er sagte

Was?

Er sagte

Wieso, hast du £ 10 000?

Ich sagte

Ich habe etwas, das viel Geld wert ist. Für das hier könnte ich viel Geld bekommen,

& ich holte das Herz des Malers aus meinem Rucksack. Es war in einer Plastikhülle, um die Seide zu schützen, die weiße Seide war noch weiß, und das Blut war braun.

Er sagte

Was ist das?

Ich erklärte, was es war, und er sagte

Ich hab noch nie von ihm gehört, danke, aber das kann ich nicht annehmen

Ich sagte, er könnte, und er sagte, er könnte nicht, und ich sagte, er könnte, und er sagte, er könnte nicht.

Ich sagte: Aber was wäre wenn

Er sagte: Was wäre wenn was

Ich sagte: Was wäre, wenn es um Leben und Tod ginge

Ich sagte: Was wäre, wenn es um ein Schicksal ginge, das schlimmer als der Tod ist

Er sagte: Wovon redest du?

Ich sagte: Was wäre, wenn jemand die Telefonseelsorge anrufen würde

Er sagte: Wen?

Ich sagte: Die Telefonseelsorge. Da arbeiten Leute, die denken, alles wäre schlimmer, als nicht zu atmen. Man kann da anrufen, wenn man deprimiert ist.

Er sagte: Und?

Ich sagte: Was wäre, wenn ein Mensch die Telefonseelsorge anrufen würde und die Leute nicht sehr hilfreich wären? Was wäre, wenn ein Mensch Tag für Tag immer dasselbe täte? Was wäre, wenn ein Mensch dauernd mit der Circle Line im Kreis, immer im Kreis fahren würde? Was wäre, wenn es einen Menschen gäbe, der denkt, die Welt wäre ein besserer Ort, wenn jeder, der sich darüber freut, eine Tamil-Zeichentabelle zu sehen, auch Zugang zu einer Tamil-Zeichentabelle hätte? Was wäre, wenn es einen Menschen gäbe, der dauernd das Thema wechselt? Was wäre, wenn es einen Menschen gäbe, der nie zuhört, wenn irgendwer irgendwas sagt?

Er sagte: Denkst du da an jemand Bestimmten?

Ich sagte, das wäre rein hypothetisch.

Er sagte: Und was genau, meinst du, könnte diese hypothetische CD für diesen hypothetischen Menschen tun?

Er lächelte. Er strich sachte über die Saiten des Flügels.

Ich sagte: Was wäre, wenn dieser Mensch am Embankment aus der Circle Line ausstiege, die Brücke nach Waterloo überquerte und den Zug nach Paris nähme, um dort für einen berühmten Bildhauer zu arbeiten?

Er sagte: Was, wegen irgendeiner blöden CD? Auf welchem Planeten lebst du denn?

Ich sagte: Die Prämisse war, dass es nur 5 Menschen auf diesem Planeten gibt, die die CD kaufen würden, selbstverständlich würden die meisten Menschen nicht wegen einer CD am Embankment aussteigen, aber vielleicht wäre der Typ Mensch, der die CD kaufen würde, auch der Typ Mensch, der das tun würde.

Ich sagte

Der Typ Mensch, der Langeweile für ein Schicksal hält, das schlimmer ist als der Tod. Der Typ Mensch, der sich immer wünscht, dass die Dinge anders wären. Der Typ Mensch, der lieber sterben würde, als *Sportboote* und *Wasserski International* zu lesen.

Oh, sagte er. *Der* Typ Mensch.

Er zupfte das Thema von *Die sieben Samurai* auf den oberen Saiten.

Dann sollte man besser keine Anzeige in *Sportboote* und *Wasserski International* schalten.

Er zupfte das Thema auf den Basssaiten.

Ich sagte

Betrachten Sie es doch so. Sie müssen ja nicht hunderte von CDs machen. Sie könnten bloß 10 machen. 5 für Sie und 5 für mich. Dann wären das die einzigen 10 auf der Welt, und sie wären wertvoll. Angenommen, wir bekommen £ 10 000 für das Herz, angenommen, es kostet £ 1000, die CDs zu machen, angenommen, sie werden für £ 1000 das Stück verkauft, dann könnten wir entweder unseren Gewinn maximieren, oder wir könnten sogar eine verschenken, falls wir zufällig jemanden kennen, der zu dem Typ Mensch gehört, den es nicht stört, wenn er eine Bahn verpasst.

Er ging wieder zu den Höhen über. Pling pling pling PLING pling pling PLING pling pling pling

Er schien das Argument nicht überzeugend zu finden.

Ich sagte: Ich könnte Ihnen eine Sprache beibringen. Würden Sie gern eine Sprache lernen?

Er sagte: Was kannst du empfehlen?

Ich sagte: Ich könnte Ihnen beibringen, auf Arabisch bis 1000 zu zählen. Ich sagte: Ich kann etwa 20 Sprachen, also wenn es eine andere Sprache gibt, die Sie gern lernen würden, dann kann ich sie vielleicht. Ich sagte: Oder ich könnte Ihnen das Periodensystem beibringen. Oder ich könnte Ihnen Überlebenstechniken beibringen.

Er sagte: Überlebenstechniken?

Ich sagte: Ich könnte Ihnen beibringen, essbare Insekten zu essen.

Er kehrte zum Bass zurück. Dam dam dam DAM dam dam DAM dam dam dam

Ich sagte: Was wünschen Sie sich von mir? Soll ich in 10 Jahren wiederkommen? Soweit ich weiß, kann es dann zu spät sein.

Es entstand eine kurze Pause. Er betrachtete nachdenklich die

Saiten des Flügels. Ich dachte, ich wäre schon ein gutes Stück weiter.

Er nahm die andere Hand aus der Tasche und begann, ein Arrangement des Samurai-Themas auf zwei Saiten zu zupfen.

Ich wusste nicht, was ich sagen sollte. Ich sagte

Auf der CD könnten Sie alles spielen, was Sie wollen.

Er sagte

Oder ich könnte etwas auf besonderen Wunsch spielen. Irgendwelche Vorschläge?

Ich sagte

Na ja

Dann sagte ich

Sie könnten was von Brahms spielen.

Er sagte

Von Brahms?

Ich sagte

Kennen Sie Brahms' Ballade op. 10 Nr. 2 in D-Dur?

Er sagte

Was?

Ich sagte

Brahms' Ballade op. 10 Nr. 2 in D-Dur? Das gehört zu einem Zyklus.

Er sagte

Ja, kenne ich.

Er drehte sich um und legte die Arme auf die geschwungene Holzseite des Flügels. Er sagte

Kennst du den Rest des Zyklus?

Ich sagte, das sei das Einzige, was ich gehört hatte, weil jemand, den ich kannte, es oft spielte, aber wenn er den ganzen Zyklus auf der CD haben wollte, konnte er das natürlich, weil es seine CD war und er in künstlerischer Hinsicht absolut das Sagen hatte.

Er sagte

Ich weiß nicht

Ich wusste nicht, was ich sagen sollte.

Ich sagte

Ich könnte Ihnen Judo beibringen.

Er sagte

Ich weiß nicht

Ich sagte

Ich könnte Ihnen Pikett beibringen.

Ich könnte Ihnen die Lagrange-Gleichungen beibringen.

Ich wusste nicht, was ich sagen sollte.

Ich sagte

Machen Sie diese CD, und ich bringe Ihnen bei, »Straight No Chaser« zu spielen.

Er sagte

Abgemacht.

Danksagung

Im Jahre 1991 besuchte Ann Cotton eine Schule in Mola, einem abgelegenen Dorf in Simbabwe, um die Bildungsmöglichkeiten für Mädchen zu untersuchen. Sie sprach schließlich mit zwei Schulmädchen, die ganz allein über 60 Meilen zurückgelegt hatten, um auf die Schule zu gehen. Da für die Mädchen keine Möglichkeit bestand, in der Schule zu wohnen, lebten sie in einer Hütte, die sie mit ihren eigenen Händen gebaut hatten. Sie selbst fanden, dass sie sehr gut dran waren, weil andere Mädchen wegen des Schulgeldes oft keine weiterführende Schule besuchen konnten; die meisten brachen die Schule ab und heirateten mit 12 oder 13. Ann kehrte nach England zurück und sammelte durch den Verkauf von Kuchen in Cambridge Market Geld für Stipendien. 1993 gründete sie den Cambridge Female Education Trust. Sie konnte die Ladenkette »Body Shop« dafür gewinnen, ein Wohnheim für Mädchen in Mola zu fördern. Andere Organisationen brachte sie dazu, Geld für weitere Schulen zu stiften, zuerst in Simbabwe, dann in Ghana. Und mich brachte sie dazu, Mitglied der Stiftung zu werden. Ich hätte dieses Buch niemals zu Ende schreiben können, wenn sie nicht jedes Mal »Aber natürlich« gesagt hätte, wenn ich beteuerte, dass ich etwas für CamFed tun würde, sobald das Buch erst fertig wäre. Informationen zu CamFed erhalten Sie unter der Anschrift 25 Wordsworth Grove, Newnham, Cambridge CB3 9HH, und unter http://www.camfed.org.

Dank Professor David Levene ist das Buch um ein Vielfaches interessanter und weniger fehleranfällig geworden. Ich kann ihm gar nicht genug für seine unendliche Großzügigkeit danken. Meiner Mutter Mary DeWitt Griffin schulde ich mehr, als ich sagen kann, nicht nur, weil sie mir moralische und finanzielle Unterstützung bot, sondern auch weil sie mich über viele Jahre hinweg Anteil an ihren außergewöhnlichen Talenten haben ließ. Tim Schmidt, Maude Shilton und Steve Hutensky sind wunderbare Freunde; sie wissen, wie viel ich ihnen verdanke.

Alison Samuel von Chatto & Windus brachte einen unvoreingenommenen Blick und unermüdliches Interesse fürs Detail ein, als beides gerade dringend erforderlich war. Dankbar bin ich auch Martin Lam, dem Autor von *Kanji from the Start*, für seine Tipps zum Nisus-Programm und Neil und Fusa McLynn für ihre umfangreiche Hilfe beim Japanischen. Ich danke Leonard Gamberg dafür, dass er ein kritisches Auge auf die Fakten rund ums Atom warf, Chris Done, dass er die Astronomie in einer frühen Version unter die Lupe nahm, James Kaler, dass er in letzter Minute eine Frage beantwortete, die durch *Stars and Their Spectra* aufgeworfen wurde, und Ian Rutherford, dass er in der allerallerletzten Minute einen griechischen Schriftfont entdeckte. Es versteht sich von selbst, dass sie alle in keiner Weise für irgendwelche noch verbleibenden Fehler verantwortlich sind. Besonderen Dank schulde ich den vielen Menschen, die mir die Leistung von Akira Kurosawa näher brachten. Ohne ihre Hilfe wäre das Buch ein völlig anderes geworden.

Ohne die Begeisterungsfähigkeit von Jonathan Burnham von Talk Miramax Books gäbe es heute ein Manuskript, aber kein Buch; wie viel Dank ich ihm dafür schulde, liegt auf der Hand. Ich bedanke mich für die Erlaubnis zur Verwendung von Auszügen aus folgenden Veröffentlichungen: *The Biographical Dictionary of Film* von David Thomson; *The Eskimo Book of Knowledge* von George Binney, mit Genehmigung der Hudson's Bay Company; *Theory of Harmony* von Arnold Schönberg, übersetzt von Roy E. Carter (engl. Übersetzung © 1983 Faber and Faber Ltd.; dt.: *Har-*

monielehre, Leipzig, Edition Peters, 1977, Fotomechanischer Nachdruck der 3. Auflage Wien 1922); Interview mit John Denver in *Melody Maker* 27. 3. 76, S. 11, © Chris Charlsworth/*Melody Maker*/IPC Syndication; *Foundations of Aerodynamics: Bases of Aerodynamics Design* von Arnold M. Kuethe und Chuen-Yen Chow, © 1986, Abdruck mit Genehmigung von John W. Wiley & Sons, Inc.; *The Films of Akira Kurosawa* von Donald Richie (University of California Press), © 1984 The Regents of the University of California; *The Solid State* von H. M. Rosenberg (© 1988 Oxford University Press) mit Genehmigung der Oxford University Press; *Gesenius' Hebrew Grammar*, herausgegeben und erweitert von E. Kautzsch, zweite englische Ausgabe von A. E. Cowley (1910), mit Genehmigung der Oxford University Press; dt.: *Wilhelm Gesenius' Hebräische Grammatik*, Leipzig (F. C. W. Vogel) 1896; *Njal's Saga* (Auszüge aus den Seiten 244-246), übersetzt von Magnus Magnusson und Herman Pálsson (London 1960), © 1960 Magnus Magnusson und Herman Pálsson, Wiederabdruck mit Genehmigung von Penguin Books Ltd; dt.: *Die Geschichte vom weisen Njal*, Jena (Eugen Diederichs) 1914. Ich danke der Kurosawa Production K.K. für die Erlaubnis zum Abdruck von Material aus dem Drehbuch *Die sieben Samurai* (*Shichinin no Samurai*).